Elsebeth Egholm

Der Menschensammler

atb aufbau taschenbuch

Elsebeth Egholm ist Journalistin und Autorin. Ihre Serie um die eigenwillige Journalistin Dicte Svendsen wird gerade für das Fernsehen verfilmt. Ihre Werke, mit denen sie regelmäßig die dänischen Bestsellerlisten anführt, erscheinen in acht Sprachen. Egholm lebt in Jütland und auf der kleinen maltesischen Insel Gozo.

Im Aufbau Verlag liegt außerdem ihr Roman »Rachlust. Dicte Svendsen ermittelt« vor. Ihr neuer Roman »Eiskalt wie die Nacht« erscheint im Herbst 2012.

Die Journalistin Dicte Svendsen ist immer sehr gut informiert und darum auch sofort zur Stelle, als eine Leiche vor dem Fußballstadion in Århus gefunden wird. Der toten jungen Frau fehlen nicht nur beide Augen, auch sonst ist ihr Körper in einem grausam entstellten Zustand. Überraschend kann Svendsen erstes Beweismaterial schon am Tatort sicherstellen: der Handyfilm eines kleinen Mädchens, auf dem ein Hosenbein mit Springerstiefel zu sehen ist. Als dann noch zwei weitere Leichen mit den gleichen Verstümmelungen auftauchen, sieht sich die Journalistin einem mörderischen System aus Hass und Gier auf der Spur, das ihr selbst fast zum Verhängnis wird.

»Egholm hat ein Gespür für psychologisch spannende Themen.«

Politiken

»Egholm weiß, wie man fesselnde Storys schreibt.«

Ekstra Bladet

Elsebeth Egholm

Der Menschensammler

Dicte Svendsen ermittelt

Kriminalroman

Aus dem Dänischen
von Kerstin Schöps

aufbau taschenbuch

Die Originalausgabe mit dem Titel »Liv og Legeme«
erschien 2008 bei Politikens Forlag, Kopenhagen.

FSC
www.fsc.org
MIX
Papier aus verantwortungsvollen Quellen
FSC® C083411

ISBN 978-3-7466-2662-8

Aufbau Taschenbuch ist eine Marke der
Aufbau Verlag GmbH & Co. KG

2. Auflage 2012

Die deutsche Erstausgabe erschien 2010 bei Aufbau Taschenbuch

Umschlaggestaltung capa, Anke Fesel
unter Verwendung zweier Fotos von Chris Keller/bobsairport
Druck und Binden CPI – Clausen & Bosse, Leck
Printed in Germany

www.aufbau-verlag.de

Für meinen Bruder Lars

Kapitel 1

Der Tod an sich hat nichts Schönes, aber manchmal gibt es mildernde Umstände.

Zum Beispiel die Tatsache, dass die Sonne bei dem Begräbnis schien und eine Amsel sich dazu entschlossen hatte, vom Wipfel einer Birke ein Solo vorzutragen.

Dicte lauschte dem Vogel und dem Rascheln der Blätter im Wind. Dann vernahm sie plötzlich das Geräusch von Erde, die auf Dorothea Svenssons Mahagonisarg mit den blankgeputzten Messinggriffen aufschlug, und vermisste Bo. Natürlich konnte sie eine Beerdigung allein überstehen, und schließlich lag auch nicht ihre eigene Mutter in dem Sarg. Aber etwas fehlte ihr, ein Arm, der sich um ihre Schulter legte, eine Hand, die ihren Nacken berührte. Viel mehr verlangte sie doch gar nicht. Aber er hatte eine gute Entschuldigung, immerhin war es das letzte Spiel der Saison, und AGF-Århus trat vor mehr als 17000 Zuschauern gegen HIK-Hellerup an. Es gab Dinge, die wichtiger waren als Beerdigungen, zumindest wenn man freiberuflicher Fotograf war und ein Wochenendhonorar einstreichen wollte.

Sie sah sich im Kreis der Trauernden um, die sich um das offene Grab herum aufgestellt hatten. Der Pfarrer hatte die Hände gefaltet.

»Vater unser, der du bist im Himmel …«

Ida Marie hatte rote, geschwollene Augen, die in Tränen ertranken, obwohl Dorothea alles andere als das Musterbeispiel einer Mutter gewesen war. An der einen Hand hielt sie ihren vierjährigen Sohn Martin, in der anderen ein paar langstielige rote Rosen. John Wagner stand dicht hinter ihr und hatte einen Arm um ihren Körper geschlungen. Dicte fragte sich, ob es mit der Aufklärung des Mordes an dem achtzehnjährigen Mädchen aus Hadsten wohl voranging, der seit Tagen die Schlagzeilen der Tageszeitungen beherrschte, zu denen auch einer ihrer Artikel gehörte. Aber im Moment war der Polizist nur Privatmann, und sie würde ihre Fragen zurückhalten und warten, bis sie ihn wieder in seinem Büro erreichen konnte.

Wagners Sohn, der vierzehnjährige Alexander, stand neben ihm, mit dem geistesabwesenden Blick eines Teenagers. Auch Anne und Anders, die gerade mit ihrem Sohn aus Grönland zurückgekehrt waren, gehörten zum engeren Freundeskreis. Auch diese Familie stand dicht aneinandergedrängt, als hätten sich alle Hinterbliebenen in kleinen Gruppen zusammengefunden, um sich gegen den Tod dort unten im Sarg zu schützen. Alle, nur sie nicht. Sie war nur umgeben von Luft, als befände sie sich in einer unsichtbaren Blase.

Sie hörte die Schritte hinter sich, doch ehe sie sich umdrehen konnte, stand er hinter ihr und füllte die Leere aus.

»Da ist was draußen beim Stadion passiert.«

Bo hatte es ihr ins Ohr geflüstert. Der Pfarrer hob die Stimme an:

»... vergib uns unsere Schuld, wie auch wir vergeben unseren Schuldigern.«

»Pünktlich zum Schuldenerlass«, murmelte Bo.

Der Pfarrer sah auf und warf ihm einen strafenden Blick zu.

»Stadion?«, wiederholte sie flüsternd, so dass der Pfarrer sie nicht hören konnte. »Du kommst da doch gerade her?«

»Das hat bestimmt nichts mit dem Spiel zu tun«, wisperte er und vergrub sein Gesicht in ihren Haaren.

Das Vaterunser war überstanden, und es war Zeit, dass die Familie vortrat, ihre Blumen auf den Sarg warf und ein letztes Lebewohl sagte. Bo und sie hielten sich zurück und ließen die nächsten Verwandten vorgehen. Er legte einen Arm um sie, und da wurde ihr plötzlich bewusst, wie lange sie sich nicht mehr so nah gewesen waren, sowohl im Bett als auch im Alltag. Es war nicht aus böser Absicht so gekommen. Viel Arbeit und Zeitmangel hielten sie, wie so viele andere, im eisernen Griff, und ihr neuer Posten als Chefin der Kriminalredaktion raubte ihr die letzte Kraft.

»Die haben sich im Radio fast in die Hosen gemacht vor Angst. Auf dem Parkplatz direkt vorm Stadion wurde eine Leiche gefunden. Hab es erst vor zwei Minuten gehört.«

Bo belauschte gerne den Polizeifunk.

»Vielleicht wieder ein Drogenabhängiger?«, schlug Dicte vor.

Sie wussten beide, dass in regelmäßigen Abständen tote Junkies an öffentlichen Orten, auf Toiletten, in Tiefgaragen oder etwas Ähnlichem gefunden wurden. Das war traurig, aber in der Regel nicht ausreichend, um für große Schlagzeilen zu sorgen, außer es wurde vorher bekannt gegeben, dass besonders gefährliche Stoffe auf der Straße im Umlauf waren.

»Nicht bei dem Spektakel. Es klang, als hätten die den Bürgermeister tot aufgefunden und zwar in hochhackigen Pumps und Handschellen und im Wagen des Parteichefs der Rechtsliberalen.«

Bo hatte keinen besonders großen Respekt vor Politikern. Oder, genauer gesagt, keinen Respekt vor Angestellten des öffentlichen Dienstes und am wenigsten vor Polizisten.

Plötzlich war ein Piepen zu hören. Alle sahen auf. Ida Marie hatte soeben ihre Rose ins Grab geworfen, Martin stand hochkonzentriert neben ihr und hielt seine Rose umklammert, als könne er sich nicht überwinden, sie loszulassen.

John Wagner fingerte eilig seinen Pieper aus der Jackentasche und trat einen Schritt zur Seite. Während die Familie Abschied von Dorothea Svensson nahm, beobachtete Dicte, wie Wagner eine Nummer in sein Handy tippte. Bo machte eine Kopfbewegung in seine Richtung.

»Ich fress ’nen Besen, wenn er nicht gerade zum Stadion gerufen wurde!«

»Er ist auf der Beerdigung seiner Schwiegermutter!«

»Egal. Wetten, in wenigen Minuten ist der verschwunden. Vielleicht sollten wir gleich hinterher?«

»Wir gehen doch noch alle zusammen im Varna Palais essen!«

»Nur für eine halbe Stunde«, lockte Bo sie. »Das wird niemand merken!«

Während er auf sie einredete, registrierte Dicte, wie John Wagners Gesichtsausdruck mit dem Handy am Ohr versteinerte. Sie schämte sich dafür, dass die Neugier sie gepackt hatte. Aber Bos Bericht und Wagners Pieper hatten ihren Puls so in die Höhe schnellen lassen, wie es Dorothea Svenssons Beerdigung nicht vermocht hatte.

Wagner beendete das Telefonat und zog Ida Marie beiseite. Seine ganze Körpersprache drückte große Behutsamkeit aus, während er ihr etwas erzählte. Seine Worte schienen sie zunächst zu irritieren, dann jedoch ließ sie ein kurzes Nicken folgen. Dicte sah ihm in die Augen, ehe er sich umdrehte und zum Parkplatz ging. Aber sein Blick war neutral, signalisierte nicht mehr als freundliche Distanz. Gerade das gab den entscheidenden Ausschlag.

Die Trauergemeinde löste sich allmählich auf und strömte vom Friedhof. Dicte ging auf Ida Marie zu, um sie zu umarmen, aber Anne und Anders kamen ihr zuvor, und plötzlich hatte sich eine lange Schlange gebildet. Sie sah zu Bo.

»Okay!«, sagte sie nur und nickte hinüber zum Parkplatz. »Eine halbe Stunde, nicht länger.«

»Das wird niemand merken«, versprach er ihr erneut, diesmal mit einem breiten Lächeln. »Wir sind im Varna, bevor du bis hundert gezählt hast.«

»Und ich bin die Königin von China«, gab sie zurück.

Beim Stadion, das auch NRGI-Park genannt wurde, herrschte Chaos. Massenweise blau und weiß gekleidete Fans strömten aus der Anlage nach einer erneuten, deprimierenden Niederlage der Heimmannschaft. Eigentlich hatten alle den Aufstieg in die Superliga feiern wollen, aber die Spieler waren, so Bo, wohl in Gedanken schon in den Sommerferien gewesen, und es hatte desaströs mit einem 3:1-Sieg für die Gegner vom HIK aus Hellerup geendet. Ironie des Schicksals, betrachtete man den Slogan des derzeit angesagtesten T-Shirts in Århus: »Arschklappe, wir sind zurück!« Die T-Shirt-Verkäufer hatten sich fast ein Jahr lang gedulden müssen, bis sie endlich die Ware auf den

Markt bringen konnten, um zu signalisieren, dass die Zeit des Darbens in der zweiten Liga nun endgültig vorbei war. Am heutigen Tag schmeckten diese Worte darum bittersüß.

Zusätzlich zu den Ordnungskräften der Polizei, die den Strom der Tausenden von Zuschauern zu den Parkplätzen dirigierten, hatten sich noch andere Uniformierte dazugesellt. Die Kriminalpolizei war mit drei Einsatzwagen und Blaulicht angerückt, und der Leichenwagen, ein ausgedienter Notarztkombi, hielt daneben, wie ein Geier, der sich hungrig auf einen Kadaver mitten in der afrikanischen Savanne gestürzt hatte. In unmittelbarer Nähe zu diesem Fuhrpark, links vom Haupteingang des roten Stadiongebäudes, stand auch Wagners schwarzer Passat. Dicte und Bo hatten keine andere Wahl. Die Polizei hatte bereits alles mit dem rotweißen Absperrband, dem sogenannten »Minenstreifen« versehen. Ihnen blieb nichts anderes übrig, als auf der anderen Seite der Stadion Allee zu parken, die Straße zu überqueren und eifrig mit ihren Presseausweisen zu wedeln. Aber es half nichts. Sie wurden nicht durchgelassen.

»Seid ihr vom *Stiften*? Wollt ihr wissen, was passiert ist?«

Eine kleine Gruppe schwankender Fans kam auf sie zu, mit blauen und weißen Schals und T-Shirts, die ihre Zugehörigkeit zu »Den Weißen« signalisierten. Die Enttäuschung über die Niederlage hatte sich mit einer seligen Trunkenheit gemischt.

»Wisst ihr denn, was passiert ist?«, fragte Dicte zurück und hob erneut ihren magischen Presseausweis hoch, der vielleicht auf Polizeiabsperrungen keine Wirkung hatte, aber ausgezeichnet dafür verwendet werden konnte, betrunkene AGF-Fans zu beeindrucken.

»Carstens Frau und seine Tochter haben sie gefunden«, erzählte ein stattlicher junger Mann Mitte zwanzig, mit Bierbauch, hicksend und schwenkte dabei seine Bierdose hin und her.

»Wer ist Carsten?«

»Na, Carsten Jensen! Das ist der da hinten«, rief der junge Mann und zeigte mit dem Arm in die Menge. »Die haben verdammt noch mal seine Frau festgehalten. Die wird jetzt verhört!«

»Was hat Carstens Frau denn gefunden?«, fragte Bo.

Rotgeränderte Augen versuchten unter großer Anstrengung, Bos Gesicht zu fixieren.

»Die Leiche natürlich, Mann, was denn sonst? Aufm Parkplatz.«

Es dauerte eine Weile, bis sie Carsten identifiziert hatten, der mit seiner Tochter, einem etwa elfjährigen Mädchen, bei einer Gruppe junger Fans stand, die durcheinanderredeten und wild gestikulierten. Dicte und Bo schoben sich durch die Menge. Sie hatten registriert, dass sie bisher die einzigen Vertreter der Presse waren, was die Sache eventuell etwas leichter machen könnte.

Sie stellten sich vor. Der Blick des Mädchens blieb neidisch an Bos Kamera hängen, die um seinen Hals baumelte.

»Mann, ist die cool. Ich will auch mal Fotografin werden«, sagte sie. »Aber ich muss mir die Kamera selbst kaufen«, fügte sie maulend hinzu.

»Du hast doch bestimmt ein Handy, oder?«, fragte Bo sie schmunzelnd. »Eins, mit dem man auch ganz gute Bilder machen kann. Damit kannst du doch erst einmal üben!«

Das Mädchen nickte. Bo lockte sie ein bisschen von der Gruppe weg, ließ sie seine Kamera halten und zeigte ihr auf dem Display ein paar Fotos vom Fußballspiel. Dicte verstand, was er vorhatte.

»Hast du dein Handy nicht auch vorhin auf dem Parkplatz benutzt? Damit du deinen Freunden später zeigen kannst, was ihr da entdeckt habt?«

Das Mädchen starrte sie an. Dann nickte sie, sah aber Bo dabei an. Bo hatte immer eine gute Wirkung auf Frauen.

»Wenn du Fotografin werden willst, musst du natürlich so viel wie möglich üben«, sagte er einschmeichelnd. »Hättest du nicht Lust, mir die Aufnahmen zu zeigen? Vielleicht kannst du dir so was für deine erste eigene Kamera dazuverdienen.«

Das Mädchen sah hinüber zu ihrem Vater, der in ein Gespräch vertieft war. Sie zögerte.

»Ich habe keine Fotos gemacht«, sagte sie schließlich. »Sondern einen Film. Ich dachte, damit kann ich den Wettbewerb gewinnen.«

»Du hast der Polizei gar nichts von diesem Film erzählt?«, fragte Dicte.

Das Mädchen zuckte mit den Schultern.

»Die haben mich nicht gefragt. Die wollten nur mit meiner Mama sprechen. Wir sind früher rausgegangen. Weil das Spiel so schlecht war, und außerdem musste ich aufs Klo.«

Bo wühlte in seiner Hosentasche, aber er hatte kein Bargeld dabei und sah fragend zu Dicte. Sie fischte einen Zweihundertkronenschein aus ihrem Portemonnaie und betrachtete das Mädchen. Niemand nahm so ein junges Mädchen ernst, schon gar nicht, wenn dessen Mutter dabei war und für eine Aussage zur Verfügung stand.

»Okay, hier. Zeig mal, was du da hast.«

Das Mädchen klickte sich durchs Menu.

»Wir haben da so einen Wettbewerb in der Schule. Wir sollen in den Sommerferien einen Film mit unserem Handy machen. Der darf aber nur eine Minute lang sein.«

Endlich erschienen die Bilder auf dem Display. Die Stimme des Mädchens klang wie ein Voiceover bei einem Dokumentarfilm.

»Das war total gruselig. Sie lag da wie eine Gummipuppe und hatte keine Augen mehr.«

Eine frühere Generation von Teenagern hätte wahrscheinlich einen Schock erlitten und sich psychologisch behandeln lassen müssen, dachte Dicte. Aber nicht die jungen Menschen von heute. Die waren hartgesottener. Sie hatten schon so viel Blut und Gewalt gesehen, dass sie angesichts der grausamen Wirklichkeit kaum mit der Wimper zuckten.

Bo schirmte mit seiner Hand das Display ab, damit sie gegen das Sonnenlicht die Aufnahmen ungehindert sehen konnten. Es war eindeutig eine Leiche, und hier gab es keine mildernden Umstände. Eine junge Frau mit halblangen Haaren, die ihr auf die Schultern fielen. Sie trug Jeans und ein T-Shirt, dessen Aufschrift »I love U« mit Pailletten geschrieben waren und über einem glitzernden Silberherzen prangten. Man hatte sie gegen das Auto gelehnt, und die Beschreibung »Gummipuppe« passte perfekt. Es sah aus, als bestünde sie nur aus Haut und Haaren, als hätte jemand ihr Skelett entfernt, das sie ansonsten stützen und aufrecht halten würde. Obwohl der Bildschirm sehr klein war, konnte man ihre leeren Augenhöhlen deutlich erkennen, die aus tiefer, bodenloser Dunkelheit starrten. Am linken Bildausschnitt waren zwei Beine in Jeans zu sehen, die wahrscheinlich der Mutter gehörten.

»Was ist das?«, fragte Bo.

»Was?«

»Das da. Ist das ein Schatten? Ein Baum?«

Er zeigte mit dem Finger auf das Display. Mit einem freundlichen Lächeln nahm er dem Mädchen das Handy aus der Hand und spielte den Film erneut ab. Dicte kniff die Augen zusammen.

»Da!«

Zuerst konnte sie nicht erkennen, was er meinte. Doch dann plötzlich sah sie es. Es war ein Schatten, der übers Auto, die Leiche und den Parkplatz wanderte.

»Das muss das letzte Auto in der Reihe gewesen sein«, sagte sie. »Dahinter kommt der Wald. Nur Bäume.«

»Aber ist das ein Baum?«, fragte Bo und ließ den Film ein weiteres Mal laufen.

Sie schüttelte den Kopf. Das konnte beim besten Willen kein Baum sein. Denn dann müsste es ein äußerst lebendiger Baum gewesen sein, von der Sorte, die sich bewegen konnte.

Bo fror den Ausschnitt ein, Dicte starrte auf den Schatten zwischen den Bäumen.

»Stiefel«, murmelte Bo. »Ein fucking Stiefel.«

Er hatte recht. Der Schatten endete zwischen den Bäumen, und man konnte zwei schwarze schwere Stiefel erahnen, die einen unweigerlich an einen der alten Filmklassiker erinnerte. *Clockwork Orange*. Der Rest des Mannes verschwand im Schatten.

»Der muss überrascht worden sein«, stellte sie fest, während ein Schauer über ihren Rücken lief. »Er hatte nicht damit gerechnet, dass dort jemand vor Ende des Spiels auftaucht. Er hat in der Nähe gestanden und alles gesehen.«

Je öfter sie den Film ansahen, desto deutlicher wurde es, dass es sich um einen menschlichen Schatten handelte, der vom Waldrand auf den letzten Wagen in der Parkreihe und auf die Frauenleiche ohne Augen gefallen war.

Kapitel 2

Wagner betrachtete die Leiche, die gegen den Wagen gelehnt war, und konnte seine Erleichterung nicht fassen.

Die Frau starrte ihn aus leeren Augenhöhlen an. Alles an ihr schien verkehrt, von ihrer unnatürlichen Körperhaltung, die an ein weggeworfenes Spielzeug erinnerte, bis zu der Tatsache, dass sie dort, umgeben von Vogelgezwitscher aus dem Buchenwald und dem Lärm der nach Hause strömenden Fußballfans, saß – und tot war. Aber wenigstens war das ein Tod, gegen den er etwas unternehmen konnte. Gott bewahre, nicht, dass er sie wieder zum Leben erwecken konnte. Aber er konnte mit dem Tod arbeiten. Er konnte ihm und der Umgebung Erkenntnisse entlocken. Er konnte ihm, wenn schon keinen Sinn, dann doch eine Erklärung abringen.

»Ich wollte dich gerne dabeihaben. Hoffe, das war in Ordnung?«

Im ersten Augenblick hatte er Schwierigkeiten gehabt, Jan Hansen wiederzuerkennen.

»Ich wusste gar nicht, dass du ein Fan von denen bist?«, sagte Wagner und deutete auf den muskulösen Oberkörper seines Kriminalkommissars, der in einem blauweißen Hummel-Fan-Shirt steckte. »Dir fehlt ja nur noch der Schal!«

Hansen sah peinlich berührt aus.

»Der liegt im Auto.«

»Ach so. Du warst hier also die ganze Zeit?«

Jan Hansen nickte.

»Wie war es auf der Beerdigung?«

Wagners Blick wanderte zurück zur Leiche. Die Spurensicherung war schon in vollem Gange. Der Gerichtsmediziner, sein guter Freund Gormsen, war noch nicht am Tatort, würde aber jeden Augenblick eintreffen.

»So, wie so was eben abläuft. Langsam«, sagte er bedächtig.

»Langsam?«

Wagner gab keine Antwort, sondern ließ sich von einem der Kriminaltechniker einen sterilen Anzug, einen Mundschutz und ein Paar Latexhandschuhe geben und ging neben der Leiche in die Hocke. Wie sollte er seine Ohnmacht beschreiben? Wie sollte er die vergangenen Tage schildern, seit seine Schwiegermutter nach überstandener Hüftoperation aus Amerika zurückgekehrt war und plötzlich hohes Fieber bekommen hatte und dann – trotz sofortiger medizinischer Versorgung – wenige Tage später an dieser Infektion gestorben war. Welche Worte sollte er finden für Ida Maries Trauer, die er um jeden Preis der Welt lindern wollte. Stattdessen hatte sie sich auch in ihn hineingefressen, bis er frustriert und machtlos aufgegeben hatte. Er konnte keine Hilfe sein. Ausgerechnet er, der es gewohnt war, sich dem Tod und seinen Ursachen zu stellen, stand plötzlich wie gelähmt daneben und musste mit ansehen, wie seine geliebte Frau sich auflöste. So wie die Weihnachtsmänner, die sein Sohn letztes Jahr gebacken hatte, als dieser noch ein Kind und noch kein Teenager war.

»Ach, das lief alles ganz gut«, antwortete er darum und hatte das Bedürfnis, eine Haarsträhne beiseitezuschieben, die am leicht geöffneten Mund der jungen Frau klebte. Aber das durfte er nicht. Der Tatort musste unberührt belassen und alles peinlich genau aufgenommen werden. Das hatte er verinnerlicht, so wie das Anschnallen des Sicherheitsgurts und das abendliche Zähneputzen.

Stattdessen betrachtete er die Tote eingehend. Sie war jung, nicht älter als zwanzig. Ihre Haut war glatt und ebenmäßig, zumindest dort, wo sie nicht blaugeschlagen und blutig war. Und das war sie fast überall, an ihren nackten Armen, im Gesicht und am Brustansatz. Fliegen umschwirrten sie, obwohl es keineswegs ein warmer Sommertag war, vielmehr so ein typisch dänischer Wechsel von Sonne und dunklen Regenwolken, die über den Himmel jagten. Ihr Haar war mittellang und dunkel, darum bemerkte er erst auf den zweiten Blick das getrocknete Blut an ihrer Schläfe. Obwohl er kein Gerichtsmediziner war, konnte er sehen, dass die Verletzung von einem dumpfen Schlag herrührte. Die Schläfe war blutverschmiert, aber lieber das, dachte er vollkommen unlogisch, als Anzeichen einer Erdrosselung mit einer geschwollenen Zunge, die aus dem Mund hängt. Dieser Tod war trotz alledem der schönere, der gnädigere.

»Na, was haben wir denn hier?«

Gormsen stand, auf einem Bein balancierend, hinter ihm und zog sich gerade Schutzanzug und Überschuhe an.

Wagner stand auf. Die anfängliche Erleichterung war einer unheilvollen Ahnung gewichen.

»Das sieht merkwürdig aus. Beinahe wie ein Ritual, wenn du meine Meinung hören willst.«

»Habe ich die jemals nicht hören wollen?«

Gormsen zog sich den zweiten Überschuh an und ließ den Gummizug schnalzen.

»Ihre Augen sind entfernt.«

Der Gerichtsmediziner ging neben der Leiche in die Hocke und begann mit seiner Arbeit. Wagner konnte förmlich spüren, wie er die schlackernde Jeans und das zu kurze rosafarbene T-Shirt registrierte. Er betrachtete den Kopf, der gegen die Beifahrertür gelehnt war, den schlanken Hals, die regelmäßigen Gesichtszüge, die Haut, jung und gepflegt. Vielleicht hatte sie Mascara getragen, das würden sie niemals in Erfahrung bringen können. Sie hatte keine Wimpern mehr. Gormsen ermittelte die Körpertemperatur der Leiche.

»Perso?«, fragte er.

»Keine Tasche«, erläuterte Hansen. »Auch nichts in den Hosentaschen, was uns weiterbringt.«

Gormsen ließ seinen Blick am Körper entlangwandern.

»Auch keine Schuhe!«

Die Füße der jungen Frau waren klein und hübsch mit hohem Spann. Ihre Nägel waren mit rosa Perlmutt lackiert. Die Sandalen hatten helle Streifen auf der gebräunten Haut hinterlassen.

»Sie hat hier nicht lange gesessen, das ist ganz klar. Jemand hat sie hier drapiert. Wann? Während des Spiels? Wann genau ist sie gefunden worden?«

»Um sechzehn Uhr fünfundvierzig«, gab Hansen an. »Eine Viertelstunde vor Spielende. Eine Mutter und ihre elfjährige Tochter haben die Leiche entdeckt. Sie hatten das Stadion verlassen, bevor das Spiel abgepfiffen wurde.«

Hansen sah wütend aus. Echte Fans blieben bis zum Schluss und unterstützten ihre Helden, in guten und in schlechten Zeiten, konnte Wagner an seiner Körperhaltung ablesen. Hansen hatte an diesem Tag kein großes Nachsehen mit Frauen und ihren elfjährigen Töchtern.

»Das kann ihnen wohl kaum einer vorwerfen!«, sagte Gormsen spitz, dessen Lieblingsverein Brabrand IF war, für den er vor langer Zeit sogar selbst gespielt hatte.

Hansen erwiderte nichts.

»Jetzt muss Brabrand wohl aus der 2. Liga aufsteigen«, fuhr Gormsen fort, während er mit Latexhandschuhen an den Fingern die Verletzung an der Schläfe untersuchte. »Böser Schlag«, murmelte er. »Wahrscheinlich auch die Todesursache.«

»Welche Waffe vermutest du?«

Wagner interessierte sich für Fußball so viel wie für die Weltmeisterschaft im Kartoffelschälen.

»Ein Stein vielleicht«, schlug Gormsen vor. »Ein Baseballschläger. Wir müssen abwarten, was wir in der Feinanalyse für Splitter in der Wunde finden.«

»Und die Augen?«

Gormsen schwieg lange und starrte nur auf das entstellte Gesicht. Wagner konnte ihn gut verstehen. Die leeren Höhlen sogen alles in sich auf. Es stimmte, wenn man sagte, die Augen seien der Spiegel der Seele. Er hatte schon viele Leichen gesehen, aber keine, die so seelenlos wirkte. Wie eine Vogelscheuche, dachte er.

»Der Täter hat die Augen entfernt«, kommentierte Gormsen den Befund. »Aber nicht nur das. Er hat auch die Augenlider abgetrennt.«

»Warum?«, fragte Wagner. »Wozu soll das gut sein?«

Gormsen zuckte mit den Schultern.

»Vorsorgende Maßnahme, vielleicht?«

»Meinst du, um andere potentielle Opfer einzuschüchtern? Mafiamethode?«

Gormsen drehte den Kopf der jungen Frau erst zur rechten, dann zur linken Seite.

»Ich würde sagen, das ist dein Revier«, entgegnete er mild. »Ich bin hier nur der Kadaverdoktor!«

Aber sie beide wussten, dass er viel mehr als das war.

»Todeszeitpunkt?«

Gormsen zuckte erneut mit den Schultern.

»Beginnende Leichenstarre und Todesflecken zusammen mit der Körpertemperatur … Mhm … Es ist nur eine ungenaue Angabe, aber ich würde so schätzen vor drei bis vier Stunden. Wir müssen sie mitnehmen, aufmachen und uns genauer ansehen.«

Er erhob sich aus der Hocke.

»Und die Presse? Die waren doch bestimmt von Anfang an dabei. Haben sie es geschafft, nah ran zu kommen und Fotos zu machen? Ich hoffe sehr, dass die nicht veröffentlicht werden, bevor wir die Tote identifiziert haben.«

Jan Hansen wies die Befürchtungen zurück. Die Gegend sei zügig mit den »Minenstreifen« abgesperrt worden, die Ordnungskräfte hatten das Absperrband zuvor benutzt, um volle Parkplätze zu kennzeichnen.

Wagner musste unwillkürlich an Dicte Svendsen denken. Wenn die eigene Frau mit einer Kriminalreporterin befreundet war, kam es ihm manchmal vor, als wäre er mit der Klatschpresse liiert. Dennoch waren sie sich bisher selten privat über den Weg gelaufen. Das Begräbnis seiner Schwiegermutter war eine der wenigen Ausnahmen, aber keineswegs eine angenehme. Dicte Svendsen auf privatem Boden zu begegnen war in etwa so, als würde man mit einem israelischen General eine Partie Golf spielen, ohne über den Nahen Osten zu sprechen. Er war sich sicher, dass sie und ihr Lebensgefährte Bo Skytte sich auf der anderen Seite der Absperrung aufhielten.

»Svendsen?«, fragte in diesem Augenblick Hansen, der wie alle anderen von den Umständen wusste. Auch von dem Konflikt, in dem sich Wagner befand, um das Verhältnis zwischen ihnen professionell zu belassen.

»Ist vermutlich dort drüben irgendwo«, räumte Wagner ein.

»Ist sie das nicht immer?«, brummte Gormsen. »Irgendwo dort draußen ...«

Wagner schob die Gedanken an Dicte Svendsen beiseite. Es war nun mal so, wie es war, und er konnte das im Augenblick auch nicht ändern, sondern lediglich versuchen, sich zu schützen und an die Regeln zu halten. Und das war schon schwer genug.

Gormsen hatte sich wieder hingehockt und begonnen, den Mund des Opfers zu untersuchen.

»Hast du was entdeckt?«

Der Gerichtsmediziner antwortete mit einem gurgelnden Geräusch, öffnete seinen Arbeitskoffer und holte eine Pinzette heraus. Wagner kniete sich neben ihn.

»Ich glaube, da steckt was drin«, sagte Gormsen, als würde er mit sich selbst sprechen. »Wenn ich das da nur herausbekommen könnte.«

Sie mussten lange warten, es kam ihnen vor wie Stunden, dann endlich gelang es ihm, den Kiefer der Toten zu öffnen. Gormsen steckte seine Latexfinger in den Mund und holte eine Kugel heraus. Er drehte und wendete sie hin und her. Wagner stöhnte auf, als ihn plötzlich ein blaues Auge anstarrte.

»Ist das ihr Auge?«

Gormsen schüttelte den Kopf und klopfte mit der Pinzette gegen die Kugel, wobei ein klackerndes Geräusch entstand.

»Es sei denn, sie hatte ein Glasauge.«

Kapitel 3

Der Varna Palais lag wie ein weißes Dornröschenschloss in der Mitte vom Marselisborg Park.

Das Palais war früher einmal eines der vornehmsten Ausflugsziele gewesen. Umgeben von gepflegten Grünanlagen, Blick auf Wald und Strand, schöne hohe Räume, große üppige Blumengestecke und ein Mobiliar, das eines Fürsten würdig war.

»Die Bastion des Bürgertums«, murmelte Bo, als er Dicte übertrieben höflich die Tür aufhielt. »Frau Svensson hat es ganz nach dem Geschmack von Frau Svensson arrangiert.«

Das stimmte tatsächlich, dachte Dicte. Ida Marie hatte ihr erzählt, dass es ihrer Mutter gelungen war, ihre Vorstellung von einem gelungenen Begräbnis vor ihrem Tod zu äußern. Es sollte allem voran eine Beerdigung sein, keine Beisetzung in einer Urne. Das Varna Palais war zeit ihres Lebens das Lieblingsrestaurant der Verstorbenen gewesen. Es verströmte den Duft vergangener, großer Zeiten, die auch Dorothea Svensson mit ihren flatternden Divenroben, dem toupierten Haar und den unzähligen goldenen und diamantbesetzten Schmuckstücken erlebt hatte.

Dicte betrat das Foyer und ging den Gang hinunter zu den Veranstaltungsräumen. Sie hatte auf dem Parkplatz Ausschau nach Wagners Auto gehalten, es aber nicht entdecken können. So wie sie ihn kannte, würde er noch auftauchen. Er würde Ida Marie nicht im Stich lassen, selbst wenn er nur eine halbe Stunde entbehren könnte, jetzt, da ihn sein Job voll in Beschlag genommen hatte.

»Ich weiß genau, wo ihr beide gewesen seid.«

Ida Maries Stimme klang unterkühlt, ein unangenehmes Schweigen senkte sich über die Trauergesellschaft, als sie pünktlich zum Hauptgang eintrafen. Es gab Kassler.

»Verzeih.«

Dicte umarmte Ida Marie, die sich zuerst steif machte, doch dann nachgab und die Umarmung erwiderte.

»Kommt er noch?«, fragte Dicte. Es war unnötig, den Namen zu erwähnen.

»Hat er gesagt.«

Sie standen sich einen Augenblick schweigend gegenüber. Ihre Freundschaft fühlte sich manchmal irgendwie schief an.

»Ich muss mit ihm reden.«

Ida Maries Blick bekam etwas Wachsames. Dicte legte ihr eine Hand auf den Arm.

»Es ist wichtig. Um seinetwillen.«

»Aber in erster Linie um deinetwillen, oder? Es ist wichtig für deine Story?«

Ida Marie schüttelte den Kopf.

»Ich kann ihn jetzt nicht anrufen. Die sind da mitten in … einer Sache.«

Dicte wollte entgegnen, dass sie wusste, um was für eine ›Sache‹ es sich handelte. Aber wie so oft spürte sie genau die Grenze zwischen den Dingen, die sie wusste, und jenen, die sie offiziell wissen durfte. Letzteres gab es nicht so häufig. Ersteres war weitaus häufiger der Fall, und sie hatte nicht immer Lust, diese Dinge mit anderen zu teilen.

»Du musst warten, bis er kommt, wenn er denn kommt.«

Die Bewirtung war tadellos, und Bo stürzte sich mit seinem gewohnten Appetit auf die Speisen. Sie beobachtete ihn, während Kassler und Gemüse serviert wurden, und überlegte kurz, wo er das ganze Essen unterbrachte. Es verpuffte wahrscheinlich alles, mit Unterstützung seiner quecksilberartigen Ruhelosigkeit, vermutete sie. Zumindest setzte es nicht am Körper an, der war so dünn wie der eines gejagten Hundes und auch an diesem Tag nicht passend zum Anlass, sondern lediglich in Jeans und T-Shirt gekleidet.

Sie bekam keinen Bissen runter. Leere, unendlich tiefe Augenhöhlen schwebten durch ihre Erinnerung, begleitet von dem ironischen Slogan »I love U« auf dem T-Shirt der Toten. Natürlich hatte sie schon viel über die sonderbarsten Rituale gelesen, die sich bei dem drastischen Akt eines Mordes vollziehen konnten. Es gab unzählige Erklärungen, logische und unlogische. Dennoch war es ihr unmöglich, zu begreifen, warum ein Täter die Augen eines Opfers herausschnitt. Wenn er wollte, dass es nichts mehr sah, genügte es doch, den Menschen zu töten.

Dicte zwang sich, ein paar Brokkoliröschen zu essen und warf einen Blick auf ihre Uhr. Jetzt waren die Reden an der Reihe, und ein Familienmitglied nach dem anderen erhob sich und lobpreiste jene Frau, die in mehr als nur einer Hinsicht das Leben ihres einzigen Kindes zerstört hatte. So war das mit dem Tod, dachte Dicte. Er machte aus den schlimmsten und egoistischsten Menschen die reinsten Engel.

Sie hatten das Dessert schon fast aufgegessen, als er auftauchte. Sie hörte seine Schritte den Flur entlangkommen. Sie würde seinen Gang überall in der Welt wiedererkennen. Energisch und mit großer Sicherheit; nicht zu schnell, aber mit all der Autorität, die seine Person ausstrahlte, und das war nicht wenig. Immer wieder aufs Neue war sie überrascht, dass sie, die Autoritäten verabscheute, bei ihm eine Ausnahme machen konnte. Vielleicht lag es daran, dass seine Autorität nicht von seiner Position herrührte, sondern eine natürliche Kraft war, die im Laufe der Jahre und wachsender Erfahrung immer mehr zunahm.

»Entschuldigt bitte.«

John Wagner murmelte es über die Köpfe der Anwesenden hinweg, als er seinen Platz neben Ida Marie einnahm. Aber Gesichtsausdruck und Körperhaltung hatten keineswegs etwas Entschuldigendes. In seinem Blick lag nur diese wohlbekannte ernsthafte Bestimmtheit, die auch noch am anderen Tischende zu erkennen war, dort wo Dicte und Bo saßen. Dem Anlass entsprechend, trug er einen dunklen Anzug und nicht seine übliche Tweedjacke, die sein etwas exotisches Aussehen unterstrich. Die Haare waren grau meliert, und seine Hautfarbe verriet den Genanteil aus südlicheren Gefilden. In dem Anzug erinnerte er Dicte an den Dirigenten eines Symphonieorchesters, mit seiner leicht gebogenen Nase und den schweren Augenlidern, deren Ausdruck mit Schläfrigkeit verwechselt werden konnte, die aber nur einen wachsamen Blick verdeckten, der alles um ihn herum registrierte.

Sie hatte Verständnis dafür, dass er so ernsthaft wirkte. Es war sein Instinkt. Und das Schicksal hatte es so gewollt, dass auch sie diesen Instinkt besaß, obwohl sie noch nie darüber gesprochen hatten. Genau genommen hatten sie bisher nur zwei Gespräche unter vier Augen geführt, aber das Wissen über diese Fähigkeit, über die sie beide verfügten, hatte immer existiert, ob sie das nun wollten oder nicht. Es war, als würden sie mit großer Neugier von dem Bösen angezogen werden beziehungsweise von dem, was das Böse hervorbrachte. So als wären sie – von unterschiedlichen Positionen aus – dazu auserkoren, Ordnung in dem Chaos zu schaffen, das entstand, wenn der Tod nicht natürlich war. Er mit dem Gesetz im Rücken und in leitender Position bei der Kriminalpolizei von Århus, die nach der Polizeireform mittlerweile Ostjütlands Polizeiermittlung hieß. Und sie mit ein paar anderen Waffen, aber vor allem mit dem nie versiegenden Drang, Fragen zu stellen und Wahrheit von Unwahrheit zu unterscheiden.

Etwa eine halbe Stunde später kam Bewegung in die Trauergesellschaft, die Leute erhoben sich, tauschten die Plätze und liefen im Raum auf und ab oder zu den Toiletten. Bruchstücke der verschiedenen Gespräche schwebten wie auf Wellen von Ecke zu Ecke. Man sprach über Dorothea Svensson, aber auch über den Leichenfund auf dem Parkplatz. Das Gerücht war bereits in Umlauf gesetzt worden, vielleicht vom Personal. Varna lag nicht so weit entfernt vom NRGI-Park. Gesprächsfetzen wie »junge Frau« und »Wagner hat den Fall« oder »arme Ida Marie« fanden ihren Weg zu Dictes Ohren. Auch Wagner schien sie aufgeschnappt zu haben, denn plötzlich entfernte er sich, kämpfte kurz mit einer Terrassentür und trat dann hinaus an die frische Luft. Sie beobachtete ihn, wie er dort stand, ganz still, und in den Park starrte. Lauschte er den Vögeln oder sah er nur tief in sein Inneres?

»Fährst du wieder zurück?«

Er drehte sich um und wirkte überhaupt nicht überrascht. Dann nickte er.

Sie kam vorsichtig näher, damit er nicht plötzlich auf dem Absatz kehrtmachte.

»Ist was Rituelles, oder? Das mit den Augen?«

Sein Blick verschloss sich, sein Mund wurde zu einem dünnen Strich. Aber offenbar war das eher eine automatische Reaktion als eine durchdachte Handlung, denn mit einem Mal lächelte er schief.

»Du bist wie immer sehr gut informiert. Was hast du dieses Mal im Ärmel?«

Sie wühlte in ihrer Tasche und holte das Handy des Mädchens hervor. Sie reichte es ihm.

»Eine Sache, die von der Polizei übersehen wurde.«

Sie nickte zum Handy. »Die Seite heißt ›lommefilm.dk‹, da geht es um Handyfilme. Die Tochter war der Ansicht, damit den Wettbewerb in ihrer Schule gewinnen zu können.«

»Indem sie eine Leiche filmt?«

Sie nickte. Er starrte entgeistert auf das Mobiltelefon in seiner Hand. Ihm konnte man es nicht anlasten, dass nur die Mutter befragt worden war. Er war erst später dazugekommen, da hatten andere bereits die einleitenden Ermittlungen in Gang gesetzt, aber sie wusste, dass er sich ärgerte.

Jetzt würde er sich fühlen, als stünde er in ihrer Schuld. Er würde sich dagegen wehren, aber sein unerschütterlicher Sinn für Gerechtigkeit würde den Kampf gewinnen, und sie würde bekommen, was sie wollte. Zumindest hoffte sie das.

Sie wandte sich zum Gehen. Der Artikel über die Leiche ohne Augen schrieb sich schließlich nicht von selbst.

»Ach, übrigens.« Dicte blieb abrupt stehen und drehte sich um. »Ich habe es nur ausgeliehen und ihr versprochen, dass ihr euch morgen bei ihr melden werdet. Du weißt ja, wie viel den Kindern heutzutage ihre Handys bedeuten. Darum ist es wichtig, dass sie von der Polizei höchstpersönlich erfährt, dass sie bei der Aufklärung eines Falles hilft.«

Er wiegte das Mobiltelefon in seiner Hand und nickte ihr zu.

»Ich hatte Ausgaben in Höhe von 200 Kronen. Ich rechne damit, dass ihr mir das ersetzt!«

Er starrte sie an, und sie legte noch einen drauf.

»Und nicht so lange mit deiner Familie in Australien telefonieren, hörst du?«

Kapitel 4

ES sollte weh tun. Sie nannte es immer ES, nie anders. Genauso wie sie an ihn immer nur als IHN dachte. Sie hatte nie versucht, den Grund dafür zu analysieren. Denn sie wusste, wenn sie erst einmal damit anfing, würde es niemals enden.

Kiki Laursen lehnte sich auf ihrem Stuhl zurück und lauschte der Musik, die von der Bühne in den Zuschauerraum strömte. Ihre Beine in den dunklen Netzstrümpfen und den hohen Stilettos wippten unterm Tisch im Takt mit. Der angekündigte Bluesabend im Fatter Eskil, einem Lokal, das sie sonst nie besuchte, war besser, als erwartet. Die Kneipe war knallvoll und die Stimmung gut.

»Ich gehe an die Bar. Willst du auch noch was?«

Sie schüttelte den Kopf, als Nina sie fragte. Alkohol war es nicht, was sie wollte. Und das, obwohl sie am nächsten Tag frei-hatte und Monica auf die Kinder aufpasste. Sie war auf der Jagd nach etwas Bestimmtem, und Susannes Polterabend konnte dafür genauso gut genutzt werden wie jeder andere Abend auch.

Sie sah sich im Kreis ihrer Freundinnen um, eine geschmackloser angezogen als die nächste. Die zukünftige Braut aber hatte den Hauptpreis gewonnen. Passend zum Anlass, war sie wie eine überreife Prinzessin geschminkt und in ein Kostüm gesteckt worden, das eine jodelnde Heidi neidisch gemacht hätte. Vor wenigen Stunden noch hatte sie auf dem Strøget, der Haupteinkaufsstraße, gestanden und rote Rosen für einen Kuss an männliche Passanten verteilt. Danach wurde sie einem Stripper ausgeliefert, der ihr sehr professionell suggerierte, dass er ihren ausladenden Körper extrem sexy fand. Natürlich war das alles nur ein Spiel, ein Schauspiel. Der Stripper war der einzige Programmpunkt gewesen, an dem auch sie beteiligt gewesen war. Er war ein appetitlicher Typ mit muskulösen Beinen und Six-Pack. Breite Schultern, schmale Taille, genauso wie sie es gerne mochte. Was für eine Schande nur, dass er schwul war, aber dieses Detail hatte sie selbstverständlich für sich behalten. Es gab keinen Grund, schöne Illusionen zu zerstören.

Ach was, die Mädels waren schon okay so. Sie waren da, wenn man sie brauchte, und das war wohl das Wichtigste. Also, was hatte schon mangelnder Stil oder die falsche Wahl beim Ehemann zu bedeuten. Susanne würde bald Mitglied in diesem Club sein. Am Samstag würde sie den wohl langweiligsten Mann der Welt heiraten, alias der immer akkurate und gepflegte Ulrik in blauem, perfekt gebügeltem Hemd und passender Krawatte. Dazu gab es seine zwei perfekten Kinder mit sauberen Fingernägeln und glatt gestriegelten Haaren aus einer früheren – offensichtlich dann doch nicht perfekten – Ehe. Es war eigentlich erschreckend, wie wenig Einfluss man auf die Partnerwahl der eigenen Freundinnen hatte.

Sie versuchte, sich Susanne und Ulrik beim Sex vorzustellen, musste es aber gleich wieder abbrechen. Vielleicht würde ihnen etwas unter der Decke in tiefer Dunkelheit einfallen. Aber große Hoffnungen hatte sie da nicht.

Das Lied war zu Ende, und die Zuschauer applaudierten. Sie stand auf.

»Ich geh mal eben aufs Klo. Haltet ihr mir den Platz frei?«

Die anderen nickten. Aber sie konnte in ihren Augen ablesen, dass sie Bescheid wussten. Jetzt legt Kiki los, sagten die Blicke. Jetzt passiert gleich was.

Sie scannte die Kneipe auf dem Weg zu den Toiletten. Noch war das Rauchen erlaubt, und ein Nebel aus Qualm hatte sich über den Raum gelegt, der irgendwie zu klein für so viele Menschen wirkte. Sie mochte das. Eng, damit man sich dicht aneinander vorbeidrängen konnte – ihre Brust, die sich gegen die Schulter eines Mannes drückte, die Haut ihres Armes, die an einer Hand vorbeistreifte, die ein Bierglas hielt. Ein kleines »tschuldige« und danach ein kurzer, wie zufälliger Augenkontakt.

So bekam sie die Männer rum. Es war ganz einfach. Das war ihr noch nie schwergefallen, hatte ihr aber auch nie wirklich gutgetan. Es hatte sie kein einziges Mal glücklich gemacht, aber das war schließlich auch nicht ihr Ziel. Offensichtlich habe ich gar kein Ziel, dachte sie, außer diesem Hunger zu entkommen.

»Schöne Strümpfe!«

Klang da Verachtung durch? Der Mann, der sie angesprochen hatte, stand gegen die Bar gelehnt. Sie hatte ihn an diesem Abend bereits einmal gesehen, im Bridgewater Pub vor etwa einer Stunde. War es ein Zufall, dass er jetzt auch in dieser Kneipe war? Eigentlich sah er nicht aus wie ein typischer Fatter Eskil Gast, aber das tat sie auch nicht. Neben ihm stand ein halbvolles Glas mit Bier, das er hochhob, um ihr zuzuprosten.

In diesem Augenblick wusste sie, dass er es sein würde. Aber wenn sie jemand gefragt hätte warum, hätte sie sich mit einer Antwort schwergetan. Sein Aussehen war es nicht. Zwar war er muskulös, eher der vierschrötige Typ, aber nicht besonders groß, und auch sein Gesicht war nicht besonders hübsch. Ganz gut aussehend, mit einer platten Nase, wahrscheinlich von der

Begegnung mit einer Faust, und hohen Wangenknochen. Die Haare waren eher straßenköterblond und ziemlich kurz. Vielleicht fühlte sie sich von seiner Kleidung angezogen? Schon von weitem hatte sie das Pringle-Logo auf seinem gelben Hemd gesehen. Schwarze Jeans und schwarze, schwere Stiefel vollendeten den Gesamteindruck seiner gelungenen Selbstinszenierung. Nicht uninteressant, aber auch kein Grund durchzudrehen.

»Danke.«

Sie formte die Antwort überdeutlich mit den Lippen und sah ihm in die Augen. Die waren braun, ein kühles Braun, in dem alles in einer bodenlosen Dunkelheit versinkt. Immer waren es die Augen. Dort lauerte die Gefahr, und bei ihm leuchtete sie auf eine Art, die ihr gefiel.

Sie ging auf die Toilette und legte neuen Lippenstift auf, zog ihren Slip aus und stopfte ihn in ihre Handtasche. Das alles dauerte nur wenige Sekunden, und sie warf nur einen kurzen Blick in den Spiegel, um ihr Gesicht zu betrachten. Es gab kein Gesetz, das besagte, dass man bei einem Polterabend die ganze Nacht mit seinen Freundinnen zusammenbleiben muss.

Sie wusste, dass er noch an derselben Stelle stehen würde. Er wartete auf sie. Neben ihm auf dem Tresen stand ein frisch gezapftes Glas Bier. Er zeigte darauf und sah sie an.

Sie zupfte ihr Seidenkleid zurecht, das sich an ihren Körper schmiegte. Sie sah ihm an, dass er wusste, dass sie nichts drunter trug. Zumindest hoffte er, dass es so war.

»Und wie heißt du?«, fragte er, als sie nach dem besitzerlosen Bier griff.

»Kiki.«

Er gab ihr einen festen Händedruck und verbeugte sich leicht vor ihr. Nicht um sich lustig zu machen, er war einfach einer jener Männer, die so etwas taten. Zumindest empfand sie das so.

»Johnny«, erwiderte er, als hätte er den Namen soeben in der Luft gefangen.

Sie mochte den Namen, obwohl sie wusste, dass er ihn sich ausgedacht hatte. Er schmeckte nach Lastkraftwagenfahrer und

Motorenöl, aber sie konnte an seinen Händen sehen, dass er beruflich nichts mit Autos zu tun hatte.

»Und was bist du so für einer, Johnny?«

Er sah sie an.

»Willst du das wirklich wissen? Oder ist das hier nur eine oberflächliche Unterhaltung?«

»Es ist die reinste Oberfläche, und ich möchte es sehr gerne wissen.«

Sie nippte am Bier, es war eiskalt und durstlöschend. Es verstärkte ihre eigene Lust, sich auf sein Spiel einzulassen. Er wirkte erbarmungslos und schnell, sie erkannte in ihm ihren eigenen Hunger, ihre Begierde.

»Beruflich bin ich Serviceassistent im Krankenhaus. Früher haben die das Krankenträger genannt. Privat bin ich so vieles andere.«

»Zum Beispiel?«

»Fußballfan. Casual. Hundebesitzer. Wohnungseigentümer. Sexspielkind. Kaffeetrinker. Peitschenbesitzer. Sohn. Bruder. Neffe. Obwohl mir die Familie echt gestohlen bleiben kann.«

»Was ist Casual?«, fragte sie, obwohl zwei andere Worte in ihrem Kopf dröhnten und warme Stöße durch ihren Körper sendeten.

Er beugte sich zu ihr vor. Es schien ihr, als könnte er die Luft zwischen ihnen einfach flach drücken. Sein Gesicht war dicht vor ihr, und seine Augen lächelten, wie zwei Pfützen mit blankem Wasser, in denen man sich spiegeln kann.

»Das werde ich dir später erklären.«

»Später?«

»Bei mir zu Hause.«

Er deutete mit einem Kopfnicken auf ihre Hand. Sie hatte ihren Ehering zwar abgenommen, aber man konnte den Abdruck noch erkennen.

»Ich gehe davon aus, dass dein Mann nicht unbedingt an meiner Gesellschaft interessiert ist?«

Da konnte man sich nie sicher sein, dachte sie. Es wäre nicht das erste Mal, aber ihn würde sie, solange es ging, für sich allein behalten wollen. Sie nahm einen großen Schluck und wischte sich diskret den Schaum von der Oberlippe, während sie auf dem Barhocker Platz nahm und sehr langsam die Beine übereinanderschlug.

»Wo wohnst du denn?«

»In der Nähe vom Hauptbahnhof. Wollen wir nicht tanzen?«

Das Konzert war bald zu Ende, die Zuschauer hatten endlich angefangen, die kleine Tanzfläche zu bevölkern. Sie konnte Susanne und Nina sehen. Sie nickte und ließ sich vom Stuhl gleiten. Auf dem Weg zur Tanzfläche spürte sie seine Hand auf ihrer Hüfte, und die Vorfreude ließ ihr fast den Atem stocken.

Sie tanzten sofort eng umschlungen. Er hatte seine Hände auf ihrem Hintern, sie ihre auf seinem. Er war hart, das konnte sie deutlich spüren. Sein ganzer Körper war wie ein Granitblock. Er würde sie zermalmen können. Mit einer einzigen Umarmung würde er das Leben aus ihr herauspressen können.

»Zerquetsch mich«, sang es in ihr. »Zerquetsch mich, bis nur noch Stückchen und Krümel von mir übrig sind.«

Die Wohnung war ordentlich und maskulin auf eine etwas unpersönliche Art und Weise. Nur sein Hund verriet mehr über ihn. Es war ein American Stafford Terrier. Eine Rasse, die sowohl als Kampfhund aber auch – das wusste sie von Freunden – ausgezeichnet als Familienhund gehalten werden konnte.

Dieses Exemplar wirkte zumindest an der Oberfläche wie ein freundlicher Vertreter seiner Art. Allerdings verhielt es sich mit dem Hund wie mit seinem Besitzer, hinter den braunen Augen verbarg sich ein Geheimnis.

»Sekt?«

Er holte eine Flasche aus dem Kühlschrank, ehe sie antworten konnte.

»Warum nicht!«

Die Sprudelblasen würden ihr in den Kopf steigen und sie betäuben.

Der Korken sprang mit einem dumpfen Plopp ab. Er hatte seinen Pullover ausgezogen. Darunter trug er ein langärmeliges, eng sitzendes T-Shirt. Sie genoss den Anblick und stellte sich vor, wie ihre Hände die Muskeln unter dem Stoff berühren würden.

Er schenkte den Sekt in hohe Gläser, setzte sich neben sie aufs Sofa und prostete ihr zu.

»Ich möchte dir weh tun«, sagte er mit milder Stimme. »Du magst das, wenn es weh tut, oder?«

Der Raum verschwamm vor ihren Augen. Die Sprudelblasen prickelten in ihrem Hals, er fühlte sich trocken an, und sie musste noch einen Schluck trinken. Er fuhr fort: »Du magst den Geschmack von Blut. Du magst das Gefühl, wenn die Peitsche dich trifft und auf deine Arschbacken knallt. Ich kann es dir ansehen. Du willst mit Handschellen gefesselt werden und einen großen Schwanz in deinen Hals gestoßen bekommen. Tiefer und tiefer.«

Ihr Herz raste. Sie wurde warm und feucht im Schritt. Eigentlich würde sie sich am liebsten zusammenreißen und ihm sagen, dass er sich zum Teufel scheren könnte mit seinen kranken Phantasien. Eigentlich würde sie am liebsten aufstehen und gehen. Aber er hatte sie bereits mit seinen Worten in Fesseln gelegt, und ihr blieb nichts anderes übrig, als zu flüstern, ein schwaches, atemloses und bettelndes:

»Ja.«

Kapitel 5

Die Redaktion in der Frederiksgade war schon seit Jahren viel zu klein für die sechs festangestellten Journalisten und die paar freiberuflichen, Preise einheimsenden Fotografen, zu denen Bo gehörte.

Trotz der regelmäßigen Höhenflüge und Niederlagen der

Morgenzeitung hatte sich über die Jahre hinweg die Personaldecke relativ stabil gehalten. In guten Zeiten wurden neue Kollegen eingestellt und neue Redaktionen gegründet, wie zum Beispiel die Kriminalredaktion, zu deren Leiterin Dicte Chefredakteur Kaiser vor kurzem erst gemacht hatte. In schlechten Zeiten wurde die Jagd auf die erst kürzlich Eingestellten oder jene eröffnet, die kurz vor der Pensionierung standen. Die Letztgenannten konnten das Glückslos ziehen und eine Abfindung kassieren, die sie in die Lage versetzte, die Welt in der ersten Klasse zu bereisen.

»Na prima, das Redaktionsfräulein beliebt zu kommen!«

Holger Søborg warf ihr von seiner sicheren Position hinter dem Bildschirm einen strafenden Blick zu. Dicte schluckte ihre Irritation hinunter, so wie sie es sich vorgenommen hatte. Ihrer Meinung nach stand Holgers Hirnkapazität in einem umgekehrt proportionalen Verhältnis zu seinen breiten Fußballerschultern und seinem mindestens genauso breiten Grinsen. Aber er war nun einmal in ihrer Redaktion gelandet, darum war sie gezwungen, wenn sie ihn schon nicht lieben konnte, ihn wenigstens zu dulden. Was sie an diesem Tag dadurch zum Ausdruck brachte, dass sie seine Begrüßung ignorierte.

»Könnt ihr euch noch an diese Stiefel von den Schlägern in dem Film Clockwork Orange erinnern? Wie heißen die noch gleich?«

Sie hatte die Frage in den Raum geworfen, damit auch Helle eine Chance bekam. Bis vor kurzem war sie noch Praktikantin gewesen, jetzt ergänzte sie das Redaktionsteam der *Krimizone*, das eine wöchentliche Sonderbeilage erstellte und im täglichen Geschäft für aktuelle Sachen zuständig war. Auch sie war natürlich hoffnungslos von Bo verzückt und der Ansicht, er sei Århus' Antwort auf Johnny Depp.

Dicte fuhr ihren Computer hoch, der mit einem Geräusch zum Leben erweckt wurde wie eine Rakete auf der Abschussrampe. Allerdings fühlte es sich so an, als hätte sie ihn gerade erst ausgeschaltet. Den Artikel über die Leiche am Stadion hatte sie nach dem Leichenschmaus im Varna Palais am Sonntagabend geschrieben. Darum hatten Bo und sie auch eine halbe Stunde länger geschlafen an diesem Montagmorgen. Und weil seine Hand ganz zufällig ihre linke Brust gestreift hatte.

»Doc Martens«, sagte Holger, dessen Hirnzellen doch ab und zu etwas Brauchbares produzieren konnten. »Ursprünglich stammen die aus England, glaube ich. Die Punks in den Achtzigern haben die vor allem getragen. Hier in Dänemark sieht man die praktisch kaum noch.«

»Aber wenn man sie sieht, wer trägt die dann?«, hakte Dicte nach und hatte vor, Doc Martens zu googeln, wenn sie ihre Mails und ihre Post gesichtet hatte.

»Die Autonomen aus der Besetzerszene, diese BZ-Bewegung«, schlug Helle vor. »Auf deren Demos kann man solche Stiefel häufiger sehen.«

»Skinheads, Hooligans«, zählte Holger noch auf. »Kurt Cobain und Nirvana; die Gallagher-Brüder. Warum? Haben die was mit der Sache am Stadion zu tun?«

Dicte wich aus:

»Nee, ich frage nur, weil Rose sich so ein Paar wünscht. Aber ich finde, da steht irgendwie ›Gewalt‹ in großen Buchstaben drauf.«

»Da können ja die Stiefel nicht wirklich was dafür«, wandte Helle ein.

Holger und sie verfingen sich in einer regen Diskussion über Gewalt, während sie ihre Mails öffnete und die Stichworte Fußball und Doc Martens zusammenfügte. Ein Hooligan? Handelte es sich hier um rohe Gewalt im Rahmen eines Fußballspiels, die einfach alle Grenzen überschritten hatte?

Ihr fiel wieder der Handyfilm über die Leiche ohne Augen ein. Die Frau war verprügelt worden, daran bestand kein Zweifel. War sie von dem Mann mit den schweren Stiefeln getreten worden? War das nur Ausdruck von zufälliger und sinnloser Gewalt? Oder war die Frau gezielt ausgewählt worden und wenn ja, aus welchem Grund?

Sie würden nichts erfahren, bevor die Polizei die Leiche identifiziert hatte, das war todsicher. Heimlich hoffte sie, Wagner würde ihr beizeiten Informationen zukommen lassen. Ansonsten hätte sie ihm das Handy nicht einfach so überlassen.

Unwillkürlich lächelte sie den Bildschirm an. In Bo war der Rebell erwacht, als er mitbekommen hatte, dass sie Wagner das Handy übergeben wollte.

»Bist du total übergeschnappt? Der Polizei einen technischen Beweis auszuhändigen? So etwas *macht* man einfach nicht.«

Manchmal verstand er einfach nicht, wie sie tickte. Er begriff nicht, dass sie auf längere Sicht damit rechnete, eine Gegenleistung für ihr Entgegenkommen zu erhalten. In seiner Welt waren Polizisten brutale rücksichtslose Personen, die ihn als Kind von seinen Geschwistern getrennt haben, wenn die Sauftouren seiner Mutter mal wieder alle Grenzen gesprengt hatten. In seiner Welt waren das jene Menschen, die ungefragt in die Normalität eindrangen, die zu Hause herrschte, auch wenn diese äußerst fragil war. Ein Alltag, in dem Bo als Ältester den Einkauf erledigte, die Schulbrote schmierte, die leeren Flaschen entsorgte und dessen Oberfläche ein unordentliches, vernachlässigtes, aber funktionierendes Gefüge war. Die Polizei war der Feind, das hatte Bo tief verinnerlicht. So einfach war das.

Hatte sie schon Schwierigkeiten mit Autoritäten, waren die bei diesem Mann, mit dem sie nun mittlerweile seit fünf Jahren zusammenlebte, noch um ein Hundertfaches verstärkt. Er war ihr acht Jahre jüngerer »rebel with a cause«. Meistens konnte sie ganz gut damit leben. Nur ab und zu kam es zu Zusammenstößen, die mitten in den Solarplexus gingen.

»Kaffee?«

Wenn man vom Teufel spricht, schoss es ihr durch den Kopf. Er stand im Türrahmen; groß und schlank, die Haare lang im Nacken, zum Pferdeschwanz gebunden. War das ihre ganz private Revolution gegen die Konventionen und die gesellschaftliche Erwartung von höflichen, kurzhaarigen Männern mit Bügelfalte und sauberen Nägeln? Nicht zum ersten Mal kam ihr der Gedanke, dass ihre Eltern sich wahrscheinlich gegen diese Beziehung ausgesprochen hätten. Aber ihr Vater war tot, und ihre Mutter hatte sich für alle Zeiten den Zeugen Jehovas verschrieben. Sie hatte niemanden, gegen den sie aufbegehren konnte.

»Da sag ich nicht nein«, ließ Holger verlauten.

Bo kam mit seinen Cowboystiefeln hereingeschlurft.

»Prima. Das ist sehr nett von dir, Holger. Und vergiss nicht, auf einen Liter Wasser kommt eine ganze Packung Kaffee. Und denk dran, den Deckel von der Kaffeemaschine zu schließen, sonst spritzt sie so.«

Holger errötete, sah aber keinen anderen Ausweg aus der Situation, als tatsächlich selbst Kaffee machen zu gehen. Helle kicherte, und Bo warf ihr ein wohlwollendes Lächeln zu. Dann setzte er sich auf die Ecke von Dictes Schreibtisch:

»Hat dich dein Freund Wagner denn schon angerufen und dir alles erzählt? Oder wartet er wie gewöhnlich darauf, dass du den Fall für ihn löst?«

Sie schüttelte den Kopf.

»Du bist eifersüchtig!«

»Wer, ich?«

Bisher war ihr dieser Gedanke noch nie gekommen. Als ihr aber die Worte so aus dem Mund gepurzelt waren, erschienen sie auf eine unlogische Weise total logisch und naheliegend. Dabei ging es nicht um Sex und Liebe, sondern um Gemeinsamkeit und das Gefühl, außen vor zu sein. Sie entschied, das nicht weiter zu verfolgen, und wurde durch ein zartes Klopfen an der Tür der Redaktion gerettet.

»Dicte Svendsen?«

In der Tür stand ein Ehepaar, sie schätzte die beiden auf Ende vierzig. Sie sahen müde und ausgebrannt aus, mit leeren Augen, und trugen Kleidung, die funktional aussah, über die niemand sich viele Gedanken gemacht hatte. Die Frau war ungeschminkt und hatte zerzaustes, halblanges graues Haar. Die Frisur des Mannes war ähnlich.

»Das bin ich.«

Sie stand auf. Bo nickte ihnen freundlich zu und verschwand den Gang hinunter.

»Kann ich Ihnen behilflich sein?«

»Sie haben diesen Artikel über das Leben nach dem Tode geschrieben, oder?«

Der Mann hatte sie das gefragt, aber es hätte auch von der Frau kommen können. Sie standen dicht beieinander, so als würden sie sich gegenseitig stützen.

Sie nickte. Die Idee zu der Serie über die Frage, was eigentlich mit den Toten nach dem Tod geschieht, stammte ursprünglich von Kaiser. Am Anfang war sie dagegen gewesen, dass ausgerechnet die Krimiredaktion sich damit beschäftigen sollte. Aber es war Sommer, und sie mussten die Spalten auch in der Ferienzeit voll bekommen. Die Reaktion auf die Artikel war überraschend groß und positiv gewesen. Das Ehepaar war keine Ausnahme.

»Wollen Sie sich nicht setzen? Wir können hier vorne hingehen.«

Sie ging vor ins Foyer und bot ihnen Plätze an dem großen runden Tisch an, der mit Tageszeitungen überfüllt war. Sie zog die Tür zu den Redaktionsräumen hinter sich zu, um den Lärm zu dämpfen.

»Es geht um unseren Sohn«, begann die Frau.

»Er starb vor etwa einem Monat«, fügte der Mann hinzu. »Er fiel beim Joggen einfach um. Zweiundzwanzig.«

»Das tut mir furchtbar leid für Sie.«

Worte waren so unzureichend, wenn es um die großen Dinge im Leben ging. Sie suchte verzweifelt nach etwas Angemessenerem, das sie dem Paar hätte sagen können.

»Sie haben darüber geschrieben, was mit uns geschieht, wenn wir sterben. Wo wir hinkommen«, stammelte die Frau. »Wir aber wissen noch immer nicht, woran unser Sohn gestorben ist. Wir haben ihn schon längst begraben, warten aber noch immer auf so viele Antworten. Und niemand kann sie uns geben.«

»Ich gehe davon aus, dass die Ärzte ihn obduziert haben, ohne etwas zu finden?«, fragte Dicte.

»Sie stochern im Nebel nach etwas, das es vielleicht gar nicht gibt. Und wir können einfach nicht Abschied nehmen«, sagte die Frau. »Es gibt keine Antworten und lange Wartezeiten, bekommen wir zu hören. Kann das wirklich wahr sein?«

»Und mit ›sie‹ meinen Sie die Gerichtsmediziner? Dr. Gormsen im Institut für Rechtsmedizin?«

Beide nickten.

»Dr. Gormsen ist ein netter Mann«, flüsterte die Frau. »Aber wir haben das Gefühl, hingehalten zu werden.«

»Wir dachten … vielleicht sind wir nicht die Einzigen, die so etwas erlebt haben.«

Ihre Stimme war kurz davor, zu brechen. Der Mann griff nach ihrer Hand.

»Wir führen ein Leben in Ungewissheit«, erläuterte er. »Wir sind bereit, an die Öffentlichkeit zu gehen und die Geschichte von Søren zu erzählen. Die Menschen sollten wissen, wie unser System funktioniert, und vielleicht wird dadurch auch der Prozess vorangetrieben.«

Dicte sah von ihm zu ihr. Nicht zum ersten Mal musste sie sich genau überlegen, was für eine Verantwortung sie in dieser Sache trug. Zwei so verwundbare Menschen erklärten sich bereit, sich an die Öffentlichkeit zu wenden. Sie konnte sie gut verstehen. Allerdings hatte sie auch Verständnis für die Rechtsmediziner und das Gesetz, das verlangte, dass alle tot aufgefundenen Personen der Polizei zur rechtsmedizinischen Leichenschau gemeldet werden müssen, um eine Todesursache benennen zu können. Letzteres konnte lange dauern, wenn man bei der Obduktion nichts gefunden hatte.

»Und sie haben keine Hinweise darauf entdeckt, dass Ihr Sohn krank war? Herzkrankheiten?«

»Das war auch deren erste Theorie, aber dann haben sie gesagt, dass sie nichts gefunden hätten«, sagte der Mann.

Dicte bat die beiden um ihre Namen und den Namen ihres

Sohnes und fragte, ob sie selbst mit den Rechtsmedizinern in Kontakt treten dürfe, um sich einen Überblick zu verschaffen. Sie hießen Karina und Åge Frandsen und gaben ihr mehrere Adressen und Telefonnummern. Sie zweifelte zwar daran, ob ein Artikel von ihr die Sache beschleunigen könnte, aber die beiden hatten insofern recht, als es die Leser tatsächlich interessieren könnte. Die wenigsten Menschen hatten eine Vorstellung davon, auf wie viele verschiedene Weisen der Tod in ihr Leben eingreifen konnte.

Nachdem sie gegangen waren, blieb sie einen Augenblick sitzen und versuchte sich vorzustellen, wie es den beiden ging. Sein Kind zu verlieren war das eine, aber zu wissen, dass der Körper aufgeschnitten wird und davon Proben entnommen werden, war noch schlimmer. Weil man es nicht abschließen konnte und keine Gewissheit hatte, warum das eigene Kind sterben musste.

Sie wandte sich ihrem Computer zu, um endlich zu den Stiefeln zu recherchieren. Bo kam mit einem Becher Kaffee für sie herein, in der anderen hielt er seinen eigenen. Er rieb ihr den Nacken, und sie drückte ihren Kopf gegen seine Hand.

»Ich habe was von eurem Gespräch gehört. Das muss schrecklich sein.«

Sie nickte.

»Wenigstens wurde die Leiche freigegeben, und sie konnten ihn beerdigen. Die zusätzlichen Analysen scheinen jetzt so viel Zeit zu kosten.«

Aber Bo hatte recht. Es war schrecklich. Auch für die Familie des Stadionopfers musste es schrecklich sein, die Neuigkeiten zu erfahren. Der Tod war selten willkommen. Aber vielleicht war es weniger schlimm, wenn einfach plötzlich alles vorbei war, als wenn man erfuhr, dass das eigene Kind geschlagen oder sogar gefoltert worden war.

Sie googelte Doc Martens. Sofort erschienen mehrere Seiten, auf denen man die bekannten Stiefel kaufen konnte. Es gab auch Abbildungen.

»Natürlich«, sagte Bo. »Du bist ja so was von gerissen!«

Das gesuchte Modell schienen die sogenannten »Dr. Martens Black Smooth, classic 8 Eye boots« zu sein. Dort stand, dass dieser Stiefel einen prägnanten Sohlenabdruck habe und 1960 von dem deutschen Arzt Dr. Klaus Maertens erfunden wurde. Das klassische Modell habe außerdem die unverkennbaren, gelben Nähte.

»Was für eine Schuhgröße hast du gleich noch?«

»Vierundvierzig«, antwortete Bo.

Dicte tippte weiter. Sie drehte sich zu ihm um und inspizierte seine schwarzen Cowboystiefel, die er auf die Heizung gelegt hatte. Sie benötigten dringend neue Absätze, allerdings hatte sie ihn auch noch nie in anderen Schuhen gesehen. Sie lächelte ihn an.

»In etwa drei Tagen solltest du der glückliche Besitzer eines neuen Stiefelpaares sein, des berühmtesten der Zeitgeschichte.«

Kapitel 6

In dem kleinen Obduktionssaal im Institut für Rechtsmedizin war es so voll und warm wie auf einer überfüllten Tanzfläche.

Wagner stand Schulter an Schulter mit seinem Kollegen Ivar K und bereute es, nicht Jan Hansen mitgenommen zu haben. Der hätte zwar noch mehr Platz eingenommen, aber dafür hätte er wenigstens still gestanden. Ivar dagegen war die ganze Zeit in Bewegung, als hätte er ein Problem mit seinem Hals. Wie ein überhitztes Duracell-Kaninchen hatte er sich nicht unter Kontrolle, sondern drehte seinen Kopf von der einen zur anderen Seite und wackelte mit den Schultern, so dass die Nähte des blauen Kittels spannten. Wenn die Maske über Nase und Mund etwas verbergen sollte, so kompensierte er das mit Augenrollen und kräftigem Zucken der Augenbrauen.

»Verdammte Scheiße!«

Er sagte es leise und ließ einen gedämpften Pfiff folgen, der in seiner Gazemaske verschwand.

Ganz anders Wagner, der Institutsangestellte, die Kriminaltechniker und die zwei Rechtsmediziner. Sie waren leise und betrachteten mit stummem Ernst die Leiche auf dem Seziertisch.

Die junge Frau umgab jetzt eine ganz andere Aura, wie sie da nach wie vor bekleidet auf dem Tisch lag. Wagner wusste, dass man nicht in unterschiedlichem Grad tot sein konnte, aber dennoch fand er, dass er noch nie einen so toten Menschen gesehen hatte wie dieses kleine Wesen vor ihm.

Gormsen nickte den Kollegen von der Spurensicherung zu, die sich augenblicklich daranmachten, die Leiche von ihrer Kleidung zu befreien. Sorgfältig wurde jedes Stück in Papiertüten verstaut, die sie in ihrem Trockenschrank lagern wollten. Plastiktüten waren ungeeignet, sie stauten die Feuchtigkeit und konnten DNA-Spuren zerstören.

Zuerst wurde der Leiche das bauchnabelkurze rosa »I Love U«-Shirt ausgezogen. Dann folgte der BH, der zwei kleine Brüste verdeckt hatte, die eher zum Körper einer Zwölfjährigen gepasst hätten. Jedes Kleidungsstück wurde mit einem Aufkleber versehen, damit es später in der kriminaltechnischen Untersuchung nach eventuellen Spuren von Haaren, Samen, Speichel, Blut oder anderem überprüft werden konnte, um einen Hinweis auf die Identität des Täters zu liefern. Wagner hoffte sehr, dass sie etwas erfahren würden, denn ihnen fehlte jeglicher Ermittlungsansatz. Sie hatten noch nicht einmal die Identität des Opfers geklärt.

Als die schlackernden Jeans an der Reihe waren, ging ein kollektives Seufzen durch die Gruppe. Das, was einmal zwei hübsche Frauenbeine gewesen waren, hatte weder Form noch Gestalt. Wagner spürte Übelkeit im Hals aufsteigen, als er die dilettantischen Nähte sah, die von der Hüfte bis hinunter zum Fuß verliefen.

»Was in aller Welt hat er nur mit ihr gemacht?«

Er fragte, ohne eine Antwort zu erwarten. Gormsen erwiderte auch nichts. Er hatte sich vorgenommen, diese Obduktion vorschriftsmäßig durchzuführen, und darüber war Wagner mehr als zufrieden. Sie würde voraussichtlich und hoffentlich in einer Anklage wegen vorsätzlichen Mordes enden, und niemand würde einen Formfehler finden können.

Nachdem die Kleidung und Wertgegenstände – ein Fünfkronenstück in der Gesäßtasche und eine Packung Tempos – erfasst und verwahrt worden waren, übernahm Gormsen und begann mit der äußeren Sichtung. Wie gewöhnlich sprach er in das kleine Diktafon in seiner Hand, während er die Leiche untersuchte und mit dem Kopf anfing.

»An der linken Schläfe und am rechten Jochbein finden sich Läsionen wie nach einem Schlag«, diktierte seine Stimme in das Aufnahmegerät.

Gormsen holte eine kleine Taschenlampe hervor und leuchtete in die leeren Augenhöhlen.

»Die Augen wurden nach Eintritt des Todes entfernt. Der Eingriff erfolgte durch die Augenlider, die ebenfalls fehlen. Dafür wurde ein spitzes Instrument verwendet.«

Er legte die Lampe beiseite.

»Es gibt keine Anzeichen einer Strangulierung. Die Haut am Hals ist intakt.«

Gormsens Blick folgte seinen Händen in Latexhandschuhen, während er weitersprach. Er nahm eine Hand der jungen Frau in seine. Sie sah aus wie die Hand einer Schaufensterpuppe.

»Die Fingernägel sind abgebrochen. Auf den Armen befinden sich blaue Druckstellen, vermutlich vom Täter verursacht. Auf den Händen und Armen sind Kratzer und Schürfwunden, mögliche Anzeichen dafür, dass sich das Opfer gewehrt hat. Wir nehmen einen Abstrich unterm Fingernagel.«

Während er das sagte, griff er nach einem Holzstäbchen, kratzte Partikel unter dem Nagel der Toten ab und verwahrte die Probe in einer kleinen Plastikröhre, die er versiegelte. Sein Mitarbeiter versah diese dann mit einem Aufkleber.

Gormsens Hände arbeiteten sich weiter vor, entdeckten eine alte Narbe einer Blindarmoperation, eine Narbe von einem entfernten Leberfleck sowie Verletzungen im Schambereich, die auf eine Vergewaltigung hindeuteten.

Wagner wunderte sich nicht zum ersten Mal über die Redseligkeit eines toten Körpers.

Er hörte, wie Gormsen tief Luft holte, und sah, wie sich sein Brustkorb unter dem Kittel hob und senkte. Seine Finger betasteten vorsichtig die Beine der Frau. Die Naht war so schlampig gearbeitet, dass man ohne weiteres einen Finger zwischen den Stichen hindurchstecken konnte.

Kurz darauf zog Gormsen etwas Blutiges aus dem Oberschenkel. Er ging damit zum Waschbecken, spülte es ab und blieb einen Augenblick mit einem grauen Gegenstand in der Hand stehen, bevor er ihn seinem Assistenten weiterreichte. Wagner wollte etwas sagen, stieß aber nur einen gepressten Laut aus.

Gormsen kam zurück zum Stahltisch, räusperte sich und diktierte dann in sein Gerät, während er dabei in die Luft starrte:

»Jemand hat nach Eintritt des Todes die Oberschenkel- und Schienenbeinknochen des Opfers entfernt, diese durch PVC-Rohre ersetzt und dann das Gewebe wieder zugenäht.«

Die Luft zitterte. Das Geräusch der Lüftungsanlage war der einzige Laut. Ivar K war es, der die Worte aussprach, die alle dachten:

»Dieser Satan. Er hat sie entbeint. Wie ein Stück Geflügel, verdammte Scheiße.«

Seine Stimme überschlug sich, als er fortfuhr: »Dieses widerliche Schwein. Dem sollte man verdammt noch mal eine Kugel in die Birne jagen.«

»Entbeint?«

Eriksens Augen waren zwei Fragezeichen, aber reflexartig hatte er mitten in seiner Bewegung innegehalten und die Thermoskanne in der Luft zwischen zwei Bechern schweben lassen.

»Was soll das bedeuten? Warum?«

Wagner ließ Ivar K antworten.

»Warum? Weil das eine kranke Drecksau ist, deshalb.«

Er spuckte das Wort förmlich aus. Hass war unvorteilhaft, wenn er nicht kontrolliert werden konnte. Aber er konnte auch ein guter Motor für den eigenen Willen sein, um ein Verbrechen aufzuklären. Wagner sah Ivar K an. Sein ganzer Körper krümmte sich vor Ekel. Wagners Erfahrung sagte ihm, dass diese Reaktion die anderen aus der Abteilung anspornen würde, die sich zu Kaffee und Sandwiches aus der Kantine im Besprechungszimmer versammelt hatten.

»Gibt es noch keine Erkenntnisse über ihre Identität? Vermisstenmeldung?«

Hansen schüttelte den Kopf.

»Niemand, auf den die Beschreibung passt.«

»Was gibt es noch?«, fragte Kristian Hvidt, der Jüngste in der Runde.

»Die Kleidung wird oben im Vierten untersucht«, berichtete Wagner. »Und dann haben wir noch das Glasauge. Es könnte sein, dass es den wichtigsten Hinweis liefert. Wir müssen herausbekommen, wer die herstellt und wo man sie vorfindet. Krankenhäuser? Pathologisches Institut. Aber natürlich auch private Anbieter. Es gibt viele Menschen, die ein Glasauge haben.«

»Könnte es dem Täter gehören?«

Es war Arne Petersen, der diesen Vorschlag in den Raum warf. »Vielleicht hatte sie vor, es zu verschlucken, um uns eine Möglichkeit zu geben, den Mörder zu identifizieren?«

Wagner griff nach der Thermoskanne. Petersen hatte wie viele *Sakrileg* von Dan Brown gelesen, wo das Opfer Spuren für die Ermittler ausgelegt hatte. Die Idee war gar nicht so dumm. Er musste an den kleinen Film auf dem Handy und den Mann im Schatten denken.

»Vielleicht. Und dann haben wir ja noch diese Stiefel.«

Alle hatten den Film gesehen, den er auf einen der Computer kopiert hatte. Sowohl das Mädchen als auch ihre Mutter waren mittlerweile verhört worden. Er könnte sich aus Wut sonstwohin treten, dass er Hansens Arbeit nicht überprüft hatte, in welchem Ausmaß er die Zeugen befragt hatte, und ob das elfjährige Mädchen Gelegenheit gehabt hatte, seine Geschichte zu erzählen. Wenn er Hansen richtig kannte, hatte er das Kind bestimmt schonen wollen, was in diesem Fall leider völlig fehl am Platze gewesen war. Dicte Svendsen und ihr Fotografenfreund hatten dieses Detail sofort erkannt und für sich genutzt.

»Ein gestiefelter Mann mit Glasauge«, fasste Ivar K zusammen. »Was kommt als Nächstes? Dass er auch ein Holzbein und einen Papagei auf der Schulter hat?«

Alle grinsten, sogar Jan Hansen. Er und Ivar K lagen sich oft in den Haaren, und anlässlich des übersehenen Handys waren auch bereits einige Bemerkungen gefallen. Aber dieses eine Mal schienen die Umstände jene Gegensätze abzuschwächen, die zwischen dem regeltreuen Hansen und dem Störenfried der Klasse, Ivar K, herrschten.

»Die Spurensicherung hat die Gegend doch überprüft. Haben die was gefunden?«, fragte Wagner.

Niemand wusste Bescheid. Er beschloss, den Kriminaltechnikern nach ihrem Meeting einen Besuch abzustatten.

Sein Handy klingelte. Er konnte auf dem Display sehen, dass der wachhabende Beamte von der Pforte anrief.

»Wagner.«

»Hier Henriksen, unten von der Anmeldung. Vor mir steht ein Ehepaar, das ihre 22-jährige Tochter vermisst. Eine Mette Mortensen.«

Mette. Das klang so alltäglich und unschuldig. Das klang wie der Name eines Schulmädchens, das pünktlich seine Hausaufgaben machte und direkt nach Schulschluss nach Hause ging. Wie die Tochter von jemandem.

Es klang nicht wie der Name eines Opfers, dessen Augen herausgeschnitten und deren Knochen entfernt wurden.

Wagner schluckte den Kloß in seinem Hals herunter, der sich dort festgesetzt hatte.

»Ich komme runter!«

Kapitel 7

»Verdammt, Svendsen, bist du in der Pubertät? Ich dachte, Rebellion ist was für Fünfzehnjährige?«

»Rebellion?«

Dicte blieb auf der Schwelle zu den Redaktionsräumen stehen. Sie hatte nicht erwartet, den Chefredakteur Otto Kaiser aus Kopenhagen vor der nächsten Redaktionssitzung morgen früh zu sehen. Und jetzt saß er auf ihrem Stuhl.

Er lehnte sich zurück und lag förmlich auf dem Stuhl, die Beine ausgestreckt und die Hände hinter dem Kopf verschränkt.

»Da gibt man dir die Gelegenheit, als Chef zu operieren, und glaubt, du würdest das gemeine Volk als Kanonenfutter losschicken. Aber nein, Svendsen ist immer selbst vor Ort. Und dann auch noch bei so einer erbärmlichen Pressekonferenz der Polizei.«

Er riss seine Hand in die Luft und deutete mit einer ausschweifenden Geste auf ihre Kollegen, die geschäftig hinter ihren Computern saßen.

»Während die Truppen sich mit Spielen und Poker im Netz vergnügen.«

Dicte warf ihre Tasche auf den Tisch und hätte ihn beinahe damit gerammt.

»Hier spielt niemand im Netz. Wir haben verdammt viel zu tun für diese Beilage, falls du dich nicht erinnern solltest. Neue Beilage! Operation: Mehr Leser binden. Wir haben Arbeit bis unters Dach.«

Angriff war bei Kaiser immer die beste Verteidigung. Außerdem war sie gerade in Fahrt, nach anderthalb Stunden in einem kochend heißen Saal zusammen mit der vereinigten dänischen Weltpresse und Wagner & Co, die wie begossene Pudel auf dem Podium saßen. Sie war wütend. Sie hatte kein Komma extra mehr an Information bekommen als alle anderen Journalisten.

Aus welchem Grund auch immer hatte Wagner entschieden, dass er ihr keinen Gefallen schuldete, und die Irritation, dass sie nur äußerst notdürftig aufgeklärt worden war, saß ihr wie ein Frosch im Hals. Sie wusste, dass die Polizei Wissen zurückhielt. Das taten die immer.

Sie ging hinaus in die Teeküche, um ein Glas kaltes Wasser zu trinken. Aber das Wasser aus dem Hahn war lauwarm. Und das würde es auch noch sein, wenn sie es eine Stunde laufen ließ.

»Du hast doch selbst gesagt, du bräuchtest mal ein bisschen mehr Ruhe«, rechtfertigte sich Kaiser, als sie mit Wasserglas und einem heißersehnten Keks zurück ins Zimmer kam. »Du hast mir gesagt, du bräuchtest Ruhe.«

Sie spuckte den Schluck fast wieder aus. Hatte sie das wirklich gesagt?

»Ich meinte damit nicht, in Ruhe hinterm Schreibtisch sitzen zu dürfen. Ich meinte ...«

»In Ruhe herumstöbern zu können, um Leichen auf Parkplätzen zu finden und dann Beweismaterial an die Polizei weiterzuleiten, du kleine Streberin.«

Natürlich hatte er davon schon längst erfahren. Vor einem Otto Kaiser, der überall seine kaiserlichen Spione hatte, konnte man nichts verheimlichen. Sie war ja selbst eine davon. Ab und zu fragte sie sich verwundert, was für eine seltsame Loyalität sie an diesen Mann band. Vielleicht hing es mit seiner unendlichen Geduld zusammen, mit der er sie zu Beginn ihrer Laufbahn in die Materie des Nachrichtenfachs eingewiesen hatte, dem sie zuerst mit Ablehnung begegnet war.

Streberin. Das Wort pochte wie Blut in ihren Schläfen. Das war nicht das erste Mal, dass er sie so nannte. Es war auch nicht das erste Mal, dass sie so stark darauf reagierte. Sie wusste, dass es beabsichtigt war, sie sollte ihm Paroli bieten. Aber an diesem Tag nahm sie den Köder mit einem Lächeln an und verschluckte ihn mit Haken und Schnur.

»Das ist eine gute Geschichte, und da ist mehr drin, als die Polizei zugeben will«, sagte sie.

Er zog die Beine zu sich, lehnte sich vor und sah aus wie ein Kind, das gespannt auf das Ende eines Märchens wartet.

»Was denn?«

»Ich weiß noch nicht genau. Da stimmt nur irgendwas mit der Leiche nicht.«

»Wer ist sie denn?«

»22 Jahre alt, in der Ausbildung zur Rechnungsprüferin. Mette Mortensen. Sie verschwand nach einem Discobesuch Samstagnacht. Zuletzt wurde sie von einer Freundin gesehen, wie sie mit einem jungen Mann gegen ein Uhr nachts im Waxies in der Frederiksgade flirtete.«

«Wisst ihr, wer der Mann ist?«

Dicte schüttelte den Kopf.

»Die Beschreibung deutet auf einen Hooligan hin. Und sieh dir das hier mal an.«

Sie öffnete den Handyfilm auf ihrem Bildschirm und schickte Bo ein Dankeschön dafür, dass er den Film hochgeladen hatte, bevor sie am Tag zuvor zurück zum Varna Palais gefahren waren. Sie zeigte auf den Schatten und die Stiefel.

»Doc Martens. Werden gerne von jungen Neonazis verwendet. Sehr interessant im Zusammenhang mit dem Fundort.«

Nachdem Kaiser den Anblick der Toten verarbeitet hatte, untersuchte er kurzsichtig die Aufnahme und sah sie dann an.

»Rechtsextreme Fußballfans. Davon habt ihr hier in der Stadt einige, habe ich gehört.«

Sie nickte. Århus hatte sich in letzter Zeit zu einer Brutstätte dieser Typen entwickelt, kürzlich war es sogar zu einem Überfall eines linken Cafés durch die Nazis gekommen.

Kaiser stand auf und begann seine Kreise im Raum zu ziehen. Sie wusste, was kommen würde. Die Saure-Gurken-Zeit hatte bereits begonnen, und auf gute Geschichten zu stoßen war, als würde man versuchen, eine unreife Zitrone auszupressen.

»Wollen wir nicht versuchen, eine Bestandsaufnahme der verschiedenen Gruppierungen zu machen? Wie rekrutieren sie ihre Mitglieder, was sind ihre Ansichten, wie viele gibt es? Sympathisanten, Aktivitäten, Erkennungszeichen ... das ganze Programm.«

»Das ist aber eine große Nummer«, sagte Bo, der plötzlich aus dem Gang auftauchte. »Und nicht ungefährlich. Diese Milieus sind ziemlich abgeschottet, und der Geheimdienst hat da auch seine Finger drin.«

Otto Kaiser neigte seinen Kopf zur Seite und sah aus wie eine verwöhnte Katze.

»Dann ist das doch genau das Richtige für euch!«

Eindringlich sah er Bo an, dessen Pferdeschwanz sich im Laufe der Pressekonferenz gelöst hatte. Die Kleidung des Tages bestand wie so oft aus Cowboystiefeln, Jeans und einem verwaschenen T-Shirt mit der Aufschrift »Sex is God«.

»Haare abrasiert, Camouflageoutfit, ein Hakenkreuz auf den Oberarm und fertig ist die Laube.«

Bo lächelte sein »Dream-on«-Lächeln. Dicte lehnte sich gegen den Tresen der Küche und überlegte, welche exotische Verehrerin ihm vor Ewigkeiten dieses Shirt geschenkt hatte.

»Wie ist eigentlich die Suche nach deinem Sohn, dem Erstgeborenen, gelaufen?«, fragte Kaiser.

Sie hatte gewusst, dass die Frage kommen würde. Schließlich hatte sie selbst dieses Ziel als eines der Argumente angebracht, die zu der Rochade in der Krimiredaktion geführt hatte. Dort war sie nun die Chefin und bezog ein Gehalt, das die dringend notwendigen neuen Fenster in ihrem Haus bezahlen würde. Die Luft zwischen ihnen vibrierte.

»Ich habe aufgegeben!«

»Warum das denn?«

Für Otto Kaiser war nichts und niemand heilig, das hatte sie längst erkannt. Und Feingefühl war für ihn eine Stadt in Absurdistan. Sie überlegte, wie sie ihm möglichst kurz und prägnant vermitteln könnte, dass sie diesbezüglich ihren Frieden gefunden hätte. Dass es ihr ganz gut gehen würde mit dem Wissen, dass ihr Sohn, den sie damals zur Adoption freigegeben hatte, mittlerweile Ende zwanzig sein musste. Das Leben war zu kurz für Reue, und man sollte nicht unnötig in der Vergangenheit bohren, hatten sie die jüngsten Ereignisse gelehrt. Es war allerdings auch zu kurz, um eine Streberin zu sein, was sie bereits vor Jahren hätte begreifen sollen. Nicht dass sie eine Vollblutstreberin war, aber sie hatte in ihrem Leben viele Entschlüsse gefasst, um es anderen recht zu machen: einem Redakteur hier, einem Geliebten dort, einem Familienmitglied hier, einem Kollegen dort. Vielleicht lag es jetzt am Alter, oder sie war tatsächlich in ihrer zweiten Pubertät. Sie empfand es als eine unerwartet neugewonnene Freiheit, Mitte vierzig zu sein und das Gefühl zu haben, niemandem etwas schuldig zu sein.

»Darum!«, antwortete sie nur.

Kaiser hob fragend eine Augenbraue, bohrte aber nicht weiter. Bo betrachtete eingehend seine Nägel, und die Kollegen hämmerten eifrig in die Tasten.

»Okay«, sagte der Chefredakteur endlich nach einer langen Pause. »Ich gebe dir eine Woche, um diese Geschichte zu recherchieren, aber keinen Tag länger. Wir müssen die Zeitung vollbekommen, Svendsen, und am liebsten nicht mit Märchen.«

Der Hund empfing sie wie immer mit lautem Fiepen und wildem Schwanzwedeln, als sie Stunden später in ihrem Haus in Kasted ankamen, das sie für die vielen Mängel und Fehler liebte und aus denselben Gründen auch hasste. Die Heizung machte Lärm, die Elektroleitungen waren zu schnell überlastet, und die meisten der Sprossenfenster hatten Sprünge, so dass der Blick über die Felder, hinunter nach Kasted By und auf das Moor dahinter, verschwommen war. Das war ihre unvollkommene Idylle. Der Ort, an dem sie sich entspannen konnte und ihren Gedanken freien Lauf lassen durfte, nur abgelenkt von Svendsen, der schwarzen Straßenmischung, den sie vor Jahren auf Drängen ihrer Tochter Rose aus dem Tierheim geholt hatte. Rose, die selbst davongelaufen und nach Kopenhagen gezogen war, um Jura zu studieren, aber hauptsächlich, um in der Nähe ihres Liebsten Aziz zu sein.

Dicte schleuderte ihre Schuhe in die Ecke. Teenagertöchter und verlorene Söhne. Ex-Mann und plappernde Freundinnen. Sie vermisste Leben in diesem Haus. Schon lange hatten sie keine Energie übrig gehabt für Dinner oder Partys, mit Musik und viel Lachen. Nur manchmal, wenn Bos Jungen zu Besuch waren, wurde es wieder wie früher. Dann war es, als würden die Mauern alles in sich aufsaugen und zum Leben erweckt werden. Der Rest der Zeit verging mit Arbeit und Alltag, ein Tag folgte dem nächsten, und plötzlich war wieder ein Jahr vorbei.

Sie musste an den Tod und seine vielen Facetten denken, was ihre Aufmerksamkeit unmittelbar zurück zu der Leiche am Fußballstadion führte. Und während sie eine Flasche Rotwein öffnete und sich mit ihrem Glas aufs Sofa setzte, kam ihr die Erkenntnis, dass man gleichzeitig tot und lebendig sein konnte. Und dass der Tod an sich – für die Lebenden – eine, wenn auch absurde, Lebensbejahung war. Vielleicht war das auch die Erklärung für ihre eigene Faszination vom Tod, dachte sie und probierte den Wein. Bo war in seinem Büro im ersten Stock verschwunden, wo er offenbar etwas sehr Dringendes zu erledigen hatte.

Solange sie zurückdenken konnte, hatte der Tod sie begleitet. In ihrer Kindheit bei den Zeugen Jehovas hing die Bedrohung eines bevorstehenden Blutbades wie ein Damoklesschwert über ihr. War man nicht Anhänger des rechten Glaubens, kam man nicht in das Tausendjährige Reich, sondern musste sterben, und dabei würde Blut in Strömen fließen. Später wurde der Tod Teil ihrer Arbeit. In der Krimiredaktion löste ein Mord den nächsten ab. Wie war sie da eigentlich gelandet? Was hatte sie angezogen? Die Lebensbejahung des Todes? Der Tod, der ihr eigenes Leben betonte und sie spüren ließ, dass sie lebte? Der gewaltsame Tod der Mette Mortensen, der ihr Schauer durch den Körper jagte, lockte sie gleichzeitig mit einer großen Anziehungskraft.

Bo rief sie zu sich. Sie ging in sein Zimmer, wo er auf dem Computer alte Reisefotos durchsah.

»Ich wusste, dass ich recht hatte«, murmelte er.

Das Foto auf dem Bildschirm zeigte einen jungen Mann, der Zeitung las.

»Kosovo«, erklärte er. »Vor zwei Jahren.«

Damals hatte er eine Reportage über Ex-Jugoslawien gemacht. Die Geschichte handelte von der wachsenden Kriminalität und von einem dänischen Polizeichef. Er war auf dem Foto zu sehen.

»Was ist damit?«, fragte Dicte.

»Die Zeitung«, sagte Bo. »Die Überschrift auf der Vorderseite.«

Die Sprache war albanisch, aber ein Detail konnte sie ohne Schwierigkeiten verstehen. Die Wörter »stadion killer« waren Teil der Hauptüberschrift der Tageszeitung.

»Da herrschte so viel Gewalt und Kriminalität, dass es für uns nur ein weiterer Tropfen im Meer der Grausamkeiten war, als wir davon hörten.«

Er sah hoch zu ihr.

»Die Tote wurde in der Nähe des Fußballstadions gefunden.«

»Und weiter?«, fragte Dicte, wusste aber schon, was als Nächstes kommen würde.

»Jemand hatte ihr die Augen entfernt und sie gegen ein geparktes Auto gelehnt.«

»Kosovo und Dänemark«, sagte sie. »Dieselbe Vorgehensweise mit zwei Jahren Abstand.«

»Das kann ein Zufall sein«, warf er ein, aber sie vernahm deutlich seinen Unterton.

»Es könnte noch mehr Fälle geben, von denen wir nur noch nichts gehört haben. Ganz woanders.«

Er nickte.

»Theoretisch ja. Wer weiß schon, was da draußen in der Welt alles passiert. Wir sind schon lange nicht mehr davon abgeschnitten. Alles ist global!«

Was hatte sie vorhin noch für einen Gedanken gehabt? Dass der Tod eine Lebensbejahung in sich trägt? War das nicht bei Serienmördern so, dass sie immer und immer wieder töten mussten, um sich lebendig zu fühlen?

Kapitel 8

Er wartete auf sie, als sie nach Hause kam. Er wartete immer auf sie. Die Kinder waren in ihren Zimmern; sie hatten sich daran gewöhnt, dass sie so selten zu Hause war. Als Zwölf- und Vierzehnjährige hatte man auch andere Sorgen. Aber ER saß an derselben Stelle, an der ER gesessen hatte, als sie das Haus verlassen hatte. Er wartete auf die Geschichte, die sie ihm noch nicht erzählt hatte.

Kiki Laursen klapperte mit ihren hochhackigen Schuhen über den Boden und beugte sich zu ihrem Mann hinunter.

»Hallo, mein Schatz. Hattest du 'nen guten Tag?«

Der Kuss landete auf seiner Stirn. Sie wusste, wie sehr er Küsse auf die Stirn hasste. Dann fühlte er sich wie ein Kleinkind.

»Mittelmäßig. Was ist mit dir? Du kommst spät.«

»Dorrit hat sich krankgemeldet. Du weißt, wie es dann ist.«

Sie sah auf die Uhr. Es war Viertel nach sechs. Mit schnellen Bewegungen begann sie, Pfannen und Töpfe aus dem Schrank zu holen. Es klapperte lauter, als es notwendig gewesen wäre. Vielleicht lag das an dem Zittern, das sie noch in sich spürte.

»Wann erzählst du mir endlich von ihm?«

Sie drehte sich abrupt um.

»Von wem?«

»Von ihm, deinem Neuen. Du kommst gerade von ihm, oder? Ich kann dir das ansehen. Die Art und Weise, wie du dich bewegst. Du bist so abwesend.«

Das geschah nicht zum ersten Mal. Obwohl sie wusste, dass es nichts nützte, musste sie erst durch die Phase der üblichen Leugnungen und Proteste. Manchmal glaubte sie sogar selbst, was sie da sagte.

Sie schüttelte den Kopf.

»Ich weiß nicht, wovon du da redest. Wie möchtest du deine Entenbrust haben?«

»Rosa gebraten, das weißt du doch.«

Natürlich tat sie das.

»Hast du ihn am Polterabend kennengelernt?«

Sie saß in der Hocke und suchte in der Schublade nach einer Schürze. Sie stand wieder auf und band sie sich um.

»Ich brate sie an und lege sie dann in Alufolie gewickelt in den Ofen, einverstanden?«

»Wie sieht er aus?«

Sie drehte ihm den Rücken zu und warf einen Klecks Butter in die Pfanne. Dann ritzte sie die Haut der zwei Entenbrüste ein. Die Kinder bekamen eine Pizza mit einem herzlichen Gruß aus der Mikrowelle. Sie mochten keine Entenbrust.

»Er ist nicht besonders groß«, sagte sie, ohne sich umzudrehen. »Muskulös.«

Dann beschrieb sie ihn detailliert. Seine Hände, die Augen und den Mund, die Nase, die wohl mal gebrochen gewesen war. Seine Kleidung; seinen Geruch. In der Stille, die folgte, meldete sich ihr Körper wieder zu Wort. Sie konnte nichts dagegen tun. Es war wie ein Dauerregen in ihrem Inneren, wo der Wasserstand beständig anstieg. Die Stellen, an denen er sie berührt hatte, taten weh. Ihr Hintern brannte bei jedem Schritt, den sie machte, und erinnerte sie an die Peitsche und die Schläge, die unablässig auf sie niedergeregnet waren. Zuerst vorsichtig, dann immer härter und härter, als sie darum gebeten hatte. Er hatte sie an den Haaren gerissen, so dass ihre Kopfhaut schmerzte. Dann war er hart in sie eingedrungen, erst vorne, dann hinten. Er hatte sich bis zu ihren allerheimlichsten Stellen vorgewagt, an denen sie am stärksten reagierte, und er hatte sie gefunden. Sie war fast ohnmächtig geworden, bevor er mit ihr fertig war. Und trotzdem war sie am nächsten Tag zurück zu ihm gegangen und hatte um mehr gebettelt. Vor zwei Stunden noch hatte sie bei ihm gelegen, mit gespreizten Beinen und gefesselten Händen. Hilflos, selbst gewählt. Wenn man hier von ›wählen‹ sprechen konnte.

»Und was war sonst noch?«

Sie legte die Entenbrust in die Pfanne, die zischte und brutzelte.

»Gar nichts sonst noch!«

Er seufzte. Sie wusste, dass er sie ausfragen und dass es ihm am Ende auch gelingen würde. Zum Glück kamen die Kinder in diesem Augenblick aus ihren Höhlen, weil sie der Duft von Essen angelockt hatte. Dankbar umarmte sie die beiden, die darüber sehr überrascht wirkten.

»Könnt ihr bitte den Tisch decken? Wir essen gleich.«

Bemerkenswerterweise gehorchten sie. Sie wusste, dass es nur eine befristete Atempause war, aber bis auf weiteres konnte sie erst einmal wieder frei atmen und sich einbilden, dass sie eine ganz normale Familie waren: Vater, Mutter, zwei Kinder, ein Junge und ein Mädchen. Ein perfektes Leben.

Während sie aßen, schweiften ihre Gedanken immer wieder zurück in seine Wohnung. Sie wollte das nicht, sie versuchte aufrichtig, ihre Aufmerksamkeit auf ihre Familie zu konzentrieren, die Kinder nach ihrem Schultag und den Hausaufgaben zu fragen. So fuhr sie zweigleisig, während ER schweigend aß und ihr ab und zu prüfende Blicke zuwarf.

»Habt ihr schon von der Toten gehört. Die ohne Augen?«

Emma hatte gefragt. Die Jüngste hatte gerade angefangen, sich für Gruselgeschichten zu interessieren, und verschlang alle Artikel in der Zeitung, die von Mord und unheimlichen Dingen handelten.

Kiki schüttelte den Kopf.

»Das klingt ja furchtbar. Ist es wahr?«

Sie sah IHN an, der nickte. Sie war seit ein paar Tagen nicht mehr auf dem Laufenden.

»Die haben sie draußen am Stadion gefunden. Zweiundzwanzig Jahre alt.«

»Und mit ausgestochenen Augen?«

Sie wollte am liebsten die Geschichte vom Essenstisch verbannen, aber da mischte sich Oliver ein.

»Das war direkt nach dem letzten Saisonspiel. AGF hat fett verloren.«

Es war typisch für Oliver, dass er den Ausgang des Spiels weitaus spannender fand. Sie unterdrückte ein Lächeln, während sie den Salat weiterreichte.

»Wissen die schon, wer das getan hat?«

In Wirklichkeit war sie nicht besonders an der Geschichte interessiert, sondern fragte nur, um das Gespräch am Laufen und die Kinder länger am Tisch zu halten. Aber die hatten ihre Pizzen schon verschlungen und befanden sich auf dem Rückzug in ihre Zimmer. Sie war im Begriff, sie zu verlieren, dessen war sie sich sehr bewusst. Mitten in diesem Familienchaos machte sie sich darüber am meisten Sorgen. Und über die Frage, wie sehr sie ihre Kinder eigentlich liebte. Sie war sich nicht einmal sicher, ob in ihrem Leben tatsächlich Platz für Liebe war. Beziehungsweise, was Liebe für eine Größe war.

Sie stand auf und begann den Tisch abzuräumen. Sie spülte die Teller ab und stellte sie in die Spülmaschine. Müdigkeit, Schmerz und Wohlbefinden bekämpften sich gegenseitig in ihr.

»Tat es weh?«, fragte ER, als die Kinder verschwunden waren.

Sie zuckte mit den Schultern und hatte ihm dabei den Rücken zugewandt.

»Hast du geschrien?«

Hatte sie geschrien? Sie hatte im Strudel aus Schmerzen gestöhnt, aber an etwas anderes erinnerte sie sich nicht. Sie war wie gelähmt gewesen. Arme und Beine hatten ihren Dienst verweigert. Lust und Schmerz hatten sich an der Stelle vereint, an der sie immer wieder die Peitsche zu spüren bekam.

»Vielleicht«, antwortete sie.

Sie drehte sich erst wieder um, als sie die Küche aufgeräumt hatte. Sie betrachtete IHN. Er sah nach wie vor gut aus, aber wie viel er auch trainierte, seine Beinmuskulatur würde nie mehr so werden wie früher. Wie lange kannten sie sich eigentlich schon? Seit wie vielen Jahren waren sie schon aneinander gebunden? Neunzehn, zwanzig? Etwas in der Richtung. Er war ihr Päckchen, das sie mit sich herumzuschleppen hatte, sie war seins.

Er fuhr mit seinem Rollstuhl hinaus ins Wohnzimmer, und sie folgte ihm, nachdem sie den Küchentisch und die Arbeitsplatte abgewischt hatte.

»Jetzt komm schon«, forderte er sie auf. »Erzähl.«

Sie begann von Anfang an. Übersprang kein Detail. Während sie erzählte, zog er sie mit seinen Blicken aus. Sie konnte die Bilder förmlich sehen, die in seiner Phantasie entstanden.

Als sie fertig war, lehnte er seinen Kopf gegen die Nackenstütze und schloss die Augen. Sie stand auf, stellte sich hinter ihn und massierte seine Kopfhaut, bis seine Atemzüge sich wieder beruhigt hatten.

»Du wolltest es wissen.«

Er nickte langsam.

»Aber dieses Mal ist es etwas anderes, nicht wahr?«

Sie zögerte.

»Vielleicht. Ich weiß es nicht.«

»Bring ihn mit hierher.«

»Nein.«

»Dann ist es etwas anderes«, stellte er fest.

Er nickte zum Sofatisch, auf dem die Tageszeitung lag.

»Du solltest vielleicht den Artikel über diese Frauenleiche lesen, die sie am Stadion gefunden haben. Sie suchen nach einem Typen, der deinem Freund ähnelt.«

Er sagte das ganz ohne Bosheit in der Stimme, aber die Worte brannten mehr als die Schläge der Peitsche. Mit steifen Bewegungen holte sie die Zeitung und schlug sie auf. Sie las den Artikel und sah IHN danach an.

»Es gibt viele, die solche Stiefel tragen.«

Es klang neutral, dennoch spürte sie, wie sich eine prickelnde Spannung in ihr ausbreitete.

»Selbstverständlich«, antwortete er. »Das könnte jeder sein.«

Kapitel 9

Die Eltern des Opfers wohnten in der Sjællandsgade, im ehemaligen Nuttenviertel der Stadt, das schon vor langer Zeit in die mondänen Häuserreihen eingegliedert worden war. Die Bordsteinschwalben waren vor Jahrzehnten verdrängt worden durch Mitglieder des Bundes dänischer Akademiker oder der Vereinigung dänischer Anwälte und Betriebswirte. Dazu gehörten auch Ulrik Storck und Marianne Mortensen. Sie unterrichtete Dänisch und Englisch an der Domschule. Er war Anwalt und Partner bei der Kanzlei Lind, Balle & Storck, die im Volksmund »Die roten Anwälte« genannt wurden.

Wagner parkte das Auto vor der Bäckerei. Jan Hansen warf sehnsüchtige Blicke in die Auslage und sah die Straße hinunter. Wagner fand, dass sein Kollege irgendwie fehl am Platze wirkte. Mitten im Magisterland, mit den kleinen, sorgfältig renovierten, dicht aneinandergedrängten Häusern. Denen der Einfluss der vielen einheimischen Kunsthandwerker und Architekten abzulesen war, für die Lichteinfall, Glas und gedämpfte Farben eine große Rolle spielten. Hansen passte viel besser in die Reihenhäuser in Tranbjerg, deren Rasenstücke so gepflegt waren wie Hansens Oberlippenbart. Er passte besser in eine Hängematte, in der er und seine Muskelpracht Platz fanden, der er sich im Fitnesscenter widmete. Sowie seine Frau, die als Krankenschwester im Kreiskrankenhaus arbeitete.

»Sagtest du fünfunddreißig? Ist das nicht hier?«

Hansen behielt immer den Überblick. Er zeigte auf eine gepflegte Fassade. Das Haus war in den Farben Schwarz und Weiß gehalten, die Tür schimmerte in schwarzem Lack.

Sie klingelten. Ulrik Storck öffnete mit vor Schmerz verzerrtem Gesicht die Tür. Aber Wagner registrierte auch die reservierte Skepsis, die er schon am Tag zuvor bemerkt hatte.

»Kommen Sie herein.«

In dem kleinen Häuschen war nicht viel Platz. Wagner schätzte die Wohnfläche auf etwa achtzig Quadratmeter, aber die Einrichtung war hell, freundlich und durch die Hand eines Innenarchitekten veredelt. Aber da war noch was anderes, der Geruch durchfuhr ihn und traf ihn direkt im Magen. Jemand hatte gebacken.

»Ich musste irgendetwas mit mir anfangen«, entschuldigte sich Marianne Mortensen, als sie ihnen frische süße Brötchen zum Kaffee servierte.

So ist das mit dem Tod, dachte Wagner. Alle Menschen reagieren unterschiedlich. Einige brechen vor Trauer zusammen, andere backen. Seine Erfahrung hatte ihn gelehrt, dass die eine Reaktion nicht richtiger war als die andere.

Während Hansen nach einem Brötchen griff und es dick mit Biobutter bestrich, spürte Wagner, wie sich seine so wohlbekannte Solidarität mit den Betroffenen in ihm ausbreitete.

»Wir würden uns gerne ein Bild von Mette machen und Details über ihren Bekanntenkreis erfahren«, begann er vorsichtig, an die Mutter gewandt. »Ich weiß, wie schwer das ist. Aber es ist leider notwendig.«

Marianne Mortensen fingerte an dem halben Brötchen auf ihrem Teller herum. Sie wechselte Blicke mit ihrem Mann, bevor sie antwortete:

»Mette war ein ganz normales Mädchen. Sie hatte wie alle anderen in diesem Alter Freunde und Freundinnen.«

»Könnten sie uns eventuell eine Liste erstellen mit Namen, Adressen und Telefonnummern ihrer Freunde?«, fragte Wagner. »Das wäre eine große Hilfe. Wir würden auch sehr gerne ihren Kalender mitnehmen, wenn das möglich ist.«

Das Letzte hatte er zu Mettes Vater gesagt. Der Mann nickte nur kurz. Wagner konnte sich nicht des Eindrucks erwehren, dass in diesem Moment der Anwalt und nicht der Vater vor ihm saß.

»Ich bin gezwungen, das zu fragen: Hatte Mette Feinde?«

»Ein 22-jähriges Mädchen!«, rief Ulrik Storck. »Wen sollte sie zum Feind haben?«

Wagner wäre eine ganze Liste eingefallen, aber er ließ Jan Hansen den Vortritt.

»Vielleicht ein eifersüchtiger Ex-Freund«, schlug Hansen vor und biss herzhaft in ein Brötchen. »Oder jemand von der Arbeit. Es könnte sich auch um einen anderen Kontakt handeln, der bei der Arbeit zustande gekommen ist. Da gibt es viele Möglichkeiten.«

Ulrik Storck ballte eine Faust auf der Armlehne seines Sessels.

»Ein Ex-Freund«, schnaubte er. »Sie glauben ja wohl nicht im Ernst, dass ein Ex-Freund Mette so etwas angetan hätte?« Er sah Wagner in die Augen. »Haben Sie wirklich nichts Besseres auf Lager? Es liegt doch auf der Hand, dass irgendein kranker Idiot dafür verantwortlich ist. Mette kannte solche Leute nicht. Haben Sie schon in der Psychiatrie angerufen? Vielleicht fehlt denen ja ein gefährlicher Psychopath?«

Wagner wollte die richtigen Worte finden, um die Wut des Mannes zu dämpfen, spürte aber auch in sich Wut aufsteigen und musste mit sich kämpfen, um sie zu unterdrücken.

Marianne Mortensen begann leise zu weinen. Ulrik Storck sprang auf, stürmte davon und kam mit einem grünen Mayland Filofax zurück. Er warf ihn förmlich auf den Tisch.

»Bitte sehr!«

»Vielen Dank«, antwortete Wagner. »Wir würden auch sehr gerne einen Blick in Mettes Zimmer werfen.«

»Sie hatte sich eine eigene Wohnung genommen«, schniefte Marianne Mortensen. »Sie wollte am Ersten dort einziehen.«

Das alte Mädchenzimmer hatte etwa neun Quadratmeter. Mette war Einzelkind, die Familie war von Roskilde nach Århus gezogen, als sie vierzehn wurde.

Wagners Blick scannte den Raum, bewacht von Ulrik Storck, der in der Tür stand. Aus dem Wohnzimmer hörte er das Klappern von Geschirr und wusste, dass Hansen beim Abdecken half und versuchte, mit der Mutter ins Gespräch zu kommen. Das Zimmer war hell und freundlich und in Weiß und Rosa gehalten. An den Wänden hingen Plakate von Popsternchen. Die

Bettdecke war strahlend weiß und das Bett ordentlich gemacht. Auf dem Kopfkissen thronte ein rosa Teddybär.

»Wenn es in Ordnung ist, würde ich auch gerne den Computer Ihrer Tochter mitnehmen«, sagte Wagner und nickte zu dem Acer PC auf dem Schreibtisch.

»Natürlich«, sagte Ulrik Storck. »Aber ich bezweifle, dass Sie etwas finden werden. Auch nicht in ihrem Kalender. Sie kannte ihren Mörder nicht, das versteht sich von selbst. Wie können Sie nur davon ausgehen, dass sie so unvernünftig sein könnte?«

Wagner setzte sich auf den roten Schreibtischstuhl.

»Davon gehen wir nicht aus, aber wir kannten Mette ja auch nicht. Sie war also ein vernünftiges Mädchen. Sie machte eine Lehre zur Rechnungsprüferin? Dann hatte sie ein Faible für Zahlen?«

Endlich war etwas Versöhnliches in Ulrik Storcks Blick zu erkennen.

»Sie liebte also Zahlen. Sie war sehr begabt mit allem, was mit Zahlen zu tun hatte. Aber sie wollte nicht studieren? Mathematik zum Beispiel?«

Das war eine berechtigte Frage. Mit zwei gebildeten und studierten Eltern wäre eine Universitätsausbildung nur naheliegend gewesen.

Ulrik Storck schüttelte den Kopf.

»Mette war eine Praktikerin, keine Theoretikerin. Sie war talentiert, was Bilanzen und Überschusskalkulationen, Kredit und Debit anbetraf. Fragen Sie ruhig bei ihrem Arbeitgeber nach.«

»Hammershøj Wirtschaftsprüfungsgesellschaft war das, nicht wahr?«, fragte Wagner. »Auf dem Åboulevarden?«

»Sie war da erst seit einem halben Jahr, aber sie waren sehr zufrieden mit ihr.«

Wagner stand auf. Vorsichtig sah er sich im Zimmer um, öffnete die Schubladen vom Schreibtisch und blätterte in ein paar Heften. Fast nur Zahlen. Wenige Buchstaben. Dazwischen ausgedruckte Seiten mit Zahlenkolonnen.

»Die nehmen wir lieber auch mit«, sagte er und legte die Hefte und losen Blätter auf den Schreibtisch. »Wissen Sie, was die Zahlen bedeuten?«

Ulrik nahm eines der Hefte an sich und blätterte es durch. Dann schüttelte er den Kopf.

»Keine Ahnung. Aber so war sie eben. Alles wurde in Zahlen dokumentiert, von der Schuhgröße bis zu den mit dem Fahrrad zurückgelegten Kilometern. Das war so eine fixe Idee.«

Wagner blätterte erneut durch die Hefte. Er sah Ulrik Storck an, der seinen Blick aus müden Augen erwiderte.

»Haben Sie im Moment viel zu tun in der Kanzlei? Oder können Sie sich ein paar Tage freinehmen?«

Ulrik Storck verneinte mit einem Kopfschütteln.

»Wir stecken bis zum Hals in Fällen von Betriebsunfällen. Und ich habe gerade das Mandat für den Übergriff auf den jungen Abgeordneten der Sozialistischen Arbeiterpartei angenommen. Im Augenblick kommt ein hochrangiger Fall nach dem anderen bei uns rein.«

Wagner nickte.

»Hooligans, oder?«

Ulrik Storck zuckte mit den Schultern.

»Faschistische Gewalttäter würde ich die eher nennen. Fußball ist meist nur Fassade. Sie verabreden sich per SMS, wo sie sich treffen und Randale machen. Verdammt schwer zu beweisen. Aber so ist es nun einmal.«

»Und in diesem Fall wollten die ein Café verwüsten, in dem die Sozialisten verkehren?«

»Und dabei meinen Mandanten verprügeln, ja. Die waren der Ansicht, sie hätten noch eine alte Rechnung offen.«

Wagner erhob sich, um zu gehen. Hansen und er nahmen den Computer, den Kalender und die Rechenhefte mit und gingen zum Auto.

»Mette hatte einen Freund bei der Arbeit«, erzählte Hansen. »Ihr Vater wusste nichts davon, aber sie hatte sich ihrer Mutter anvertraut.«

»Und?«

Hansen räusperte sich.

»Ihr Chef, ein Carsten Kamm.«

»Alter?«

»Siebenunddreißig«, antwortete Hansen und wurde grundlos rot. Er war genauso alt.

»Eine junge Frau von zweiundzwanzig und ein Mann von siebenunddreißig«, murmelte Wagner. »Das hat die Welt schon oft gesehen.«

»Die Mutter meinte, ihr Mann wäre an die Decke gegangen und explodiert, wenn er davon erfahren hätte. Sie hatten ihrer Tochter immer die Gleichberechtigung der Geschlechter, aber auch *Das-anständige-Mädchen-Einmaleins* gepredigt.«

Wagner schloss das Auto auf und musste unwillkürlich an die zwölf Jahre Altersunterschied denken, die zwischen ihm und Ida Marie lagen.

»Da muss der Altersunterschied ja nicht unbedingt eine Rolle spielen. Aber wir sollten mit diesem Carsten Kamm sprechen.«

»Der ist im Übrigen verheiratet«, sagte Hansen und ließ sich schwer in den Sitz fallen.

»Das ist allerdings eine ganz andere Geschichte.«

Wagner parkte aus und warf noch einen flüchtigen Blick in Richtung Bäckerei. Hansen hatte jetzt keine Augen mehr für die Auslage. Wagner überlegte, ob es ein Zufall war, dass sich die Gewalt von Hooligans erneut in diesen merkwürdigen Fall geschlichen hatte.

Kapitel 10

Die Aussicht war das Teure. Nicht etwa das dünn belegte Sandwich, das hauptsächlich aus Rucola und Sandwichcreme bestand. Aber zugegebenermaßen war es auch ein sehr gemütlicher Ort an dem freigelegten Fluss, fand Dicte und kaute fröhlich drauflos, während sie ihren Blick über die Menschenmengen wandern ließ, die am Ufer spazieren gingen. Man bezahlte eben für die Atmosphäre.

»Zehn Minuten?«

Unaufgefordert ließ sich Bo auf den Stuhl gegenüber gleiten. Er sah so aufgeregt aus wie ein Kind, das auf den Rummel geht.

Sie sah auf die Uhr.

»Ich muss in einer Dreiviertelstunde in der Gerichtsmedizin sein. Schieß los!«

Sie sprach mit vollem Mund. Sein Enthusiasmus war ansteckend, ihr Herz hatte bereits heftig zu hämmern begonnen.

»Ich habe mir ein paar Mails mit meinem Kollegen da unten hin und her geschickt. Janović heißt er, netter Kerl. Arbeitet bei einer Wochenzeitschrift, deren Titel übersetzt so viel wie ›Eine ganze Woche‹ bedeutet.«

»Du meinst die im Kosovo? Und?«

Er nickte und nahm einen Schluck aus ihrem Wasserglas.

»Natürlich, Kosovo! Am 5. März 2005 fand man die Leiche einer jungen, albanischen Journalistin, Janet Rugova, in unmittelbarer Nähe des Stadions Gradski in der Innenstadt von Priština. Alle gingen davon aus, dass sie von serbischen Nationalisten getötet wurde, die ihrer Artikel über ein freies Kosovo für Albaner überdrüssig geworden waren.«

Er schnappte sich ein Rucolablatt von ihrem Teller, schob es sich in den Mund und verzog dann das Gesicht, weil es ihm zu bitter war.

»Die Albaner stellen bei einer Bevölkerungszahl von vier Millionen etwa fünfundneunzig Prozent der Einwohner. Im Krieg soll es in diesem Stadion zu Massakern gegen Albaner gekommen sein. Der Ort hat eine große, symbolische Bedeutung. Der Fund der Leiche hat zusammen mit anderen Ereignissen zu den schlimmsten Zusammenstößen zwischen Albanern und Serben seit Ende des Krieges geführt. Hörst du überhaupt zu?«

Sie blinzelte. Ihre Gedanken hatten sich bereits auf den Weg gemacht. Kosovo und Ex-Jugoslawien und tote Journalisten, Hunderte von Kilometern entfernt. Bis auf die ausgestochenen

Augen sah sie keine Parallelen. Und offensichtlich war auch nicht zum ersten Mal eine Leiche mit dem Fußballstadion in Verbindung gebracht worden. Am Abend zuvor hatte das alles noch so einleuchtend geklungen, als gäbe es einen Zusammenhang. Aber bei Tageslicht betrachtet war sie gar nicht mehr sicher, ob Mette Mortensens Tod irgendetwas mit dem Tod einer Journalistin in Priština vor zwei Jahren zu tun hatte.

»Natürlich höre ich zu.«

»Der Mord wurde nie aufgeklärt.«

»Aber sie gingen davon aus, dass es ein politischer Mord war?«

Bo nickte.

Es lag auf der Hand. Eine Journalistin, die provozierende Artikel schrieb, war ein naheliegendes Opfer.

»Weiß jemand Bescheid, woran sie gerade arbeitete?«

Diese Art von Anschlag konnten sie verstehen, dachte Dicte. Dieser Mord hatte eine Logik, wie abscheulich er auch war. Etwas anderes mochte man sich einfach nicht vorstellen. Der zufällige und sinnlose Mord.

Bo schüttelte den Kopf.

»Danach habe ich auch gefragt. Janović ist gut mit Janet Rugovas Bruder befreundet, der als Fotograf arbeitet. Sie schien nicht an einer bestimmten, hochexplosiven Sache dran gewesen zu sein.«

»Wie ist sie denn getötet worden?«, fragte Dicte.

Bo beugte sich über den Tisch.

»Die Todesursache ist ein Schlag auf den Kopf. Aber sie haben ihr nicht nur die Augen entfernt. Jemand hatte die Knochen ihrer Beine gegen PVC-Rohre ausgetauscht.«

Paul Gormsen hatte frei, darum nahm sich die neue Kollegin Hanne Fridtjof die Zeit, Dicte die Regeln zu erläutern. Sie erklärte, dass die Untersuchung ergänzender Proben, die der Leiche entnommen worden waren, mitunter lange dauern könne.

»Wir alle können uns gut in die Gefühle der Angehörigen hineinversetzen«, sagte die Gerichtsmedizinerin, die noch jung und vielleicht selbst Mutter war. »Es fällt schwer, wenn man nicht damit abschließen kann. Aber wir bitten um Geduld. Wir warten auf die Ergebnisse dieser Proben.« Sie betonte, dass sie leider über Details keine Aussagen machen dürfe. »Grundsätzlich müssen alle tot aufgefundenen Personen der Polizei zur rechtsmedizinischen Leichenschau gemeldet werden. Die Leiche wird meist schon am Tag nach der Obduktion der Polizei übergeben. Die entscheidet dann, ob die Leiche zur Bestattung freigegeben wird oder nicht. Und das wird auch häufig gemacht, obwohl die Todesursache noch gar nicht geklärt ist.«

»Aber Sie suchen weiter?«, fragte Dicte.

Hanne Fridtjof nickte.

»Wir nehmen die notwendigen Proben, um diese dann mikroskopisch untersuchen zu können, beispielsweise aus dem Impulssystem des Herzens. Oder wir entnehmen Hirngewebe, um eine Epilepsie auszuschließen, für forensische Untersuchungen und so weiter.«

Sie saßen im Büro des Rechtsmedizinischen Instituts, das in den Räumen des alten Kreiskrankenhauses untergebracht war. Das Gebäude war von außen mit Efeu zugewachsen und lag auf der gegenüberliegenden Seite der Hauptverkehrsader des Krankenhauses. Eine der letzten Gelegenheiten, das alte Institut zu besichtigen. In wenigen Monaten würden das Institut und die Forensische Abteilung, die bisher in der Psychiatrischen Klinik in Riskov untergebracht war, in ein neues Gebäude neben dem Skejby Krankenhaus umziehen.

»Dann sind es also die Labore, an denen das alles hängt?«, sagte Dicte. »An sie werden vermutlich auch immer größere Forderungen gestellt?«

»Ja, der Druck wird immer größer.«

»Und dann kommt jetzt auch noch diese verstümmelte Leiche vom Fußballstadion dazu«, versuchte Dicte ihr Glück. »Waren das nicht PVC-Rohre, mit denen der Täter die Knochen ersetzt hatte?«

Die Medizinerin nickte.

»Schreckliche Geschichte. Die armen Eltern.«

Dicte hielt die Luft an. Die Wände des Raumes fingen an sich zu drehen, während ihre Schlussfolgerungen auf sie niederregneten. Zwei nahezu identische Morde. Der eine vor zwei Jahren in Priština verübt, der zweite vor wenigen Tagen in Århus. Eine 35-jährige Journalistin und eine 22-jährige Auszubildende aus Århus, die aus einem heilen Elternhaus stammte und augenscheinlich ohne Kontakte in kriminelle Kreise oder ins Ausland war. Zwei Menschen, die auf den ersten Blick nur eines gemeinsam hatten: ihren Mörder.

Sie stand auf und verabschiedete sich, ehe Hanne Fridtjof bemerken konnte, dass sie sich verplappert hatte. Auf dem Weg zurück in die Innenstadt lag Århus in Sonne gebadet vor ihr, darüber ein nahezu wolkenloser Himmel. Eine Provinzidylle.

Herausgeschnittene Augen. PVC-Rohre anstelle von Knochen. Gehörten solche Verbrechen in die Stadt des Lächelns?

Kapitel 11

Der Mann auf dem Operationstisch sah lebendig aus, rein technisch aber war er tot.

Seine Haut war noch warm und verfügte noch über eine innere, unbestimmbare Glut, die in der Regel die Lebenden von den Toten unterschied. Auch sein Herz schlug noch. Das Beatmungsgerät hielt es in Gang.

Er war ein gutaussehender Mann, oder vielmehr war er das gewesen. Sein Körperbau war harmonisch, nicht besonders kräftig, aber schlank, und offensichtlich hatte er irgendeinen Sport ausgeübt, der nicht zu übermäßigem Muskelaufbau führte. Joggen vielleicht, dachte der Arzt Janos Kempinski, der sich trotz seines ausländischen Namens als ein waschechter Däne empfand. Seine Eltern waren in den Fünfzigern aus

Ungarn geflohen, und er war in Dänemark geboren und aufgewachsen.

Regungslos und voller Respekt betrachtete er den Körper des Mannes. Einen so perfekten Körper einfach wegzuwerfen war eine Verschwendung. Vor einem Tag war sein Auto auf der Strecke von Århus nach Viborg verunglückt, als er die Kontrolle über seinen Wagen verlor und frontal gegen einen Baum am Wegesrand geprallt war.

Kempinski stand im OP der Neurochirurgischen Abteilung, die früher das Städtische Krankenhaus Århus gewesen war. Er holte tief Luft. Nicht zum ersten Mal erinnerte ihn die Atmosphäre an eine religiöse Zeremonie, und das nicht, weil er selbst besonders gläubig war; er hatte vor langer Zeit der Religion zugunsten der Wissenschaft abgeschworen. Aber ihm gefiel dennoch die Vorstellung von einer Andacht und von etwas Heiligem. In seiner Welt lag vor ihm das größtmögliche Heiligtum ausgebreitet: frische, gesunde Organe, die insgesamt sechs Menschen das Leben retten konnten.

Wie immer bei solchen Anlässen war die Anzahl der anwesenden Personen im Raum überwältigend, aber die fünfzehn Figuren mit Mundschutz bewegten sich angemessen rücksichtsvoll.

Im Moment standen sie allerdings abwartend hinter ihm. Sie warteten auf ihn. Es war immer zuerst der Viszeralchirurg, der anfangen durfte. Genauso wie er es auch war, der den Körper zunähte, nachdem alle herausgenommen hatten, was sie benötigten.

Er bekam ein letztes Nicken von der OP-Schwester, dann begann er seine Arbeit mit Sorgfalt. Zuerst legte er alle Organe frei. Dann klammerte er die Aorta ab, und das Herz des Mannes hörte auf zu schlagen. Erst danach wurde das Beatmungsgerät ausgeschaltet. Dann gab er den Platz für den Herzchirurgen frei. Dr. Ture Hansson war extra aus Oslo angereist, um das gute Stück zu holen. Hansson arbeitete schnell und effektiv. Bei ihm konnte man tatsächlich den Ausdruck »Hände wie ein Chirurg« anwenden. Lang und elegant sahen sie aus und entfernten mit einer bewundernswerten Präzision das Herz des Mannes. Wohlbemerkt nicht ohne das gewisse Quantum an Flüchen und Schimpfwörtern. Ture Hansson erfüllte auf vortrefflichste Weise alle Vorurteile über das cholerische Temperament von Herzchirurgen.

Aber der Zeitdruck war auch immens. Innerhalb von vier Stunden sollte das Herz bereits in der Brust eines anderen Mannes schlagen.

Der Ablauf, der dann folgte, ähnelte einer militärischen Operation, bei der jeder seine Funktion genauestens kennt. Zuerst wurden die Lungen entfernt, dann die Leber. Ein Chirurg nach dem anderen verschwand mit seiner Beute. Zum Schluss waren nur er und sein Kollege Torben Smidt sowie zwei Krankenschwestern aus dem Skejby Krankenhaus übrig.

Es fielen nur wenige Worte, meist Einsilbiges. Es war weder der Ort für kluge Bemerkungen noch der für schlechte Witze. Wörter wie Zange, Sauger und Skalpell standen ganz oben auf der Liste. Auch danke war häufig zu hören.

Als er schließlich die eine Niere in den Händen hielt, spülte er das Blut ab und legte sie vorsichtig in eine kleine Box, deren Innentemperatur von 5 °C gewährleistete, dass das Organ sechsunddreißig Stunden funktionstüchtig blieb, bevor es in den Körper eines anderen Menschen transplantiert werden würde.

Er warf Torben Smidt einen Blick zu, der gerade die zweite Niere entfernt hatte. Sie nickten sich kurz zu, und Smidt machte sich auf den Weg nach Skejby mit beiden Organen in ihren Boxen.

Dann nähte Janos Kempinski den Körper des Toten zusammen mit der Operationsschwester wieder zu. Im Gegensatz zum Beginn der Operation sah der Mann auf dem Tisch jetzt nicht mehr besonders lebendig aus.

Als er kurze Zeit später den OP wieder verließ, spürte er eine große Zufriedenheit. Es war perfekt gelaufen. Nun müsste man nur noch das Blut des Empfängers mit dem des Spenders crossmatchen. Wenn alles gut verlief, würde er schon am nächsten Tag die eine Niere transplantieren können.

Diese Arbeit war sein Leben. Hier fühlte er sich lebendig. Hier wurde er high von dem Adrenalin, das durch seinen Körper pumpte.

Auf der Fahrt zum Krankenhaus nach Skejby verglich er ungerechterweise die Höhepunkte seiner Tätigkeit mit den morgendlichen sexuellen Kunstfertigkeiten mit jener Frau, die momentan eine Aufenthaltsgenehmigung für sein Bett hatte. Annelise hieß sie, und im gleichen Augenblick entschied er, dass dieser Morgen der letzte gewesen war. Es war nicht ihre Schuld, sondern seine. Seine Fähigkeit, Leidenschaft zu empfinden, schienen die Operationen aufzuzehren. Und er hatte sich schon vor langer Zeit von dem Gedanken einer großen romantischen Liebe verabschiedet. Es gab seinen Job und dann in gleichmäßigen Abständen eine Geliebte, die nicht zu viel von ihm forderte. Sollte er damit nicht zufrieden sein?

Er lief versunken den Gang hinunter, stieß die Tür zu seinem Büro auf und war nicht auf ein Hindernis gefasst. Die Frau stand direkt hinter der Tür. Sie hatte einen Stapel Aktenordner im Arm gehalten, und als er sie mit der Tür traf, fiel einer nach dem anderen zu Boden. Später dachte er oft an die Situation zurück und fand sie so klischeehaft, dass es fast weh tat.

»Oh, Entschuldigung. Meine Schuld.«

Er kniete sich hin, um ihr zu helfen.

»Nein, nein, das war meine. Ich bin so ungeschickt. Ich wollte nur ...«

Sie saßen sich in der Hocke gegenüber. Sie roch nach Zitrone oder etwas anderem Frischen und Verlockenden im Vergleich zum Geruch von Blut und Desinfektionsmittel im OP. Sie war zierlich und sah eher aus wie ein kleines Mädchen, wie sie da mit ihren Aktenordnern hockte. Ihr Haar war zu einem unordentlichen Knoten zusammengesteckt, und ihre Lippen zitterten, als würde sie jeden Augenblick in Tränen ausbrechen. Und die Augen. Noch nie zuvor hatte er eine solche Farbe gesehen.

«Lena Bjerregaard.«

Er nahm sie am Ellenbogen und half ihr auf.

»Ich bin die neue Sekretärin, Mutterschaftsvertretung.«

Das hatte er vergessen. Wie er so manches vergaß, was er für unwichtig erachtete. Er räusperte sich.

»Janos Kempinski. Willkommen, wollte ich sagen.«

Sie waren grün; oder vielleicht waren sie auch blau mit Tupfern aus Meer, Tang und Sonne. Sie raubten ihm geradezu den Atem.

»Vielen Dank, das ist sehr freundlich von Ihnen …«

»Dir«, korrigierte er sie. »Wir duzen uns hier alle.«

»Dir«, wiederholte sie mit einem Tonfall, der verriet, dass sie es dennoch unpassend fand.

Er musste schlucken. Allein ihre Stimme genügte, um ihm eine Gänsehaut nach der nächsten über seinen Körper zu jagen. Mädchenhaft klang sie, so verletzlich und doch lebendig. Der Mann auf dem OP-Tisch in der Neurochirurgischen Abteilung war mit einem Mal ganz weit weg.

Sie standen sich eine Weile gegenüber und versuchten sich in Smalltalk, was er noch nie besonders gut beherrscht hatte. Aber sie half ihm dabei. Sie führte ihn durch das Minenfeld der Fallgruben einer Konversation, damit er nicht als Vollidiot dastehen musste. Sie entschuldigte sich vielmals dafür, dass sie ihre neue Tätigkeit gleich mit einem freien Tag einläuten müsse. Aber sie habe einen Termin beim Augenarzt am nächsten Morgen und er wisse ja, dass man diese Termine ein halbes Jahr im Voraus vereinbaren musste.

»Natürlich. Das ist in Ordnung«, sagte er, obwohl das sonst nicht seine Art war.

»Ich kann die Stunde nachholen«, sagte sie.

»Kommt gar nicht in Frage«, erwiderte er.

»Danke sehr.«

Ursprünglich kam sie aus Odense, lebte aber schon seit zehn Jahren in Århus. Zuerst hätte sie begonnen, Dänisch zu studieren, aber die große Arbeitslosigkeit unter den Geisteswissenschaftlern habe ihr Angst gemacht und darum hätte sie zur Handelsschule gewechselt.

Ihm hingegen machte etwas ganz anderes Angst. Plötzlich tauchte die Befürchtung in ihm auf, dass sie am nächsten Tag nicht zur Arbeit erscheinen würde. Dass er sie vielleicht nie wiedersehen würde.

Nur mit großer Mühe konnte er sich losreißen. Als er später pfeifend den Gang zur Dialyse entlanglief, war sein ganzer Körper durchströmt von Wärme. Da beschloss er, dass er ausreichend Energie habe, um nach *Dem Besonderen Patienten* zu sehen, wie er ihn nannte.

Normalerweise haben Chirurgen wenig Kontakt zu den Dialysepatienten, aber von Anfang an hatte ihn dieser Patient fasziniert, vielleicht waren es die außergewöhnlichen Umstände, die ihn neugierig gemacht hatten.

Der Besondere Patient hieß Peter Boutrup. Er war neunundzwanzig Jahre alt und vor kurzem für eine Dialyse mit dem Gefangenentransporter aus dem neuen Staatsgefängnis in Ostjütland gebracht worden, wo er wegen fahrlässiger Tötung saß. Bisher ließ sich die Ursache für sein Nierenversagen nicht klären, aber die Situation war kritisch. Wenn er nicht bald eine neue Niere bekäme, sah es sehr schlecht für ihn aus.

Janos Kempinski pfiff sein Lieblingslied *We are the Champions*, hatte aber Schwierigkeiten, den Ton zu treffen.

Der Fall Peter Boutrup hatte von Anfang an seinen Sinn für moralische Dilemmata gereizt. Unter den Kollegen hatte er eine Art Priorisierungsdebatte ausgelöst. Er selbst tendierte dazu, alle Menschen gleich zu behandeln. Sein Kollege Torben Smidt hingegen war das genaue Gegenteil. Außerdem liebte er es, zu provozieren:

»Vorausgesetzt, eine Niere würde mehreren Spendern passen. Wem würdest du dann den Vorrang geben?«

Die Diskussionen waren in Gang gebracht worden, nachdem Der Besondere Patient mit dem Gefangenentransporter eingetroffen war. Begleitet von zwei Beamten, die wie Schulze und Schultze neben seinem Bett saßen.

Die Frage war hypothetisch, denn der Computer bestimmte, welcher Kandidat auf der Warteliste der geeignetere Empfänger war. Selten hatten dort die großen menschlichen und ethischen Überlegungen Platz. Wenn zwei Empfänger gleichermaßen geeignet waren und das gleiche Geschlecht, Alter und Gewicht besaßen, dann entschied die Dauer auf der Warteliste. Ausnahmen bildeten Kinder, die wurden immer vorgezogen.

»Nehmen wir mal einen arbeitslosen Immigranten, Den Besonderen Patienten aus dem Staatsgefängnis und einen ganz normalen steuergebeutelten Dänen in Lohn und Brot. Wer von ihnen sollte die Niere erhalten?«

Torben Smidt hatte ihn dabei herausfordernd angesehen.

»Es ist unsere Entscheidung«, hatte er betont. »Wir müssen wählen. Du musst wählen.«

Die Frage war nicht zu beantworten.

»Hierbei geht es nicht darum, dass der eine ein Immigrant, der andere ein Strafgefangener und der Dritte eine Stütze der Gemeinschaft ist«, hatte Janos geantwortet. »Die Frage ist, wer von diesen dreien geeignet ist, diese Niere zu erhalten.«

»Aber wenn sie alle drei gleich geeignet wären? Oder eben gleich schlecht?«

»Aber das ist unmöglich.«

»Ja, aber wenn …«

So jagten sie sich durch das Labyrinth der ethischen Konflikte.

»Dann müsste das Los entscheiden«, hatte er schließlich gesagt.

Torben Smidt hatte ihn enttäuscht angesehen.

»Wäre das nicht die einfachste Lösung? Findest du nicht, dass wir verpflichtet sind, solche Herausforderungen anzunehmen und diese Priorisierung zu leisten?«

»Wir dürfen nur aus ärztlicher Sicht bestimmten Dingen den Vorrang geben. Es ist nicht unsere Aufgabe, die großen gesellschaftspolitischen Entscheidungen zu treffen, ob jene, die am meisten für die Gemeinschaft leisten, auch an vorderster Stelle stehen sollten«, hatte er sich verteidigt.

Torben hatte den Kopf geschüttelt.

»Nein, du hast recht, wir sollten das lieber dem Zufall überlassen.«

»Das ist am gerechtesten.«

»Aber nicht zwangsläufig am vernünftigsten.«

Vielleicht hatte es am Tonfall in Torben Smidts Stimme gelegen. Zum ersten Mal machte sich Janos ernsthafte Sorgen.

»Ich kann dir folgen, aber diese Haltung hat eine gefährliche Schräglage.«

Torben hatte sich vom Tisch in der Krankenhauskantine erhoben und ihn mit seinem verschlagenen Lächeln bedacht.

»Gefährlich oder nicht. Eines Tages werden wir mit so einer Situation konfrontiert werden. Oder ganz persönlich eine ähnliche Entscheidung treffen müssen. Dann wird es interessant, ob Theorie und Praxis deckungsgleich sind.«

Er schob diese Gedanken beiseite, als er sich dem Krankenzimmer Des Besonderen Patienten näherte. Er klopfte kurz an und öffnete die Tür. Peter Boutrup lag in seinem Bett und sah sehr geschwächt aus. Sein halblanges blondes Haar klebte am Kopf, und sein ansonsten muskulöser Körper hatte in letzter Zeit an Kraft verloren. Seine Haut, seine ganze Erscheinung wirkte seltsam matt und fahl. Nur seine blaugrünen Augen leuchteten mit einer seltenen Intensität, und ein nicht besonders liebenswürdiges Lächeln spielte um seine Lippen.

»Guten Tag, Peter. Wie geht es Ihnen?«

Ihre Blicke trafen sich. Der Mund begann Wörter zu formen, die wie bei einer Nachsynchronisierung verzögert zu hören waren.

»Was glauben Sie, wie es mir geht?«

Janos zog sich einen Stuhl heran und setzte sich. Innerlich verbeugte er sich vor der Todesverachtung des Mannes, die er von Anfang an ausgestrahlt hatte.

»Und es ist Ihnen bisher kein Familienmitglied eingefallen, das Ihnen mit einer Spenderniere aushelfen könnte?«

Die Lippen des jungen Mannes verzogen sich zur Parodie eines Lächelns.

»Hören Sie mir gut zu, Herr Doktor Tod, ich habe Ihnen doch bereits gesagt, dass ich keine Familie habe.«

Janos zuckte mit den Schultern. Er wunderte sich zum wiederholten Mal über seine Faszination für diesen widerspenstigen Patienten.

»Es muss doch irgendwo noch Familienmitglieder geben. Vielleicht sind die sogar hilfsbereiter, als Sie denken. Wir könnten sie vom Krankenhaus aus kontaktieren und sie zu einem Gespräch einladen.«

Der Mann entblößte die Zähne mit einem leisen Knurren. Janos musste an seine Katze denken, kurz bevor sie gestorben war. Auch sie hatte noch die Kraft gehabt zu fauchen.

»Seine Niere einem Strafgefangenen geben? Einem Mann, der einen anderen Mann getötet hat? Glauben Sie, ich bin naiv?«

Kapitel 12

Rechtsextreme Gewalt. Krawalle im Fußballstadion. Eingeworfene Scheiben eines linken Cafés. Unruhen bei einer muslimischen Hochzeit in Århus.

Dicte zählte die Ereignisse auf, während sie die Mejlgæde hinunterlief und die richtige Hausnummer suchte. Sie hatte im Internet nachgelesen, wie viele verschiedene rechtextreme Gruppierungen es gab. Kaiser hatte recht. Es könnte nicht schaden, herauszufinden, wie kritisch die Situation tatsächlich war. Vor allem in der Region, obwohl sie sich nicht vorstellen konnte, dass sich viele von dieser Ideologie angezogen fühlten. Liefen viele mit Hitlergruß durch die Stadt? Oder verprügelten Mitbürger mit dunkler Hautfarbe mit Baseballschlägern? War das Problem wirklich so groß?

Endlich hatte sie die Hausnummer gefunden. Sie musste in den Hinterhof und ein staubiges, knarrendes Treppenhaus hoch, an dessen feuchten Wänden alte zerfetzte Filmplakate hingen. Die letzten Stufen in den dritten Stock waren nicht mehr als eine Hühnerstiege. Es roch nach Urin und vergammeltem Müll, und das Licht schien auch nicht zu funktionieren. Hier sollte man abends am besten nicht allzu betrunken nach Hause kommen.

Sie betätigte die Klingel, konnte aber kein Geräusch hören. Stattdessen klopfte sie an die Glasscheibe, die ganz grau von Fett und Dreck war und deren Einzelteile von einem Klebeband zusammengehalten wurden. Während sie wartete, wanderten ihre Gedanken zu den Details der Morde. Kosovo und Århus. Beide Opfer wurden in unmittelbarer Nähe zu Fußballstadien gefunden, die zweite Tote könnte möglicherweise mit einem Mann in Doc Martens Stiefeln in Verbindung gebracht werden. Waren dem rechtsextremen Milieu so bestialische Morde zuzutrauen? Und dann auch noch grenzübergreifend?

Sie hörte Schritte im Flur und fühlte sich sofort verdächtigt, als eine zornige Männerstimme fragte:

»Wer ist da?«

Sie räusperte sich.

»Dicte Svendsen. Die Journalistin. Ich habe gestern bei Ihnen angerufen.«

Mehrere Sicherheitsketten wurden nach einer gefühlten Unendlichkeit geöffnet. Dann schob sich die Tür einen Spaltbreit auf, und sie wurde von einem Mann gemustert. Er trug eine braune Lederweste, die sich über seinen Bauch spannte. Sein ehemals weißes Hemd war zu groß und hing über die Hose. Frederik B. Winkler sah aus wie ein Mann, der die meiste Zeit seines Lebens in geschlossenen Räumen verbracht hatte. Er war blass und hatte rote Augen, die in das Licht der nackten Glühbirne blinzelten, die im Flur hing und eine gemusterte 70er-Jahre Tapete beleuchtete. Hinter ihm tauchte eine grau gestreifte Katze auf. Sie rieb sich zuerst an seinem Bein und kam dann zu Dicte.

»Man kann nicht vorsichtig genug sein. Kommen Sie rein.«

Er warf die Tür hinter ihr zu, und sie spürte eine gewisse Unruhe in sich aufsteigen, als er alle Sicherheitsketten wieder sorgfältig einhängte.

»Na ja«, sagte er auf dem Weg in die dunklen Tiefen seiner Wohnung, mit ihr und der Katze im Schlepptau. »Wenn die mich wirklich umbringen wollten, würde ihnen das schon gelingen. Wollen Sie Kaffee?«

»Ja gern, danke.«

Das Wohnzimmer sah aus wie eine Studentenbude aus längst vergangenen Tagen. Braunes Samtsofa, schwerer Tisch mit Kachelplatte, ein Schemel aus cognacfarbenem Leder und eine grüne Wirtshausgarnitur aus einem runden Tisch und sechs Stühlen, die unter der Dachschräge um jeden Zentimeter kämpften. Eine Stehlampe älteren Datums und ein paar grüne Halogenlämpchen, die über dem Couchtisch hingen, gaben ihr Bestes, um den Raum zu erhellen, konnten jedoch nicht bis in die Ecken vordringen.

»Wer sollte Sie denn umbringen wollen?«

Dicte versuchte so unbeschwert wie möglich zu klingen, als wäre das ein ganz natürlicher Auftakt für eine nette Unterhaltung. Gleichzeitig überlegte sie, ob der Mann paranoid war oder tatsächlich verfolgt wurde. Sie hatte über ihn im Internet recherchiert. Er war ein Sonderling mit unkonventionellen Methoden. Er hatte sich als Lebensziel gesteckt, das Tun und Lassen der rechtextremen Szene aufzudecken. Dabei herausgekommen waren bislang einige Bücher und Artikel und, wollte man den Gerüchten glauben, auch tonnenweise Tapes und Fotos, die er unter anderem in dem halben Jahr aufgenommen hatte, wo er Günter Wallraff alle Ehre gemacht und das Milieu infiltriert hatte. Das war bereits einige Jahre her und hatte keine große Aktualität mehr, aber die Gerüchteküche sagte auch, dass Frederik Winkler weiterhin auf dem Laufenden sei, mit anderen Methoden als zuvor.

»Oh, so einige.«

Er kam mit einem Becher Kaffee aus der Küche zurück und stellte ihn auf die Kachelplatte des Couchtischs vor den einzigen Sessel. Sie setzte sich. Erst jetzt bemerkte sie, dass die Wände des Wohnzimmers mit Regalen zugestellt waren, die sich vom Boden bis zur Decke erstreckten. Darin standen Hunderte von Ordnern, einer neben dem anderen. Im Internet hatte sie Aufnahmen seines Büro gefunden, die nahezu identisch waren mit diesem Anblick: Aktenordner und Videotapes, so weit das Auge reichte.

»Nicht alle begrüßen es, wenn über sie Aufzeichnungen für die Nachwelt angefertigt und aufbewahrt werden.«

Er ließ sich schwer aufs Sofa fallen, über ihm hing eine Kopie des berühmten Plakats mit der Zeichnung eines Schweines und der Aufschrift »Dänische Schweine sind gesund – die strotzen vor Penicillin«. Sie hatte das Bild vor Augen, wie er dort auf dem Sofa bei laufendem Fernseher sein Abendessen einnahm und das Plakat sein Zeuge war.

»Aber gleich töten?«

Er zuckte mit den Schultern.

»Ist alles schon da gewesen. Oder wie interpretieren Sie die Brandbombe, die durch die Glasscheibe meiner Eingangstür geworfen wurde? Ist das kein Mordanschlag?«

Seine Stimme hatte eine unerwartete Schärfe bekommen. Hatte er zuvor die Ausstrahlung eines verschreckten Onkelchens gehabt, war die jetzt wie weggeblasen.

»Was wollen Sie denn von mir wissen?«

Sie nahm einen Schluck von ihrem Kaffee, es war löslicher.

»Ich komme gleich zur Sache: Ich kenne mich in der rechtsextremen Szene in unserer Stadt überhaupt nicht aus. Ich bin auf der Suche nach Hintergrundinformationen. Ich könnte natürlich im Netz recherchieren, aber ich benötige Topaktuelles, das noch gar nicht in die Öffentlichkeit gedrungen ist.«

»Geheimnisse also«, betonte er. »Beziehungsweise Dinge, die niemand wahrhaben will?«

Offensichtlich war er es gewohnt, dass man ihm mit Skepsis begegnete. Dicte beugte sich vor.

»Lassen Sie uns das Ihre Expertise nennen. Ich benötige einen Informanten, der über einen außergewöhnlich guten Einblick in die Materie verfügt. Wenn Sie Repressalien befürchten, lasse ich Sie anonym. Sie können mich auch an jemanden weiterverweisen?«

»Und mein Leben aufs Spiel setzen?«

Er schüttelte langsam den Kopf. Das schien kein Nein zu bedeuten, sondern war vielmehr ein Kommentar zu ihrer Naivität. Dann holte er tief Luft, pustete in seinen Kaffeebecher und warf ihr einen abschätzenden Blick über den Rand zu.

»Das hier ist kein Spiel. Wenn Sie sich in dieser Szene umschauen wollen, müssen Sie darauf gefasst sein, dass es nicht ungefährlich ist. Ich möchte, dass Sie sich darüber im Klaren sind.«

»Das bin ich.«

Er nickte.

»Sie sind an dem Mord an dem Mädchen beim Fußballstadion dran. Und jetzt wollen Sie wissen, ob die Hooligans oder andere Extremisten dahinterstecken könnten?«

Dicte stellte den Becher auf den Tisch, antwortete aber nicht. Frederik Winkler fuhr ohne Aufforderung fort.

»Eins ist sicher: Århus ist dabei, sich zu einer Bastion der rechten Szene zu entwickeln. Im Zuge der Auflösung der Linken wurde hier ein Netzwerk geschaffen. Kopenhagen hat seine Autonomen, darum haben die Linken noch einen Nährboden. Århus hatte nur bis in die Neunziger Linksradikale. Die Rechten haben hier mittlerweile freie Hand und betrachten den Kampf gegen ihren Erzfeind auch als gewonnen.«

»Ich dachte immer, die Ausländer seien der Erzfeind.«

Er schüttelte den Kopf.

»Für die Leute, über die wir gerade sprechen, sind die Linken die weitaus größere Bedrohung. Eine geschlossene Linke kann verhindern, dass nationalsozialistische Ideen Wurzeln schlagen. Außerdem sind sie ein sichtbarer Feind, und das erzeugt ein Gefühl von Zusammengehörigkeit.«

Dicte beschloss, den Wahrheitsgehalt seiner letzten Äußerung zu hinterfragen.

»Und was ist mit den Fußballfans? White Pride?«

Die Katze hatte Anlauf genommen und war ohne Vorwarnung auf Frederik Winklers Schoß gesprungen. Er strich ihr über den Rücken hinauf bis zur Schwanzspitze.

»White Pride hat sich neu formiert. Sie sind nicht mehr so präsent, und viele der Mitglieder sind zur Dansk Front abgewandert, die mittlerweile eine zentrale Rolle im rechten Flügel spielt. Viele ihrer Aktivitäten werden von Århus aus arrangiert und koordiniert.« Die Katze schnurrte geräuschvoll. Für einen Moment war das der einzige Laut im Raum. »Der harte Kern von White Pride ist älter geworden, allerdings mischen sie noch mit und stacheln auch in den Stadien zur Gewalt auf. Das Hauptproblem ist, dass es ihnen gelungen ist, neue Schläger zu rekrutieren, die sogenannten Casuals.«

»Casuals?«

Die Katze nahm erneut Anlauf und landete mit einem etwas misslungenen Sprung auf Dictes Oberschenkel. Sie spürte, wie sich die Krallen durch den Stoff ihrer Hose bohrten. Dabei schnurrte das Tier unablässig.

»Die sind jung, tragen Markenklamotten und sind für die organisierte Gewalt zuständig. Sie unterstützen verschiedene Fußballklubs und verabreden ihre Kampfeinsätze via Ketten-SMS.«

»Und sind die gefährlich?«

Dicte hörte die Skepsis in ihrer Stimme. Jugendliche in Markenklamotten, die aufeinander einprügeln. Ihr erschien der Weg von dort bis zum Mord an jungen Frauen, denen man die Augen ausstach, doch sehr weit.

»Sie sind alle potentiell gefährlich.« Wieder hatte er diese Schärfe in der Stimme, sie hatte etwas Warnendes. »Sie stehen unter großem Gruppenzwang und machen Sachen in dieser Gemeinschaft, die sie allein niemals wagen würden. Unter den richtigen Umständen wären die meiner Meinung nach alle zu einem Mord fähig. Aber einige haben selbstverständlich ein höheres Potential als andere.«

Das Schnurren der Katze übertrug sich auf ihren Körper. Es fühlte sich an, als würden die kleinen Erschütterungen bis in ihre Fingerspitzen gelangen.

»Haben Sie da Details? Wer die sind? Ich meine Namen, Fotos, Aufnahmen oder Tapes?«

Wieder betrachtete er sie eingehend, als würde er das Für und Wider abwägen. Vielleicht war er bereits ein sehr großes Risiko damit eingegangen, sie zu empfangen, überlegte sie. Vielleicht übertrieb er auch maßlos, das war schwer einzuschätzen.

»Die Gruppen filmen sich gegenseitig, wenn sie Gelegenheit dazu haben. Bei den Demos der Linken tauchen die Rechten auf und filmen diskret mit ihren Kameras und vice versa. Die ganze Szene ist, zumindest in den eigenen und den gegnerischen Kreisen, vorbildlich dokumentiert.«

»Und was ist mit Ihnen?«, fragte Dicte. »Machen Sie nach wie vor selbst Aufnahmen?«

Das war die galantere Formulierung, statt ihn geradeheraus zu fragen, ob er auch, mit Bart und Brille verkleidet, bei den verschiedensten Demonstrationen auftauchte und mit versteckter Kamera filmte.

Ohne Vorwarnung erhob er sich plötzlich stöhnend vom Sofa.

»Kommen Sie mal mit.«

Sie folgte ihm durch den Flur. Als er die Tür zu seinem Büro öffnete, erkannte sie den Raum von den Fotos im Internet wieder, allerdings war er wesentlich kleiner, fast klaustrophobisch eng. Jeder freie Platz war von Ordnern, Büchern oder Tapes belegt. Auf seinem Schreibtisch stand ein Computer, der allerdings im Gegensatz zu allem anderen in der Wohnung nagelneu war.

Er setzte sich hin und schaltete den Rechner ein. Kurz darauf öffnete er einen Ordner mit Aufnahmen. Eine Serie zeigte Männer in Kapuzenjacken, die einer Demonstration zusahen. Auf den nächsten Fotos hatte der zentrale Mann in einer hellen Nylonjacke eine Videokamera hervorgeholt und mit dem Filmen begonnen. Ein anderer hielt eine Digitalkamera in den Händen. Dann folgten Bilder, auf denen drei Menschen mit über den Kopf gezogenen Kapuzen die Demonstration wieder verließen. Die letzten Aufnahmen zeigten dieselben Männer, wie sie in einem Hauseingang verschwanden.

»Der Mann mit der Videokamera heißt Martin Brøgger. Er ist gefährlich, weil er schnell im Kopf und am Abzug ist. Er ist der Rädelsführer hinter den Aktionen, wenn antifaschistische Demos angegriffen werden. Gleichzeitig steht er auch an vorderster Front, wenn es um Schlägereien geht.«

Dicte versuchte, sich ein Bild von dem Mann zu machen. Aber obwohl Frederik Winkler ganz nah ranzoomte, konnte sie nicht mehr erkennen als einen großen, kräftigen Mann mit breitem Kiefer.

»Und der da?«

Der Computer näherte sich dem anderen Mann mit der Digitalkamera.

»Hinter dem war die Polizei her, allerdings aus einem ganz anderen Grund. Der hat nämlich letzte Woche seine Geliebte so zusammengeschlagen, dass sie an den Folgen gestorben ist.«

»Woher wissen Sie das alles?«

Sie wollte gar nicht skeptisch klingen. Trotzdem sah Winkler sie irritiert an.

»Theoretisch gesehen darf ich das gar nicht wissen. Also vergessen Sie es wieder.«

»Und wie heißt er?«

»Jan Møller.«

»So heißen viele.«

»Aber die wenigsten haben einen Vater, der Direktor der größten Konservenfabrik der Stadt ist.«

»Der Møller? Erling Møller von Jakta?«

Winkler nickte und zoomte näher an den dritten Mann heran. Er war kräftig und vierschrötig, aber nicht besonders groß. Vermutlich war die besondere Situation dafür verantwortlich zu machen, aber Dicte hätte schwören können, dass unter der Kapuze statt zweier Augen kalte Lampen brannten. Er trug Doc Martens Stiefel.

»Arne Bay, auch Kelten-Arne genannt, weil er ein keltisches Kreuz über den ganzen Rücken tätowiert hat.«

Winkler wandte sich vom Bildschirm ab und drehte den Stuhl zu ihr um.

»Das keltische Kreuz ist das Symbol der Organisation White Pride. Es wurde früher vom Ku-Klux-Klan verwendet und von der freiwilligen dänischen SS. Es ist in Schweden und mit Einschränkungen auch in Deutschland verboten.«

Dicte starrte wie hypnotisiert auf den Bildschirm. Auf den ersten Blick sahen die drei Männer aus wie normale Bürger, die an einem öffentlichen Platz Filmaufnahmen machten. Aber sie hatte das Gefühl, als würde ihr ein kalter Wind in den Nacken wehen.

»Erzählen Sie mir was über diesen Arne Bay.«

Winkler drehte sich zurück zum Computer und öffnete andere Dateien.

»Arne Bay ist ein Vollblutrassist und extrem gewalttätig. Einige würden sagen, er sei ein Psychopath. Ich bin anderer Ansicht, und ich muss es schließlich wissen. Er war in mehrere Gewaltdelikte verwickelt und saß wegen Vergewaltigung im Gefängnis.«

Neue Fotos erschienen auf dem Monitor. Sie wirkten wie aus einem Familienalbum. Vater und Sohn, die lachend auf einem Bolzplatz um den Ball kämpften. Auf einem anderen Bild stand ein schlaksiger Junge im Tor. Dicte starrte die Aufnahme an. Der Mann kam ihr irgendwie bekannt vor.

Leise sagte Frederik Winkler:

»Arne Bay ist mein Sohn.«

Kapitel 13

»Ich hoffe, du hast einen Verdächtigen?«

Kriminalhauptkommissar Hartvigsen biss herzhaft in sein Brötchen, so dass die Krümel in alle Richtungen flogen, nur nicht auf den Teller.

Wagner zuckte mit den Schultern und wusste, dass es nonchalanter aussah, als es war.

»Momentan ist der Vater die einzige Verbindung.«

»Ihr eigener Vater?«

Hartvigsen verschluckte sich fast an seinem Bissen und hustete die Worte förmlich heraus, so dass alle in der Polizeikantine es hören konnten. »Der Anwalt?«

»Nicht als Täter«, beeilte sich Wagner hinzuzufügen, obwohl der Schaden bereits geschehen war, denn ein zerkautes Stück von Hartvigsens Brötchen war in gefährlicher Nähe zu seinem Heringsbrot gelandet. »Er vertritt den Sozialisten, der in dem Café in der Mejlgæde angegriffen wurde.«

Hartvigsen sah ihn fragend an.

»Na, der Fall, in dem die Neonazis die Fenster des Cafés mit Flaschen eingeschmissen und danach die ganze Einrichtung zertrümmert haben«, erklärte ihm Wagner.

»Ah, ja.«

Hartvigsen kaute nachdenklich weiter. »Beide Seiten waren da doch bestimmt zu gleichen Teilen dran beteiligt«, murmelte er. »Gleichermaßen bescheuert auf jeden Fall«, fügte er noch leise hinzu.

»Das kann schon sein. Die Sache wird im September verhandelt. Aber es könnte doch angehen, dass jemand Ulrik Storck bis dahin aus dem Verfahren raushaben will.«

Das ganze Ausmaß wurde Hartvigsen erst in diesem Augenblick klar. Wagner musste zugeben, dass die Grundlage für einen Verdacht äußerst mager war, aber eine Verbindung gab es, und die konnte man nicht einfach ignorieren.

»Indem sie seine Tochter totschlagen, ihr die Augen ausstechen und sie entbeinen? Dänische Neonazis? Sind das deren Methoden?«

»Kann das überhaupt eine Methode von irgendjemandem sein?«, fragte Wagner angewidert und schob seinen Teller von sich. Ihm war der Appetit vergangen.

»Für mich klingt das eher nach organisierter Kriminalität. Russische Mafia. Chinesische Triaden. Was weiß ich!«

»In Århus? Gegen eine 22-jährige Auszubildende, das Musterbild einer Bürgerin, die sich nie etwas hat zuschulden kommen lassen?«

»Was ist mit ihrem Arbeitsplatz? Könnte sich da vielleicht etwas finden lassen?«

Wagner trank sein helles Bier aus und wischte sich mit der Serviette den Mund ab. Dann sah er auf seine Uhr.

»In einer Viertelstunde haben wir einen Termin mit ihrem Vorgesetzten, danach wissen wir mehr. Aber ich finde das höchst unwahrscheinlich. Sie war schließlich nur Auszubildende.«

»Ein blindes Huhn!«, sagte Hartvigsen und kniff dabei die Augen zusammen, was ihn wie ein übergewichtiges Exemplar dieser Art aussehen ließ.

Wagner stand auf und stapelte die Teller, Gläser und das Besteck auf das Tablett. »Ich vermute eher den Vater dahinter. Das alles kann kein Zufall sein.«

Hartvigsen seufzte und gab Wagner ein Zeichen, sich wieder zu setzen. Er beugte sich vor und sah weder wie ein Huhn noch wie ein gemütlicher, rotwangiger Outdoortyp aus, sondern vielmehr wie ein Polizeichef, der unter Druck steht und den Atem seiner Vorgesetzten im Nacken spürt. Wagner wusste, was kommen würde, noch ehe die Worte überhaupt ausgesprochen waren.

»Wir könnten ein paar positive Meldungen ganz gut gebrauchen. Nach diesen ganzen Geschichten.«

In seinem Blick las Wagner, dass er mit »Geschichten« die Vorfälle meinte, in denen Polizeibeamte ihre Waffe gezogen und abgefeuert hatten. Häufig mit Todesfolge, und das jüngste Opfer war ein psychisch kranker und zudem unbewaffneter Mann gewesen. Das machte keinen guten Eindruck.

Er wusste nicht, was er sagen sollte, deshalb begnügte er sich mit einem Nicken und freute sich insgeheim, dass er nicht Hartvigsens Job hatte. Ihm lag es überhaupt nicht, in die Politik involviert zu sein. Zum Glück musste er sich nicht damit beschäftigen, wie die Polizei in den Augen anderer wahrgenommen wurde. Seine Aufgabe war es lediglich, Fälle zu lösen und Kriminelle dingfest zu machen, den Rest überließ er sehr gerne anderen.

Erneut erhob er sich, nahm das Tablett und ging, während er sich selbst das Wort gab, dass Mette Mortensens Mörder seine gerechte Strafe bekommen würde. Irgendwo lief ein Mensch frei herum, der sie umgebracht und danach ihren Körper geschändet hatte. Gormsen war sich zwar sicher, dass alle Verletzungen postum zugefügt worden waren, was dem Opfer unerträgliche Schmerzen erspart hatte. Aber dennoch war es für ihn kein Unterschied. Genau genommen empfand er das Schänden einer Leiche viel schlimmer. Die Toten sollte man in Frieden lassen, das war seine Ansicht. Man sollte einem Toten mit Respekt begegnen und dessen Körper mit Ehrfurcht behandeln.

Er war schon als Kind früh mit dem Tod in Berührung gekommen, als seine Großeltern mütterlicherseits kurz nacheinander gestorben waren. Beide waren zu Hause gestorben, und die Familie hatte sich in ehrfürchtigem und liebevollem Schweigen am Sterbebett versammelt. Und seine Mutter und seine Tante hatten die Toten danach gewaschen.

So sollte der Tod sein, fand er. Aber da war auch der Tod von seiner Frau Nina, die an Krebs gestorben war, ein Jahr, bevor er Ida Marie kennenlernte. Das war nicht schön gewesen, leider war der Tod seiner Erfahrung nach fast nie schön. Nina war im Krankenhaus gestorben. Wagner wusste, dass sie ihm zuliebe dort geblieben war. Er hätte nicht die Kraft gehabt, sie zu Hause zu pflegen. Trotzdem war der Abschied still und friedlich gewesen. Und fast unerträglich, aber das stellte er erst fest, als ihn die Leere nach der Beerdigung fast verschlungen hatte.

Der Tod sollte friedvoll sein; so wie es sich für das Ende des zweiten Satzes einer Klaviersonate von Beethoven gehörte. Daran musste er denken, als er auf der Suche nach Ivar K den Flur entlanglief, weil er ihn zu Mette Mortensens Arbeitsplatz bei der Hammershøj Wirtschaftsprüfungsgesellschaft begleiten sollte. Die Ironie des Schicksals hatte ihn in einem Beruf landen lassen, wo weder die Toten noch deren Angehörige oder deren Kollegen und Vorgesetzte in Frieden gelassen wurden. Hier war nicht Beethoven am Werk, sondern vielmehr Richard Wagner.

Die Wirtschaftsprüfungsgesellschaft auf dem Åboulevarden hatte zwanzig Angestellte, und aus dem siebten Stock des Gebäudes bot sich eine Panoramaaussicht über Stadt und Hafen.

Ivar K hatte ein bisschen Hintergrundwissen über den Geschäftsführer Carsten Kamm zusammentragen wollen, dem die Firma gehörte. Allerdings hatte er nichts Ungewöhnliches finden können, außer der namentlichen Übereinstimmung mit einem in Deutschland ansässigen dänischen Nazi, dem bis zum heutigen Tag der Mord an einem dänischen Journalisten während der Besatzungszeit nicht nachgewiesen werden konnte.

Daraufhin hatte er die Familienbeziehungen überprüft, aber gleich festgestellt, dass die Übereinstimmung zufällig war und Carsten Kamm außerdem ein zusätzliches »m« in seinem Namen führte. Heimlich spürte Wagner eine gewisse Solidarität mit dem Geschäftsführer. Er selbst hatte auch einiges mit seinem Nachnamen durchmachen müssen. Die meisten verbanden den Namen Wagner natürlich mit der Musik, aber es gab Vereinzelte, die wussten, dass Richard Wagner mit dem Nationalsozialismus geflirtet hatte oder vielmehr die Nazis mit ihm und seiner Musik. Er war zwar nachweislich nicht mit dem Deutschen verwandt, aber das hinderte die Leute nicht daran, ungefragt Parallelen zu ziehen.

Aller Solidarität zum Trotz tat er sich dennoch schwer, Carsten Kamm sympathisch zu finden. Er war groß und hatte eine gepflegte, aber Angst einflößende Glatze, in der Art, wie sie Türsteher und Bodyguards tragen. Das hatte ihm noch nie besonders gefallen. Sein Scheitel leuchtete bronzen und verriet den Besuch im Solarium, seine Erscheinung war durchtrainiert und gepflegt. Für einen Mann, dessen Geliebte vor kurzem getötet und geschändet worden war, wirkte er auffallend ruhig, um nicht zu sagen beunruhigend gelassen, fand Wagner.

»Lassen Sie uns hier hineingehen.«

Kamm trug einen grauen modernen, schmal geschnittenen Anzug. Auf den ersten Blick wirkte das relativ konservativ, aber Wagner bemerkte, dass der Schlips aus schwarzem Leder war und die Schuhe keine Halbschuhe, sondern Stiefel aus Schlangenleder. Die Assoziationen überfielen ihn schlagartig, und noch bevor sie an dem runden Tisch Platz genommen hatten, waren seine Schlussfolgerungen bereits formuliert: Kamm wirkte selbst wie eine Schlange mit seinen schnellen, gleitenden Bewegungen und einem Blick, der sie zwar ansah, aber gleichzeitig durch sie hindurchging.

Kamm setzte sich ans Ende des Tischs, als hätte er sich selbst zum Wortführer ernannt. Er warf einen Blick auf seine Uhr.

»In einer Viertelstunde habe ich ein wichtiges Meeting. Ich hoffe, wir können das hier schnell erledigen.« Seine Stimme war kurz angebunden und nicht gewohnt, Widerworte zu erhalten.

Ivar K wippte auf dem Designerstuhl hin und her, dass es nur so knackte.

»Es dauert so lange, wie es dauert.«

Kamm räusperte sich.

»Natürlich. Und was da passiert ist, ist wirklich tragisch. Aber wir sind hier ja bei der Arbeit.«

Wagner tat der Mann fast ein bisschen leid, als er sah, wie sich Ivar Ks Lippen zu einem Lächeln verzogen. Der Störenfried der Klasse nahm sich alle Zeit der Welt. In aller Ruhe betrachtete er seine Nägel, die anders als jene von Kamm noch eine extra Runde mit der Nagelbürste vertragen hätten. Ivar K hatte sich erst kürzlich einen Kindheitstraum erfüllt und sich ein Motorrad gekauft, an dem er jede freie Minute in seiner Garage schraubte.

»Das ist lustig, dass Sie das gerade erwähnen«, sagte er mit einer Stimme, die einen an Nitroglyzerin denken ließ. »Wir sind hier nämlich auch bei der Arbeit.«

»Ja, selbstverständlich, aber …«

Kamm war eindeutig kein großer Psychologe, denn sonst hätte er bemerkt, dass da eine potentielle Zeitbombe vor ihm saß. Wagner überlegte, ob er Ivar K eine Hand auf den Arm legen sollte. Dieser zuckte auch kurz, so als müsste Ivar K seinen Arm unter großer Anstrengung daran hindern, Kamm am Schlips quer über den Tisch zu ziehen.

»Jetzt hören Sie gut zu«, zischte er durch die Zähne. »Ihre Geliebte liegt mit ausgestochenen Augen in einem Kühlfach des Rechtsmedizinischen Instituts. Meinen Sie nicht, Sie könnten eventuell einige Minuten Ihrer wertvollen Zeit für ein paar kurze, unschuldige Fragen entbehren? Zum Beispiel, wo Sie den gesamten Sonntag verbracht haben? Denn Sie waren doch nicht zufällig im Fußballstadion?«

Ivar Ks Stimme war eiskalt. Wagner registrierte die Angst in Kamms Blick und räusperte sich.

»Lassen Sie uns das ganz ruhig von vorne angehen«, sagte er. »Wir untersuchen einen Mord und benötigen jede Hilfe, die wir bekommen können. Vielleicht könnten Sie uns zunächst ein bisschen was von Mette erzählen.«

Kamms Lippen wurden schmal.

»Vielleicht sollte ich lieber meinen Anwalt anrufen«, murmelte er.

»Ich bin mir ganz sicher, dass das nicht notwendig ist«, beschwichtigte Wagner ihn, während Ivar K weiter an seinen Fingern pulte. »Sie haben doch nichts falsch gemacht, zumindest gehen wir davon aus.«

Kamm schloss die Augen, als könnte er den Anblick von ihnen nicht ertragen. So war es wahrscheinlich auch, vermutete

Wagner. Er hätte es wohl niemals zugegeben, aber manchmal war Ivar Ks ungestümes Temperament von großem Nutzen, um das Gegenüber zum Entgegenkommen zu überreden.

»Was soll ich sagen? Mette war ein süßes, fleißiges Mädchen. Von Anfang an konnte man sehen, dass sie ein großes Talent für Zahlen hatte.«

»Offenbar nicht nur für Zahlen«, warf Ivar K ein. »Seit wann war sie Ihre Geliebte?«

»Geliebte!«

Das Wort wurde mehr geschnaubt denn gesprochen. »Wer sagt denn so etwas? Das ist eine glatte Lüge!«

Ivar K pfiff eine kleine Melodie.

»Ich weiß nicht, wie genau Sie über den Ablauf einer Morduntersuchung informiert sind«, sagte er. »Aber dazu gehört unter anderem ein DNA-Test. Wir besorgen uns also die Kleidungsstücke aus dem Waschkorb der Toten und senden den ganzen Krempel ins Labor, um ihn nach Haaren, Staub und anderen fremden Partikeln untersuchen zu lassen. Natürlich auch nach Sperma«, fügte er nonchalant hinzu, während er seine Nägel einer erneuten Inspektion unterzog. »Das Ganze nennt man technische Beweise, und wenn die im Gericht Bestand haben, können sie zu einer Verurteilung führen.«

Kamm sah aus, als wäre er bereit, zurückzurudern.

»Ich habe nicht behauptet, dass ich nie Sex mit ihr hatte. Aber ich würde den Begriff ›Geliebte‹ nicht für die paar Male verwenden, die wir zusammen waren.«

»Wie viele Male waren es denn?«, fragte Ivar K.

Kamm zuckte mit den Schultern und sah aus wie ein Mann, der sein Gedächtnis verloren hatte.

»Ich habe nicht mitgezählt.«

»Also mehr als zwei Mal?«

»Bestimmt«, kam es zögerlich.

»Drei?«

Kamm saß regungslos auf seinem Stuhl.

»Vier?«

Der Mann räusperte sich.

»Worauf wollen Sie eigentlich hinaus? Ich war den ganzen langen Tag auf einem Familienfest bei meinen Schwiegereltern in Stilling.«

»Wir sind leider gezwungen, mit Ihrer Frau zu sprechen«, sagte Ivar K.

»Zum Teufel. Können Sie damit nicht ein bisschen diskreter umgehen?«

Das funktionierte immer. Zum ersten Mal wirkte Carsten Kamm nervös. Aber das war nicht die Nervosität eines Mörders kurz vor der Entlarvung. Es war die Angst eines Ehemannes vor der Wut seiner Frau, dachte Wagner.

»Meinetwegen. Also bitte.« Die Eröffnung war deutlich. Wagner hörte aufmerksam zu, und auch Ivar K wirkte plötzlich konzentriert. Kamm legte seine Hände mit den Handflächen nach oben auf den Tisch und betrachtete sie, ehe er den Blick hob. »Ja, wir hatten eine Affäre. Es war verkehrt, ich hätte es niemals zulassen dürfen und habe es auch sehr schnell bereut. Mette hat sich in mich verliebt, um es gleich zu sagen. Sie war sehr aufgewühlt, als ich unsere Verbindung beendete.«

»Hat sie Sie erpresst?«, fragte Ivar K.

»Nein, nein, überhaupt nicht. So war sie nicht. Sie hat sich zurückgezogen, aber ihre Arbeit hat sie trotzdem erledigt.«

»Welches Projekt hat Mette denn betreut?«, fragte Wagner.

Kamm schloss erneut die Augen.

»Sie hatte natürlich kein eigenes Projekt«, sagte er und starrte dabei an die Decke. »Sie war ja noch Auszubildende. Aber sie hat den Kollegen bei der Wirtschaftsprüfung einer Anwaltskanzlei und eines Sportgeschäfts oder so geholfen, glaube ich.«

»Wir würden gerne mit diesen Kollegen sprechen. Sonst fällt Ihnen nichts ein?«, fragte Wagner. »Haben Sie mit ihr zusammengearbeitet?«

»Überstunden oder so?«, schlug Ivar K mit einem boshaften Lächeln vor. Wagner warf ihm einen warnenden Blick zu. Man konnte auch zu weit gehen.

Kamm schüttelte den Kopf, riss den Blick von der Decke und sah sie an.

War dieser Mann ein gefährlicher Mörder? Wagner versuchte ihn zu durchschauen, während Ivar K die Unterhaltung mit einer Reihe von Routinefragen abschloss. Niemand sollte von vornherein als Verdächtiger ausgeschlossen werden, und sein Alibi musste überprüft werden. Aber eigentlich war er nur ein arroganter Typ, der seine Position ausgenutzt hatte, um eine junge Frau zu verführen. Wagner konnte sie bis zu einem gewissen Punkt sogar verstehen. Vorgesetzte strahlten Autorität aus, und das zog einige Frauen an. Obwohl er inständig hoffte, dass sich Ida Marie nicht aus demselben Grund in ihn verliebt hatte, als er die Ermittlungen bei der Entführung ihres Sohnes geleitet hatte.

Darüber hinaus könnten Frauen auch Kamms machomäßiges Aussehen attraktiv finden, mit seinen Muskeln, die unter der Kleidung spielten. Ganz deutlich war jedoch, dass Kamm niemals in Mette verliebt gewesen war.

Wagner erhob sich. So jung sterben müssen und in einen Mann verliebt sein, der es nicht verdient hat. »Vielen Dank, dass Sie sich Zeit genommen haben. Könnten wir eventuell Mettes Arbeitsplatz sehen?«

Kamm breitete entschuldigend die Arme aus.

»Es tut mir leid. Sie hatte nur einen Schreibtisch, und den haben wir aus Platzmangel frei gemacht.«

»Frei gemacht!«

Ivar K spuckte das Wort förmlich aus. Wagner konnte es ihm nicht einmal vorwerfen.

»Eine Mitarbeiterin von Ihnen wird auf bestialische Weise umgebracht, und das Erste, was Sie tun, ist, ihren Schreibtisch frei zu räumen?«

Kamm öffnete die Tür zum Großraumbüro, wo Wagner insgesamt elf Mitarbeiter zählte. Mehrere Schreibtische waren verwaist.

»Wo wurde der Inhalt von Mettes Schreibtisch denn hingeräumt?«, fragte Ivar K. »Es ist wichtig, dass wir Zugang dazu erhalten.«

Kamm strich sich mit einer Hand über den Schädel. Er warf erneut einen Blick auf seine Uhr und sah danach aus, als habe er eine Entscheidung getroffen.

»Okay. Ich werde das herausbekommen und Ihnen Bescheid geben. Die Sachen liegen sicher irgendwo in einem Karton, wenn die Müllabfuhr nicht schon dagewesen ist. Jetzt stelle ich Ihnen die anderen Kollegen vor ...«

Sie wurden in aller Eile den Mitarbeitern vorgestellt und konnten die üblichen Routinefragen stellen. Sie notierten sich alle Namen, Fakten und Alibis und die Angaben, mit welchen Kollegen Mette am engsten zusammengearbeitet hatte. Aber niemand hatte etwas Neues hinzuzufügen.

»Pisser!«, murmelte Ivar K, als sie die Büroräume wieder verließen. »Den sollte man doch glatt am nächsten Baum aufhängen!«

Wagner hätte es vielleicht nicht mit diesen Worten ausgedrückt. Aber er war kurz davor, ihm recht zu geben.

Kapitel 14

»Sein Sohn?«

Bo zeigte auf eine der Scheiben im Schlafzimmerfenster. »Die hier ist auch zersprungen.«

Dicte kam näher und betrachtete das beschlagene Glas in der Mitte des Fensters.

»Das ruiniert mich. Damit sind es schon neun.«

Sie zeichnete die Scheibe in ein DIN-A4-Blatt ein, auf dem sie die vier sechsscheibigen Fenster des alten Bauernhauses für den Glaser aufgemalt hatte. »Ja, der Sohn. Und was lernen wir daraus? Ein Vater spielt mit seinem Sohn Fußball, und der wird später zum Hooligan und Neonazi. Du musst aufpassen!«

»Wegen Tobias?«

Bo lächelte, als er den Namen seines Sohnes aussprach. Da war was dran an dieser Vater-Sohn-Geschichte, dachte Dicte. Sie vermutete, es war der Stolz darüber, einen Stammhalter produzieren zu können. Mädchen appellierten an den väterlichen Beschützerinstinkt. Söhne an den Stolz. Altmodisch, aber wahr.

»Er verfügt nicht über nennenswerte Gene für Gewaltbereitschaft.«

»Das hat Adolfs Mutter auch gesagt.«

Bo lächelte.

»Vielleicht hatte sie sogar recht. Er hat nur andere dazu angestiftet. Was machst du mit der Info über den Sohn?«

Dicte berechnete den Preis für die neun Glasscheiben. Keine schöne Zahl, und sie musste auf jeden Fall noch die zwei großen Fenster im Wohnzimmer dazunehmen.

»Shit. Über 14000 Kronen.«

Sie sah Bo an, der sich auf dem Bett ausgestreckt hatte. Auf dem Nachttisch stand sein Weinglas vom Abendbrot, das sie gerade gegessen hatten. Sie nahm einen Schluck aus ihrem Glas und stellte es neben seins.

»Ich muss ihn finden. Und ich muss mit Wagner reden.«

»Warum das denn? Wegen Kosovo?«

Sie antwortete nicht, sondern legte nur ihren Kopf auf seine Schulter.

»Das ruiniert mich«, wiederholte sie. »Das kostet mich ein Vermögen.«

»Das sagt Dagobert Duck auch immer«, kommentierte er mit Donalds Stimme und kämmte mit den Fingern durch ihr Haar. Und ganz offensichtlich aufgekratzt von dem bloßen Gedanken an seine Freunde aus Entenhausen, holte er sein Lieblings-Donald-Duck-Zitat aus der Schublade. Das ansonsten nur zu besonderen Anlässen eingesetzt wurde: »Weh mir Frevler, dass ich schoss den Schicksalsvogel Albatros! Dreimal wehe, dass ich traf! Dafür trifft mich des Schicksals Straf'!«

Dicte lächelte. Gerne hätte sie nachgegeben. Sie hätte den

Abend auch lieber ausgelassener und mit Comicsprache beendet, aber die Erlebnisse bei Winkler beschwerten sie und drückten auf ihre Stimmung.

»Ich bin der Meinung, dass der Mord an Mette Mortensen politisch motiviert war«, sagte sie und erstickte damit jeden Versuch zum Übermut im Keim. Bos Körper neben ihr wurde hart. Trotzdem fuhr sie fort. »Ich glaube, da stecken Mitglieder der rechtsextremen Szene dahinter. Warum, weiß ich nicht, aber ich muss das herausfinden.«

Ihre gedrückte Stimmung hatte nichts mit dem Mord zu tun. Auch nicht mit der Information, dass sich in Århus besonders viele Neonazis versammelten, die dort offensichtlich gerade eine Art Machtbasis etablierten. Und auch die Geschichten über die diversen Gewalttätigkeiten machten keinen so starken Eindruck auf sie. Noch nicht einmal Frederik Winklers geduldige Erläuterungen der ideologischen Symbole bestürzten sie. Sie erfuhr alles über die Zahl 88, ein Zeichen für den achten Buchstaben im Alphabet und damit eine heimliche Methode, um den Hitlergruß zu verwenden, sie erfuhr einiges über die bevorzugten Markennamen wie Hooligan Streetwear und Pitbull, aber auch Ralph Lauren und Burberry. Marken, die sie »Casuals Bar« nannten. Außerdem lernte sie, dass die Zahl 46 für die Organisation Dansk Front stand, auch hier aufgrund der Platzierung der Anfangsbuchstaben im Alphabet.

All das hatte keine große Erschütterung in ihr hervorgerufen. Es war der Mann selbst gewesen. Es war die Hilflosigkeit hinter seinem resoluten Entschluss, jene Welt zu bekämpfen, in der sein eigener Sohn ein so bedeutendes Mitglied geworden war. Der Verlust eines Menschen, der ihm das Wichtigste war, und seine Methode, einen Sinn als Ersatz für das zu finden, was er verloren hatte. Dieses Gefühl hatte sich einen Weg in ihr Innerstes gebohrt und einen ganz wunden Punkt getroffen. Aber sie konnte die Augen nicht davor verschließen, dass die Art und Weise, wie der Vater mit der Wahl seines Sohnes umging, zwangsläufig zum Tode von einem von beiden führen musste.

Zum Tod des Sohnes oder des Vaters, das würde der Ausgang der Geschichte entscheiden. Entweder würde der Sohn den Vater töten oder der Vater den Sohn opfern.

»Vergiss nicht, dass so etwas gefährlich ist«, sagte Bo. »In diesen Kreisen nützt es nämlich nichts, mit der Pressefreiheit oder der vierten Staatsmacht oder diesem ganzen journalistischen Bullshit herumzuwedeln.«

»Was bitte schön ist denn ungefährlich?«

Seine Hand griff in ihr Haar und bog ihren Kopf nach hinten. Dann stützte er sich auf seinen Ellbogen und beugte sich über sie. Im Mundwinkel sah sie ein kleines Lächeln, das am Rand der strengen Fassade aufgetaucht war.

»Satzspiegel berechnen; die Themen im Vermischten; Artikel über das Programm des Stadtfestes und über die Eröffnung der Eislaufhalle; ich …«

»Du?«

Sie versuchte den Ball aufzufangen und ihn zurückzuwerfen, aber ihr Herz war nicht bei der Sache.

»Du bist doch der Gefährlichste von allen.«

Sie stieß ihn von sich und bemerkte sehr wohl seine Enttäuschung. Aber sie hatte keine Kraft für Körperkontakt. Söhne. Woher sollte man wissen, welchen Weg sie einschlagen würden? Was wusste man überhaupt von der Welt?

Sie nahm ihr Weinglas, ging ins Wohnzimmer und schaltete den Fernseher ein. Nach einer Weile kam Bo dazu und setzte sich neben sie aufs Sofa. Sie vermisste seine Hand in ihrem Haar, aber sie hatte keine Lust auf das, was dem folgen würde.

»Schon wieder«, sagte er und starrte auf den Fernseher. »Du machst es schon wieder.«

Er hatte recht. Es war eine Wiederholung; eine jener Sorte, über die sie nicht stolz war. Ein Fall tauchte auf, und sie tauchte vollkommen darin ein. Sie ließ sich von Bo wegreißen und in einen dunklen Raum zerren, in dem das Böse und der Hass Händchen haltend mit dem Tod spazieren gingen. Sie konnte dagegen ankämpfen, wie sie wollte; ihre Erfahrung hatte ihr gezeigt, dass es keinen Sinn hatte. Sie streckte ihre Hand aus und streichelte seine.

»Es tut mir leid.«

»Mir auch.«

Der wachhabende Beamte im Polizeipräsidium erkannte sie sofort wieder.

»Ich muss mit John Wagner sprechen. Könnten Sie ihn bitte anrufen?«

Sie war bereits auf dem Weg zum Fahrstuhl, als er sie zurückrief.

»Haben Sie einen Termin? Sie sind die Journalistin, richtig? Svendsen?«

Sie drückte auf den Fahrstuhlknopf.

»Dicte Svendsen. Aber sagen Sie ihm einfach, Dornröschen ist da.«

Einen Moment lang sah er so aus, als würde er ihr nachsetzen, aber dann griff er nur nach dem Telefonhörer und wählte eine Nummer. Als sich die Fahrstuhltür öffnete, hörte sie, wie der Beamte ihren Besuch bei John Wagner anmeldete.

Die Tür schloss sich wieder, und schon wurde sie in den dritten Stock emporgezogen. Und als sich die Tür abermals öffnete, kam Wagner ihr bereits entgegen.

»Mehr Dornen als Röschen, wenn du mich fragst. Was willst du?«

Zuerst dachte sie, er würde sie zurück in den Fahrstuhl stoßen, aber dann nickte er ihr zu, dass sie ihm in sein Büro folgen solle.

»Jan Møller«, sagte sie, als sie ihm gegenübersaß, obwohl er ihr keinen Platz angeboten hatte.

Weil er nichts erwiderte, sondern schweigend am Fenster stehen blieb, fuhr sie einfach fort.

»Er ist derjenige, der seine Freundin totgeschlagen hat. Der Sohn von Erling Møller, dem Geschäftsführer von Jakta!«

Wagners Reaktion fiel kurz angebunden aus.

»Erzähl mir was, was ich nicht schon weiß. Zum Beispiel, wo ich diesen Mann finde.«

Es gab eben auch Nieten, damit musste man leben. Also griff sie in die Tüte und holte das nächste Los heraus.

»Arne Bay, auch Kelten-Arne genannt. Früher Mitglied bei White Pride, jetzt Dansk Front. Der Sohn des Archivars Frederik Winkler. Läuft mit Doc Martens Stiefeln rum und hat über den ganzen Rücken ein keltisches Kreuz tätowiert. Er gehört hier in Århus zu den Schauspielern auf der Bühne für rechtsextreme Wahnsinnige.«

Wieder eine Niete. Sie konnte es in seinen Augen lesen, die fröhlich zu leuchten begannen.

»Worum geht es hier eigentlich? Du lässt nach. Das alles wissen wir schon längst. Was glaubst du, wofür wir unser Gehalt bekommen?«

Er zog seinen Stuhl zu sich und setzte sich.

»Kümmer du dich bitte einmal um die Journalistenarbeit, und überlass uns die Ermittlungen.«

Dicte spürte ihr Blut in den Schläfen pochen. Normalerweise war er wesentlich kooperativer. Was zum Teufel hatte ihn gestochen?

»Aber genau das tue ich doch«, protestierte sie. »Ich bin zu dir gekommen und gebe das weiter, was ich zufällig bei einem Interview aufgeschnappt habe, weil ich weiß, dass ihr einen Faden in der Stadionsache sucht.«

Jetzt lächelte er übers ganze Gesicht.

»Zufällig? Dicte Svendsen? Dann musst du mit dem Fahrstuhl weiter nach oben fahren!«

Sie lehnte sich zurück, erschöpft von so viel Widerstand. Vielleicht hatte er auch recht. Sie sollte sich um den Journalismus kümmern, Bo mit Leckereien verwöhnen und sein Vertrauen und sein Herz immer wieder aufs Neue zu gewinnen versuchen. Sie machte einen letzten Anlauf.

»Dann wisst ihr natürlich auch darüber Bescheid, dass in Europa ein identischer Mord geschehen ist, mit demselben Tatmuster. Ausgestochene Augen, Knochen durch PVC-Rohre ersetzt.«

Ihr Gewissen hatte sie ins Polizeipräsidium getrieben und selbstverständlich auch die Hoffnung, durch eines ihrer häufigen Tauschgeschäfte neue Informationen zu erhalten. Sie verfluchte ihre Skrupel, sollte die Polizei doch alleine weitersegeln.

»Also, ich muss schon sagen!« Er sah tatsächlich ein bisschen beeindruckt aus, obwohl er das sofort mit einem Lächeln kaschierte. Aber sie erkannte, wie erschöpft er eigentlich war. Seine Augen lächelten nicht mit, das Lächeln reichte nicht einmal bis zu den Mundwinkeln.

»Du bist wie immer gut informiert. Die Götter mögen wissen, woher du es weißt, aber ja, danke, wir haben bereits die Unterlagen aus Polen erhalten.«

Er legte seine Hand auf eine dünne Mappe, die auf seinem Schreibtisch lag. »Wir haben zwar unter juristischen Einschränkungen in der Europäischen Union zu leiden, aber glücklicherweise sitzen noch dänische Ermittler an den verschiedensten Posten bei Europol.«

Dicte hatte den letzten Satz nur wie ein Brodeln aus einem Topf wahrgenommen.

»Polen? Wer spricht denn von Polen?«

Sie bemerkte, dass er etwas sagen wollte, sich aber zusammenriss. Das Adrenalin begann sich in ihrem Körper auszubreiten. Vielleicht war es doch keine Niete gewesen.

»Wovon hast du denn gesprochen?«

Er versuchte es so beiläufig wie möglich klingen zu lassen, aber sie konnte seine Neugierde genau spüren. Sie machte eine Kunstpause. Wahrscheinlich, weil sie so sehr dafür gekämpft hatte und jetzt mit ihren Ergebnissen prahlen wollte.

»Kosovo!«

Sie hörte das Triumphale in ihrer Stimme.

»Kosovo?«

Er beugte sich über den Tisch und schob dabei die Polenakte beiseite. Er sah besorgt aus, und plötzlich schämte sie sich dafür, den Tod eines Menschen benutzt zu haben, um sich in einem idiotischen Wettkampf zu profilieren.

»Erzähl mir alles über den Kosovo-Fall«, sagte Wagner.

Kapitel 15

»Du fährst wieder zu ihm, oder? Zu deinem Fußballfreund?«

»Er ist nicht mein Freund.«

Wenn ER sie doch nur in Frieden lassen könnte. Immer musste ER seine Nase in ihr Leben stecken. Immer konnte sie das Knarren des Rollstuhls in der Nähe hören. So wie jetzt, als er ins Schlafzimmer gerollt kam, während sie sich anzog.

Kiki Laursen streckte ihr rechtes Bein aus. Sie streckte den Fuß mehr, als notwendig gewesen wäre, aber Frauen mussten den Spann dehnen, wenn sie sich Strümpfe anzogen. Das wusste jeder.

»Er ist mein Liebhaber.«

Langsam rollte sie den dünnen Nylonstrumpf das Bein hinauf und befestigte ihn am Strumpfband, so dass ein Stück ihres Schoßes zu sehen war. Sie liebte es, sich für ein bevorstehendes Sexabenteuer anzukleiden.

»Er packt dich hart an. Was verwendet er dafür? Seine Hände? Eine Peitsche? Die Neunschwänzige?«

Sie mochte die roten Streifen auf ihren Schenkeln. Sie mochte die Erinnerung an die Schmerzen.

»Ganz unterschiedlich.«

Sie zog den zweiten Strumpf an. Vorsichtig rollte sie auch diesen über ihr Bein und spürte dabei die Weichheit ihrer Haut. Gleich würde sie seine Hände überall auf ihrem Körper spüren. Gleich würde er in sie eindringen und ihren Kopf an den Haaren nach hinten reißen, bis sie vor Lust und Schmerz stöhnte.

»Wo sind die Kinder?«

Immer die Kinder. Er versuchte schon lange nicht mehr, sie zurückzuhalten. Aber die Kinder konnte man immer wieder einsetzen. Wenn er im Selbstmitleid versank, sollten sie da sein. Wenn sie zu viel um die Häuser zog, musste sie an ihre Verantwortung erinnert werden und daran, dass es sie gab. Er wollte ihre Gefühle durcheinanderbringen und ihr die Freude nehmen.

»Emma ist bei Monique und Oliver beim Fußball. Das hab ich dir doch schon gesagt.«

Er kam näher, während sie den zweiten Strumpf befestigte und sich den Unterrock überstreifte. Sein Haar lag flach am Hinterkopf an, weil sein Kopf die meiste Zeit an der Kopfstütze lehnte. Aber trotzdem; er war früher einmal ein sehr gutaussehender Mann gewesen, und immerhin hatten sie zwei Kinder miteinander gezeugt. Vielleicht hatten sie sich sogar geliebt, und vielleicht hatte davon etwas überlebt. Nur wo?

»Das war nicht deine Schuld«, sagte er plötzlich, ohne Vorwarnung. »Damals. Das weißt du, oder?«

Sie war vollkommen unvorbereitet, weil sie noch nie darüber gesprochen hatten. Die Gedanken jagten blitzschnell durch ihren Kopf. Worauf wollte er hinaus?

»Du konntest nichts dafür«, fuhr er fort. »Dass es passierte.«

Sie musste raus da. Schnell schlüpfte sie in den Rock, zog die Bluse über und knöpfte sie zu. Dann steckte sie ihre Füße in die hochhackigen Pumps, und augenblicklich ging es ihr besser. Nichts konnte einen schneller zur Vernunft rufen als Schuhe. Schuhe, die sie erhöhten, sie auf Augenhöhe mit der Situation brachten und mit einem effektiven ledernen Panzer versahen. Diese waren grün, wie die Hoffnung.

»Du wirst sehen, das wird sich alles richten«, sagte sie, ohne zu wissen, was genau sie damit meinte. »Buller kommt gleich und leistet dir Gesellschaft. Ihr könnt ja zu Føtex fahren und für morgen Essen einkaufen.«

Gott sei Dank gab es den Sozialdienst. Bullers Wert müsste in Gold aufgewogen werden. Leider hatte er angefangen, sich über die schlechte Bezahlung durch die Gemeinde zu beschweren.

Er könnte wesentlich mehr verdienen, wenn er in einer Fabrik arbeiten würde. So war es nun mal. Es gab zu wenig Interessierte, und dieser Job erforderte ein hohes Maß an Flexibilität. Man musste zu jeder Tages- und Nachtzeit verfügbar sein.

Sie seufzte und zog sich ihre Jacke an. Am Ende hatte sie Buller noch mehr zugesteckt, als sie ihm ohnehin schon bezahlte.

Wie sonst auch küsste sie ihn auf die Stirn, und er wehrte irritiert mit der Hand ab.

»Ich bin in drei Stunden wieder da.«

»Wie lange macht ihr rum? Eine Stunde? Zwei? Wie lange braucht er, um zu kommen? Und du?«

Sie hatte ihm schon den Rücken zugewandt, blieb aber mitten im Schritt stehen. Er fuhr fort.

»Du kannst ihn jederzeit mitbringen, das weißt du. Wenn die Kinder mal nicht da sind!«

»Bis später«, sagte sie.

Manchmal, nicht allzu häufig, dachte sie über die Reise nach, die ihr Leben bisher gewesen war. Heute war einer dieser Tage. Vielleicht hatte es mit dem nächtlichen Alptraum zu tun, der noch in ihr nachwirkte. Sie hatte von ihrer Kindheit geträumt, wenn man diese Zeit, die so weit entfernt war, überhaupt so nennen konnte.

Nur diese Nacht war sie nicht weit weg gewesen. Diese Nacht hatte sie in den feuchten Wänden der Dreizimmerwohnung verbracht, in der niemand aufräumte und sich keiner bemüht hatte, dieses erbärmliche Leben zu verändern. Sie hasste die Armut, in ihr war sie aufgewachsen. Materielle Armut, ohne Geld, mit schlechter Ernährung und Hänseleien in der Schule, weil man anders aussah und nicht die neuesten Klamotten trug, sondern die alten Sachen, und Schuhe von der Cousine erbte. Aber hauptsächlich hatte sie unter der geistigen Armut gelitten. Die Mutter hatte die Schule nach der siebten Klasse abgebrochen und niemals richtig schreiben und lesen gelernt. Aber ihren eigenen Namen konnte sie schreiben, in großen kindlichen

Buchstaben, wenn sie etwas auf Ratenzahlung kaufte oder bei irgendeiner suspekten Firma einen Kredit mit horrenden Zinsen aufnahm.

Kiki fuhr den Wagen aus der Garage. Sie liebte das diskrete Schnurren des Motors und die Tatsache, dass er ihr bei dem kleinsten Befehl gehorchte. Sie liebte die roten Ledersitze ihres Alfa Romeos und den Rausch, wenn sie beschleunigte und alle anderen hinter sich ließ.

Früh schon hatte sie beschlossen, das alles hinter sich zu lassen. Die Mutter, die zwei Schwestern, eine dümmer als die andere. Anders war das mit ihrem Vater. Den hatte sie nie kennengelernt. Er war Ausländer gewesen – ihre Mutter konnte sich nicht einmal erinnern, aus welchem Land er stammte – und hatte mit seiner Band ein Konzert in der Stadt gegeben. In jener Nacht war er auf die 23-jährige Lena Laursen gestoßen, die auf der Suche nach einem One-Night-Stand war. So einfach. Neun Monate später bekam dieses Intermezzo seine nicht geplante Fortsetzung.

Kiki bog auf die Umgehungsstraße und gab Gas. Zu ihrer Erleichterung spürte sie, wie mit jedem Kilometer der Kindheitsalptraum immer mehr verblasste. Dreck; Berge von schmutzigen Kleidungsstücken und Müll; Gestank. Die ungesunden, billigen Burger, deren Fett sich wie ein Film in der ganzen Wohnung verteilte, und der Rauch der Millionen von selbstgedrehten Zigaretten, deren Filter überall auftauchten: in den Blumentöpfen, in der Toilette, auf der Fensterbank, sogar in den Betten. Nikotingelbe Flecken an den Wänden und gelbe Nikotinfinger, die darauf bestanden, ihre Haare zu flechten. Freunde, die täglich zu Besuch kamen und Tüten mit Bier und Chips mitbrachten. Freunde, die sich gerne ein Mädchen auf den Schoß zogen, ihnen ihren Bieratem ins Gesicht pusteten und einen Kuss verlangten, der immer zu lange dauerte, um noch lustig zu sein.

Es lief ihr kalt den Rücken herunter, als endlich auch der letzte Rest des Traumes durch das Fenster verschwand, mitten in einem Überholvorgang. Man könnte sagen, dass sie auch jetzt wieder ganz schön in der Patsche saß. Einige hätten bestimmt Mitleid mit ihr, aber sie würde jederzeit betonen, dass es nichts war im Vergleich zu früher. Jetzt hatte sie das Sagen, besaß eine eigene Firma und die Freiheit, ihre Lieben zu Hause machen zu lassen, was sie wollten. Und sie war es, die über sich und andere bestimmte. Sie machte nur das, wozu sie Lust hatte, oder zumindest nahm sie sich die Zeit, Dinge zu tun, auf die sie Lust hatte und die sie zum Leben erweckten.

Und in diesem Augenblick wusste sie genau, worauf sie am meisten Lust hatte.

»Komm mit.«

Er küsste sie nicht. Das hatte er nur beim ersten Mal getan, und wahrscheinlich würde er es nie wieder tun. Stattdessen packte er ihr Handgelenk, zerrte sie in die Wohnung und drückte sie gegen die Wand. Es dauerte nur zwei Sekunden, dann war seine Hand unter ihrem Rock, weitere zwei Sekunden und sie spürte, wie seine Finger in sie eindrangen. Seine Nägel verletzten sie. Es erwarteten sie keine Samthandschuhe.

»Ich habe dir doch gesagt, dass du nicht wiederkommen sollst. Ich habe dir verboten, herzukommen, und du bist trotzdem hier.«

»Ja«, wisperte sie. »Entschuldigung.«

»Du weißt genau, dass es gefährlich ist, hierherzukommen, oder?«

Sie nickte. Ihr Mund war trocken. Ihre Möse war feucht. Sie konnte nicht mehr denken, nur noch fühlen, und ihr ganzer Körper schrie nach Schmerz und der Gefahr.

»Und was machen wir jetzt?«

Er flüsterte das fast zärtlich in ihr Ohr, aber seine Lippen waren hart, und er biss sie. Ihre Beine wurden zu Pudding. Sie musste an den Artikel in der Zeitung denken und an die Beschreibung der Person, die zuletzt mit dem Opfer am Stadion gesehen worden war.

»Bestraf mich«, bettelte sie. »Schlag mich.«

Er packte sie an den Haaren und zog sie hinter sich her in seine Spezialkammer. Er fesselte sie mit gespreizten Beinen an die Wand, Hand- und Fußgelenke in Lederbändern und Ketten. Es durchfuhr sie wie ein Blitz, als er mit einem Ruck den Rock vom Schlitz an in zwei Teile riss. Die Bluse erlitt dasselbe Schicksal. Wie gut, dass ich noch meine Jacke in der Tasche habe. Das war der letzte praktische Gedanke, der ihr in den Sinn kam.

Er stand schweigend vor ihr und betrachtete sein Werk, sie sah ihn durch einen roten Schleier aus Erregung. Er zog sich sein T-Shirt aus, und zum ersten Mal konnte sie seine Tätowierungen in Gänze sehen, die sie einerseits ängstigten, aber auch faszinierten. In der Mitte seines Sixpacks thronte ein Hakenkreuz, umgeben von anderen Symbolen, die wahrscheinlich alle einen tieferen Sinn hatten, den sie aber nicht kannte. Die Zahl 28 tanzte auf dem Bizeps des linken Arms, auf dem anderen stand die Zahl 88. Dann gab es Totenköpfe und Soldaten, deren Blicke in die Ferne schweiften, die Helme trugen, auf denen »SS« stand, wobei die Buchstaben wie ein umgedrehtes »Z« aussahen. Sie entdeckte auch ein ungewöhnlich geformtes »Y«, das oben einmal durchgestrichen war. Und auf der linken Brust die Südstaatenflagge mit einem Text, den sie nicht lesen konnte.

»Findest du das gut, was du da siehst, Schlampe?«

Er kam einen Schritt auf sie zu. Jetzt konnte sie den Text entziffern: »We must secure the existence of our people and a future for white children.«

Sie kannte die richtige Antwort nicht, darum nickte sie.

»Du lügst.«

Sie nickte erneut.

Er kam noch näher heran. Seine Hand schoss vor und drückte ihr den Hals zu. Sein Gesicht näherte sich ihrem. Seine Lippen berührten ihre Wange, ihre Stirn. Für einen kurzen Augenblick glaubte sie, er würde sie auf den Mund küssen. Es schien, als ob eine unerwartete Zärtlichkeit in ihm aufflammte. Aber da ließ er sie auch schon wieder los und gab ihr eine schallende Ohrfeige, dass es in ihrem Kopf nur so klingelte.

»Niemand findet das gut. Absolut niemand. Und das ist auch gar nicht beabsichtigt.«

Sie spürte, wie Wassertropfen ihre Wangen hinunterliefen. Sie würde sie nicht Tränen nennen, sie weinte nie.

»Hör auf mit dieser Heulerei. Nur Kinder weinen.«

Seine Stimme war kalt und hart, aber kippte mitten im Satz. Er drehte ihr den Rücken zu. Der Hund kam zu ihm, und er hockte sich hin und ließ sich das Gesicht von ihm ablecken. Da sah sie zum ersten Mal das große Kreuz auf seinem Rücken. Es war kein normales Kreuz. Die Arme standen im rechten Winkel zueinander und waren eingefasst von einem Kreis. Das Kreuz nahm den gesamten Platz ein, von den Schulterblättern bis hinunter zur Taille.

Er stand wieder auf, kam auf sie zu und sah sie mit vollkommen verändertem Blick an. Sie erkannte ihn nicht wieder. So einen Ausdruck hatte sie noch nie zuvor gesehen. Nicht bei einem Menschen.

Sie begann zu zittern.

Kapitel 16

Die meisten Geschäfte hatten schon geschlossen, darum fand sie ohne weiteres einen Parkplatz in der Jægersgårdsgade, ganz in der Nähe vom Hauseingang.

Dicte schaltete den Motor aus. Von ihrer Position aus konnte sie mit Leichtigkeit beobachten, wer das Haus betrat oder verließ, in dem die drei Männer auf den Fotos von Frederik Winkler verschwunden waren. Bo hatte eine Sportveranstaltung für die *Avisen* zu fotografieren, und sie hatte bereits ihr Tagwerk erledigt und den zweiten Artikel über die rechte Szene in Dänemark im Allgemeinen und in Århus im Besonderen fertiggeschrieben. Sie hatte sich dabei an Gemeinplätze gehalten. Es war noch zu früh und auch zu gefährlich, jetzt schon Namen, Orte und Zeitpunkte zu erwähnen.

Sie versuchte sich die ganze Zeit zu ermahnen, dass es keine Beweise gab für einen Zusammenhang zwischen den Morden und der politischen Rechten. Natürlich gab es Verbindungen zwischen den serbischen Nationalisten im Kosovo, den alten Nazis in Polen – wo offenkundig viele Antisemiten lebten – und der Dansk Front, White Pride oder wie die in Dänemark hießen. Sie hatte Wagner ansehen können, dass seine Gedanken ihn dorthin führten. Was nur allzu verständlich war. Er suchte nach einem Zusammenhang, und natürlich gab es ihn auch irgendwo. Drei identische Morde in Europa konnten kein Zufall sein, aber sie wollte nicht darauf festgenagelt werden. Es könnte auch eine andere Erklärung dafür geben.

Sie hatte den Blick auf die Eingangstür geheftet, während Bruchstücke der Begegnung mit Wagner am Vormittag in ihrer Erinnerung auftauchten. Am nachhaltigsten war ihr seine Ernsthaftigkeit im Gedächtnis geblieben, und zum ersten Mal waren ihr Gedanken über seinen Namen und familiären Hintergrund in den Kopf gekommen. Ida Marie hatte ihr mal ein bisschen darüber erzählt. Von seiner dänischen Mutter, die sich in einen deutschen Besatzungssoldaten verliebt hatte und nach der Befreiung als »Feldmatratze« denunziert, geschoren und gedemütigt worden war. Und von seinem Vater, einem ganz gewöhnlichen Wehrpflichtigen im deutschen Heer, der sich nie für Politik interessiert und sich als Glückspilz gefeiert hatte, als er nach Dänemark versetzt wurde. Sein Bruder, Onkel Günter, hatte sein Leben an der Ostfront gelassen, nur wenige Kilometer vor Stalingrad erfroren, bekleidet mit dünnen Stiefeln und abgewetzter Uniform.

Viel mehr hatte Ida Marie nicht erzählt. Dicte konnte den Rest selbst vervollständigen, denn die Geschichte zeigte, dass der Soldat nach Kriegsende zurückgekehrt war und die Liebe seines Lebens geheiratet hatte. Das war bestimmt nicht einfach gewesen, im Nachkriegs-Dänemark als Kind einer solchen Mischehe großzuwerden, wie liebevoll die Eltern auch zu ihrem Sohn gewesen sein mochten.

Und jetzt saß ebendieser Sohn vor einem Fall, der ihn mit so vielem konfrontierte, das er lieber verdrängt hätte. Und dazu die Ermittlungsergebnisse der vergangenen Jahre über entbeinte Leichen mit ausgestochenen Augen in Århus, Lublin und Priština, die alle in unmittelbarer Nähe zu Fußballstadien gefunden worden waren.

Auch das war bestimmt nicht einfach.

Die Tür zum Hauseingang öffnete sich, während sie ihren Gedanken nachhing. Eine Frau kam heraus. Dicte konnte sie deutlich durch die Windschutzscheibe sehen. Ihre Hautfarbe hatte einen dunklen Farbton, der auf eine dänische Mutter und einen afrikanischen Vater schließen ließ. Ihre Lippen waren voll, besonders die Unterlippe, was ihr einen etwas schmollenden, sexy Ausdruck verlieh. Sie war klein und zierlich, trug superhohe grüne Schuhe und darüber einen kurzen, hellen Trenchcoat, den sie in der Taille fest zusammengebunden hatte. Im ersten Augenblick sah es aus, als würde sie wanken. Sie blieb einen Moment still stehen und blinzelte wie überrascht in die späte Nachmittagssonne. Ihr Haar trug sie in einem Pferdeschwanz. Sie war eine sehr schöne Frau.

Ihre Lippen zitterten, und ihr Mund wirkte verzerrt. Der knallrote Lippenstift war verschmiert. Mitten auf dem Bürgersteig holte sie einen Taschenspiegel hervor und wischte sich mit routinierten Bewegungen die überschüssige Farbe ab, erst den einen Mundwinkel, dann den anderen. Auch die Augen wurden überprüft, mit einem Taschentuch brachte sie die Mascara wieder in Ordnung.

Die Frau klappte den Spiegel zusammen, und Dicte hatte den Eindruck, dass sie von ihr taxiert wurde. Sie war so um die vierzig, konnte aber als junges Mädchen durchgehen, wenn sie nicht die hochhackigen Schuhe angehabt und eine Selbstsicherheit ausgestrahlt hätte, die wie eine Schicht über der Verletzlichkeit lag, als würde sie unter dem Trenchcoat eine schusssichere Weste tragen.

Das Timing war perfekt. Eine Sekunde, nachdem der Spiegel wieder in der Tasche verschwunden war, ging die Tür auf, und ein Mann kam heraus. Die Frau sah ihn überrascht an. Er war jünger als sie, aber ihre Körpersprache verriet, dass er das Sagen hatte. Er trug ein langärmliges T-Shirt und enge Jeans, dazu Turnschuhe. Er war klein, nicht viel größer als sie auf ihren Absätzen, dafür aber sehr muskulös, als würde er täglich stundenlang mit Gewichten trainieren. Er sah die Straße hinunter. Dicte spürte seinen Blick, der über ihr Auto wanderte, und war dankbar für ihre Sonnenbrille.

Die Frau wirkte verwirrt, als er einen Arm ausstreckte und sie um die Taille fasste. Dann zog er sie eng an sich heran, küsste sie ausgiebig und flüsterte ihr etwas ins Ohr. Aber sie lächelte nicht. Sie antwortete etwas, fast flehend. Dann tat er etwas, was überhaupt nicht zu seiner Erscheinung passte. Er hielt sie ein Stück von sich und betrachtete sie eine Weile; dann beugte er sich vor und gab ihr einen Kuss auf die Nasenspitze.

Dann ließ er sie los, drehte ihr den Rücken zu und schlenderte die Jægersgårdsgade in Richtung Stadtmitte entlang.

Dicte blieb noch einen Augenblick sitzen und beobachtete die Frau, wie sie in ihren schwarzen Alfa Romeo einstieg und in die entgegengesetzte Richtung fuhr. Dann sprang sie schnell aus ihrem Wagen und nahm die Verfolgung des Mannes auf, der vielleicht, vielleicht auch nicht, Frederik Winklers verlorener Sohn war.

Arne Bay, falls er es wirklich war, bog in die Bruunsgade. Am Bahnhof verschwand er kurz in einem Kiosk und kaufte eine Packung North State Zigaretten und ein Plastikfeuerzeug. Dicte erwarb eine Packung Kaugummis. Dann ging er weiter in die Ryesgade, wo er kurz anhielt, die Zigaretten aus der Tasche holte und sich mit dem Rücken in den Wind drehte, um sich eine anzuzünden. Dann folgte er der Einkaufsstraße, ohne einen Blick auf Passanten oder Schaufenster zu werfen. Bei der Clemensbrücke nahm er die Treppe, die hinunter zum Fluss führte. Dicte zögerte. Alle Geschäfte hatten mittlerweile geschlossen. Es waren kaum noch Menschen auf der Straße unterwegs, bis auf die Kneipenbesucher am Fluss unten.

Sie überlegte kurz, aber die Neugier war zu groß. Sie ging ihm hinterher, er aber war nirgendwo mehr zu sehen. Sie zwang sich, weiterzulaufen. Keine Menschenseele weit und breit. Die Ecken und Vorsprünge lagen in dunkle Schatten gehüllt, es stank nach Urin und Erbrochenem.

Die Stimme ließ sie zusammenzucken.

»Bin ich es, den Sie suchen?«

Er stand unter der Brücke, ganz vom Schatten verschluckt. Die Glut der Zigarette hatte er in der Handfläche versteckt.

»Nein«, antwortete sie, wusste aber im selben Augenblick, dass er ihr die Lüge angehört hatte. Sie hatte sie selbst hören können.

Sein Mund verzog sich zu einem höhnischen Grinsen.

»Sie müssen da noch einiges lernen, wenn sie jemanden beschatten wollen.«

Ihr Herz raste, und ihr Mund wurde sofort trocken. Er könnte sie zu Tode prügeln, ohne dass es jemand mitbekäme.

»Nervös?«

Er kam einen Schritt auf sie zu. Sie konnte sein Grinsen jetzt deutlicher sehen. Seine Augen waren kalt und betrachteten sie abschätzig, so als wäre sie eine unbedeutende Beute, für die er sich nicht weiter interessierte.

»Sind Sie Arne Bay?«

Auf wundersame Weise gelang es ihr, die Frage ohne ein Zittern in der Stimme zu stellen.

»Und was ist, wenn ja?«

»Dann habe ich einen schönen Gruß für Sie.«

Er konnte nicht hören, dass es eine Lüge war, da war sie sich ganz sicher.

»Von wem?«

»Von Ihrem Vater.«

Sie beobachtete jede seiner Gefühlsregungen und bemerkte die kleinste Veränderung. Es war wie bei dem Kuss vorhin. Auf seinem Gesicht wurde ein Zug sichtbar, den sie nicht genau zuordnen konnte. Aber offensichtlich wollte er diese Empfindung unterdrücken, denn plötzlich verzog sich die Oberlippe und entblößte seine Zähne.

»Ich habe keinen Vater.«

»Frederik Winkler«, sagte sie.

»Noch nie gehört.«

Er kam noch näher.

»Jetzt hör mal gut zu, du Journalistenschlampe. Du musst deine Technik ein bisschen verfeinern. Sogar der Geheimdienst macht das besser. Come on, glaubst du wirklich, wir sind ein Haufen Grenzdebile? Glaubst du nicht, dass wir lesen und schreiben und in der Presse diesen voreingenommenen Dreck verfolgen können?«

Natürlich. Er hatte ihre Artikel gelesen und auch ihr Foto gesehen. Manchmal verfluchte sie die Maßnahmen der Redaktion. Irgendjemand hatte vor Jahren mal die blendende Idee gehabt, dass der Name des Journalisten mit einem Foto versehen werden sollte. Alle anderen Zeitungen hatten sich dem angeschlossen, und mittlerweile wurde man als Verfasser eines Artikels praktisch mit Name, Telefonnummer, Alter und Bankverbindungen angeführt – aber auf jeden Fall mit seiner E-Mail-Adresse der Redaktion.

»Waren Sie am Samstagabend aus? Im Waxies? Und haben Sie es mit Mette Mortensen verlassen?«

Jetzt lachte er laut auf.

»Meine Fresse, was ist denn da in dich gefahren? Du bist ganz schön mutig!«

»Waren Sie?«

»Was geht dich das an, wo ich war und mit wem ich da war?«

Er klang noch immer, als würde ihn das alles sehr amüsieren. Dicte spürte, dass er sich über sie lustig machte, aber sie sah keine andere Chance, als das Gespräch in Gang zu halten. Besser, als plötzlich eine Faust im Gesicht zu haben.

»Wer war die Frau von eben? Wird sie auch eines Tages als Leiche am Fußballstadion enden? Und was will ein Rassist, wie Sie einer sind, eigentlich mit einer Dunkelhäutigen?«

Dicte wusste im gleichen Augenblick, dass sie zu weit gegangen war. Er sah sie an wie ein Ungeziefer, packte sie und drückte sie gegen die Mauer. Sie bekam keine Luft mehr. Sein Körper presste sich hart gegen sie und drohte sie zu zerquetschen. Er griff in ihr Haar und riss ihr den Kopf nach hinten.

»Jetzt werd ich dir mal was sagen. Wer ich bin und mit wem ich es zu tun habe, geht niemanden etwas an. Und schon gar nicht so eine hässliche Journalistenfotze wie dich, hast du das verstanden?«

Das konnte jetzt ihr Ende sein. Mit Leichtigkeit würde er ihren Kopf gegen die Mauer schleudern und sie in den Fluss werfen können, von dem sie hinaus ins offene Meer getragen werden würde. Niemand wusste, wo sie war.

»Ob du das kapiert hast?«

Sie nickte. Sie konnte gar nichts anderes tun. In diesem Augenblick vernahm sie das Geräusch von Stimmen, und sie hörte Schritte die Treppe hinunterkommen. Er hörte sie auch, ließ Dicte los und trat einen Schritt zurück.

»Fick dich und deine Scheißkollegen«, zischte er, drehte sich dann um und lief in Richtung der Cafés am Ufer des Flusses.

Sie blieb gegen die Mauer gelehnt stehen. Ihr Herz hämmerte, und der ganze Körper schmerzte von der Erniedrigung. Wie konnte sie nur so dumm gewesen sein!

Sekunden später war der Ort von Leben erfüllt. Eine Gruppe von Teenagern kam kichernd und quatschend die Treppe hinunter, auf dem Weg zu den Kneipen. Schnell fasste sie einen Entschluss und folgte ihnen, obwohl ihre Beine zitterten. Sie konnte ohne Schwierigkeiten das weiße T-Shirt unter den anderen Besuchern der Lokale ausmachen. Dieses Mal hielt sie einen größeren Abstand und stoppte ebenfalls, als er bei einer

Bierbank stehen blieb und ganz offensichtlich seine Freunde gefunden hatte, mit denen er möglicherweise verabredet gewesen war. Sie konnte nicht nah genug herankommen, um alles zu sehen. Aber sie meinte zwei junge Männer in kurzen schwarzen Jacken erkennen zu können, von denen der eine dem Neonazi Martin Brøgger ähnelte, den sie auf den Aufnahmen bei Frederik Winkler gesehen hatte.

Kapitel 17

»Kuchen? Wer hat denn heute Geburtstag?«

Träge legte Ivar K seinen Kopf in den Nacken, verdrehte die Augen und zeigte zu Jan Hansen, der strahlte wie ein Lottogewinner in der Fernsehreklame.

»Er hat seine Frau dick gebumst.«

Niemand schien sich an der etwas einfallslosen Bildersprache zu stören, am wenigsten Jan Hansen, der Ivar K fast liebevoll anlächelte.

»Es wird ein Junge«, erzählte er Wagner mit so etwas wie Freudestrahlen in den Augen. »Ich kann das spüren.«

»Herzlichen Glückwunsch.«

Wagner setzte sich zu den anderen und ertappte sich bei dem Gedanken, ob Hansen wohl Elternzeit nehmen würde, wenn das Kind zur Welt kam. Das war mittlerweile so modern geworden, aber eines stand fest, dass es das Letzte wäre, was sie gebrauchen konnten, mit der dünnen Personaldecke seit der letzten Polizeireform. »Aller guten Dinge sind vier?«

Er meinte Kamilla und ihre Zwillingsschwestern damit, alles Mädchen. Kein Zweifel. Er gönnte Jan Hansen einen Verbündeten in dem Hühnerstall zu Hause, obwohl es ein sehr geliebter Hühnerstall war. Aber vier Kinder waren wirklich ein Projekt.

Hansen nickte. Offensichtlich war es eine geplante Schwangerschaft gewesen. Hansens Frau tat nichts unüberlegt. Sie war Krankenschwester und streng wie ein Feldwebel. Sie hatte ihren Mann dort, wo sie ihn am liebsten hatte: unter ihrer Fuchtel.

Die Crew setzte sich im Besprechungsraum auf ihre Stammplätze, und Kuchen und Kaffee machten ihre Runde.

»Wir wollen das Nabelschnurblut einfrieren lassen«, sagte Hansen schwärmerisch. »Sie sagen, das sei die Zukunft.«

Ivar K schenkte sich Kaffee ein und verschüttete ein wenig.

»Nepper, Schlepper, Bauernfänger, wenn ihr mich fragt«, sagte er und schlürfte den verschütteten Kaffee aus der Untertasse, während die Tasse Ränder auf der Tischplatte machte. »Das ist der reinste Betrug. Das Zeug werden wir vielleicht in zweihundert Jahren verwenden können.«

Eriksen meinte sich erinnern zu können, dass ein einheimischer Privatier, ein Claes Bülow, so eine Firma gegründet hatte.

»Da scheint was dran zu sein«, sagte er. »Aber muss man nicht eigentlich vom Gesundheitsamt eine Zulassung haben, um so eine Firma zu gründen? Man kann doch nicht einfach den Leuten das Geld aus der Tasche ziehen, ohne dass es Sinn macht?«

Seine Kollegen starrten ihn an, als hätten sie sich verhört.

»Sag mal, wo hast du denn die letzten fünfzig Jahre gelebt?«, fragte Arne Petersen, der etwa so alt war wie Eriksen.

»In Esbjerg«, warf Kristian Hvidt ein, der Jüngste der Mannschaft. Eigentlich hätte Kristians Frau als Nächste schwanger werden sollen, dachte Wagner.

Eriksens Familie stammte aus Esbjerg, und alle Mitglieder waren bei der Polizei gelandet. Ein Cousin hier, ein Bruder dort. Eriksen hatte fast das ganze Land mit Familienmitgliedern abgedeckt, sollte er einmal in die Verlegenheit kommen, einen Strafzettel für zu schnelles Fahren zu bekommen. Obwohl das heutzutage gar nicht mehr möglich war, dachte Wagner, ganz frei von Nostalgie. Mit Hilfe der modernen Datensicherung, deren Details man nicht ohne Weiteres löschen konnte, war diese Art kollegialer Dienste nahezu unmöglich geworden.

Wagner betrachtete seine Crewmitglieder und ließ sie eine Weile Smalltalk machen. Er hatte nie einen dieser Managerkurse besucht, allein das Wort verursachte ihm Übelkeit. Er hatte seine Methode, das Schiff zu steuern. Dazu gehörte es, der Leichtigkeit Platz einzuräumen, auch wenn die schwerste Arbeit vor einem lag.

»Okay«, unterbrach er schließlich die Unterhaltung, nachdem alle ein Stück Kuchen vertilgt hatten. Dann schob er seinen Stuhl zurück und ging zu der Flipcharttafel mit dem weißen Papier. »Lasst uns jetzt mal diesen Fall rekapitulieren, damit wir nicht wie kopflose Hühner durch die Gegend laufen.«

Er schrieb Datum und Zeitpunkt des Fundes der Leiche von Mette Mortensen mit einem roten Stift auf das Blatt: Sonntag, den 24. Juni, 16:45. Dahinter notierte er in Klammern (das Spiel endete um 17:00).

»Die Leiche war noch nicht am Fundort, als das Spiel begann«, hielt er fest. »Wir haben mit den Wagenbesitzern gesprochen, die in der Nähe geparkt hatten, und die haben nichts bemerkt. Außerdem wimmelte es zu diesem Zeitpunkt von Menschen und Autos, darum können wir davon ausgehen, dass die Leiche in der Zeit zwischen Spielbeginn und 16:45 dort platziert wurde. Also sprechen wir von einem Zeitraum von etwa einunddreiviertel Stunden. Gab es irgendeinen Zeugen, der für diese Zeitspanne etwas Relevantes gesehen hat?«

Hansen räusperte sich.

»Es war schwer, andere Helfer außer den zuständigen Ordnungskräften zu finden, die bei dem Chaos auf dem Parkplatz dabei waren. Und leider hat niemand von ihnen etwas Auffälliges bemerkt.«

»Und es sind alle befragt worden?«

»Davon sind wir ausgegangen. Aber es gibt einen Unsicherheitsfaktor. Sie scheinen den Überblick über ihre Dienstpläne verloren zu haben und sind sich nicht sicher, ob sie sieben oder acht Männer als Ordner draußen hatten.«

Das war neu für Wagner.

»Können wir nicht einfach mit allen sprechen und das Detail klären?«

Hansen schüttelte den Kopf.

»Die Person, um die es geht …«

Er blätterte in seinen Unterlagen. »… ein gewisser Jakob Refstrup, er hat am gleichen Abend mit seiner Familie den Flieger nach Australien genommen, und wir können keinen Kontakt mit ihm aufnehmen.«

»Wie lange ist er weg? Er muss doch von der Sache gehört haben?«

»Nicht unbedingt«, erwiderte Hansen. »Einige der Helfer sind direkt nach Einlass wieder nach Hause gefahren. Du weißt doch, wie das läuft. Man gibt sich große Mühe, die Leute gesittet zu den großen Veranstaltungen einzulassen, aber die sollen bitte schön selbst den Weg wieder hinausfinden. So war es doch auch beim Madonna-Konzert in Horsens.«

Das stimmte. Wagners Tochter war ebenfalls auf diesem Konzert gewesen und hatte sich hinterher über die Zustände auf den Parkplätzen beschwert.

»Okay, aber wir müssen ihn befragen, sobald er wieder auftaucht.«

Hansen nickte. Wagner fuhr fort.

»Haben wir einen Überblick über Mette Mortensens Treiben am Samstagabend? Das war doch der Tag, an dem sie zum letzten Mal gesehen wurde?«

Eriksen übernahm:

»Ja, stimmt.«

Er warf einen Blick in sein Notizheft und trug vor:

»Gegen ein Uhr nachts wurde sie in der Diskothek Waxies in der Frederiksgade gesehen. Der Mann wird als nicht besonders groß, aber sehr muskulös beschrieben. Er trug schwere Schnürstiefel, einen gelben Pullover der Marke ›Pringle‹ und schwarze Hosen. ›Sah aus wie ein Hooligan‹, hat die Zeugin gesagt.«

»Und tagsüber? Was hat sie da gemacht?«

Eriksen fuhr mit seinem Vortrag fort:

»Sie war gegen elf Uhr mit einer Freundin unten am Fluss brunchen, der Laden heißt Viggo. Der Freundin, eine Beate Skipper – warum hat eigentlich keiner mehr ganz normale Namen? –, ist nichts Besonderes aufgefallen. Nachmittags war sie zu Hause bei den Eltern. Sie hatten Besuch von Onkel, Tante und der gleichaltrigen Cousine aus Silkeborg.«

»Anlass?«, fragte Arne Petersen.

Eriksen suchte in seinen Aufzeichnungen eine Antwort, fand aber nichts.

»Die Familie aus Silkeborg verließ das Haus der Mortensens nach dem Abendessen, gegen acht Uhr. Mette verschwand für ein paar Stunden in ihrem Zimmer. Um zehn Uhr traf sie sich mit zwei Freundinnen in einer Kneipe ...«

Erneut konsultierte er seine Unterlagen. Eriksen kannte sich mit den Kneipen der Stadt und ihren merkwürdigen Namen nicht aus. Auch Wagner hatte vor langer Zeit aufgegeben, dahinter eine Logik zu erkennen.

»›Geschmacklos‹ heißt sie. Am Klostertorvet. Und von dort sind sie dann gegen Mitternacht in die Frederiksgade gegangen.«

»Was hat sie getrunken? Und wie viel?«, fragte Ivar K.

»Zwei Bierchen in dieser Kneipe, Ceres Royal.«

Jan Hansen seufzte und nahm sich ein neues Stück Kuchen.

»Lieber Herrgott.«

»Und in der Diskothek?«, hakte Wagner nach.

Eriksen warf einen Blick auf seine Aufzeichnungen. Petersen und er hatten die Freundin befragt. Sie waren beide hervorragende Ermittler, aber Wagner wusste aus Erfahrung, dass das eine oder andere Detail durchrutschen konnte.

»Zwei Red Bull, wenn ich mich richtig erinnere.«

Er sah hoch.

»Ich glaube, die hatten nach dem Aufenthalt in dieser Kneipe nicht mehr so viel Überschuss für solche Einzelheiten. Sie hatten es beide plötzlich eilig.«

Er machte mit der Hand eine Bewegung in der Luft. Wagner

verstand, was er meinte. Sie waren auf Männerjagd gewesen und hatten sich aus den Augen verloren.

»Dieser Typ. Hat er sie auf einen Drink eingeladen?«

»Das wissen wir leider nicht.«

Wagner nahm den Stift zur Hand und trat an die Tafel.

»Gut. Der fragliche Zeitraum ist also zwischen Samstagnacht um ein Uhr, oder vielmehr Sonntagmorgen, und Sonntagnachmittag um 16:45. Fünfzehn Stunden und fünfundvierzig Minuten, in denen wir keine Kenntnis darüber besitzen, wo sich Mette Mortensen aufgehalten hat.« Er sah seine Kollegen an. Jan Hansens Gabel mit dem Kuchenstück blieb in der Luft stehen. Ivar K stellte seine Kaffeetasse ab. Alle widmeten ihm ihre volle Aufmerksamkeit.

»Das sind viele Stunden. Unsere Aufgabe ist es nun, diese Zeitspanne einzugrenzen. Haben wir schon jemanden befragt, auf den die ›Mann-mit-Stiefel‹-Beschreibung passt? Wir haben doch bestimmt Kontakt zum Geheimdienst aufgenommen, oder? Wegen der rechtsextremen Szene?«

Kristian Hvidt nickte.

»Die stehen ja nicht so darauf, ihre Ermittlungsergebnisse weiterzureichen. Aber immerhin haben sie bestätigt, dass sie eine Anzahl von Neonazis in der Stadt beobachten.«

»Namen? Sind es dieselben, die wir schon kennen, oder gibt es Sachen, die wir noch nicht wissen?«

Hvidt zuckte mit den Schultern.

»Wenn es da etwas gibt, wovon wir noch nichts wissen, dann bestimmt, weil sie der Meinung sind, wir sollten es gar nicht wissen. Seit die mehr Befugnisse bekommen haben, können sie ja ohnehin herumlaufen, sich in unsere Ermittlungen einmischen und Leute festnehmen und so.«

Sein Tonfall war nicht frei von Irritation gewesen, und Wagner konnte ihn sehr gut verstehen. Es war eine vollkommen neue Situation, dass der Geheimdienst auch polizeilich tätig werden durfte, aber die Politiker hatten es so gewollt, und darum blieb ihnen nichts anderes übrig, als sich daran zu gewöhnen.

Hvidt blätterte seine Notizen durch und sah dann zu Wagner hoch.

»Aber die Namen Arne Bay und Martin Brøgger spuken immerzu herum sowie unser Spezialfreund Jan Møller, der ja seit dem Tod seiner Liebsten wie vom Erdboden verschwunden ist.«

Wagner dachte an Dicte Svendsen. Sie hatte angenommen, dass sie noch nie von den drei Neonazis gehört hatten, aber die Wahrheit war, dass der Geheimdienst sehr viel sorgsamer über seine Pfründe wachte, als die Presse ahnte.

»Wir müssen mit dem Geheimdienst über Arbeitsteilung sprechen und mit ihnen vereinbaren, dass wir die Verdächtigen zu einem Verhör einbestellen dürfen. Die passen doch auf die Beschreibung, oder?«

»Besonders Arne Bay«, antwortete Hvidt. »Aber sollten die da an etwas dran sein, was größer ist als dieser Fall, werden die wahrscheinlich nicht zustimmen.«

Wagner schrieb auch die drei Namen auf die Flipcharttafel. Mit dem Geheimdienst sollte man sich keine Scherze erlauben, auch nicht als Ermittler in einem Mordfall. In der Regel kümmerte sich jede Seite um ihre Angelegenheiten, aber es gab nun einmal Situationen, in denen die jeweiligen Interessen frontal aufeinanderprallten. Womöglich hatte der Geheimdienst ein Interesse daran, Bay und Brøgger in Ruhe zu lassen und lediglich ihre Aktivitäten zu beobachten. Er hingegen hatte ein großes Interesse daran, mit diesen Herren zu sprechen und klarzustellen, wo sie sich zum Zeitpunkt von Mette Mortensens Verschwinden aufgehalten haben. Er hob die Namen mit doppelten Strichen hervor.

»Was könnte größer sein als der Fall, an dem wir hier gerade sitzen? Und vergesst bitte Priština und Lublin nicht. Ich rufe die Jungs mal an und erzähle denen, was wir wissen. Dann werden die sich schon beruhigen. Es ist an der Zeit, dass wir Arne Bay hierherschaffen.«

Eine Stunde später lösten sie die Sitzung auf, nachdem alle Fakten besprochen waren und alle neue Aufgaben zugewiesen bekommen hatten. Sie beschlossen, eine Rekonstruktion des Samstagabends zu entwerfen und diese mit der Bitte um Hilfe an die Fernsehanstalten zu schicken. Wagner versprach, eigenhändig die IT-Leute zu befragen, ob sie irgendetwas auf Mette Mortensens Computer gefunden hatten. Ihnen fehlte nach wie vor Mettes Handy. Das lag aller Voraussicht nach in ihrer Handtasche, und niemand wusste, wo diese sich befand. Sowohl ihre Freundinnen als auch die Zeugin aus der Diskothek konnten sich an das kleine rosa Seidentäschchen erinnern, das Mette offensichtlich in dem China-Shop in der Bruunsgade gekauft hatte. Sie benötigten für die Rekonstruktion unbedingt ein identisches Exemplar und würden dieses zusammen mit einem Foto der Sandalen, die Mette getragen hatte, an die Presse weiterleiten. Ihre Mutter konnte sich noch erinnern, wo sie die Schuhe gekauft hatte.

Wagner war auf dem Weg zurück in sein Büro, als sein Handy in der Hosentasche klingelte. Auf dem Display konnte er erkennen, dass es Paul Gormsen war.

»Ja, hallo, was gibt es?«

»Ich hab da etwas für dich«, sagte die bekannte Stimme, die ihm augenblicklich das Gefühl vermittelte, dass er in sicheren Händen war. Ganz gleich, ob als Partner in einer seltenen Partie Bridge oder eben als Kollege.

»Flunitrazepam. Was sagt dir das?«

»Die Date-Rape-Droge?«, fragte Wagner. »Rohypnol? So heißt es vermutlich in der Drogenszene.«

Rohypnol oder einfach nur Roche war seit Jahren ein großes Problem. Junge Mädchen wurden von Männern mit Hintergedanken zu Drinks eingeladen. Hinterher konnten sie sich an nichts erinnern, sondern wachten auf und hatten Verletzungen und Anzeichen einer Vergewaltigung.

»Ich glaube, der Name wird noch immer verwendet«, sagte Gormsen. »Aber Rohypnol ist in Dänemark aus dem Arzneimittelregister genommen worden und zwar schon seit einigen Jahren. Flunitrazepam wird heute als *Flunipam* 1mg und 2mg von Actavis, als *Flunitrazepam* 1 mg von Merck und als *Ronal* 2 mg von Sandoz verkauft.«

»Hast du Flunitrazepam in Mette Mortensens Blut gefunden? Oder im Urin?«

Wagner stieß die Tür zu seinem Büro auf und ging einmal quer durch den Raum, um das Fenster zu öffnen, während Gormsen seine Frage bejahte.

»Im Blut. Hab gerade das Laborergebnis bekommen.«

»Hat das eine Auswirkung auf die Bestimmung des Todeszeitpunkts?«, fragte Wagner und hakte das Fenster ein und sah auf die Straße. »Ist es nicht so, dass der Stoff eigentlich sehr schnell aus dem Blut verschwindet und nur noch im Urin nachzuweisen ist?«

Gormsen ließ sich ganz schön bitten.

»Die Nachweismethoden sind in den letzten Jahren besser geworden. Man sagt mittlerweile, dass die Halbwertszeit bis zu 25 Stunden reicht, also nein, wir können das leider nicht zur Bestimmung des Todeszeitpunkts verwenden.«

Gormsen verstummte. »Armes Mädchen«, sagte er dann. »Sie hatte keine Ahnung, was mit ihr passierte.«

Wagner steckte seinen Kopf aus dem Fenster und holte tief Luft. Einigermaßen frische Vormittagsluft füllte seine Lungen. Gormsen meinte es gut mit seinem Mitleid, allerdings war er der Meinung, Mette Mortensen wäre noch schlimmer dran gewesen, wenn sie gewusst hätte, was mit ihr geschah.

Er verabschiedete sich von Gormsen und saß eine Weile still und mit geschlossenen Augen an seinem Schreibtisch. Der Lärm von der Sønder Allé und vom Zentralen Busbahnhof drang zusammen mit einer leichten Brise in sein Büro. Flunitrazepam. Es musste in der Diskothek geschehen sein, oder war Mette Mortensen mit dem bestiefelten Mann nach Hause gegangen, um dort noch einen Drink zu nehmen?

Auf jeden Fall häuften sich die Indizien, die alle darauf hindeuteten, dass ihr Hauptinteresse dem Mann mit den schweren Stiefeln und dem gelben Pullover gelten sollte.

Er griff nach dem Telefonhörer und wählte die Nummer der zuständigen Dienststelle des Geheimdienstes.

Kapitel 18

»Du?«

»Mhm.«

Bo war förmlich in den Computer der Fotoredaktion gekrochen und wählte gerade Aufnahmen von dem Radrennen aus, das er zusammen mit Cecilie fotografiert hatte. Dicte wartete, gegen den Türrahmen gelehnt, aber Bo ließ sich sehr viel Zeit.

»Kanntest du nicht mal einen polnischen Journalisten? Als du drüben warst, um die Wahl zu fotografieren.«

Etwa eine Viertelsekunde lang hob er den Kopf und sah zu ihr, dann wandte er sich wieder dem Bildschirm zu. Vielleicht tat er das gar nicht demonstrativ, vielleicht war er tatsächlich so sehr damit beschäftigt, die richtigen Fotos zu finden und sie der Zeitung zu mailen. Für sie aber sah das verdächtig nach einer Bestrafung aus.

Endlich war er fertig und sah sie an.

»Lass mich das bitte noch einmal zusammenfassen, damit ich es auch richtig verstanden habe«, sagte er, und ein unheilverkündendes Kribbeln lief über ihren Körper wie kleine Insekten.

»Zuerst fährst du zu der Wohnung eines gefährlichen Mannes, den sowohl die Polizei als auch der Geheimdienst beobachten. Dann beschattest du diesen Mann so dilettantisch, dass es einfach nur ein Riesenglück ist, dass du noch gehen und stehen kannst. Und zwar, ohne jemandem ein Sterbenswörtchen davon zu erzählen, noch nicht mal mir.«

Er holte tief Luft. Sie wollte etwas zu ihrer Verteidigung vorbringen, bekam aber keine Gelegenheit.

»Und dann zum Teufel verfolgst du ihn auch noch weiter und riskierst Kopf und Kragen, um lediglich herauszufinden, dass er sich zufällig mit irgendwelchen Kumpels auf ein Bier trifft.«

»Ich glaube nicht, dass es zufällig war«, warf sie schnell ein, aber er ignorierte sie.

»Und jetzt willst du von mir – den du schön außen vor gelassen hast, wo du selbst auf Hochtouren läufst –, dass ich dir meine Kontakte serviere und dich mit Informationen füttere.«

Er sah sie verwundert an. Der Bo, den sie kannte, war sehr weit weg, ersetzt durch Vorwürfe und den Versuch, sie zu bändigen, was sie schon immer gehasst hatte, ob er nun recht hatte oder nicht.

»Warum sollte ich das tun?«, fragte er. »Damit du mit dieser Info losstürmen und dein Leben erneut aufs Spiel setzen kannst, in deiner völlig falsch interpretierten Funktion als Meisterdetektivin?«

Er sprang auf und lief im Zimmer auf und ab. Sie hasste es auch, wenn er wütend war.

»Was ist bloß los mit dir? Nur weil du mit ein paar Fällen in Berührung gekommen bist und die Ehre hattest, sie zu lösen, meinst du das Recht erworben zu haben, dein eigenes Detektivbüro zu führen? Ist dir der Erfolg zu Kopf gestiegen?«

Er blieb abrupt stehen, direkt vor ihr.

»Kannst du nicht sehen, wie dumm das ist? Könntest du das nicht ein einziges Mal Wagner und seinen Leuten überlassen?«

Sie sah ein, dass es keinen Sinn hatte. Es war ein Fehler gewesen, ihn zu fragen. Er war außer sich gewesen, als sie ihm von ihrer Begegnung mit Arne Bay, oder wie er nun auch immer hieß, erzählt hatte. Natürlich hätte sie Bo nicht fragen können, in dem Punkt hatte er leider recht. Sie machte ihr eigenes Ding.

»Entschuldige. Vergiss es.«

Sie verließ den Raum. Vielleicht hatte er eine größere Verteidigungsrede erwartet, aber sie hatte keine Kraft dafür. Stattdessen ging sie zurück in ihre Redaktion, wo ihre Kollegen geschäftig an ihren Plätzen saßen.

»Kein Glück gehabt bei unserem alten Cowboy?«, fragte Holger Søborg, der ein Gehör wie ein Panther haben musste. »Dicte allein auf der Welt?«

»Gegen die vielen doofen Windmühlen?«, kicherte Helle, die keine Ahnung hatte, worum es ging.

Sie gab keine Antwort, sondern setzte sich an ihren Rechner und versuchte im Internet etwas über den Fall in Lublin herauszubekommen, das in der Nähe der Grenze zu Russland lag. Wagner war äußerst sparsam mit Informationen gewesen, als sie ihn zu der Geschichte in Polen befragt hatte. Sie hatte nicht mehr aus ihm herauslocken können, als dass die Vorgehensweise vor drei Jahren in Lublin identisch gewesen war mit der in Århus. Drei Jahre. Und vor zwei Jahren im Kosovo. Man konnte hier eindeutig von einem Muster sprechen, aber was stand dahinter? War es eine Organisation, eine Art Mafiarache, oder gab es andere Ursachen für die Tatsache, dass die drei Morde so übereinstimmten?

Während sie in Google die verschiedensten Kombinationen von Lublin, Stadion und Mord eingab, wanderten ihre Gedanken zu der Situation, der sie in der Jægersgårdsgade beigewohnt hatte. Zum einen war da die dunkelhäutige Frau, zum anderen der Mann, der als gewalttätiger Rassist galt. Das passte für sie einfach nicht zusammen. Es stimmte, dass er dominant aufgetreten war und sie nahezu an sich gerissen und sie hart angepackt hatte. Aber dann hatte sie auch den Moment beobachtet, als er sie versonnen betrachtet und sie danach auf die Nasenspitze geküsst hatte.

Sie überprüfte die Links, die auf ihre Suchanfrage hin angeboten wurden, aber davon schien nichts so richtig zu passen. Natürlich hatten die polnischen Medien darüber berichtet, aber dafür musste man leider die Sprache beherrschen.

Ihre Gedanken arbeiteten weiter, während sich die Szene in der Jægersgårdsgade permanent vor ihrem inneren Auge abspielte. War die Wahrheit nicht einfach nur die, dass auch ein psychopathischer Gewalttätiger einen weichen Punkt hatte?

Unabhängig davon, dass Arne Bay gleichzeitig der Mann sein konnte, der Mette Mortensen entbeint, ihr die Augen ausgestochen und das Gleiche den beiden Opfern in Lublin und Priština angetan hatte?

Wie war das damals zu Zeiten des Nationalsozialismus gewesen: Da hatte es auch Wachen in den Konzentrationslagern gegeben, die jüdische Geliebte gehabt hatten. Existierten nicht Geschichten darüber, dass einige von ihnen so das Leben dieser Frauen gerettet hatten, weil Liebe im Spiel gewesen war? Und trotzdem waren diese Wachmänner gleichzeitig in der Lage gewesen, Tausende anderer Juden in die Gaskammern zu schicken, ohne auch nur mit der Wimper zu zucken.

Nach einer halben Stunde Recherche gab Dicte auf. Sie würde mehr Details benötigen, um weiterzukommen. Vielleicht sollte sie sich an in Dänemark lebende Polen wenden, an eine polnische Organisation oder an die polnische Botschaft. Jemand musste Informationen darüber haben.

Stattdessen begann sie ihren dritten Artikel über die rechtsextremen Kräfte im Land zu schreiben und entschied sich, ihren Fokus auf eine Organisation von der entgegengesetzten Seite des politischen Spektrums zu setzen, die sich Antirassistisches Netzwerk nannte. Sie wurde vor etwa anderthalb Jahren gegründet, als Reaktion auf die Tatsache, dass rechtsextreme Gruppierungen begonnen hatten, konsequent die Teilnehmer linksorientierter Vereinigungen bei Demonstrationen zu filmen. Zu den Betroffenen gehörten Mitglieder der Roten Jugend, der Einheitsliste und der DKP/ML, den Kommunisten, in Århus.

Sie begriff, dass eben dieser Versuch der Überwachung und Kontrolle über die Anhänger der verschiedenen Gruppen zu dem Zwischenfall im Café in der Mejlgade geführt hatte, wo das Antirassistische Netzwerk eine Versammlung einberufen hatte. Es war zu einer juristischen Auseinandersetzung gekommen, und Mette Mortensens Vater, Ulrik Storck, hatte als Anwalt der Klägerseite fungiert. Das war eine der wenigen Informationen, die sie Wagner hatte aus dem Kreuz leiern können.

Allerdings war das auch nicht gerade ein Staatsgeheimnis. Der Mann hatte nach dem Tod seiner Tochter gleich mehreren Zeitungen Interviews gegeben, allerdings nicht ihrem Blatt. War das nur ein Zufall, dass ausgerechnet Mettes Vater als Anwalt des äußersten linken Flügels ein Beistand des Erzfeindes der Rechten war?

Sie starrte ins Leere, ohne ihre Kollegen oder das Geschehen hinter den großen Fenstern zu registrieren. Sie war tatsächlich eine erfahrene Journalistin, und auch erfolgreich, wie Bo ganz richtig betont hatte, und ja, sie würde auch nicht vergessen, dass sie nicht unfehlbar war. Aber auf der anderen Seite war sie mittlerweile auch so alt, dass sie aufgehört hatte, an Zufälle zu glauben.

Sie hatte ihren Artikel Korrektur gelesen und wollte gerade auf send klicken, als sie Bos Schritte hinter sich hörte und gleich darauf seine Hand in ihrem Nacken spürte, der ein Versöhnungskuss folgte.

»Okay.«

Er setzte sich wie immer auf die Kante ihres Schreibtischs.

»Ich habe mit Krzysztof Skolimowski gesprochen, der bei der größten Tageszeitung in Warschau arbeitet. Er ist für mich ins Archiv gegangen. Der besagte Fall ereignete sich während eines bedeutenden Spiels, Lublin gegen Gdynia. Nach dem Spiel entdeckte ein Gdynia-Fan die Leiche des Vorstandes einer ärztlichen Praxisgemeinschaft in Lublin in der Nähe des Parkplatzes. Es liegt das identische Muster wie bei den anderen Morden vor. Der Fall wurde nie geklärt, aber es gab die Vermutung, dass es eine politisch motivierte Tat gewesen ist.«

Dicte lehnte sich zurück, und die Buchstaben auf dem Bildschirm wurden unleserlich. Drei Frauen, die auf dieselbe bestialische Weise malträtiert worden waren. Drei Morde, bei denen rechtsextreme Gewalt nahelag. Für Mette Mortensen galt das zwar nur indirekt, war aber vielleicht wegen der hochrangigen Fälle ihres Vaters doch nicht so unwahrscheinlich.

»Jüdischen Glaubens, übrigens«, ergänzte Bo.

Dictes Gedanken wirbelten wild durcheinander. Die Tochter eines ambitionierten Anwalts, eine albanische Journalistin in Opposition zu den serbischen Nationalisten und eine Ärztin mit jüdischem Hintergrund. Frauen, die schön auf ihre Plätze verwiesen werden und bloß nicht glauben sollten, dass sie etwas Besonderes waren. War das die Verbindung dieser drei Fälle? War da draußen ein Frauenhasser unterwegs oder gar eine Organisation, die handlungskräftige Frauen erniedrigen und der Welt exponieren wollte? Frauen, die meinten, sie würden etwas verändern können?

»Wie hieß sie? Und womit hatte sie sich beschäftigt?«, fragte sie.

Bo zögerte einen Moment, ehe er den Kopf zur Seite neigte und ihr antwortete.

»Das Opfer ist in einem antirassistischen Netzwerk politisch aktiv gewesen, das ›Polen in der Welt‹ heißt.«

Er sah sie eindringlich an.

»Der Name ist übrigens Miro Jakobowski. Vergiss es. Nicht alle Opfer waren Frauen. Das aus Lublin war ein Mann.«

Kapitel 19

»Du hast heute ein straffes Programm. Da kann man schon vom Zusehen Stress bekommen.«

Sie saß vornübergebeugt über seinem Terminkalender. An ihrem Haaransatz befand sich ein weicher, blonder Wirbel. Er stand hinter ihr, so dass er nur die Hand ausstrecken musste, um ihn zu berühren. Deshalb ballte er seine Hand zur Faust und drückte sie tief in seine Kitteltasche, nur um sicherzugehen.

»Die Operation von Majken Rasmussen ist für 13 Uhr angesetzt. Ihre Mutter wird gerade für die Organentnahme vorbereitet. Sie war auf der C2, seit gestern«, sagte Lena Bjerregaard in ihrem wundervollen Singsang-Dialekt, den er so anziehend fand. »Tochter und Mutter liegen im selben Zimmer.«

Sie sah hoch zu ihm. Waren das Tränen, die er in ihren Augen glitzern sah? Es schien eine dünn schimmernde Haut, etwas Weiches über ihren Augen zu liegen, die ihn vom ersten Augenblick an fasziniert hatten.

»Das ist doch etwas Schönes, oder? Ein Organ zu spenden, meine ich. Man würde ja soundso alles für seine Kinder tun, aber trotzdem.«

Janos Kempinski nickte.

»Hast du Kinder?«

Die Frage war ihm einfach so rausgerutscht, darum fügte er schnell hinzu: »Ich hab es nie geschafft. Die Arbeit und so.«

Sie blinzelte, vielleicht ein wenig irritiert über dieses persönliche Detail. Er sollte sich an das Fachliche halten, das wäre bestimmt klüger.

»Ich habe eine Tochter«, sagte sie. »Sie ist elf. Ich bin alleinerziehend.«

Ihr schien die Unterhaltung unangenehm zu sein. Aber er hatte registriert, dass sie auf seine private Frage mit einem persönlichen Detail aus ihrem Leben geantwortet hatte. Vielleicht hatte er sich doch nicht komplett zum Idioten gemacht.

»Das ist bestimmt schwer, alleinerziehend zu sein«, stotterte er.

Sie senkte ihren Blick zurück auf den Terminkalender. Auf einmal klang ihre Stimme hektisch.

»Aber Sille ist zum Glück schon groß. Das wird meine Arbeit in keiner Weise beeinträchtigen. Und meine Mutter kann sich auch um sie kümmern, wenn …«

Was hatte er da bloß angerichtet? Das ging in die völlig verkehrte Richtung.

»Du darfst nicht glauben, dass ich … So war das gar nicht gemeint … Ich wollte nur sagen, dass …«

Er stockte. Ihre Stimme hatte etwas Geschäftsmäßiges, als sie wieder sprach. Aber bevor sie weitersprach, hatte sie zu ihm hoch gesehen, und er konnte in ihrem Blick erkennen, dass er ihr leidtat, weil er keine normale Unterhaltung führen konnte, wenn er das fachliche Terrain verließ. Und auf dieses Terrain führte sie ihn mit sicherer Hand zurück.

»Du hast ein Risikogespräch in der Ambulanz mit Peter Boutrup in einer halben Stunde, du weißt …«

Er nickte. Sie hatten die Ergebnisse über die Durchblutung der Gefäße in den Beinen Des Besonderen Patienten erhalten, und es sah gar nicht gut aus.

»Was hat der eigentlich …? Ich meine, er sitzt doch eigentlich im Gefängnis für irgendwas?« Sie errötete augenblicklich. »Entschuldigung. Das hat mich überhaupt nichts anzugehen.«

»Er hat einen Mann erschossen.« Er hörte, wie sie nach Luft schnappte, aber sie sagte nichts. Das konnte er gut verstehen. Was sollte man auch dazu sagen? »Er ist wegen fahrlässiger Tötung verurteilt worden«, erläuterte er, obwohl auch er nicht viel mehr Informationen hatte. »Das bedeutet, dass es kein vorsätzlicher Mord war.«

Sie nickte.

»Boutrup hat angegeben, dass der andere seinen Hund erschossen hatte. Das Opfer, meine ich.«

Er hielt inne. Er konnte es kaum fassen, dass er ihn praktisch verteidigte. Ein Totschlag war keine Bagatelle, vorsätzlich oder nicht, dachte er. Peter Boutrup hatte eine außerordentlich große Fähigkeit, sich Sympathien zu verschaffen, daran bestand kein Zweifel. Er war nicht der Einzige, der von der Persönlichkeit des Gefangenen nachhaltig beeindruckt war. Auch die Krankenschwestern redeten viel von ihm.

Lena Bjerregaard senkte ihren Blick erneut auf den Terminkalender.

»Um 10:30 gibt es eine Konferenz über die Warteliste und über die Frage, ob ein gewisser Victor Meyer aus Viborg erneut in die Liste aufgenommen werden soll.«

Er seufzte. Victor Meyer war ein junger Mann von gerade mal 22 Jahren, dem letztes Jahr eine sogenannte Leichenniere transplantiert wurde. Aber die war bereits wieder ruiniert, weil der Patient seine Medikamente falsch eingenommen und sein Leben hauptsächlich in Diskotheken mit zwielichtigen Freunden verbracht hatte. Nun bettelte und flehte er die zuständigen Ärzte an, ihn erneut auf die Warteliste zu nehmen, und versicherte, dass er sein Leben vollkommen geändert hätte.

»Um 12 Uhr Mittagessen mit Alex Breinholdt von Scandiatransplant.«

»Oh ja, Breinholdt. Mittagessen, ja?«

Den Termin hätte er gerne ausfallen lassen. Alex konnte so umständlich sein, und ein Treffen mit ihm, das nicht länger als die anberaumte halbe Stunde dauern müsste, zog sich immer hin. Aber Scandiatransplant war wichtig für das Krankenhaus, obwohl die Transplantationen zunehmend mit Lebendspenden erfolgten. Flemming Kissmeyer, ein Oberarzt und Professor der klinischen Immunologie, hatte in den Sechzigern Scandiatransplant ins Leben gerufen, das die postmortalen Spendernieren in den skandinavischen Ländern verteilte. Das funktionierte problemlos. Wenn sich herausstellte, dass eine postmortale Spenderniere besser mit den Angaben eines norwegischen Patienten matchte als mit denen eines Empfängers auf der dänischen Warteliste, dann ging die Niere nach Norwegen. Darum besaßen einige dänische Patienten schwedische und norwegische Nierentransplantate. Wenn eine Niere oder ein anderes Organ im Ausland einem Empfänger zugeteilt worden war, reiste in der Regel der zuständige Chirurg höchstpersönlich zur Organentnahme an. So kam es, dass die Organentnahme bei einem Spender manchmal wie eine Konferenz des Nordischen Rates anmutete.

»Du solltest bei diesem Mittagessen dabei sein«, schlug er vor. »Es ist immer nützlich, die Leute von Scandiatransplant und deren System zu kennen, und Breinholdt ist ein guter Mann. Das wird alles von hier, vom Skejby Krankenhaus aus organisiert.«

»Darauf könnt ihr wohl alle ziemlich stolz sein«, sagte sie und lächelte.

»Ziemlich«, gab er zu. »Übrigens, wie war denn dein Termin beim Augenarzt?«

Er fragte nur, weil er sich beim Blick in ihre Augen einredete, dort all das zu sehen, was ihm die vergangenen Jahre verwehrt gewesen war. Er konnte es nicht genau beschreiben. Vielleicht war es die Chance auf eine große, erwiderte Liebe. Vielleicht war es auch nur ein gegenseitiges Verstehen und eine große Sympathie. Hatte er sich in sie verliebt? Konnte so etwas nach so kurzer Zeit überhaupt passieren?

Wahrscheinlich war er einen Augenblick in Gedanken und Gefühlen versunken und ganz von sich eingenommen gewesen, oder vielmehr von ihr. Plötzlich bemerkte er aber, dass sich ihr Gesichtsausdruck geändert hatte. Die Augen hatten wieder diesen Schimmer, oder bildete er sich das nur ein?

»Das war alles in Ordnung«, antwortete sie, aber er wusste in diesem Moment, dass es gelogen war.

Peter Boutrup sah wesentlich besser aus als bei ihrer letzten Begegnung. Offensichtlich nahm er seine Medikamente regelmäßig, und die Dialyse schien auch gut zu wirken.

»Guten Tag, Peter.«

Auch der Händedruck des Patienten war fest. Kempinski nickte den beiden Gefängnisbeamten aus Horsens zu.

»Doktor Tod, seien Sie gegrüßt.«

»Ich würde mir wünschen, Sie würden mich Doktor Leben nennen«, erwiderte Kempinski. »Das ist schließlich unser oberstes Bestreben hier, Leben zu schenken.«

Der Patient schenkte ihm ein sarkastisches Lächeln.

»Aber vergessen Sie nicht, dass dafür in der Regel jemand sterben muss, damit ihr neues Leben schenken könnt. Jemand muss aufhören zu atmen.«

Kempinski zog sich einen Stuhl heran und setzte sich Boutrup gegenüber. Er ignorierte die Beamten, die mit ihren Kaffeebechern beschäftigt schienen. Er schlug das Krankenblatt auf, das er mit ins Besprechungszimmer der Ambulanz gebracht hatte.

»Nicht notwendigerweise«, sagte er. »Postmortale Spendernieren werden zunehmend seltener transplantiert als Lebendspenden von Familienangehörigen.«

Boutrup lehnte sich in seinem Stuhl zurück und betrachtete ihn, als wären sie sich an diesem Tag zum ersten Mal begegnet. Janos Kempinski spürte, wie sich Boutrups Blick in sein Innerstes bohrte, und war erstaunt, wie leicht dieser Mann seine Aufmerksamkeit erregen konnte. Das machte ihn nervös, gleichzeitig aber löste es auch ein bizarres Gefühl von Erregung in ihm aus, als ob er in einem Thriller mitspielte. Das Ganze wirkte wie inszeniert: zum einen die Beamten, die den gefährlichen Mörder bewachen mussten; der Patient selbst, der sein eigenes Leben wie eine Partie Schach betrachtete. Und dann er, der Arzt, der mehr und mehr von einer unheilbringenden Flamme angezogen wurde.

»Aber beide Optionen sind doch nicht aktuell, richtig? Oder haben Sie eigentlich schlechte Nachrichten für mich?«

Das hatte er tatsächlich, bemühte sich aber, sie in einer schönen Verpackung zu präsentieren.

»Wir haben die Durchblutung Ihrer Gefäße in den Beinen untersucht. Es ist nämlich so, dass eine neue Niere erst einmal viel Blut benötigt, und dafür müssen die Gefäße in einem guten Zustand sein. In Ihrem Fall sind wir der Meinung, dass sich eine OP durchführen ließe.«

Boutrup durchschaute die Botschaft sofort.

»Aber mit einem größeren Risiko, sagen Sie ruhig die Wahrheit. Das liegt bestimmt an den vielen Zigaretten.« Er zuckte mit den Schultern. »Auf der Schattenseite des Lebens gibt es nicht so viele Dinge, die man unternehmen kann, außer auf Teufel komm raus zu qualmen und zu hoffen, dass man eines Tages umkippt und einen Ausflug ins Krankenhaus mit Vollpension bezahlt bekommt.«

»Es ist richtig, dass die Verkalkung der Gefäße in einem größeren Umfang vorliegt, als wir erwartet haben«, gab Kempinski zu. »Aber wir werden trotzdem eine Transplantation vornehmen.«

Forschend betrachtete er Boutrups Gesicht, bereit, jede noch so kleine Regung wahrzunehmen. Vielleicht war es ja diese Geheimniskrämerei, die ihn so faszinierte. Dass Der Besondere Patient darauf beharrte, keine Familie zu haben, die er um eine neue Niere bitten konnte.

»Wir haben schon einmal darüber gesprochen. Weitaus besser wäre die Lebendspende eines Familienmitglieds.«

»Vergessen Sie es, Doktor Tod.«

Der Mann schüttelte den Kopf und schenkte ihm erneut ein nicht gerade freundliches Lächeln. »Das kommt nicht in Frage.«

Kempinski ließ nicht locker.

»Die meisten sind der Ansicht, dass ältere Nieren nicht verwendbar sind, aber das trifft nicht zu. Wenn die Person ansonsten gesund und wohlauf ist, dann ... Ich denke da an Ihre Eltern.«

Als Boutrup nicht reagierte, hörte er sich selbst sagen: »Blut ist am Ende doch immer dicker als Wasser.«

Das schallende Gelächter kam tief aus Boutrups Inneren. Er war kurz davor, vor Lachen in Tränen auszubrechen. »Alles klar, Herr Doktor Tod. Ha, Blut und Wasser, ja. Genauso ist es.«

Er beugte sich vor und brachte sein Gesicht so nah an Kempinskis, dass der seinen Atem riechen konnte. »Haben sie es noch immer nicht kapiert? Sie haben noch immer keinen Funken von einer Ahnung?«

Kempinski kränkte dieser Ausbruch mehr, als er zugeben wollte.

»Ich habe keine Lust zu raten. Ich beschäftige mich lieber mit Fakten.«

»Na gut. Dann erhalten Sie jetzt eine Portion Fakten.«

Boutrup holte tief Luft und machte eine kleine Kunstpause. Kempinski hatte das Gefühl, dass Der Besondere Patient diese Situation genoss.

»Ich bin adoptiert. Ich habe keine fucking Familie«, sagte Peter Boutrup mit einem Lächeln, als hätte er soeben vorgetragen, dass es Eintopf und Zwiebelsuppe zum Mittagessen gab.

Kapitel 20

»Hast du schon mal an einen Serienmörder gedacht?«

Die Frage kam nicht völlig unerwartet. Trotzdem spürte sie den Drang, sie mit etwas Stärkerem hinunterzuspülen als mit dem Glas Weißwein, das sie in der Hand hielt.

»Das spukt schon in meinem Kopf herum«, sagte sie schließlich. »Aber ich hatte die Hoffnung, du würdest sie zurückweisen.«

Dicte sah ihren Ex-Mann über den Rand ihres Weinglases an. Torsten war in erster Linie Roses Vater, und in dieser Funktion kam es durchaus vor, dass sie sich trafen, um über ihre gemeinsame Tochter zu reden. Allerdings war Rose nach Kopenhagen gezogen und zudem aus dem Alter, in dem die getrennt lebenden Elternteile noch ein großes Tamtam ohne ihre Anwesenheit veranstalten mussten. Also lag es auf der Hand, dass Torsten einen anderen Beweggrund gehabt hatte, sie einfach so anzurufen und ein Treffen vorzuschlagen.

»Ich neige nach wie vor zu der Ansicht, dass die Morde einen anderen Zweck hatten, als das Bedürfnis irgendeines Geisteskranken zu befriedigen«, sagte sie.

Er hatte ihre Artikel gelesen, das tat er immer. Seine berufliche Qualifikation als Kriminologe gab ihm ein Alibi, neugierig zu sein. Aber Torsten hatte offensichtlich auch ein persönliches Anliegen. Er saß ihr nicht nur gegenüber, um seine Hilfe und Inspiration anzubieten. Er verfolgte seine ganz eigene Profilierungsstrategie: Er gehörte zu der Gruppe von Kriminalexperten, die ab und zu im Fernsehen oder in den Zeitungen auftauchten, um eine professionelle Einschätzung zu liefern. Sie wusste, wie sehr es ihn irritierte, dass er bisher noch nicht gefragt wurde und dass es Einzelheiten über den Stadion-Fall gab, die augenscheinlich noch nicht weitergegeben worden waren.

»Wer hat denn hier von Geisteskranken gesprochen?«, fragte er.

Sie stellte das Glas ab.

»Come on. Wenn jemand drei Personen tötet, ihnen die Augen aussticht und deren Knochen durch PVC-Rohre ersetzt und wir einen Mafiahintergrund ausschließen können, dann muss da doch verdammt noch mal ein Geisteskranker dahinterstecken!«

Sie hatte sofort die Entscheidung getroffen, mit offenen Karten zu spielen. Diesbezüglich konnte sie sich auf ihn verlassen. Torsten Svendsen, der große Frauenverführer, der weder seine Blicke noch seine Finger von anderen Frauen lassen konnte, war beruflich extrem zuverlässig. Sie hätte das ihm gegenüber zwar niemals zugegeben, aber sie hatte großen Respekt vor seiner Fähigkeit als Profiler, Einsicht in die Gedankenstrukturen der Täter zu erlangen.

Er schüttelte den Kopf. Sie registrierte, dass in seinen schwarzen Locken graue Strähnen zu sehen waren und dass er ziemlich müde aussah. So war es wohl, wenn man sich von seiner viel jüngeren Frau noch einmal zum Vater machen ließ, nach Überschreitung der Fünfzigergrenze, dachte sie und gestand sich ein klein bisschen Schadenfreude zu. Das war wohl das Mindeste, wenn man bedachte, wie oft er sie zugunsten einer langbeinigen Schönheit betrogen hatte.

»Die wenigsten Serienmörder sind nachweislich geisteskrank«, sagte er, was sie schon wusste. »Die meisten sind im Gegenteil hochintelligente Menschen, die einfach einer anderen Logik folgen und die Welt nur mit ihren Augen sehen.«

Sie saßen im Café Castenskiold unten am Fluss und aßen Tapas. Zum Wein hatte er sie überredet, obwohl das nicht so schwierig gewesen war, wie sie es vorgegeben hatte. Ab und zu benötigte man einfach ein bisschen Brennmaterial, um Besseres vorlegen zu können als 08/15-Gedanken.

»Aber zwei Frauen und ein Mann?«, warf sie ein. »Wo ist da die Logik? Dazu kommt noch die geographische Verteilung.« Verstohlen beobachtete Dicte ein Liebespaar auf einem roten Sofa und spürte Neid in sich aufsteigen. So war das früher, auch mit Torsten damals. Die große Euphorie. Das war lange her, fast fünfundzwanzig Jahre hatte sie ausgerechnet. »Das passt doch nicht zu einem Serienmörder. Haben die nicht immer einen relativ begrenzten Radius, innerhalb dessen sie sich bewegen? Ihre Heimatstadt, oder der Stadtteil, in dem sie wohnen?« Sie hörte die Hoffnung in ihrer eigenen Stimme. Sie hasste den Gedanken, dass es sich um einen Serienmord handelte. Vielleicht weil sie selbst einmal mit einem Mörder zu tun gehabt hatte, der blind für alles gewesen war, was sich außerhalb seines eigenen Systems und seines inneren Dranges, zu töten, befunden hatte.

Torsten schnitt sich ein Stück Parmaschinken ab, schob es sich zusammen mit einer Olive in den Mund und kaute genüsslich darauf herum. Dann legte er den Kern auf den Rand seines Tellers.

»Du hast also eine Person, die Trophäen in Form von Augen und Knochen mitnimmt. Du hast in vielerlei Hinsicht einen sehr gut organisierten Mörder. Es existiert eine offenkundige Übereinstimmung der Fundorte, der Tötungsmethode und womöglich auch der Signatur des Mörders, darüber wissen wir zu wenig.«

»Aber warum? Warum wurden gerade diese Opfer ausgewählt? Passt das nicht besser zu politisch Aktiven?«

Sie wünschte sich so sehr, dass die Morde politisch motiviert waren. Es wäre, wenn auch auf eine verquere Weise, einfacher zu begreifen. Wenn man überhaupt davon sprechen konnte, einen Mörder verstehen zu wollen, der seine Opfer so entstellte.

Torsten durchschaute sie sofort.

»Du siehst wahrscheinlich nur das, was du sehen willst. Weil das leichter auszuhalten ist. Wir können den Gedanken nicht ertragen, dass der Mord aus einer inneren Notwendigkeit des Täters begangen wurde. Es macht uns Angst, dass Menschen ein so großes Bedürfnis haben könnten, die Lämmer zum Schweigen zu bringen, dass sie dafür töten würden.«

»Die Lämmer zum Schweigen bringen? Was für Lämmer?«

Er lehnte sich zurück und betrachtete sie eingehend. Es bereitete ihr Unbehagen.

»Der Film: Das Schweigen der Lämmer«, sagte er. »FBI-Agentin Clarice Starling, gespielt von Jodie Foster. Hannibal The Cannibal, gespielt von diesem britischen Schauspieler, wie hieß er gleich noch?«

»Anthony Hopkins.«

»Genau. Sie soll ihn im Auftrag des FBI befragen, um einen tieferen Einblick in die Psyche eines Serienmörders zu erhalten. Er selbst ist einer und versteht deren Art zu denken. Aber er versteht sich auch darauf, in ihrer Seele zu bohren und ihren wunden Punkt zu finden. Der erklärt, warum sie so ehrgeizig in diesem Job ist, bei dem es immer um Mord und Tod geht.«

Dicte rutschte unruhig auf dem Sitz herum und bemerkte, dass der Stuhl an ihren Beinen klebte.

»Clarice erinnert sich an ihre Kindheit, als der Onkel auf seinem Hof Lämmer schlachtete und sie in ihrem Zimmer ihre Todesschreie hören konnte. Sie lief hinunter zu dem Blutbad und griff eins der Lämmer, in der Hoffnung, wenigstens eines von ihnen retten zu können. Dann rannte sie davon.«

Es war zum Wegrennen, wie gut er sie kannte, manchmal leider zu gut.

»Wir alle haben solche Lämmer, die wir gerne zum Schweigen bringen wollen. Wir könnten es auch so formulieren: Der Serienmörder wird im Gegensatz zu uns aktiv.«

Er nahm einen Schluck Wein.

»Und wir weichen erschrocken zurück, weil wir tief in uns etwas Ähnliches haben. Natürlich auf einer weniger aggressiven Ebene. Wir beide würden nie auf den Gedanken kommen, einen anderen Menschen zu töten und ihm die Augen auszustechen. Aber er ist da, in uns, so wie er auch in Clarice war und sie deshalb so verwundbar machte: der Drang, die Lämmer zum Schweigen zu bringen.«

Sie starrte ihn an, ohne es eigentlich zu wollen. Seine Worte klingelten in ihren Ohren und warfen ein Echo. Sie konnte das Blutbad vor sich sehen. Wie oft hatte sie die Schreie in ihrem Kopf gehört? Nicht die der Lämmer, sondern die der Menschen beim Jüngsten Gericht. Am letzten Tag der Welt, wenn die Schafe von den Böcken getrennt wurden und die Wertlosen in einem Blutbad sterben mussten.

Sie stieß den Stuhl nach hinten und sprang auf.

»Ich muss mal eben auf Toilette.«

Das war so unerwartet gekommen. Sie wackelte die Treppe hinunter und musste sich mehrere Minuten lang Wasser ins Gesicht spritzen. Ob er wusste, wie nah er dran war? Natürlich tat er das. War das nicht schon immer sein Spezialgebiet gewesen?

Die Lämmer zum Schweigen zu bringen. Verbrachte sie ihr Leben damit? Hatte sie nicht auch etwas gerettet, aber nicht etwa ein einzelnes Lamm, sondern sich selbst. Gerettet vor dem Blutbad, und war abgehauen? Wurde sie auch heute noch gesteuert von der Bedrohung eines bevorstehenden Blutbades, dem Jüngsten Gericht aus ihrer Kindheit?

Sie sah sich im Spiegel an. Die Augen, die sie anblickten, gehörten nicht ihr, sondern einer fremden Frau, einer fremden Angst und einer Vergangenheit, die wie ein reißender Fluss aus Tränen unter der Oberfläche schlummerte. Sie trocknete sich das Gesicht mit einem Tuch ab. Eine Frau kam aus einer der Kabinen und stellte sich vor den Spiegel, um die Lippen nachzuziehen. Sie sah Dicte im Spiegel an, und einem Ausdruck des Wiedererkennens folgte ein Ausdruck der Abneigung.

»Das muss schon ein komischer Job sein, über das Unglück anderer zu schreiben und davon zu leben«, sagte die Frau unvermittelt, klappte ihr Make-up-Täschchen zu und schmatzte mit den Lippen, um den neuen Lippenstift zu verteilen. »Aber Sie werden vermutlich sehr gut dafür bezahlt.«

Sie wusste nicht, woher die Kraft kam. Der Schmerz war verschwunden, als wäre er mit dem Wasser durch den Abfluss gespült worden. Sie drehte sich auf dem Absatz zu der Frau um, die jetzt, da der Spiegel sie nicht mehr voneinander trennte, nicht mehr ganz so mutig wirkte.

»Meine Artikel haben eine Existenzberechtigung, weil es Leser für sie gibt«, sagte sie und ließ ihren Blick von den Schuhen der Frau bis hoch zu ihren Augen wandern, die bereits begonnen hatten, unruhig zu flackern. »Und Sie haben das soeben bestätigt.«

Sie gab der Frau genügend Zeit, dieser Behauptung zu widersprechen, aber die stand wie angenagelt auf dem Fußboden, mit leicht geöffnetem Mund und vollkommen überrumpelt von diesem Gegenangriff.

Dicte nickte. Ihre Augen waren wieder trocken, und die Wut hatte den Schmerz der Wunde überdeckt, in der Torsten gebohrt hatte.

»Ganz genau. Ich kann nicht nur schreiben, sondern auch sprechen. Unglaublich, nicht wahr?«

Daraufhin verließ sie die Toilette ohne jede Eile.

»Okay, lass uns mal davon ausgehen, es sei ein Serienmörder«, sagte sie, als sie wieder Platz genommen hatte. »Warum zwei Frauen und ein Mann? Und wie erklärst du die geographischen Distanzen?«

»Die Zeit«, antwortete er. »Die globale Welt. Wir sind nicht die Einzigen, die sich weiterentwickeln. Darum kann man durchaus von einem Serienmörder ausgehen, der Nationalgrenzen überschreitet. In der Tat habe ich gerade eine Untersuchung zu diesem Thema fertiggestellt.«

Er kaute auf seinem Daumennagel herum, und dabei fiel ihm eine Haarlocke in die Stirn. Früher hätte sie das charmant gefunden, mittlerweile ließ sie das kalt. Daher also wehte der Wind. Er hatte sie auserwählt, damit sie seine Untersuchungsergebnisse mit der größtmöglichen Medienpower in die Öffentlichkeit trug. Und natürlich würden sie davon profitieren, wenn sie mit dem Stadion-Fall in Verbindung gebracht werden würden.

Er schenkte ihr sein charmantestes Lächeln; ein altbekanntes Mittel.

»Ich könnte dir die Exklusivrechte für die Veröffentlichung geben«, versuchte er sie zu locken. »Wir haben drei Jahre lang daran gearbeitet, ein Doktorand und ich. Wir haben mehrere Mörder in Gefängnissen aufgesucht und befragt, hier in Dänemark und in sieben anderen europäischen Ländern. Die Ergebnisse sind relativ einzigartig.«

»Zwei Frauen und ein Mann«, wiederholte sie. »Ein bisexueller Serienkiller?«

Er zuckte mit den Schultern.

»Dafür kann es viele Erklärungen geben. Der Mann kann ein Irrtum sein, ein Ablenkungsmanöver. Oder ja, es kann natürlich auch sexuell motiviert sein. Was für Informationen hast du über die anderen Fälle?«

»Wenig.«

»Vielleicht solltest du versuchen, mehr in Erfahrung zu bringen.«

Sie sah auf die Uhr. Er war später geworden, als sie geplant hatte, und sie wusste, dass Bo zu Hause saß und litt wie ein Hund. Das tat er immer, wenn sie sich mit Torsten traf, obwohl er das niemals zugegeben hätte.

Sie stand auf.

»Ich werde darüber nachdenken. Vielen Dank für die Einladung, wir hören voneinander.«

Auch er erhob sich ein Stückchen. Sie hatten zwar nicht abgesprochen, wer das Essen bezahlen würde, aber in Anbetracht seines Anliegens war das eindeutig seine Aufgabe. Sie gab ihm einen flüchtigen Kuss auf die Wange und lief zum Ausgang.

»Die Lämmer, Dicte«, hörte sie hinter ihrem Rücken. »Vergiss die Lämmer nicht.«

Sie drehte sich zu ihm um und rief sich in Erinnerung, dass sie damals wenigstens sich hatte retten können. Sie war das entlaufene Lamm, und nicht mit ihr sollte er Mitleid haben, sondern mit denen, die im Gatter geblieben waren.

Sie zeigte ihm den Mittelfinger und lächelte.

Kapitel 21

»Arne Bay?«

Der Mann vor Wagner starrte durch ihn hindurch. Kein einziger Gesichtszug verriet, dass er die Frage gehört hatte. Nicht einmal ein Nicken.

»Wir hoffen sehr, dass Sie mit uns zusammenarbeiten werden und unsere Fragen bezüglich ihrer Aufenthaltsorte vom vergangenen Samstagabend beantworten«, fuhr Wagner fort. »Je präziser Ihre Angaben über Ihre Aktivitäten sind, desto schneller sind Sie hier wieder draußen.«

Arne Bay drehte den Kopf zum Fenster. Dann gähnte er lauthals und streckte sich in seinem kurzärmeligen T-Shirt, so dass seine Tätowierungen auf den Ober- und Unterarmen zur Geltung kamen. Aber noch immer sagte er kein Wort.

Jan Hansen, der neben Wagner saß, räusperte sich.

»Wir haben eine Zeugin, die gesehen hat, wie Sie am Sonntagmorgen gegen ein Uhr die Diskothek Waxies in der Frederiksgade verlassen haben. Erinnern Sie sich daran?«

»An die Zeugin?« Endlich machte Arne Bay den Mund auf. »Das kommt darauf an, wie groß ihre Titten waren. Ich erinnere mich nur an Titten ab einer bestimmten Größe«, fügte er hinzu.

Wagner seufzte leise. Das würde nicht leicht werden. Die Leute vom Geheimdienst hatten ihn vorgewarnt, dass Bay ein harter Hund war. Bisher war es niemandem gelungen, ihn in einem Verhör zu knacken, und er war nicht nur wegen Kleindelikten angezeigt worden. Unter anderem hatte er wegen Vergewaltigung gesessen.

»Können Sie uns bitte Ihre Aktivitäten am Samstagabend von 19:00 Uhr an darstellen?«

Arne Bay sah ihm direkt in die Augen. Dann kippelte er mit dem Stuhl nach hinten und machte mit der rechten Hand Schüttelbewegungen, die unmissverständlich waren.

»Meint ihr diese Art von Aktivitäten?«, fragte er. »Darüber wisst ihr Heinis doch viel besser Bescheid. Ihr macht doch den ganzen Tag nichts anderes, als euch einen runterzuholen.« Dann ließ er den Stuhl wieder nach vorne kippen. »Zumindest könnte man das glauben, so wie ihr in diesem Fall im Dunkeln tappt. Und jetzt erwartet ihr, dass ich euch aus eurem Sumpf ziehe? Fuck my ass!«

Wagner konzentrierte seinen Blick auf den Mann vor sich, während Hansen neben ihm nervös auf dem Stuhl rumrutschte. Vielleicht hätte er doch lieber Ivar K zu dem Verhör mitnehmen sollen. Aber man musste allen die gleichen Chancen geben, und außerdem war Hansen durchaus in der Lage, in entscheidenden Situationen aus sich herauszukommen.

»Flunitrazepam. Sagt Ihnen das was?«, fragte er Arne Bay. »Sie kennen das wahrscheinlich unter *Rohypnol*.«

Bay gab keine Antwort.

»Dieser Stoff wurde in großen Mengen im Blut von Mette Mortensen gefunden.«

Noch immer keine Reaktion.

»Jemand muss ihr das in den Drink geschüttet haben. Sie haben ihr einen Drink ausgegeben, stimmt das?«

Bay heftete seinen Blick auf eine Stelle an der Wand hinter ihnen.

»Es ist ja wohl nicht verboten, einer Muschi einen Drink zu spendieren?«

»Wie finden Ihre Freunde von der Dansk Front das eigentlich, dass sie eine Mulattin als Freundin haben?«, fragte Hansen plötzlich.

Wagner konzentrierte sich auf Arne Bays Gesicht. Hansen hatte ins Schwarze getroffen, denn die Oberlippe des Mannes verzog sich zu einem Zähnefletschen.

»Sie ist nicht meine Freundin, sie ist meine Sklavin. Und die Dansk Front ist nur ein Haufen impotenter Schwuchteln.«

Die Worte waren so hart, wie seine Stimme klang.

»Sie wird das bestimmt schade finden, wenn sie erfährt, dass Sie wegen des Mordes an Mette Mortensen beschuldigt werden, glauben Sie nicht?« Hansen ließ nicht locker. »Wo soll sie dann den Sex herbekommen? Mit ihrem Mann ist ja nicht mehr viel anzufangen. Der sitzt im Rollstuhl und ist vom Hals abwärts gelähmt.«

Der Geheimdienst hatte ihnen zum Glück ein kurzes Briefing zukommen lassen. Wagner war sich nicht sicher gewesen, ob diese Informationen überhaupt einen Nutzen haben könnten. Aber die Reaktionen des Mannes ließen die Vermutung zu, dass es mit ihrer Hilfe gelingen könnte, seine Mauern einzureißen. Er hatte sehr schnell die Fassung wiedergewonnen, allerdings schien seine Wut jetzt eine andere Qualität bekommen zu haben.

»Fick dich!«

»Es war ihre Schuld, dass er im Rollstuhl landete«, fuhr Hansen gnadenlos fort. »Sie waren im Urlaub in Italien, als sie nach einer feuchtfröhlichen Nacht auf dem Nachhauseweg mit dem Wagen eine Böschung hinunterfuhr. Seit diesem Tag ist sie in der Stadt auf der Suche nach hartem Sex.« Hansen beugte sich vor. »Sie sind sich hoffentlich im Klaren darüber, dass sie nur den Sex will, oder? Sie könnten sich genauso gut einen Sack über den Kopf ziehen.«

Es geschah so plötzlich, dass sie keine Chancen hatten, es kommen zu sehen. Arne Bay stieß den Stuhl zurück, warf sich quer über den Tisch und versetzte Jan Hansen einen Kinnhaken. Wagner konnte förmlich den Kiefer knacken hören.

»Du lügst, du schwules Arschloch!«

Wagner sprang hoch und riss die Tür zum Gang auf.

»Wir benötigen Hilfe hier drin.«

Als die zwei Beamten in den Raum kamen, hatte Arne Bay Hansen in den Schwitzkasten genommen.

»Ganz ruhig. Wir klären das hier ganz vernünftig«, beschwor ihn der eine Beamte.

»Fick dich«, sagte Bay mit eiskalter Stimme.

Aber so plötzlich, wie der Angriff erfolgt war, so plötzlich ließ er Hansen los, schubste ihn fast liebevoll in den Rücken und setzte sich ganz ruhig zurück auf seinen Stuhl. Er zuckte mit den Schultern.

»Ihr könnt mich nicht treffen. Ihr glaubt, ihr könntet, aber es gibt keinen Punkt, ihr könnt mich nicht treffen. Ich bin unverletzbar.«

Hansen rieb sich den Kiefer, aber winkte den beiden Beamten zu, dass sie wieder draußen Position beziehen konnten.

»Sie wissen, dass wir Sie wegen Gewalt gegen einen Polizeibeamten im Dienst anzeigen können?«, sagte Hansen.

Arne Bay lächelte.

»Aber das tut ihr nicht«, sagte er. »Ihr wollt nämlich lieber von mir hören, was ich Samstagnacht gemacht habe.«

Hansen nickte.

»Genau, wir möchten lieber alles über Ihren Samstagabend hören.«

Zum ersten Mal schien Arne Bay tatsächlich nachzudenken. Wagner versuchte abzulesen, ob er dabei war, sich eine Geschichte auszudenken. Er folgte dem wandernden Blick seines Gegenübers durch den Raum, bis er schließlich bei seinen eigenen Händen pausierte, die zu Fäusten geballt auf der Tischplatte lagen, als wären sie jederzeit bereit, eine Schlägerei anzufangen.

»Genau da liegt auch das Problem«, sagte er dann. »Ich war so hackevoll, dass ich es nicht mehr genau weiß.«

»Woran können Sie sich denn erinnern?«, fragte Hansen betont geduldig. »Fangen Sie mit dem an, woran Sie sich erinnern, was Sie an diesem Abend unternommen haben. Vielleicht kommt der Rest von ganz allein.«

Er sagte es mit wenig Hoffnung in der Stimme. Arne Bay murmelte vor sich hin und schien sich offensichtlich anzustrengen.

»Ich habe mich mit ein paar Kumpels getroffen, unten beim Bridgewater so gegen acht.«

»Dieser irische Pub unter am Fluss?«, fragte Wagner und erhielt ein Nicken als Antwort.

»Gegen zehn, halb elf sind wir hoch ins Sherlock Holmes gegangen.«

»In der Frederiksgade?«, warf Hansen ein.

»Yep.«

»Was und wie viel haben Sie getrunken?«, fragte ihn Wagner.

Bay schüttelte den Kopf.

»Woher zum Teufel soll ich das wissen? So drei oder vier Halbliterkrüge im Bridgewater und noch ein paar im Holmes, vielleicht.«

»Und mit wem waren Sie da?«

Sein Blick bekam etwas Wachsames.

»Nur ein paar Kumpels eben.«

»Gehören die zu der Gruppe, mit der ihr loszieht, um den Kanaken aus Gellerup aufs Maul zu hauen oder eine iranische Hochzeitsfeier zu stürmen?«, fragte Hansen.

Wagner hoffte, dass es dieses Mal gutgehen würde, warf Hansen aber trotzdem einen warnenden Blick zu.

Bay zuckte mit den Schultern. »Whatever.«

»Und dann sind Sie weiter in die Diskothek gezogen? Wer kam von den anderen mit?«, fragte Hansen.

»Nur ich.«

Die Lüge war offensichtlich. Wagner sah erneut zu Hansen, der sofort begriff. Zuerst mussten sie alles über die Bewegungen und Aktivitäten des Mannes erfahren, die Namen würden später folgen. Mit Namen war es immer eine haarige Angelegenheit, ob es sich um einen gestandenen Skinhead oder um ein unschuldiges kleines Mädchen handelte. Niemand hatte Lust, andere in eine Sache hineinzuziehen, die mit der Polizei zu tun hatte.

»Und was geschah dann?«

Bay zuckte erneut mit den Schultern.

»Was geht normalerweise ab in Diskotheken? Man nimmt Drinks und glotzt Muschis an, um rauszufinden, ob eine dabei ist, auf die man Bock hat und mit nach Hause nehmen will.«

»Und war da eine dabei?«, fragte Hansen mit zusammengebissenen Zähnen.

»Nicht wirklich. Nur dieses Mädchen eben. Aber ganz ehrlich. Sie sah jetzt auch nicht gerade aus, als hätte die besonders viel zu melden.«

»Worüber haben Sie sich unterhalten?«

Bay drehte die Augen zur Decke und fand die Frage offenbar bodenlos naiv.

»Wir haben uns doch nicht unterhalten, Mann. Die Musik in einer Disko ist verdammt laut, wenn du das vergessen haben solltest. Wir haben was getrunken und ein bisschen getanzt. Ich wollte die Ware erst einmal anfassen, verstanden? Aber die hatte nicht viel Arsch in der Hose.«

»Wie war sie denn so?«, fragte Wagner. »Ich meine damit ihre Verfassung, ihre Stimmung, wenn Sie da etwas bemerkt haben sollten? Wirkte sie fröhlich? Nervös? Ängstlich?«

»Wovor zum Teufel sollte sie denn Angst gehabt haben?«

Niemand sagte ein Wort. Plötzlich brach Bay in Gelächter aus und warf die Arme in die Luft.

»Vor mir? Come on. Ich bin doch eine Pussycat«, sagte er, wobei er den ersten Teil des Wortes betonte.

Wagner betrachtete den Verdächtigen und fragte sich, was Mette Mortensen dazu bewegt hatte, ihre Zeit in der Diskothek mit einem Mann zu verbringen, der, wie man es auch drehte und wendete, den Eindruck einer wandelnden Zeitbombe machte. Die Tattoos, seine aufgepumpten Muskeln und ein Blick, der kalt und aggressiv war. Aber vielleicht konnte er auch charmant sein, wenn es drauf ankam. Oder er hatte einfach eine Anziehungskraft auf Frauen, um die ihn andere Männer nur beneiden konnten. Es gab Frauen, die sich von der Gefahr angezogen fühlten, aber war Mette eine von ihnen gewesen?

Bay zuckte erneut mit den Schultern. Eine Körpersprache, die er sehr häufig einsetzte.

»Sie war ganz normal. Sie laberte irgendwas über ihren Job. Das klang total langweilig, aber sie fand, dass sie fucking Sherlock Holmes war. Mit Zahlen lesen und so, als wären die praktisch das Wichtigste in einem Krimi.« Er breitete die Arme aus. »Ich hab sie labern lassen.«

»Ich dachte, Sie hätten sich nicht unterhalten«, sagte Hansen.

Bay starrte ihn an.

»Das habe ich doch gesagt. Sie hat rumgequatscht und gelabert wie Sprühscheiße. Ich habe nur bei der Hälfte hingehört. Manchmal muss man halt so tun, als ob, um eine Muschi abzubekommen. Das muss ja nicht immer gleich auf Einstein-Niveau sein.«

Plötzlich sah er betreten aus. Vielleicht weil er bemerkt hatte, dass er den Namen einer jüdischen Berühmtheit im Mund geführt hatte, dachte Wagner, beschloss aber, es nicht zu kommentieren. Und Hansen hatte womöglich noch nie von Einstein gehört. Zumindest fuhr er mit seiner Frageserie fort.

»Okay. Warum sind Sie zusammen von dort weggegangen?«

»Was glaubst du denn? Ich wollte sie zu mir nach Hause locken, aber sie wollte unbedingt noch runter an den Fluss und dort weitermachen. Wir sind dann wieder im Bridgewater gelandet. Aber danach erinnere ich mich an nichts mehr.«

»Weil Sie zu viel getrunken haben?«

Bay schüttelte den Kopf, als würde er das alles selbst nicht so richtig verstehen.

»Ich habe nicht mehr getrunken als sonst.«

»Erinnern Sie sich, ob Sie jemandem begegnet sind? Haben Sie mit jemandem gesprochen?«

Wieder schüttelte Bay den Kopf und schien aufrichtig irritiert.

»Ich glaube, wir standen mit mehreren zusammen. Ein paar von meinen Freunden, aber sie hat bestimmt auch jemanden getroffen, den sie kannte. Das ist alles vernebelt.«

»Versuchen Sie dennoch, sie zu beschreiben«, bat ihn Hansen.

Viele Sekunden lang herrschte absolute Stille in dem Raum. Bay schabte mit dem Stuhl hin und her. Für einen Moment schloss er die Augen, als würde er versuchen, die Kneipe vor sich zu sehen und so der Erinnerung auf die Sprünge zu helfen. Als er sie wieder öffnete, hatte er noch immer kein Wort gesagt. Wagner war der Meinung, etwas Ungewöhnliches in seinem Blick entdeckt zu haben, Angst.

»Ich habe keine Ahnung. Ich kann mich verdammt noch mal an nichts mehr erinnern, erst wieder, dass ich am Sonntagmorgen in meinem Bett aufgewacht bin.«

Kapitel 22

Ab und zu hatte sie das große Bedürfnis, das Leben ganz hautnah zu spüren. Die ersten Geräusche eines Neugeborenen zu hören, die ersten Schreie vor Unmut und Hunger. Den Duft der Reinheit und Unschuld einatmen und das Wissen darüber, dass alles irgendwo einen Anfang nimmt, wo alle gleich sind und eine Chance haben und der Tod weit entfernt ist, in einer unbestimmten Zukunft.

Dicte lief den Gang der größten Entbindungsstation des Landes im Skejby Krankenhaus entlang. Heute war Annes halber Tag, das wusste sie. Manchmal fing sie ihre Freundin hier ab, ganz in der Nähe ihres Zuhauses in Kasted, wenn sie Sehnsucht nach einem Gespräch hatte. Anne war Hebamme und verdiente ihr Geld damit, Leben zur Welt zu bringen, hinaus in die Wirklichkeit. Dorthin, wo Dicte sich mit dem anderen Ende der Skala beschäftigte und über die Ereignisse schrieb, wenn ein Leben, das unschuldig begonnen hatte, ein gewaltsames und ungebührliches Ende fand. So ergänzten sich die beiden Freundinnen, die sich während eines gemeinsamen Jahres in einer HF-Klasse, nach dem Gymnasium, kennengelernt hatten. Zwei elternlose Mädchen, die Trost beieinander gesucht hatten. Anne, die von einer ostjütländischen Familie adoptiert worden war, ewig ungeliebt von ihrem neuen Vater, dem Pfarrer. Und sie, der Flüchtling, weggelaufen vor den Zeugen Jehovas und seinen Wesen, inklusive ihrer eigenen Familie.

Sie hatten immer das Gefühl gehabt, dass sie füreinander Familie waren. Nur leider wurden diese Familienbande manchmal überstrapaziert und dünnhäutig. Anne hatte ein Jahr lang mit Mann und Sohn auf Grönland verbracht und war erst seit einigen Monaten nach Dänemark zurückgekehrt. Die Freundschaft hatte Bestand, das würde sie immer haben. Aber sie hatten sie nicht besonders gepflegt, wollten das aber beide nicht wahrhaben.

Daran musste sie denken, als sie Annes Stimme hinter der nächsten Ecke hörte. Sie spürte eine Sehnsucht nach dieser alten Freundschaft, die nicht gestillt werden konnte. Denn Anne hatte sich zurückgezogen, obwohl sie niemals den Moment hätte benennen können, wann und wie es dazu gekommen war. Und zwischendurch vermutete sie sogar, dass ihr die Phantasie einen Streich spielte.

Anne war gerade dabei, die Schichtübergabe an ihre Kollegin zu beenden. Dicte konnte das am Tonfall der Stimmen erkennen, obwohl sie nicht wusste, worüber die beiden sprachen.

»Hallo. Hast du Zeit für einen Kaffee?«

Flüchtig hob Anne den Kopf und sah zu ihr, nickte kurz und führte das Gespräch mit der Kollegin minutenlang fort. Es schien, als würde sie sich mit neugewonnener Energie in die Unterhaltung stürzen und riss immer wieder neue Themen an. Darum setzte sich Dicte auf einen Stuhl und wartete.

Endlich, nach weiteren fünf Minuten Geplauder über, wie sie fand, Belanglosigkeiten wandte sich Anne ihr zu und sah dabei gleichzeitig auf die Uhr.

»Ich werd nicht mehr, so spät ist es schon? Ich habe Jakob versprochen, ihn von der Schule abzuholen. Komm, zehn Minuten für einen Kaffee habe ich noch.«

Die Umarmung war kurz und eilig. Sie hatten keine Zeit, in die Kantine zu gehen, darum begnügten sie sich mit dem Kaffeeautomaten, der sich tief im Labyrinth der weißen Gänge befand.

»Na, wie geht es dir? Kommst du mit der Sache am Stadion weiter?«

Anne pustete in ihren Kaffeebecher aus Plastik. Dicte suchte nach dem richtigen Tonfall. Sie spürte eine ihr unbekannte Unsicherheit, verdrängte diese jedoch wieder.

»Hast du es in der Presse verfolgt?«

Anne schüttelte den Kopf.

»Ich hatte hier so viel zu tun. Wir sind erbärmlich unterbesetzt im Moment; viele sind im Urlaub, und einige haben sich wegen Stress krankgemeldet. Aber die Kinder müssen ja verflixt noch mal raus!«

Dicte nickte. Sie wusste, dass die Station eher eine Fabrik war. Man konnte die romantischsten Vorstellungen von der Geburt haben, aber eigentlich wurden die Kinder hier wie am Fließband herausgepresst, und irgendjemand musste dann am Ende des Fließbandes stehen und sie in Empfang nehmen.

»Hast du mitbekommen, sie haben das schon veröffentlicht, dass es noch zwei identische Morde gab? In Polen und im Kosovo?«

Anne nickte unmerklich.

»Ja, doch, da hab ich was gelesen, und wir sprechen auf Station ja auch darüber. Du weißt, wir lieben es, bei Kaffee und Kuchen zu tratschen.«

»Wenn ihr Zeit dafür habt«, ergänzte Dicte mit einem Lächeln.

Anne nickte.

»Und das ist nicht so häufig der Fall.«

»Ich war heute mit Torsten Mittag essen.«

Anne horchte auf.

»Aha?«

»Er meint, es könnte sich um einen Serienmörder handeln. In solchen Menschen, so sagt er, müssten die Lämmer zum Schweigen gebracht werden.«

In kurzen Sätzen erklärte sie den Zusammenhang. Anne folgte ihren Ausführungen einerseits hellwach, andererseits wirkte sie geistesabwesend. Dicte berichtete auch von Torstens Kommentar über sie und ihre Lämmer, deren Schreie sie wahrscheinlich die ganze Zeit unterdrückt hatte, und von der pöbelnden Frau auf der Toilette.

Anne sah ihr in die Augen, und Dicte hätte schwören können, dass sie genervt war.

»Was willst du eigentlich von mir?«

Dicte nahm einen Schluck von dem Kaffee, der bitter schmeckte.

»Deine ehrliche Einschätzung, vermute ich.«

»Wovon? Ob man von einem Serienmörder ausgehen kann? Torsten ist doch der Experte hier, vielleicht solltest du eher ihm zuhören. Und mit so einer grenzdebilen Tussi auf dem Klo kommst du selbst klar. Möchtest du, dass ich deine eigenen, inneren Lämmer kommentiere?«

Anne heftete ihren Blick auf Dicte. Die suchte nach Worten.

»Vielleicht, ja.«

»Ja, aber meine Antwort kennst du doch schon«, sagte Anne und betrachtete sie mit vertrauter, liebevoller Sanftmut. »Du weißt doch, dass es stimmt. Du rennst und rennst, um deiner Vergangenheit zu entfliehen. Um den Fehlern zu entkommen, die nicht alle von dir verschuldet wurden; um vor den Entscheidungen zu flüchten, die du selbst getroffen hast und mit deren Konsequenzen du leben musst.« Anne zog die Schultern hoch und sagte mit ungewohnter Verbitterung: »Müssen wir das nicht alle?«

Die Welt veränderte sich unablässig. Das taten Freundschaften wahrscheinlich auch, manchmal ganz unbemerkt, während man unachtsam war.

Sie verließ die Entbindungsstation zusammen mit Anne und begleitete sie zum Parkplatz, wo ihr Auto stand. Die Worte steckten fest, Dicte durchforstete ihr Gehirn, ob sie zu irgendeinem Zeitpunkt etwas Verkehrtes gesagt hatte, was Anne hätte wütend oder enttäuscht werden lassen können. Es war nicht undenkbar, dass ihr irgendein Quatsch oder beleidigender Nonsens rausgerutscht war. Aber genau das machte doch ihre Freundschaft aus, dass solche Fehltritte erlaubt waren. Gedanken und Worte hatten immer freie Fahrt zwischen ihnen gehabt, ohne dass sie vorher eine allzu strenge Zensur erfahren mussten. Und weder sie noch Anne waren leicht gekränkt oder besonders nachtragend.

»Wie geht es euch denn? Seid ihr wieder gut hier angekommen, nach Grönland?«

Sie hatten den Parkplatz fast erreicht. Dicte konnte selbst hören, wie gekünstelt und gepresst die Frage klang.

Anne betätigte die Zentralverriegelung, und die Schlösser öffneten sich mit einem fröhlichen Geräusch, das so gar nicht zu der Situation passte.

»Ganz okay.«

»Nur okay?«

Anne öffnete die Fahrertür und warf ihre Tasche auf den Beifahrersitz. Sie drehte sich zu Dicte um und gab ihr auch zur Verabschiedung nur einen flüchtigen Kuss, der leider die lange Umarmung von früher abgelöst hatte. Dicte blinzelte die Tränen weg und redete sich ein, ihr sei eine Fliege ins Auge geflogen.

»Nur okay«, wiederholte Anne. »Grüß zu Hause.«

Es hatte keinen Sinn, darüber traurig zu sein. Diesen Entschluss fasste sie, während ihr Wagen den Hügel an der alten Kirche von Skejby hinunter und Richtung Kasted rollte. Die Felder lagen Seite an Seite in diesem Grenzland zwischen Stadt und Land. Das Getreide war noch grün, mit einzelnen goldenen Tupfen dazwischen, und wartete darauf, dass der Sommer begann.

Wenn Anne zu mehr im Moment nicht in der Lage war, dann sollte der Frieden mit ihr sein. Sie würde eines Tages bestimmt eine Erklärung dafür erhalten. Bis dahin müssten sie beide sich mit dem Schatten begnügen, der einmal ihre Freundschaft war. Sie waren erwachsene Menschen. Sie hatten beide ein Leben, das sie lebten.

Sie parkte neben Bos heruntergekommenem Wagen vor dem gelben Haus, das früher einmal eine Rockerburg gewesen war. Davon zeugten auch heute noch die Reste der Eisenpfähle, die in den Boden gerammt worden waren, um Unwillkommene hinter die hohen Palisaden zu verbannen, die einst das ganze Haus umgeben hatten. Sie bemerkte, dass eine weitere Fensterscheibe gesprungen war, und überlegte, ob sie nicht gleich neue

Fenster einsetzen lassen sollte, statt jedes Glas einzeln auszutauschen.

Sie öffnete die Tür und wurde von einem freudetaumelnden Svendsen empfangen, der wedelnd auf sie zugestürmt kam. Gefolgt wurde er von einem schwer stampfenden Bo, der die Doc Martens Stiefel trug, die sie bestellt hatte.

»Oh, die stehen dir aber gut«, log sie.

Er grinste.

»Sieh es dir gut an. Denn es wird das letzte Mal sein, dass du mich die tragen siehst. Die sind so was von uncool und überhaupt nicht bequem.«

»Aber sie senden deutliche Signale«, hob Dicte hervor. »Als Zeichen der Zugehörigkeit zu einer ganz bestimmten Szene. Die sehen aus, als wären sie dazu geschaffen, im Takt zu marschieren.«

Er beugte sich hinunter, zog die Stiefel aus und stellte sie beiseite. Svendsen steckte seine Schnauze erst in den einen, dann in den anderen Stiefel und schnupperte interessiert an dem Leder.

»Das sind keine Signale, die ich gerne aussenden will.«

Sie gingen ins Wohnzimmer. Sie überlegte kurz, ob sie ihm von Anne erzählen sollte, ließ es dann aber sein. Da sagte er plötzlich:

»Vorhin hat ein Typ angerufen und wollte mit dir sprechen. Er klang sehr dringlich.«

Sie hatte sich in die Hocke gesetzt und kraulte Svendsen die Brust, der regungslos dasaß, so als könnte die geringste Bewegung diesen Augenblick größter Wonne zerstören. Seine Augen ruhten auf ihrem Gesicht mit dieser fröhlichen Seligkeit, die nur ein Hund ausstrahlen konnte.

»Wie hieß er denn?«

Bo sah auf dem Notizblock neben dem Telefon nach.

»Ein Peter Boutrup.«

Sie stöberte in ihrem inneren Adressbuch, konnte aber nichts Passendes finden.

»Keine Ahnung, wer das ist.«

Bo riss den Zettel ab und reichte ihn ihr.

»Okay, ich rufe ihn an«, sagte sie und hatte dieses Vorhaben bereits vergessen, als sie in die Küche hinausging, um dem Hund Fressen zu geben.

Kapitel 23

Sie wollte bestraft werden, da war sie sich ganz sicher.

Kiki Laursen saß in ihrem Wagen vor dem Hauseingang in der Jægersgårdsgade und überlegte, was sie tun sollte. Sie wartete schon seit einer halben Stunde, aber er war nicht aufgetaucht. Ein Nachbar hatte ihr erzählt, dass er bei der Arbeit war. Derselbe wusste ebenfalls zu berichten, dass ihn zwei Beamte abgeholt und drei Stunden später wieder zurückgebracht hätten.

»In einem Streifenwagen?«, hatte sie gefragt.

Der Mann mit fahler Gesichtshaut, die von einem harten Leben erzählte, und einem kleinen Cairn-Terrier an der Leine hatte sie mit einem wissenden Blick angesehen.

»Nein, in Zivil natürlich. Die glauben, dass man sie nicht erkennt. Dabei riechen die schon von weitem nach Bullen.«

Die Kälte kroch in ihr hoch, und der Ledersitz fühlte sich an wie aus Eis. Der Sommer hatte bisher nur aus Regen, Wind und Wolkenbrüchen bestanden. Es hätte sie nicht überrascht, wenn die Blätter jetzt schon von den Bäumen fallen würden.

Dann fasste sie einen Entschluss, startete den Motor und wendete den Wagen. Sie fuhr hinunter zum Hafen und von dort weiter die Nørrebrogade hoch, bog dann in den Nørre Boulevard ein und von dort in die Peter Sabroesgade.

Sie parkte vor dem Gebäude Nummer 9 und blieb auch dort eine Weile im Wagen sitzen und beobachtete, wie die Menschen hinter den Glastüren verschwanden, während andere das Gebäude verließen, zu ihren Autos gingen und wegfuhren.

Sie zündete sich eine Zigarette an und kurbelte das Fenster ein Stück herunter, obwohl ihr kalt war. Warum saß sie nicht zu Hause bei Mann und Kindern, sah fern und führte ein normales Leben, damit sie sich am nächsten Tag mit den Kolleginnen im Büro über die verschiedenen TV-Serien unterhalten konnte? Woher kam diese rastlose Suche, die sie weitertrieb, immer weiter, noch einen Schritt weiter, näher an den Abgrund?

Sie kannte sie, solange sie denken konnte. Sie war ihr Verderben und ihre Gefährtin. Ihr Schatten, wie in diesem alten Märchen.

Sie wusste nicht, welche Ursache sie hatte. Sie wusste nur, dass es sie gab und dass sie das Leben ohne sie nicht spüren konnte.

Dann drückte sie die Zigarette im Aschenbecher aus und warf sie aus dem Fenster. Sie hatte mal gehört, dass es Menschen gab, die ohne die Fähigkeit geboren wurden, Schmerz zu empfinden. Sie erinnerte sich an eine Familie, möglicherweise aus Italien, die Gegenstand bedeutender Forschungen war, weil sie alle ein besonderes Gen besaßen, das sie schmerzunempfindlich machte. Eine Hand auf der Kochplatte; ein Tumor im Magen; ein gebrochenes Bein. Keine Reaktion, bis der Körper buchstäblich in sich zusammenbrach.

Sie öffnete die Tür und stieg aus. Der Wind zerrte an ihrer Jacke, sie musste sich am Auto abstützen, um das Gleichgewicht zu halten.

Hatte sie auch so ein besonderes Gen? Vielleicht von ihrem Vater vererbt. Ein Gen, das dazu führte, dass sie das Leben nicht auf die gleiche Weise spüren konnte wie andere Menschen. Eine reduzierte Fähigkeit, Schmerz zu empfinden, nicht physisch, sondern seelisch. Die Frage war nur, wie viel eine Seele ertragen konnte, bevor sie kapitulierte.

Sie betrachtete das rote Backsteingebäude und wusste genau, dass er da drin war. Er war das von ihr erwählte Folterinstrument; scharf geschliffen und bereit, in kürzester Zeit die größtmöglichen Schmerzen zu verursachen.

Sie holte tief Luft und machte sich auf den Weg zum Haupteingang. Aber er war mehr als nur das, und möglicherweise lag darin die weitaus größere Gefahr, die ultimative Gefahr.

Sie fragte an der Information nach ihm und wurde an das Personalbüro verwiesen, in dem zwei Männer in der typischen Krankenhauskluft aus grüner Hose und grünem Kittel saßen.

»Er hat gerade einen Patienten zum Röntgen gebracht«, sagte der eine. »Wenn Sie sich beeilen, erwischen Sie ihn noch.«

Die beiden erklärten ihr den Weg in den Keller und wie sie von dort zur Röntgenabteilung kam. Als sie aus dem Fahrstuhl stieg, kamen die Wände blitzartig auf sie zu, und die Erinnerung überflutete sie. Sie hatte es vergessen. Aber sie war hier schon einmal gewesen.

Der Gang beschrieb eine Schräge, und sie kam nur langsam und vorsichtig auf ihren hochhackigen Schuhen voran. Es gab selbstredend keine Fenster, nur die roten Wände und den Linoleumboden, der wie eine Landstraße in der Mitte durch eine gestrichelte Linie geteilt war. Plötzlich hörte sie ein Rauschen und presste sich flach gegen die Mauer, als ihr ein Fahrzeug entgegenkam. Ein Serviceassistent saß auf einer Art Lokomotive, an der ein Krankenbett befestigt war. Darin lag ein Kind. Sie konnte das blasse Gesicht des Kindes erkennen, das mit großer Geschwindigkeit an ihr vorbeifuhr. Und sie spürte den Luftsog des Fahrzeugs.

Wie konnte sie das nur vergessen haben?

Sie war sieben Jahre alt gewesen, und das Einzige, woran sie sich erinnern konnte, waren die Schmerzen und das hier: das Tunnelsystem unter dem Kreiskrankenhaus von Århus. In ihrer Erinnerung kam ihr der Aufenthalt im Krankenhaus vor wie eine unendliche Reise durch unterirdische Gänge von Gebäude zu Gebäude, von Untersuchung zu Untersuchung. Niemand wusste, was ihr fehlte. Niemand konnte herausfinden, woher die Schmerzen im Bauch kamen. Aber sie hatte geschrien. O Gott, wie sie geschrien hatte, daran erinnerte sie sich noch genau. Die

Schreie und die unendlichen Fahrten durch die Gänge, hin und wieder zurück; die Decke, die über ihr vorbeisauste, abrupte Bremsmanöver, wenn es Gegenverkehr gab; das bedrohliche, klaustrophobische Gefühl, dass sie nie wieder das Licht der Sonne und die frische Luft in ihren Lungen spüren würde.

Sie holte tief Luft. Sie hätte niemals hierherkommen sollen.

Das Geräusch von schmatzenden Reifen kam näher, und um die Ecke bog ein Serviceassistent, der einen Patienten im Rollstuhl schob. Der Mann hatte einen großen, braunen Umschlag auf dem Schoß, Röntgenbilder, dachte sie und versuchte sich auf die Details zu konzentrieren. Auf die Farben und die Geräusche der Reifen des Rollstuhls, die sich immer weiter entfernten. Auf die Laute der Holzschuhe des Krankenhelfers; auf die verschiedenen Türen, an denen sie vorbeikam. Sie musste davor keine Angst mehr haben, nicht so wie früher. Die Kindheit war vorbei. Weg war sie, zum Glück. Jetzt hatte sie die Kontrolle.

Sie hörte das Geräusch von bremsenden Reifen, und plötzlich stand er direkt vor ihr. Er saß auf einer dieser Lokomotiven. Ein leeres Bett war dahinter befestigt. Sie hätte ihn in seiner grünen Arbeitskluft und mit dem überraschten Gesichtsausdruck fast nicht wiedererkannt.

»Was zum Teufel machst du hier?«

Etwas an ihm war anders, aber sie wusste nicht, was es war.

»Ich suche jemanden.«

Sie stieß die Worte hervor.

»Und wen?«

Sie schluckte. Sie stand mit dem Rücken zur Wand, die sich kalt anfühlte.

»Dich.«

»Mich?«

Er brauchte einen Augenblick, um seine Fassung wiederzufinden. Dann fuhr er den Transporter an die Seite, stieg ab und kam auf sie zu.

»Habe ich es dir erlaubt, hierherzukommen?«

Sie schüttelte den Kopf. Sie wollte ihm in die Augen sehen, traute sich aber nicht.

»Ich habe mir Sorgen gemacht«, gab sie zu. »Wir hatten eine Verabredung, und du bist nicht gekommen.«

»Und?«

»Und dann habe ich deinen Nachbarn getroffen, der mir erzählt hat, dass die Polizei dich mitgenommen und wieder zurückgebracht hat und du danach zur Arbeit gefahren bist.«

Er betrachtete sie einen Augenblick lang. Er prüft mich, dachte sie. Und er überlegt, wie er mich bestrafen kann.

Seine Hand griff nach ihrem Handgelenk.

»Komm mit.«

Er zog sie in einen schlecht beleuchteten Raum, in dem es nach Medizin roch. Sie spürte seine Hände auf ihrem Körper, seinen Atem an ihrem Hals und den Druck seines Körpers gegen ihren, der ihr fast den Atem nahm. Es dauerte einen Moment, bis sie begriff, dass er vorsichtig war. Fast zärtlich hob er sie auf eine Pritsche, die an der Wand stand. Der Raum schien eher als Depot benutzt zu werden. Überall standen Kisten und Kanister übereinandergestapelt, mit Reinigungsmitteln oder anderen Flüssigkeiten. Jede Menge Müll. Die Pritsche roch merkwürdig.

Sie hatten Sex, ganz gewöhnlichen Sex. Keine Drohungen, keine Peitsche und keine Schmerzen. Die einzige Spannung bestand darin, dass plötzlich jemand die Tür öffnen könnte. Hinterher saßen sie nebeneinander auf der Pritsche.

»Was wollte die Polizei denn von dir?«, fragte sie vorsichtig, während sie seine Hände betrachtete, die eine verbotene Zigarette drehten. Diese Hände waren zu vielem imstande.

»Die glauben doch echt, dass ich das war. Dass ich das Mädchen beim Stadion umgebracht habe.« Er drehte sich zu ihr. »Was glaubst du?«

»Warum solltest du damit was zu tun haben?«, entgegnete sie.

Ihre Stimme zitterte ein wenig, aber sie hoffte, dass er das nicht bemerkt hatte.

»Weil …«

Plötzlich strömte Licht herein. Es dauerte ein paar Sekunden, bis sie begriff, dass jemand die Tür aufgerissen hatte. Im Türrahmen stand ein Mann in der Kluft der Serviceassistenten.

»Was zum Teufel …?«

Er war sehr groß. Die grünen Kleidungsstücke hingen an ihm herunter, als seien sie drei Nummern zu groß in der Breite, aber dafür viel zu kurz. Sein Gesicht war länglich und von Aknenarben gezeichnet, seine Augen saßen tief in ihren Höhlen.

Schnell knöpfte Kiki den letzten Knopf ihrer Bluse zu. Sie wusste, dass der ganze Raum nach Sex roch.

»Hallo, Charon«, sagte ihr Liebhaber und Peiniger und ignorierte das Starren des Mannes. »Darf ich dir Kiki vorstellen?«

Kapitel 24

Sie konnte die Stiefel nicht finden und wurde panisch. Sie hatte schon überall gesucht, aber irgendjemand hatte sie weggenommen. Und jetzt brauchte sie die schweren schwarzen Stiefel mit den gelben Nähten unbedingt.

Auf einmal wusste sie ganz genau, wer der Täter war: ihre Mutter. Ihre Mutter hatte die Stiefel weggetan, und das musste gerächt werden. Sie schlich sich in ihr Zimmer. Sie saß am Tisch und sah unschuldig aus. Nach den Stiefeln befragt, schüttelte sie den Kopf und behauptete, nichts von den Stiefeln zu wissen. Aber es war deutlich zu sehen, dass sie log. Sie musste getötet werden. Die Wut explodierte förmlich in ihr, als sie ihre Mutter an den Haaren packte und sie hin und her schüttelte. Sie war unerbittlich, der Körper ihrer Mutter leistete keinen Widerstand, und sie schlug den Kopf immer und immer wieder auf die Tischplatte. Je weniger Widerstand sie spürte, desto größer wurden ihre Wut und Erbarmungslosigkeit.

»Was hast du mit ihnen gemacht?«, schrie sie ihre Mutter an, bekam aber keine Antwort.

Eine Stimme aus weiter Ferne erreichte sie zusammen mit einer Berührung. Eine Hand strich ihr über den Rücken; Bo murmelte verschlafen:

»Wach auf. Du hattest einen Alptraum.«

Sie schlug ihre Augen auf.

»Wo sind die Stiefel?«

Erst als sie ihre eigenen Worte hörte, begriff sie, wie absurd das klang.

»Von uns beiden hat sie auf jeden Fall keiner an«, sagte Bo.

Sie setzte sich auf und zwang sich, ruhig und gleichmäßig zu atmen, während sie ihm von ihrem Traum erzählte. Der Drang, einen anderen Menschen zu töten, war noch so stark in ihr, dass sie zutiefst erschrak. Reue und Scham folgten auf dem Fuß und ließen den Tag mit dunklen Farben beginnen.

»Glaubst du, dass ich so etwas wirklich tun könnte? Was geht da in mir vor?«

Bo blieb still liegen und wickelte ihr Haar um seine Finger. Dann sah er sie mit einem Blick an, der moralisierender war, als sie es sich gewünscht hätte.

»Ich glaube, dass jeder Mensch einen anderen töten kann, wenn die Umstände entsprechend sind. Das solltest du vielleicht am besten wissen.«

»Aber es ist doch etwas ganz anderes, wenn es Notwehr ist.«

Sie dachten beide an das Ereignis, das mittlerweile einige Jahre zurücklag. Damals war sie gezwungen worden, zu entscheiden – selbst zu töten oder getötet zu werden. Er nickte.

»Na ja. Es könnte auch eine Art Notwehr sein, deine Mutter zu töten. Theoretisch gesehen.«

Sie schlug die Decke beiseite.

»Das ist ziemlich theoretisch!«

Sie sagte das wissend, dass der Traum im Kielwasser ihrer Gespräche mit Torsten und Anne seinen Ausgang hatte. War das möglich, dass die Wahrheit gleichzeitig so einfach und so ganz und gar erschreckend war? Waren die misshandelten Opfer im Kosovo, in Polen und Dänemark das Resultat eines solchen unbändigen Drangs, den inneren Befehl zu besänftigen, endlich Kontrolle über das Chaos zu bekommen? Kontrolle, indem man seine Stiefel wiederfindet oder etwas anderes erledigt, was von außen betrachtet nebensächlich wirken konnte?

Der Traum ließ sie lange nicht los, erst als sie sich auf den Weg zu einem Ehepaar machte, das ihr etwas erzählen wollte, was sie für ihre neue Serie verwenden konnte. Das war ein weiterer Nebengewinn, dass sie ab und zu die miefigen Räume der Redaktion verlassen konnte.

Jørgen und Marie Gejl Andersen waren wütend. So wütend, dass sie sich jetzt an die Presse wenden wollten. Sie hatten Dicte eine Mail geschrieben und darin von einem merkwürdigen Vorfall erzählt. Es hatte zu tun mit dem Tod des Vaters von Marie Andersen und dessen Wunsch, eine Feuerbestattung zu bekommen. Das Ehepaar wollte nicht in die Redaktion kommen, und Dicte kam es gelegen, einen kleinen Ausflug aufs Land nach Harlev zu unternehmen, wo sie in einem reetgedeckten Traum von einem Bauernhaus lebten, auf dessen angrenzenden Wiesen Schafe und Ziegen grasten.

Ein schmaler Pfad führte die letzten hundert Meter zum Haupthaus, wo sie von zwei Foxterriern empfangen wurde, die sie eingehend beschnupperten. Eine Frau mit hohen Gummistiefeln und einer jägergrünen Regenjacke tauchte sogleich aus einem Seitengebäude auf, wahrscheinlich einer der ehemaligen Stallungen.

»Fleck, Borste. Hört ihr wohl auf!«

Sie kam auf Dicte zu. Sie strahlte englischen Landadel aus, mit ihrem wettergegerbten Gesicht, das früher einmal bildschön gewesen sein musste, aber nicht besonders gepflegt, sondern dem Wind und Wetter ausgesetzt worden war. Jetzt besaß es eine andere Art von Schönheit. Graues, dickes Haar flatterte im Wind, und in ihren intelligenten Augen spiegelte sich der Himmel wider, der im Moment blau war mit dunklen Wolken.

»Sie müssen die Journalistin sein. Kommen Sie doch rein, ich habe gerade Kaffee gemacht. Haben Sie Hunde?«

Dicte warf die Autotür zu und ließ die Hunde schnuppern. Sie nickte.

»Hündin?«, fragte Marie Andersen.

»Ja, und kurz vor der Läufigkeit.«

Sie sahen sich an und verstanden sich, ohne weitere Worte wechseln zu müssen. Dann betraten sie das Haus, dicht gefolgt von den Hunden. Dort begrüßte sie ein Mann in einem braunen Cardigan und mit wachsamem Blick hinter den Brillengläsern. Er roch nach Rauch und rief in Dicte das Bild eines pensionierten Lehrers wach.

»Das ist mein Mann Jørgen«, stellte ihn Marie vor, und sie gaben sich die Hand. Sie setzten sich ins Wohnzimmer, in dem es wie im Original einer sogenannten guten Stube aussah. In der Ecke stand eine Bornholmer Standuhr, und auf dem Couchtisch lag ein geklöppeltes Deckchen. Da räusperte sich die Hausherrin.

»Ich hoffe, Sie verstehen, dass wir nicht daran interessiert sind, unsere Namen in der Zeitung stehen zu sehen. Wir sind gesetzestreue Bürger, aber in diesem Fall waren wir der Ansicht, dass unser privates Anliegen über dem Gesetz steht.«

Dicte nickte. Marie Andersens Vater hatte sich vor seinem Ableben gewünscht, dass seine Asche im Garten seines Elternhauses verstreut werden sollte. Das Paar hatte also seine Asche in dem Garten verstreut, ohne jedoch die notwendige Erlaubnis dafür zu haben.

»Sie haben mir geschrieben, dass Sie etwas in der Asche gefunden haben?«

Die Frau nickte, erhob sich und verschwand im Nachbarzimmer. Kurz darauf kehrte sie mit einem karierten Taschentuch in der Hand zurück, das zu einem kleinen Bündel zusammengeknotet war. Sie legte es auf den Tisch, öffnete es und zeigte ihr zwei kleine deformierte Kugeln.

Dicte beugte sich vor. Die Gastgeberin drehte und wendete sie auf der Unterlage hin und her.

»Was ist das?«

Der Mann streckte sich nach einer Pfeife, die hinter ihm im Regal auf einem Stativ gelegen hatte. Auch das Päckchen Tabak daneben nahm er an sich und begann dann mit bedachten Bewegungen die Pfeife zu stopfen. Seine Stimme klang verärgert.

»Das wüssten wir auch gern. Die beiden Kugeln fielen direkt auf eine der roten Ingrid-Bergman-Rosen und hätten ihr fast den Kopf abgerissen.«

»Auf jeden Fall gehört so etwas nicht in eine Urne«, fügte seine Frau hinzu, hob das Taschentuch auf und streckte es Dicte mit einem Kopfnicken hin, dass sie sich den Fund gerne genauer ansehen könnte.

»Es ist doch grotesk, dass man solche Klumpen in der Asche findet.«

Dicte hob eine der Kugeln hoch. Sie war glatt, und auf ihrer Oberfläche flossen die Farben weiß und blau ineinander. Sie versuchte, das Material zuzuordnen.

»Das kann unmöglich Kunststoff sein, aber sie sind auch nicht aus Metall.«

»Glas«, sagte der Mann. »Es fühlt sich an wie Glas oder Porzellan.«

»Wie um alles in der Welt sind die in der Urne Ihres Vaters gelandet?«

Sie sah Marie Andersen an. »Haben Sie im Krematorium nachgefragt?«

Marie Andersen schüttelte den Kopf, legte das Taschentuch zurück auf den Tisch. Dicte hielt noch immer die eine Kugel in der Hand.

»Wir wollten da nicht so viel Staub aufwirbeln, weil wir die Erlaubnis nicht hatten. Mein Vater soll in Frieden ruhen können, ohne dass wir genötigt werden, seine Asche wieder zusammenzukratzen und sie in einem Urnengrab beizusetzen. Das wäre so würdelos.«

Dicte verstand die beiden. Allerdings bezweifelte sie, ob die Behörde tatsächlich so engstirnig sein würde.

»Und Sie sind sich ganz sicher, dass die Kugeln nicht zur Urne gehören?«

Jørgen Andersen hüstelte, während seine Frau sorgfältig das Tuch wieder zuknotete.

»Wir würden gerne Klarheit über diese Angelegenheit haben«, sagte Marie Andersen. Sie schien sehr bemüht, ihre Erregung zu beherrschen. »Wir hatten gedacht, dass Sie eventuell diese Kugeln mitnehmen und eine Geschichte darüber schreiben könnten, was einem so alles zustoßen kann. So etwas dürfte nicht passieren. Denn wie können wir eigentlich mit Sicherheit wissen, dass wir tatsächlich die Asche meines Vaters bekommen haben? Das bekümmert uns eigentlich am meisten von allem.«

Jørgen Andersen ergänzte:

»Stellen Sie sich vor, ein Hinterbliebener hat die Asche seines verstorbenen Familienmitglieds im guten Glauben verstreut oder beigesetzt. Das wäre doch ein Skandal, wenn stattdessen die Asche von Maries Vater in diesem Urnengrab wäre.«

Aber er war noch nicht fertig.

»Das ist nämlich nicht irrelevant, auch wenn wir tot sind. Vielleicht gerade weil es um Verstorbene geht, die nicht mehr für sich sprechen können. Es sagt viel über uns aus, wie wir die irdischen Überreste behandeln, wenn jemand stirbt.«

Als sie in die Redaktion zurückkehrte, hatte sie einen kleinen Begleiter dabei. In ihrer Tasche lag eine Plastiktüte mit dem Taschentuch und den zwei Kugeln. Sie hatte dem Ehepaar versprochen, der Sache auf den Grund zu gehen, und hatte gerade die Hand auf den Hörer gelegt, um beim Krematorium anzurufen, als das Telefon klingelte.

»Dicte Svendsen.«

»Ich hatte meinen Namen hinterlassen, aber Sie haben nicht zurückgerufen«, sagte eine Stimme, so dünn wie ein Strich in der Luft. »Ich heiße Peter Boutrup.«

Sie erinnerte sich an den Zettel, den ihr Bo gegeben hatte.

»Ich hätte bestimmt noch zurückgerufen. Worum geht es denn? Was kann ich für Sie tun?«

Sein Lachen war wesentlich ausdrucksstärker als seine Stimme.

»Lassen Sie es mich so formulieren. Ich glaube, wir beide könnten ein Tauschgeschäft machen.«

»Und was sollte das für ein Tauschgeschäft sein?«

Einen Moment war es still in der Leitung. Sie hörte, wie der Mann angestrengt und mühsam Luft holte. Er konnte jung, aber genauso gut auch ein alter Mann sein, sie war nicht in der Lage, das einzuschätzen. Aber die Unruhe wuchs zusehends in ihr.

»Sie möchten doch das Rätsel der Stadion-Leiche lösen«, sagte die Stimme.

»Ja, und?«

»Ich glaube, ich kann Ihnen da behilflich sein. Oder anders gesagt: Ich weiß, dass ich das kann.«

»Und was wollen Sie bitte sehr zum Tausch für die Informationen haben?«

Sie musste unwillkürlich an die Lämmer und das Blutbad denken, wusste aber nicht, warum ausgerechnet in diesem Augenblick.

Die Stimme meldete sich erneut, wieder so dünn und kraftlos wie am Anfang, aber sie hatte deswegen nicht weniger Wirkung.

»Darüber sprechen wir dann, wenn wir uns sehen.«

Kapitel 25

»Ich habe mit Vohnsen gesprochen. Er meint, es gäbe ausreichend Material für eine Schadensersatzklage.«

Er war schon einmal mit süßeren Worten geweckt worden, aber man musste nehmen, was man bekam, darum strich er ihr übers Haar und ließ sie erzählen.

»Mhm«, brummte Wagner, um zu signalisieren, dass er jetzt an dem Gespräch teilnahm.

Ida Marie fuhr fort, während sie sich enger an ihn schmiegte.

»Ich muss die Krankenakte aus den USA mit allen Angaben und den Namen der zuständigen Ärzte, die an der Operation beteiligt gewesen waren, zu fassen bekommen. Vohnsen meint, ich müsse unter Umständen einen amerikanischen Anwalt einschalten.«

Er fand, dass er sich nicht zu einem noch intensiveren Körperkontakt brummen konnte, ohne in Misskredit zu geraten, darum sagte er:

»Es wird bestimmt schwer, etwas ohne Obduktion beweisen zu können.«

Sie seufzte in seine Halskuhle.

»Ich könnte den Gedanken nicht ertragen, dass sie Mama aufschneiden. Das weißt du doch. Nicht jetzt sofort. Aber sie haben ja Blutproben genommen. Es besteht kein Zweifel daran, dass sie sich die Infektion in den USA zugezogen hat.«

Trotzdem würde er es sich wünschen, wenn sie die Sache ruhen lassen könnte.

»Das alles bringt sie nicht zurück«, sagte er und strich ihr übers Haar und den Rücken hinunter.

Am liebsten hätte er auch gesagt, dass ihre Bemühungen das schlechte Mutter-Tochter-Verhältnis nicht ungeschehen machen konnten. Es war bizarr, aber der Abschied schien so viel schwerer zu sein. Offenbar war es einfacher, sich von einem Menschen zu verabschieden, mit dem man ein unkompliziertes Verhältnis gehabt hatte. Ida Marie und ihre Mutter hatten oft aneinander vorbeigeredet und waren so oft heftig aneinandergeraten, dass er aufgehört hatte zu zählen. Und trotzdem war sie von einer Trauer erfasst worden, die so tief war, dass sie ihr nichts entgegensetzen konnte.

Sie fing an zu weinen. Man benötigte ein Herz aus Stein, um weinenden Frauen widerstehen zu können, vor allem wenn sie aussahen wie eine Madonnenfigur aus längst vergangenen Zeiten. Er musste plötzlich an ein Abbild der Jungfrau Maria denken, die er als Kind in Deutschland gesehen hatte. Die Einheimischen behaupteten, sie würde Tränen aus Blut weinen. Im Augenblick fühlte es sich an, als würde Ida Marie das Bett mit Blutstränen benetzen, und ein sehr realer, stechender Schmerz durchfuhr ihn.

»Du solltest dich mit Vohnsen treffen, damit ihr die Details klären könnt«, sagte er, um seine Hilflosigkeit zu überspielen. »Wenn ein Arztfehler vorliegt, muss das natürlich untersucht werden.«

Was bedeutete es, so eine Untersuchung ins Leben zu rufen? Würden sie dafür in die USA reisen müssen? Würden sie genötigt sein, Dorothea Svensson zu exhumieren, um eine viel zu späte Obduktion vorzunehmen? Wie sah die Prozedur in diesen Fällen aus?

»Ich vermisse sie so sehr«, schluchzte seine über alles Geliebte an seinem Hals. »Sie war eine Hexe, aber ich habe sie trotzdem geliebt.«

Er küsste sie und stand auf. Gern hätte er sie und auch sich auf andere Weise getröstet, aber er musste sich damit begnügen, ihnen einen starken Kaffee zu kochen.

Jan Hansen und er hatten nach der Morgenbesprechung einen Termin mit dem Barkeeper von der Kneipe auf dem Åboulevarden.

Der Barkeeper sah aus, als würde er eine Trittleiter benötigen, um hinter dem Tresen überhaupt gesehen werden zu können. Wagners erster Gedanke war, dass der Mann eine berufliche Vergangenheit als Jockey gehabt hatte. Er war auffällig klein und sehnig und trug eine knallenge Jeans und ein ebenso engsitzendes T-Shirt. Seine Bewegungen waren überraschend schnell, so als würde er unablässig an einem Wettkampf teilnehmen, so viel wie möglich in kürzester Zeit zu erledigen. In diesem Falle Stühle auf die Tische zu stellen, um den Boden zu fegen und, so vermutete Wagner, einmal durchzuwischen, bevor die ersten Gäste kamen.

Ryan Jones war Ire, aber seit fünfzehn Jahren wohnhaft in Dänemark.

»Raten Sie selbst, wie es mich hierher verschlagen hat«, sagte er und setzte sich auf einen der Tische. Es schien ihm ganz offensichtlich schwerzufallen, stillzusitzen.

»Eine Frau«, schlug Hansen vor.

»Yep! You got it! Blondine mit allem Drum und Dran!«

Die dänischen Frauen müssen für so einiges herhalten, dachte Wagner, während er die Fotos von Mette Mortensen und Arne Bay aus der Tasche zog.

»Sie hatten vergangenen Samstag Dienst, soweit ich weiß. Können Sie eine oder mehrere der Personen auf diesen Fotos wiedererkennen?«

Ryan Jones nickte.

»Die sind gegen ein Uhr nachts zusammen gekommen.«

»Und was geschah dann?«

Jones nahm das Foto von Mette Mortensen und sah es sich genauer an.

»Das ist das Mädchen vom Fußballstadion, oder?«

Wagner nickte.

»Poor girl. Ich wusste, dass ich sie schon einmal gesehen hatte, als ich das Bild in der Zeitung sah, aber ich konnte mich nicht erinnern wo.«

»Erzählen Sie, was Sie über sie wissen«, bat ihn Hansen.

Jones sah vom Foto hoch.

»Sie wirkte so … lebendig. Hatte supergute Laune. Die beiden trafen ein paar Freunde, die dort drüben in der Ecke saßen.«

Er zeigte in die Richtung.

»Wessen Freunde?«, hakte Hansen nach. »Seine oder ihre?«

»Seine. Ganz eindeutig seine. Sie kommen oft hierher. Fußballfans, you know. Rechtsgerichtet!«

Er hatte Schwierigkeiten, das Wort korrekt auszusprechen, und ihnen wurde eine sympathische Variante angeboten.

»Es kommen viele verschiedene Leute hierher«, fügte er hinzu.

»Vor allem Fußballinteressierte. Wir haben drei Großbildleinwände und Beamer, das beste Angebot in der Stadt!«

Das sagte er mit Stolz in der Stimme, und Wagner konnte das sogar verstehen. Die Kneipe hatte schließlich keine Schuld daran, dass Fußball für einige Menschen den Vorwand für Gewalt bot.

»Können Sie sich erinnern, wie lange sie in etwa hierblieben? Was sie getrunken haben? Und wer bezahlt hat?«, fragte er.

Ryan Jones hatte den Versuch stillzusitzen aufgegeben und begonnen, die noch freien Tische mit einem Tuch abzuwischen, das er vom Tresen holte.

»Die blieben, bis wir dann um 2 Uhr geschlossen haben. Das taten viele. Die wollten sich wohl alle richtig einheizen für das große Spiel am nächsten Tag. Auf jeden Fall haben die ziemlich viel Bier getrunken.«

»Und die Frau? Hat sie auch Bier getrunken?«, fragte Hansen.

Jones nickte.

»Sie haben sich abgewechselt, Bier zu holen. Die haben zwischendurch ganz schön Lärm gemacht und rumgebrüllt. Außerdem war ja auch der Neue dabei.«

Hansen und Wagner wechselten einen schnellen Blick, sagten aber nichts. Jones fuhr fort, während er mit großer Konzentration einen Wachsfleck von einem der Tische abrubbelte.

»Ich hatte ihn noch nie gesehen, aber einige aus der Truppe schienen ihn zu kennen. Er sah nicht aus wie einer von denen, wenn Sie wissen, was ich meine.«

Ein erfolgreicher Barkeeper zeichnete sich vor allem durch Diskretion aus, dachte Wagner. Und dazu gehörte, dass man nur das gerade Notwendigste über seine Gäste verriet.

»Wie sah er denn aus, der Neue?«, fragte Hansen.

»Groß«, lautete die Antwort.

Diese Äußerung von einem Mann, für den so ungefähr jeder andere Mann groß wirken musste, war keine wirklich präzise Beschreibung.

»Dünn war er. Langes Gesicht, fast wie ein Pferd.«

»Wie groß?«, fragte Wagner.

Jonas legte seinen Kopf in den Nacken und sah an die Decke, als würde er dort auch noch einen Wachsfleck entdecken können.

»Sehr groß.«

»Und was geschah dann?«

Ryan Jones begann, den Tresen mit Kreisbewegungen zu wischen. Wagner warf einen Blick auf die Bierkarte, die mit dreißig verschiedenen Sorten Flaschen und Fassbier prahlte, und unterdrückte das Bedürfnis, sich etwas Kaltes und Erfrischendes zu bestellen.

»Wie ich schon sagte, die gingen alle, als wir um 2 Uhr schlossen.«

»Alle zusammen?«, fragte Hansen.

Jones schüttelte den Kopf.

»Das Mädchen und dieser Typ.«

Er nickte zu dem Foto von Arne Bay. »Die haben den Laden zusammen mit dem Großen verlassen.«

Kapitel 26

Sie hätte nein sagen sollen.

Sie hätte den Hörer in der Sekunde auflegen sollen, als er mit seinem Gerede von einem Tauschgeschäft anfing. Sie gehörte nicht zu denjenigen, die mit ihren Informanten Absprachen trafen, was sie für ihre Leistung erhielten. Es gab Journalisten, die so etwas taten, das wusste sie. Ein Theaterticket gratis hier, eine kleine Reise dort, vorausgesetzt natürlich, man schrieb einen positiven Artikel. Das waren zwar nie große Dinger, aber trotzdem.

Dicte verließ die Stadt und bog am Stjernepladsen auf den Randersvej. Sie hätte auch warten können, bis sie nach Hause fahren würde. Schließlich lag es auf dem Weg. Sie hätte sogar warten müssen. Aber irgendetwas an der Situation trieb sie voran, war es die Stimme des Mannes oder nur ihr Instinkt, obwohl sie gleichzeitig in die entgegengesetzte Richtung gezogen wurde. Sie hätte nein sagen sollen.

Während sie hinter einem vollbeladenen Lastwagen mit Anhänger herfuhr, erkannte sie, dass sie manipuliert worden war. Es musste schon einiges geschehen, dass sie sich von einem wildfremden Mann manipulieren ließ, dem sie noch nicht einmal gegenüberstand. Aber der Mann am anderen Ende der Leitung hatte so geklungen, als ob nicht seine, sondern ihre Welt in sich zusammenbrechen würde, wenn sie nicht auf den Handel einging.

»Verdammt noch mal!«

Sie wunderte sich über sich selbst, während sie den LKW überholte. Die Wahrheit war leider auch, dass sie viel zu neugierig war, um so ein Angebot auszuschlagen. Außerdem war es auch ungefährlich. Ein Treffen in der Kantine des Skejby Krankenhauses, an einem öffentlichen Ort, wo es von Menschen wimmelte. Selbst wenn dieser Mann ein Serienmörder sein sollte, würde er wohl kaum inmitten von Bouletten, Schweinemedaillons und klappernden Kaffeebechern etwas anstellen und davonkommen können.

Serienmörder. Sie drehte und wendete den Begriff hin und her, während sie vom Randersvej abbog, den Berg hinunter zum Krankenhaus fuhr und sich auf die Suche nach einem Parkplatz machte. In den kurzen Pausen zwischen den Interviews und der Arbeit an den Artikeln war sie immer wieder ins Netz gegangen und hatte einiges über dieses Phänomen gelesen, obwohl sie schon das meiste kannte. Doch es hatte ihr dennoch einen kalten Schauer über den Rücken gejagt. Torsten hatte recht mit seiner Vermutung gehabt, dass vieles für einen Serienmörder sprach. Alle Parameter waren vorhanden, von der besonderen Weise, wie er mit den Leichen umgegangen war, und deren Inszenierung an den Fußballstadien, bis hin zu der Tatsache, dass die Morde sich über einen langen Zeitraum erstreckten und insgesamt drei Taten vorlagen, wenn es nicht doch noch mehr gab. Sie musste unablässig darüber nachdenken, welche sogenannte Signatur der Täter hatte. In der Welt der Serienmorde verwendete man über den gängigen Ausdruck des Modus Operandi, kurz M.O. genannt, hinaus noch einen weiteren. Der Modus Operandi beschrieb die Vorgehensweise des Täters; ob das Opfer erwürgt oder erhängt, erstochen wurde oder auf einem anderen Wege ums Leben kam. Der Begriff »Signatur« hingegen bezog sich auf die Handlungen in Verbindungen mit dem Mord, die den Täter emotional befriedigten. Hatte er jeweils eine Haarlocke seiner Opfer abgeschnitten, und bewahrte er diese Locken an einem geheimen Ort auf? Oder hatte er deren Schuhe mitgenommen? Sowohl die Schuhe als auch die Handtasche von Mette Mortensen galten noch als vermisst. Hatte also der Täter die beiden Objekte mitgenommen, um sie in Erinnerung an seine Tat betrachten oder berühren zu können?

Sie fuhr mehrere Male auf der Parkplatzanlage hin und her, aber alle Plätze waren schon belegt.

Der Tathergang konnte variieren, aber die Signatur blieb in der Regel gleich. Die Signatur konnte auch Folter sein. Vielleicht waren also die ausgestochenen Augen die Signatur des Täters.

Endlich entdeckte sie einen freien Parkplatz und stieg aus. Sie war ein ganzes Stück vom Haupteingang im Gebäude 6 entfernt und hatte eine längere Strecke zurückzulegen.

Die Signatur eines Täters war deshalb so interessant, weil sie so viel über dessen Persönlichkeit und Motive verriet. Was war das für ein Mensch, den es emotional befriedigte, einem anderen Menschen die Augen auszustechen? Ein Monster, dachte sie, wusste aber, dass Torsten sie da erneut korrigieren würde. Die Taten eines solchen Serienmörders folgten einer besonderen, inneren Logik, und in die galt es sich hineinzuversetzen.

Sie fröstelte, als sie sich dem Haupteingang näherte, obwohl die Sonne schien und der Sommer auf einmal mehr versprach, als er halten konnte. Die Signatur war in der Lage, die Lämmer zum Schweigen zu bringen.

Die Krankenhauskantine war leer bis auf zwei Beamte an einem Tisch. Am Nachbartisch saß ein Mann in weißer Patientenkluft und einem Frotteemantel, der in einer Zeitung blätterte. Sie schätzte sein Alter auf etwa dreißig. Er hatte dichte blonde Haare und einen Körper, der aussah wie der eines Fußballspielers. Allerdings eines, der schon lange aus der Mannschaft genommen worden war. Er sah dünner aus und weniger muskulös, als es für seinen Körperbau angemessen wäre. In seinem markanten Gesicht mit hohen Wangenknochen waren Spuren eines Dreitagebartes zu sehen, die für die Schatten auf seiner Haut ein Spielplatz waren. Er sah auf, als sie hereinkam.

»Peter Boutrup?«

Sein Blick ließ sie erstarren. Als würde er sie an Ort und Stelle fesseln, der Blick war nicht feindlich gesinnt, sondern prüfend.

»Serienmörder!«, sagte er, und sie erkannte seine Stimme wieder. Er raschelte mit der *Avisen*, die auf der Seite ihres Artikels aufgeschlagen war. »Sie glauben also, dass es ein Serienmörder ist?«

»Ich glaube gar nichts.«

Sie kam näher. Ihr war nicht klar, warum, aber sie streckte ihm nicht die Hand zur Begrüßung hin. Seine Augen ruhten auf ihr, und sie hatte das Gefühl, sie schon einmal gesehen zu haben. Mit beiden Händen griff sie nach der Stuhllehne.

»Sie wollten mit mir sprechen? Sie sagten am Telefon, Sie hätten Informationen über die Stadion-Sache?«

Wortlos sah er sie durchdringend an.

»Wer sind Sie?«, fragte sie.

Er zeigte auf den Artikel.

»Das da hat nichts mit Serienmord zu tun«, sagte er dann. »Das ist die Information, die ich Ihnen geben kann.«

Dicte zog den Stuhl nach hinten und setzte sich ohne Aufforderung hin. Sie fühlte sich beobachtet, von ihm und von den beiden Beamten, die irgendwie fehl am Platz wirkten. Was hatten die in einem Krankenhaus zu suchen?

Die vereinzelten Geräusche in der Kantine vermischten sich: die Unterhaltung der Angestellten hinter dem Ausgabetresen; ein Teelöffel, mit dem einer der Beamten seinen Kaffee umrührte; das Rascheln der Zeitung, als der Mann am Tisch auf die nächste Seite umblätterte.

Als hätte er ihr Unwohlsein erkannt, sagte er plötzlich und mit einem Anflug von Freundlichkeit:

»Die beiden Herren hier sind mein Anhang. Ich habe sogenannten ›begleiteten Ausgang‹.«

Sie betrachtete ihn genauer und sah, dass er krank war. Seine Wangen waren eingefallen, und er hatte sehr blasse, fast gelbe Haut. Man konnte das nicht gleich auf den ersten Blick erkennen, denn seine Augen waren sehr dominant und vermittelten den Eindruck, einem gesunden Menschen gegenüberzusitzen.

Sie wartete darauf, dass er fortfuhr. Aber plötzlich begriff sie, dass er von ihr etwas erwartete. Zwar hatte sie keine Lust auf solche Spielchen, trotzdem rutschte ihr der Satz einfach raus.

»Sie sind also Strafgefangener.«

Er klatschte in die Hände.

»Wow. Sie sind gut!«

Sie sah ihm in die Augen.

»Aber Sie sind krank und in Behandlung hier.«

Sie ärgerte sich über sich selbst. Auf keinen Fall wollte sie sich manipulieren lassen, und doch saß sie da und plapperte das, was er wollte, wie ein dämlicher Papagei. Und er lächelte auch, ein sehr gewinnendes Lächeln, das seinen Gesichtsausdruck vollkommen veränderte.

»Tüchtiges Mädchen!«

»Aber was habe ich damit zu tun? Warum sollte ich daran interessiert sein, was ein Häftling auf ›begleitetem Ausgang‹ mir zu erzählen hat?«

Er faltete die Zeitung zusammen und schob sie von sich, als wäre er von ihr gelangweilt. Um das noch zu unterstreichen, gähnte er ausgiebig und lautstark. Erneut begegnete er ihr mit diesem Lächeln, dem sie nichts entgegensetzen konnte. Es traf sie tief in ihrer Mitte und verströmte ein warmes Kribbeln im ganzen Körper. Er beugte sich über den Tisch, sie wäre am liebsten weggerückt, bewegte sich aber nicht von der Stelle.

»Sie können ja auch einfach wieder gehen«, sagte er. »Niemand zwingt Sie, mir zuzuhören oder gar zu glauben, was ich sage.«

Sie versuchte, gedanklich bei der Sache zu bleiben und alle anderen Fragen wegzuschieben.

»Warum kein Serienmörder? Worauf basiert Ihre Behauptung? Kennen Sie den Täter? Das Motiv?«

»Immer mit der Ruhe!«

Er lachte und hob abwehrend die Hände in die Luft.

»Sie haben vermutlich zu viele amerikanische Filme gesehen. So läuft das hier aber nicht.«

Seine Finger streiften wie zufällig ihren Arm.

»Eins nach dem anderen. So gefällt es mir am besten. So schnell geht das zu Hause bei uns in Horsens nicht.«

Staatsgefängnis von Horsens also, dachte sie. Zwei begleitende Beamte. Er musste wegen etwas Größerem als nur Steuerhinterziehung sitzen.

»Was haben Sie getan?«

»Wer, ich?«

Er klimperte unschuldig mit den Augen. »Ich habe gar nichts getan. Wir sind alle unschuldig verurteilt worden, zumindest wenn Sie so direkt fragen.«

Sie musste das Spielchen mitmachen.

»Okay, lassen Sie es mich anders formulieren. Wofür sitzen Sie?«

»Wegen fahrlässiger Tötung.«

Seine Stimme klang auf einmal mehrere Töne tiefer.

»Dahinter kann sich so vieles verbergen«, sagte sie. »Was ist passiert?«

Sein Gelächter hallte durch die Kantine und wahrscheinlich bis zum Informationstresen im Krankenhausfoyer.

»Sie sind verdammt noch mal unbezahlbar. Warum sollte ich ausgerechnet Ihnen das erzählen?«

Ihr fiel nur eine einzige Antwort ein.

»Ich habe etwas, was Sie haben wollen, nicht wahr? Sagten Sie nicht, wir beide könnten ein Tauschgeschäft machen? Das eine gegen das andere?«

Er wurde ernst, reckte das Kinn in die Luft.

»Das weiß der liebe Gott, dass Sie das haben. Und zwar wie! Sie sind sehr smart, aber doch nicht so smart, wie Sie glauben, denn Sie sind bisher noch nicht selbst darauf gekommen.«

Das war zwar richtig, aber die Unruhe hatte mit jedem seiner Worte zugenommen. Sie hatte das Gefühl, im Dunkeln zu tappen.

»Was fehlt Ihnen?«

Er zauberte wieder dieses Lächeln hervor. Das veränderte seinen Ausdruck radikal, er sah jetzt aus wie der sanfteste Mensch der Welt.

»Endlich«, sagte er in die Luft hinein und wiederholte es fast triumphierend. »Endlich.«

Er beugte sich ein zweites Mal über den Tisch und kam noch näher als zuvor.

»Ich bin Nierenpatient und muss zwei Mal die Woche zur Dialyse. Das reinste Vergnügen, wenn Sie mich fragen, denn dann entkomme ich den Mauern von Horsens. Aber so kann das nicht weitergehen, sagt mein Arzt. Ich werde sterben, wenn ich nicht bald eine neue Niere bekomme.«

Sein Blick umschloss sie, er war überall, sie konnte ihm nicht entfliehen. Sie wusste, was kommen würde, und irgendwie hatte sie es auch erwartet. Seine Augen. Die Augen und sein Lächeln kannte sie nur zu gut.

»Die Durchblutung der Gefäße in meinen Beinen ist nicht besonders«, fuhr er fort. »Die Operation ist nicht ohne Risiko, und es geht darum, mir die allerbesten Voraussetzungen zu schaffen, sagt der Arzt.«

Er machte eine kleine Pause. Sie könnte jetzt einfach gehen.

Ihre Tasche nehmen und vor dieser Situation weglaufen, die unter Umständen die Erfüllung eines Traums, aber wahrscheinlich eher der Beginn eines Alptraums war. Aber sie war dazu nicht in der Lage, und da hatte er bereits gesagt:

»Die besten Voraussetzungen wäre die Transplantation einer Niere von einem nahen Verwandten, zum Beispiel einem Elternteil.«

Kapitel 27

Die Niere war grau und leblos. Sie war zudem kalt, denn sie hatte die vergangenen fünfundzwanzig Stunden in einer Kühlbox bei Kühlschranktemperatur verbracht.

Er betrachtete sie, wie sie dort in seiner Hand lag. Er drehte und wendete sie. Dann entfernte er ein Stück von Vene und Arterie und spülte das restliche Blut ab, falls sich noch etwas auf dem Organ befunden haben sollte.

Janos Kempinski sah in die geöffnete Bauchhöhle des Patienten, der vor ihm lag. Normalerweise machte er sich nicht so viele Gedanken darüber. Es war selten die Zeit für große Grübeleien über Leben und Tod, wenn man über die geplanten Operationen hinaus zur Verfügung stehen musste und Transplantationsdienst hatte. Die Niere hatte er selbst im Karolinska Krankenhaus in Stockholm abgeholt, und das nach einem ganz normalen Arbeitstag mit Besprechungen und OPs. Diese Gelegenheit hatte sich nach einem Gewebetypvergleich ergeben, als der Computer in Schweden einen dänischen Patienten ermittelt hatte. Dieser schien am geeignetsten zu sein, die Organe einer jungen Frau zu erhalten, die nach einem Selbstmordversuch im Koma gelegen hatte. Die Familie hatte in Absprache mit den Ärzten entschieden, die Beatmungsgeräte auszuschalten.

Erneut heftete sich sein Blick auf die Niere. »Doktor Tod« nannte ihn dieser Peter Boutrup, und in gewisser Hinsicht entsprach das auch der Wahrheit. Der Tod folgte ihm überallhin. Das Leben auch, natürlich, das waren die beiden Seiten ein und derselben Sache. Er war der festen Überzeugung, dass für viele Aspekte des Daseins die Regel galt, dass jemand sterben musste, damit ein anderer leben konnte.

Er trat von einem Bein auf das andere und konnte sich nicht richtig überwinden. Es geschah selten, dass er vor dem Eingriff bereits erschöpft war, aber heute schien es ihm, als würde sein ganzer Körper schmerzen. Und wenn er die Augen nur für einen kurzen Moment schloss, dann sah er sofort kleine Sternchen. Er hatte in letzter Zeit nicht genug geschlafen, und das hatte nicht nur mit seiner Arbeit zu tun.

Dankbar für die Routine, die er sich in den vergangenen Jahren erarbeitet hatte, holte er einmal tief Luft und begann, die Niere an ihrem Platz anzuschließen. Langsam und mit routinierter Geduld nähte er die Blutgefäße der neuen Niere an die Beckengefäße, die zum Bein des Patienten führten. Dann nähte er den Harnleiter in die Blasenwand ein, während seine Gedanken ihre eigenen Wege gingen.

Eigentlich hatte er keinen Grund, sich zu beklagen. Vor ein paar Monaten war er 48 geworden, und er hatte sich selbst nie als jemanden gesehen, der eine Familie gründen sollte. Die Karriere war sein Leben, das hatte er immer genau gewusst, und Liebe war etwas, was eilig dazwischengeklemmt wurde, wenn es die Zeit ergab.

Er starrte auf seine Latexhände, während er nähte. Warum aber hatte er dann dieses Gefühl, dass nichts so war, wie es sein sollte? Woher kam diese plötzliche, bohrende Unzufriedenheit? Midlife-Crisis? Diesem Wort würde er ansonsten keinen Platz in seinen Gedanken einräumen, aber in letzter Zeit hatte es ihn ein paarmal berührt. Aber da war noch was ganz anderes. Lena Bjerregaard war in sein Leben getreten.

»Janos?«

Die OP-Schwester stand neben ihm mit der Schere in der Hand. Er nickte in ihre Richtung und wandte seine Aufmerksamkeit wieder den Dingen zu, denen er sich gewachsen fühlte. Für diesen Augenblick hatte er jahrelang gelebt, und nur für diesen: Die Sekunde nach der Transplantation, in der die neue Niere ihre Feuerprobe bestehen musste.

Er machte den letzten Knoten, dann schnitt die OP-Schwester den Faden ab. Dann entfernte er die beiden Klemmen, die während der Operation die Blutzufuhr unterbrochen hatten. Und das Wunder ereignete sich wie so viele Male zuvor, begleitet von den erleichternden und fröhlichen Rufen des OP-Teams über die gelungene Arbeit. Denn die graue, leblose Niere veränderte vor ihren Augen langsam die Farbe und war schließlich glänzend und rosa. Das Organ, das noch vor wenigen Stunden im Körper eines sterbenden Menschen gewesen war, befand sich jetzt im Innern eines anderen Menschen und strotzte nur so vor Leben.

Er reckte zwei blutverschmierte Daumen in die Luft und bekam diese Geste von allen erwidert. Dann begann er den Bauch wieder zu schließen.

Es war schon sehr spät, die Zeit für ein Abendessen war lange vorbei, als er endlich das Krankenhaus verließ und sich auf den Weg zu seinem Auto auf dem Parkplatz machte. Er atmete die frische Luft tief ein und meinte, die Früchte der umliegenden Felder riechen zu können. Die Müdigkeit wog schwer. Es war schon Stunden her, seitdem er das letzte Mal draußen vor der Tür gewesen war. Wenn er noch die Kraft dazu aufbringen würde, sollte er sich jetzt irgendwo in der Stadt was Leckeres zu essen holen und sich mit einem Bierchen etwas Gesellschaft leisten. Das wäre eine gute Idee.

Während er das dachte, näherte er sich seinem Wagen und bemerkte eine kleine Gestalt, die neben einem anderen Auto stand und mit einer Fernbedienung zugange war, die augenscheinlich nicht funktionierte. Er erkannte Lena Bjerregaard sofort, die jetzt einen roten, schmalen Sommermantel trug, der ihre schlanke Taille mit einem Gürtel betonte.

Er räusperte sich, sie sah hoch und schenkte ihm ein Lächeln, das eher gequält als fröhlich aussah.

»Der will nicht. Ich glaube, es ist die Batterie.«

Er war nie ein Bastler gewesen, wollte ihr aber gerne behilflich sein.

»Kannst du den Schlüssel nicht so benutzen?«

Sie schüttelte den Kopf.

»Habe ich probiert. Der bewegt sich überhaupt nicht.«

Er stand neben seinem Wagen, einem neuen Audi, den er sich vor einem halben Jahr gekauft hatte. Sie hatte einen Skoda Felicia. Er spürte große Lust, ihr die Fernbedienung aus der Hand zu nehmen und wünschte sich nichts sehnlicher, als sich mit Autos auszukennen. Aber alles, was er diesbezüglich in die Finger bekam, hatte leider die Tendenz, den Geist ganz aufzugeben. Also sagte er das Erstbeste, was ihm einfiel:

»Bist du Falck-Mitglied?«

Sie schüttelte den Kopf.

»Ich kann dich fahren«, schlug er vor. »Wo wohnst du denn?«

Er wusste es natürlich schon längst, er hatte in der Adressliste nachgesehen. Und vor ein paar Tagen, als er mehr Zeit hatte, war er sogar langsam an ihrem Haus vorbeigefahren.

»Im Hoffmannsvej in Braband.«

Er hörte den Funken Hoffnung in ihrer Stimme, und dabei fiel ihm auf, dass man ihre Verfassung immer sehr schnell an ihrem Gesicht ablesen oder an ihrer Stimme hören konnte. »Würdest du das wirklich tun?«, fügte sie hinzu.

»Natürlich, komm, steig ein. Aber du solltest morgen jemanden hierherschicken und das Auto ansehen lassen.«

Er öffnete ihr die Tür, sie nickte und setzte sich so vorsichtig in den Wagen, als hätte sie noch nie zuvor in einem so teuren Auto gesessen.

Dann ließ er sich hinters Steuer gleiten. Der Motor schnurrte wie eine verwöhnte Katze, als er rückwärts aus der Parklücke rollte. Sie waren bereits eine Weile gefahren, ohne ein Wort zu wechseln, als es einfach aus ihm herausbrach.

»Ich hatte vor, einen Happen essen zu gehen … Ich …«

Er fühlte, wie ungelenk sich das anhörte, und verstummte.

»Du hast ja auch einen ganz schön langen Tag gehabt«, sagte Lena Bjerregaard, die genauso lang auf den Beinen gewesen war wie er. »Das kann ich gut verstehen.«

Er sah zu ihr. Ihre Nase war ein bisschen gebogen, aber auf eine süße Art. Ihre Lippen sahen aus, als würde sie unablässig lächeln.

»Du … Ich wollte mir ein schönes Steak gönnen und ein Bier … Du könntest ja vielleicht …«

»Ich möchte dir keine Umstände machen. Du kannst mich einfach bei der nächsten Bushaltestelle absetzen.«

»Nein, das wollte ich damit nicht sagen, ich …«

Sie sah starr nach vorn aus dem Fenster.

»Das ist vollkommen in Ordnung. Stjernepladsen wäre zum Beispiel gut. Von dort fahren viele Busse, die …«

»Jetzt hör mir mal bitte zu …«

Er hatte den Randersvej erreicht. Bevor er sich umsah, hätte er den Stjernepladsen erreicht. Er sah es förmlich vor sich, wie sie aus dem Auto steigen, ihm kühl für die Fahrt danken und dann in der Dunkelheit verschwinden würde. Wie ihr roter Mantel noch einmal kurz im Licht der Laterne aufleuchten und dann plötzlich verschluckt werden würde.

»Hättest du nicht Lust … Obwohl, deine Tochter wartet bestimmt auf dich zu Hause …««

»Sie ist bei meiner Mutter.«

»Na dann. Darf ich dich nicht, bitte … Ich fände das sehr schön, wenn …«

Plötzlich brach sie in fröhliches Gelächter aus. Er wusste, dass er rot wurde, und hoffte sehr, dass sie es nicht bemerkt hatte. Soweit er sich erinnern konnte, war er das letzte Mal als Teenager rot geworden.

»Wie sollen wir es bitte schaffen, uns beim Essen zu unterhalten, wenn keiner von uns in der Lage ist, einen Satz zu beenden?«

Er warf ihr einen Blick zu und spürte, wie sich Schweißperlen auf seiner Stirn bildeten.

»Verzeih«, sagte er und musste lächeln, weil ihr Lachen noch in seinen Ohren nachklang. »Ich kenne mich mit so etwas nicht besonders gut aus.«

»Womit?«

Er hörte, dass sie ihn ein bisschen aufziehen wollte.

Er zuckte mit den Schultern.

»Wie man mit hübschen Frauen umgeht und wie man sie zum Essen einlädt, ohne sich zum Idioten zu machen.«

Er traute sich das nur, weil er den Wagen steuerte und den Blick auf der Straße halten musste. »Ich benehme mich so ungeschickt dabei.«

Er spürte, wie ihre Hand seine berührte, ganz flüchtig nur. War es zufällig oder eine freundliche Geste?

»Ja, vielen Dank, ich würde gerne mit dir ein Steak essen gehen.«

Natürlich kannte er das Gefühl, verliebt zu sein. Aber das Verliebtsein war immer nur ein Gast gewesen, ein Wochenendbesuch, der ihn am Montagmorgen wieder verließ. So hatte er das bisher gehandhabt.

Während sie weiterfuhren und er ihre Nähe genoss, dachte er an jene Passion, die bisher sein Leben ausgefüllt hatte. Aber etwas Neues war im Begriff, sich dort hineinzudrängen und einen Platz an der Seite des Lebens als Nierenchirurg zu beanspruchen. Würde beides nebeneinander existieren können? War genug Platz für die Leidenschaft, die er für seinen Job empfand, und für dieses Gefühl, das hier die Regie übernahm. Oder galt etwa auch für ihn der Grundsatz, dass etwas sterben musste, damit etwas Neues existieren konnte?

Kapitel 28

Der Zeiger hatte schon lange im roten Bereich gestanden, sie hatte es einerseits bemerkt, andererseits ignoriert.

Dicte ließ den Wagen an den Rand der Landstraße zwischen Århus und Viborg rollen, sie hatte keinen Tropfen Benzin mehr im Tank. Wie sie hierhergekommen war und was sie bisher gemacht hatte, konnte sie nicht mehr sagen. Die Dämmerung war vor langer Zeit angebrochen, und es war so dunkel, wie man eben in den Sommermonaten in die Nähe von Dunkelheit kommen konnte. Es war nach Mitternacht.

Das Geräusch einer eingehenden SMS hallte durch das Wageninnere. Erneut war es Bo, und wieder wollte er wissen, wo sie war, dieses Mal mit einem wesentlich aufgebrachteren Ton als vorher. »Wo zum Teufel steckst du? Melde dich!«

Sie riss sich zusammen und antwortete ihm: »Komme bald. Erklär es dir später.« Obwohl sie in diesem Augenblick nicht wusste, wie sie die Ereignisse dieses sonderbaren Tages sortieren sollte, um sie ihm erzählen zu können. Er erwiderte sofort ihre Antwort mit einer weiteren SMS, die sie allerdings nicht öffnete. Stattdessen stellte sie das Handy auf lautlos, lehnte sich in den Sitz zurück und schloss die Augen, während einzelne Fetzen des Tages im Innern ihres Kopfes explodierten. Aber es hatte gutgetan, nach der Arbeit wahllos die jütländischen Landstraßen entlangzufahren, um wieder einen klaren Kopf zu bekommen.

Sie musste bei sich bleiben, das war der einzige Anhaltspunkt, den sie im Moment hatte. Es fiel ihr schwer, aber sie musste sich zwingen, alles mit einer gewissen Distanz zu betrachten, mit dem objektiven Blick eines fernen Beobachters. Wer war sie? Welche Rollen spielte sie? Journalistin, Geliebte, Mutter. Die Mutterrolle hatte sie viele Jahre lang beschäftigt, sie war in Abständen immer wieder ein Thema für sie, das sie aufs Glatteis führte, wo die Sorge und das schlechte Gewissen ein seliges

Bündnis bildeten. Dabei hatte ihre Vergangenheit eine große Rolle gespielt. Sie hatte sich eine neue Identität aufgebaut, außerhalb von Zeugen Jehovas und dem Kind, das sie damals zur Adoption freigegeben hatte. Die Adoption hatte sie ihr Leben lang bereut, und trotzdem hatte sie es getan. Sie hatte etwas von sich gegeben, was ihr Eigenes hätte sein können. Aber der Mann, dem sie Angesicht zu Angesicht gegenübergesessen hatte, war nicht ihr Eigenes, nur genetisch war er ein Teil von ihr. Sie spürte nach, konnte aber keine Gefühle entdecken. Keines, das ihr bekannt vorkam.

Und dann verschwand die Welt in einem Taumel. Warum schien sie das offensichtlich so wenig zu berühren? Hatte sie einen Schock erlitten?

Die Wahrheit war, dass sie es nicht wusste. Wie wurde man damit fertig, wenn einen ohne Vorwarnung die Vergangenheit einholte? Konnte man das in einem Buch nachlesen? Gab es einen Gefühls-Knigge?

Das Handy signalisierte leuchtend den Eingang einer neuen SMS, sie erwachte wie aus einem Traum. Langsam nahm sie ihre Umgebung wieder wahr: das Steuer; den Schalthebel; die Dunkelheit draußen; den Rückspiegel, in dem sie ihr Gesicht hätte sehen können, wenn sie ihren Hals strecken würde. Das Leben war sonderbar. Sie hatte sich immer vorgestellt, dass eine Begegnung mit ihrem verlorenen Sohn ihrem Leben wieder Farbe geben würde. Stattdessen aber fühlte sie sich wie eine lebende Tote in einem farblosen Niemandsland.

Sie warf ihr Handy in die Tasche, zog ihre Jacke zu, stieg aus und machte sich auf den Weg. Fahrlässige Tötung. Sie hatte keine Ahnung, wie sie es bewerkstelligt hatte, in die Redaktion zurückzufahren, nach ihrem Treffen mit diesem sonderbaren Mann im Skejby Krankenhaus, der eindeutig ihr Sohn war. Aber sie hatte es getan. Und während ihre Unterhaltung noch in ihren Ohren widerhallte, hatte sie sich an den Computer gesetzt und im Archiv von *Avisen* alles zusammengesammelt, was sie zu seinem Namen finden konnte.

Sie hatte jeden Artikel über seinen Fall und über das Verbrechen gelesen, das er begangen haben soll. Was allerdings stärker in ihr nachwirkte, war nicht etwa das Wesen der Tat als vielmehr seine Worte, mit denen er den Vorhang vor seiner Vergangenheit ein wenig gelüftet hatte.

»Meine sogenannte Adoptivmutter wurde kurze Zeit, nachdem ich auf der Bildfläche erschienen war, schwanger. Und da sie sich verständlicherweise lieber um ihr leibliches Kind kümmern wollte, wurde ich zurück in die Obhut der Behörde gebracht. ›Blut ist am Ende doch immer dicker als Wasser‹, wie mein Arzt zu sagen pflegt.«

Lässig hatte er das vorgetragen, wie ein Sprecher im Radio, der die Nachrichten vorliest.

»Das war ein beschissener Start ins Leben, und leider wurde es nicht besser. Meine nächsten Adoptiveltern wurden vom Schicksal heimgesucht, als ich vier Jahre alt war. Die Frau starb an Krebs, und weil der Mann nicht in der Lage war, die drei Kinder zu versorgen, wovon zwei adoptiert waren, schritt das Jugendamt ein. Es nahm ihm alle drei Kinder weg, woraufhin sich mein Vater erhängte.«

Der Blick, der auf Dicte ruhte, war leer. Seine Augen erinnerten sie an ihre eigenen und die ihrer Mutter, gleichzeitig aber doch nicht.

»Aber es gibt nicht so viele, die einen vierjährigen Jungen adoptieren wollen, darum endete ich im Kinderheim. Ab und zu kamen uns Paare besuchen, die sich die Ware vorher ansehen wollten. Mich haben sie logischerweise nie genommen. Ich war groß und kräftig für mein Alter. Die wollten lieber ein kleines süßes Mädchen oder einen zarten Jungen mit großen braunen Augen.«

Jetzt war sein Blick eindringlicher, und die Bitterkeit umgab ihn wie eine harte Schale. Er lachte, und sie fühlte sich dadurch bloßgestellt, denn es war kein freundliches Lachen. Er stieß sich vom Tisch weg, und Dicte registrierte, wie viel Anstrengung ihn das kostete.

»Aber Sie sollten dieser Geschichte nicht mehr Bedeutung zumessen, als sie verdient. Es könnte ja auch alles gelogen sein. Lassen Sie sich bloß nicht von Ihren Gefühlen davontragen.«

Vorsichtig setzte sie in der Dunkelheit einen Fuß vor den anderen. War sie nicht vor einiger Zeit an einer Tankstelle vorbeigekommen? Sie war sich sicher, ein Neonschild von Statoil gesehen zu haben.

Natürlich könnte sie seine Geschäfte als erfunden abtun. Aber im tiefsten Innern wusste sie es besser. Er trug ihre Gene in sich. In ihm konnte sie sich selbst und Rose wiedererkennen. Was war er für ein Mensch, wenn man die Geschichte von der Adoption und dem Verbrechen von ihm abkratzen würde? Was hatte er für Träume? Wie sah er aus, wenn er schlief? War er in der Lage, einen anderen Menschen zu lieben?

Wie verhielt er sich, wenn er ganz allein war und kein Gegenüber hatte, vor dem er auf der Hut sein musste? Liebte er die Sonne und das Gezwitscher der Vögel oder war er eher der Typ, der sofort Fenster und Rollläden schloss?

Plötzlich hörte sie ein Geräusch, während sie am Straßenrand entlanglief. Es war weder das Geräusch ihrer Schuhe auf dem Asphalt noch ihr eigener Atem oder das Rauschen der selten vorbeifahrenden Autos.

Sie blieb stehen. All die Jahre war es verschwunden gewesen, wahrscheinlich hatte sie es verdrängt. Es waren die Laute seiner ersten Tränen, seines allerersten Schreis. Er war mit einer lauten, trotzigen Fanfare auf die Welt gekommen, die sich dann aber sofort in ein leises Gewimmer verwandelt hatte, als sie ihn ihr weggenommen und rausgetragen hatten. Ein zarter, unglücklicher Protest, dem sie sich im Alter von sechzehn und vollkommen erschöpft von der Geburt nicht stellen konnte. Erst viel später.

Eigentlich wollte sie nicht so neugierig sein. Aber trotzdem hätte sie so gern gewusst, ob ihn die Fanfare oder das leise Gewimmer in seinem Leben begleitet hatte. Etwas in ihr sagte, dass es Ersteres gewesen war. Dieselbe Stimme sagte ihr auch, dass er ansonsten nicht überlebt hätte. Wenn er es denn überlebt hatte.

Er hatte recht. Man konnte sich ohne weiteres von Gefühlen davontragen lassen. Aber es gab keinerlei Anlass, das vor einem Mann zu tun, den man gar nicht kannte. Er war ein Fremder und hatte es unmissverständlich ausgedrückt, dass er auch ein Fremder bleiben wollte. Das war vermutlich die beste Ebene, auf der sie mit dieser Situation umgehen sollte, wenn sie dazu in der Lage war.

»Glauben Sie bloß nicht, dass ich auf der Suche nach einer Mutter bin«, hatte er gesagt und dabei die Zeitung erneut auf der Seite mit ihrem Artikel aufgeschlagen und mit dem Finger auf ihr Foto getippt. »Ich nehme allerdings auch nicht an, dass Sie auf der Suche nach einem Sohn sind, so eine hartgesottene Journalistin wie Sie!«

Er schob die Zeitung beiseite.

»Dieses ganze sentimentale Gehabe mit leiblichen Eltern und Seine-Wurzeln-Finden und so was war nie meins. Ich will von dir nichts in dieser Richtung.«

«Was?«, traute sie sich zu fragen. »Was wünschst du dir nicht von mir?«

Er tippte erneut aufs Foto.

»Gefühle …«

Ein anderes Wort hing noch in der Luft, wurde aber nicht gesagt. Er ließ seinen Blick durch den Saal schweifen.

»Das liegt nicht in meiner Natur. Ich brauche nur eine einzige Sache von dir und das ist eine Niere.«

Ihre Blicke trafen sich.

»Ich habe kein Interesse an einer Erklärung, warum du mich nicht haben wolltest. Aber du schuldest mir was. Danach wirst du nie wieder etwas von mir hören. Dann bin ich *gone*. Weg. *Disparu*. Für immer aus deinem Leben.«

Das war zu viel auf einmal. Sie hatte keine Ahnung, was sie

sagen sollte. Sie musste schlucken, hatte das Gefühl zu versinken und suchte nach etwas, woran sie sich festhalten konnte. Der Fall, dachte sie plötzlich. Es gibt doch noch den Fall.

»Du hast gesagt, du hättest Informationen für mich.«

Sie schaffte es, ihre Aufmerksamkeit auf etwas anderes zu lenken, so wie man einen Supertanker manövrierte. »Wenn wir ein Tauschgeschäft machen, ist es nur fair, wenn du mir eine Geschmacksprobe gibst. Du hast gesagt, es sei kein Serienmörder am Werk gewesen. Was ist es dann?«

»Ziehst du das mit der Niere in Erwägung?«

Sie nickte. Ihr Gehirn hatte die Frage zwar verstanden, aber ihre Gefühle waren ausgeschaltet.

Er nahm einen Schluck von seinem Kaffee. Etwas in dieser Bewegung drückte bei ihr einen Knopf. Das war Rose. Es war Roses Art, einen Kaffeebecher an die Lippen zu führen. Dieses unbewusste Abspreizen der drei letzten Finger, obwohl es bei ihm kontrollierter aussah, als würde er versuchen, seine Feinmotorik zu steuern. Allerdings erfolglos.

Er war Roses Halbbruder. Würde sie ihn gerne kennenlernen? Sollte sie Rose von ihm erzählen? Was war mit ihm? Woraus bestand sein Leben außerhalb von Gefängnis und Nierenkrankheit? Gab es jemanden, den er liebte? Gab es jemanden, der ihn liebte?

Schweißtropfen rannen unendlich langsam unter dem T-Shirt über ihre Haut. Sie wollte nicht länger dableiben, aber konnte sich nicht aufraffen und gehen. Vor allem, wie floh man vor sich selbst?

»Ich habe vor einem halben Jahr mit einem Mann die Zelle geteilt. Er wusste etwas, was dich sehr interessieren wird«, sagte er plötzlich.

»Wer ist das? Wo ist er jetzt?«

Er kostete seine Pause aus, bevor er fortfuhr.

»Sein Name hat keine Bedeutung. Er ist schon längst entlassen worden, ich habe keine Ahnung, wo er ist. Was ich dir allerdings sagen kann, ist Folgendes: Es gibt Angebot und Nachfrage. Es gibt Menschen, die bereit sind, für diese Waren zu bezahlen, und es gibt Menschen, die bereit sind, sie zu besorgen. Das ist kein Serienmörder. Das ist ein Geschäft. Und in dem Scheißbusiness stecken Millionen.«

»Woher weiß ich, dass du keinen Quatsch erzählst? Woher soll ich wissen, ob ich dir vertrauen kann?«

Sie tastete nach einem Sicherheitsnetz, das aber nicht gespannt war. Und das wusste sie nur zu gut.

Seine lapidare Antwort lautete: »Das kannst du nicht. Ist das nicht herrlich? Du kannst dir bei absolut nichts von alledem sicher sein.«

Er hob eine Hand, ballte sie zur Faust und klopfte ihr damit auf den Kopf.

»Du musst deinem Gefühl vertrauen, wo auch immer sich das befinden mag.«

Endlich hatte sie die Tankstelle und das Neonschild erreicht. Aber die war geschlossen und kein Mensch weit und breit zu sehen. Sie benötigte einen Behälter. Warum hatte sie keinen leeren Kanister für solche Fälle im Auto? Sie hatte auch keinen Verbandskasten oder ein Warndreieck im Wagen. Warum war sie nur immer so verdammt schlecht vorbereitet?

Sie sah sich suchend um. Dann entdeckte sie einen Wassereimer mit Schaber fürs Fensterputzen. Sie goss das Wasser auf den Asphalt, füllte den Eimer bis oben hin voll mit Benzin und bezahlte mit ihrer Kreditkarte. Der Rückweg zum Auto dauerte eine Dreiviertelstunde. In dieser Zeit hatte sie drei SMS von Bo erhalten, der mittlerweile androhte, die Polizei zu rufen.

Völlig erschöpft kam sie beim Wagen an und füllte das Benzin in den Tank. Es tat gut, etwas Sinnvolles zu tun, obwohl sie sich wie von einer klebrigen Masse umhüllt fühlte, die versuchte, sie hinab in die Dunkelheit zu ziehen. Eigentlich war Aktivität immer das beste Mittel dagegen, unabhängig davon, wie tief sie schon im Treibsand steckte. Aber würde es auch dieses Mal helfen?

Sie warf den Wassereimer in den Graben, setzte sich ins Auto und holte das Handy aus der Tasche. »Bin auf dem Nachhauseweg«, schrieb sie Bo als Antwort, bevor sie den Motor startete. Doch da war bereits eingetreten, was sie befürchtet hatte. Das Weinen des Kindes mischte sich mit ihrem eigenen, und es bildeten sich Rinnsale, die ihre Wangen hinunterliefen, als sie den Wagen wendete und nach Hause fuhr.

Kapitel 29

Das Thema von Bachs Fuge in g-Moll setzte mit einer fast zögerlichen Frage ein. Die Antwort erfolgte wesentlich prompter, aber bevor sie beendet war, wurde die Frage erneut gestellt, jetzt aber in der höchsten Stimme. Auch darauf gab es eine Antwort, aber ehe diese beendet werden konnte, tauchte die Frage wieder auf, dieses Mal in der Bassstimme. Und so wechselten sich Frage und Antwort zwischen den vier Stimmen ab, wie ein Ball, der von der einen zur nächsten geworfen wurde. Bis sie alle in einer Klimax verschmolzen und in einem erlösenden G-Dur Akkord endeten.

Wagner lehnte sich mit dem Kopf gegen die Rückenlehne des Ohrensessels, den Ida Marie so hasste. Wenn die Welt doch nur so klar gegliedert wäre wie eine Fuge von Bach aus dem Wohltemperierten Klavier, dann müsste er dort nicht mitten in der Nacht hellwach sitzen und über einen Fall sinnieren, der für seinen Geschmack langsam zu kompliziert wurde.

Er drückte auf die Wiederholtaste und bekam die Fuge ein weiteres Mal vorgespielt. Schon zum achten Mal hatte er das getan und konnte es sich selbst nicht so genau erklären. Aber das Erkundende, Suchende der Stimmen und ihr Streben nach Erlösung berührten ihn.

Der Verlauf war so eindeutig. Nachdem die eine Stimme das

Thema vorgetragen hatte, blieb den anderen Stimmen gar nichts anderes übrig, als es zu spiegeln und mit Variationen zu wiederholen. Man konnte mit relativ großer Wahrscheinlichkeit den nächsten Zug, das folgende Motiv voraussagen, ohne dass es jemals langweilig wurde.

Er griff nach dem Sandwich aus Vollkornbrot und Bauernsalami auf dem Couchtisch und spülte es mit einer Dose Bier hinunter. Die Muster und Verläufe von Verbrechen waren in der Regel ähnlich logisch wie eine von Bachs Fugen. Aber im aktuellen Fall waren ganze Tonleitern zerbrochen, und Disharmonien hatten jene Harmonie ersetzt, nach der er immer strebte. Es fehlten so viele Elemente. Als hätte ein wahnsinniger Komponist zu viele und unlogische Pausen über ein ursprünglich intaktes Notenbild gestreut.

Er wusste nicht, warum er plötzlich aufgewacht war. Eigentlich hatte er neben Ida Marie in einem tiefen und traumlosen Schlaf gelegen. Aber Punkt zwei Uhr hatte er aus unerklärlichen Gründen die Augen aufgeschlagen, und von diesem Zeitpunkt an hatte er nicht wieder in den Schlaf zurückgefunden. Drei Stunden Ruhe hatte er gehabt, und jetzt saß er da und konnte nur darauf warten, dass die Sonne über seinem Reihenhaus in Viby aufging und vielleicht ein wenig Licht auf die Sache warf.

In solchen Augenblicken war Bach sein einziger und wahrer Freund. Er konnte den Vergleich zu seinem Fall nicht lassen. Die vier Stimmen verhielten sich wie die Akteure auf der Bühne des Verbrechens. Was der eine unternahm, spiegelte sich wider in dem Verhalten des nächsten, nur in einer anderen Tonart. Opfer und Täter hingen auf diese Weise untrennbar zusammen. Und wenn es ihnen nicht gelang, einen Verdächtigen auszumachen und ihm Informationen abzuringen, waren sie gezwungen, sich das Opfer erneut anzusehen und es zum Sprechen zu bringen. Und das, obwohl Mette Mortensen tot war und schon lange die Fähigkeit, zu sprechen, verloren hatte.

Aber ihr malträtierter toter Körper konnte noch sprechen, genauso wie das Glasauge, das sie in ihrem Mund gefunden hatten.

Nicht zu vergessen die Route, die sie am besagten Samstagabend zurückgelegt hatte, vom Café in die Diskothek und dann in die irische Kneipe. Trotzdem fehlte noch so vieles, sie benötigten noch einen Berg an Informationen über dieses Opfer. Aber die würden sie hoffentlich erhalten, wenn sie begannen, sich ernsthaft mit ihrem engeren Umfeld zu beschäftigen, vor allem mit Mette Mortensens Familie. Ein Mord war wie ein Stein, den man ins Wasser warf. Es bildeten sich Ringe, die immer weitere Kreise zogen und immer mehr Menschen mit einbezogen. Früher oder später würde etwas oder jemand auftauchen.

Er sah auf die Uhr. Es war nach vier. Kurz überlegte er, wo sich Dicte Svendsen wohl gerade befand und wie sehr sie in diesen Fall involviert war. Aber dann begaben sich seine Gedanken auf Abwege und verschmolzen miteinander wie die Ringe im Wasser, die sich kräuselten und dann im Nichts verschwanden. Er schloss die Augen und schlief ein, mit Bach in den Ohren und Salamigeschmack auf der Zunge.

»... und dann sind die bei der Geburt dabei und nehmen das Blut gleich ab, noch bevor der Mutterkuchen rauskommt. Das verspricht das beste Ergebnis.«

Wagner stieß die Tür auf und sah, wie Jan Hansen gerade mit Genuss in ein Blätterteigtörtchen aus einer aufgerissenen Tüte mit Leckereien biss, die wohl jemand für die Morgenbesprechung gespendet hatte.

»Die geben einem zwanzig Jahre Garantie, so lange bleibt das Nabelschnurblut des Kindes tiefgefroren, auch wenn die Firma bankrottgehen sollte. Und die sind von der Ärztekammer anerkannt mit allen Zertifikaten und Drum und Dran.«

Die letzten Worte hatten beinahe trotzig geklungen, und er hatte dabei Ivar K angesehen, der nicht im Geringsten überzeugt wirkte.

»Hast du auch das Kleingedruckte gelesen? Über den Preis zum Beispiel? Was kostet der Spaß denn?«

Wagner fiel wieder ein, dass Hansen am Abend zuvor zu

einem Informationsabend der Stammzellenbank gehen wollte, bei der sie erwogen, das Nabelschnurblut ihres vierten Kindes zu konservieren.

Hansen murmelte eine undeutliche Antwort. Wenig feinfühlig wiederholte Ivar K seine Frage.

»Hallo! Was das KOSTET?«

Die Frage wurde von Zeichensprache begleitet, wobei Ivar K die Finger der rechten Hand aneinanderrieb. Wagner entschied, die Unterhaltung an dieser Stelle zu unterbrechen.

»Das Glasauge. Gibt es Neuigkeiten? Und wer kann bei diesem Kamm von der Wirtschaftsprüfungsgesellschaft nachfragen, wo die Unterlagen von Mette Mortensen bleiben. Der hat uns doch jetzt schon lange genug hingehalten!«

Seine Stimme klang aufgeräumter und frischer, als er sich nach dieser schlaflosen Nacht fühlte. Hansen und Ivar K gaben ihr Gespräch über Stammzellen und Nabelschnüre auf, Petersen blätterte in seinen Unterlagen, und Eriksen schluckte den letzten Bissen seiner Schokoladenschnecke hinunter und räusperte sich.

»Das ist eine richtige Kunst. Es gibt Menschen, die Glasaugen benötigen, und jene, die sie auf Bestellung anfertigen und sie passend zur Farbe des intakten Auges färben«, erläuterte Eriksen.

»Und?«

Wagner hätte ihn eigentlich nicht fragen müssen, aber wenn Eriksen ein bisschen unter Druck geriet, kam er schneller zum Punkt.

»Krankenhäuser haben ab und zu Bedarf, wenn sie einem Patienten ein Auge entfernen müssen. Oder wenn die Hornhäute entfernt werden. Wenn einem Toten ein Auge herausgenommen wird, füllt man den Hohlraum in der Regel erst mit Gaze, bevor das Glasauge eingesetzt wird.

»Faszinierend!«, kommentierte Ivar K mit beißender Ironie.

Wagner bedachte ihn mit einem nicht sonderlich freundlichen Blick. Eriksen warf einen Blick auf seine Notizen.

»Leichenbestatter verwenden ebenfalls Glasaugen, wenn eine Leiche besonders entstellt ist. Oder wenn der Tote in einem der selteneren Fällen einbalsamiert werden soll. Das nennt man übrigens Okularist.«

»Wie heißt das?«, fragte Hansen.

»Okularist«, wiederholte Eriksen. »So heißt derjenige, der Augenprothesen herstellt. Es gibt sie in Acryl und in Glas, aber Glas soll das geeignetere Material sein.«

Eriksen raschelte mit seinen Unterlagen und hielt einen kleinen Vortrag über die Vorteile des Rohstoffes Glas vor dem Acryl. Nebenbei ließ er fallen, dass ein Glasauge exakt der individuellen Augenhöhle angepasst und danach die Iris so präzise wie möglich, der natürlichen Augenfarbe entsprechend, gefärbt werde. Außerdem erfuhren seine Kollegen, dass die ersten künstlichen Augen aus Glas in der kleinen, ostdeutschen Stadt Lauscha entwickelt und hergestellt wurden.

»Heutzutage verwendet man Kryolithglas, um den richtigen Härtegrad der Oberfläche zu erlangen. Dann kann man es nämlich auch herausnehmen und reinigen.«

»Und bitte, wie soll Mette Mortensen an ein Glasauge gekommen sein?«

Eriksen sah erneut in seine Notizen.

»So genau lässt sich das leider nicht sagen. Die Techniker haben das besagte Auge untersucht und herausgefunden, dass es von einem Okularisten in Kopenhagen hergestellt wurde, der die umliegenden Krankenhäuser und Augenärzte beliefert. Offensichtlich handelt es sich aber in diesem Fall um ein sogenanntes Halbfabrikat, was so viel heißt, dass es noch nicht an eine individuelle Augenhöhle angepasst wurde. Was wiederum bedeutet, dass es in seiner gegenwärtigen Form noch nicht eingesetzt werden kann. Es würde nämlich erst noch die Anpassung an die Augenmuskulatur erfordern.«

»Und was heißt das in einer richtigen Sprache?«, wollte Ivar K wissen.

Eriksen seufzte und legte die Papiere vor sich auf den Tisch.

»Soweit ich das verstanden habe, bedeutet es, dass es sich hierbei um ein Glasauge handelt, das man einer Leiche einsetzt, deren Auge aus irgendeinem Anlass – zum Beispiel aufgrund eines Tumors – entfernt wurde.«

Wagner seufzte ebenfalls. Eriksen konnte manchmal ganz schön umständlich sein.

»Wir können also davon ausgehen, dass dieses Auge bisher in keiner Augenhöhle gesessen hat?«

Eriksen nickte, wirkte aber dennoch verunsichert.

»Wir können also davon ausgehen«, fuhr Wagner fort, »dass dieses Auge dafür vorgesehen war, eine Leiche hübscher aussehen zu lassen. Vielleicht sogar aus dem Grund, dass niemand erkennen sollte, dass die richtigen Augen entfernt wurden?«

Wagner schüttelte den Kopf. Er sehnte sich nach der Fuge und ihrer Logik. Denn Mette Mortensens Augen hatten ja gefehlt. Das ergab keinen Sinn.

»Im Krankenhaus«, warf Ivar K ein. »Das Logischste wäre, wenn der Mord in einem Krankenhaus geschehen ist. Zum Beispiel während der Sprechstunde eines Augenchirurgen.«

»Oder in der Pathologie?«, schlug Hansen vor.

»Oder bei einem Leichenbestatter«, fügte Arne Petersen hinzu.

Oder bei meiner alten Tante, hätte Wagner am liebsten gesagt, unterdrückte es aber, weil es in diesem Moment an der Tür klopfte und ein Beamter den Kopf durch den Spalt steckte. In der ausgestreckten Hand hielt er eine Plastiktüte.

»Entschuldigen Sie die Störung. Gerade kam ein Taxifahrer vorbei und hat das hier abgegeben.«

Er kam auf Wagner zu und legte die Tüte vor ihm auf den Tisch.

»Er hatte leider einen Kunden im Wagen sitzen, aber er hat mir seine Karte dagelassen, dann können Sie ihn jederzeit erreichen.«

Er reichte Wagner die Visitenkarte. Wagner öffnete die Tüte und sah vorsichtig in ihr Inneres. Dann zog er ein Taschentuch aus seiner Jackentasche und hob ein kleines handbesticktes Täschchen in Gelb und Rot hoch.

»Mette Mortensens, I presume?«, sagte Ivar K.

Wagner nickte. Er war versucht, das Täschchen zu öffnen, legte es dann aber zurück in die Tüte, damit sich die Kriminaltechniker nicht über ruinierte DNA und verwischte Fingerabdrücke beschweren konnten.

»Wenn wir Glück haben, liegt auch ihr Handy noch in der Tasche«, sagte Hansen und sprach damit aus, was alle dachten.

Kapitel 30

»Und ich habe auch total viele Kurse besucht. Im letzten war ich eine der Besten.«

Das Mädchen auf dem Stuhl gegenüber kaute Kaugummi, fuhr sich durch die blonde Mähne und tippte auf die verschiedenen Diplome in dem Unterlagenstapel vor sich. Darunter war allerdings keines, bei dem man laut gejubelt hätte. Sie hatte tatsächlich alles mitgenommen, was sie hatte, vom Hauptschulabschlusszeugnis bis zum Volkshochschulkurszertifikat. Kiki hatte sofort registriert, dass sie ihre Nägel bis auf die Haut abgebissen, sie aber trotzdem mit goldenem Glitzerlack betont hatte.

Oje! Aber was sollte man da tun, sie war ja erst achtzehn und wusste es noch nicht besser. Sie wollte so gern bei dieser Zeitarbeitsfirma als Sekretärin anfangen, war aber leider komplett ungeeignet.

Das Mädchen schwatzte unaufhörlich weiter über ihre eigene Vortrefflichkeit, das allerdings beherrschte sie ausgezeichnet. Sie war auch gut darin, Forderungen zu stellen, und präsentierte äußerst präzise ihre Vorstellungen über Gehalt und Sondervergütungen.

Kikis Blick wanderte zum Telefon. Sie hatte den ganzen Tag

schon Lust gehabt anzurufen, sich aber bisher beherrschen können. Zuerst musste in ihrem Kopf wieder Ordnung herrschen und auch in ihrem Körper.

»Ich bin wahnsinnig gut darin, mit anderen Menschen ins Gespräch zu kommen«, prahlte das Mädchen vor ihr.

Kiki schauderte es bei dem Gedanken, dass ihre Kinder auch eines Tages so verwöhnt und selbstverliebt durch die Welt stolzieren würden, wie es nur jemand tun konnte, der nie an seinen Fähigkeiten zweifeln musste. Kinder, die immer zu hören bekommen hatten, dass sie die Weltmeister waren, weil man, der modernen Pädagogik folgend, weder die Entwicklung des Kindes bremsen noch Niederlagen zulassen sollte. Darum aber, so lautete ihr Urteil, lief da draußen in der Gesellschaft ein Haufen von kleinen, sich selbst überschätzenden Individuen herum, die durch den Zustand auf dem Arbeitsmarkt auch noch Bestätigung erfuhren. Es war unglaublich schwer, überhaupt gutes Personal zu finden.

Sie seufzte, als ihr Blick erneut aufs Telefon fiel. Natürlich war es tausendmal besser, als das Gegenteil erfahren zu haben. Eine Kindheit, in der man unablässig zu hören bekam, wie wertlos man war. Aber nur ein kleines bisschen Widerstand würde vielleicht ganz andere Potentiale freisetzen.

Sie beendete das Bewerbungsgespräch und schickte das Mädchen mit dem Versprechen nach Hause, dass sie sich melden würde, wenn sie eine Entscheidung getroffen hätte. Allerdings stand die schon längst fest. Sie würde lieber die Flinte ins Korn werfen und ihre Firma schließen, als einen Haufen gehirnamputierter Blondinen aus der dänischen »Wir-können-alle-etwas-zur-Gesellschaft-Beitragen«-Kindergartenkultur in ihrem Namen auf den Markt loszulassen. Wann würden sich die Politiker endlich dazu entschließen, qualifizierte Arbeitskräfte aus dem Ausland aufzunehmen? Okay, es würde dauern, bis sie die Sprache beherrschten. Aber sie würde hundertmal lieber einen ehrgeizigen, hart arbeitenden und gut ausgebildeten Polen oder Pakistani zur Verfügung haben.

Sie hatte die Zeitarbeitsfirma eigenhändig aufgebaut und bis zu fünfzehn Stunden am Tag dafür geschuftet. Was war mit dem Pioniergeist in der dänischen Gesellschaft geschehen? Wo waren der Enthusiasmus und die Freude darüber geblieben, etwas aus eigener Kraft ins Leben zu rufen? Was hatte das alles noch für einen Wert, wenn man eigentlich nur die Hand ausstrecken und sich vom Staat versorgen lassen musste?

Sie holte tief Luft. Das Bewerbungsgespräch hatte sie ins Schwitzen gebracht. Oder gab es dafür auch noch einen anderen Grund?

Sie nahm ihre Handtasche und schloss sich in der Toilette ein. Dann betrachtete sie ihr Spiegelbild. Sie hatte Schweißperlen auf der Oberlippe, und ihre Augen glänzten. Ihr ganzer Körper pulsierte. Sie wusste diese eindeutigen Entzugserscheinungen zu interpretieren, tastete nach ihrem Handy und rief ihn an. Aber er ging nicht ran, darum hinterließ sie die Nachricht, dass sie vorbeikommen würde, wissend, dass sie damit eine Strafe riskierte. Zusätzlich schickte sie ihm auch eine SMS.

Sie ging auf die Toilette und erfrischte sich unter dem laufenden Wasserhahn, ohne dabei ihr Make-up zu ruinieren. Wenn es doch nur die Peitsche, der Schmerz und die Ekstase waren, die sie vermisste. Aber es hatte sich etwas anderes schleichend hinzugesellt. Sie hatte keine Chance gehabt, es zu unterdrücken, bevor es zu spät war. Gefühle.

Sie schnitt ihrem Spiegelbild eine Grimasse. Sie hasste Gefühle, die der Vernunft oder eben einem guten Fick im Weg standen. Auf Gefühle konnte man sich nicht verlassen. Sie waren im höchsten Maße verdächtig und konnten mit Leichtigkeit eine Situation aus den Angeln heben.

Dann zog sie die Lippen nach und rieb sie aufeinander, um die Farbe besser zu verteilen. Dabei betrachtete sie in einem fort ihr trauriges Spiegelbild. Das würde schiefgehen. Es musste so was von schiefgehen, und doch zappelte sie hilflos im Netz und konnte sich nicht befreien.

»Dann soll es halt schiefgehen!«

Auch das richtete sie an ihr Gegenstück im Spiegel. Doch dessen Gesichtsausdruck sah darum kaum fröhlicher aus.

Das Treppenhaus lag in tiefe Schatten gehüllt, als sie sich in das Haus in der Jægersgårdsgade schlich.

Eine Weile stand sie am Eingang und tastete nach dem Lichtschalter, aber es ging nicht an. Plötzlich legte sich ein Arm um ihren Hals, sie wollte schreien, aber eine Hand hielt bereits ihren Mund zu. Schnaufend holte sie Luft durch die Nase und hatte das Gefühl zu ersticken.

»Du spielst mit dem Feuer.«

Sie wand sich in seinen Armen.

»Ich habe dir eine Nachricht auf dem AB hinterlassen«, nuschelte sie in seine Handfläche.

»Du sollst dich von hier fernhalten. Du bist in schlechte Gesellschaft geraten. Das weißt du, oder nicht?«

Sie wollte nicken, konnte aber nicht. Er hielt ihren Kopf fest, als wäre er an seinem Arm festgeklebt. Panik überfiel sie und mischte sich mit dem erregenden Gefühl, dass alles möglich war.

»Aber du hast es doch nicht getan, oder? … Aber du weißt etwas. Du warst auch da, am Stadion. Du warst auch dort.«

Sie flüsterte diese Worte in seine Finger, das Treppenhaus war menschenleer und feucht und kalt.

»Ich war da«, antwortete er. »Natürlich war ich da.«

Er warf sie sich über die Schulter, wie Cowboys ihre gefesselten Kälber transportierten, und sie ließ ihn gewähren. Er öffnete die Tür zu seinem geheimen Raum, und sie unterwarf sich ihm ein weiteres Mal, während alle Bedenken über die Gefährlichkeit der Situation in reine Lust verwandelt wurden.

Hinterher hätte sie den genauen Ablauf nicht rekonstruieren können, so gefangen war sie gewesen in der roten Welle aus Schmerz.

»Du bist sonderbar. Ich habe noch nie zuvor so eine Frau wie dich getroffen.«

Er entfernte die Lederriemen und Ketten, mit denen sie an

die Bettpfosten gefesselt gewesen war. Dann setzte er sich neben sie und betrachtete sie. Seine Lust hatte sich in etwas verwandelt, was sie nicht verstehen und eigentlich auch nicht sehen wollte.

Er streckte eine Hand aus und strich ihr eine Haarsträhne aus dem Gesicht. Er könnte mich hier und jetzt einfach töten, schoss es ihr durch den Kopf. In diesem schallisolierten Raum im Herzen der Wohnung könnte er ihr das antun, was mit der anderen Frau geschehen war.

Sie sah ihm in die Augen.

»Erzähl mir von ihr.«

Er schüttelte den Kopf.

»Du glaubst, dass ich es getan habe.«

»Du hast gesagt, dass du da warst.«

Lange erwiderte er kein Wort, sondern starrte sie nur an. Es gab so vieles an ihm, was sie nicht verstand, und vielleicht fühlte sie sich gerade zu Menschen hingezogen, die sie nicht verstand, weil sie sich selbst nicht verstand. In dem Moment, in dem alles verständlich und klar wird, ist die Spannung verloren.

»Ich habe sie nicht getötet, das habe ich doch schon gesagt.«

»Hast du das?«

Er legte sich neben sie. Langsam folgte er mit den Fingerspitzen den Striemen der Peitsche, während er ganz vorsichtig ihre Brustwarzen leckte, die schmerzten und noch blutig waren von den Klemmen. Seine Zunge war sanft und behutsam. Die Hand war warm, und sie schmiegte sich, ohne nachzudenken, an ihn, während er sie zudeckte. So schliefen sie nebeneinander ein.

Als sie aufwachte, wusste sie zuerst nicht, wo sie war. Sie musste sich erst aus einem unergründlich tiefen Meer an die Oberfläche kämpfen. Er hielt sie noch immer im Arm. Sie wollte die Zärtlichkeit nicht, die sie in seinen Augen entdeckte, und schon gar nicht die, die sie selbst empfand. Alarmglocken schrillten in ihrem Kopf. Sie musste fort von ihm. Er war gefährlich für sie, und zwar ganz anders, als sie es sich hätte vorstellen können.

Sie wand sich aus seiner Umarmung.

»Ich hab was für dich«, sagte er. »Es ist ein Päckchen, und du musst es an einem sicheren Ort verstecken.«

»Ich will kein Päckchen von dir.«

Er setzte sich auf. Plötzlich war sein Blick wieder hart und verschlossen.

»Das ist keine Bitte, sondern ein Befehl.«

Sie zögerte. Er stand auf und kam mit einem wattierten Umschlag zurück, den er aufs Bett legte. Sie wollte ihn nicht berühren, aber sie konnte erkennen, dass er schwer war.

»Und was ist das?«

Er schüttelte den Kopf.

»Hast du einen Safe? Einen sicheren, mit Code und allem Drum und Dran?«

Sie nickte.

»Bewahr ihn dort auf. Du darfst ihn nur öffnen, wenn ich eines Tages weg sein sollte. Bis dahin lässt du ihn einfach dort liegen.«

»Ist es was Ungesetzliches? Drogen? Geld?«

Er packte ihre Schultern und drückte fest zu. Zum ersten Mal sah sie etwas, was sie zuvor immer nur erahnt hatte. Angst.

»Ich bin da in eine Scheiße geraten, um es mal beim Wort zu nennen. Es lässt sich nicht ungeschehen machen, darum hat es keinen Zweck, seine Zeit damit zu vergeuden. Aber vergiss nicht: Sollte ich plötzlich verschwinden und du kannst mich nicht bei der Arbeit, hier oder auf dem Handy erreichen, dann öffnest du den Umschlag.«

»Warum ausgerechnet ich? Warum schickst du den Umschlag nicht zur Polizei?«

Er schüttelte sie so stark, dass ihre Zähne klapperten.

»Ich vertraue niemandem. Schon gar nicht den Bullen.«

»Aber mir vertraust du?«

Er sah ihr in die Augen. Sie konnte sich ihm nicht widersetzen, obwohl sie ihn verachtete. Was war er für ein Mensch? Was hatte er getan? Wo wurde sie da hineingezogen?

Sie erinnerte sich an ihr Spiegelbild und an die Sehnsucht nach ihm, die sie beinahe verzehrt hatte.

»Ich vertraue dir«, sagte er.

Kapitel 31

»Du solltest da nicht hinfahren.«

Bo hielt das Revers ihrer Jacke fest und zog sie näher zu sich heran. Sie hatte im wahrsten Sinne des Wortes mit einem Fuß bereits die Redaktionsräume verlassen.

»Aber ich muss das tun.«

»Dann nimm mich wenigstens mit.« Er schenkte ihr ein schiefes Lächeln. »Ich kann doch einfach ganz still in der Ecke sitzen und zuhören.«

»Wann hast du bitte das letzte Mal still in irgendeiner Ecke gesessen?«

Er zuckte mit den Schultern.

»Okay, ich gebe mich zufrieden, wenn ich dich hinfahren darf. Ich bleibe im Wagen sitzen und warte.«

»Ich bin nicht körperbehindert!«

»Verdammt noch mal, Dicte! Dieser Mann ist ein Mörder. Er manipuliert dich. Wie kannst du dir überhaupt so sicher sein, dass er wirklich der ist, für den er sich ausgibt?«

Sie seufzte und legte den Kopf an seine Halskuhle. Sie wussten beide, dass sie nichts anderes tun konnte, und trotzdem musste er es ihr so schwermachen.

»Er ist es, das habe ich dir doch schon gesagt. Außerdem, warum sollte er mich um eine Niere bitten, wenn wir keine gemeinsamen Gene hätten? Das macht doch keinen Sinn.«

»Natürlich ergibt das Sinn«, murmelte Bo in ihre Haare. »Das ergibt Sinn, wenn man dir bei diesem Fall ein Bein stellen will. Vielleicht ist er sogar selbst involviert. Man kann ohne Schwierigkeiten an Verbrechen beteiligt sein, obwohl man sitzt. Vielleicht ist er ja sogar der Kopf der Bande.«

Sie sah zu ihm hoch.

»Kopf welcher Bande?«

»Na, dieser ganze Apparat, worauf auch immer das am Ende hinausläuft. Es muss ja mehr als ein einzelner, kaltblütiger Täter beteiligt sein, vor allem weil die Geschichte sich auch noch verästelt und über die Landesgrenzen hinausreicht.«

Sie schlang ihre Arme um seinen Hals. Er hatte sich die Haare schneiden lassen und sah aus wie eine blonde Katastrophe. Es gefiel ihr nicht. Seine graublauen Augen betrachteten sie zu gleichen Teilen mit Sorge und Gewissheit. Er war der Meinung, sie sei verrückt. Und er war der Ansicht, sie würde sich von diesem Mann erpressen lassen. Sie war mitten in der Nacht zu Hause angekommen, und er hatte gesehen, was dieser Mann aus dem Krankenhaus für eine Wirkung auf sie gehabt hatte. Damit hatte sich diese Person, die sich für ihren Sohn ausgab, nicht gerade Pluspunkte bei ihm verschafft.

»Wag es bloß nicht, deine Niere einfach abzugeben. Wenn du dem was von dir gibst, bist du wirklich dumm.«

Sie küsste ihn auf die Wange.

»Er ist mein Sohn, Bo. Was würdest du in so einer Situation tun? Hast du da mal drüber nachgedacht?«

Das Wort »Sohn« auszusprechen fiel ihr nicht leicht, und schon gar nicht, es mit dem Mann in Verbindung zu bringen, dem sie in der Kantine des Krankenhauses gegenübergesessen hatte. Bo erwiderte nichts. Sie sah ihm in die Augen.

»Versprichst du mir, im Auto sitzen zu bleiben?«

»Versprichst du im Gegenzug, dich an den Fall zu halten? Lass ihn nicht zu nah an dich ran, Dicte. Das ist das Schlimmste, was du bei solchen Typen tun kannst.«

Sie versprach es mit einem Kopfnicken, fragte sich aber bereits, wie sie dieses Versprechen wohl halten sollte.

Theoretisch hatte Bo ja vollkommen recht, dachte sie, als sie sich auf dem Parkplatz von ihm verabschiedete, um ein zweites Mal die Kantine des Skejby Krankenhauses aufzusuchen. Sie wusste sehr wohl, dass er auf dem Krankenhausgelände herumschnüffeln würde wie ein Spürhund.

Während die unterschiedlichsten Gefühle in ihrem Kopf herumschwirrten, redete sie sich gut zu, dass es hier vor allem um einen Fall ging. Es ging um Mette Mortensen, ihren grausamen Tod und all das, was sich dahinter noch verbarg. Anders konnte sie damit nicht umgehen. Als Bilder von ihrer Schwangerschaft und der Geburt in ihrer Erinnerung auftauchten und ihr sogar physische Schmerzen verursachten, schob sie diese mit Gewalt beiseite. Alles schön unter den Teppich kehren, wo es hingehörte. Aber Fetzen der verbotenen Gedanken schauten unter den Fransen hervor.

Peter. Er hieß Peter, hatte blondes Haar und blaugrüne Augen und sah ihr viel zu ähnlich. Was war in seinem Leben alles noch geschehen, das ihn so zynisch hatte werden lassen?

Genug damit! Sie trat fester auf und wusste, dass sie sich vor sich selbst schützen musste. Peter Boutrup war ein erwachsener Mann und hatte die Regeln für ihre Begegnungen diktiert. Ein Tauschgeschäft. Sie würde sich darauf einlassen, es ausschließlich als ein Geschäft betrachten und ihre Gefühle außen vor lassen, wenn ihr das möglich war. Sie wollte ihm mit demselben Zynismus begegnen, den er an den Tag legte. Nur so würde sie das überstehen können.

Aber er schien im Laufe des Lebens ein gutes Gespür für die sensiblen Punkte der anderen entwickelt zu haben. Es würde nicht leicht werden. Was war er für ein Mensch?

Die Geschichte über seine Tat, den Einbrecher, den er angeschossen und getötet hatte – sie hatte die alten Ausgaben in ihrem Pressearchiv ausgegraben –, sagte natürlich eine Menge über ihn aus. Aber was genau? Zwei Personen – beide vorbestraft, wie Boutrup auch, der wegen verschiedener Gewalt- und Eigentumsdelikte gesessen hatte – drangen unerlaubt auf sein kleines Grundstück außerhalb von Randers ein, wo er allein mit seinem Hund gelebt hatte. Das war offensichtlich nicht das erste Mal gewesen, dass er ungebetenen Besuch bekommen hatte.

Zuerst hatte Peter Boutrup seinen Hund auf sie gehetzt, den die Eindringlinge aber mit einem Gewehr getötet hatten. Da hatte er mit einem abgesägten Jagdgewehr aus der offenen Haustür auf sie gefeuert, woraufhin die Männer die Flucht ergriffen. Den einen hatte er im Rücken getroffen. Das Projektil hatte die Halsschlagader durchtrennt, und der Mann war auf der Stelle tot umgefallen.

»Solche Typen«, hatte Bo gesagt. Was waren das für Typen, die ein abgesägtes Jagdgewehr zu Hause stehen hatten und überdies keine Hemmungen hatten, es zu benutzen?

Eine kalte Faust ballte sich in ihrem Bauch, während sie über den Parkplatz auf den Haupteingang in Gebäude 6 zuging. Sie war dankbar für die Gefühlskälte, die sie mit sich brachte. Ihr leiblicher Sohn war womöglich ein abgestumpfter Gewalttäter. War sie dafür verantwortlich? Früher hätte sie das gedacht und sich tief verletzt gefühlt. Aber die Faust im Magen machte es ihr unmöglich, etwas zu empfinden. Wie gnädig!

Sie spannte sämtliche Muskeln an und wappnete sich, als sie die Tür aufdrückte. Aber er saß nicht in der Kantine und seine zwei uniformierten Freunde aus Horsens ebenfalls nicht. Sie setzte sich hin und wartete. Kurz darauf kam eine Krankenschwester herein.

»Wollten Sie Peter Boutrup besuchen?«

Sie nickte. Gedankenfetzen schossen ihr durch den Kopf. War er beim Warten auf eine Spenderniere gestorben? Hätte sie ihn retten können? Hätte sie es gewollt? Oder gekonnt? Sie erinnerte sich an sein Lächeln, das ihr warme Wellen durch den Körper gejagt hatte. Das Blutsband war vielleicht doch fester, als sie gedacht hatte.

»Er ist in der Dialyse. Wollen Sie mich begleiten?«

Wortlos folgte sie der Krankenschwester durch die unendlich

langen Gänge. Er saß auf einem schwarzen Stuhl und war an einen Apparat durch eine Nadel im Arm gekoppelt. Die beiden Beamten saßen draußen vor der geöffneten Tür.

»Ich freue mich auf den Tag, an dem ich diesen Eisenwarenladen los bin«, sagte er, als er sie in der Tür stehen sah. »Bitte sehr, nimm Platz im Palast.«

Sie setzte sich auf die äußerste Kante des Stuhls. Verzweifelt suchte sie nach ihrem Zynismus, aber etwas anderes meldete sich zu Wort.

»Wie lange bist du schon krank? Kommt dich jemand besuchen?«

»Du besuchst mich doch«, sagte er. »Wer sollte einen Strafgefangenen auch sonst besuchen, außer seiner Mutter.«

Sie sah ihm in die Augen.

»Freunde? Eine Freundin?«

Sie wagte es kaum, so weit zu denken, fragte aber dennoch:

»Kinder?«

Sein Lachen klang hart und bitter.

»Ja, das wäre schön. Bist du der Meinung, dass wir Gene haben, die wir unbedingt weitergeben sollten? Was ist, wenn meine Nierenkrankheit erblich ist?«

Sein Blick bekam etwas Berechnendes.

»Da wir gerade über Nieren sprechen, hast du dich schon entschieden?«

Er wäre ein hübscher Kerl, wenn er gesund wäre. Vor ihren Augen verwandelte er sich. Seine Haut bekam Farbe, und sein Körper wurde straffer. Er war groß und schlank und könnte eine Mutter sehr stolz machen. Wenn er eine Mutter hätte.

»Hast du?«

Sie schluckte, aber es half nichts. In ihrem Hals saß ein Kloß, der nicht verschwinden wollte.

»Hast du eine Freundin?«, fragte sie erneut. »Es muss doch jemanden geben, den du magst? Jemanden, den du liebst und der dich liebt?«

In diesem Augenblick wünschte sie ihm nichts sehnlicher als

das. Zweifelte aber gleichzeitig, dass so etwas in seinem Leben existierte.

»Liebe ist eine Erfindung der Werbeindustrie«, sagte er. »Was ist gegen einen guten Fick einzuwenden?«

Sie sah Lust in seinen Augen aufleuchten und rutschte irritiert auf ihrem Stuhl zurück. Sie hatte ihr Bestes gegeben. Langsam hatte sie ihre Gefühle wieder unter Kontrolle. Er wollte ein Tauschgeschäft, dann sollte er auch Vertragsabschlussverhandlungen führen.

»Okay, du hast gesagt, dass es sich um ein Geschäft und nicht um die Taten eines Serienmörders handelt. Über welche Art von Geschäft sprechen wir da?«

»Hast du dich entschieden?«, wiederholte er seine Frage. »Ich arrangiere einen Termin für dich, damit du dich mit der Stationsschwester über die Transplantation unterhalten kannst und erfährst, wie das alles so vor sich geht.«

Sie wägte ab, eine Unterhaltung konnte nicht schaden. Mit der Zusage zu einem Informationsgespräch ging sie noch keine Verpflichtung ein.

»Wenn du einen Termin abmachst, werde ich da sein. Aber dafür möchte ich auch von dir jetzt etwas haben.«

Sein Blick bohrte sich in sie. Sie wusste, dass er sie durchschaute und sich nicht zum Narren halten ließ.

»Hast du Angst vor dem Tod?«, fragte er unvermittelt. »Oder vielleicht sollte ich es anders formulieren: Wovor hast du am allermeisten Angst?«

Zum zweiten Mal in so kurzer Zeit tauchten die Bilder vom Jüngsten Gericht in ihrem Kopf auf. Sie schüttelte sie von sich ab, jetzt war sie diejenige, die versuchte, alle Gefühle weit von sich zu halten. Es streifte sie der Gedanke, dass sie sich vielleicht auch in dieser Hinsicht sehr ähnlich waren.

»Was hat das denn mit dieser Sache zu tun? Sollten wir nicht bald mal zum Wesentlichen kommen, statt immer in dieser Gefühlssoße herumzurühren? Hattest du das nicht selbst gesagt? Dass du an Gefühlen nicht interessiert bist?«

Er beugte sich vor, soweit das die Maschine zuließ, an die er angeschlossen war.

»Selbstverständlich bin ich an Gefühlen interessiert. Mir ist es vollkommen egal, ob du für mich etwas empfindest. Ich zumindest selbst habe nicht den Schatten eines Gefühls für dich. Aber ich bin ein neugieriger Mensch, vielleicht ist das ja angeboren. Stell dir vor, ich bin so eine Art Einbrecher. Ich liebe es, mir einen Weg zum Kern eines anderen Menschen zu bahnen, und du bildest da keine Ausnahme.«

Er wurde von einer Krankenschwester unterbrochen, die hereinkam, um nach dem Rechten zu sehen.

»Wie geht es dem Hund?«, fragte er sie.

Die Krankenschwester, die laut Schild an ihrer Brust Ingrid Andersen hieß, war um die Mitte fünfzig, hatte eine mollige Figur und Oberarme, die ihre Kittelärmel bis auf den letzten Millimeter ausfüllten. Sie lächelte.

»Gut, danke. Er wird ein bisschen humpeln, aber ansonsten geht es ihm wieder gut.«

»Was für ein Glück, dass Sie ihn gefunden haben«, sagte Peter Boutrup. »Er ist ab jetzt ihr Lebensgefährte.«

Dicte bemerkte, wie Ingrid Andersen plötzlich die Tränen in die Augen schossen.

»Ganz genau«, schluchzte sie. »Er ist mein bester Freund.«

Peter Boutrup streckte seine freie Hand aus, griff nach ihrer und drückte sie.

»Ein Hund ist der beste Freund, den man haben kann. Das ist sehr gut, dass Sie so sehr auf ihn achtgeben, dann wird er Ihnen noch viele Jahre Freude bereiten. Denn Sie haben doch wohl nicht vor, sich gleich einen neuen Mann zu suchen? Jetzt, wo Sie den alten gerade losgeworden sind?«

Ingrid Andersen lachte.

»Nee, vielen Dank, darauf kann ich erst mal verzichten.«

Er zwinkerte ihr zu.

»Ansonsten, sagen Sie mir einfach Bescheid, dann komme ich bei Ihnen vorbei mit Anzug, Blumenstrauß und Zylinder.«

Dieses Mal warf sie ihren Kopf in den Nacken und brach in schallendes Gelächter aus.

»Oh, das wäre schön. Aber ich glaube, ich halte mich jetzt erst einmal an den Hund.«

Peter Boutrup stimmte in das Gelächter mit ein. Dicte erkannte ihr eigenes, gurgelndes Lachen, wenn Bo einen seiner Spezialwitze erzählte.

»Das kann ich sehr gut verstehen. Mit so einem wie mir ist ja nicht besonders viel los«, sagte er.

Die Krankenschwester klopfte ihm mütterlich auf die Schulter.

»Sie werden das schon schaffen«, sagte sie auf dem Weg aus dem Zimmer und warf Dicte einen Blick zu. »Sie haben ein besonderes Talent für das Leben.«

Die Stille senkte sich über die beiden, als die Schwester das Zimmer verlassen hatte. Da sagte Peter Boutrup:

»Ihr Mann hat sie halbtot geschlagen, und trotzdem hat sie zwanzig Jahre gebraucht, um ihn zu verlassen. Jetzt hat sie nur noch den Hund, und der ist vor kurzem fast verblutet, weil er sich an einer Bierdose geschnitten hatte, die im Gras lag. Na, aber wo waren wir steckengeblieben?«

Dicte brachte kein einziges Wort heraus. Am liebsten wäre sie aufgestanden und gegangen. Niemand hielt sie zurück. Trotzdem blieb sie sitzen, während sie den Auftritt der Krankenschwester langsam verdaute und sich eine zunehmende Verwirrung in ihr ausbreitete. Es war ihr unmöglich, diesen sonderbaren Menschen einzuordnen. War er boshaft und berechnend oder einfühlsam und fürsorglich?

»Hast du Angst zu sterben?«, fragte er sie erneut.

»Hast du?«

Eigentlich hätte sie eine erneute Gegenfrage erwartet, aber offenbar hatte er beschlossen, ihr zu antworten.

»Nein. Aber ich würde dieses Ereignis gerne noch ein bisschen hinauszögern. Ich habe noch so viel zu erledigen.«

Sie hatte keine Lust, danach zu fragen, weil sie wusste, dass er es erwartete. Auf sonderbare Weise löste er Trotz in ihr aus. Es war unübersehbar gewesen, dass er die Krankenschwester um den Finger gewickelt hatte, und wahrscheinlich konnte er das mit allen Menschen machen. Aber sie spürte ihre eigene Angst, auf die Liste der Leute zu geraten, die von ihm verzaubert worden waren. Er wollte keine Gefühle und schon gar nicht von ihr. Darum konzentrierte sie sich wieder ganz auf den Fall.

»Okay, ich habe dem Termin zugestimmt. Was hast du mir dafür anzubieten?«

Er legte den Kopf in den Nacken und sah sie prüfend an. Trotz der Zeichen seiner Krankheit konnte sie seinen Charme erkennen. Seine Augen leuchteten ihr fröhlich entgegen, als hätte er sich gerade an eine lustige Begebenheit erinnert.

»Du bist ein richtiger Spürhund, was?«

Sie antwortete nicht.

»Bist du denn überhaupt nicht neugierig? Willst du gar nicht wissen, wie ich dich gefunden habe?«

Die Fröhlichkeit hielt noch das Ruder, aber im Kielwasser war eine Ernsthaftigkeit aufgetaucht.

»Ich würde lieber etwas über dich erfahren«, sagte sie und hatte keine Ahnung, woher sie den Mut dazu nahm. »Hasst du mich? Siehst du dich selbst in mir?«

Er schien zu zögern. Es war, als würde sie hinter seine Fassade sehen können. Sie musste schlucken. In ihrem Kopf drehte sich alles. Würde er ihr einen Zugang zu sich gewähren? Sie hielt die Luft an, aber schon war dieser Moment wieder verstrichen, und sein Blick war so hart wie zuvor.

»Zeit ist kostbar für mich. Und darum vergeude ich sie weder mit hassen noch mit lieben.«

Sie starrten sich gegenseitig an, und sie gab jede Hoffnung auf.

»Wenn das so ist, bin ich dafür, dass wir zur Sache kommen«, sagte sie. »Zum Stadion-Fall.«

Für einen Moment sah es aus, als hätte er alles darüber vergessen. Dann schloss er die Augen und lehnte sich gegen den Stuhlrücken.

Nach einer gefühlten Unendlichkeit öffnete er die Augen einen Schlitzbreit.

»Es ist schier unglaublich, wie viele Gesetze im Laufe des Frühjahrs in Kraft getreten sind«, murmelte er und sah aus dem Fenster, wo der Frühling praktisch über Nacht zum Sommer geworden war und die Sonne im Gras ihre Spielchen trieb. »Und nicht alle sind gleichermaßen sinnvoll.«

Sie blieb mucksmäuschenstill sitzen. Ein Teil von ihr wollte nachhaken, ein anderer Teil wollte ganz andere Sachen fragen, sie unterdrückte den Impuls aber mit aller Gewalt. Sie dachte nur an Blut und Wasser und spürte, wie dieses Band immer stärker wurde.

Er streckte den Arm aus und zog an einer Schnur. Innerhalb von dreißig Sekunden stand Krankenschwester Ingrid in der Tür.

»Würden Sie so reizend sein und meinen Gast zurück in die Kantine bringen, Ingrid? Dann wären Sie die wunderbarste Frau der Welt.«

Ingrid strahlte übers ganze Gesicht und wandte sich an Dicte, die sich wie ferngesteuert erhob.

»Dann ist die Besuchszeit für heute beendet!«, sagte sie fröhlich.

Dicte zögerte kurz, als sie in der Tür stand. Sie drehte sich zu ihrem Sohn um, der nun auf der Pritsche lag und aussah wie ein Schlafender. Eine Haarsträhne war ihm in die Stirn gefallen, seine Lippen formten einen Schmollmund, wenn er ausatmete. Mit geschlossenen Augen sah sein Gesicht so friedlich aus, die vergangenen Jahre schienen verschwunden, und nur die unschuldigen Züge eines Kindes waren zu sehen. Ein kleiner Schmetterling flatterte in ihrem Bauch. Früher hätte sie vielleicht das Haar weggestrichen und eine Hand auf seine Wange gelegt.

Sie klemmte ihre Tasche fester unter den Arm und folgte der Krankenschwester den Gang hinunter.

Kapitel 32

Janos Kempinski folgte mit Blicken der Frau, die von der Kantine kam, an der Information vorbeiging und auf den Ausgang zusteuerte. Aber noch bevor sie die Drehtür erreicht hatte, öffnete die sich praktisch wie von selbst, und ein Mann in Cowboystiefeln und blondem Haar kam mit großen Schritten auf sie zu. Er begann wild zu gestikulieren und sofort auf sie einzureden.

Er konnte nur ein paar Namen aufschnappen: Anne und Torben oder war es Torsten gewesen? Eigentlich wollte er gar nicht lauschen, aber die Frau hatte er schon mal gesehen, konnte sie aber nicht zuordnen. Und das ärgerte ihn so sehr, dass er drauf und dran war, zu ihr zu gehen und sie nach ihrem Namen zu fragen. Stattdessen war er aber am Informationstresen stehen geblieben und tat so, als wäre er in Gedanken versunken und würde auf seinen nächsten OP-Termin warten. Aber er beobachtete genau, wie die Frau mit den zerzausten Haaren besorgt die Stirn runzelte und den Mann eindringlich ausfragte. Sie berührten sich nicht. Und dennoch zog er sofort den Schluss, ein Paar zu beobachten. Sie strahlten eine besondere Vertrautheit aus, vielleicht hatte es mit ihren Blicken zu tun, den durch die Luft wirbelnden Händen oder mit dem relativ kurzen Abstand zwischen ihnen. Er kannte das so genau, weil er selbst nie diese Form der Vertrautheit und alltäglichen Körpersprache erlebt hatte und weil er es vermutlich immer vermisst hatte, wenn er es bei anderen beobachten konnte. Es war eben diese Kommunikation zwischen zwei Körpern, die sich unabhängig von jenen Meinungsverschiedenheiten und alten Streitereien liebten, die sich im Laufe einer Ehe anhäufen konnten.

»Diese Frau da, wer ist sie noch gleich?«

Er fragte den Angestellten hinter dem Tresen mit gesenkter Stimme und nickte in die Richtung der beiden.

»Ist das nicht diese Journalistin? Die mit dem Videoclip vor einem Jahr von dieser Enthauptung?«

Janos Kempinski betrachtete die Frau erneut, jetzt genauer. Man konnte sie nicht direkt als hübsch bezeichnen. Aber sie hatte etwas Niedliches und gleichzeitig Kantiges, das ihn ansprach. Und außerdem sah sie besser aus als auf diesem Foto in der Zeitung, das er gesehen hatte. Denn der Mann am Informationstresen hatte recht: Es war tatsächlich die Journalistin. Sie strahlte eine mädchenhafte Autorität aus, die irgendwie widersprüchlich auf ihn wirkte. Ihre Bewegungen waren feminin, beinahe anmutig, und auch ihr Körper unter der engen Jeans und dem T-Shirt hatte ansprechende Kurven. Und darüber hinaus strahlte sie Hartnäckigkeit und Beharrlichkeit aus, wie sie da stand und ihrem Mann offenbar erklärte, dass sie einen Entschluss gefasst hätte, von dem sie nicht abzubringen war.

»Danke.« Er hatte das gemurmelt und riss sich los von der Szene. Im diesem Augenblick warf der Mann ergeben die Hände in die Luft, legte einen Arm um die Schulter der Frau, und gemeinsam verließen sie das Krankenhausfoyer.

Janos Kempinski sah auf die Uhr. Es war halb zwei, und er hatte noch zwei Patienten auf der Liste, nach denen er sehen musste. Sie waren beide als potentielle Empfänger für eine Niere einbestellt worden, die am frühen Morgen aus Oslo eingetroffen war. Ein junger Mann aus Ålborg hatte erste Priorität und würde die Niere erhalten, wenn keine Vorbehalte vorlagen, wie Infektionen oder eine Unverträglichkeit, die sich beim Crossmatchen ergeben könnten. Der zweite Patient war ein Mann aus Svendborg. Er würde die Niere erhalten, wenn der erste nicht in Frage kam und es auch bei ihm keinen Einwand gegen eine Transplantation gab.

Während er den Gang zu seinem Büro hinunterlief, wünschte er sich, dass man das anders regeln könnte. Dass man nicht zur Sicherheit immer auch einen zweiten Empfänger einberufen musste. Es war schließlich eine große Belastung für den Patienten, sich auf eine Operation vorzubereiten, um dann unter Umständen zu erfahren, dass das eigene Blut sich nicht mit dem der Spenderniere crossmatchen ließ. Und dann unverrichteter

Dinge wieder nach Hause fahren zu müssen. Es schoss ihm der fast zynische Gedanke durch den Kopf, dass man als Nierenpatient bei guter Verfassung sein musste.

Er kam an dem Zimmer vorbei, vor dem die beiden Beamten saßen, die Den Besonderen Patienten bewachten. Ihm waren Gerüchte zu Ohren gekommen, dass er Besuch gehabt hatte, eventuell sogar ein Familienmitglied, aber er widerstand der Versuchung, hineinzugehen und zu fragen. Er hatte gerade keine Lust, seinen Spitznamen zu hören. Sein Kollege Torben Smidt hatte zu allem Übel auch begonnen, ihn so zu nennen. Am Morgen hatten sie sich in der Kantine getroffen, und Smidt hatte ihm lauthals entgegengerufen: »Doktor Tod, I presume. Darf ich die Ehre haben, Ihnen eine Erfrischung aus dem Land der Lebenden anzubieten?«

Janos hatte ausnahmsweise ein bisschen Zeit und sich mit seinem Becher Kaffee zu ihm gesetzt. Aber der Spitzname hatte ihn irritiert, zudem Smidt ihn so großzügig verwendete wie den Zucker, den er sich in sein Getränk schüttete.

»Du, ich hab gestern eine Mail aus der Vergangenheit bekommen, da bin ich praktisch vom Stuhl gekippt.«

Fragend sah er Smidt an. Sie hatten vor gefühlten hundert Jahren zusammen in Århus Medizin studiert.

»Von der alten Crew?«

»Ganz genau, Doktor Tod.«

»Please …«

»Es ist wirklich ein vortrefflicher Name. Du solltest dich geehrt fühlen.«

»Bin ich aber nicht.«

Smidt hob seinen Becher hoch und pustete in seinen Kaffee.

»Schon gut, sag mal, erinnerst du dich an Palle Vejleborg?«

»Meinst du den Palle Vejleborg, der in großem Stil die Toilettenrollen der Fakultät geklaut hat? Und der dabei erwischt wurde, wie er den Schrank mit dem Alkohol knacken wollte?«

Smidt nickte.

»Eben dieser Vejleborg. Der niederträchtige Satan.«

»Aber lustig war er«, sagte Janos und erinnerte sich gerne an die Partys in Vejleborgs Studentenwohnheim, wo der besagte Alkohol auf dem Schwarzmarkt in Umlauf war.

»Lustig, ja. Das bestreite ich auch überhaupt nicht.«

»Wo hat es ihn hinverschlagen? Hat er eigentlich seinen Facharzt gemacht?«

Smidt nickte.

»Augenarzt. Er hat gerade eine neue Privatklinik in Vejle eröffnet, mit Blick auf den Fjord und allem, was dazugehört. Fette Kohle!«

Janos nickte.

»Klar. Was wollte er denn von dir?«

Smidt lächelte ihn wohlwollend an, und Janos wusste sofort, worum es ging. Ihre alte Priorisierungsdebatte, dieses Mal mit konkreten Namen.

»Es geht um seine Tochter. Marie Vejleborg, vierundzwanzig Jahre alt. Sie ist neu auf der Warteliste.«

»Lass mich raten, wir sollen sie aufrücken lassen?«

Smidt erwiderte nichts, er hielt nur Janos' Blick stand.

»Er weiß hoffentlich nur zu gut, dass wir das weder können noch wollen.«

Smidt rührte seinen Kaffee um. Seine Lippen umspielte ein verschmitztes Lächeln.

»Sonst hätte er wohl nicht gefragt. Es geht ja schließlich um seine Tochter, sein Fleisch und Blut, und nebenbei bemerkt, sein einziges Kind«, sagte er.

»Was hast du ihm geantwortet?«

Smidt nahm den Löffel aus dem Becher und legte ihn auf die Untertasse.

»Ich habe selbstverständlich geantwortet, dass es unmöglich ist. Du bezweifelst doch hoffentlich nicht, dass ich das getan habe, oder?«

Janos zögerte die entscheidende Sekunde zu lange, aber keiner von ihnen kommentierte es.

»Nein, nein, natürlich nicht.«

Abgesehen von der Tatsache, dass es schlichtweg unmöglich war, die Reihenfolge auf der Warteliste zu verändern, ohne dass jemand Einspruch erheben würde, hatten sie fernab von ihrem Gerede von Priorisierung schließlich auch ihre Prinzipien. Vielleicht war sein Zögern auch eher als Zeichen seiner Verblüffung zu sehen, dachte er, während Smidt seinen Kaffee trank. Sein eigener stand unberührt auf dem Tisch. Es war das erste Mal, dass jemand den Versuch gewagt hatte, die Position eines Namens auf der Warteliste zu verändern. Und mehr noch, als dass es ihn verärgerte, berührte es seine Neugier auf eine Weise, die ihm gefährlich erschien. Es löste ein Kribbeln und Prickeln aus, das dem Gefühl ähnelte, wenn er mit Dem Besonderen Patienten sprach.

Smidt griff nach einer zerfledderten Zeitung, die jemand auf dem Tisch hatte liegenlassen. Er blätterte ziellos darin herum, während er das Gespräch wieder aufnahm.

»Erinnerst du dich noch daran, als irgendjemand Hasch in den Eintopf an Palles Geburtstag gemischt hatte?«

Janos versuchte sich zu erinnern.

»Nur verschwommen«, gab er zu.

»Wer es glaubt, wird selig«, sagte Smidt. »Zu viele Köche und so ... Tauchte an diesem Abend nicht Lisa auf?«

Sie hatten beide hart um ihre Aufmerksamkeit gebuhlt, Torben und er. Lisa war gerade im Studentenwohnheim eingezogen und hatte mit ihrem Medizinstudium angefangen. Sie hatte lange blonde Haare, die bis zur Hüfte reichten, und hatte rote Hosen und wahrscheinlich rote Clogs getragen. Außerdem hatte man ihre Brüste unter der Bluse sehen können.

»Die Befreiung der Frau«, sagte Smidt schwärmerisch. »Keine trug mehr einen BH.«

Die Erinnerung versetzte ihm nur einen kleinen Stich. Es war bereits zu lange her, aus einer längst vergangenen Zeit. Er hatte das Mädchen erobert und war der Liebe begegnet. Aber wie so oft waren seine Ambitionen der Fortsetzung gemeinsamer Pläne in die Quere gekommen.

Während Smidt weiter durch die *Avisen* blätterte, schwor er sich, dass der Job ihm nie wieder das nehmen durfte, was ihm wichtig war.

Janos Kempinski blieb abrupt mitten im Gang stehen, während seine Gedanken noch bei ihrem Gespräch in der Kantine hingen. Die Zeitung!

Er drehte auf dem Absatz um und rannte zurück in die Kantine. Zum Glück lag sie noch auf dem Tisch. Er blätterte bis zu der Seite, an die er sich erinnerte, weil Torben Smidt sie gelesen hatte. Der Artikel über den Stadion-Mord ging über die gesamte Doppelseite. Von einem kleinen Foto neben dem Artikel, begleitet von einer Mailadresse, sah ihn die Frau aus dem Foyer mit einem geheimnisvollen Lächeln an.

Ohne es sich selbst erklären zu können, ließ er sich auf den Stuhl sinken und las in fünf Minuten den Artikel durch. Natürlich hatte er auch von diesem Mord gehört, jeder Mensch in Århus hatte das mitbekommen. Allerdings hatte er nicht die weiteren Ermittlungen verfolgt. Die Arbeit hatte ihn davon abgehalten, außerdem waren andere Dinge wichtiger gewesen.

Dicte Svendsen hieß also diese Journalistin. Soweit er wusste, gab es in seiner Abteilung nichts, was ihr professionelles Interesse hätte wecken können. Allerdings war sie als Spürhund bekannt, eine, die Geheimnisse aufwirbeln konnte. Natürlich hatte das auch seine Daseinsberechtigung, aber er war nie ein spezieller Freund der Presse gewesen. Im Laufe der Jahre hatte er zu oft beobachtet, wie Kollegen an den Pranger gestellt worden waren. Und er hatte einseitige und verzerrte Artikel über die Länge der Wartelisten oder die Unzulänglichkeiten des Gesundheitswesens gelesen. Natürlich hatte Dicte Svendsen daran keine Schuld, aber dennoch war seiner Überzeugung nach dieser Berufsstand nicht der allzu vertrauenswürdigste. Was für ein Anliegen hatte sie also bei ihrem Besuch im Krankenhaus gehabt? Recherchierte sie für eine Geschichte? Was es auch sein mochte, es hatte bestimmt nichts Gutes zu bedeuten.

Kapitel 33

John Wagner nahm den Aufzug in den vierten Stock zum Kriminaltechnischen Institut. Auf dem Weg nach oben versuchte er sich über die Fortschritte zu freuen, die sie in dem Stadion-Fall gemacht hatten. Ihnen war es gelungen, den Zeitraum von Mette Mortensens Aktivitäten in besagter Samstagnacht einzugrenzen. Der Taxifahrer hatte zu Protokoll gegeben, dass er gegen 2 Uhr 15 alle drei Personen vom Åboulevarden zu einer Adresse in der Jægersgårdsgade gebracht hatte. Das war Arne Bays Anschrift. Alle drei seien im Treppenhaus verschwunden; sie wären allerbester Laune gewesen, vor allem das Mädchen, das so viel gekichert und geplappert hätte, dass es seine Handtasche im Wagen liegengelassen hatte.

Es war ärgerlich, dass der Taxifahrer sich nicht früher gemeldet hatte, aber die folgenden Tage hatte er mit einer Lungenentzündung im Bett verbracht und war deshalb erst so spät auf dem Revier erschienen. Zum jetzigen Zeitpunkt ließ sich noch nichts Genaues sagen, aber eines stand fest: Sie würden jeden Zentimeter von Bays Wohnung untersuchen müssen, dem letzten, bekannten Aufenthaltsort von Mette Mortensen. Darum war es auch ein Leichtes gewesen, einen Durchsuchungsbeschluss vom Staatsanwalt zu bekommen. Er sah auf die Uhr. In genau anderthalb Stunden würde die Spurensicherung ausrücken. Zwar nahm er nicht an, dass der Mord tatsächlich in Arne Bays Wohnung stattgefunden hatte, aber eventuell würde es ihnen gelingen, der Wahrheit mit der Durchsuchung ein Stück näher zu kommen. Selbstverständlich würden sie auch die Nachbarn befragen müssen, ob sie etwas Auffälliges bemerkt haben.

Er klingelte an der Tür der Kriminaltechnischen Abteilung, die wegen der Vielzahl von Beweismitteln aus sicherheitstechnischen Gründen grundsätzlich verschlossen war. Der Leiter der Abteilung, Erik Haunstrup, öffnete ihm und begrüßte ihn mit seinem Mick-Jagger-Grinsen und der flammendroten Haarpracht, die dringend die Bekanntschaft mit einer Schere benötigte.

»Bist du wegen des Handys hier?«

Wagner nickte. Wie erwartet, hatte es sich in der kleinen Handtasche befunden.

»Schon irgendwelche Ergebnisse?«

Haunstrup zuckte mit den Schultern, während sie gemeinsam den Gang hinuntergingen.

»Wir haben das Äußere gecheckt und die Fingerabdrücke der Frau gefunden. Und Jacob von der IT sitzt gerade am Inhalt, Anruflisten, SMS und so. Ich weiß noch nicht, ob er was gefunden hat, aber wir haben auch so irrsinnig viel zu tun.«

»Aber nicht zu viel, um die Kleidung von Mette Mortensen nach Spuren zu untersuchen, hoffe ich? Wir haben doch, wie du weißt, nachher eine Hausdurchsuchung in der Jægersgårdsgade angesetzt bei dem Mann, mit dem sie zuletzt gesehen wurde.«

Haunstrup schüttelte den Kopf.

»Natürlich nicht!«

Er zwinkerte Wagner zu. »Folgendes. Unter Umständen besitzt dieser Mann einen kurzhaarigen Hund. Wir haben nämlich auch Hundehaare auf ihrer Kleidung gefunden.«

»Können die näher identifiziert werden?«

»Sie können zumindest eingegrenzt werden. Der Hund ist kurzhaarig und farblich eine Mischung aus Senfgelb und Weiß. Wenn wir ein paar Originalhaare ergattern, mit denen wir sie vergleichen können, können wir das mit Sicherheit zuordnen, damit es auch vor Gericht hält. Ihr müsst nur einen Staubsaugerbeutel sicherstellen, falls ihr da so etwas entdeckt.«

Wagner lächelte.

»Wir werden dir so viel Staub und Haare besorgen, dass es für eine allergische Kettenreaktion genügt.«

Haunstrup zog anstelle einer Antwort die Nase hoch. Er war ein sensibler Mensch, mit heller Haut und einer Neigung zu Ausschlag. Seit kurzem konnte er noch eine Hausstauballergie auf der Liste seiner Gebrechen führen. Nicht besonders günstig für jemanden, dessen Arbeit darin bestand, allerhand Kleinstpartikel zu untersuchen, dachte Wagner.

»Was habt ihr sonst noch so auf der Leiche gefunden? So eine Art Öl, oder?«

Sie hatten zwar schon längst den Bericht der Kriminaltechniker bekommen, aber bisher hatten sie keinen vergleichsrelevanten Ort gehabt, um Spuren abzugleichen.

Haunstrup nickte.

»Wohlgemerkt handelt es sich hierbei nicht um Motorenöl«, sagte er und zwinkerte Wagner zu.

»Massageöl?«

Haunstrup nickte erneut.

»Wir konnten auch den Produktnamen ermitteln. Man kann diese Marke in diversen Porno-, verzeih, Erotik-Shops kaufen.«

In den letzten Jahren hatte sich auf diesem Sektor so vieles verändert, dachte Wagner. War Porno früher einem eher beschränkten, etwas lichtscheuen Publikum vorbehalten gewesen, so galt es heute als ein gesellschaftsfähiges Wort. Und Erotik, Sexspielzeuge und Massageöl waren so alltäglich wie Vitaminpillen und warme Socken im Winter. Er fragte sich, was sie davon wohl in Arne Bays Wohnung finden würden.

Jacob Andersen war einer der zwei IT-Experten, die sich seit geraumer Zeit immer häufiger mit einer neuen Form der Kriminalität konfrontiert sahen, die zunehmend an Bedeutung gewann. Er starrte auf den Computerbildschirm, als sie hereinkamen, riss sich dann aber los.

»Ein vielbeschäftigtes Mädchen, diese Mette Mortensen.«

Er öffnete eine Schublade und holte ihr Handy hervor. Es steckte in einer Plastiktüte.

»Ich drucke Ihnen das aus.«

»Danke, kann ich gleich darauf warten?«, fragte Wagner.

Jacob Andersen nickte und schloss die Datei, an der er gerade gearbeitet hatte. Dann öffnete er den Ordner mit Mettes Telefonkontakten.

»Sie hat auch einen Haufen SMS gespeichert. War nicht großzügig beim Löschen, das ist unser Glück. Ich habe sie aufgelistet und sie mit Datum und Uhrzeit versehen.«

Dann drückte er die Entertaste, und wenige Sekunden später begann der Drucker zu brummen, um dann vier Seiten auszuspucken. Jacob Andersen legte sie in einen Umschlag und überreichte diesen Wagner.

»Ich hoffe, Sie können es zu etwas gebrauchen. Wir haben nur die Nummern und es noch nicht geschafft, die passenden Adressen zu überprüfen. Aber sollte es Schwierigkeiten geben, kommen Sie jederzeit zu uns.«

»Vielen Dank. Apropos Nummern«, sagte Wagner und nahm den Umschlag entgegen. »Wie sieht es denn mit ihren Notizbüchern aus? Konnte jemand schon den Code knacken, wenn es einen geben sollte?«

Andersen schüttelte den Kopf und setzte sich wieder an seinen Computer.

»Wir haben die Vermutung gehabt, dass es mit ihrem Job zu tun hat, und haben die Seiten unseren hausinternen Rechnungsprüfern gegeben. Vielleicht hat einer von denen eine Idee. Aber bisher habe ich noch nichts gehört.«

»Könnten Sie da für mich noch mal nachhaken?«

Anders nickte zerstreut, während er sich wieder seiner vorherigen Aufgabe widmete.

»Ich werde denen Dampf machen.«

Haunstrup brachte ihn zurück zur Eingangstür.

»Sehen wir uns dann später? Nachher in der Jægersgårdsgade?«

Wagner nickte.

»Wir haben den Mann schon in U-Haft und verhören ihn später. Ich wollte mir erst mal vor Ort ein Bild machen.«

»Pass auf, dass du nicht auf dem Öl ausrutschst«, warnte ihn Haunstrup mit einem schelmischen Lächeln.

Wagner gab die Telefonliste an Kristian Hvidt weiter und bat ihn, den Nummern Namen und Adressen zuzuordnen. Etwas später, nachdem er eine Runde durch die Kantine gedreht und sich ein Roastbeef gegönnt hatte, holte er Ivar K ab und fuhr mit ihm in die Jægersgårdsgade, wo bereits der blaue Bus der Kriminaltechniker vor dem Eingang parkte. Sie mussten weiße Schutzanzüge, Latexhandschuhe und blaue Plastiküberschuhe anziehen, bevor sie die Wohnung im dritten Stock betreten durften.

Ihr erster Blick fiel auf den Hund. Der lag angekettet vor dem Heizkörper, trug einen Maulkorb und sah aus, als wäre er in ein tiefes Koma gesunken. Wagner registrierte die Farben seines Fells: senfgelb und weiß.

Haunstrup tauchte aus den hinteren Räumen der Wohnung auf, ebenfalls in weißer Schutzkleidung. Er nickte zum Hund, der nicht registriert hatte, dass zwei neue Besucher sein Reich betreten hatten.

»Wir hatten unsere liebe Not mit dem Kleinen und mussten einen Tierarzt rufen, der ihm was zur Beruhigung verabreicht hat.«

Wagner betrachtete den Hund, der kleine Seufzer beim Atmen ausstieß. Es war ein muskulöses Exemplar, nicht besonders groß, aber kompakt.

»Mit so einem lumpigen Köter seid ihr nicht alleine klargekommen?«, zog er die Kollegen auf.

Haunstrup schüttelte den Kopf.

»Das ist ein Amstaff. Mit denen sollte man nicht spaßen.«

»Amstaff?«

»American Staffordshire Bullterrier. Eine Art Kampfhund, ist bei uns aber zugelassen. Allerdings würde ich dem und seinem Besitzer nicht bei Nacht in einer einsamen, schummrigen Gasse begegnen wollen.«

Mit einem Handzeichen forderte er sie auf, ihm zu folgen. »Vor allem nicht nach dem, was wir hier sonst noch so gefunden haben.«

Wagner registrierte, dass die Wohnung sauber und stilvoll eingerichtet war und ganz eindeutig von einem Mann bewohnt wurde. Im Wohnzimmer stand eine Ledergarnitur mit einem riesigen Sofa, großen Stühlen und einem Armsessel auf einem cremefarbenen Teppich, der früher mal strahlend weiß gewesen sein mochte. An den Wänden hing zwar keine Pornographie, aber zumindest erotische Kunst mit deftigen, aber dennoch – das musste er zugeben – einigermaßen geschmackvollen Gemälden und Fotos von nackten Frauen und Männern in diversen Unterwerfungsposen. Im Bücherregal standen nicht besonders viele Bücher, aber das Repertoire war breit gefächert, von Hundebüchern bis zu Sachbüchern über ehemalige Naziführer, von Albert Speers Autobiografie bis zu einem obskuren Roman über Hitler. *The Hitler Scoop – Hunt for Führer's Body*, las er auf dem Buchrücken. Dazwischen entdeckte er kleine Überraschungen wie Werke von Karl Marx und eine Novellensammlung von Edgar Allan Poe.

Aber er hütete sich davor, etwas zu berühren. Er wusste, dass die Kriminaltechniker am liebsten ohne Unterbrechung ihre Arbeit versahen und nicht von Vorgesetzten behindert werden wollten, die mögliche technische Beweise zertrampelten. Dennoch war es für Wagner unerlässlich, dass er sich selbst einen Eindruck verschaffte, und das wurde auch respektiert.

»Kommt hier entlang.«

Er folgte Haunstrups Stimme, Ivar K war ihm auf den Fersen. Beide mussten nach Luft schnappen, als Haunstrup die Tür aufstieß.

»Verdammte Scheiße!«, stieß sein Begleiter und Kollege aus, als er wieder richtig denken konnte. »Diese perverse Drecksau! Der muss es doch als Kind mit der Peitsche besorgt bekommen haben!«

Der Raum war klein und wirkte wie eine Zelle. Und er wurde noch weiter dadurch beengt, dass alle Wände mit schallisolierenden Dämmplatten versehen waren, die wie Eierkartons aussahen, allerdings aus einem weitaus professionelleren Material. Das ist der perfekte Tatort, dachte Wagner. Aus diesem Raum drang kein Geräusch, kein noch so lautes Schreien. Und schon gar nicht die Stimme eines jungen Mädchens, das vor Angst und Schmerz um Hilfe rief.

Gegenüber der Tür war ein Gitter an der Wand befestigt, das vom Boden bis zur Decke reichte. An glänzenden Stahlstangen hingen Peitschen, Ketten, Handschellen und Handfesseln aus Leder und diverse andere Instrumente, die als einziges Ziel hatten, jemandem größtmögliche Schmerzen zuzufügen. Vor dem Metallgitter stand ein Tisch, der einen augenblicklich an die gute alte »Streckbank« denken ließ. Er sah hart aus, war mit schwarzem Leder bezogen und mit diversen Schraubmechanismen sowie Metallstangen versehen, an denen man jemanden festbinden konnte. Auf einem kleinen Ecktisch standen drei Perückenköpfe mit drei verschiedenen Masken. Eine war eine Kopfmaske aus schwarzem Latex, eine aus Eisen und inspiriert von alten Rüstungen. Die dritte war eine Ledermaske, die aus einem Wirrwarr aus sich kreuzenden schwarzen Riemen bestand. Auf diesem wie auch auf den anderen Beistelltischchen standen heruntergebrannte schwarze Kerzenstumpen. An den Wänden hingen hier keine Plakate mit sexuellen Botschaften, sondern welche mit politischen: verherrlichende Porträts von Adolf Hitler, die Südstaatenflagge, Fotos von Brandanschlägen durch den Ku-Klux-Klan sowie White-Supremacy-Slogans. Es gab kein Fenster in diesem Raum.

Ivar Ks Blick fiel auf die Kerzen.

»Da hatte jemand aber doch Lust auf ein bisschen Gemütlichkeit!«, murmelte er und steckte einen Latexfinger in die Wachsoberfläche. Er hinterließ einen deutlichen Abdruck.

Er hob die Nase und schnupperte. »Jemand ist vor kurzem in diesem Raum gewesen.«

Wagner musste ihm recht geben. In dem etwas stickigen Raum hing ein schwacher Duft von Kerzenwachs in der Luft, der sich mit dem Geruch von Körperausdünstungen vermischt hatte. Aber er bemerkte noch etwas anderes, und das war die Andeutung von Bewegung. Sein Glauben an Übernatürliches hielt sich in Grenzen, und er selbst würde sich als einen logisch denkenden und vernunftbegabten Menschen beschreiben. Und trotzdem hatte er das Gefühl, die Bewegungen wahrnehmen zu können, die in diesem Raum stattgefunden hatten. So als hätte ihn jemand genötigt, eine bizarre Choreographie auswendig zu lernen. Er sah Körper vor sich, die andere Körper erniedrigten und demütigten. Er sah Hände mit Peitschen durch die Luft schwingen und hörte das Klicken der Handschellen, die sich um ein Handgelenk schlossen. Und er sah Mette Mortensen vor sich; gedemütigt und angsterfüllt und mit der schrecklichen Gewissheit, sterben zu müssen.

»Da muss es doch haufenweise Spuren geben«, sagte Ivar K.

»Das könnte auch gleichzeitig das Problem sein«, sagte Haunstrup. »Wir dürfen nämlich nicht vergessen, das alles, was wir hier sehen, nicht verboten ist. Bizarr ist es, das mag sein, aber die sexuelle Disposition eines Menschen macht ihn nicht automatisch zum Mörder.«

»Aber für einige gilt das doch«, erwiderte Ivar K. »Und dieser hier gehört definitiv dazu.«

Wagner seufzte. Natürlich hatte Haunstrup recht, trotzdem konnte er sich des Eindrucks nicht erwehren, dass an diesem Ort etwas vor sich gegangen war, das mit dem Tod von Mette Mortensen zu tun hatte.

»Wir müssen uns auf jeden Fall sehr gründlich umsehen«, sagte er und verließ den Raum.

Er lief zu Fuß zum Polizeipräsidium zurück, während Ivar K noch in der Wohnung blieb. Auf der Straße hatte der Sommer Einzug gehalten, und er versuchte, sich von den jungen Frauen in kurzen Sommerkleidern aufheitern zu lassen, die an ihm vorbeiradelten. Aber sie verwandelten sich alle in Mette Mortensen, deshalb starrte er auf den Bürgersteig vor sich. Die Sonne schien ihm in den Nacken, und von unten stieg ihm der Duft von erwärmtem Asphalt in die Nase.

Als er in seinem Büro angekommen war, fand er dort die Benachrichtigung, dass ein Jeppe Ødum angerufen hatte. Der

Name sagte ihm irgendwas, aber er konnte ihn nicht zuordnen. Er nahm sich die Mortensen-Akte und blätterte sie auf der Suche nach diesem Namen durch. Erst als er die Protokolle der Befragungen bei der Hammershøj Wirtschaftsprüfungsgesellschaft durchsah, fand er ihn. Jeppe Ødum war einer von Mettes Kollegen gewesen, der wie alle anderen nichts über sie hatte hinzufügen können, was sie nicht bereits wussten.

Wagner seufzte und ließ sich gegen die Rückenlehne sinken. Hatte Mette Mortensen begonnen, von der anderen Seite des Lebens mit ihm zu sprechen?

Er wählte Jeppe Ødums Nummer, erreichte aber niemanden, auch keinen Anrufbeantworter.

Kapitel 34

Die Nacht wurde um Punkt vier Uhr von der Morgendämmerung vertrieben, als die Vögel vor dem Kippfenster ein Konzert mit Chor und Orchester einleiteten.

»Hört auf mit dem Lärm!«, brummte Bo im Schlaf. »Ich bring euch um, ihr Schreihälse!«

»Schh.«

Sie streichelte ihm über die Brust, bis sich seine Atemzüge wieder beruhigt hatten und sie sein vertrautes Schnaufen hörte. Er lag nackt auf der Decke. Den einen Arm hatte er sich über die Augen gelegt als Schutz vor den frühen Sonnenstrahlen, der andere lag auf ihrem Kissen. Sie genoss den Anblick seines Körpers, der lang und sehnig war, als wäre er früher Marathonläufer gewesen. Aber dem war nicht so. Bos einziges Interesse an Sport beschränkte sich darauf, mit der Kameralinse vor dem Auge ein Fußballspiel zu verfolgen. Sie hatte ihn noch nie joggen oder ein Gewicht heben sehen. Und trotzdem ging es ihr mit seinem Körper wie mit Kaffee und Rotwein. Er machte süchtig, und in den ersten Sonnenstrahlen des Tages meldete sich ein Verlangen in ihr. Es klang wie eine klare Glocke, vermischte sich mit dem Chor der Vögel und war in der Lage, für kurze Zeit die tote Frau aus dem Stadion zu verdrängen. Und ein anderes Bild verschwamm ebenfalls: ihre Begegnung mit dem Mann in der Krankenhauskantine, der in Rätseln sprach, ihre Niere wollte und an einem Teil ihres Lebens zerrte, den sie nicht loslassen wollte.

Sie schmiegte sich an Bo und wanderte mit ihrer Hand seinen Körper hinunter. Der Bauch war flach, als hätte er tagelang nichts gegessen. Seine Haut war warm und verschwitzt und an den Stellen, wo der Schweiß sofort verdampfte, kalt und trocken.

Sie küsste ihn und legte ihren Kopf in seine Halskuhle. Aber sie bekam keine Reaktion von Bo, außer seinem gleichmäßigen Atem, der sie schließlich selbst wieder in den Schlaf wiegte.

Sie wachte mit einem Satz auf, als ihr Gehirn plötzlich die Erinnerung an Bos Beobachtung aktivierte, dass er Anne und Torsten auf dem Parkplatz vom Skejby Krankenhaus gesehen hatte.

Sie schmiegte sich noch dichter an ihn. Anne und Torsten. Ihre beste Freundin und ihr Ex-Mann. Was war da los?

Sie fragte sich ehrlich und spürte nach, aber konnte nicht den Hauch von Eifersucht entdecken. Nein, weder gehörte Torsten ihr allein, noch wollte sie ihn zurückgewinnen. Es war etwas anderes. Die Heimlichtuerei. Sie empfand das als einen Vertrauensbruch. Von Torsten erwartete sie überhaupt nichts, aber von Anne. Die Enttäuschung darüber saß tief. Anne, ihre Vertraute, der sie alles erzählen konnte. Anne, die sich von ihr zurückgezogen hatte und sich so merkwürdig benahm.

Die Tränen flossen und benetzten Bos Arm unter ihrem Kinn. Kurz darauf wachte er auf und bewegte sich unruhig.

»Was ist denn los?«

Sie antwortete mit einem langen Seufzer aus dem Halbschlaf. Daraufhin legte er einen Arm um ihre Taille, drehte sie mit einem Ruck um und drückte sich nun von hinten gegen ihren Rücken.

Wie im Traum merkte sie, dass er steif wurde. Vorsichtig drückte er ihre Beine auseinander, und sie fühlte sich wieder geborgen.

»Wir brauchen andere Themen. Wir verschwenden zu viel Zeit, Geschichten hinterherzurennen, die dann nicht geschrieben werden können.«

Holger Søborgs Blick blieb einen Augenblick zu lange an ihr hängen, bevor er sich auf die Zeitung heftete, die bei ihrer morgendlichen Redaktionssitzung in der Mitte des Konferenztischs lag.

Dicte verfluchte ihn, aber leider hatte er recht damit. Die Deadline für die Beilage lief in vierundzwanzig Stunden aus, und sie mussten jetzt schnelle Lösungen finden, damit sie pünktlich herauskam und Kaiser sein Zepter nicht im Hals steckenblieb.

»Wir haben noch nie was über das neue Gefängnis in Horsens gemacht«, schlug sie vor. »Jemand könnte sich das doch mal genauer ansehen, ob auch alles so reibungslos läuft wie geplant.«

Sie sah Holger an, der zwar anbiss, allerdings nur mit einem zögerlichen Nicken, das ihr nicht gerade Spitzennoten für Originalität signalisierte.

»Die Geschichte ist nicht neu. Wo soll der Aufhänger sein? Mal so auf den Punkt gebracht?«

»Das ist eine gute Geschichte. Die Leute lesen gerne was über Gefängnisse«, widersprach sie. »Ich bin sogar der Meinung, dass eine bloße Beschreibung genügen würde. Aber gab es da nicht Probleme mit den Angestellten? Irgendwas mit Machtkämpfen am Arbeitsplatz oder so?«

Sie musste Holger eine Story machen lassen, obwohl seine Schreibkunst eher als mäßig einzustufen war. Darum hatte sie vor, Bos Fotos riesengroß aufzublasen und Holgers Text als Bildbeschreibungen einzusetzen. Aber diesen Kampf würde sie später ausfechten.

Sie dachte an Peter Boutrup und seinen Alltag in Horsens. Was war er für ein Mensch? Hatte er Freunde, die alles für ihn tun würden? Oder war er nicht nur ohne Familie, sondern auch ohne Freunde? War er nicht in der Lage, andere Menschen an sich zu binden? Oder war er das genaue Gegenteil? Wie der berühmte Rattenfänger, der nur auf seiner Flöte aufspielen musste, und alle folgten ihm blind?

Sie hatte zwar keine Lust, seinen momentanen Aufenthaltsort zu besuchen, aber die Neugier brannte dennoch in ihr. Es war nichts Verkehrtes daran, Holger und Bo auf eine Mission dort hinzuschicken und gleichzeitig einen Artikel für die Beilage rauszuschlagen.

»Du wärst der perfekte Gefängniswärter, Holger.«

Bo brummte seinen Kommentar aus den Tiefen des Sofas, wo er seine Nase in einem Comic vergraben hatte. »Wenn ich eines Tages hinter schwedische Gardinen muss, dann würde ich sofort den Verein für Gefangenenfürsorge anrufen und darum bitten, dich als meinen Wärter zu bekommen.«

Er schenkte Holger sein charmantestes Lächeln.

»Wären wir nicht ein wunderbares Paar?«

»Okay, ihr beide habt den Zuschlag und vereinbart einen Termin in Horsens«, sagte Dicte, während Holger noch an einer passenden Replik arbeitete. »Helle, und von dir bekommen wir eine Geschichte aus der ›Mit Leib und Seele‹-Serie?«

Helle nickte.

»Ich habe nachher noch einen Termin mit einer Frau, die sich darüber beschwert hat, dass der Sarg ihres Mannes so lange in der Kapelle gestanden hat, bis er zu stinken anfing. Und das nur, weil die Friedhöfe zu wenig Platz haben, um die Särge woanders zwischenzulagern.«

»Gibt es jetzt etwa auch eine Warteliste für das Leichenhaus?«, fragte Bo und blätterte weiter in seinem Donald-Duck-Heft herum. »Was kommt als Nächstes? Dass wir stehend begraben werden müssen, damit mehr Platz geschaffen wird?«

»Wir sollten uns zumindest nicht einäschern lassen«, warf Helle ein, die solche Pingpongspielchen mit Bo sehr liebte, für Dictes Geschmack ein bisschen zu sehr. »Nicht, wenn wir umweltbewusst sein wollen. Das wäre auch eine Geschichte wert: Wie viel CO_2 können wir einsparen, wenn wir ein grünes Begräbnis wählen.«

»Ein grünes Begräbnis?«, wiederholte Holger entgeistert.

»Na, wo man im Grünen liegt und nach und nach wieder eins wird mit der Natur«, erläuterte Helle und sah erst zu Holger und dann zu Bo, weil sie von dort ganz offensichtlich den nächsten Ball erwartete. Der kam auch wie bestellt:

»Oder wenn man als GRÜNzeug im Krankenhausbett endet und beschlossen hat, Teile seines Körpers würdigen Empfängern zu spenden. Das kann man dann wirklich Recycling nennen«, war von hinter dem Comic zu vernehmen.

Dicte sah auf die Uhr und stand auf.

»Prima. Lasst uns loslegen. Ich fahre raus nach Ebeltoft zum Glasmuseum und schreibe was über den Einbruch von heute Nacht. Ich will versuchen, das auf eine allgemeinere Ebene zu ziehen, wie der Personalmangel bei der Polizei für die Aufklärung kleiner Delikte.«

Sie wussten alle, dass des Bürgers »Freund und Helfer« nach der Polizeireform in bürokratischen Auflagen ertrank und man bemüht war, neue Strukturen zu schaffen. Sie hatten auch alle von dem Einbruch ins Glasmuseum von Ebeltoft gehört, bei dem Unikate von drei renommierten Glaskünstlern im Wert von mehreren Tausend Kronen gestohlen worden waren. Bo warf seinen Comic in den Zeitschriftenkorb auf dem Tisch und schwang die Beine vom Sofa.

»Natürlich ist es rein zufällig, dass du mich mit dem Höhlenmenschen Holger nach Horsens schickst, richtig?«, sagte er, ohne dass die anderen ihn hören konnten. »Aber wenn ich nun schon einmal da bin, gibst du mir eine kleine Zusatzaufgabe?«

»Mhm. Mhm.«

»Aber das kostet Küsse, das ist dir schon klar?«

»Wie viele?«

»Das hängt vom Resultat ab. Sprechen wir von derselben Sache?«

»Peter Boutrup«, sagte sie, obwohl es ihr schwerfiel, den Namen auszusprechen. »Ja, vielen Dank, du darfst sehr gerne ein bisschen rumhorchen, aber diskret bitte!«

Sie betonte das, weil sie wusste, dass Bo so diskret sein konnte wie eine phosphoreszierende Katze im Dunkeln.

Er machte einen Bückling.

»Werde die Behutsamkeit in Person sein.«

Auf dem Weg nach Ebeltoft, wo sie mit einem lokalen Fotografen verabredet war, dachte sie an die rätselhafte Replik von Peter Boutrup über die Gesetze, die verabschiedet wurden. Worauf bezog er sich bloß? Steckte da etwas dahinter, oder hatte er die Bemerkung nur aus dem Hut gezaubert, weil er sie loswerden wollte und bereits ihre Zusage zum Informationsgespräch erhalten hatte?

Den ganzen Abend hatte sie im Internet recherchiert, welche Gesetze im Laufe des Jahres verabschiedet worden waren. Und es waren nicht wenige und auch keine Bagatellen gewesen. Aber genau das war das Problem. Es gab zu den unterschiedlichsten Dingen Nachtragsgesetze, von der Umgestaltung des Versicherungsvertragsgesetzes über ein neues Gewebegesetz bis hin zu einer neuen Verordnung über Lenk- und Ruhezeiten bei LKW-Transporten sowie einem neuen Produkthaftungsgesetz. Das Meer an Informationen schien unendlich, kochend vor Wut hatte sie vor dem Rechner gesessen, bis Bo sie endlich weit nach Mitternacht vom Schreibtisch weggezerrt hatte.

»So ein Mist!«

Sie schlug mit der Handfläche aufs Lenkrad. Peter Boutrup spielte mit ihr, indem er ihr kleine Rätsel gab im Austausch für Antworten auf seine aufdringlichen Fragen. Ein bösartiges Bohren in den Schwächen anderer Menschen. Sogar mit seiner eigenen Krankheit schien er Roulette zu spielen. Und was für eine Rolle hatten ihre Gefühle in dieser Angelegenheit?

Der Knoten im Magen hatte begonnen, sich aufzulösen, das konnte sie deutlich spüren. Allmählich war eine Mischung aus

Wut und Irritation, Neugier und Entsetzen entstanden. Das alles vermengte sich zu einer explosiven Melange, die schwer unter Kontrolle zu halten war. An einer Stelle befand sich die Liebe für den verlorenen Sohn, aber bis zu dieser Schicht war sie zum Glück noch nicht vorgedrungen.

Sie überholte einen LKW und ermahnte sich, sich auf den Fall Mette Mortensen zu konzentrieren. An die Frage einer Nierenspende wollte sie momentan nicht denken. Diese Entscheidung musste sie vertagen und hoffen, dass sie nicht dazu verleitet werden würde, einen Teil ihres Körpers wegen eines toten Mädchens zu verkaufen. Denn sie würde es nicht nur ihm zuliebe machen, oder?

Sie rief sich ihr neues Credo in Erinnerung: dass sie nichts und niemandem etwas schuldig war. Sie hatte das bezahlt, was man bezahlen kann, es hatte Jahre gedauert, bis sie das eingesehen hatte. Die Freigabe zur Adoption ihres Kindes hatte sie all die Jahre bereut. Aber sie konnte unmöglich einen 29-jährigen wildfremden Mann und Strafgefangenen adoptieren und ihn über Nacht zu ihrem Kind erklären. Es war zu spät, das hatte auch er begriffen. Sie schuldete niemandem etwas. Auch ihm nicht.

Die ganze Fahrt über versuchte sie sich an diesem Gedanken festzuhalten. Als sie sich dem Glasmuseum näherte und an der Fregatte *Jylland* im Trockendock des Museumshafens vorbeifuhr, schoss ihr plötzlich durch den Kopf, dass er sterben könnte, während sie sich beim Schattenboxen gegen ihre eigene Starrsinnigkeit austobte. Er war noch so jung, viel zu jung, um zu sterben. Und er war ihr Fleisch und Blut. Sie schuldete ihm nichts, aber auf der anderen Seite war es auch nicht verboten, ein Menschenleben zu retten. Blut ist dicker als Wasser, hatte sein Arzt gesagt. Würde sie ihrem Entschluss treu bleiben können?

Dicte bekam eine kleine Führung von der Museumsdirektorin, einer jungen Frau mit Pagenkopf und nervösen Bewegungen. Sie fühlte sich verantwortlich für den Vorfall, schließlich sei sie der Ausstellung und den Künstlern gegenüber verpflichtet, deren Werke zwar versichert, aber unersetzlich wären.

Sie zeigte ihr die Räume mit den geleerten Vitrinen. Sie hätten ein solides Alarmsystem, versicherte die Direktorin, aber den Dieben sei es gelungen, dieses auszuschalten. Sie seien durchs Fenster eingestiegen, indem sie die Leisten abgeschraubt und es aus der Fassung gehoben hätten. Die hätten genau gewusst, was sie taten.

»Aber sie haben merkwürdigerweise nicht die wertvollsten Objekte mitgenommen«, fügte die Museumsdirektorin hinzu. »Vielleicht waren es also doch Amateure.«

Sie hörten Schritte auf dem Holzfußboden, und eine andere Frau kam auf sie zu.

»Ah, sehen Sie, da kommt ja Lis Grumstrup, dann können Sie sich gleich mit ihr unterhalten.«

Die Dänin Lis Grumstrup war die einzige der drei Künstler, die sich zurzeit im Land aufhielt. Sie war eine Frau mittleren Alters, die alle Klischees über Kunsthandwerker und ihre äußere Erscheinung bestätigte. Sie hatte graue, kurze Haare, trug kein Make-up, und ihre Kleidung hatte etwas Skulpturales. Ein langes Leinenkleid in grünen und grauen Farben, das handgefertigt aussah, um die Taille einen breiten Gürtel und auf der Brust eine barocke Designerbrosche. Ihre Augen strahlten eine Mischung aus Trauer über die gestohlenen Objekte und einer gesunden Portion Galgenhumor aus.

»Was wollen die mit den Kreationen einer alten Frau? Glauben die vielleicht, daraus könnte man sich Goldhörner schmelzen?«

Sie schüttelte den Kopf.

»Sie können nicht mit großer Intelligenz gesegnet gewesen sein.«

»Gibt es dafür einen Markt?«, fragte Dicte. »Oder sind sie zu leicht zu identifizieren?«

Sie hatten den nächsten Raum erreicht. Von den acht Vitrinen waren fünf leergeräumt.

»Ha! Ich mache Marienkäfer. Das ist mein Markenzeichen. Marienkäfer in allen Größen und Schattierungen. Wie leicht ist es noch gleich, sich als Rembrandt zu tarnen?«

Selbstverständlich war die Polizei vor Ort gewesen, die Kriminaltechniker hatten Fingerabdrücke genommen und auch andere Spuren untersucht. Einige der Räume waren nach wie vor mit dem rotweißen Band versehen, so dass man nur von weitem hineinsehen konnte.

»Aber sie schienen wenig Zeit zu haben«, sagte die Museumsdirektorin. »Und sie klangen leider auch nicht besonders optimistisch, was die Ergreifung der Diebe anbetraf.«

Der Fotograf kam kurz darauf an und machte ein paar Aufnahmen, die Direktorin musste sich zu einem wichtigen Meeting verabschieden. Dicte steckte ihren Notizblock in die Tasche und gab Lis Grumstrup die Hand zum Abschied.

»Was machen Sie jetzt? Fahren Sie zurück nach Kopenhagen?«

Lis Grumstrup zuckte mit den Schultern.

»Es gibt keinen Grund, hier zu bleiben. Wenn die Polizei mit mir sprechen will, kann sie mich anrufen.«

Dicte wühlte in ihrer Tasche und holte die kleine Plastiktüte hervor, die sie schon seit Tagen mit sich herumtrug.

»Ob Sie sich das hier eventuell einmal anschauen könnten? Ist das Glas? Wir hatten Schwierigkeiten, es genauer zu identifizieren.«

Sie ließ die beiden Kugeln in ihre Handfläche rollen, und Lis Grumstrup griff nach einer und hielt sie ins Licht.

»Woher stammen die?«

»Aus einer Urne, einer Feuerbestattung.«

Erneut wurden die Klumpen einer genauen Inspektion unterzogen.

»Das ist eindeutig Glas«, sagte Lis Grumstrup kurz darauf, den Blick fest auf die beiden kleinen Gegenstände geheftet. »Aber sie sind fast eingeschmolzen.«

Sie sah Dicte an.

»Ich glaube, es sind Glasaugen. Das würde auch mit der Temperatur hinkommen. Sie sind nicht ganz geschmolzen, weil die Öfen in den Krematorien nicht bis 1400°C heiß werden, und erst da schmilzt Glas. So eine Schlamperei.«

Dicte nickte.

»Schlamperei, ja.«

Kapitel 35

»Zieh dich aus.«

Der Rollstuhl quietschte über den Holzfußboden und rollte zur Stereoanlage. ER wählte eine CD und legte sie ein. Joe Cockers verrauchte Stimme zerriss die Luft in kleine Fetzen, während ER den Rollstuhl umdrehte und sich wie ein Zuschauer zurechtsetzte.

»You can leave your hat on«, sang Cocker, doch sie trug keinen Hut. Sie war auch überhaupt nicht in Stimmung für eine Show. Aber vielleicht wusste ER nicht, was sie wusste? Dass sie ihm nämlich Schmerzen zufügte, wenn sie ihm gehorchte.

Sie hatte sich die Schuhe auf dem Nachhauseweg gekauft, um irgendetwas Sinnvolles, Normales zu tun. Sie waren rot und mit Glitter besprüht und an der Grenze zum Ordinären. Die Absätze waren so hoch, dass sie das Gefühl hatte zu schweben. Sie stand etwa drei Meter vor ihm und begann, langsam mit den Hüften im Takt der Musik zu kreisen, eine Schlangenbewegung, die sich von den Füßen bis zum Hals fortsetzte; sie hatte keine Kontrolle darüber und es sich auch nicht in Tanzkursen angeeignet. Es war wie ein Teil von ihr, vielleicht hatte sie das von ihrem Vater geerbt.

Sie drehte ihm den Rücken zu und fuhr fort mit diesen Bewegungen. Sie musste daran denken, wie sie früher zusammen getanzt hatten. Er hatte seine Hände auf ihre Hüften gelegt, sie ihre Arme um seinen Hals geschlungen. Er war ein großartiger Tänzer gewesen. So hatten sie sich auch kennengelernt, auf einer Hochzeit von gemeinsamen Freunden. Diese Ehe war vor langer Zeit geschieden worden, während sie ihren Kampf noch nicht beendet hatten.

»Bravo. Mehr!«

Er klatschte in die Hände. Sie konnte seine Lust sehen, die sich in den Schweißperlen auf der Stirn und dem Glanz seiner halb geschlossenen Augen zeigte. Aber sie sah auch den Schmerz kommen, noch bevor er ihn registrierte. Die Frustration über die Bedürfnisse, die in ihm unerreichbar eingesperrt waren.

Ihr Körper bog sich immer schneller mit dem Rhythmus der Musik, ihre Hände schoben das knallrote Wickelkleid ein Stück höher und offenbarten die Spitze der halterlosen Strümpfe, ein Stück nackte Haut und den Ansatz ihres Slips.

Er liebte sie in Rot. Das taten die meisten Männer.

Er selbst hatte das Kleid ausgewählt und sie gebeten, sich vor ihm anzuziehen. Das war für ihn so erotisch wie das spätere Entkleiden.

Sie öffnete die Schleife des Stoffbandes, und das Kleid rutschte von ihren Schultern herab. Sie ließ es noch ein Stück und immer tiefer ihren Rücken hinabgleiten, bis über die Pobacken. Dann wirbelte sie es im Takt der Musik ein paarmal durch die Luft. Ein billiger Trick, dachte sie, aber er wirkte immer. Dann warf sie es in seine Richtung, er streckte den Arm aus, aber es fiel daneben, und er konnte sich nicht bücken, um es aufzuheben. Sie hörte sein Stöhnen, als er es dennoch versuchte.

»Verdammtes Luder!«

Er fauchte die Worte förmlich. Dann legte er den Kopf gegen die Nackenstütze und gab auf. Seine Augen schwammen über vor hoffnungslosem und unerfülltem Verlangen.

»Komm her.«

Sie näherte sich ihm nur ein bisschen. Ihr schwarzes Unterkleid war aus feinem Stoff und durchsichtig. Er konnte ihre Brüste sehen, die von dem BH ouvert nur getragen wurden, so dass sich ihre Brustwarzen ungehindert an den weichen Stoff schmiegen konnten.

»Komm her, habe ich gesagt.«

Seine Stimme war fast so heiser wie die von Joe Cocker. Sie drehte sich im Kreis und kam langsam ein Stück näher. Sie war erregt und begriff ihre eigene Sexualität nicht. Geilte sie sich an seiner Impotenz und seiner Frustration auf? Hatte sie wirklich ein so großes Vergnügen daran, ihm weh zu tun und gleichzeitig ihr Gewissen zu erleichtern?

Sie schaltete ihren Kopf aus, schob das Unterkleid über ihre Schenkel, zog es aus und ließ es auf ihn hinunterschweben. Er griff nach ihr, aber sie wich zurück. Dort stand sie auf ihren hohen Hacken und fühlte sich allmächtig, wie ein Racheengel. Nur wusste sie nicht, ob sie sich an IHM oder an sich selbst rächte.

»Komm, Kiki. Besorg es dir selbst.«

Das war das Zweitbeste. Sie kniff in ihre Brustwarzen, bis sie steif wurden. Sie stand nur noch einen halben Meter von ihm entfernt. Sein Atem ging schwerer, und zwischendurch stöhnte er auf. Sie kniete sich vor ihm mit den Schuhen aufs Bett, steckte eine Hand in ihren Slip und warf den Kopf in den Nacken.

»Da, nimm den hier.«

Er hatte in die Kommode gegriffen und einen ihrer Dildos herausgeholt. Dieser hatte fröhliche Farben und eine rotierende Spitze. Sie nahm ihn und ließ ihre Finger hoch- und runtergleiten an dem Ding.

»Mach's dir damit. Zeig mir, wie du ihn dir reinsteckst.«

Sein Blick war glasig, die Augen fast geschlossen. Er stieß die Worte hervor. Sie stellte den Dildo an, der aus ihrer Hand aufragte. Zuerst spielte sie mit ihm an ihrem Slip, dann schob sie ihn darunter und führte ihn sich ein. Mit den Vibrationen kam das Verlangen.

Sie musste den Orgasmus nicht vortäuschen. Aber in derselben Sekunde breitete sich auch schon eine unendliche Leere in ihr aus.

»Bist du jetzt zufrieden?«, fragte sie.

Ihre Worte waren nicht wohlüberlegt, aber das geschah mit Absicht. Er spuckte ihr seine Antwort entgegen:

»Zum Teufel, du bist viel zu sexy für den. Womit belohnt er dich denn?«

Die Striemen der Peitsche waren noch deutlich auf ihrem Körper zu sehen. Und da es kein Geheimnis war, antwortete sie erst gar nicht.

»Ich bring dich ins Bett.«

Er protestierte nicht, als sie seinen Rollstuhl nur mit Unterhose und dem offenen BH bekleidet nah ans Bett heranfuhr und ihm half, sich auf die Matratze fallen zu lassen.

»Hat er gesagt, wo er am Tag des Fußballspiels war?«

Sie half ihm, sich auszuziehen.

»Im Stadion. Er hat sich das Spiel angesehen. Solche Typen wie er gehen halt ins Stadion.«

»Und weiter? Wo war er dann?«

Sie hatten sich nie angelogen. Was das anbetraf, führten sie ein weniger kompliziertes Leben als die meisten Paare. Sie hätte ihm zwar nie unaufgefordert etwas erzählt, aber es war für sie undenkbar, zu lügen, wenn sie gefragt wurde.

»Er war da und hat das Mädchen dort liegen sehen. Mehr weiß ich auch nicht.«

»Und was hast du mit diesem Wissen vor?«

»Nichts.«

»Du solltest damit zur Polizei gehen. Sonst riskierst du eine Anzeige wegen unterlassener Hilfeleistung. Dafür kannst du ins Gefängnis wandern.«

Seine Stimme war bei weitem nicht so hart wie seine Worte. Sie wusste, dass er sie nur quälen wollte. In Wirklichkeit war es ihm nämlich egal, was sie tat, und genau das war auch das Problem. Er protestierte nie. Er verbot ihr auch nie eine ihrer Eskapaden. Er wurde eifersüchtig, aber die Eifersucht war für ihn zu einer Art Triebfeder geworden, das, was früher der Sex gewesen war. Er brauchte das. Jedes Mal spürte sie ihn im Rücken, wenn sie etwas Gefährliches wagte. Er wollte das, was auch sie wollte. Auf diese Weise war er ihr Marionettenspieler.

Es dauerte lange, bis er in den Schlaf fand, sie holte sogar

Schlaftabletten, um die er sie gebeten hatte. Sie lag neben ihm im Dunkeln und lauschte seinen Atemzügen, bis sie es nicht mehr aushielt. In ihr zog und zerrte etwas, es dröhnte in der Leere, die sie ausfüllte.

Dann stand sie auf und zog sich an. Sie dachte an den Umschlag, den sie in ihrem privaten Safe im Büro untergebracht hatte. Sie hatte ihn nicht geöffnet und sich vorgenommen, alles darüber einfach zu vergessen. Er gehörte ihr nicht, sie bewahrte ihn lediglich auf.

Leise verließ sie das Haus und fuhr in die Jægersgårdsgade. Es war 23 Uhr 10. Die roten Ziffern der Uhr im Armaturenbrett leuchteten ihr entgegen. Sie wusste nicht so recht, was sie vorhatte, aber es müsste ungefähr die Uhrzeit sein, wo er das letzte Mal mit dem Hund rausging.

Es war Licht in der Wohnung. Sie parkte etwa zehn Meter vom Eingang entfernt und wartete. Ob sie einfach zu ihm hochgehen sollte? Ihrem Körper fehlte das eine, damit sie sich ganz fühlen konnte, wenn auch nur für wenige Augenblicke.

Sie hatte ungefähr eine Viertelstunde gewartet, als ein schwarzer Van an der Bordsteinkante hielt und ihr die freie Sicht auf den Hauseingang nahm. Sie hörte, wie sich die Wagentür öffnete, konnte aber nicht sehen, wer ausstieg. Sie sah nur, dass sich die Eingangstür öffnete, und konnte in den kleinen Fenstern im Treppenhaus beobachten, wie sich der Schatten eines Mannes in den dritten Stock hocharbeitete. Ein innerer Impuls wollte, dass sie ihm folgte, aber sie traute sich nicht. Darum blieb sie im Wagen sitzen. Sie konnte das Gefühl nicht loswerden, dass irgendetwas nicht stimmte. Wenn denn jemals etwas gestimmt hatte.

Sie rollte das Fenster herunter und atmete die sommerliche Abendluft tief ein. Junge Menschen schlenderten die Straße entlang in dünner Sommerkleidung; eine Flasche klirrte, aus mehreren Richtungen war laute Musik zu hören, während die Leute vor den Cafés und Restaurants saßen und ihren Wein oder ihr Bier tranken. Sie hatte gehört, dass dieses Viertel im Moment das angesagteste war. So konnte es kommen. Vor gar nicht allzu langer Zeit hatte die Jægersgårdsgade das Image einer total verkommenen Gegend gehabt, mit schummrigen Kneipen, Tattoo-Shops und der Schwulendisko Pan. Doch dann war ein mondäner Geist durch die Gassen gezogen, und aus den übelriechenden Löchern der verlorenen Seelen wurden angesagte Cafés und Restaurants für jene, die Stil und Geld besaßen. Es gab bestimmt welche, die diesen Gang der Zeit beweinten. Für sie aber war das nur die gesunde und normale Entwicklung des Marktes: Wo es Nachfrage gab, musste es ein Angebot geben.

Plötzlich ging das Licht im Treppenhaus wieder an, und sie meinte, zwei Gestalten und einen Hund die Treppe herunterkommen zu hören. Sie stieg aus dem Wagen, überquerte die Straße und ging hinten um den Van herum.

»Das ist ganz allein deine eigene Schuld. Los, rein mit dir in den Wagen«, hörte sie eine Stimme sagen.

»Hör auf mit dem Scheiß, wir machen das Ding doch zusammen, oder nicht?«

Das war seine Stimme. Die beiden Männer schrien sich jetzt gegenseitig an, übertönt nur von dem Hund, der wütend zu bellen anfing.

»Halt's Maul, du dämlicher Köter.«

Der Hund heulte auf, als hätte ihn jemand getreten, und sie hörte, wie sich die beiden prügelten. Dann wurde die Seitentür des Vans aufgeschoben.

»Lassen Sie ihn in Ruhe.«

Sie war auf den Bürgersteig getreten. Ein großer Mann mit einer Jacke, deren Kapuze er sich tief in die Stirn gezogen hatte, zuckte kurz zusammen und starrte sie an.

»Hau ab, du blöde Schlampe.«

Arne sah sie an, konnte aber nichts mehr sagen, weil der Mann ihn in den Lieferwagen stieß und sofort die Tür hinter ihm zuwarf. Sie wollte die Tür wieder öffnen, aber ihre Hände wurden von dem Griff gerissen, und der Mann stieß sie so heftig nach hinten, dass sie das Gleichgewicht verlor. Während sie sich aufrappelte, sprang er auf den Fahrersitz, startete und raste los. Der Hund lief bellend hinter dem Wagen her, der beinahe noch ein junges Mädchen auf ihrem Fahrrad umgefahren hätte. Dann fuhr er hinunter zur Bruunsgade und bog links ab.

Ohne darüber nachzudenken, rannte sie zu ihrem Auto und wollte den Van verfolgen, aber sie hatte Schwierigkeiten, die Jægersgårdsgade entlangzufahren. Ein Betrunkener wankte über die Straße und schwenkte seine Bierflasche. An der Bruunsgade angekommen, bog sie ebenfalls links ab und meinte, den Van in der Ferne rechts am Bahnhof abbiegen zu sehen, um die Ny Banegårdsgade entlangzufahren. Sie nahm die Kurve mit hohem Tempo, obwohl die Ampel bereits auf Rot gesprungen war. Als ein Pärchen die Straße am Fußgängerüberweg überqueren wollte, musste sie hart bremsen. Sie gab erneut Gas und sah, wie der Lieferwagen am Busbahnhof gegenüber vom Polizeipräsidium nach rechts bog. Im dritten Gang schlitterte sie um die Kurve, bevor die Ampel wieder umschaltete. Die Kreuzung Ecke Spanien und Dynkarken hatte sie kurz darauf erreicht, war sich aber nicht sicher, ob der Van nach links oder rechts gefahren war. Sie musste einen schnellen Entschluss fassen und wählte den Linksabbieger. Gleich darauf entdeckte sie den schwarzen Wagen, der zwischen den wenigen Autos Zickzack fuhr und dann auf der rechten Spur blieb.

Sie sah ihn noch nach links in den Nørreport einbiegen und hatte die Kreuzung elegant gemeistert, als sie die Sirene hinter sich hörte und nur wenige Sekunden später von der Polizei an die Seite gewunken wurde. Sie hatte keine andere Wahl, als vor der alten Nørre Boulevard Schule anzuhalten und das Fenster herunterzukurbeln, während der Beamte von seinem Motorrad stieg, auf die Fahrerseite kam und sich zu ihr hinunterbeugte:

»Bitte Ihren Führerschein und die Fahrzeugpapiere, junge Frau?«

Kapitel 36

»Wo ist Ihr Vater gestorben?«

»Im Städtischen Krankenhaus. Ja, ich weiß, so heißt es heute nicht mehr, aber Sie wissen schon, das in der Innenstadt. Er hatte Lungenkrebs.«

Marie Gejl Andersen war noch immer aufgebracht.

»Sind Sie in der Angelegenheit weitergekommen?«, wollte sie wissen. »Haben Sie herausgefunden, ob das auch anderen passiert ist?«

Dicte erzählte ihr von der Theorie der Glaskünstlerin.

»Glasaugen?«, Marie Gejl Andersen klang wütend. »Was geht hier eigentlich vor sich? Mein Vater hatte kein Glasauge und schon gar nicht zwei. Von wem sind die dann? Jemand muss doch dafür verantwortlich zu machen sein.«

Dicte hielt den Hörer mit ausgestrecktem Arm vom Ohr weg. Sie konnte die Reaktion verstehen, aber die Stimme ihrer Gesprächspartnerin war auf ein Dezibel-Niveau gestiegen, das sie nicht gut vertragen konnte.

»Ich würde dem gerne auf den Grund gehen. Könnten Sie eventuell die Krankenakte Ihres Vaters besorgen?«, fragte sie. »Angehörigen ist das erlaubt. Ich muss versuchen, den Weg Ihres Vaters durch die Stationen des Systems zu rekonstruieren, um herauszubekommen, wo der Fehler liegt, wenn es denn ein Fehler war.«

»Was meinen Sie mit ›wenn es denn ein Fehler war‹?«, flüsterte die Stimme am anderen Ende der Leitung jetzt verzweifelt. »Es kann doch unmöglich vorsätzlich gewesen sein. Warum sollte jemand zwei Glasaugen in den Sarg meines Vaters legen?«

Ja, warum? Dicte überlegte, ob es nicht eine ganz plausible Erklärung dafür geben könnte. Vielleicht hing es sogar mit der Krankheit des Vaters zusammen. Wenn allerdings der Krebs auch die Augen betroffen hätte, wären die Familienangehörigen bestimmt darüber informiert worden.

»Hatten sie ein enges Verhältnis zu Ihrem Vater?«

»Sehr. Wir waren die besten Freunde.«

»Waren Sie bei ihm, als er starb?«

»Ja, wir alle waren da. Das Krankenhaus rief uns am Tag vor seinem Tod an und kündigte uns an, dass wir uns darauf vorbereiten sollten. Nach diesem Anruf waren wir ohne Unterbrechung bei ihm.«

Niemand hätte also vor dem Ableben des Vaters dessen Augen entfernen können. Wenn etwas in diese Richtung geschehen war, dann erst nach seinem Tod.

Dicte räusperte sich.

»Was geschah nach seinem Tod? Wo wurde Ihr Vater aufgebahrt? Haben Sie ihn noch einmal gesehen?«

Nach und nach gelang es ihnen, seinen letzten Gang zu rekonstruieren. Nachdem die Angehörigen sich eine Weile im Zimmer des Verstorbenen aufgehalten hatten, war der Tote danach von der Krankenschwester gewaschen worden. Sie hatte ihn gereinigt, Schläuche und Kanülen entfernt, die Augen zugestrichen und eine Binde um das Gesicht gelegt, um den Mund geschlossen zu halten, bis die Totenstarre einsetzte. Die Angehörigen hatten zugesehen und danach Gelegenheit gehabt, Abschied vom Verstorbenen zu nehmen.

»Und dann?«

Es folgte ein langes Schweigen.

»Danach sind wir nach Hause gefahren. Jørgen und ich, unser Sohn mit seiner Tochter und meine Schwester mit meinem Schwager und ihren drei Kindern.«

»Wer hat die Beisetzung geregelt?«

»Es kam einer zu uns rein, ein Serviceassistent oder so, der auch mit der Krankenhauskapelle zu tun hatte. Er hat uns einen Leichenbestatter empfohlen, mit dem das Krankenhaus wohl viel zusammenarbeitet. Und den haben wir dann auch angerufen. Er kam gleich am nächsten Tag zu uns nach Harlev raus und hat sich um den ganzen Papierkram und die Unterlagen fürs Erbschaftsgericht und so gekümmert.«

»Haben Sie Ihren Vater danach noch einmal gesehen?«

»Nein. Wir haben zusammen mit dem Leichenbestatter ausgesucht, was mein Vater anhaben sollte, und haben dann einen Sarg und eine Urne ausgewählt. Ich glaube, mein Vater wurde von der Kapelle zum Leichenbestatter gebracht, oder haben die das in der Kapelle gemacht? Ich weiß es leider nicht mehr so genau.«

»Das ist schon in Ordnung«, beruhigte sie Dicte. »Ich werde das herausfinden, aber es wird eine Weile dauern. Ich habe so viele andere Geschichten, die noch geschrieben werden müssen. Aber Sie möchten nach wie vor, dass ich damit weitermache?«

Zu ihrer Zufriedenheit gab es keine Sekunde des Zögerns.

»Ja«, sagte Marie Gejl Andersen mit entschiedener Stimme. »Da ist etwas vorgefallen, was nicht passieren darf. Wir wollen die Wahrheit erfahren. Jemand muss dafür zur Rechenschaft gezogen werden, ob es das Krankenhaus, das Krematorium oder der Leichenbestatter ist. Es kann einfach nicht sein, dass man stirbt, und der Körper wird allen möglichen Dingen ausgesetzt, denen man nicht zugestimmt hat.«

Dicte wollte das Gespräch beenden, als ihr plötzlich noch eine wichtige Frage einfiel.

»Wurde zu irgendeinem Zeitpunkt über eine Obduktion gesprochen? Oder wurden Sie gefragt, ob Ihr Vater seinen Körper der Wissenschaft zur Verfügung gestellt hatte?«

Wieder folgte eine lange Pause.

»Doch, die haben uns gefragt, ob wir etwas dagegen hätten. Sie sprachen davon, dass sie gerne den Behandlungserfolg oder so etwas abgleichen wollten, um die Ergebnisse mit irgendeiner Statistik zu vergleichen. Aber uns war dieser Gedanke unmöglich.«

»Wer hat Sie denn gefragt?«

»Vermutlich die Krankenschwester … Nein, der Arzt … Nein, ich weiß es nicht mehr genau. Wir waren alle so durcheinander zu diesem Zeitpunkt.«

»Hatten Sie das Gefühl, unter Druck gesetzt zu werden?«
Erneut eine dieser ausgedehnten Pausen.

»Vielleicht nicht direkt unter Druck gesetzt. Aber es wurde deutlich, was für eine Antwort sie hören wollten.«

Sie bat Marie Gejl Andersen um die Namen des Arztes und des Leichenbestatters, aber die konnte sich nicht erinnern und versprach, sich wieder zu melden.

Nach diesem Gespräch musste Dicte zuerst den Artikel über den Einbruch ins Glasmuseum schreiben. Ihren Schwerpunkt legte sie darin auf den Verdacht der Musemsdirektorin, dass die Polizei bei ihrer Ermittlungsarbeit nicht wirklich in die Tiefe ging. Danach rief sie die Gewerkschaft der Polizei an, um einen Kommentar dazu zu bekommen, und hatte einen ziemlich frustrierten Vizepräsidenten in der Leitung. Die Klagen waren dieselben wie immer, allerdings ein paar Oktaven höher, da sich die Polizeireform in der besonders schwierigen Anfangsphase befand. Jene Reform, die als Ziel hatte, insgesamt 800 zusätzliche Beamte freizusetzen, die stärker in der Öffentlichkeit präsent sein sollten. Die den gesamten Polizeiapparat eleganter, effektiver und transparenter machen sollte. Aber bisher hatte sie nur Probleme verursacht. Allein bei der Polizei von Kopenhagen stapelten sich 44 000 unbearbeitete Fälle, und die durchschnittliche Dauer, die mittlerweile für eine Strafsache gerechnet wurde, belief sich auf 458 Tage. Und eine Statistik hatte gezeigt, dass über fünfzig Prozent der Angestellten bei der Dänischen Polizei erwogen, sich freistellen zu lassen.

»Und wenn man die Burschen dann endlich dingfest gemacht hat, werden wir so unter Druck gesetzt, dass sie nicht verurteilt werden. Das ist äußerst deprimierend«, sagte ihr Gesprächspartner Otto Ring.

Sie hätte gerne noch den Justizminister um einen Kommentar gebeten, musste sich aber damit begnügen, ihm eine Nachricht mit ihren detaillierten Fragen zu hinterlassen und darauf zu hoffen, dass sie den Rückruf vor Ablauf der Deadline ihrer Krimibeilage erhalten würde. Aber sollte das der Fall sein, wäre ihr Artikel vielleicht groß genug für einen Aufmacher auf der ersten Seite mit einem Verweis auf die Beilage *Krimizone*.

Als alles erledigt und in die Wege geleitet war, lehnte sie sich zurück und ließ ihren Blick durch die Redaktionsräume wandern. Genaugenommen, unterschieden sich die Probleme der Polizei nicht besonders von denen der Medien. Selten war genug Zeit vorhanden, um wirklich in die Tiefe zu gehen, und immer mehr Aufgaben wurden auf immer weniger Schultern verteilt. Die neumodische Sprache nannte diesen Vorgang das Anpassen an eine neue Wirklichkeit. Früher sagte man Kürzungen und Einsparungen dazu. Früher einmal hatte es Platz gegeben für die etwas anderen, exzentrischen Journalisten. Die vielleicht nur wenige Artikel lieferten, dafür aber mit einer beeindruckenden Persönlichkeit aufwarteten. Ihr Blick fiel auf Holger und Helle, die eifrig mit den Fingern über ihre Tastaturen flogen. Cecile feilte sich die Nägel, während sie telefonierte. Sie waren schon gut, aber eben auch nicht mehr. Keiner von ihnen würde jemals einen Preis gewinnen oder gar zu einer Legende werden. Die Zeit der Legenden war vorbei. Die Zeit der Meterware war angebrochen, und all das geschah im Namen der Effektivität.

Sie stand auf, stellte sich ans Fenster und sah hinunter auf die Straße, wo Menschen in leichter Sommerkleidung am Telefontorvet vorbeischlenderten und die Frederiksgade hochbummelten. Es war lange her, dass sie solche Gedanken hatte, aber ab und an musste sie innehalten und sich fragen, ob es dieses Leben war, das sie sich immer gewünscht hatte, und ob sie da überhaupt hineinpasste.

»Ich bin gleich wieder zurück. Ich stelle mein Telefon um.«

Sie hatte ihre Bemerkung einfach in den Raum gerufen, und ihre Kollegen hatten alle zerstreut genickt. Sie musste einfach weg, raus da, obwohl es noch viel zu früh war. Journalisten sollten sich in der Realität bewegen, aber wo war die? Im Krankenhaus, wo eine große Nachfrage nach Körpern herrschte, auch wenn sie schon tot waren? Im Fußballstadion, wo man riskierte, als entbeinte Leiche zu enden? Oder einfach draußen in der

Stadt? Wie viel hatten sie eigentlich mit der Welt dort draußen zu tun? Die meisten Geschichten in den Zeitungen wurden via Telefon oder Pressekonferenzen ergattert, obwohl die meisten Redaktionen und somit die Journalisten physisch im Stadtzentrum angesiedelt waren. Aber manchmal bedurfte es neuer Inspiration; manchmal musste man sich einen Überblick verschaffen, und sie wusste, dass sie bisher wichtige Zusammenhänge übersehen hatte. Sie zog die Tür hinter sich zu und trat hinaus in den Sommer.

Sie ging hinunter zum Århus Å, die Immervad hinunter und einmal quer über den Lille Torv, wo Ida Marie ihr Reisebüro hatte. Einen kurzen Moment überlegte sie, bei ihr vorbeizuschauen. Aber ihre Frauenfreundschaften schienen gerade nicht vom Glück verfolgt zu sein. Es war, als würden sie sich voneinander entfernen, weil ihr Journalismus sich zu nah am Bereich der Polizeiarbeit von Idas Mann bewegte. Und bei Anne und ihr, weil, na ja, weil Anne sich zurückgezogen hatte. Sie rief nicht mehr an, beziehungsweise, wenn sie es tat, wurden es nur sehr kurze Telefonate. Sie lud sie auch nicht mehr zu sich ein; und sie selbst unternahm nichts aus Angst vor Zurückweisungen. Anne wirkte gestresst und irgendwie feindselig, und vielleicht hatte es ja doch mit Torsten zu tun.

Sie schob die Gedanken an ihre Freundinnen beiseite. Ihre Zeit würde schon noch kommen. Stattdessen mischte sich ihre Unterhaltung mit Marie Gejl Andersen mit den beiden Gesprächen, die sie mit Boutrup geführt hatte, und wurde zu einem Lied über das Leben und den Tod und die Angst davor. Und mittendrin war die tote Mette Mortensen, deren Körper so grausam zugerichtet worden war. Sie musste an Rose denken. Wie würde es sein, wenn das eigene Kind einer solchen Tat ausgesetzt werden würde? Was wäre schlimmer? Der Verlust an sich oder die Tat?

Sie hatte das Café Pustervig erreicht und überquerte das Kopfsteinpflaster der Rosensgade.

Es gab so viele Todesarten. Es gab auch die lebenden Toten, die ihr Leben nicht in den Griff bekamen. Die meisten Menschen hatten die Wahl. Man konnte zulassen, dass andere einen auffraßen, oder man entschied, dass der eigene Körper und die Seele nur einem selbst gehörten.

In der Mejlgade blieb sie plötzlich stehen, sie befand sich vor dem Haus, in dem Frederik Winkler wohnte. Gerade wollte sie in den Hinterhof gehen, als sie ihn mit zwei Einkaufstüten den Bürgersteig entlanglaufen sah.

»Dicte Svendsen?«

Der Mann starrte sie misstrauisch an.

»Warten Sie auf mich?«

Sie nickte. In ihr kämpften all die Fragen über den Vater, der früher einmal mit seinem Sohn Fußball gespielt hatte, der jetzt in einem ganz anderen Verein zu Hause war.

»Darf ich mit raufkommen?«

Er sah sie so durchdringend an, als könnte er mit dem bloßen Auge ihre Verwandtschaft mit Peter Boutrup erkennen.

»Natürlich. Sie sehen aus, als hätten Sie soeben ein Gespenst gesehen.«

Sie lächelte verlegen.

»Das habe ich vielleicht auch.«

Die Katze begrüßte sie mit lautstarkem Schnurren und drückte sich gegen ihre Beine.

»Wir können uns gleich ins Wohnzimmer setzen, ich muss nur schnell noch die Sachen in den Kühlschrank tun. Kaffee?«

»Nur, wenn Sie auch welchen nehmen.«

Er verschwand in der Küche.

»Man kann doch gar nicht ohne Kaffee existieren«, brummte er, und sie hörte ihn mit dem Wasserhahn, dem Wasserkocher und den Kaffeebechern hantieren.

Schnell war er zurück, dieses Mal trug er ein Tablett, auf das er alles gestellt hatte. Und darauf stand auch ein Teller mit Schokoladenkeksen. Aus Höflichkeit nahm sie einen, während die Katze es sich in ihrem Schoß gemütlich machte.

»Schießen Sie los«, sagte er, nachdem er einen Schluck genommen und den Becher auf dem gekachelten Sofatisch abgestellt hatte.

»Diese Gruppe von jungen Leuten, von denen wir gesprochen haben. Inklusive Ihrem Sohn …« Sie erwartete eine Reaktion seinerseits, aber es kam keine. »Kann es sein, dass die in Verbrechen verwickelt sind? Also organisierte Kriminalität? So geschäftsmäßig?«

Er dachte lange über die Frage nach. Da sitzt ein Vater, dachte Dicte, ein Elternteil, das mittlerweile zum Feind seines Sohnes geworden ist und ihn observiert. Sie fühlte sich auf eine sonderbare Weise zu Hause in dieser Wohnung, wo die Liebe zwischen Eltern und ihren Kindern keine Selbstverständlichkeit war.

»Wie kommen Sie darauf?«

»Ein Kontaktmann, der im Staatsgefängnis von Horsens seine Strafe absitzt, hat es mir gegenüber angedeutet.«

Er griff nach seinem Becher und umklammerte ihn, als wollte er sich daran wärmen, dabei war es in der Wohnung mehr als ausreichend warm.

»Ich habe mir das immer gedacht, hatte aber bisher keine Beweise dafür«, sagte er schließlich. »Einige von denen haben richtige Jobs, andere sind arbeitslos gemeldet. Aber sie haben trotzdem Geld für so einiges. Mein Sohn zum Beispiel hat seine Eigentumswohnung in der Jægersgårdsgade fast abbezahlt, und das Geld muss ja irgendwo herkommen.«

Er breitete die Arme zu schnell aus, so dass der Kaffee überschwappte.

»Es ist keineswegs unwahrscheinlich, dass es sich da um organisierte Kriminalität handelt. Aber in diesem Fall, würde ich sagen, arbeiten sie für andere.«

»Warum das?«

Er zuckte mit den Schultern. Seine Haare waren ungewaschen, Hemd und Weste waren dieselben wie bei ihrem letzten Besuch. Seine Augen fixierten sie, und sie las darin seinen Schmerz, aber auch große Beunruhigung.

»Hintermänner benötigen mehr als nur Muskeln, um das große Geld zu machen. Nicht dass sie dumm wären, aber ich glaube, dass sie ihren Scharfsinn eher für ihre Ideologie einsetzen. Um was kann es sich handeln? Drogen sind das Naheliegende. Oder eine andere Art von Schmuggel?«

Er bestätigte seine eigenen Ausführungen mit einem Nicken. »Sie müssen ja ihre Propaganda finanzieren. Aber es kann selbstverständlich auch eine ganz andere Seite geben, zumindest bei einigen von ihnen. Doch, genau genommen ist das durchaus denkbar«, fügte er nach kurzem Zögern hinzu. »Aber dann arbeiten sie äußerst diskret. Schließlich stehen die unter der Beobachtung des Geheimdienstes, obwohl die vermutlich keine Ressourcen haben für eine 24-Stunden-Überwachung.«

Dicte strich der Katze übers Fell. Es war warm auf ihrem Schoß geworden, aber sie brachte es nicht übers Herz, sie runterzuschubsen.

»Ich habe gehört, dass die Rocker den Drogenhandel fest in ihrer Hand haben«, sagte sie. »Und in letzter Zeit sind die Asylanten dazugekommen, zumindest in der Hauptstadt. Ist da überhaupt noch Platz für eine neue Gruppe?«

Er schüttelte mit skeptischem Blick den Kopf.

»Gute Frage. Vielleicht handelt es sich auch um etwas vollkommen anderes.«

»Etwas ganz Neues?«

Einen Augenblick lang war sie versucht, ihm alles zu erzählen und in seine Erfahrung als ausgestoßenes Elternteil abzutauchen. Aber es hielt nur eine Sekunde an, dann kehrte sie mit ihrer vollen Aufmerksamkeit wieder zurück und hörte ihm zu.

»Oft ist es ja so, dass die Verbrecher etwas entdecken, bevor wir es tun. Die Nachfrage nach einer Ware, von der wir noch nicht einmal wussten, dass wir sie haben wollen. Darin ist die Unterwelt leider sehr bewandert: etwas zu liefern, von dem wir dann denken, ohne es nicht mehr existieren zu können.«

»Und es gibt genug Geld dafür?«

Er nickte.

»Ich vermute, es war noch nie so viel Geld in Umlauf wie jetzt. Die Leute können sich alles leisten: neue Autos, Reisen, neue Küchen, Badezimmer und alles, wovon man so liest und hört. Wir haben viel Geld. Auch für Dinge, die wir vorher für unmöglich gehalten haben.«

Kapitel 37

Die Schmerzen überfielen ihn im Badezimmer nach der Rasur. Obwohl, es war eher ein Krampf als ein Schmerz. Er begann irgendwo im Hals. Wagner dachte zuerst, er hätte sich verrenkt, aber dann wanderte das Stechen tiefer, und bevor er es richtig realisieren konnte, war sein Atem wie eingeschnürt, und er konnte nur noch unter großen Mühen Luft holen. Kurz darauf breitete sich der Schmerz im gesamten Brustkasten aus, sein verzerrtes Spiegelbild ließ ihn erstarren.

Tausend Gedanken schossen ihm durch den Kopf. War es das Herz? Würde er jetzt sterben müssen? Ohne sich von Ida Marie verabschieden zu können, die gerade Kaffee kochte in der Küche? Ohne seinem kleinen Sohn Martin adieu sagen zu können, der gleich in den Kindergarten ging. Oder Alexander, der schon auf dem Weg zu Schule war und sich praktisch über Nacht zu einem Teenager entwickelt hatte, der anfing, sich deutlich von seinem Vater zu distanzieren. Oder von seiner mittlerweile erwachsenen Tochter, die selbst gerade Mutter geworden war.

Er war nicht in der Lage, nach Ida Marie zu rufen. Er konnte nur abwarten. In dieser Zeit wanderten seine Gedanken zu seinen Kindern und seiner ersten Ehe mit Nina, die so früh gestorben war. Die Liebe war doch das Größte, und es war richtig, dass er seine Nächsten mit seinem Todeskampf verschonen würde. Es wäre okay, wenn er jetzt gehen müsste. Wäre die Zeit gekommen, zog er es vor, dass er dieses Mal als Erster ging. Anders als Mette Mortensen hatte er sein Leben so gut gemeistert, wie es nun einmal möglich gewesen ist. Er hatte sich von einem jungen, hochmütigen Polizeianwärter zu einem hoffentlich mündigen Bürger mit gesundem Menschenverstand entwickelt. Er hatte in vielerlei Hinsicht großes Glück gehabt. Aber auch wenn es ihm gelang, zwar widerstrebend, aber gehorsam Abschied zu nehmen, wären seine Liebsten nicht damit einverstanden. Sie würden nicht loslassen können, und dafür liebte er sie umso mehr. Darum gelang es ihm, sich mit letzter Kraft auf den Toilettendeckel zu bugsieren. Geduldig wartete er, während er auf das Waschbecken, die Seife und das Regal mit Ida Maries Parfumflakons starrte. Ihr Geruch, ihre Haut, ihre Küsse. Die Eindrücke und Erinnerungen drängten sich in seine Gedanken über den Tod. Nein, er war doch noch nicht bereit, zu gehen.

In diesem Augenblick war es, als ob der Eisengriff um seine Brust sich lockern würde. Er konnte wieder besser atmen, wenn auch nur vorsichtig. Aber er wusste, dass der Sauerstoff nicht genügte, um sein Gehirn ausreichend zu versorgen. Gleich würde er ohnmächtig werden, wenn sich der Krampf nicht löste.

Während er dasaß und wartete, gab er sich selbst einen Schwur. Ida Marie sollte nicht plötzlich ohne ihn dastehen und keine Ahnung von seinen Wünschen haben. Sie sollte nicht in die Situation geraten, erraten zu müssen, was mit ihm nach seinem Tod geschehen sollte. Wenn er diesen Anfall überleben sollte, würde er dazu Stellung nehmen. Er würde ein Testament aufsetzen und seinen Letzten Willen formulieren.

In Gedanken schon bei der Musik, die auf seinem Begräbnis gespielt werden sollte, merkte er mit Verzögerung, dass er wieder frei atmen konnte. Der Schmerz zog sich so schnell zurück, wie er gekommen war. Vorsichtig erhob er sich und betrachtete sein Spiegelbild. Er war blass, auf Stirn und Wangen zeichneten sich Schweißtropfen ab. Seine Nase wirkte spitzer als ohnehin schon, und seine Augen waren eingefallen und sahen aus wie Rosinen. Er konnte die Angst, die noch im Raum hing, deutlich spüren.

Er drehte das kalte Wasser an und beugte sich übers Waschbecken, äußerst wachsam, ob sich der Krampf wiederholen könnte. Dann hielt er seine Hände unters laufende Wasser, formte sie zu einer Schale und badete sein Gesicht darin, immer und immer wieder. Als er sich wieder aufrichtete, hatten seine Haut ihre Farbe und seine Augen ihre Strahlkraft zurückgewonnen.

Er richtete seine Kleidung, warf einen letzten Blick in den Spiegel und ging hinaus in die Küche zu Ida Marie.

»Sie haben Besuch«, sagte der wachhabende Beamte im Foyer des Polizeipräsidiums, als er etwa eine Stunde später an seinem Arbeitsplatz eintraf.

Ein junger Mann stand in der Ecke und wartete. Wagner bedankte sich und ging auf ihn zu.

»Jeppe Ødum?«

Wagner erinnerte sich an ihn von seinem ersten Besuch in der Firma am Åboulevarden. Der junge Mann nickte. Er konnte nicht älter als fünfundzwanzig Jahre sein.

Sie gaben sich die Hand. Ødums Händedruck war überraschend fest, als würde er damit ausdrücken wollen, dass er alles unter Kontrolle hatte, während sein Blick das genaue Gegenteil verriet. Er wirkte nervös.

»Kommen Sie, wir fahren hoch in mein Büro.«

Sie sprachen kein Wort, während sie der Fahrstuhl in den dritten Stock brachte. Insgeheim fertigte Wagner eine Personenbeschreibung des jungen Zeugen an. Da bin ich echt berufsgeschädigt, dachte er, als er die relevanten Details zusammentrug. Ødum war groß, etwa ein Meter fünfundneunzig, schlanker Körperbau mit kurzen, blonden Haaren und blauen Augen. Er trug eine khakifarbene Leinenhose, ein hellblaues Polohemd und dunkelblaue Segelschuhe. Er sah aus wie ein Sohn aus reichem Hause irgendwo aus Nordseeland, so wie Wagner sich die vorstellte. Aber er wusste auch, dass er vermutlich vollkommen danebenlag.

»Sie haben gesagt, Sie hätten Informationen über Mette Mortensen«, leitete er ihr Gespräch ein und schloss die Tür hinter ihnen. »Bitte, setzen Sie sich doch.«

Das Büro war nicht besonders groß, und allzu häufig hatte sich Wagner darüber geärgert, dass man so dicht aufeinander saß, wenn man zu zweit darin war. In diesem Fall aber gab ihm das die Gelegenheit, sich den jungen Mann aus nächster Nähe anzusehen, und das war nicht uninteressant. Auf seinem Gesicht änderten sich die Stimmungen in schnellem Wechsel, von Zweifel und Unsicherheit zu Selbstbewusstsein und ab und an der ambitionierte Versuch, Wagner ein entwaffnendes Lächeln zu präsentieren.

»Ich konnte nichts sagen, als Sie bei uns in der Firma waren«, begann Jeppe Ødum. »Es fällt mir auch jetzt schwer, obwohl ich da lange drüber nachgedacht habe.«

Wagner stand auf.

»Möchten Sie einen Kaffee? Oder einen Schluck Wasser?«

Zuerst schüttelte der junge Mann den Kopf, aber dann überlegte er es sich anders.

»Doch, gerne einen Kaffee.«

Wagner goss aus der Thermoskanne Kaffee in einen Plastikbecher und reichte ihn an seinen Gast weiter. Er selbst nahm ein Glas Wasser. Dann stellte er Zucker und Sahne auf den Tisch und beobachtete, wie Ødum zwei Stück Würfelzucker in den Kaffee fallen ließ und umrührte.

»Wir fangen am besten ganz von vorne an«, schlug Wagner vor, als er sich wieder gesetzt hatte.

Vorsichtig klopfte Ødum den Löffel am Rand ab und legte ihn auf den Tisch.

»Okay.«

Sein Adamsapfel hüpfte auf und ab, als er den Kaffee trank. »Ehrlich gesagt, hätte ich viel früher kommen sollen, aber Kamm ... Er kann ziemlich ungemütlich werden, wenn man was hinter seinem Rücken macht. Ich muss ja schließlich auch an meine Zukunft denken.«

»Das kann ich sehr gut verstehen«, sagte Wagner freundlich. »Aber Ihr Gewissen hat gesiegt, stimmt's?«

Der junge Mann nickte und sah in seinen Becher.

»Was Mette betrifft«, fuhr er fort. »Sie war mit etwas beschäftigt, worüber sie allerdings nicht reden wollte. Wir anderen wussten Bescheid, uns ging es am Anfang in der Firma genauso.«

Wagner hob fragend die Augenbrauen, sagte aber nichts.

»Mein Chef, also Kamm, er nimmt uns ziemlich hart ran. Vor allem die Neuen. Die dürfen Überstunden machen, ohne was dafür zu bekommen. Mette war neben ihrer regulären Arbeitszeit mit den Abschlüssen von ein paar Firmen beschäftigt.«

»Er hat also von Mette verlangt, dass sie in ihrer Freizeit umsonst für ihn arbeitete, verstehe ich Sie da richtig?«

Ødums Nicken hätte sowohl eine Zustimmung als auch eine Ablehnung bedeuten können.

»Er hat auch selbst hart gearbeitet, aber das Grobe überließ er gerne den neuen Mitarbeitern, die in die Firmen geschickt werden, um vor Ort die Bücher zu prüfen und den Jahresabschluss zu erstellen.«

»Und für wen hat Mette gearbeitet?«

»Das weiß ich nicht genau. Sie hat mir nichts erzählt. Aber da war was, denn sie hat angedeutet, dass nicht alles so war, wie es sein sollte. Die Arbeit schien ihr Sorgen zu bereiten, sie hat mir was in der Richtung gesagt, dass die Bilanzen nicht aufgingen oder so.«

»Aber sie hat die Arbeit trotzdem gemacht?«

Jeppe Ødum starrte an die Wand.

»Ich weiß es nicht, sie ist ja gestorben.«

Wagner musste an ihren Schreibtisch denken, der viel zu schnell leer geräumt worden war.

»Für welche Firmen waren Sie denn zuständig, als Sie diese Phase der Überstunden durchliefen?«

Ødum senkte den Blick und betrachtete seine Hände, die er im Schoß gefaltet hatte.

»Nichts Besonderes, Sie dürfen nicht glauben, dass es große

Dinger waren. Das war nichts Wichtiges. Ein Blumenladen gehörte dazu und eine Bäckerei. Na und dann dieser Geschäftsmann, der in den Medien immer so schlecht gemacht wird, wie heißt der noch? Der hat alle möglichen Sachen am Laufen.«

»Kriminelles?«

Ødum zuckte mit den Schultern.

»Kurz davor, würde ich sagen. Innerhalb der zulässigen Grenzen, ansonsten könnten wir es ja nicht durchwinken.«

Wagner sah auf die Uhr. Es war halb zehn, und in zehn Minuten begann die morgendliche Besprechung.

»Okay. Vielen Dank, dass Sie mir das alles erzählt haben. Ich benötige eine Liste mit den Namen, die involviert waren. Wie Sie selbst gesagt haben, muss das gar nichts zu sagen haben, aber wir müssen das alles überprüfen.«

Natürlich könnte es von extrem großer Bedeutung sein, aber es gab keinen Grund, Ødum unnötig zu ängstigen. Er öffnete seine Schreibtischschublade und reichte dem jungen Mann seine Karte.

»Sie können mir mailen oder mich anrufen, ganz wie Sie wollen. Und wenn Ihnen noch etwas einfallen sollte ...«

Er sah den jungen Mann vor sich eindringlich an. Ein hübscher Kerl. Etwas älter als das Opfer. Viel geeigneter für eine Affäre als der Chef.

»Wie war eigentlich Ihr Verhältnis zu Mette Mortensen? Waren Sie Freunde? Das müssen Sie ja gewesen sein, wenn sie Ihnen so etwas anvertraut hat?«

Ødums Blick verfinsterte sich.

»Wir waren gute Freunde«, murmelte er. »Nicht mehr.«

»Aber Sie wussten von ihrer Affäre mit dem Chef?«

Röte schoss ihm in die Wangen, und seine Augen leuchteten vor Wut.

»Das war sehr dumm von ihr.«

Wagner war versucht, ihm da recht zu geben. Die Affäre mit Kamm hatte es Mette noch unmöglicher gemacht, sich gegen die Mehrarbeit zu wehren. Er verabschiedete den jungen Mann und machte sich auf den Weg ins Besprechungszimmer mit einem Becher koffeinfreien Kaffee in der Hand, dankbar für diesen Job, der ihm seine ganze Aufmerksamkeit abverlangte und ihn die Minuten im Badezimmer vergessen ließ.

»Zum Teufel, der ist glatt wie ein Aal, dieser Kamm«, sagte Ivar K und steckte sich kurz vor Beginn der Besprechung ein Stück Nikotinkaugummi in den Mund. »Ich wusste, dass wir mit dem noch nicht fertig sind.«

Wagner fragte sich, wie Kamm wohl aussehen würde, wenn Ivar K mit ihm fertig war, so wie er den Zustand »fertig« begriff.

»Wetten, sie hat damit gedroht, was zu verraten, und dann hat er sie verschleppt und sie in Stücke geschnitten«, murmelte Ivar K. »Vielleicht ist er der große Mann, von dem alle sprechen.«

»Aber er hat ein Alibi«, sagte Hansen nüchtern. »Und die Ausbeutung von Arbeitskräften ist nun einmal nicht das Gleiche wie fahrlässiger Totschlag oder gar Mord!«

Ivar K, dessen Vater ein berühmter Einbrecher gewesen war, spuckte die folgenden Worte förmlich aus:

»Jedes Alibi kann gefälscht werden, vor allem, wenn es auf der Aussage des Ehepartners basiert. Vermutlich hat er ihr eine Tracht Prügel angedroht, wenn sie ihm in den Rücken fällt.«

»Ach, so macht man das«, erwiderte Hansen und sah ihn dankbar lächelnd an.

Wagner ließ den Schlagabtausch der beiden noch eine Weile weiterlaufen. Dann beschlossen sie, dass Hansen und Arne Petersen eine Nachbarbefragung in der Jægersgårdsgade durchführen sollten, um eventuell einen Zeugen für jene Samstagnacht zu finden, in der Mette Mortensen in Begleitung von Arne Bay und einem Unbekannten bei dieser Adresse aus einem Taxi ausstieg und das Haus betrat. Sie hatten Arne Bay gehen lassen müssen, denn weder seine erneute Befragung noch die Hausdurchsuchung hatten bisher nennenswerte Erkenntnisse erbracht. Sein Erinnerungsvermögen an besagte Nacht hatte sich auch nicht gebessert. Und wenn sie nichts gegen ihn in der Hand hatten, gab es keine Grundlage für einen Haftbefehl oder eine geringe Verlängerung der Festnahmedauer. Sie hatten ihn die vierundzwanzig Stunden festgehalten, die zulässig waren. Mehr war im Moment nicht möglich. Kristian Hvidt hatte in der Zwischenzeit Namen und Adressen von Mettes Telefonkontakten ermittelt, die sie am Tag vor ihrem Tod und am Tag der Tat angerufen hatte. Darunter waren einige Nummern von Interesse. Unter anderem hatte sie nämlich in der Samstagnacht um 1 Uhr 23 ihren Vater auf dessen Handy angerufen und fünf Minuten mit ihm gesprochen. Eine Tatsache, die Ulrik Storck ihnen mitzuteilen vergessen hatte.

»Die wollen uns wohl verarschen!«, sagte Ivar K. »Und zwar von allen Seiten. Meint ihr nicht, es ist Zeit, die Samthandschuhe auszuziehen?«

Wagner wusste zwar nichts davon, dass sie je zuvor mit diesen Handschuhen gearbeitet hätten, aber er musste ihm recht geben, dass sowohl Mettes Vater als auch ihr ehemaliger Chef sie ganz schön an der Nase herumführten. Das musste selbstverständlich aufhören, allerdings bedeutete es nicht im Umkehrschluss, dass einer der beiden in den Mord verwickelt war.

Er wusste aus Erfahrung, dass alle Menschen Geheimnisse hatten. Umstände, über die sie lieber schwiegen, weil sie sich vor Peinlichkeiten fürchteten. Das konnten verheiratete Männer sein, die eine Affäre hatten, oder Menschen mit außergewöhnlichen sexuellen Vorlieben, die sie gerne vor der Öffentlichkeit verbergen wollten. Betrachtete man die Welt aus diesem Blickwinkel, war sie voller Betrüger. Er fragte sich, wie er wohl reagieren würde, wenn jemand von ihm eine Erklärung für sein Verhalten am Morgen einforderte. Auf dem Weg zurück in sein Büro beschloss er, einen Termin beim Arzt zu vereinbaren. Da kam Haunstrup auf ihn zu, in der Hand hielt er eine kleine versiegelte Plastiktüte, mit der er in der Luft herumwedelte.

»Unter Umständen ist das Glück wieder auf unserer Seite. Die hier haben wir in Bays Wohnung unter dem Sofa gefunden.«

Wagner sah auf die Tüte. Darin befand sich eine kleine weiße Tablette.

»Was ist das?«

Haunstrup lächelte, und seine Sommersprossen setzten sich in Bewegung.

»Es könnte sich um eine Flunipam 2mg von der Firma Actavis handeln. Aber die Gerichtsmedizin wird sich darum kümmern. Wenn es das ist, was ich glaube, hast du deinen Tatort. Dann wurde Mette Mortensen aller Voraussicht nach in Bays Wohnung mit Flunitrazepam betäubt.«

Wagner starrte die Tablette an, die so klein und unschuldig aussah, aber das Zünglein an der Waage sein könnte, um Bay endlich anzeigen zu können.

»Wann wissen wir Bescheid?«

»Ich versuche, den Vorgang zu beschleunigen, aber die haben da draußen in Risskov im Moment so viel zu tun. Das dauert bestimmt ein, zwei Tage.«

Zwei Tage klangen wie eine Ewigkeit, aber er kannte die Abläufe und wusste, dass keine Wunder zu erwarten waren. Nur die Tatsache, dass er noch am Leben war nach dem Schreck am frühen Morgen. Und dieses Wunder war schließlich auch nicht zu verachten.

Kapitel 38

»Jetzt mal ganz ehrlich. So kann man doch nicht an dieses Thema herangehen!«

Dicte scrollte durch den Artikel über das Staatsgefängnis von Ostjütland.

»Sozialarbeiter sind ›wehleidige Theoretiker‹, aber die Gefängniswärter wissen, ›wie die Wirklichkeit aussieht‹, und müssen in einem ›psychisch minderwertigen Arbeitsumfeld tätig sein, das sie in Mitleidenschaft zieht‹.«

Sie sah zu Holger Søborg, der seine Lippen zu einem schmalen Strich aufeinandergepresst hatte.

»Darf ich das so verstehen, dass es zulässig ist, sich wie ein Staat im Staate aufzuführen, weil man es mit knallharten Kriminellen zu tun hat? Ich vermisse hier mehr Quellenangaben, mehr Gründlichkeit und Tiefe.«

Holger hatte ihr den Rücken zugekehrt und blätterte in den Zeitschriften auf dem Tisch. Helle haute in die Tasten und erweckte den Eindruck, als hätte sie noch nicht auf Empfang gestellt. Davidsen war ausnahmsweise einmal in den Redaktionsräumen aufgetaucht und saß am Telefon, während Cecilie auf dem Boden Rückenübungen machte, die eher an ein erotisches Vorspiel erinnerten. Vielleicht hätte sie Holger diskret zur Seite nehmen sollen, aber er selbst hätte auf sie niemals so viel Rücksicht genommen. Ab und zu stieg in ihr alter Groll auf, der zurückging auf eine Zeit, als Holger und Cecilie sie hintergangen und Cecilies Artikel mit Holgers Signatur versehen hatten.

»Wir hatten keine Zeit für eine ausführliche Recherche«, verteidigte sich Holger trotzig. »Wir sind mit dem Stoff im Verzug, außerdem wollte da keiner mit mehr rausrücken.«

»Aus Angst vor Repressalien? Das kann man doch ganz gut nachvollziehen. Vielleicht hättest du den Artikel darüber schreiben sollen? Über die Angst, das Schweigen zu brechen; dass unter den Wärtern das Gesetz des Dschungels regiert, so wie in der Welt der Verbrecher eben auch. Liefert die Wirklichkeit nicht meistens die besseren Storys?«

Sie konnte das so formulieren, weil ihr Bo schon längst alles von ihrem Ausflug zum Gefängnis erzählt hatte. Er hatte ihr davon berichtet, wie fasziniert Holger von der neuen Technologie in der sichersten Anstalt des Landes gewesen war und wie ehrfürchtig er den Wärtern gegenüber aufgetreten war, die über so einen Ort herrschten. Bo hingegen hatte ganz andere Eindrücke gesammelt, obwohl er an den meisten Orten seine Kamera hatte abgeben müssen und nur von ausgewählten Motiven Aufnahmen hatte machen dürfen.

Bo hatte dafür seine Chance darin gesehen, mit den Insassen zu reden, und hatte beiläufig den Namen Peter Boutrup fallenlassen. So hatte er erfahren, dass dieser in der berüchtigten Abteilung C saß, wo ganz offensichtlich niemand gerne hinwollte, weil dort ein hartes Regiment geführt wurde.

»Und da ist noch was anderes«, sagte Dicte, die nach Bos Bericht selbst zum Hörer gegriffen und den Gefängnisdirektor angerufen hatte. »Im März diesen Jahres hat sich dort etwas abgespielt, was einen tiefen Einblick hinter die Kulissen der Gefängnismauern zulässt: Die Wärter hatten einen Insassen, einen Pädophilen, der aus Sicherheitsgründen in die Sicherungsverwahrung in der Abteilung E verlegt worden war, mit schweren Körperverletzungen in seiner Zelle aufgefunden. Angeblich sollen das zwei Rocker zu verantworten haben.«

Holger glotzte sie mit offenem Mund an.

»Nur Wärter haben Zugang zu diesen Zellen. Einer von ihnen muss die Zellentür vorsätzlich offen gelassen haben, damit die Schläger sich Zutritt verschaffen konnten. Wenn du ein bisschen fragelustiger gewesen wärest, hättest du vielleicht etwas darüber in Erfahrung bringen können«, betonte sie. »Oder findest du, dass das keine Geschichte wert ist? Findest du es womöglich nur gerecht, dass man doppelt bestraft wird, wenn man sich an kleinen Mädchen vergangen hat?«

Sie konnte sehen, wie es in Holger arbeitete und er eine Antwort geben wollte. Die Worte standen Schlange, das war ganz deutlich. Ebenso deutlich aber war leider auch, dass Holger seine Aufgabe als Reporter alles andere als brillant gelöst hatte. Seine Artikel hatten so viel Drive wie ein hinkendes Pferd.

Sie kritzelte die Nummern und Namen der Quellen auf einen Zettel, die er hätte kontaktieren müssen, vom Verband der Gefängnisse bis zur Gefangenenfürsorge.

»Wer trägt hierfür die Verantwortung? Was ist schiefgelaufen? Wenn du wirklich einen Artikel über die Arbeitsverhältnisse in diesem Gefängnis schreiben willst, dann mach wenigstens du deine Arbeit ordentlich.«

Der Hass in seinem Blick sagte mehr als tausend Worte. Nicht zum ersten Mal fragte sie sich, ob das die Schattenseite ihrer Position als Leiterin der Krimiredaktion war. Ab und zu erhielten sie auch Drohungen von außen, von Menschen, die sich angegriffen oder missverstanden fühlten. Hassmails gehörten leider zur Tagesordnung, aber viel schlimmer war Widerstand aus den eigenen Reihen.

Sie schloss das Dokument mit dem Artikel und ließ Holger Holger sein. Sie hatte noch keine Zeit gehabt, der Sache mit den geschmolzenen Glasaugen nachzugehen oder die mögliche Verbindung der rechten Szene mit der organisierten Kriminalität zu überprüfen. Es hatte nur für die Konzentration auf die Artikel gereicht, die unbedingt in die Krimibeilage sollten. Außerdem hatte das Krankenhaus angerufen und mit ihr einen Beratungstermin für den nächsten Tag vereinbart.

Sie machte sich auf den Weg in die Fotoredaktion, in der sich Bo vor dem Rest der Redaktion versteckte.

»Erzähl mir noch mehr, bitte.«

Er sah vom Bildschirm auf, wo die Fotos vom Gefängnis zu sehen waren.

»Was möchtest du wissen?«

»Alles, was sich nicht mit bloßem Auge sehen lässt. Die Atmosphäre. Das Unausgesprochene. Die innere Kultur ...«

»Und auch was über Peter Boutrup?«

Er sagte es vorsichtig, so als hätte er Angst, sie damit vor den Kopf zu stoßen.

Sie nickte.

»Wie reden die anderen über ihn? Hast du davon einen Eindruck bekommen können?«

»Keinen eindeutigen.«

Sie hatte sich auf den Stuhl neben ihm gesetzt. Unerwartet beugte sich Bo vor, nahm ihr Gesicht in seine Hände und sah ihr tief in die Augen.

»Du musst versuchen, in dieser Sache die Distanz zu wahren. Ich weiß, dass es schwer ist, aber du musst es versuchen.«

Sie antwortete mit einem Blinzeln. Sie wusste, dass er ihr etwas verheimlichte, aber hatte bis jetzt nicht zu fragen gewagt.

Lange hielt Bo ihren Kopf in seinen Händen.

»Okay. Es macht den Eindruck, als wäre er sowohl von den Insassen als auch von den Wärtern respektiert. Und auch ein wenig gefürchtet.«

»Aber er ist doch krank. Wovor können die denn Angst haben?«

Bo nickte.

»Krankheit macht niemanden zu einem besseren Menschen. In einem Gefängnis gibt es die Starken und die Schwachen. Die Starken sind nicht automatisch die physisch Stärksten. Sie sind stark, weil sie etwas über die anderen wissen oder weil sie Kontakte haben, über die alle anderen nicht verfügen.«

»Drogen?«

Bo zuckte mit den Schultern.

»Keine Ahnung. Das kann vieles sein, nicht notwendigerweise krimineller Natur.«

»Was dann?«

Er schloss die Augen für einen Moment, dann öffnete er sie wieder und sah sie an.

»Dass er gefährlich ist und alle manipulieren kann. Dass er die Leute zu seinen Gunsten gegeneinander ausspielt. Insassen und Wärter. Ich glaube nicht, dass Peter Boutrup jemals zusammengeschlagen in seiner Zelle liegen wird. Das würde sich niemand trauen. Noch nicht einmal die Rocker, auch wenn sie die Gelegenheit dazu bekämen.«

Er wühlte in den Unterlagen, die auf dem Schreibtisch verstreut lagen. Dicte fragte sich, was Boutrup über die Stadion-Sache wusste. Vielleicht hatte Bo recht, dass er in die Sache verwickelt war und als eine Art Hintermann fungierte. Auf jeden Fall spielte sich in diesem Gefängnis irgendetwas ab, und Peter Boutrup war ein Akteur, der bei der Aufklärung behilflich sein konnte.

»Hier. Ich habe was für dich.«

Er reichte ihr einen Zettel, auf dem eine lange Nummer stand.

»Was ist das?«

»Eine Handynummer aus Polen. Sie gehört der Frau, deren Mann ermordet wurde. Sie würde sich gerne mit dir unterhalten.«

»Hattest du schon Kontakt zu ihr?«

Er schüttelte den Kopf.

»Ich hab die Nummer von einer polnischen Kollegin bekommen, mit der ich vor einer halben Stunde telefoniert habe.«

Sie wollte fragen, aus welchem Anlass, wusste aber schon, was gleich kommen würde.

»Ich fliege morgen früh mit Jan Nielsen nach Warschau. Wir machen eine Reportage über Polen, die in den Westen gehen, um in der Baubranche Arbeit zu finden. Wir fahren auch nach Lublin.«

Sie hätte gerne etwas Nettes gesagt, aber heraus kam etwas anderes.

»Wie lange bleibst du?«

»Vier Tage. Glaubst du, du wirst das überleben?«

»Natürlich.«

Sie hasste es, wenn er nicht da war, und er wusste das. Sie hasste auch sich selbst für ihre Gefühle und versuchte immer, sie zu verbergen. Leider gelang ihr das nie, und sie konnte selbst hören, dass ihr «Natürlich« eifersüchtig klang und ihr Unvermögen entlarvte, ihn gehen zu lassen.

Sie faltete den Zettel auf und betrachtete die Nummer, während sie insgeheim verfluchte, dass sie immer so kompliziert sein musste. Sie war oft genervt von ihm und hatte auch das Bedürfnis, sich zurückzuziehen, aber sie konnte gleichzeitig nicht ohne ihn sein.

Dann rollte sie das Stück Papier in ihrer Hand zusammen und drückte sie fester zusammen, als sie eigentlich wollte.

»Vielen Dank dafür. Ich gehe davon aus, dass die Frau Englisch spricht?«

Er lächelte.

»Das tue ich auch. Immerhin ist sie Dozentin für Englisch an der Handelsschule von Lublin.«

Erst viel später, nach dem Redaktionsschluss der Krimibeilage, holte Dicte den Zettel wieder hervor. Sie hatte alle Artikel durchgelesen und etwas unwillig sogar Holger für seine überarbeitete Version der Gefängnisgeschichte gelobt. Bo war schon früher gefahren, um sich noch von seinen Kindern zu verabschieden, darum ging sie in den Raum der Fotoredaktion, um von dort aus ungestört zu telefonieren. Ohne voraussehen zu können, wo sie das hinführen könnte, wählte sie die Nummer. Kurz darauf wurde sie von einer Frauenstimme gegrüßt, die so nah klang, als würde sie neben ihr auf dem Sofa sitzen und sich mit ihr unterhalten.

»Ich heiße Petra«, stellte sich die Frau freundlich und in leicht verständlichem Englisch vor. »Ich habe schon auf Ihren Anruf gewartet.«

Es entstand eine kleine Pause.

»Das mit Ihrem Mann tut mir furchtbar leid.«

Es kam ihr merkwürdig vor zu kondolieren, obwohl der Todesfall bereits Jahre zurücklag. Aber Petra Jakobowska klang aufrichtig, als sie antwortete:

»Tausend Dank. Das war eine sehr schwierige Zeit für mich und meine Familie.«

Dicte räusperte sich.

»Das verstehe ich gut. Wie Sie vielleicht schon gehört haben, hat es hier in Dänemark einen ähnlichen Mord an einer jungen Frau gegeben, die ebenfalls vor einem Fußballstadion gefunden wurde. Und vor zwei Jahren gab es einen ähnlichen Fall im Kosovo.«

»Ja, davon habe ich gehört«, erwiderte Petra. »Und ich habe mich gefragt, wie ich etwas zur Auflösung beitragen kann. Die Polizei hat mich erneut aufgesucht und befragt, aber ich bin mir nicht sicher, wie ernsthaft sie ihre Bemühungen bei einem alten, wieder aufgenommenen Fall vorantreiben. Ich glaube nicht, dass sie wirklich bereit sind, den Kern der Sache zu berühren.«

»Was vermuten Sie denn als den Kern der Sache?«

Dicte spürte das Zögern ihrer Gesprächspartnerin ganz deutlich.

»Spreche ich mit Ihnen als Journalistin oder als Privatperson?«

Die Angst, mit Namen in einem Artikel aufzutauchen, war vollkommen verständlich, bedachte man, dass sich der Täter noch auf freiem Fuß befand. Dicte schlug vor, ihre Unterhaltung zunächst als ein informelles Gespräch zu betrachten.

»Ich werde nichts davon in einem Artikel verwenden, sondern nur als eine Art Hintergrundinformation«, versprach sie. »Und wenn ich Sie zitieren möchte, geschieht das nur mit Ihrer Einwilligung. Sie erhalten den Text vorab schriftlich und können ersehen, in welchem Zusammenhang die Zitate angeführt werden.«

Das half. Petra Jakobowskas Stimme klang jetzt wesentlich heller, als sie sich für Dictes Entgegenkommen bedankte.

»Ich bin gezwungen, vorsichtig zu sein. Ich hoffe, Sie verstehen das.«

»Selbstverständlich. Das war mein Fehler. Ich hätte Ihnen das sofort vorschlagen müssen. War Ihr Mann in irgendeine gefährliche Sache verwickelt? Hatte er Kontakte zu kriminellen Milieus?«

Am anderen Ende der Leitung war ein trockenes Lachen zu hören.

»Viele in Polen haben Kontakt zu Kriminellen. So überleben wir hier. So sind wir in der Lage, Dinge zu bekommen, die über das Notwendige hinausreichen. Auch so viele Jahre nach dem Sturz des Kommunismus gibt es für alles einen Schwarzmarkt.«

»Und vermuten Sie, dass der Tod Ihres Mannes damit zu tun hat? Mit dem Schwarzmarkthandel? Aber welche Ware?«

»Mit Menschen«, behauptete die Frau mit fester Stimme.

»Trafficking?«, fragte Dicte und verwendete das internationale Wort für Menschenhandel, das hauptsächlich den Verkauf von Prostituierten aus sogenannten Schwellenländern in westliche Länder beschrieb.

Sie konnte das Zögern auf der anderen Seite hören.

»Ich weiß es nicht genau, aber ich glaube nicht, dass es das ist. Ich weiß nur, dass Miro eine Weile vor seinem Tod begonnen hatte, sich merkwürdig zu verhalten. Und er hatte Andeutungen gemacht über die verschiedenen Instanzen, mit denen er zu tun hatte. Vor allem mit einer Privatklinik hatte er Schwierigkeiten gehabt. Es ging um Totenscheine, die er als Amtsarzt ausstellen sollte, für deren Todesursachen er aber nicht bürgen wollte. Es gelang ihm nicht, der Sache auf den Grund zu gehen, und das quälte ihn sehr.«

Dicte überlegte sorgfältig, bevor sie die nächste Frage stellte.

»Wissen Sie, ob er eine Theorie hatte, wo das Problem liegen könnte?«

Erneut folgte eine deutliche Pause, und die Nervosität übertrug sich durch die Leitung bis nach Dänemark.

»Er war der Ansicht, dass die Toten einer unautorisierten Handlung unterzogen worden waren, und diese hatte wiederum in jener Zeit eine Reihe von Todesfällen zur Folge.«

»Und woran starben die anderen? Was für Operationen wurden an ihnen ausgeführt?«

Petra Jakobowska beantwortete zuerst die zweite Frage und auch das erst nach einigem Zögern.

»Es handelte sich um die verschiedensten Operationen. Mal was am Knie oder im Kiefer oder so etwas. Operationen, die eigentlich unkompliziert waren. Der Einsatz eines neuen Knorpels, die Rekonstruktion eines Kiefers, Hauttransplantationen, so in die Richtung.«

Dicte machte sich Notizen und ließ parallel das Aufnahmegerät mitlaufen. Sie las die Worte, die sie soeben aufgeschrieben hatte, und verstand immer weniger.

»Und die Todesursachen auf den Totenscheinen?«, wiederholte sie ihre erste Frage.

»Alles, von schwerer Infektion bis Ausbruch einer AIDS-Erkrankung.«

Kapitel 39

»Und sie ist seine Mutter?«

Verblüfft sah Janos Kempinski die Stationsschwester Inger Hørup an, die wohl die Erfahrenste von allen auf der Transplantationsstation war und darum auch die meisten Informationsgespräche mit potentiellen Nierenspendern führte. Sie nickte.

»Zumindest sagt er das. Sie kommt heute um vierzehn Uhr. Ich habe sie gestern angerufen. Aber sie klang nicht wirklich überzeugt, darum will ich mich noch einmal sorgfältiger nach ihrem Entschluss erkundigen. Wenn sie denn einen gefasst hat.«

»Glauben Sie nicht?«

Inger Hørup schüttelte den Kopf. Sie saßen in ihrem Stationszimmer, von dem aus sie die Geschicke der Abteilung leitete. Wenn überraschend ein Totspender zur Verfügung stand, war sie diejenige, die alle an einer Organentnahme Beteiligten koordinierte. Alle hatten Respekt vor ihr, sogar die flapsigen Herzchirurgen.

»Ich befürchte, dieser Boutrup hat irgendwas vor, aber ich kann nicht genau sagen, was es ist. Ob er sie vielleicht zu etwas drängt, wozu sie noch überhaupt nicht bereit ist. Sie ist ganz offensichtlich nie eine Mutter für ihn gewesen.«

Kempinski nickte.

»Er sagt, er sei adoptiert worden. Das könnte bedeuten, dass er sie nur ausfindig gemacht hat, um ihre Niere zu bekommen.«

Sie ließen diesen Verdacht in der Luft hängen, spürten aber beide das Unbehagen, das wie schwerer Rauch im Raum hing.

»Aber wenn sie zustimmt, bleibt uns nichts anderes übrig, als es zu akzeptieren«, sagte die Stationsschwester. »Wenn sie überhaupt geeignet ist.«

Kempinksi saß eine Weile still da und dachte nach, während seine Beklommenheit zunahm. Boutrup war ein faszinierender Mensch, und er fühlte sich stark von seiner Persönlichkeit angezogen. Aber in dieser Angelegenheit vertraute er ihm nicht.

»Wie können wir sicher sein, dass es nicht um Geld geht?«

»Das können wir nicht. Aber das glaube ich auch nicht. Ich glaube, hier handelt es sich eher um ein psychologisches Spiel.«

»Meinen Sie, er spielt mit ihren Schuldgefühlen? Weil sie ihn zur Adoption freigegeben hat?«

Inger Hørup zuckte mit den Schultern. Sie ist eine gutaussehende Frau, dachte Kempinski. Vieles an ihr war groß und kräftig, aber sie war auch sehr feminin auf eine Art und Weise, die Geborgenheit ausstrahlte. Wenn ein Spender sich wohl fühlen musste, um sich und den anderen seine Zweifel einzugestehen, dann war sie die richtige Person, der man sich uneingeschränkt anvertrauen konnte.

»Das würde dann auch nicht zum ersten Mal in der Geschichte der Menschheit geschehen«, sagte sie nüchtern. »Kinder – auch erwachsene Kinder – besitzen eine geradezu teuflische Macht über ihre Eltern, wenn die nur den Hauch eines Schuldgefühls in sich tragen.«

»Schuldgefühl?«

Damit kannte er sich nicht aus, das musste er unumwunden zugeben. Es gab Momente, in denen er als Mann ohne Familie außen vor stand, und dieser war einer davon. Vielleicht war es Zeit, das zu verändern.

Er stand auf.

»Aber Sie bieten ihr einen Ausweg an, ja?«

Sie nickte.

»Das tun wir immer, das wissen Sie doch.«

Er sah auf die Uhr, während er den Gang hinunterlief. Heute war der feste OP-Tag für Spendernieren, und der Terminplan war voll. Trotzdem gewährte er sich, einen Augenblick lang bei der Euphorie zu verweilen, die ihn erfasst hatte und ihm das Gefühl schenkte, schweben zu können. Sogar das Gespräch mit Annelise, in dem er ihr Verhältnis beendet und ihr erzählt hatte, dass er sich in eine andere Frau verliebt hatte, konnte seine Stimmung nicht trüben. Sie hatte ihm eine Szene gemacht, aber das war ein vergangenes Kapitel. Er wollte nach vorne schauen.

Er hatte zwar eigentlich keine Zeit mehr, dennoch zog es ihn zu seinem Büro. Sein Puls begann schneller zu gehen, er musste lächeln. Er war Arzt und gewohnt, die Reaktionen des Körpers als rein biologische Abläufe zu betrachten. Aber die vergangenen Tage hatten ihn eines Besseren belehrt und ihm gezeigt, dass es Dimensionen gab, die außerhalb des Erklärbaren waren und die er auch gar nicht analysieren wollte. Und das bei ihm, der immer den Drang hatte, rationale Erklärungen für alles zu finden, was es zwischen Himmel und Erde gab.

Alles hatte an jenem Abend angefangen, als sie zusammen essen waren. Wie sollte man das nennen? Das Wort Affäre war viel zu wenig, und außerdem schmeckte es nach etwas, was weit entfernt war von dieser Erfahrung. Liebesbeziehung wäre passender. War das nicht genau das, was sie hatten?

Nach dem Essen im Restaurant hatte er sie nach Hause gefahren. Schön war ein passendes Wort für all das. Alles war so klar gewesen, das hatte er im Nachhinein erkannt. Sie hatte es dazu gemacht. Klar und ungekünstelt. Wie durch ein Wunder war es ihr gelungen, dass seine Tollpatschigkeit und Schüchternheit sich aufgelöst hatten. Sie hatte sich um sie beide mit einer Selbstverständlichkeit gekümmert, mit der man ein Pflaster auf eine Schramme klebt oder einen Verband um ein aufgeschlagenes Knie legt. So hatte auch sie ein Pflaster auf seine Seele an die Stelle geklebt, wo es am allermeisten weh tat, wo der Schmerz und das Bedürfnis nach ihrer Fürsorglichkeit am allergrößten waren.

Es war ein Wunder, und man musste es nicht verstehen.

Daran dachte er, als er an den Toiletten kurz vor seinem Büro vorbeiging und plötzlich ein merkwürdiges Geräusch hinter der verschlossenen Tür hörte. Es klang wie ein schwaches Schluchzen. Vorsichtig schob er die Tür einen Spalt auf und sah sie über dem Waschbecken bei laufendem Wasser gebeugt stehen. Ihr Körper zog sich in krampfhaften Zuckungen zusammen.

»Lena.«

Er sagte es leise, und sie reagierte zuerst auch nicht. Dann aber hob sie den Kopf, sah in den Spiegel und brach erneut in Tränen aus.

»Lena. Was ist passiert?«

Abrupt drehte sie sich um. Es sah aus, als versuche sie, ihn zu fokussieren, aber es gelang ihr nicht. Sie blinzelte. Tränen liefen ihr die Wangen hinunter. Er kam auf sie zu und schloss sie in die Arme.

»Aber, mein Liebling. Was ist geschehen? Willst du es mir nicht erzählen?«

Sie war so schmächtig in seinen Armen, der Wunsch, sie zu beschützen, überkam ihn mit einer Wucht, die er noch nie zuvor erlebt hatte. So fühlte er sich mit ihr, alles war so neu und noch nie erprobt.

»Es ist nichts«, schluchzte sie. »Nichts.«

Er schob sie ein Stück von sich und wollte ihr eigentlich so vieles sagen. Aber er sah ihr nur in die Augen, und plötzlich verstand er.

»Was ist mit deinen Augen? Was hat der Augenarzt dir gesagt?«

Sie wand sich aus seinem Griff, und da wusste er, dass ab jetzt alles anders sein würde.

»Ich hätte es dir gleich sagen sollen. Gleich am ersten Tag«, murmelte sie. »Aber ich konnte nicht. Es fühlte sich so unwirklich an.«

»Was sagen sollen?«

Sie holte tief Luft. Ihre Brust hob und senkte sich, er sah, dass sie ihren ganzen Mut zusammennahm.

»Meine Hornhaut löst sich auf. Meine Augen können das Licht nicht mehr filtern.«

Als er nichts entgegnete, fuhr sie fort:

»Ich erblinde.«

Sein erster Impuls war es, sie erneut in den Arm zu nehmen, aber er traute sich nicht. Ihr Stolz hielt ihn davon ab.

»Es tut so weh«, sagte sie. »Das Licht, es tut so weh.«

Ihre klägliche Stimme bohrte sich tief in sein Herz. Der Raum warf ihre Worte als Echo zurück und unterstrich ihre Angst und Einsamkeit.

»Kann man nichts dagegen unternehmen? Kann dir der Augenarzt nicht helfen?«

Sie nickte, gleichzeitig zuckte sie mit den Schultern und drehte ihm dann den Rücken zu, um ein Papiertuch aus dem Spender zu reißen. Damit tupfte sie vorsichtig ihre Augen ab.

»Er hat gesagt, meine einzige Hoffnung seien neue Hornhäute. Aber es ist schwer, die zu bekommen, hat er auch gesagt. Die Wartezeiten sind lang. Es gibt nicht viele Hornhautspender«, erklärte sie und verstummte dann. Ihre Blicke begegneten sich, und er sah, dass ihre Augen voller Tränen waren. Als er begriff, dass es mit dem Licht zu tun hatte, sprang er zum Schalter, machte es aus, und sie standen in der Dunkelheit. Vielleicht wagte sie es deshalb, ihr Gesicht an seine Brust zu drücken.

»Manchmal möchte ich mich nur in der Dunkelheit vergraben«, murmelte sie. »Einfach nur die Augen schließen und das Licht draußen lassen.«

Er küsste sie und hielt sie fest umarmt.

»Wir schaffen das gemeinsam, das verspreche ich dir. Wir finden eine Lösung.«

»Glaubst du wirklich?«

Ihr Zweifel war so herzergreifend. In weiter Ferne schrillten zwar Alarmglocken in ihm, aber er ignorierte sie und wusste, dass er ohnehin alles für sie tun würde.

»Das glaube ich nicht nur, ich weiß es sogar«, versprach er ihr, ohne jedoch den leisesten Schimmer zu haben.

Kapitel 40

Drei identische Morde, die alle geographisch an Fußballstadien gebunden waren und in die möglicherweise Neonazis als Handlanger verwickelt waren. Patienten, die nach scheinbar harmlosen Operationen an schweren Infektionen starben. Alles nur Geschäft? Aber welche Art von Geschäft? Und was hatte Peter Boutrup damit zu tun, wenn überhaupt? Könnte es sein, dass er in Wirklichkeit nur bluffte?

Auf der Fahrt zum Skejby Krankenhaus saß Dicte grübelnd im Wagen und trommelte mit den Fingern auf dem Lenkrad herum.

Es musste einen Zusammenhang geben, könnte er mit den Operationen zu tun haben? An den drei Leichen war gewissermaßen auch eine Operation durchgeführt worden, soweit sie mitbekommen hatte, zwar post mortem, aber immerhin. Oberschenkelknochen und Augen zu entfernen, konnte nicht jeder durchführen. Das erforderte ein Mindestmaß an anatomischem Wissen.

An der nächsten Kreuzung bog sie links zum Krankenhaus ab und musste auch dieses Mal lange nach einem Parkplatz suchen. Währenddessen sagte sie sich unentwegt, dass sie nicht vorhatte, diesem merkwürdigen Menschen, den sie überhaupt nicht kannte, eine Niere zu spenden. Das kam nicht in Frage. Ihr Entschluss stand fest: Sie schuldete ihm nichts.

Aber warum hatte sie dann diesem Informationsgespräch zugestimmt, das in wenigen Minuten stattfinden würde?

Als sie endlich eine Parklücke gefunden hatte, blieb sie noch einen Augenblick im Wagen sitzen. Erst als sie sich selbst gut zugeredet hatte, dass dieses Gespräch die Möglichkeit war, dem Kern des Stadion-Falls näher zu kommen, war sie in der Lage, die Tür zu öffnen und auszusteigen. Aber ihre Beine zitterten, und sie war sich keineswegs sicher, wohin ihre Reise ging.

»Benedicte Svendsen?«

Die Krankenschwester war eine imposante Frau und hatte eine sehr freundliche Stimme. Sie war groß und üppig, aber trotzdem weiblich auf eine eher mütterliche Weise.

»Lassen Sie uns in mein Büro gehen.«

Sie öffnete eine Tür zu einem Raum, der so freundlich aussah, wie sie wirkte. Und trotzdem hatte das alles nichts Beruhigendes. Dicte blieb in der Tür stehen und versuchte, ihren Atem unter Kontrolle zu bekommen. Aber es war, als würde ihr die Luft aus den Lungen gepresst werden und im Hals steckenbleiben.

»Sie haben keinen Grund, nervös zu sein. Wir unterhalten uns nur ein bisschen.«

Sie reichte ihr die Hand.

»Ich heiße Inger Hørup und bin die zuständige Stationsschwester auf dieser Transplantationsstation.«

Dicte nickte.

»Und ich bin Peter Boutrups leibliche Mutter.«

Es kostete sie große Überwindung, das zu sagen, und es klang auch nicht überzeugt. Sie hörte sich nicht an wie eine Mutter, die einen todkranken Sohn hat.

»Wenn ich richtig informiert bin, haben Sie Ihren Sohn seinerzeit also zur Adoption freigegeben?«

Dicte nickte und setzte sich auf den Stuhl, den ihr die Krankenschwester angeboten hatte.

»Heißt das, Sie beide kennen einander überhaupt nicht?«

»Ich weiß über seine Krankheit Bescheid.«

»Und Sie haben also vor, ihm eine Niere zu spenden?«

Sie nickte erneut.

Inger Hørup blätterte in ein paar Unterlagen auf dem Schreibtisch und reichte ihr dann eine Broschüre.

»Für uns ist es äußerst wichtig, dass die Familienangehörigen, die sich zu einer Lebendspende bereit erklären, wissen, worauf sie sich einlassen. Es ist eine bedeutende, sehr persönliche Schenkung, eine Niere zu spenden, und wir möchten absolut sichergehen, dass sie freiwillig erfolgt.«

Dicte wurde von einem Augenpaar eindringlich angesehen, in ihr kämpfte der Zweifel, aber sie antwortete dennoch:

»Selbstverständlich erfolgt sie freiwillig.«

Inger Hørup blätterte in einem Exemplar der Broschüre und sah dann wieder hoch. Dicte fühlte sich, als würde sie geröntgt werden.

»Wir müssen auch sicher sein, dass kein Geld im Spiel ist. Oder andere Leistungen, wenn ich das so formulieren darf.«

»Ja, das können Sie. Es ist nichts dergleichen.«

Dann erläuterte ihr die Stationsschwester das gesamte Prozedere. Zuerst würden sie ihr Blut abnehmen, um eine Blut- und Gewebetypisierung durchführen zu können.

»Wir möchten zuerst abklären, dass Ihnen nichts fehlt, und diese Untersuchungen dauern etwa vier Tage. Sie können selbst entscheiden, ob Sie das ambulant machen oder in unserem Patientenhotel übernachten wollen.«

»Ich mache das ambulant«, entschied sich Dicte. »Ich wohne in der Nähe.«

Erneut sah Inger Hørup sie prüfend an, ehe sie fortfuhr.

»Wenn das so ist, würde ich gerne als Erstes einen DNA-Test durchführen, um den Familienstatus eindeutig abzuklären. Wäre das in Ordnung?«

Diesen Gedanken hatte sie bisher nicht gehabt, zumindest nicht bis in letzter Konsequenz. Konnte es tatsächlich einen Zweifel geben? Aus irgendeinem Grund wollte sie diese Möglichkeit nicht an sich heranlassen, aber sie wusste nicht so recht, warum nicht.

»Ja, das ist in Ordnung«, erwiderte sie mit trockenem Mund.

»Was ist mit dem leiblichen Vater?«

»Was sollte mit ihm sein?«

Inger Hørup beschäftigte sich mit den Unterlagen vor sich.

»Wenn wir es vom medizinischen Standpunkt aus betrachten, geht es darum, den geeignetsten Spender zu finden. Das könnte bei einem männlichen Empfänger unter Umständen eher der Vater sein als die Mutter.«

Dicte versuchte, den Kloß im Hals herunterzuschlucken, aber der Druck wurde dadurch nicht weniger. Das hier hatte sie nicht erwartet.

»Der Vater lebt, aber er ist keine Option«, sagte sie unter großer Anstrengung.

»Und Sie sind sich da ganz sicher?«

Sie war sich überhaupt nicht mehr sicher. Nur eines wusste sie genau, sie musste so schnell wie möglich an die frische Luft.

»Absolut sicher«, antwortete sie.

Der Blick der Stationsschwester ruhte erneut lange auf ihr, und sie hatte den Eindruck, mit einer Lupe untersucht zu werden.

»Es gibt immer einen Ausweg, das sollten Sie wissen. Wir können jederzeit eine medizinische Indikation vorlegen, warum Sie als Spenderin nicht in Frage kommen, damit keine Schwierigkeiten mit den Familienangehörigen entstehen.«

Das war ein sehr konkreter Rettungsanker, und er war so verlockend, dass sie fast zugegriffen und sich daran festgeklammert hätte. Aber sie war sich bewusst, dass sie auch den nächsten Schritt machen musste.

»Ich bin sicher, dass dies nicht notwendig sein wird.«

Als sie das Büro der Stationsschwester verließ, hatten sie vereinbart, dass sie nächste Woche für die notwendigen Untersuchungen wiederkommen würde. Sie würde das Vorhaben nicht bis in letzte Konsequenz durchführen, darüber war sie sich jetzt im Klaren. Aber diese Entscheidung würde ihr nicht leichtfallen. Wie sollte sie sich von dieser Verantwortung lossagen und damit ihren Sohn seinem Schicksal überlassen. Vielleicht würde sie es gar nicht aushalten können, ihre Niere nicht zu spenden. Die Wahrheit aber war auch, dass sie seinen Spielregeln folgen musste und dass es in diesem Spiel einen Gewinner und einen Verlierer geben würde. Sie hatte nicht vor zu verlieren, aber wollte eigentlich auch nicht gewinnen.

Sie vermisste Bo, der ihr jetzt predigen würde, wie wichtig es war, sich selbst treu zu bleiben. Aber er war nicht da, und Ida Marie und Anne bewegten sich an der Peripherie ihres Lebens.

Wieder in der Redaktion in der Frederiksgade angekommen, las sie als Erstes die Mail von Marie Gejl Andersen, in der sie ihr Namen und Telefonnummern des Arztes und des Leichenbestatters mitteilte, die ihren Vater behandelt und bestattet hatten.

Sie rief bei beiden an und hinterließ jeweils eine Nachricht, weil sie die Betreffenden nicht erreichen konnte. Währenddessen versuchte sie, die fast geschmolzenen Glasaugen aus der Urne mit dem Glasauge in Mette Mortensens Mund in Verbindung zu bringen. Gab es da einen Zusammenhang? War es unter Umständen eine gängige Praxis, dass den Toten im Krankenhaus die Augen entfernt wurden? Existierten weitere Fälle, wo Angehörige sonderbare Klumpen in der Asche ihrer Lieben gefunden hatten?

Sie blätterte ihre Notizen von dem Telefonat mit der Witwe aus Lublin durch und suchte danach die Mailadresse des Fotografenkollegen im Kosovo heraus, die ihr Bo gegeben hatte. Es dauerte lange, bis sie die Mail möglichst neutral formuliert hatte. Darin bat sie um die Namen und Mailadressen von Angehörigen der jungen albanischen Journalistin Janet Rugova, die vor zwei Jahren am Stadion Gradski in Priština gefunden worden war.

Sie las den Text mehrere Male durch, bevor sie auf »send« klickte. Mittlerweile war sie mehr denn je davon überzeugt, dass die Morde in Polen und im Kosovo mit dem Mord an Mette Mortensen zu tun hatten.

Kapitel 41

Auf der Website des Landesverbandes »Leben & Tod« konnte man sich ausführlich darüber informieren, was alles zu einem würdigen Abschied gehörte. Außerdem gab es einen Blankovordruck »Mein Letzter Wille« zum Herunterladen.

Wagner wanderte mit dem Cursor über die Seite, während sich die Fragen in seinem Kopf häuften. In Anbetracht des großen Altersunterschieds war es gar nicht so unwahrscheinlich, dass Ida Marie eines Tages allein dastehen würde. Um das Finanzielle machte er sich keine Sorgen. Aber was würde mit seinem Körper geschehen? Wollte er begraben oder verbrannt werden, oder würde er seine Organe und sonstigen Körperteile spenden?

Er hatte eigentlich den Wunsch, Herr über seinen Körper zu sein, auch nach dem Leben. Aber so wie er die Sache sah, würde sich die Wissenschaft auf einen stürzen, wenn sie dürfte, sobald man den letzten Atemzug getan hatte. War das unethisch oder einfach nur der Geist der Zeit? Wäre es sozusagen eine Bürgerpflicht, anderen die eigene verlassene Hülle zugunsten der Wissenschaften zu übereignen, entweder als Unterrichtsmaterial, zu Forschungszwecken oder als Reserveteillager für kranke Menschen?

Voller Ekel wandte er sich vom Computer ab. Ging es ihm so, weil er an seinen eigenen möglichen Tod denken musste? Oder war das lediglich sein allgemeines Bedenken, welche Bedeutung der Tod in einer Welt hatte, in der alles verwendet und recycelt werden kann?

So voller fröhlicher Gedanken, klickte er weiter auf den Seiten »Beerdigung Dänemark« und »Elysium Bestattungsvorsorge« herum. Dort bekam man den Eindruck, dass der Tod »in« war. Etwas, mit dem sich die jungen Leute in gleicher Weise beschäftigen wie mit Rockmusik oder skandinavischen Krimis.

Vielleicht war ja das Interesse am eigenen Tod das ultimative Symptom dieser individualisierten Gesellschaft? Da klopfte es plötzlich an der Tür, und Paul Gormsen kam mit einer Klarsichthülle in der Hand herein.

»Störe ich?«

Wagner nickte mit dem Kopf zum Bildschirm.

»Überhaupt nicht. Ich organisiere gerade meine eigene Beerdigung. Hast du dir darüber schon einmal Gedanken gemacht?«

»Über deine Beerdigung?«

»Nicht meine, deine.«

Gormsens Augenbrauen kletterten bis unter seinen Pony, der wie immer luftig hin und her wippte. Sie kannten sich jetzt seit mehr als fünfzehn Jahren und waren auch etwa so lange privat befreundet. Sie hatten gemeinsam so unzählig viele Obduktionen miteinander überstanden, dass Wagner gar nicht daran denken mochte. Aber sie hatten nie über das Unvermeidliche gesprochen.

»Wenn es so weit ist, werden die Pathologen ihren größten Wunsch erfüllt bekommen, und dann dürfen sie meinen Kopf spalten und mir das Herz herausschneiden«, sagte Gormsen sanft. Er spielte auf den uralten, ewigen Streit der Disziplinen der Rechtsmedizin und der Pathologie in den Räumen des Gerichtsmedizinischen Instituts an.

»Ich spende meinen Körper der Wissenschaft. Das ist nur fair, wenn man bedenkt, dass diese Wissenschaft mich und meine Lieben am Leben erhält und ernährt.«

Wagner nickte.

»Das ist richtig gedacht. Vielleicht sollte ich dann meinen Körper den Serienmördern der Zukunft spenden, damit sie ein bisschen mehr Übung bekommen.«

»Vielleicht«, sagte Gormsen, grinste skeptisch und ließ sich auf den Besucherstuhl fallen. »Warum dieses ganze Gerede über die Sterblichkeit? Du hast dir doch bisher auch noch nie über das Leben nach dem Tod Gedanken gemacht?«

Wagner schloss die Seiten der Beerdigungsinstitute.

»Ich glaube nach wie vor nicht an ein Leben nach dem Tod. Aber ich mache mir Gedanken über den Tod, ja, das tue ich.«

Er hatte niemandem gegenüber ein Wort über seinen morgendlichen »Anfall« erwähnt, wie er es nannte. Aber Gormsen bekam jetzt die kurze Variante erzählt. Zu Wagners großer Überraschung quittierte dieser die Geschichte mit breitem Grinsen.

»Ehrlich gesagt, klingt das für mich eher nach einem Speiseröhrenkatarrh als nach irgendetwas anderem. Glaube einem Spezialisten, der sich seit fünfundzwanzig Jahren damit herumschlägt.«

Der zartbesaitete Magen von Paul Gormsen war in Kollegenkreisen durchaus bekannt. Wagner erinnerte sich ausgezeichnet an einen Abend, an dem Ida Marie Thai gekocht hatte und Gormsen am Ende ein paar Schnittchen hatte schmieren müssen, weil dieser allergisch reagierte. Insgeheim hatte Wagner seinen Freund damals zugegebenermaßen um die Leberwurstschnitten und Käsehäppchen beneidet.

»Du darfst es mir auch als Fachmann glauben. Immerhin bin ich Arzt, obwohl ich ein bisschen aus der Übung bin, Patienten zu heilen. Aber ganz unfähig zu diagnostizieren, bin ich deswegen noch lange nicht.«

Er klopfte sich auf die Brust, um anzuzeigen, wo der Schmerz sitzt. Wagner bestätigte es: quer über die Brust, beginnend an der Speiseröhre.

»Dein Anfall klingt exakt so wie das, was ich bekomme, wenn ich zu viel Kaffee getrunken oder Zimt und Zucker auf meinen Haferbrei gestreut habe.«

»Das heißt also, dass ich noch eine Weile zu leben habe?«, sagte Wagner.

Gormsen hob die Klarsichthülle hoch.

»Das will ich doch meinen, und es ist auch mehr als notwendig. Schließlich müssen wir doch los und Verbrecher fangen.«

»Wir?«

»Diese Tablette, die ihr in der Wohnung in der Jægersgårdsgade gefunden habt. Der Bericht des Labors ist uns gerade zugeschickt worden. Und da dachte ich, ich komme am besten gleich bei dir vorbei.«

»Flunitrazepam?«

Gormsen nickte.

»Die Tablette ist von der Firma Actavis hergestellt und trägt den Markennamen Flunipam 2mg. Ein paar von denen in den Drink und die Welt ist ein einziger Traum.«

»Könnt ihr ermitteln, wie viele sie davon im Blut hatte?«

Gormsen schüttelte den Kopf.

»Leider nicht exakt. Aber die Konzentration in ihrem Blut war nahe an einer Vergiftung. Sie ist ausgeknipst worden, das können wir mit Sicherheit sagen.«

»Und der Wirkstoff ist derselbe wie in der Dating-Droge? Rohypnol?«

»Der Effekt ist identisch. Erinnerst du dich noch daran, dass man früher Rohypnol einfach nur Roche nannte oder ›Forget-me-pill‹?«

»›Vergiss-mich-Pille‹«, übersetzte Wagner. »Aber wir vergessen zum Glück nicht. Das muss ausreichen für eine Anklage gegen unseren Mann in der Jægersgårdsgade.«

»Du glaubst, dass er es war?«

Wagner schüttelte den Kopf und gab Gormsen die Klarsichthülle zurück.

»Ich weiß es nicht. Aber lass es mich mal so formulieren: Sollte er vollkommen unschuldig sein, dann darfst du mich ab jetzt Heini nennen.«

Gormsen lächelte.

»Was haben Namen schon für eine Bedeutung. Ich hoffe, ihr findet ihn.«

»Wir wissen ja, wo er wohnt«, sagte Wagner. Er wusste, dass es ein bisschen so klang wie bei den Typen, die von Sozialarbeitern, Pflegepersonal, Busfahrern, Ärzten oder anderen Personengruppen genervt waren, wenn die nicht so wollten wie sie: Ich weiß, wo du wohnst! Er selbst war bisher noch keinen Drohungen dieser Art ausgesetzt worden, aber er kannte Polizisten, die daran beinahe zugrunde gegangen waren.

Aber es gab nun einmal Umstände, die den Besuch in der Privatsphäre unabwendbar machten, und dieser war einer davon. Er rief seinen Chef Kristian Hartvigsen an und vereinbarte mit ihm, dass sie Arne Bay festnehmen würden und innerhalb der gesetzlich festgelegten Frist von vierundzwanzig Stunden den Antrag auf Sicherheitsverwahrung stellen würden. Er überlegte kurz, ob er den Vorgang auch juristisch abklären lassen sollte, entschied sich aber dagegen. Sie hatten nur Indizien, und er würde gern zuerst mehr Sicherheit darüber haben, dass Bay tatsächlich in den Mord an Mette Mortensen verwickelt war, bevor die gesamte Kavallerie zum Angriff blies. Hinterher rief er Jan Hansen an:

»Wir fahren bei Bay vorbei und nehmen zwei von den Jungs zur Verstärkung mit«, kündigte Wagner an. »Wenn er nicht bei der Arbeit ist. Könntest du das mal eben überprüfen?«

Jan Hansen erkundigte sich beim Krankenhaus. Bay hatte laut Plan Spätschicht, war allerdings in den vergangenen zwei Tagen nicht zur Arbeit erschienen. Und er hatte sich auch nicht krankgemeldet.

Daraufhin fuhren sie mit einem beklemmenden Gefühl der Niedergeschlagenheit in die Jægersgårdsgade. Wagner wusste bereits, dass sie diesen Kampf verloren hatten, als er den Hund vor der Haustür sitzen saß. Er knurrte, als sie die Tür aufstießen, und stürmte mit hängender Zunge die Treppe hoch.

»Hier stimmt was nicht«, murmelte Hansen auf dem Weg in den dritten Stock. »Der hätte den Hund niemals draußen vor der Tür sitzenlassen. Man kann über ihn sagen, was man will, aber er hat seinen Köter geliebt.«

Wagner, dem es ein Rätsel war, wie man einen Kampfhund lieben konnte, erwiderte nichts.

Die Wohnungstür stand offen, und sie gingen ungehindert hinein. Die beiden Streifenpolizisten betraten den Raum zuerst, kamen aber gleich wieder raus.

»Pfui Teufel, was ist das denn für ein Schuppen. Da ist keiner zu Hause.«

Dann folgten Wagner und Hansen. Es war nichts zu entdecken, keine Anzeichen eines Kampfes. Es ließ sich auch nicht erkennen, dass die Spurensicherung hier vor kurzem alles auf den Kopf gestellt hatte. Alles sah so aus wie vor dem Besuch der Kriminaltechniker. Darauf bildeten sie sich auch eine Menge ein: die Unordnung, die sie anrichteten, in kürzester Zeit wieder in den ursprünglichen Zustand versetzen zu können, damit sich niemand beklagen konnte.

»Wir kommen zu spät«, bemerkte Hansen. Wagner hätte es nicht besser ausdrücken können.

»Wir müssen ihn zur Fahndung ausschreiben«, sagte er.

»Was machen wir mit dem Hund?«, fragte Hansen.

Wagner betrachtete das senfgelbe Muskelpaket, das fiepend durch die Wohnung lief und sein Herrchen suchte. Er konnte mit diesen Hunderassen nichts anfangen, aber er war von dessen Loyalität beeindruckt.

»Ruf im Tierheim an. Die sollen sich darum kümmern.«

»Aber werden die den nicht einschläfern?«

Wagner schüttelte den Kopf.

»Nicht ohne Zustimmung des Besitzers. Die werden sich seiner annehmen, bis Arne Bay wieder auftaucht.«

»Wenn er auftaucht.«

Kapitel 42

In Wirklichkeit ging sie das alles gar nichts an. Sie sollte sich schön hüten und die Finger davon lassen.

Kiki Laursen saß am Schreibtisch, aß einen Joghurt und sah dabei von ihrem Büro im dritten Stock hinunter auf die Einkaufsstraße in der Søndergade. Ihre Augen brannten, als hätte ihr jemand Sand hineingeworfen. Zwei Tage war es jetzt her, und die Schlaflosigkeit hatte ihre Arme und Beine schwer werden lassen. Die Kopfschmerzen waren zu einem konstanten Begleiter geworden, und ihre Vorräte an Schmerztabletten gingen langsam zur Neige.

Sie griff nach dem Becher Kaffee, in der Hoffnung, einen klaren Kopf zu bekommen. Die Stunden, seit sie von dem Polizisten auf dem Motorrad angehalten worden war, hatte sie in einem sonderbaren Zustand verbracht, den sie nicht mit Worten beschreiben konnte.

Als ihr endlich klargeworden war, dass sie nichts mehr tun konnte und der Van vom Erdboden verschwunden war, hatte sie sich auf den Heimweg gemacht. Im Haus war alles still und friedlich gewesen. Die Kinder schliefen längst, und auch ER lag in ihrem Ehebett und schnarchte leise vor sich hin. Ihr rotes Kleid, das schwarze Unterkleid und ihr Slip lagen noch auf dem Boden verstreut, die hochhackigen roten Pumps waren unters Bett gerollt. Lange hatte sie neben IHM gestanden und IHN angesehen. Ein seltenes Gefühl der Zärtlichkeit hatte sich in ihr ausgebreitet. Sein Gesichtsausdruck hatte etwas Unschuldiges ausgestrahlt, wie ER da so mit leicht geöffneten Lippen lag und schlief. Seine Haut war blass und glatt, obwohl ein leichter Bartschatten zu erkennen war. Die Wimpern lagen lang und samtweich auf den Wangen. Vorsichtig hatte sie die Decke höher gezogen und sich auf die Bettkante gesetzt, während die Verfolgungsjagd und ihr abruptes Ende in ihrem Kopf herumspukten. Wo um alles in der Welt war sie da hineingeraten?

Diese Gedanken waren auch viele schlaflose Stunden später noch dieselben. Sie hatte die Wahl: Sie konnte entscheiden, das Geschehene einfach zu ignorieren. Und sich auf ihr Leben und ihre Karriere konzentrieren, auf die Firma, die sie selbst aufgebaut hatte und mit großem Erfolg führte. Aber in ihr arbeitete es unaufhörlich. Sie empfand ein Verlangen, das sie nicht empfinden wollte, für das sie sich schämte und das an ihr zerrte und riss und ihr Weltbild auf den Kopf stellte. Sie wusste es und hatte gleichzeitig keine Kraft, sich dagegen zu wehren, obwohl sie bei aller Vernunft wusste, dass es sie das Leben kosten würde. Aber was war das schon wert, dieses Leben? Vielleicht hatte es in

Wirklichkeit gar keinen Wert? Das einzelne Leben war doch im Vergleich zum großen Ganzen nicht wichtig.

Mit den Geräuschen der vier Angestellten im Hintergrund versuchte sie sich an das Kfz-Schild des Vans zu erinnern, während sie gleichzeitig Telefonate entgegennahm und Profile in ihrer Datenbank öffnete, um die passenden Zeitarbeiterinnen für die Anfragen ihrer Kunden zu finden. Irgendwas mit XP und dann vier Zahlen, beginnend mit der 3 oder doch der 8? Eine verdreckte 8 konnte ohne weiteres wie eine 3 aussehen. Und was kam danach?

Sie warf den Joghurtbecher in den Papierkorb und ärgerte sich maßlos über ihre eigene Dämlichkeit, dass sie sich noch nicht einmal die bescheuerte Nummer hatte merken können. Auch dafür schämte sie sich.

Ihr Blick wanderte durch das Großraumbüro. Es gab hier niemanden, mit dem sie darüber hätte reden können. Ihre Mitarbeiterinnen waren allesamt in Ordnung, das war nicht der Punkt. Aber sie hätte sich keiner von ihnen anvertrauen wollen. Sie musste an ihre Freundinnen denken. Die waren ihr in dieser Angelegenheit auch keine Hilfe, das konnte man nicht von ihnen verlangen.

Wieder stellte sie sich ans Fenster. Das Wetter war erneut umgeschlagen und präsentierte einen dänischen Sommer mit vielen Wolken und einer großen Regenwahrscheinlichkeit. Die Leute hatten ihre Regenschirme im Anschlag. Man sah eine bunte Vielfalt an Regenjacken in den Straßen. Wenn es Spuren der Entführung gegeben hatte – und dass es eine Entführung war, davon war sie überzeugt –, waren die mittlerweile weggewaschen worden. Vielleicht hätte sie es doch der Polizei melden oder gleich dem Beamten auf dem Motorrad erzählen sollen. Es hätte einiges erleichtert. Aber da gab es ja noch den Umschlag in ihrem Safe und seine Ermahnung, dass die Polizei auf keinen Fall ins Vertrauen gezogen werden durfte. Warum in aller Welt sollte sie diesem Befehl Folge leisten? Warum ließ sie sich von ihrer erotischen Besessenheit fernsteuern? Hatte sie vielleicht keinen eigenen Willen?

Es hatte sie Stunden gekostet, um zu dieser Schlussfolgerung zu gelangen. Die Antwort lautete leider Nein. In dieser Hinsicht war ihr Wille vollkommen außer Kraft gesetzt. Er hatte ihn ihr vom ersten Moment an geraubt. Sie würde so viel dagegen ankämpfen können, wie sie wollte. Es würde nichts ändern, sie hatte keine Wahl.

Gegen fünf Uhr am Nachmittag hatten ihre Angestellten das Büro verlassen, und sie war allein zurückgeblieben. Die Schreibtische sahen aus wie verlassene Schiffe in der Weite des Ozeans, und die Stimmen ihrer Kollegen und das Klappern der Tastaturen waren ersetzt worden von dem entfernten Summen der Menschen unten auf der Straße.

Sie fragte sich, wo sie ihn wohl hingebracht hatten und was sie mit ihm vorhatten. Und vor allem warum. Es hatte etwas mit dieser Stadion-Sache zu tun, da war sie sich sicher, und sie zweifelte auch nicht mehr daran, dass er sich irgendwas hatte zuschulden kommen lassen.

»So, jetzt reicht es.«

Sie murmelte die Worte vor sich hin, während sie die Eingangstür abschloss und dann ihre ganze Aufmerksamkeit dem Safe an der Wand widmete. Er war hinter einem gerahmten Kunstdruck von Rosina Wachtmeister verborgen, den sie in der Postergalerie unten im Erdgeschoss des Gebäudes gekauft hatte. Sie hob das Bild von der Wand und stellte es auf den Boden. Sie verfluchte ihn, dass er diesen Umschlag in ihr Leben gebracht und sie damit in einen Strudel gerissen hatte, aus dem es kein Entrinnen gab. Sie tippte den Code ein und öffnete die Tür. Der Umschlag lag unberührt im Inneren des Safes. Sie war die Einzige, die Zugang zu ihm hatte. Die anderen mussten fragen und kannten den Code auch nicht.

Sie nahm den Umschlag heraus und wog ihn in der Hand, so wie sie es bei ihm zu Hause getan hatte.

Dann öffnete sie den Verschluss und sah mit angehaltenem Atem hinein.

Drei Dinge lagen darin. Das erste war ein englischsprachiges

Buch mit dem Titel *Combat Training Manual*. Das zweite war ein Magazin mit Munition, und das dritte war eine Waffe, eine Pistole der Marke Glock 17 DK.

Vorsichtig nahm sie die Waffe in beide Hände. Sie war leichter als erwartet, aber es fühlte sich falsch an, und sie steckte sie schnell wieder zurück in den Umschlag. Zum Teufel mit ihm. Was hatte er sich verdammt noch mal dabei gedacht? Dass sie damit fuchtelnd herumrannte und Räuber und Gendarmen spielte und ihn aus seinem Kerker und vor seiner gerechten Strafe rettete?

Lauter Flüche und Verwünschungen fielen ihr ein, während sie spürte, wie ihre Hände feucht wurden und ihr Herz hämmerte. Aber da war noch was anderes. Ein Gefühl, das durch ihren Körper wanderte und ein Prickeln im Unterleib verursachte. Das sich so anfühlte, als wäre ihre Haut übersät mit kleinen, empfindsamen Rezeptoren, und das aus ihrem Rücken in seiner gesamten Länge eine geschlossene erogene Zone machte.

Sie nahm das Buch und blätterte darin herum. Was hatte das zu bedeuten? Es gab keinen Brief, keinen schriftlichen Hinweis von ihm. Nur ein Buch, ein volles Magazin und eine Pistole.

Das Buch war im Jahr 1993 von der Blitz Editions herausgegeben worden und in der Slowakei gedruckt worden. Die Firma Aerospace Publishing Ltd. hatte das Copyright, aber sie hatte keine Ahnung, ob das eine tiefere Bedeutung hatte. Was war von diesen Dingen überhaupt von Belang? Es musste einen Grund haben, warum er ausgerechnet dieses Buch in den Umschlag gesteckt hatte.

Beim Durchblättern begriff sie schnell den Aufbau des Buches. Der Leser wurde mit den verschiedensten kriegsähnlichen Szenarien konfrontiert und gefragt, wie er diese Situation lösen würde. Wenn beispielsweise ein Panzer auf einen zugerollt kam, lautete die Frage: »Wie stoppen Sie den Vorstoß des Feindes?« Würde man von einer Gruppe mit Handfeuerwaffen unter Beschuss genommen, sollte man beantworten: »Wie würden Sie deren Position angreifen?« Wenn man selbst als Heckenschütze eingesetzt war: »Wie verhindert man den Rückzug des Feindes in freundlich gesinnte Stellungen?«

Sie blätterte wahllos zwischen den Seiten hin und her. Aber das Konzept blieb dasselbe. Man wurde mit einem Szenario konfrontiert, bekam die Parameter genannt und wurde gefragt, wie man das Problem lösen würde. Luftangriff, Attacke aus dem Hinterhalt auf einer Landstraße, Terrorangriff, Überleben in extremen Temperaturen und Invasion eines Guerillalagers. Es war kein Ende der Gefahren in Sicht. Auch die Fragen nahmen kein Ende, aber sie konnte nichts mit ihnen anfangen.

Sie klappte das Buch zu und betrachtete die Vorderseite, wo ein Mann im Kampfanzug und mit Handgranate und Pistole bewaffnet aus dem Buchdeckel herauszuspringen schien, um dem Betrachter an die Gurgel zu fahren. Wozu in aller Welt sollte das nütze sein?

Erst als sie ein zweites Mal durch die Seiten blätterte, bemerkte sie es. Es war so unauffällig, dass sie es zuerst übersehen hatte. Sie holte ihre Lesebrille vom Schreibtisch, um es besser erkennen zu können.

Neben einigen der Buchstaben hatte jemand mit einem Bleistift Punkte gemacht. Nicht viele auf einer Seite, nur ab und zu einen Punkt hier und einen dort. War das ein Code? Sie war doch paranoid. Ihr erster Impuls war, das Buch in die Ecke zu schleudern, aber wie so oft zuvor gewann der unwiderstehliche Reiz des Abgrundes.

Sie setzte sich an den Schreibtisch, dabei fiel ein Blatt Papier zwischen den Seiten heraus und zu Boden. Sie hob es auf, zündete sich eine Zigarette an und sah sich den Zettel genauer an. Er trug die Überschrift: »Tunnelplan«. Es war ein Plan des Tunnelsystems unter dem Städtischen Krankenhaus, und an einer Stelle mitten im Labyrinth der Gänge war ein Kreuz eingezeichnet.

Kapitel 43

Das Haus fühlte sich leer und verlassen an ohne Bo, als sie am späten Nachmittag heimkam. Nur Svendsen hieß sie mit größerem Überschwang willkommen. Sie kniete sich vor ihm hin und genoss die stürmische Begrüßung. Obwohl es regnete, befestigte sie die Leine an seinem Halsband, um einen Spaziergang zu machen. Zuerst durch Kasted und dann hinunter zum Ried, wo die Nachtigallen ihre letzten Verse so kurz vor Mittsommer trällerten.

Aber der kleine Ausflug, der eine Wohltat sein sollte, wurde zu einer beklemmenden Tour. Bäume und Büsche verwandelten sich in bedrohliche Schatten. Die Wolken hatten den Himmel bis tief auf den Boden gedrückt, und Licht und Sonne verbargen sich hinter dieser grauen Wand. Es kam ihr vor, als würde sogar die Natur sie vor dem Bevorstehenden warnen wollen und sie davon abbringen, sich auf Boutrup einzulassen und so den Stadion-Fall lösen zu wollen. Er ist gefährlich für dich, hörte sie die Stimmen sagen.

Er ist dein Sohn, raschelte es aus den Baumwipfeln. Glaubst du wirklich, du kannst dem Spiel mit dem Feuer standhalten?

Sie ignorierte es und stapfte trotzig mit dem Hund weiter. Aber es schien, als würde auch er das Unheil erahnen. Plötzlich hielt er abrupt inne und reckte die Nase in die Luft, als würde er etwas wittern. Dann drehte er um und rannte schnurstracks nach Hause. Nichts konnte ihn davon abhalten, weder kleine Leckerbissen noch die Drohung, dass er seine Schlafberechtigung auf Bos Bettseite verwirken würde. Svendsen wollte nach Hause und zwar auf der Stelle.

Auf dem Rückweg wurde sie mit einer Kraft gezogen, als hielte sie ein ganzes Gespann von Schlittenhunden an der Leine. Während sie hinter Svendsen herstolperte, ließ sie den Tag Revue passieren. Sie hatte an vielen Stellen Nachrichten hinterlassen: im Städtischen Krankenhaus, beim Leichenbestatter und beim Krematorium, um sich nach der Feuerbestattung von Marie Gejl Andersens Vater zu erkundigen. Sie hatte das Gespräch mit der Stationsschwester geführt und zugestimmt, in der folgenden Woche vier Tage zum Gesundheitscheck ins Skejby Krankenhaus zu kommen. Sie hatte auch Kaiser darüber in Kenntnis gesetzt, der alles andere als begeistert gewesen war, ihr dann aber doch freigegeben hatte. Der einzige Haken an der Sache war leider, dass Holger Søborg als zuständiger Chefredakteur für die Krimibeilage der nächsten Woche ausgerufen wurde. Das hatte zwar mitnichten zu ihrem Plan gehört, allerdings konnte sie so für einen kurzen Moment dem Druck entkommen. Sie musste sich damit zufriedengeben, und solange es nicht der Auftakt für eine Meuterei war, würde das auch gehen.

»Jetzt warte doch mal, Svendsen.«

Sie hatten die Kreuzung in Kasted erreicht und liefen dann weiter geradeaus den Topkærvej hoch. Sie meinte, im Augenwinkel eine Gestalt auf dem Weg, der zur Kirche führte, gesehen zu haben, und der Hund quittierte diesen Eindruck mit einem leisen Knurren. Aber er hatte es so eilig, nach Hause zu kommen, dass er nicht anhielt, um sich zu vergewissern.

Sie hatte Kaiser von ihrer Verwandtschaft mit Boutrup erzählen müssen, ihm aber absolutes Stillschweigen darüber und über eine mögliche Nierenspende abverlangt. Sie konnte nicht abschätzen, wie lange Kaiser dieses Geheimnis für sich würde behalten können, aber sie musste davon ausgehen, dass die Story in Null Komma nichts ihren Weg zu den werten Kollegen finden würde. Von dort war es nicht weit bis in eine Kolumne, oder die Neuigkeit würde als stille Post in die richtigen Ohren geflüstert werden. Es war also nur eine Frage von Tagen, schätzte sie, bis Peter Boutrups biologischer Vater diese Neuigkeiten erfahren und sich dann garantiert an seinem Frühstücksbrötchen verschlucken würde.

Während sie das letzte Stück des Weges gezogen wurde, überlegte Dicte, ob sie ihn nicht selbst anrufen sollte. Eigentlich hatte sie eine moralische Verpflichtung dazu. Aber irgendwie fühlte sich das alles verkehrt an, darum verwarf sie diesen Gedanken wieder. Sie waren sich im letzten Jahr einige Male im Zusammenhang mit dem Enthauptungsfilm über den Weg gelaufen, der ihr damals anonym zugespielt worden war und für den sie tief in der Vergangenheit hatte graben müssen. Ein Teil ihrer eigenen Vergangenheit lag in dem Kollektiv der Zeugen Jehovas in der Nähe von Ikast begraben, wo sie in dem Sommer vor vielen, vielen Jahren von ihrem damaligen Lehrer schwanger wurde. Aber Morten Agerbæk hatte nicht erfahren oder es nicht erfahren wollen, dass seine Schülerin der 9. Klasse sein Kind ausgetragen, zur Welt gebracht und dann zur Adoption freigegeben hatte. Auch letztes Jahr nicht, als alles aus den Tiefen der Erinnerung wieder aufgetaucht war. Warum sollte er das jetzt erfahren wollen?

Den ganzen Abend drehte sie sich im Kreis, bis sie endlich allen Mut zusammennahm und Anne anrief. Sie reagierte sehr zurückhaltend.

»Wie geht es dir?«

Die drei kleinen Worte ertranken förmlich in den unzähligen Andeutungen, die sie mit sich herumtrugen. Aber Anne konnte das offensichtlich nicht erkennen.

»Ganz okay, aber viel Stress. Meinem Vater geht es nicht so gut.«

Anne und ihr Adoptivvater hatten immer ein sehr schlechtes Verhältnis zueinander gehabt.

»Ja, was hat er denn?«, fragte Dicte, dabei standen ganz andere Worte in der Schlange, die gesagt werden wollten. Ein Teil von ihr wollte Anne von Peter Boutrup erzählen, über die Gefühle, die sich plötzlich zu Wort meldeten, und von dem Gespräch mit der Stationsschwester. Ein anderer Teil wollte Anne bitten, sie festzuhalten, damit sie die Bodenhaftung nicht verlor und sich in ihren Ambitionen verfing, um ein Rätsel zu lösen, von dem sie besser die Finger lassen sollte.

»Lungenentzündung«, antwortete Anne.

»Wird er es denn überleben?«

Sie hatte nicht die Absicht gehabt, es sarkastisch klingen zu lassen.

»Na, was meinst du?« Anne schnappte nach Luft. »Die sollen ihm doch einfach einen Schuss Antibiotika geben und dann wird das schon wieder, was? Fünfundsiebzig ist ja schließlich kein Alter!«

»Entschuldige. Es war nicht so gemeint.«

»Wie war es denn dann gemeint?«

Der Telefonhörer klebte in ihrer Hand.

»Ich habe wohl versucht, einen kleinen Witz zu machen«, stammelte sie. »Schlechtes Timing.«

Es blieb still in der Leitung. Sie wartete vergeblich darauf, dass Anne sie nach ihrem Wohlbefinden fragen würde. Aber vielleicht sollte sie dafür dankbar sein, denn wie hätte sie in diesem Augenblick ihren emotionalen Zustand auch beschreiben sollen? Wie sollte sie die richtigen Worte finden für all das, was geschehen war, mit Boutrup und auch sonst? Wann würde sie Anne jemals nach diesem Tag fragen können, als Bo sie mit Torsten auf dem Krankenhausparkplatz gesehen hatte?

Das Schweigen hatte zwar nur wenige Sekunden angehalten, aber lange genug, dass der Lärm umso lauter und massiver zu hören war. Vielleicht wurde der gar nicht durch das Klirren der Scheibe, sondern vielmehr durch den Regen aus Glasscherben verursacht, der über sie niederging, und sich mit dem Aufheulen des Hundes paarte, als dieser hinter dem Sofa hervorgeschossen kam.

»Dicte? Was ist passiert? Was um Himmels willen ist da bei dir passiert?«

Annes Stimme war weit weg. Dicte stand mitten im Zimmer, das Telefon noch in der Hand, aber mit gesenktem Arm. Automatisch hob sie den Hörer wieder ans Ohr, während ihr Blick auf den Gegenstand fiel, der den Krach verursacht hatte. Er lag wie ein Eindringling mitten auf dem Teppich, umwickelt mit einem Stück Papier, das mit einem dicken Gummiband daran befestigt war.

»Jemand hat mir einen Pflasterstein ins Fenster geworfen«, sagte sie und legte auf.

Kapitel 44

Wagner drehte sich auf seinem Stuhl hin und her. Ihn trennte nur der Schreibtisch von Dicte Svendsen, die vor ihm saß. Er konnte in ihre Augen sehen, deren grün-blaues Leuchten sich wie gewohnt einen Weg in sein Inneres bahnte.

Sie sah nicht erschüttert aus, aber Wagner wusste, dass sie es dennoch war. Er hatte es sofort bemerkt, als sie im Polizeipräsidium aufgetaucht war. Es waren kleine Details, die es ihm verrieten: die Art, wie sie ihre Handtasche fest an den Körper presste; die Stimme, die eine Tonlage höher war als sonst, und die Lippen, die jedes Wort ganz deutlich formulierten, wie ein Reporter, der von einem Kriegsschauplatz berichtet. Aber er konnte auch ihre Wut sehen, was bei ihr aussah, als hielte sie eine angezündete Lunte in der Hand.

Erneut sah er auf das Papier, das sie in eine Klarsichthülle gesteckt hatte, damit man den Text lesen konnte, der darauf stand: »Lass die Toten in Frieden ruhen«.

Er konnte sich den Gedanken nicht verkneifen, dass der Verfasser eines hätte wissen müssen. So etwas sagte man einer Dicte Svendsen besser nicht. Oder eben nur, wenn man sich genau die entgegengesetzte Reaktion wünschte.

»Warum hast du nicht gleich gestern Abend die Polizei gerufen?«

»Der war doch schon längst über alle Berge. Das hätte keinen Sinn gehabt.«

»Was weißt du denn davon?«

Sie lehnte sich zurück, ohne den Blick von ihm abzuwenden. Die Art, wie sie ihn ansah, löste in ihm ein schlechtes Gewissen aus, obwohl er ihr nicht die geringste Kleinigkeit schuldete.

»Eins steht doch fest: Ihr steht alle unter einem riesigen Druck wegen dieser Polizeireform und habt ganz bestimmt keine zusätzlichen Beamten, die ihr hinaus aufs Land schicken könnt, weil irgendjemandem ein Stein ins Fenster geworfen wurde.«

»Aber du bist doch nicht ›irgendjemand‹. Und dieser Pflasterstein ist nicht einfach nur ein Stein. Ihm wurde noch eine Drohung beigefügt.«

Sie nickte.

»Das ist ja auch der Grund, warum ich jetzt hier bei dir sitze. Ich habe mir gedacht, eure Techniker könnten sich den Zettel mal ansehen. Ich habe ihn mit Handschuhen vom Stein genommen. Er war mit einem Gummiband befestigt.«

Sie legte ihre Hand auf die Klarsichthülle. Vielleicht schuldete er ihr doch was. Er hatte sich nie für das Handy erkenntlich gezeigt, aber in diesem Augenblick war das undenkbar. Sie strahlte wie immer etwas aus, was ihn zu gleichen Teilen anzog und abstieß. Darum begnügte er sich damit, zurückhaltend zu nicken.

»Ich werde ihn den Jungs oben im Vierten geben. Möchtest du mir sonst noch etwas erzählen?«

Es war wie ein stummer Zweikampf, wer als Erstes die Augen niederschlagen würde. Am Ende fand er die Aussicht aus dem Fenster interessanter und stand auf.

»Ich habe gehört, ihr fahndet nach Arne Bay. Dann habt ihr also doch was gegen ihn gefunden?«, sagte sie.

»Vielleicht.«

Er sagte das, zu den Autos unten auf dem Parkplatz gewandt.

»Okay, also gut.«

Sie holte tief und hörbar Luft.

»Ich weiß nicht, was ihr gegen ihn in der Hand habt. Aber ich bin mir ziemlich sicher, dass Bay nur oberflächlich in die Mette-Mortensen-Sache verwickelt ist. Es geht hier um was ganz anderes. Ein großes Geschäft. Ein Tauschhandel – offensichtlich auch über die Landesgrenzen hinaus – mit einer Ware, die mit Menschen zu tun hat, vielleicht auch eine Art Trafficking. Die Neonazis fungieren wahrscheinlich nur als Handlanger, und es stecken andere Drahtzieher dahinter. Adrette Menschen mit ordentlichen Berufen und sauberen Westen. Zumindest ganz oben an der Spitze.«

Er drehte sich zu ihr um. Sie konnte einem wahnsinnig auf die Nerven gehen, aber dieses Mal könnte sie durchaus recht haben.

»Wo hast du das her?«

Sie schüttelte den Kopf.

»Du würdest es mir nicht glauben, wenn ich es dir sagen würde. Lass es mich so formulieren: Ich habe eine vertrauenswürdige Quelle. Erinnerst du dich an Lublin? Habt ihr schon mehr über diesen Fall in Erfahrung gebracht?«

Das hatten sie leider nicht. Die polnischen Kollegen waren zwar äußerst hilfsbereit gewesen, aber die erneuten Nachforschungen vor Ort hatten nicht mehr ergeben als die Schlussfolgerung, die auch die Polizei in Århus bereits gezogen hatte.

»Sie gehen ebenfalls davon aus, dass rechtsextreme Kräfte mit im Spiel sind. Der Antisemitismus ist in Polen ziemlich weit verbreitet.«

»Das hat damit nichts zu tun, da bin ich mir ziemlich sicher.«

Dann erzählte sie ihm in kurzen Worten von ihrem Gespräch mit der Witwe des Toten und den mysteriösen Todesfällen in der Privatklinik. Für Wagner klang das wie ein Phantasiegebilde und schien ihm nicht wirklich von Bedeutung zu sein für ihre Ermittlungen. Doch da wühlte Dicte in ihrer Tasche, und es kam eine kleine Tüte mit zwei Klumpen zum Vorschein.

»Glasaugen«, sagte Dicte. »Ich habe diesen Hinweis von einem betroffenen Paar bekommen. Der Vater der Frau wurde feuerbestattet, und als sie die Asche verstreuen wollten, fielen die hier ins Rosenbeet.«

Sie fixierte ihn mit ihrem Blick.

»Glaubst du immer noch, es ist ein Zufall, dass auch in Mette Mortensens Fall ein Glasauge eine Rolle spielt? Auf dem Weg vom Krankenhaus zum Krematorium geschieht irgendetwas Merkwürdiges. Und ich glaube, es hat was mit den Toten zu tun.«

Sie legte erneut die Hand auf die Klarsichthülle.

»Deshalb auch diese Drohung. In unserer Serie haben wir uns damit beschäftigt, was mit uns nach dem Tod passiert, im wortwörtlichen und im übertragenen Sinne. Also, ob wir in den Himmel kommen oder in die Hölle«, fügte sie hinzu. Und es hätte wie ein Lächeln ausgesehen, wäre sie nicht so wütend gewesen.

Er betrachtete die Klumpen von allen Seiten. Es hätte alles sein können, aber er glaubte ihr. So wie er sie einschätzte, hatte sie sich das von einem Sachverständigen bestätigen lassen.

»Darf ich die auch an die Jungs im Vierten weiterreichen?«

»Be my guest.«

Sie stand auf.

»Ich muss los.«

Er wusste, dass es unnötig war, sie zu fragen, ob sie Personenschutz wünschte. Er hätte allerdings auch nicht gewusst, wer das hätte übernehmen sollen, denn in einer Sache hatte sie absolut recht, sie standen ungeheuerlich unter Druck. Mehr als gesund war.

»Pass auf dich auf«, rief er ihr noch hinterher, bevor sie die Tür hinter sich zuzog.

Als sie gegangen war, sah er auf die Uhr. Er würde es gerade noch schaffen, kurz in die Kantine zu gehen, ehe er zusammen mit Ivar K dem Chef der Wirtschaftsprüfungsgesellschaft einen erneuten Besuch abstatten wollte. Er forderte das Schicksal heraus und holte sich eine Zimtschnecke und redete sich ein, das wäre ein Experiment. Wenn Gormsen recht hatte mit seiner Theorie über den Speiseröhrenkatarrh und Zimt auch einer der Auslöser sein konnte, müsste er das schließlich mit Hilfe des Ausschlussverfahrens ermitteln können.

Er hatte es sich gerade mit Kaffee und Schnecke gemütlich gemacht, als sein Handy klingelte. An der Nummer erkannte er die KTU aus dem vierten Stock.

»Wagner hier.«

Er sprach mit vollem Mund.

»Wie schmeckt die Schnecke?«, fragte Haunstrup.

»Woher weißt du?«

»Das ist doch in der Regel deine Zeit?«, zog ihn die Stimme auf.

»Aber doch nicht jeden Tag.«

»Aber die Chancen standen gut, oder?«

Wagner brummte etwas Unanständiges, zum Glück auch Unverständliches.

»Was ist los? Gibt's was Neues?«

Haunstrup drehte den Kopf vom Hörer weg und räusperte sich.

»Unsere Rechnungsprüfer haben sich zu den Zahlenkolonnen und den merkwürdigen Buchstabenfolgen in Mette Mortensens Aufzeichnungen geäußert. Sie sind der Ansicht, dass sie eine Art unzulässige Schattenbuchhaltung entdeckt hat. Womöglich hat sie die durch Zufall im Computer einer oder sogar mehrerer dieser Firmen entdeckt, für die sie gearbeitet hat. Die Leute sind zum Teil so unvorsichtig, sagten unsere Zahlenjungs.«

Wagner sah fasziniert auf den Rest seiner Zimtschnecke. Ida Maries Fruchtsalat, den er zum Frühstück bekam, war nicht nur gesund, mit Joghurt obendrauf war er sogar richtig sättigend. Und dennoch fehlte ihm etwas. Trotzdem beschloss er, den Rest der Schnecke noch einen Augenblick liegen zu lassen.

»Wissen wir, um welche Firmen es sich handelt?«

Haunstrup gab ein verneinendes Brummen von sich.

»Die konnten die Buchstaben bisher noch nicht zuordnen, aber es gibt ja auch unendlich viele Möglichkeiten. Vielleicht sollte man es andersherum versuchen und herausfinden, für welche Firmen sie gearbeitet hat.«

»Wir machen uns gleich auf den Weg zu ihrem ehemaligen Arbeitsplatz, aber es könnte schwierig werden«, sagte Wagner. »Ihr Chef hat sie zu Überstunden genötigt. Da wird er das Gespräch über diese Seite seiner Geschäfte bestimmt nicht so gerne vertiefen wollen.«

»Was ist mit einem richterlichen Beschluss?«

Wagner überlegte kurz. Das wäre eine Option, die er aber eigentlich am liebsten umgehen würde.

»Wir versuchen es heute noch einmal im Guten«, entschied

er. »Der weiß genau, dass wir diesen Weg einschlagen können, wenn er nicht mit uns zusammenarbeitet. Aber vielen Dank für deine Hilfe. Es kann von großem Nutzen sein, ein bisschen Reservemunition zu haben.«

»Gern geschehen. Und genieß den Rest.«

»Den Rest?«

»Von deiner Schnecke natürlich.«

Carsten Kamm hatte seine Schlangenlederstiefel gegen weiße spitze Slipper eingetauscht, die zu dem hellen Anzug aus Leinen hervorragend passten. Sein Schädel glänzte glatt poliert, und dieses Mal trug er kein Hemd, sondern ein hellgrünes Polo-Shirt.

»Sie hätten anrufen sollen. Ich habe in etwa zehn Minuten einen Termin«, sagte er und zupfte am Kragen seines Shirts.

»Wir waren gerade in der Nähe«, log ihn Ivar K fröhlich an. »Wir hätten da noch ein paar Fragen an Sie.«

»Was wollen Sie denn noch wissen. Ich gehe davon aus, dass Sie meine Nachricht wegen Mettes Schreibtisch erhalten haben? Die Müllabfuhr hat tatsächlich an besagtem Tag alles abgeholt, zusammen mit einem Haufen anderer Unterlagen, die sich da angehäuft hatten.«

»Das kam ja sehr gelegen!«, sagte Ivar K und sah sich im Büro um. »Dürfen wir uns einen Moment setzen?«

Er nahm sich einen Stuhl und machte es sich darauf bequem, Wagner tat es ihm nach.

»Uns ist zu Ohren gekommen, dass Mette Überstunden für Sie gemacht hat«, sagte Ivar K nach einer langen Pause, in der Kamms Gesichtsfarbe mehrmals die Schattierung gewechselt hatte. »Sogar ziemlich viele. Stimmt das?«

Kamm zuckte mit den Schultern.

»Wo haben Sie das her?«

»Das hat uns ein kleiner Piepmatz erzählt«, sagte Ivar K, »einer, der das auch unter Eid aussagen würde.«

Kamm sah ihn verdutzt an. Er hatte ganz offenkundig geglaubt, alle unter Kontrolle zu haben. Vielleicht ist hier auch Erpressung im Spiel, dachte Wagner. Vielleicht hatte er jeden seiner Mitarbeiter wegen irgendetwas in der Hand. Vielleicht sogar Mette, obwohl er sich beim besten Willen nicht vorstellen konnte, was das gewesen sein könnte. Abgesehen von der Macht, sie feuern zu können.

Jetzt wurde Kamm ungehalten.

»Warum vergeuden Sie Ihre Zeit mit so etwas. Das hat doch keine Bedeutung. So gut wie keine Bedeutung.«

Wagner beugte sich vor.

»Aber es gibt da was?«

»Nichts von Belang.«

»Vielleicht sollten Sie uns diese Entscheidung überlassen«, sagte Ivar K mit unheilverkündender Freundlichkeit.

Kamm zuckte zusammen und rückte ein Stück weiter nach hinten.

»Aber wie sollte das überhaupt wichtig sein? Ich verstehe das ganz einfach nicht. Das sind Peanuts. Das machen alle.«

»Der Verband der Wirtschaftsprüfer freut sich nicht über solche Informationen«, sagte Ivar K.

Kamm erhob sich und lief im Zimmer auf und ab.

»Aber das ist doch wohl keine Angelegenheit für die Kriminalpolizei. Wenn es jemanden etwas angeht, dann den Verband der Wirtschaftsprüfer. Die haben vielleicht ein Interesse daran und dürfen sich gern in die Schlange stellen.«

Wagner musste zugeben, dass Kamm in diesem Punkt recht hatte. Er war sich zwar sicher, dass es noch mehr auszugraben gab, aber mit dem Eingeständnis von Kamms Seite gab es keinen Grund für ihn, dort weiter zu ermitteln.

»Sie haben behauptet, Mette habe nie an eigenständigen Projekten gearbeitet«, sagte Ivar K. »Sie haben uns angelogen.«

Kamm seufzte und breitete die Arme aus.

»Selbstverständlich habe ich das. Das war ja auch harmlos. Es gab keinen Grund, da andere mit hineinzuziehen, und schon gar nicht gute Kunden, die nichts mit der Sache zu tun haben.«

»Wer sind die?«, hakte Ivar K nach. »Wir benötigen Namen, und zwar jetzt gleich.«

Kamm warf einen Blick auf seine Uhr. Aber wahrscheinlich veranlasste ihn seine Erfahrung vom letzten Mal, sofort nickend zuzustimmen und Ivar K nicht unnötig zu reizen.

»Okay. Aber da ist kein Bösewicht dabei.«

Ivar K zückte sein Notizheft.

»Jetzt rücken Sie die endlich raus. Und wenn wir feststellen, dass Sie auch nur einen einzigen Namen ausgelassen haben, dann buchten wir Sie ein!«

Wagner beobachtete Kamm aufmerksam, während dieser sieben Namen von Privatpersonen und Firmen aufzählte. Als der letzte Name fiel, sah er zu Ivar K. Den kannten sie.

Kapitel 45

Janos Kempinski fuhr den Wagen aus dem Carport und machte sich auf den Weg nach Skejby. Ihn erwarteten keine OPs an diesem Tag, außer es gab einen Notfall. Genaugenommen war es einer jener Tage, an denen er ein bisschen Freiraum zur Verfügung hatte. Nicht, dass es ihm in den Sinn gekommen wäre, etwas anderes zu tun, als ins Krankenhaus zu fahren. Schließlich gab es immer Patientengespräche und Sitzungen, denen er nachkommen musste.

Er hatte gerade an der Q8-Tankstelle vollgetankt und sich eine Packung Minzbonbons gekauft, als sein Entschluss feststand. Dann rief er vom Handy aus die Auskunft an und ließ sich gleich mit der Nummer in Vejle verbinden. Fünf Minuten dauerte das Gespräch. Dann rief er sein Büro im Skejby Krankenhaus an, wo Lena Bjerregaards Stimme ihm einen Guten Morgen wünschte.

»Sag bitte alle meine Termine bis dreizehn Uhr ab und sei in zehn Minuten unten beim Eingang.«

Er ließ ihr keine Zeit, Fragen zu stellen, weil er wusste, dass sie sonst abgelehnt hätte. So war es besser. Der konkreten Anordnung ihres Vorgesetzten konnte sie sich nicht widersetzen.

Es regnete, und er schaltete den Scheibenwischer ein, als er die Tankstelle verließ. Er sah die Welt wie durch einen nassen Vorhang, verzerrt. Sie würde niemals wieder so sein wie zuvor. Mit ihm war etwas geschehen. Früher hätte er geschworen, dass ihm so etwas niemals widerfahren würde. Die Vernunft meldete sich für einen kurzen Augenblick zu Wort, er nahm sich ein paar Minuten Zeit, um sich von seinem alten Ich zu verabschieden. In Wirklichkeit hatte er gar keine Wahl.

Sie stand unter dem Vordach, eingewickelt in ihren roten Regenmantel. Seine innere Unruhe verschwand, als er die Tür öffnete und sie sich auf den Beifahrersitz gleiten ließ.

»Hallo. Wo fahren wir denn hin?«

»Nach Vejle«, sagte er und küsste sie zur Begrüßung, ohne sich darüber Gedanken zu machen, ob sie jemand sehen könnte.

Sie sah ihn an, ihre Augen waren gefüllt mit Tränen, als würde sie weinen.

Er fuhr los.

»Okay.«

Eine Weile saß sie schweigend neben ihm, bis sie den Randersvej erreicht hatten.

»Ich muss mich krankschreiben lassen«, sagte sie. »So geht das nicht weiter.«

Er griff nach ihrer Hand.

»Nein, selbstverständlich. Du machst das so, wie es für dich das Beste ist. Aber zuerst fahren wir nach Vejle, ja?«

»Was ist denn in Vejle?«

»Du wirst schon sehen.«

Er nahm die Autobahn nach Süden. Die meiste Zeit saßen sie schweigend nebeneinander, ihre Hand in seiner. Sie war so warm und lebendig, und er war verwundert, dass die bloße Berührung ihrer Finger mehr in ihm auslösen konnte, als es jede andere Frau in seinem bisherigen Leben vermocht hatte. Für Romantik hatte er sich nie richtig interessiert, und auch Liebesromane und Liebesfilme hatte er, so gut es ging, vermieden und sich an Thriller und Actionfilme gehalten. So konnte einen das Leben überraschen.

Die Klinik hatte tatsächlich einen hervorragenden Blick über den Vejle Fjord. Sie gehörte zu einem größeren Krankenhauskomplex und war in einem nagelneuen Gebäude untergebracht, das von einem Architekten in modernem Stil mit lichtdurchfluteten Einheiten entworfen worden war. Am Informationsschalter sagte Janos Bescheid, dass sie einen Termin mit Palle Vejleborg hätten. Sie mussten etwa eine halbe Stunde warten, bis ein kleiner dicker Mann im Arztkittel mit Halbglatze und gewichtigen Schrittes auf sie zukam.

»Janos! Du hast dich ja überhaupt nicht verändert. Du unverbesserlicher Latino!«

Er streckte ihm die Hand entgegen. »Willkommen in meinem Palast. Es ist lange her.«

Janos erwiderte den Händedruck. »Vielen Dank, dass du dir die Zeit genommen hast. Ich möchte dir meine Sekretärin Lena Bjerregaard vorstellen.«

Lena erhob sich und streckte ihm ihre Hand entgegen. Janos bemerkte, dass sie Schwierigkeiten hatte, die Entfernungen richtig einzuschätzen. Es versetzte ihm einen Stich ins Herz oder wo man diese Dinge eben spürt. Darüber machte er sich in letzter Zeit häufiger Gedanken, ausgerechnet er, der bisher immer einen so pragmatischen Zugang zu den Organen gehabt hatte und sich geweigert hatte, einen Sonderstatus des Herzens anzuerkennen.

»Wenn ihr mitkommen wollt, dann sehen wir uns die Angelegenheit mal an.«

»Angelegenheit?«, flüsterte Lena und sah ihn verängstigt an.

Er drückte ihre Hand, erwiderte aber nichts. Daraufhin zwang sie ihn stehen zu bleiben. »Janos. Welche Angelegenheit?«

Mehrere Minuten musste er auf sie einreden, um sie zu überzeugen. Zuerst wollte sie überhaupt nicht. Erst als er es ein zweites Mal wie die Anordnung eines Vorgesetzten klingen ließ, verstummte ihr Protest. »Jetzt komm. Eine zweite Meinung schadet nie. Es dauert ja nicht lange.«

Er griff ihre Hände, und sie folgte ihm zögernd. Palle Vejleborg war bereits im Sprechzimmer am Ende des Gangs verschwunden. Dort war alles mit der neuesten Technik ausgestattet, die Instrumente sahen aus, als hätten sie gerade die Fabrik verlassen und wären bisher noch nicht zum Einsatz gekommen.

»Okay. Wenn du mir dann die junge Dame überlässt, kannst du es dir im Wartezimmer bequem machen und die Aussicht genießen«, schlug Vejleborg vor.

Lena sah Janos mit einem Blick an, der alles hätte bedeuten können, von Wut bis zum Hilferuf. Er nickte ihr aufmunternd zu.

»Du bist bei Palle in guten Händen. Er ist ein alter Studienkollege und absolut harmlos.«

Er hatte gehofft, ein Lächeln für den Spruch zu bekommen. Aber weder sie noch Palle verzogen das Gesicht. »Bis gleich.«

Das Wartezimmer war mit Arne Jacobsen Möbeln eingerichtet und halb voll. Er griff sich das *Handelsblatt*, konnte sich aber nicht aufs Lesen konzentrieren. Stattdessen schweifte sein Blick aus den mannshohen Fenstern über den Vejle Fjord. Er begann die Segelboote auf dem Fjord zu zählen. Seine Gedanken wanderten weiter, er dachte an ihre erste gemeinsame Nacht und wie leichthändig sie ihn geführt hatte.

Nach dem Essen im Restaurant in der Skolegade, bei dem er sich wie ein tölpelhafter Dreizehnjähriger gefühlt hatte, hatte er sie nach Hause gefahren. Er hatte ihr auf die wohl unbeholfenste Art gestanden, dass er sich in sie verliebt hatte. Sie hätte ihn wegen sexueller Belästigung am Arbeitsplatz anzeigen können. Aber stattdessen hatte sie seine Hand genommen und ihn sicher durch die peinlichsten Situationen geführt.

Sie hatte ihn in ihre Wohnung gebeten. Schon in der Eingangstür hatte sie sich an ihn geschmiegt.

»Und jetzt küsse ich dich«, hatte sie geflüstert, so als würde er davor gewarnt werden müssen.

Dadurch, dass sie die Initiative übernommen hatte, waren ihm Verantwortung und Angst genommen. Er war nicht mehr ihr Vorgesetzter, wie er erleichtert feststellen konnte, und ihre Lippen schmeckten gleichzeitig süß und salzig.

Sie führte ihn in ein gemütliches Wohnzimmer und schob ihn auf das Sofa.

»Wie wär's mit einem Kaffee?«

Sie wartete erst gar nicht auf eine Antwort, sondern verschwand gleich in die Küche. Er sah sich um, hier standen keine teuren Möbel als Statussymbole. Dafür entdeckte er lauter kleine Objekte: farbige Gläser, Figürchen, Stövchen und Krimskrams. Er sah auch königliche Porzellanfiguren, vielleicht Erbstücke? Das Bücherregal, das bei ihm zu Hause in den ersten Stock verbannt war, nahm eine ganze Wandseite ein. Ein alter Fernseher stand auf einem Bord mittendrin. Die Wände schmückten Landschaftsmalereien und abstrakte Kunst, aber keine Kunstdrucke.

Er riss seinen Blick vom Fjord los und sah auf die Uhr. Gerade einmal fünf Minuten waren vergangen. Das Bedürfnis, sie dort wieder rauszuholen und mit ihr nach Hause zu fahren, wuchs mit jeder Sekunde. Um dagegenzusteuern, kehrte er zu der Erinnerung an ihre erste gemeinsame Nacht zurück.

Sie war mit einem Tablett mit Kaffee und Keksen zurückgekommen. Während sie sich unterhielten, hatte sie seine Hand gestreichelt, und sie hatten sich zärtlich geküsst. Er konnte noch jetzt den Druck ihres Körpers an seinem spüren. Dabei war sie so klein und zerbrechlich und verschwand förmlich in seinen Armen. Er wurde übermannt von dem Gefühl, sie für immer beschützen zu wollen, als wäre sie eine der kleinen farbigen Glasfiguren im Regal.

Lange hatten sie eng umschlungen zusammengesessen, und er war seiner Intuition gefolgt, die ihr die Führung überließ. Er wäre für das Gegenteil auch viel zu nervös gewesen und hatte sich unentwegt gefragt, wie es weitergehen sollte. Würde sein Körper ihm gehorchen und das tun, was er wollte? Und würde sie es auch wollen? Würde er sich genug unter Kontrolle haben, so wie ihm das bei Annelise immer gelungen war?

Es hatte sich aber dann gezeigt, dass diese Überlegungen keine Relevanz hatten, dass es nicht um physische Hochleistungen ging. Sie hatte ihn nämlich gefragt, ob er es abstoßend finden würde, wenn sie ihn schon am allerersten Abend bitten würde, sie in ihr Schlafzimmer zu begleiten. Die Art und Weise, wie sie ihn das gefragt hatte, war so lieblich und bezaubernd gewesen, dass er es mit nichts anderem in Zusammenhang bringen konnte als mit dem, was sie ohnehin schon miteinander verband. Und was er Liebe nennen musste, weil ihm kein passenderes Wort einfiel. Eine große und alles in sich verschlingende Liebe. In diesem Augenblick wusste er es, bis tief hinein in das Vakuum in seinem Inneren. Diesen Raum hatte es immer gegeben, aber jetzt sog er sich voll wie ein leerer Brunnen, der sich nach ausgiebigem Regen endlich wieder füllte.

Wieder starrte er aus dem Fenster und beobachtete einen Segler, der eine Wende fuhr. Er konnte nicht vorhersagen, was geschehen würde, weder mit ihrer Krankheit noch mit seiner Karriere, aber etwas würde geschehen, das stand fest. Und nichts würde so sein wie vorher.

Palle Vejleborg trat zwanzig lange Minuten später aus dem Sprechzimmer und rief ihn hinein.

Lena schwieg. Es war ein Schweigen, das ihn sofort nach ihrer Hand greifen ließ, und er war erleichtert, als sie sich nach einem Moment des Zögerns an ihn schmiegte.

»Setz dich doch.«

Sie nahmen Platz, und Palle Vejleborg übernahm das Gespräch:

»Lena leidet an einer erblich bedingten Augenkrankheit. Es gibt keinen Zweifel daran, dass sie neue Hornhäute benötigt. Ihre eigenen sind stark zerstört, weil sich die Zellen zersetzen und absterben, um die Wahrheit zu sagen.«

Er machte eine kurze Pause, als würde er den beiden Gelegenheit für eine Zwischenfrage geben, dann fuhr er fort.

»Ich meine damit, wir werden eine tiefe lamelläre Keratoplastik vornehmen müssen, das bedeutet, dass wir ihre Hornhaut entfernen und ihr die Hornhaut eines Verstorbenen transplantieren werden.«

»Und genau dort liegt das Problem, vermute ich«, sagte Janos.

Vejleborg nickte.

»Es herrscht ein akuter Mangel an Spendern, aber es gibt Möglichkeiten, dem auszuweichen. Also, lasst mich euch das kurz beschreiben, denn selbstverständlich bieten wir die OP hier in der Klinik an. Zuerst kommt man zu einer ambulanten Untersuchung. Danach erfolgt die Operation unter lokaler Betäubung. Der Patient verbleibt dann ein paar Tage in unserem Patientenhotel.«

Bevor Janos fragen konnte, hob Vejleborg bereits an, von den möglichen Komplikationen zu sprechen, die während und nach dem Eingriff eintreten könnten.

»Während der OP kann es zu Blutungen im Auge kommen, zu einem erhöhten Augeninnendruck oder zu einer Entzündung der Regenbogenhaut, aber diese Symptome verschwinden entweder von allein oder mit Hilfe von Augentropfen. Eine mögliche Spätfolge ist die Entwicklung eines grauen Stars, aber der kann operativ behandelt werden. Allerdings besteht lebenslang die Gefahr der Abstoßung, und es kann zu Rissen in der Hornhaut kommen.«

Er sah Lena an.

»Das alles zähle ich nur als ein Worst-case-Szenario auf. Ich bin mir ganz sicher, alles wird gutgehen.«

»Und die Sehkraft?«, fragte Janos. »Regeneriert die sich schnell wieder?«

Palle schüttelte den Kopf.

»Nicht zwingend. Die Fäden werden erst nach etwa fünfzehn Monaten gezogen, es kann sein, dass die Sehkraft sich erst danach wieder stabilisiert.«

Erneut sah er Lena an.

»Es erfordert ein hohes Maß an Geduld, mit so einer Krankheit zu leben. Aber wir können Ihnen helfen, wieder ein ganz normales Leben zu führen.«

Sie lächelte verhalten. In ihren Augen standen nach wie vor Tränen.

»Aber es nützt ja alles nichts, wenn es gar keine Hornhäute gibt.«

Das klang eher wie ein Befund als eine Frage. Palle Vejleborg legte einen Arm um ihre Schulter und führte sie zur Tür.

»Ich glaube nicht, dass Sie sich darüber so viele Gedanken machen sollten. Sie sollten sich darauf konzentrieren, schnell wieder gesund zu werden, wenn es so weit ist. Und das könnte schneller eintreten, als Sie erwarten. Wenn Sie einen Augenblick im Wartezimmer Platz nehmen würden, dann können Janos und ich kurz über die alten Zeiten plaudern.«

Er schloss die Tür hinter ihr und drehte sich zu Janos um.

»Das ist so eine Schweinerei. Die Hornhautbank in Århus hat bis vor drei bis vier Jahren relativ regelmäßig Hornhäute von Verstorbenen erhalten. Aber seit der Gesetzesänderung 2006 halbierte sich die Anzahl buchstäblich um die Hälfte, und jetzt gibt es nicht genug Organe, um den Bedarf zu decken.«

Er stellte sich ans Fenster, mit dem Rücken zu Janos und sah hinunter auf den Fjord. Die Aussicht war dieselbe wie aus dem Wartezimmer. Janos stellte sich neben ihn und folgte mit dem Blick ein paar Ruderern, die ihre Bahnen zogen.

»Die Hornhaut wird seit dieser Gesetzesänderung zu den Organen gerechnet? Das war mir nicht klar.«

Vejleborg nickte. Auch er verfolgte die Ruderer, die am Krankenhaus vorbeizogen.

»Als Hornhaut noch in die Kategorie ›menschliches Gewebe‹ fiel, waren die Pathologen berechtigt, die Hornhäute einfach bei der Obduktion zu entfernen. Jetzt benötigt man dafür entweder einen Organspendeausweis oder die Zustimmung der Angehörigen. Und aus irgendeinem Grund haben die Leute größte Hemmungen zu spenden, wenn es sich um die Augen handelt.«

Janos konnte das verstehen.

»Augen sind etwas Besonderes.«

Palle Vejleborg zuckte mit den Schultern und drehte sich zu ihm um.

»So, ohne lange um den heißen Brei zu reden. Ich kann deiner Liebsten ein paar frische, gesunde Hornhäute besorgen.«

»Aber wie? Wenn die Hornhautbank nicht genügend zur Verfügung hat?«

Palle klopfte ihm gönnerhaft auf die Schulter. Janos empfand das als herablassend, war aber unfähig, sich dagegen zu wehren.

»Das lass mal meine Sorge sein. Ist besser so.«

»Und der Preis?«

Den kannten sie beide. Trotzdem sagte Palle Vejleborg etwas anderes, während er Janos, so wie Lena kurz zuvor, zur Tür begleitete.

»Darüber sprechen wir später.«

Kapitel 46

»Ich habe meinen Teil erfüllt. Jetzt bist du an der Reihe.«

Das klang selbstbewusster, als sie sich tatsächlich fühlte. Sie hatte sich auf das Treffen mit Peter Boutrup vorbereitet, war im Kopf jeden Satz durchgegangen, den sie sagen wollte, und hatte sich selbst ermahnt, ihren Prinzipien treu zu bleiben. Und dennoch zitterte sie.

»Ist nur fair!«, sagte er und sah dabei in die Luft, während neben ihm die Maschine sein Blut abpumpte, um es zu reinigen. »Aber du hast nur einen kleinen Schritt getan. Die endgültige Entscheidung, ob du mir eine Niere spendest, ist noch nicht gefallen, richtig?«

Dicte fühlte sich von seinem Blick an die Wand gepresst und musste kämpfen, um ihre Stimme kontrolliert klingen zu lassen.

»Du hast alles hervorragend geplant und gibst dir auch sehr große Mühe, als zynisch durchzugehen. Aber ich kaufe es dir nicht wirklich ab.«

Seine Handbewegung drückte Gleichgültigkeit aus.

»Mir ist das vollkommen egal, was du kaufst oder nicht.«

»Und was ist, wenn ich dir gerne eine Niere spenden will, aber mir dafür die Liebe meines Sohnes wünsche? Oder anders formuliert: Was ist, wenn ich dir gerne mehr geben will als das, worum du mich bittest?«

Diese Frage überraschte sie selbst, aber sie hatte sie ausgesprochen, bevor sie es sich anders überlegen konnte. Seine Augen sahen belustigt und fröhlich aus, aber seine Worte waren alles andere als freundlich:

»Man kann auch zu teuer kaufen! Willst du oder willst du nicht? Du musst nur mit einem einfachen Ja oder Nein antworten.«

Sie schüttelte den Kopf, nicht als Zeichen ihrer Ablehnung, sondern aus Verwunderung.

»Wie bist du nur so hart geworden? Wo ist der Mensch Peter Boutrup?«

»Du meinst den schreienden Säugling, den du damals weggegeben hast? Ist der nicht schon lange tot? Ich würde auf jeden Fall keine Zeit darauf verschwenden, nach ihm zu suchen.«

In diesem Augenblick zerbrach etwas in ihr. Das hatte keinen Sinn. Und es war zu spät, da hatte er leider recht.

»Ja oder Nein«, wiederholte er.

Sie rang darum, ihre Fassung wiederzugewinnen.

»Eins nach dem anderen. Die müssen mich doch erst als geeignet deklarieren.«

»Natürlich bist du geeignet. Du siehst doch gesund aus«, sagte er. »Aber die haben ihre Methoden, den Leuten eine Ausrede an die Hand zu geben. Sie werden dir anbieten, dass sie sich eine medizinische Indikation ausdenken, warum du nicht als Spender geeignet bist.«

Diesen Rettungsanker hatte sie die ganze Zeit als letzten Ausweg im Hinterkopf gehabt, seit ihr die Stationsschwester dieses Angebot gemacht hatte. Aber jetzt war er ihr soeben entrissen worden, und sie fühlte sich nackt und verwundbar.

»Du bist ja sehr gut informiert. Du weißt doch gar nicht, worüber bei so einem Gespräch geredet wird?«

Er lachte. »Lass mich raten. Ihr habt euch bestimmt nicht über Inneneinrichtungen und Aktienkurse unterhalten.« Ungläubig starrte er sie an.»Hältst du mich eigentlich für einen Vollidioten? Ich bin schließlich dein Sohn. Das sollte dir doch was sagen.«

Tat es das? Doch bevor sie tiefer in diese Frage einsteigen konnte, fuhr er fort.

»Ich vermute, du wirst in letzter Sekunde einen Rückzieher machen. Du bist scharf darauf, den Stadion-Fall aufzuklären. Und ich werde nur noch deine Staubwolke sehen, wenn du dich danach vom Acker machst.« Er sah sie eindringlich an. »Oder liege ich da vollkommen falsch? Ist Blut etwa doch dicker als Wasser?«

Zum ersten Mal hörte sie den Hauch eines Zweifels. Sie wusste, dass sie diesen Moment ausnutzen musste, auch wenn es bedeutete, dass sie sich dabei entblößte. Die Erinnerung nahm sie mit zurück ins Krankenhaus, die Wehen zogen sie in Abständen in eine Hölle aus Schmerzen. Sie schloss die Augen, saß aber neben dem Sohn, den sie an jenem Tag zur Welt brachte. Woran sie sich am nachhaltigsten erinnerte, war eine unendliche Einsamkeit. Jene große und alles in sich verschlingende Einsamkeit eines Menschen, der das Ende eines Weges erreicht hatte.

Sie öffnete wieder die Augen. Die Frage stand weiterhin in seinem Blick.

»Ich bereue es sehr, dass ich mein Kind damals weggegeben habe«, sagte sie. »Ich war sechzehn und bin bei den Zeugen Jehovas aufgewachsen. Ich hatte keine Wahl, aber habe es trotzdem bereut. Das hat mich all die Jahre lang begleitet.«

Er runzelte die Stirn. Er wollte es nicht hören, aber er unterbrach sie auch nicht, deshalb fuhr sie fort. »Kann sein, dass dir das alles egal ist, aber mir ist es nicht egal. Du bist gleichzeitig mein schrecklichster Alptraum und mein größter Traum, der endlich in Erfüllung geht. Du hast die Spielregeln für unseren Kontakt aufgestellt, also werde ich sie befolgen.«

Sie streckte eine Hand aus, mit der Handfläche nach oben.

»Aber du kannst die Spielregeln nicht einfach mitten im Spiel ändern. Und die Regeln bestimmen, dass du jetzt an der Reihe bist. Du willst weder eine Mutter noch ihre Liebe, und davon wirst du auch verschont bleiben. Du willst eine neue Niere. Bitte schön.«

Sie schnappte nach Luft. Die Wut hatte sich zurückgemeldet, und sie begrüßte sie freundlich. Sohn oder nicht, bis auf weiteres war er eine Bekanntschaft, auf die sie gerne hätte verzichten können. Aber er wollte sie als Geschäftsfrau, das sollte er haben.

»Gib mir einen Anhaltspunkt. Welche Gesetze sind verabschiedet worden und haben eine Bedeutung? Um was für ein Geschäft handelt es sich, in was war dein Zellennachbar verwickelt? Ich vermute, es hat etwas mit dem Tod zu tun, stimmt das? Mit Toten? Oder Sterbenden? Was mit Organen? Nieren?«

Sie spuckte das letzte Wort förmlich aus. Dann zog sie ein Stück Papier aus ihrer Tasche. »Diese Nachricht wurde mir ins Wohnzimmer geworfen, an einen Pflasterstein gebunden.« Sie reichte ihm den Zettel. »Es ist eine Kopie.«

Er las ihn und warf ihr einen spöttischen Blick zu.

»›Lass die Toten in Frieden ruhen‹«, wiederholte er mit Grabesstimme. »Wow. Das ist ja reinste Poesie auf Shakespeare-Niveau.« Er lachte laut auf, und das machte sie noch wütender.

»Gib mir einen Namen. Einen Anhaltspunkt. Sonst gehe ich aus dieser Tür, und du siehst mich nie wieder.«

Sein Lachen endete abrupt. »Hast du Angst zu sterben?«

»Nein.«

»Warum nicht?«

»Habe ich einfach nicht«, sagte sie und meinte es in diesem Moment auch so. Könnte es etwas Schlimmeres geben als diese

Situation, in der sie gerade war? Was könnte schmerzhafter und gleichzeitig betäubender und gefühlsloser sein, als den verlorenen Sohn wiederzufinden und zu entdecken, dass der weder Liebe annehmen noch selber geben wollte, noch nicht einmal Menschlichkeit?

»Wovor hast du dann Angst?«

»Nichts, was mich selbst betrifft«, antwortete sie ehrlich.

»Aha. Also, wenn es um deine Lieben geht, wie man so schön sagt. Deine Tochter? Denn ich habe eine Schwester, stimmt's? Rose?«

Sie schauderte. Natürlich kannte er Roses Namen. Aber es fühlte sich an, als wäre er viel zu nah dran.

»Gib mir etwas, sonst ist es hier und jetzt beendet.«

Er lächelte. Es irritierte sie, dass ihr Körper darauf reagierte und ein Teil von ihr weich wurde.

»Erzähl mir von Rose. Wie alt ist sie? Siebzehn? Achtzehn? Ist sie hübsch? Klug? Rebellisch? Vielleicht hätte sie Lust, ihren Bruder kennenzulernen?«

Dicte stand auf und ging zur Tür.

»Leb wohl.«

»Empfindliches Thema, diese Rose, ja?«

Sie wirbelte herum.

»Du hältst dich von ihr fern. Ich beiße bei dir an, wenn du deine Karten richtig spielst. Aber du lässt deine Finger von meiner Tochter.«

Er zuckte mit den Schultern.

»Zu spät. Ich habe ihr schon eine Mail geschickt.«

»Sie wird dir niemals glauben, nicht wenn ich ihr das Gegenteil sage.«

»Wir werden sehen«, erwiderte er bloß und klopfte mit der Handfläche auf die Sitzfläche seines Stuhles. »Jetzt komm mal zurück und beruhige dich wieder. Dann werde ich dir auch etwas erzählen.«

Sie hasste sich dafür, dass sie seiner Aufforderung Folge leistete. Sie hasste es, dass es ihr nicht gelungen war, sein Innerstes zu berühren und auch nur den kleinsten Fitzel an Menschlichem aus ihm herauszukitzeln. Sie hasste es, dass das Stadion-Rätsel so bedeutend war und so laut nach einer Lösung schrie, dass sie bereit war, wieder in seinen Machteinflussbereich zurückzukehren. Das würde sich rächen. Sie hätte auf Bo hören sollen.

Sie setzte sich auf den Stuhl. Er streckte seinen Arm aus und strich ihr übers Haar, fast ohne sie dabei zu berühren. Sie zitterte.

»Wenn es was mit Nieren zu tun hätte, würde ich ganz bestimmt nicht hier liegen«, sagte er mit sanfter Stimme. »Dann hätte ich doch schon längst meine Kontakte genutzt und mir selbst ein frisches Organ besorgt, meinst du nicht?«

Zu ihrer Erleichterung zog er seine Hand zurück.

»Vielleicht hast du nicht genug Geld dafür. Auch eine Niere auf dem Schwarzmarkt kostet Geld. Außerdem ist es nicht so einfach, sie sich zu besorgen und sich einsetzen zu lassen.«

»Ganz genau«, stimmte er ihr zu. »Eine Lebendorganspende ist eine schlimme Sache. Das Organ muss entfernt werden, solange der Körper noch warm ist. Sehr kompliziert. Kein gutes Pflaster. Die Toten hingegen ...«

Er ließ den Satz in der Luft hängen. Ihr Kopf arbeitete auf Hochtouren.

»Was ist mit den Toten? Was kann man mit einem toten Körper anfangen?«

Er wandte den Blick zur Decke.

»Meine Fresse, bist du schwer von Begriff. Man merkt sofort, dass du nicht Medizin studiert hast.«

Zuerst sah sie auf einen Haufen von Puzzleteilen, doch plötzlich nahm das Bild Konturen an.

»Polen. Eine große Privatklinik«, sagte sie. »Patienten, die nach Bagatelloperationen an schweren Infektionen sterben oder sich mit AIDS infizieren.«

Er hatte die Augen geschlossen und sah aus, als fände er ihre Ausführungen sterbenslangweilig. Sie versuchte sich an die verschiedenen Gesetze zu erinnern, die verabschiedet oder verändert worden waren. Was hatte sie alles gelesen?

»Das neue Gewebegesetz«, brach es plötzlich aus ihr hervor.

Er sah schlafend aus. Kleine Schnarchgeräusche erfüllten den Raum. In seinen Händen hielt er noch immer ihren Drohbrief. Sie stand auf, nahm den Zettel an sich und griff nach ihrer Tasche.

»Einen Namen«, sagte sie. »Ich brauche einen Namen.«

Er öffnete ein Auge.

»Du hast schon mehr als genug bekommen«, sagte er und schloss das Auge wieder.

Kapitel 47

»Das sieht alles ganz normal aus.«

Der Arzt begann, die Elektroden von Wagners Brust, Armen und Beinen zu entfernen, nachdem die Maschine seinen Herzrhythmus als unebenen roten Strich ausgespuckt hatte. Wagner lag auf der Liege und starrte an die Decke. Es hatte nichts mit dem Doktor persönlich zu tun, aber ihm war es nie leichtgefallen, zum Arzt zu gehen. Er bekam alle möglichen Krankheitssymptome davon.

»Es hat den Anschein, als würdest du noch eine Zeitlang unter uns weilen«, sagte Nils Rørbeck forsch.

Wagner riss sich von der Betrachtung der Deckenplatten los. Er hatte denselben Arzt seit über zwanzig Jahren, und bisher hatte er noch nie Grund gehabt, an einer Diagnose zu zweifeln oder sich über einen Behandlungsfehler zu beklagen. Auf der anderen Seite war er bisher auch noch nie ernsthaft krank gewesen.

»Und die Speiseröhre?«

Rørbeck nickte, während er seine Instrumente zusammenlegte.

»Die kann tatsächlich die Ursache für die Beschwerden sein. Ich gebe dir ein paar hervorragende Tabletten mit, die du einfach nach Bedarf einnimmst.«

Er sah seinen Patienten mit einem durchdringenden Blick an, so wie nur Ärzte und Ehefrauen einen ansehen konnten.

»Bist du gestresst? Treibst du Sport? Ernährst du dich gesund? Nimmst du die Arbeit immer mit nach Hause?«

Wagner überlegte sorgfältig, für welche Version der Wahrheit er sich entscheiden sollte. Er schwang die Beine von der Liege und setzte sich aufrecht hin.

»Stress kann zu Katarrhen in Speiseröhre und Magen führen«, sagte der Arzt, der ihm den Rücken zugewandt hatte.

»Ida Maries kocht gesund«, wich Wagner aus.

»Du solltest lange Spaziergänge machen.«

Rørbeck setzte sich an seinen Schreibtisch und griff nach dem Rezeptblock.

»Das hält fit und verleiht innere Ruhe.«

Innere Ruhe. Wagner kostete die Worte. Das Einzige, was ihm zurzeit eine innere Ruhe verschaffen konnte, waren Bachs *Brandenburgische Konzerte* und zur Not seine Präludien und Fugen. Aber er unterdrückte den Kommentar, weil er wusste, dass Nils Rørbeck ein eingefleischter Jazzfan und großer Miles-Davis-Bewunderer war und sie diese Diskussion schon so oft geführt hatten. Wagner konnte sich lebhaft an die Enttäuschung seines Arztes erinnern, als er ihm gestanden hatte, dass er bei Miles Davis immer einschlief.

»Hast du seit deinem letzten Katarrh wieder Beschwerden gehabt?«, fragte Rørbeck und unterschrieb das Rezept mit seiner gewohnt unleserlichen Unterschrift.

Wagner schüttelte den Kopf. Rørbeck wühlte in einer Schublade und reichte ihm eine Broschüre.

»Nun, du solltest vorerst auf bestimmte Lebensmittel verzichten. Unter anderem Kaffee. Du hast ja auch durchaus mal Probleme mit dem Magen gehabt, stimmt's?«

Der Kaffee aus der Kantine war das reinste Gift, deshalb

nickte Wagner artig wie ein Schuljunge. In ihm wuchsen die Unruhe und der Wunsch, das Sprechzimmer endlich verlassen zu dürfen.

»Also: Null Kaffee, trink lieber Kräutertee. Nicht zu viel Zucker, das erzeugt ebenfalls Säure. Und auch Alkohol ist verboten.«

Wagner war versucht, beleidigt zu fragen, ob denn auch Sex verboten sei, unterdrückte aber den Impuls und nahm stattdessen das Rezept entgegen, nickte und verabschiedete sich. Erst als er draußen auf der Straße stand, konnte er wieder befreit aufatmen, weit genug entfernt von Klinikgeruch und weißen Kitteln. Diese Anflüge von Angst vor dem Arztbesuch hatte er bisher vor allen geheim gehalten, noch nicht einmal Ida Marie wusste davon.

Als er ins Polizeipräsidium zurückkehrte und sich gerade am Informationsschalter vorbeischleichen wollte, bekam er einen Gesprächsfetzen zwischen einem Besucher und dem wachhabenden Beamten mit.

»John Wagner ist für den Fall zuständig, aber der ist gerade nicht im Haus. Ich kann Sie an einen Kollegen weiterleiten.«

Sein erster Impuls war es, in die Kantine zu gehen und sich einen Kaffee zu holen, aber die Worte seines Arztes und die Situation zwangen ihn zu einem anderen Verhalten. Er gab dem Beamten ein Zeichen, der mit einem herzlichen Lächeln reagierte.

»Ja, sehen Sie mal. Da kommt er gerade. Dann können Sie sogar persönlich mit ihm sprechen.«

Der Mann drehte sich um. Er war braungebrannt, blond und ähnelte einem Urlaubsheimkehrer. Er trug ein weites Hemd, helle Hosen mit vielen Taschen und Sandalen mit Socken.

»Hallo. Ich heiße Jakob Refstrup. Ich glaube, ich habe wichtige Informationen in diesem Mordfall beim Fußballstadion.«

Wagner erwiderte den Händedruck, während er seine innere Kartei nach diesem Namen durchforstete.

»Ich war Parkwächter am Tag des letzten Saisonspiels.«
Bingo. Da erschien der Name schon auf der Leuchttafel.
»Australien?«
Der Mann nickte.
»Ein phantastisches Land.«
Wäre es nach Wagner gegangen, er hätte auch in Timbuktu oder Kuala Lumpur gewesen sein können. Ihm war das egal.
»Kommen Sie hier entlang. Haben Sie die Zeitungen gelesen?«
Sie stiegen in den Fahrstuhl.
»Kein bisschen. Wir waren drei Wochen lang von der Zivilisation abgeschnitten, draußen im Outback, auf der Schaffarm meines Bruders. Ansonsten hätte ich mich doch schon viel früher gemeldet.«
Wagner registrierte seine innere Erregung, und vergessen waren Speiseröhre und Magensäure, als das Adrenalin durch seinen Körper gepumpt wurde. Er öffnete die Tür zu seinem Büro.
»Bitte sehr, treten Sie ein und setzen Sie sich. Möchten Sie einen Kaffee?«
Er schenkte zwei Becher aus der Kaffeekanne ein, die seit dem frühen Morgen auf der Warmhalteplatte gestanden hatte, trank ihn aber nicht.
»Sie haben also Informationen für mich?«
Der Mann nahm einen Schluck und konnte seinen Ekel kaum verbergen.
»Wenn ich gewusst hätte, was geschehen war, hätte ich mich selbstverständlich früher gemeldet. Aber wir sind erst gestern Abend nach Hause gekommen. Und da lag dann der Stapel mit Zeitungen … Meine Schwiegermutter. Sie hat Haus und Hund in der Zeit gehütet und feine, säuberliche Stapel gemacht … So ist sie nun einmal … Sehr gewissenhaft …«
»Sie waren also als Freiwilliger tätig an besagtem Sonntag?«, unterbrach ihn Wagner, bevor sich der Mann in der Beschreibung seiner Schwiegermutter verlor. »Was ist da passiert?«
Jakob Refstrup sah aus, als würde er in seinem Inneren einen Film zurückspulen.

»Was ich mitbekommen habe, ist, dass Sie nach einem Mann suchen, der aussieht wie ein englischer Hooligan, mit Stiefeln und so. Und Sie gehen davon aus, dass er in der Nähe des toten Mädchens gesehen wurde.«

Wagner nickte und ermunterte ihn, weiterzuerzählen.

»Die Sache ist die, dass ich genau so einen Typen dort gesehen habe. Ich saß schon in meinem Auto und wollte nach Hause fahren. Ich glaube nicht, dass die mich bemerkt haben. Ich hatte das Fenster runtergekurbelt, weil das Wetter so schön warm war.

»Die?«

Refstrup nickte.

»Der Typ mit den Stiefeln hat sich mit einem großen dünnen Mann gestritten, der eine Kapuze aufhatte. Ich kann mich erinnern, dass ich das mit der Kapuze merkwürdig fand. Weil es eben überhaupt nicht kalt war.«

»Und wo standen die? Konnten Sie hören, worüber die beiden stritten?«

»Das war auf dem Parkplatz, wo später dann das Mädchen gefunden wurde. Die standen neben einem schwarzen Auto, einer Art Kastenwagen, Toyota Hiace oder so ähnlich, und es sah aus, als würde er dem langen Dünnen gehören. Es ging um Geld.«

»Geld? Und was haben die gesagt?«

»Der Stiefeltyp hat vom anderen Geld verlangt und damit gedroht, Informationen durchsickern zu lassen. So hat er das ausgedrückt: ›durchsickern lassen‹.«

»Können Sie die beiden näher beschreiben? Alter? Kleidung? Sprachen sie mit Akzent?«

»Jütländisch!«, versicherte Refstrup. »Die stammten hundertprozentig von hier. Keine Ausländer. Der Stiefelmann war nicht so groß, aber muskulös und eher vierschrötig. Der sah wirklich aus wie ein Hooligan, und ich glaube auch, dass seine Nase bestimmt häufiger gebrochen gewesen ist. War ganz plattgedrückt.«

»Und der andere?«

Refstrup hakte zwei Finger in den Henkel des Kaffeebechers ein, hob ihn hoch, aber führte ihn nicht an die Lippen.

»Den habe ich nicht so deutlich sehen können. Ich kann mich nicht an sein Gesicht erinnern, aber wie gesagt: Er war sehr groß und schlaksig, eigentlich sogar furchteinflößend groß.«

»Konnten Sie einen Eindruck davon bekommen, was der Kleinere hätte ›durchsickern lassen‹ wollen?«

»Geschäftsmethoden war das Wort, das er benutzte. ›Eure Geschäftsmethoden.‹ Ich musste sofort an Mafiafilme und Erpressungen denken. Am liebsten hätte ich Vollgas gegeben und wäre da abgehauen. Aber ich hab mich nicht getraut, als die anfingen, einander zu drohen.«

Er lächelte entschuldigend.

»Um ehrlich zu sein, ich habe mich geduckt und gehofft, dass die mich nicht bemerken.«

Wagner beugte sich über den Schreibtisch und sah Refstrup eindringlich an.

»Wollen Sie sagen, dass Sie den Eindruck hatten, es ging um eine Erpressung?«

»Ganz eindeutig«, sagte Refstrup, ohne zu zögern. »Das war was Internes, nur zwischen den beiden. Der mit den Stiefeln wollte Geld dafür, dass er Informationen zurückhielt. Der andere wurde daraufhin wütend und hat ihm gedroht, dass ›er nur Ärger bekäme‹, also der Mann mit den Stiefeln, wenn Sie verstehen, was ich meine.«

Wagner verstand ausgezeichnet. Die Teile fielen langsam an ihren Platz, er konnte es förmlich hören. Er rief Jan Hansen in seinem Büro an und bat ihn, für die Aufnahme eines Protokolls vorbeizukommen.

»Okay. Arne Bay ist verschwunden. Wir haben einen Zeugen, der einer versuchten Erpressung beigewohnt hat, wo Bay massiv bedroht wurde. Können wir davon ausgehen, dass sein Verschwinden mit dieser Auseinandersetzung zu tun hat?«

Wagner sah sich im Kreis seiner Kollegen um. Es wurde bekräftigend, wenn auch etwas zögernd genickt.

»Aber was wissen wir von dem Konflikt? Und von der angeblichen Erpressung?«, fragte Jan Hansen. »Wenn wir davon ausgehen, dann nehmen wir gleichzeitig an, dass der große Mann auch mit dem Mord an Mette zu tun hat, richtig? Wir sollten aufpassen, dass wir Arne Bay hier nicht aus der Verantwortung entlassen.«

Wagner nickte.

»Aber wir haben schon einmal von diesem großen Mann gehört. Der Barkeeper in dieser Kneipe da, wie hieß die noch gleich?«

»Bridgewater«, meldete Petersen.

»Ja, danke, Bridgewater. Gehen wir also davon aus, dass der große Mann – wer könnte dass sein? – mit Bay und Mette zusammen im Taxi gefahren ist, so wie das auch der Fahrer zu Protokoll gegeben hat. Alle waren in bester Stimmung, und in Bays Wohnung wurden Getränke gereicht.«

»Könnte es Kamm sein? Ich meine, er ist auch groß und dünn. Und hat alles andere, als mit offenen Karten gespielt«, meldete sich Ivar K zu Wort.

Wagner stellte fest, dass jeder seine Lieblingsversion hatte, die nicht zwingend auf sachlicher und objektiver Polizeiarbeit basierte. Hansen war mit Bay aneinandergeraten und hegte gegenüber Leuten wie ihm ganz offensichtlich eine natürliche Skepsis. Und Ivar K hatte durch die Gespräche mit Kamm eine ähnlich ablehnende Haltung entwickelt.

»Kamm ist eine Option, aber keine wahrscheinliche. Er hat den Sonntag bei seinen Schwiegereltern in Stilling und den Rest des Tages mit seiner Frau verbracht, was diese bereits bestätigt hat. Er hätte sich ohne ihr Wissen aus dem Haus schleichen müssen.«

Sie betrachteten die Fakten von mehreren Seiten, und dabei kristallisierte sich heraus, dass der große Mann und Bay durch ein gemeinsames Geschäft miteinander verbunden sein mussten. Wagner dachte an den Stein, der in Dicte Svendsens Wohnzimmer gelandet war: »Lass die Toten in Frieden ruhen.« Sie war der Ansicht, dass Mettes Tod und die beiden fast identischen Morde in Polen und im Kosovo etwas mit dem Tod und den Toten zu tun hatte. Bay arbeitete im Krankenhaus und hatte dort jeden Tag mit kranken Menschen zu tun. Gab es da einen Zusammenhang?

»Okay. Der große Mann hatte eine Tüte mit Flunipam-Tabletten dabei und hat diese diskret in Mettes und Arne Bays Bier getan, als sie alle zusammen in Bays Wohnung in der Jægersgårdsgade waren«, entwarf Hansen das Szenario. »Das erklärt vielleicht auch, warum sich Bay nicht mehr an den Verlauf des Abends erinnern konnte.«

Wagner stimmte ihm zu.

»Aus einem bisher unerklärlichen Grund hat sich der große Mann Mette als Opfer ausgewählt.«

»Vielleicht hat ihm aber auch jemand den Auftrag dazu erteilt«, warf Ivar K ein. »Sind Hintermänner nicht mehr als wahrscheinlich, wenn wir die geographische Reichweite der Verbrechen mit einbeziehen?«

Mehrere Köpfe nickten.

»Meinetwegen. Also, der große Mann hat Mette und Bay betäubt und eine mehr oder weniger bewusstlose Mette aus der Wohnung geschleppt und in einem schwarzen Kastenwagen weggeschafft.«

»Und wohin?«, fragte Arne Petersen. »Wo hat er die Knochen und alles andere entnommen? Und hat sie auch an demselben Ort das Glasauge in den Mund gesteckt bekommen?«

»Krankenhaus«, sagte Wagner nach einer kurzen Pause. »Bays Arbeitsplatz.«

Da klingelte sein Handy.

»Wagner.«

»Willumsen hier, Polizei von Nordjütland. Soweit ich informiert bin, würden Sie sich gerne mal mit einem Jan Møller unterhalten, der sich im Nazimilieu herumtreibt.«

»Ja, sehr gerne sogar. Habt ihr ihn?«

»Das kann man so sagen. Er scheint sich seit einer Weile hier oben in einem Sommerhaus in Løkken aufgehalten zu haben.«

»Und wie haben Sie ihn entdeckt?«

»Och, das war gar nicht so schwer. Er hatte kein Geld mehr und hat versucht, eine Tankstelle zu überfallen. Aber er hat vom Tankwart ordentlich eins auf die Mütze bekommen. Und das Ganze ist auch auf einem Videotape festgehalten worden. Dieser Idiot hatte sich noch nicht mal was übers Gesicht gezogen. Wird der nicht wegen Totschlags an seiner Freundin gesucht?«

»Doch, dafür auch.«

Wagner musste ein weiteres Mal an Dicte Svendsen denken. Sie hatte drei Namen aufgezählt, die alle der rechtsextremen Szene zuzuordnen waren. Mit ein bisschen Glück war das der erste Schritt, um das mysteriöse Verschwinden von Arne Bay und damit vielleicht auch den Mord an Mette Mortensen aufzuklären. Zum ersten Mal an diesem Tag huschte ein Lächeln über sein Gesicht.«

»Dafür auch«, wiederholte er.

Kapitel 48

Kiki schaltete den Motor aus und lauschte in die Stille. Es war schon spät und ziemlich dunkel für die Jahreszeit. Eine dichte Wolkendecke hatte sich vor das Mondlicht geschoben, die Büsche und Bäume waren nur schwarze Schatten.

Ein Rettungswagen fuhr ohne Blaulicht vor die Notaufnahme, Sanitäter stiegen aus, und sie hörte das Aufgleiten von Schiebetüren. Das erinnerte sie an den schwarzen Kastenwagen.

Die Spannung jagte ihr ein Kribbeln über den Rücken, als sie die Pistole aus der Tasche nahm und sie sich in die Jackentasche steckte. Da lag bereits eine kleine Taschenlampe, die nicht viel größer war als ein Bleistift.

Er hatte ihr mit Hilfe des Codes genauestens beschrieben, was sie tun sollte. Sie hatte sich das Tunnelsystem eingeprägt, so dass sie den Weg auch mit verbundenen Augen gefunden hätte. Sie wusste, welchen Weg sie nehmen musste, um nicht entdeckt zu werden.

Ohne Schwierigkeiten fand sie den Eingang. Ehe sie sich versah, stand sie wieder in jener unterirdischen Welt, die sie als Kind als so schrecklich erlebt hatte. Alles schien ganz einfach. Jeder könnte in die Tiefe hinabsteigen und sich in dem Tunnelsystem bewegen, das viele Abzweigungen hatte und alle Gebäude des Krankenhauskomplexes miteinander verband. Es gab eine Hauptverkehrsstraße, die sich unter dem gesamten Komplex durchzog. Einige der Tunnel waren alt, andere blind, sie wurden nicht mehr verwendet. Andere waren so breit wie Landstraßen und waren tagsüber rege befahren. Aber jetzt war es kurz vor Mitternacht, und alles war totenstill.

Sie kam an Kreuzungen vorbei, an denen Vorfahrtslinien vor Gegenverkehr warnten. Ab und zu passierte sie Kurven, an denen die Ecken einfach abgefahren waren, weil jemand mit zu hoher Geschwindigkeit abgebogen war. Der Untergrund wurde hauptsächlich für den Transport von Lagerbeständen, Wäsche und Medizin benutzt. Die Technischen Abteilungen und Installateure verkehrten hier unten und verwendeten Fahrräder oder Mopeds, um schnell von einem Ort zum anderen zu gelangen.

Die Sohlen ihrer Turnschuhe machten keine Geräusche auf dem gelben Fliesenboden, aber in dem grellen Neonlicht war sie sehr deutlich zu sehen und lief deshalb so schnell sie konnte. Stunden hatte sie darüber gegrübelt, wie sein Plan aufgehen sollte, und hatte schließlich eingesehen, dass der Ausgang der ganzen Geschichte nicht vorherzusagen war. Nichts war sicher, alles konnte passieren. Aber das war für sie in Ordnung.

Natürlich wollte sie überleben. Nicht so sehr, weil ihr Leben so großartig war, sondern aus sportlichem Ehrgeiz. Es war wie ein Marathon; die lange Etappe erstreckte sich vor ihr, und sie wollte sie bezwingen. Am Ende winkte die Medaille.

Endlich hatte sie ihren ersten Haltepunkt erreicht, vorbei an ausrangierten Computern, geparkten elektrischen Rollstühlen und Schildern, die den Weg zum Patientenhotel, zum Wäscheraum und zur Kantine wiesen. »Kittelzentrale« stand an der Tür. Sie war geöffnet. Seinen Informationen zufolge wurde die Kittelzentrale um 24 Uhr geschlossen. Jetzt war es 23:30 Uhr und kein Mensch weit und breit zu sehen. Sie betrat den Raum. In den Regalen stapelten sich Kleidungsstücke, weiße und grüne Kittel. Es roch nach Waschmittel. Sie wusste, dass sich hier Krankenschwestern, Ärzte, das technische Personal, und wer sonst noch in einem Krankenhaus beschäftigt war, ihre Arbeitskleidung abholten.

Sie trat an das Regal mit den weißen Krankenschwesterkitteln und musste einige auseinanderfalten, ehe sie die richtige Größe gefunden hatte. Sie zog ihre Jacke aus, stopfte sie zwischen zwei Stapel und schob einen dritten davor. Die Pistole lag einen Moment schwer in ihrer Hand, bevor sie zusammen mit der Taschenlampe in der Kitteltasche verschwand. Dann lauschte sie hinaus in den Gang und schlich sich leise aus der Kittelzentrale.

Etwas später begegnete sie einem Krankentransporter, der einen Anhänger zog, auf dem die verschiedensten medizinischen Hilfsmittel kreuz und quer übereinanderlagen, Rollstühle, Gehhilfen und Krücken, sie sahen aus wie die Stäbchen eines gigantischen Mikadospiels. Freundlich nickte sie dem Fahrer zu, der das Nicken erwiderte und an der nächsten Ecke abbog.

Sie folgte exakt den codierten Anweisungen aus dem Buch. Gebäude um Gebäude passierte sie unterirdisch, sie musste an alte Sowjetfilme denken, in denen sich die Kommandozentralen für den Fall eines Atomkrieges immer unter der Erde befanden. Eingestiegen war sie bei Gebäude Nummer 10 und sollte bis Gebäude Nummer 4 gehen, das gegenüber vom Pathologischen Institut und der Krankenhauskapelle lag. Es fühlte sich an, als würden sich die Gänge immer tiefer in die Erde graben, in ein versunkenes, geheimes Tal. Hätte sie einen Ball dabei gehabt, er wäre die ganze Zeit ohne ihr Zutun weitergerollt.

Ihr begegneten noch zwei Krankenschwestern und ein Transporter, aber niemand hielt an oder stellte ihr Fragen. Und niemand bemerkte die Pistole, die ihre rechte Kitteltasche ausbeulte.

Endlich erreichte sie Gebäude Nummer 4 und begab sich auf die Suche nach ihrem nächsten Haltepunkt. Es war kein Laut zu hören und keine Menschenseele zu sehen. Vielleicht war er gar nicht dort, oder aber die Angaben waren womöglich falsch. Allerdings ging sie davon aus, dass er bei der Verschlüsselung sorgfältig gewesen war, schließlich ging es um Leben und Tod.

Ihr schoss der Gedanke durch den Kopf, dass er vielleicht sogar wusste, dass sie kommen würde. Möglich war es, aber eigentlich ziemlich unwahrscheinlich.

Sie musste trotzdem äußerst vorsichtig sein.

Kurz darauf hatte sie gefunden, wonach sie suchte. Der Raum hatte eine extra breite Tür und war von einer grünen Kante gerahmt. »Kühlraum« stand an der Tür. Dort wurden die Toten aufbewahrt, die laut Gesetz sechs Stunden lang dort liegen mussten, bevor sie in die Kapelle gebracht wurden. Sie hoffte sehr, dass dort keine Leiche lag.

Sie drückte den Griff herunter und schob die Tür auf. Der süßliche Geruch von totem Fleisch und beendetem Leben schlug ihr entgegen. Sie wollte das Licht einschalten, aber es funktionierte nicht. Nur die Lampen vom Gang warfen einen hellen Lichtkegel in den Raum. Ihr Blick fiel auf eine Bahre, auf der eine Gestalt unter einem Laken lag. Von der Decke hing eine Schnur, an der man ziehen konnte, falls man wider Erwarten doch nicht tot sein sollte. Reglos stand sie da und sah auf die verdeckte Leiche. Ein toter Mensch konnte niemandem etwas zuleide tun. Es waren die Lebenden, vor denen sie sich fürchtete.

Sie benötigte einige Sekunden, um Mut zu fassen, die Tür hinter sich zufallen und sich von der Dunkelheit verschlucken zu lassen. Sie tastete nach der Taschenlampe, aber ihre Hände zitterten so sehr, dass sie sie nicht gleich greifen konnte. Fassungslos registrierte sie eine Bewegung im Raum und spürte, wie sich die Gestalt auf der Bahre erhob. Der Schrei blieb ihr in der Kehle stecken.

»Wenn du auch nur einen Laut von dir gibst, bist du tot.«

Alle Muskeln ihres Körpers spannten sich an. Sie konnte es nicht sehen, wusste aber, dass sich der Tote zur vollen Länge erhoben hatte.

Sie hörte das Laken zu Boden fallen.

Die Pistole. Sie tastete in der Kitteltasche danach, aber die Augen des anderen hatten sich schon längere Zeit an die Dunkelheit gewöhnen können, und bevor sie handeln konnte, spürte sie, wie zwei kräftige Arme sie festhielten und jede Bewegung unmöglich machten. Dann spürte sie den Einstich in ihrer Schulter, schnell und routiniert, und sie merkte, wie sie zu Boden sank, merkte, dass er sie wie einen Sack hochhob und auf die Bahre legte, wo er noch kurz zuvor auf sie gewartet hatte. Dunkelheit wurde von neuer Dunkelheit bedeckt, als er das Laken über sie ausbreitete.

»Verdammtes Luder. Ich wusste, dass wir uns mit einer wie dir nur Ärger einhandeln.«

Sie erkannte die Stimme sofort, konnte aber nicht reagieren, weder ihr Mund noch ihr Körper gehorchten ihr, sie war wie gelähmt. Sie spürte, wie er die Tür öffnete und die Bahre durch den Gang schob. Es fühlte sich an, als würde sie sich im freien Fall befinden. Jetzt lässt er mich gleich los, dachte sie. Jetzt lässt er mich hier unten verunglücken, stößt mich eine steile Treppe hinunter. Gleich werde ich sterben.

Sie versuchte sich die vielen Abbiegungen, Kurven und langen, geraden Passagen zu merken. Da vernahm sie plötzlich ganz andere Geräusche: Eine Tür wurde geöffnet, Laute von draußen drangen zu ihr, ein Auto, das wegfuhr, Stimmen. Sie mobilisierte all ihre Kräfte, aber ihre Stimme wollte nicht gehorchen. Sie war wie eine lebende Leiche.

Der Kastenwagen.

Das war ihr erster Gedanke, als sie die Schiebetür hörte. Sie erkannte das Geräusch. Dann merkte sie, wie die Bahre in den Wagen geschoben wurde. Ein mobiler Sarg, dachte sie. Damit transportiert er die Toten.

Es vergingen nur wenige Augenblicke, dann wurde die Tür zugeworfen, und er stieg auf der Fahrerseite ein. Die ganze Zeit hatte er kein Wort gesagt. Jetzt drehte er sich zu ihr um.

»Und jetzt fahren wir dorthin, wo du hingehörst.«

Sie versuchte zu schlucken, aber auch diese Muskeln versagten ihren Dienst. Speichel sammelte sich in ihrem Mund, und sie hatte das Gefühl zu ersticken.

Vielleicht war sie auch schon tot.

Kapitel 49

»Menschliches Gewebe. Keine Organe, sondern menschliches Gewebe.«

Sie starrte auf den Bildschirm, wo sie das Gesetz Nr. 273 aufgerufen hatte, das am 1. April 2006 verabschiedet worden war. Mit all seinen Paragraphen und in der verschlungenen Sprache der Juristen.

»Was zum Teufel ist denn menschliches Gewebe dann? Im Gegensatz zu Organen? Mhm, ich habe dich vermisst.«

Bo beugte sich über ihre Schulter. Er war gerade aus Polen zurückgekommen und eindeutig mehr an dem Gewebe in ihrem Nacken und dem Duft ihres Parfums interessiert.

»Du riechst so lecker, ich könnte dich auffressen.«

Sein Kuss war gierig und barg die Gefahr in sich, einen deutlichen Abdruck zu hinterlassen, was wahrscheinlich auch beabsichtigt war. Männer hatten da offenbar ein größeres Bedürfnis, ihr Revier und Eigentum zu markieren, vor allem wenn sie länger nicht in der Nähe gewesen waren und sicher sein konnten, ob es in feindliche Hände gefallen war.

»Menschliches Gewebe«, belehrte ihn Dicte, da sie schließlich die Nacht mit der Lektüre darüber verbracht hatte, »ist alles. Der menschliche Organismus, alles, was aus Zellen besteht.«

»Aber nicht die Organe?« Bo küsste sie weiter.

»Doch, auch die Organe.«

Ihr Herz begann schneller zu schlagen, als sie seine Lippen auf ihrer Haut spürte. Sie hatte zwar kaum Zeit dafür gehabt, aber vermisst hatte sie ihn trotzdem. Der Gedanke, was dieser Kuss wohl für eine Wirkung auf die anderen Organe hatte, streifte sie kurz. Wenn ihr Herz schneller schlug, arbeiteten vielleicht die Nieren auf Volltouren, und wenn sie stoßweise atmete, waren die Lungen beteiligt. Der Entschluss, etwas von ihrem Körper wegzugeben, war in diesem Augenblick unendlich weit entfernt.

»Aber die Organe fallen unter eine andere Gesetzgebung«, erklärte sie und schob ihn auf eine Weise von sich, die ihn nur noch zudringlicher werden ließ.

»Das Gesetz über menschliches Gewebe berücksichtigt Knochen, Haut, Sehnen, Zellen. Sachen, die leichter zu handhaben sind, bei denen auch keiner misstrauisch wird.«

Sie drehte sich zu ihm um. Er war frühmorgens gelandet und sofort in die Redaktion gekommen, wo sie schon lange wieder am Computer gesessen und sich erneut in den Paragraphen vertieft hatte, mit dem aufrichtigen Wunsch, die Zusammenhänge zu verstehen. Das Begreifen hatte sich im Laufe der vergangenen Stunden zögerlich eingestellt.

»Wir verwenden menschliches Gewebe bei allem Möglichen, wir machen uns nur keine Gedanken darüber. Das sind keine aufsehenerregenden Transplantationen von Herzen und Nieren, nein, es geht um kleine Eingriffe wie Transplantationen von Haut, Kieferknochen, Operationen am Knie oder an der Hüfte, so etwas.«

Bos Gesichtsausdruck verzerrte sich vor Ekel.

»Wenn ich mir also beim Fußballspielen eine Sehne reiße, kann es dann sein, dass mir die Sehne eines Toten eingesetzt wird? Oder die Haut eines Toten verpflanzt wird, wenn ich mich verbrenne?«

Sie nickte.

»So was in der Art. Ich weiß nicht, wie man damit hier in Dänemark verfährt, aber in Ländern, in denen die Gesetze lascher sind, wird das so sein. Denk nur an die schweren Infektionen nach solchen Eingriffen in Lublin.«

»Was für Infektionen und Eingriffe?«

Da fiel ihr ein, dass sie ihm noch nichts von ihrem Telefonat mit der Witwe des ermordeten Arztes erzählt hatte. In knappen Worten holte sie das nach, während sich die Redaktionsräume langsam mit den Kollegen füllten.

»Infiziertes Gewebe«, fasste sie zusammen und senkte dabei die Stimme, damit nicht alle mithören konnten. Eine gute Geschichte musste man hüten wie seinen Augapfel. »Gewebe, das eben nicht den gesetzlich vorgeschriebenen Gesundheitskontrollen unterzogen, sondern ohne Berücksichtigung der allgemeingültigen Bestimmungen entnommen wurde, die vorsehen, dass man den Spender zurückverfolgen kann und vor allem sicher sein kann, dass das Gewebe gesund und in gutem Zustand ist. Also ohne Zulassung der Ärztekammer.«

Bo sah sie verwirrt an. Dann setzte er sich auf die Kante ihres Schreibtischs und sagte übertrieben leise: »Vergiss bitte nicht: Ich bin kein Journalist. Wie könnte man das so ausdrücken, dass es ein einfacher Fotograf auch versteht?«

Da wurde Dicte auf einmal klar, dass sie selbst die ganze Zeit um die Wahrheit herumgekreist war. Sie holte tief Luft und sagte mit der Deutlichkeit einer Titelüberschrift: »Jemand hat den Toten Gewebe entfernt, es ins Ausland geschmuggelt und damit ein Vermögen verdient. Es handelt sich um jemanden oder einen Kreis von Leuten, die in Kontakt zu Krankenhäusern oder Privatkliniken stehen und seit Jahren Zusatzeinnahmen haben, indem sie den Toten ohne die Zustimmung der Angehörigen Knochen, Sehnen und Hornhäute entfernen.«

Bo nickte bedächtig. Aber der Ekel, der ihn überfiel, war überdeutlich.

»Pfui Teufel.«

»Du sagst es.«

»Aber es gibt für alles einen Markt. Warum also nicht auch dafür?«

»Ja, warum eigentlich nicht? Du hast recht. Dort draußen in der Welt muss es einen schwarzen oder vielmehr grauen Markt geben.«

»Handel mit menschlichem Gewebe über die Landesgrenzen hinaus«, formulierte Bo und dehnte jedes Wort. »Also ein illegaler Handel in der Größenordnung von Heroin und Prostitution, aber mit etwas, das leichter handzuhaben ist, sagst du. Warum leichter?«

»Leichter als Organe, die aus dem bis zuletzt lebenden Spenderkörper entnommen werden müssen, was wesentlich aufwendiger ist und auch andere, medizinische Voraussetzungen erfordert«, sagte Dicte. »Die Toten dagegen spüren nichts mehr und können auch niemanden verraten.«

Bo schwieg einen Moment.

»Aber genau das tun sie eben doch.«

Sie stand auf, streckte sich und ging in die Küche, wo sie Kaffee in zwei Becher goss. Bo folgte ihr. Er hatte recht, dachte sie, während sie die Schränke nach der Keksdose durchsuchte.

»Ja, Mette Mortensen hat uns mit ihrem misshandelten Körper so einiges verraten. Und das haben die Opfer im Kosovo und in Lublin ebenfalls getan.«

Sie setzen sich an den runden Tisch und unterhielten sich weiterhin so leise, damit niemand sie hören konnte.

»Aber warum haben sie die Knochen und das Gewebe von ausgerechnet diesen drei Personen entfernt?«, fragte Bo. »Die waren doch noch gar nicht tot.«

»Abschreckung.«

Das war das Einzige, was ihr spontan einfiel.

»Alle drei hatten Verdacht geschöpft. Jeder von ihnen von einer anderen Position ausgehend. Und die Morde sollten den Leuten im »Inner Circle« deutlich vor Augen führen, was ihnen droht, wenn sie nicht dichthalten. Es sollte so abschreckend wie möglich sein, und außerdem hatten sie eine Person, die so etwas ohne Skrupel ausführen konnte.«

Bo lächelte spöttisch.

»Das muss ja der reinste Jack the Ripper sein.«

Sie nickte.

»Makaber, aber wahr!«

»Ein Experte also?«, sagte Bo mit beißender Ironie. »Eine Person, die vielleicht schon hundertfach den Toten die Knochen aus dem Körper herausgeschnitten hat? Glaubst du, dass er als eine Art Vertragsmörder gekauft wurde? Ist das nicht ein bisschen weit hergeholt?«

Sie steckte sich einen Keks in den Mund und zuckte mit den Schultern.

»Vielleicht gar nicht so weit, wenn man sowieso schon mit dem Business zu tun hat«, sagte sie. »Und schon gar nicht, wenn jemand daherkommt und droht, das eigene Geschäft zu ruinieren. Andere sollen bloß nicht auf dumme Gedanken kommen.«

»Aber wer soll das sein?«, fragte Bo und schlürfte lautstark seinen Kaffee. »Nach wem suchen wir?«

Sie sah Bo an. Sie wollte gerade sagen, dass genau das die Hunderttausend-Euro-Frage war, als ihr Handy drüben auf dem Schreibtisch klingelte.

Sie schaffte es in letzter Sekunde.

»Dicte Svendsen.«

Sie erkannte die Stimme nicht sofort, weil sie ganz verzerrt klang.

»Wir haben hier früher Fußball gespielt. Wir haben ganz in der Nähe gewohnt.«

»Frederik Winkler?«

»Der Klub hat den Platz natürlich auch benutzt, und sonntags sind wir manchmal rübergegangen, um uns ein Spiel anzusehen.«

Sie benötigte keine weiteren Erklärungen. Der Kampf zwischen Vater und Sohn hatte endlich ein Ende gefunden.

»Wo? Wo haben Sie ihn gefunden?«

»Ich bin nur ein Stück spazieren gegangen«, sagte Winkler. »Das tue ich manchmal, Erinnerung, verstehen Sie?«

Sie verstand das. Sie wusste nicht, warum, aber sie hatte alles verstanden.

»Wo ist er? Wo ist Ihr Sohn?«

Er beschrieb ihr die Stelle.

»Haben Sie schon die Polizei gerufen? Soll ich das für Sie tun?«

Er legte auf, und sie wählte umgehend die Nummer von Wagner, während sie und Bo aus der Tür stürmten.

Kapitel 50

Wagner schraubte den Deckel ab und nahm eine Tablette heraus, die er mit kaltem Tee herunterspülte. Kalter, grüner Tee. Er verzog das Gesicht vor Ekel, als er den Becher zurück auf den Tisch stellte. Ihn ekelten der grüne Tee und auch die Tatsache, dass er so viel Tamtam um seinen Körper machte. Aber ganz offensichtlich half es. Zumindest hatte er seitdem weder schmerzhafte Krämpfe noch Angstattacken vor einem Herzinfarkt gehabt.

Er starrte auf den Notizblock, der vor ihm lag. Ab und an war es von großem Nutzen, einfach alle Details aufzuschreiben, die in alle Himmelsrichtungen wiesen.

In die erste Zeile hatte er geschrieben: Wer hat Mette Mortensen getötet?

Darunter hatte er alle potentiellen Verdächtigen gesetzt, wobei der dünne Mann den Platz des Hauptverdächtigen einnahm. Wer war er? Wagner umkreiste den Namen gedankenverloren mit dem Kugelschreiber. Er musste Mette Mortensen und Arne Bay gekannt haben. Aber niemand aus Mette Mortensens Bekanntenkreis entsprach der Beschreibung, abgesehen von ihrem Chef Carsten Kamm, und der hatte ein Alibi. Als Nächster kam

Mettes Vater. Ulrik Storcks Name stand an Nummer drei unter Carsten Kamm. Warum hatte Mette ihn Samstagnacht angerufen? Wirklich nur, um zu sagen, dass sie nach Hause kommen wollte? Zumindest hatte das Ulrik Storck behauptet, als ihn Kristian Hvidt und Arne Petersen erneut dazu befragt hatten. Aber konnte das ganze fünf Minuten in Anspruch nehmen? Was noch hatten Vater und Tochter in jener Nacht ausgetauscht? Hatten sie gestritten? Oder gab es etwas anderes zwischen ihnen, was der Vater nicht offenbaren wollte?

Als Letzter stand Arne Bay auf der Liste. Wagner umkreiste auch seinen Namen. Worin war Bay verwickelt? Was hatte er für Informationen über den dünnen Mann, mit denen er versucht hatte, diesen zu erpressen?

Wenn sie die Aussage des Globetrotters Refstrup nur schon früher gehabt hätten. Sie belegte, dass Bay an jenem Tag am Stadion gewesen war. Aber war er deswegen auch Mette Mortensens Mörder? Hatte er die Leiche während der zweiten Halbzeit auf dem Parkplatz deponiert?

Er versuchte, eine logische Ordnung in seine Gedanken zu bringen. Wenn Bay der Erpresser war, verfügte er über geheimes Wissen, das er gegen den dünnen Mann einsetzen konnte, und eben nicht andersherum. Bay war ganz offensichtlich in die Sache verwickelt gewesen, vielleicht als Handlanger in dem dreckigen Geschäft, von dem Dicte Svendsen gesprochen hatte. Er hatte etwas gegen den dünnen Mann in der Hand. Womöglich sogar den Mord an Mette Mortensen. Unter Umständen erinnerte er sich doch an mehr Details von besagter Samstagnacht, als er zugegeben hatte. Unter Umständen war er sogar mitschuldig.

Wagner sah auf die Uhr. Es war neun am Morgen. Gegen elf erwartete er den Gefangenentransporter aus Ålborg mit Jan Møller, der nach einem vorläufigen Verhör für zwei Wochen in Untersuchungshaft genommen und des Mordes an seiner Freundin angeklagt wurde. Hoffentlich hatte er ein paar Antworten auf seine Fragen. Bay und er waren enge Freunde und häufig zusammen gesehen worden.

Auf seinem Notizblock hatte Wagner noch eine zweite Liste mit den Firmennamen stehen, deren Buchhaltung Mette im Auftrag von Kamm überarbeitet hatte. Es waren sieben Namen, die alle überprüft werden mussten, aber bisher hatten sie keine Zeit dazu gehabt. Ivar K und Eriksen waren auf dem Weg zu einer der Firmen, einer großen Blumenladenkette. Die anderen würden folgen. Er selbst hatte aus diesem Grund mit Hansen für den Nachmittag einen Termin beim Direktor der StemBank vereinbart, die ironischerweise die Firma war, die sich Hansen für die Konservierung des Nabelschnurblutes seines Neugeborenen ausgesucht hatte.

Wagner seufzte und malte Schnörkel auf den Block. Die Welt war manchmal ein Dorf. Er musste unwillkürlich lächeln bei dem Gedanken an Hansens Reaktion, als dieser erfahren hatte, dass sein neuer Held und Besitzer der StemBank, der Finanzier Claes Bülow, einer von Carsten Kamms und Mettes Kunden war und deshalb unter Verdacht stand.

»Das ist bestimmt vollkommen harmlos«, hatte Hansen dazu gemeint.

Ivar K hatte genickt und sich ein Stück Nikotinkaugummi in den Mund gesteckt.

»Aber selbstverständlich!«

»Jetzt mal ehrlich. Bülow kann doch nichts davon wissen, dass Kamm seine Angestellten unter Druck setzt. Er wird es deswegen bestimmt nicht billiger bekommen. Und vergiss nicht, man ist so lange unschuldig, bis das Gegenteil bewiesen ist.«

Er zeigte mit dem Finger auf Ivar K, der laut schmatzte. «Das hast du vermutlich vergessen.«

Wagner hatte den Disput unterbrochen und den Vorschlag gemacht, Hansen solle ihn einfach zum Termin mit dem geschäftsführenden Direktor der StemBank begleiten.

Den Vorschlag hatte er nicht ganz ohne Hintergedanken geäußert, Hansen mussten dringend die Augen geöffnet werden. Zwar hatte er sich in die Diskussion mit Ivar K nicht eingemischt, aber er war versucht, ihm recht zu geben: Hansen war ein guter Polizist, privat aber war er ein gutgläubiger Träumer, und das Nabelschnurblutexperiment würde ihn und seine Frau viel Geld kosten können. Geld, das bei einem Polizisten- plus einem Krankenschwesterngehalt nicht in Unmengen vorhanden war. Eine kleine Korrektur der Perspektive könnte da nicht schaden.

Sein Telefon auf dem Schreibtisch klingelte.

»Wagner hier.«

»Ich glaube, die Leiche von Arne Bay ist aufgetaucht«, sagte Dicte Svendsen.

»Du glaubst?«

Eine Mischung aus Verärgerung und Bewunderung schnürte ihm den Hals zu, und er bekam keinen Laut mehr heraus.

»Ich habe einen Hinweis erhalten. Wir sind auf dem Weg dorthin.«

»Wohin?«

»Åbyhøj, Ecke Thorsvej. Auf der einen Seite ist ein Park. Der Fußballverein Åbyhøj IF benutzt den für seine Spiele. Kommt ihr, oder soll ich mich noch mal melden, wenn ich es bestätigen kann?«

»Du fasst nichts an und hältst dich von dem Fundort fern.«

»Was hast du gesagt? Die Verbindung ist so schlecht«, sagte sie klar und deutlich und legte auf.

Kapitel 51

Die Leiche lag mit nacktem Oberkörper und dem Gesicht nach unten auf dem Rasen. Im Zentrum des keltischen Kreuzes steckte ein Messer, bis zum Schaft in den Rücken gestoßen. Die Tätowierungen waren im Sonnenlicht deutlich auf der hellen Haut zu sehen.

»Verdammter Mist«, murmelte Bo. »Niemand hat es verdient, so zu sterben.«

Dicte konnte ihm da nur recht geben. Aber sogar in diesem Zustand, jeder Würde beraubt, hatte Arne Bay etwas Furchteinflößendes. Sie erinnerte sich nur allzu gut an ihre Angst, als er sie unten am Fluss gepackt und an die Wand gedrückt hatte. Er war eiskalt gewesen. Jetzt musste sie sich ins Gedächtnis rufen, als sie da stand und auf seine Leiche herabsah, dass auch er ein Mensch gewesen war, den jemand geliebt und der vielleicht auch jemanden geliebt hatte.

Frederik Winkler saß auf einem Stein in unmittelbarer Nähe. Dicte war sich nicht sicher, ob er überhaupt wahrgenommen hatte, dass sie da waren. Er hatte seinen Kopf in die Hände gestützt und schaukelte vor und zurück.

»Herr Winkler.«

Sie legte vorsichtig eine Hand auf seine Schulter, da richtete er sich auf.

»Es ist meine Schuld. Es war alles nur meine Schuld. Er war ein guter Junge, früher, aber ich habe sie, ohne es zu wollen, gegeneinander ausgespielt.«

Sie ging neben ihm in die Hocke, während Bo mit seiner Kamera um den Hals den Tatort erkundete, ohne eine einzige Aufnahme zu machen.

»Er hat selbst seine Entscheidungen getroffen«, versuchte sie ihn zu trösten. »Er war erwachsen, er wusste, was er tat.«

Winkler schüttelte den Kopf. Etwas in ihm war gestorben, er sah sehr alt aus.

»Alles, was er getan hat, war gegen mich gerichtet. Es war alles nur Rache. Er wollte sich rächen und mir zeigen, dass er etwas Besonderes war, jemand mit Macht und Einfluss.«

Es hatte keinen Zweck, ihm zu widersprechen. Der Vater fühlte sich schuldig für den Tod seines Sohnes und für den Weg, den er eingeschlagen hatte, so würde es wohl immer sein. Die beiden entgegengesetzten Anschauungen hatten sich im Laufe der Zeit wie zwei Schwerter aneinander scharf geschliffen.

»Er war doch auch etwas Besonderes. Er war Ihr Sohn. Aber er hat die verkehrten Entscheidungen getroffen, und das ist nicht Ihre Schuld.«

Er konnte sie zwar hören, aber ihre Worte hatten keine Bedeutung, und das wusste sie auch. Sie wandte sich wieder der Leiche zu. Jemand hatte sie vom Spielfeld in die Nähe einer kleinen Grünanlage gezogen, der Körper lag zur Hälfte unter einem Busch verborgen. Sie sah auf das Grün des Spielfelds, das sich zwischen den beiden Toren erstreckte und zwischen den Pfosten und im Strafraum bis aufs Erdreich ausgetreten war. Das Klubhaus lag auf der anderen Seite eines kleinen Kieswegs, und am Ende dieses Wegs befand sich ein verlassener Spielplatz. Das hier war kein riesiges Fußballstadion, nicht der NRGI-Park, aber es war ein Fußballplatz, und die Parallelen durften nicht einfach übersehen werden.

»Das Foto, das Sie mir mal gezeigt haben«, sagte sie. »Auf dem Sie zusammen Fußball spielen. War das hier?«

Winkler nickte.

»Früher waren wir einmal eine ganz normale Familie. Aber dann ist alles schiefgelaufen.«

Er schüttelte den Kopf. Sie wollte ihm noch tröstliche Worte sagen, als sie die Polizeisirenen hörte, die vom Silkeborgvej in den Thorsvej bogen und näher kamen. Wenige Sekunden später waren sie umringt von Streifenwagen, Notarztwagen und zivilen Fahrzeugen, unter denen sie auch Wagners schwarzen Passat erkannte. Ein anderer gehörte dem Gerichtsmediziner Paul Gormsen. Der letzte Wagen, der eintraf, war der blaue Lieferwagen der Spurensicherung.

Dicte stand auf. Bo blieb neben Winkler stehen und redete beruhigend auf ihn ein, während sie auf Wagner zuging, der zusammen mit Jan Hansen aus seinem Auto stieg. Sie war auf eine Maßregelung vorbereitet, denn er hatte am Telefon nicht besonders erfreut geklungen. Aber dann sah sie an seinem Schritt, dass er sich vollkommen auf seinen Job konzentrierte, und sie schon längst an die Peripherie seines Bewusstseins verdrängt war.

»Na, Svendsen, was hast du schon wieder angestellt?«, sagte er ohne Spitze. »Ist er es?«

Sie nickte und folgte ihm und Hansen, der sie freundlich grüßte.

»Sein Vater sitzt dort drüben. Er war es auch, der ihn gefunden hat.«

»Du kennst ihn?«

Sie hörte Missbilligung in Wagners Stimme mitschwingen, während sie fast rennen musste, um mit ihm Schritt zu halten.

»Ich habe ihn im Zusammenhang mit meinen Nachforschungen über die Neonaziszene interviewt. Er hat dort undercover recherchiert.«

Wagner blieb abrupt stehen.

»Das war keine Heimlichtuerei! Es hätte keinen Unterschied gemacht, ihr hättet Arne Bay deswegen nicht früher gefunden!«, verteidigte sich Dicte.

Wagner sah sie misstrauisch an. Sie ahnte, dass er überlegte, ob er ihre Verbindung zu Winkler genauer hinterfragen sollte. Dann aber sagte er:

»So, jetzt hast du seine Leiche ja gesehen. Was hältst du davon?«

Sie zögerte, bevor sie ihm antwortete. Währenddessen zogen sich die Kriminaltechniker ihre weißen Schutzanzüge an und begannen das Absperrband anzubringen.

»Es handelt sich meiner Meinung nach um eine persönliche Tat. Der Mörder hat Bay ein Messer mitten in sein großes Rückentattoo gestoßen. In das keltische Kreuz. Ein sehr explizites, rechtsextremes Symbol. Für mich sieht es so aus, als wollte der Täter Bays Gesinnung symbolisch durchbohren.«

»Mhm.«

Wagner setzte seinen Weg fort. Bo hatte begonnen, Aufnahmen zu machen und umkreiste die Absperrungen mit seiner Kamera.

»Zumindest wissen wir jetzt, dass Bay Mette Mortensen nicht ermordet hat«, sagte Dicte und folgte ihm, obwohl sie wusste, dass sie nicht hinter die Absperrungen gelassen werden würde.

Erneut blieb Wagner stehen und schien nachdenken zu müssen, wie viel er ihr sagen wollte. Jan Hansen lief weiter und gesellte sich zu den Kollegen der Spurensicherung. Sie sah, wie er einige Worte mit Bo wechselte, ehe er sich ein Paar blaue Überschuhe überstreifte und den Tatort betrat.

»Können wir vertraulich sprechen?«

Dicte nickte.

»Jederzeit.«

Sie hatte sich so sehr an Wagners mangelhafte Kommunikationsfähigkeit gewöhnt, dass sie nichts Großes erwartete.

»Wir wussten seit einiger Zeit, dass Bay nicht der Täter war«, sagte er. »Wir haben uns auf einen anderen Verdächtigen konzentriert. Einen großen, dünnen Mann, den wir bisher noch nicht identifizieren konnten. Bay hat ihn offensichtlich zu erpressen versucht. Wir haben einen Zeugen dafür, der die beiden in der zweiten Halbzeit beobachtet hat, kurz bevor Mette Mortensens Leiche gefunden wurde. Wir gehen jetzt davon aus, dass der dünne Mann der eigentliche Täter ist und Bay nur eine untergeordnete Rolle hatte und sein Wissen ausnutzen wollte, um mehr Geld zu kassieren.«

Er nickte zum Tatort.

»Und das hat offensichtlich Konsequenzen gehabt. Er hat sich mit einem größeren Gegner eingelassen, als er dachte.«

»Ja, das sieht so aus.«

Wagner sah sie eindringlich an.

»Du bist nicht zufällig im Laufe deiner Recherche auf einen großen, dünnen Mann gestoßen?«

Ihr Blick wanderte zu dem Szenario, das sich jetzt abspielte. Einer der Techniker hatte begonnen, den Tatort und die Leiche von allen Seiten und Perspektiven zu fotografieren. Wie wenig Privatsphäre man doch als Toter hatte, dachte sie, bevor sie antwortete: »Nein. Aber wenn ich über ihn stolpern sollte, gebe ich sofort Bescheid.«

Sie zögerte kurz, ob sie ihm von dem Gewebegesetz erzählen sollte. Aber Wagner hatte bereits das Interesse an dem Gespräch verloren, verabschiedete sich mit einem Nicken und verschwand hinter der Absperrung.

Einen Moment lang stand sie am Rand und beobachtete alles, wie die Zuschauerin eines Festes, zu dem sie nicht geladen war. Sie sah, wie Winkler freundlich zum Streifenwagen begleitet wurde, um vermutlich direkt zum Verhör ins Präsidium gefahren zu werden. Bo machte noch immer Fotos. Sie ging eine kleine Runde spazieren und genoss die Sonne, die ihr in den Nacken schien, wenn sie zwischen den Wolken durchblitzte. Es gab so viele Aspekte in diesem Fall, und die hatten ein Ausmaß, dessen Radius sie nicht abschätzen konnte. Sie dachte an Marie Gejl Andersens Vater und an die Glasaugen und fragte sich, wie das alles zusammenhing. Wie fühlte es sich an, wenn ein Angehöriger nach seinem Tod Opfer eines solchen Übergriffs wurde? War Maries Vater dem ausgesetzt gewesen? Hatte jemand nicht nur seine Augen entfernt und durch zwei Glasaugen ersetzt, sondern waren ihm auch seine Knochen entfernt worden, weil derjenige wusste, dass er ohnehin feuerbestattet werden und seine Familie ihn nicht wiedersehen würde?

Sie verschränkte die Arme. Früher hatte sie den Standpunkt vertreten, dass es unerheblich sei, was mit dem eigenen Körper geschah, wenn man erst einmal tot war. Aber mittlerweile war sie sich da nicht mehr so sicher. Der Tod war, zumindest kam es ihr so vor, eine Art Verlängerung des Lebens, die ein ebenso großes Maß an Respekt verdiente. Besonders in einer Zeit, in der ein menschlicher Körper viel wert war, so dass hier die unterschiedlichsten Interessen aufeinandertrafen. Man sollte der eigene Herr über seine irdischen Reste sein, oder etwa nicht?

Sie hörte, dass Bo nach ihr rief, drehte sich um und ging zurück zu ihm.

Kapitel 52

Der Name stand an letzter Stelle auf der Liste.

Janos Kempinski kletterte mit dem Cursor die Liste hoch und wieder runter und hielt dann bei Marie Vejleborg inne. Sie war Nummer 213, eine unheilverkündende Zahl, fand er auf einmal, obwohl er nicht abergläubisch war.

Theoretisch könnte er sie auf einen der ersten Plätze setzen, aber es ging einfach nicht. Er war nämlich – zum Glück war das so – nicht der Einzige mit Zugang zu der Warteliste von Scandiatransplant, auf der Namen und Daten der verschiedenen Patienten geführt wurden, die auf eine Nierenspende warteten. Es würde sofort entdeckt werden, so war das System eingerichtet. Er könnte es unter Umständen mit Gewalt durchsetzen, aber alle würden wissen, dass er dafür verantwortlich war. Eine unvertretbare Entscheidung zu treffen würde seinem professionellen Renommee schaden. Er würde damit niemals einfach so davonkommen.

Er klickte auf den Namen des Mädchens und erfuhr unter anderem, warum eine Lebendspende von ihrer Familie nicht in Frage kam. Die Mutter sei, stand dort, psychisch labil, und die Nieren des Vaters waren aus medizinischen Gründen nicht kompatibel. Es gab keine Geschwister.

»Hast du etwas Spannendes entdeckt?«

Die Stimme ließ ihn zusammenfahren. Smidt war lautlos ins Zimmer gekommen und hatte sich hinter ihn gestellt. Es war zu spät, die Datei schnell wieder zu schließen, sogar von weitem konnte man sehen, worum es ging.

»Ich wollte nur was nachsehen, weil du doch den Namen erwähnt hast«, sagte Janos. »Mir war nicht klar, warum keine Lebendspende möglich ist.«

»Ach ja. Na, dann interessiert es dich vielleicht, dass er mich gestern angerufen hat, der gute Vejleborg.«

Janos merkte, wie ihn ein Unbehagen beschlich, das in seinem Magen tanzte. Er schloss die Datei und danach die Warteliste.

»Hat er das? Warum hat er dich denn angerufen?«

Er wusste, dass die Frage sich anhörte, als sei der Anruf unzulässig. Aber schließlich hatten sich Smidt und Vejleborg während des Studiums nähergestanden als er einem von ihnen. Ob Vejleborg Smidt von seinem Besuch in der Klinik erzählt hatte? Das war kein guter Stil, allerdings war es auch kein guter Stil, darum zu bitten, die Warteliste zu manipulieren.

»Golf, weißt du«, sagte Smidt und kaute auf einem Zahnstocher herum, den er aus der Brusttasche seines Kittels gezogen hatte. »Er wollte mich auf eine Runde einladen. Er ist offensichtlich Mitglied in irgend so einem Club in der Umgebung.«

Das Unbehagen in Janos wuchs weiter an. Das konnte unmöglich ein Zufall sein. Das war bestimmt Vejleborgs Taktik, ihn unter Druck zu setzen. Er wusste genau, dass es unmöglich war, die Warteliste zu manipulieren. Aber schließlich hatte er noch eine Rechnung zu begleichen, und da kam es Vejleborg wohl entgegen, ein Druckmittel in der Hinterhand zu haben.

»Und hast du zugesagt?«

Smidt wandte sich pfeifend zum Gehen.

»Selbstverständlich. Ist doch immer sehr spannend, auf einer neuen Bahn zu spielen.«

Janos überlegte, wie er diesen letzten Satz wohl verstehen sollte.

»Sag mal, wo ist eigentlich deine Sekretärin hin?«

Smidt hatte nach der Klinke gegriffen und drehte sich zu ihm um. »Hübsch ist die, alle reden von ihr.«

»Sie ist krankgeschrieben.«

»Hoffentlich nichts Ernstes?«

Janos seufzte.

»Das weiß ich nicht«, log er und fügte hinzu, um nicht wie ein kompletter Vollidiot zu wirken. »Irgendetwas mit den Augen, glaube ich.«

Er bereute das sofort. Smidt witterte ganz eindeutig Morgenluft, man konnte förmlich sehen, wie er die Fährte aufnahm.

»Ist es etwas Besonderes? Immerhin sind wir Ärzte, und das hier ist ein Krankenhaus, vielleicht können wir ihr ja helfen?«

Janos fuhr den Computer runter, warum, wusste er nicht, vielleicht nur als einen symbolischen Akt, damit das Thema abgeschlossen werden konnte.

»Das glaube ich nicht.« Er stand auf und sah dabei auf die Uhr. »So, und jetzt muss ich los, ich habe noch ein Patientengespräch.«

»Wir können zusammen gehen«, sagte Smidt freundlich.

»Ich glaube nicht, weil ...«

Das Telefon auf Lenas Schreibtisch klingelte. Smidt nickte Janos zu.

»Geh ruhig ran. Ich warte so lange.«

Mit steifen Beinen durchquerte er den Raum und hob ab.

»Kempinski.«

»Janos, mein alter Freund. Seid ihr kampfbereit, du und deine Freundin?«

»Vejleb .... Kampfbereit?«

»Ja, kampfbereit ist das richtige Wort dafür. Fit for fight. Ich habe ein paar geeignete, frische Hornhäute für sie. Ich würde sagen, Mittwoch ist ein guter Tag, wenn ihr schon am frühen Morgen vorbeikommen könnt?«

Janos sah zur Tür. Smidt stand an derselben Stelle wie zuvor, aber er hatte fragend die Augenbrauen hochgezogen, und ein Lächeln umspielte seine Lippen. Janos musste gegen die Panik ankämpfen, die in ihm aufstieg.

»Das klingt gut. Vielen Dank«, gelang es ihm mit einigermaßen natürlich klingender Stimme zu sagen. »Wir werden da sein.«

»Ach, unser Freund Vejleborg ist ja so ein gastfreundlicher Geselle, was?«, sagte Smidt, als Janos aufgelegt hatte.

Janos suchte verzweifelt nach einer Ausrede. Als Smidt sich aber an ihn wandte, begriff er, dass es zwecklos war:

»Ich wusste gar nicht, dass du auch Golf spielst. Wollen wir Sonntag zusammen runterfahren?«

Kapitel 53

»Was haben Sie und Arne Bay für Dinger gedreht?«

Jan Møller starrte auf die einzige Stelle an der Wand, an der sich ein Fenster hätte befinden können. Aber dort war keins.

Wagner betrachtete den Mann, während er auf eine Antwort wartete, die allerdings ausblieb. Møller sah wie aufgepumpt aus, als hätte er eine Überdosis Wachstumshormone geschluckt. Sein Kopf war viel zu klein im Vergleich zu den Proportionen des restlichen Körpers. Er war ganz in Schwarz gekleidet: schwarze Kampfhose; schwarzes Sweatshirt der Marke Kappa; schwarze Stiefel. Insgesamt wirkte er ein bisschen heruntergekommen, was an der Reise der letzten Tage liegen konnte, die ihn vom Sommerhaus in Løkken in die Untersuchungshaft in Århus geführt hatte. Dort war die Aussicht doch eine andere als auf die Wellen der Nordsee.

Hansen stellte seine Frage erneut, anders formuliert:

»Arne Bay wurde erstochen. Ein Messer steckte in der Mitte seines keltischen Kreuzes, das Sie sicherlich kennen. Um Ihretwillen sollten Sie uns vielleicht erzählen, was da los war. Solche Ereignisse neigen dazu, sich zu wiederholen.«

Jan Møllers Blick sprang von Wagner zu Hansen, durch den Verhörraum, als würde er nach einem Ausweg suchen. Seine Augen verrieten eine kalte Intelligenz. Der junge Mann stammte aus einer sogenannten besseren Familie. Sein Vater war der Geschäftsführer der größten Konservenfabrik der Stadt. Er hatte zwei Geschwister, die ganz gut aufgestellt waren und beide ihre Ausbildung abgeschlossen hatten. Jan Møller war das mittlere Kind der Familie. Bei ihm war so einiges schiefgelaufen, aber immer hatte die Familie ihre schützende Hand über ihn gehalten und ihm teure Anwälte zur Seite gestellt, die ihm die eine oder andere Verfahrenseinstellung erstritten hatten. Aber jetzt war damit Schluss. Direktor Erling Møller hatte mitteilen lassen, dass sein Sohn jetzt allein zu seinen Taten stehen müsse, worunter der Totschlag an seiner Freundin tatsächlich die entscheidende war. Diese hatte er so gut wie gestanden, obwohl er beteuert hatte, dass es nicht beabsichtigt gewesen sei, dass sie an ihren Verletzungen sterben sollte, nachdem er sie zusammengeschlagen hatte und dann geflohen war.

»Okay«, sagte der Mann endlich und richtete sich dabei an Wagner, der bisher noch kein Wort gesagt hatte. »Vielleicht können wir ein Geschäft machen? Ich helfe euch, und ihr helft mir. Ist das ein Deal?«

Wagner heftete seinen Blick auf den Mann vor sich.

»Wir sind hier nicht in einem Ami-Film. Wir machen keine Geschäfte.«

»Natürlich tut ihr das. Alle machen das.«

Es wurde still im Raum. Dann erwiderte Wagner:

»Was würden Sie sagen, wenn wir Ihnen erzählen würden, dass Bay Sie in richtige Schwierigkeiten gebracht hat, bevor er getötet wurde?«

Er bückte sich und hob eine Tasche vom Boden. Ohne ein Wort zog er eine Akte nach der anderen heraus und stapelte sie übereinander, bis ein richtiger Turm entstand, der umzukippen drohte.

»Wir haben so viel gegen Sie in der Hand, dass wir gar nicht wissen, womit wir anfangen sollen.«

Wagner legte eine Hand auf den Stapel. Jan Møller starrte ihn fassungslos an.

»Das ist doch gelogen!«

»Vielleicht, vielleicht aber auch nicht. Wir haben Bays Wohnung schon längst durchsucht. Uns fehlen noch einzelne Puzzlestücke, ansonsten haben wir alles zusammengetragen.«

»Wir können Ihnen keine Sonderbehandlung vor Gericht zusagen, das wissen Sie schon«, warf Hansen ein. »Aber der Richter weiß es zu schätzen, wenn er den guten Willen erkennt, und er könnte den durchaus belohnen, ganz unabhängig davon, wie wir die Sache sehen.«

Jan Møller sah zunächst noch verschlossener aus als zuvor.

Niemand sprach ein Wort. Wagner griff sich eine der Akten vom Stapel und begann darin zu blättern. Hansen holte sein Handy hervor und tippte eine SMS mit der Fingerfertigkeit eines Teenagers. Wagner spürte, wie Møller seinen Blick nicht vom Stapel wenden konnte. Es gab keinen Anlass, ihm zu erzählen, dass sich in den meisten Akten nur weißes Papier befand.

»Das war doch gar nichts Großes«, fing Møller endlich an zu reden und starrte dabei auf die Tischplatte. »Das war doch nur ein Taschengeld.«

»Hatte Daddy den Geldhahn zugedreht?«, fragte Hansen und kassierte dafür einen warnenden Blick von Wagner.

Jan Møller aber nickte nur.

»Ich hatte ja schließlich Ausgaben. Die hatte Arne auch. Die mussten gedeckt werden.«

»Auch wenn das kriminell war?«, fragte Hansen, die Rechtschaffenheit in Person.

Møller zuckte mit den Schultern.

»In dieser Scheißgesellschaft? Wo bitte ist da der Unterschied?«

Wagner seufzte und hoffte, dass Hansen nicht anbeißen würde. Er hatte keine Lust auf eine pseudopolitische Diskussion mit einem bekloppten Neonazi.

»Und wie haben Sie das Taschengeld verdient?«, beeilte er sich deshalb zu fragen.

Møller zuckte erneut mit den Schultern, als würde ein unendlich schweres Gewicht an ihnen hängen.

»Arne hatte die Kontakte. Wir waren nur eine Art Fahrer. Jetzt fragt ihr bestimmt, was wir gefahren haben, aber ich hatte keine Ahnung und wollte es auch gar nicht wissen.«

»Von wo und wohin?«, fragte Hansen.

»Ganz unterschiedlich.«

»Ein Beispiel«, bat Wagner.

Møller griff mit der einen Hand den Kaffeebecher, der bis dahin unberührt vor ihm auf dem Tisch gestanden hatte.

»Zum Beispiel Kisten, die über die Grenze gebracht werden

sollten und dann in Padborg oder Flensburg in ein anderes Auto umgeladen wurden.«

»Und wo haben Sie die vorher abgeholt?«, hakte Hansen nach.

»Von ganz unterschiedlichen Orten. In der Regel draußen auf dem Land. Von einer Tankstelle oder einem Rastplatz.«

»Wer hat Ihnen die Ware geliefert? Saß derjenige im Wagen? Wie sah der Wagen aus?«, fragte Wagner.

Møller schüttelte den Kopf.

»Ich habe den Typen nie richtig gesehen. Der saß im Auto hinter getönten Scheiben. Wir haben nur die Fracht aus seinem Wagen in meinen Toyota Stationcar umgeladen. Arne wusste immer, wohin die Waren sollen.«

»Dann kannte Arne Bay also den Mann hinterm Steuer?«

Møller nickte.

»Da bin ich mir ziemlich sicher.«

»Woher?«, setzte Wagner nach, aber der andere war verstummt.

Wagner dachte an Dicte Svendsens Theorie über das Geschäft mit Menschen und Toten.

»Könnte es mit Bays Arbeit im Krankenhaus zu tun haben?«

Møller starrte die beiden Polizisten entgeistert an.

»Das hätte mit meiner kranken Tante zu tun haben können, und ich hätte es nicht wissen wollen.«

Wagner erwog die Glaubwürdigkeit dieser Aussage, entschied sich aber dafür, ihm das abzunehmen. Dahinter verbarg sich eine altbewährte Verbrecherlogik: je weniger man wusste, desto weniger schuldig musste man sich fühlen und desto weniger konnte man auspacken, wenn man gefasst werden sollte.

»Wie sind Sie denn bezahlt worden? Bar?«

Jan Møller antwortete Hansen mit einem Nicken. »Ich habe meinen Anteil immer von Arne direkt bekommen.«

»Und wie sah die Ware aus? Pappkartons? Etwas anderes?«

Jan Møller runzelte die Stirn und sah nachdenklich an die Decke.

»Keine Pappkartons. Eher so Behälter, in denen man Frischfleisch verschicken kann.«

»Thermoboxen«, sagte Wagner. Møller kannte diese Sorte von Transportboxen wahrscheinlich zuhauf aus der Fabrik seines Vaters.

Møller nickte.

»So etwas in der Art.«

Es klopfte an der Tür, Eriksen steckte den Kopf durch den Spalt und nickte Wagner zu, der sich erhob und den Verhörraum verließ. Hansen hielt das Aufnahmegerät an, nachdem er den Zeitpunkt der Unterbrechung auf Band gesprochen hatte.

»Zwei Sachen«, sagte Eriksen, als er mit Wagner vor der Tür stand. »Zwei Zeugen haben unabhängig voneinander ausgesagt, dass ein schwarzer Kastenwagen mit getönten Scheiben in den Park von Åbyhøj gefahren ist, in der Nacht, bevor wir Bay gefunden haben. Aber keiner von ihnen hat sich die Nummer notiert.«

»Und?«, fragte Wagner ungeduldig, weil er das Verhör mit Møller wieder aufnehmen wollte.

»Das Zweite ist, dass wir vorne einen Mann in einem Rollstuhl sitzen haben, der nur mit dir reden will. Er sagt, es sei dringend und habe mit der Stadion-Sache zu tun.«

»Wo ist er denn?«

Eriksen wies mit einem Kopfnicken den Gang hinunter.

»Hinten bei den Aufzügen, bei der Sofagruppe.«

Wagner bat Eriksen darum, seinen Platz beim Verhör zu übernehmen, und machte sich auf den Weg. Er lief an den vielen Hehlerwaren in Form von Designermöbeln vorbei, für die es keine Lagermöglichkeit gab, solange die Verhandlung schwebend war. In dieser halben Minute machte er sich über die Thermoboxen Gedanken, falls Jan Møller tatsächlich die Wahrheit sagte. Vielleicht hatte Dicte Svendsen ja doch recht, und es hatte etwas mit dem menschlichen Körper zu tun. In jedem Fall handelte es sich ganz offensichtlich um leichtverderbliche Schmuggelware.

Der Mann im Rollstuhl war früher einmal ein sehr gutaussehender Typ gewesen, daran gab es keinen Zweifel. Er erinnerte Wagner an einen Hollywoodschauspieler, auf dessen Namen er nicht sofort kam, aber der mit seinem Kinngrübchen und dem markanten Gesichtsschnitt so manches Frauenherz verzaubert hatte. Sein Haar war blond, die Augen durchdringend blau, aber sein Körper von der Brust abwärts unbrauchbar. Die Beine lagen leblos auf den Fußstützen des Rollstuhls.

»Mein Name ist Gregers Laursen«, sagte der Mann mit fester Stimme. »Ich bin mit Kirstine Laursen verheiratet und möchte meine Frau als vermisst melden. Sie ist seit zwei Tagen nicht zu Hause gewesen.«

Wagner wollte gerade ansetzen und ihn an den zuständigen Kollegen weiterverweisen, als er sich an ein Detail aus dem Verhör von Arne Bay erinnerte. Das musste jene Frau sein, die den Autounfall verursacht hatte, bei dem ihr Mann eine Querschnittslähmung erlitten hatte. Er wollte nachfragen, als der Mann fortfuhr:

»Sie war die Geliebte von dem Typen, den Sie gerade gefunden haben.«

»Arne Bay?«

Der Mann nickte. Er hatte etwas Abweisendes im Blick, das weitere Fragen unmöglich machte.

Wagner nickte zurück.

»Wir sollten uns in Ruhe unterhalten. Kommen Sie mit.«

Kapitel 54

Das Bestattungsinstitut befand sich in der Vestergade und war eines der drei Geschäfte der Kette Marius Jørgensen & Sønner. Die beiden anderen Filialen waren in Ålborg und Herning, hatte sie bei ihrer Recherche herausgefunden.

Dicte stand eine Weile vor dem Laden und betrachtete die Schaufensterauslage. Wie viel Kopfzerbrechen hatte die Gestaltung wohl den Dekorateur gekostet? Wie machte man Reklame für den Tod?

Die Lösung bestand aus einem Konstrukt aus mehreren Podesten, die mit hellblauem Velours bezogen waren. Darauf standen die verschiedensten Urnen, von billigen Holzmodellen bis zu den teuren Exemplaren aus Porzellan. Allerdings klebte an keinem Modell ein Preisschild. Weitere Dekorationselemente waren ein Kreuz, das diskret gegen eine Urne gelehnt war, ein Strauß Plastiktulpen sowie ein Plakat, das Werbung machte für ein Kinderbuch mit dem Titel *Wohin geht jemand, wenn er von uns geht?*. Ein anderes Plakat war vom Landesverband der Dänischen Bestattungsinstitute, auf dem sich zwei Tulpen gegenüberstanden, blau auf weißem Untergrund.

Nervös schob sie den Riemen ihrer Tasche über die Schulter. Ihre Lust, das Geschäft zu betreten, hielt sich in Grenzen, aber sie hatte mittlerweile so oft bei Marius Jørgensen & Sønner angerufen und Nachrichten hinterlassen, dass es nun keine andere Wahl gab. Sie nahm die drei Stufen ins Souterrain und drückte die Tür auf. Sofort ertönten die ersten Takte von *Schlaf, Kindchen, schlaf*.

Grauen beschlich sie, als sie sich in dem menschenleeren Raum umsah. Sie wusste, dass dieses Gefühl unlogisch war, aber es kam ihr so vor, als würden sich die Wände nähern. Und die Kopfschmerzen, die den ganzen Tag im Hinterhalt gelauert hatten, meldeten sich jetzt dröhnend zu Wort.

Trotz der lobenswerten Absicht, den Raum in hellen, freundlichen Farben auszustatten, spürte sie eine alles in sich verschlingende Dunkelheit, die unter der Oberfläche wartete. Sie war kurz davor, wieder zurück in den Nieselregen zu stürmen, als plötzlich Musik einsetzte. Die Töne einer Orgel drängten unter dem Spalt einer angrenzenden Tür hervor, und gleichzeitig öffnete diese sich, und ein Mann trat ein. Er war sehr groß und ging leicht vornübergebeugt, trug einen dunklen Anzug und hatte eine milde und zuvorkommende Miene aufgesetzt. Wahrscheinlich war das ein Dauerzustand, bei dem alles in seinem Gesicht nach oben zu wandern schien: gehobene Augenbrauen, nach oben gezogene Mundwinkel, sogar der fliehende Haaransatz und die hohe Stirn wiesen nach oben. Sie schätzte ihn auf etwa vierzig Jahre.

»Womit kann ich Ihnen behilflich sein?«

Die etwas altmodische Sprache klang wie ein Modul, das man unter Umständen in einem Schnellkursus für Leichenbestatter erlernen konnte. Allerdings wirkte seine Liebenswürdigkeit aufrichtig.

»Dicte Svendsen. Ich bin Journalistin. Ich habe schon mehrfach bei Ihnen angerufen und um Rückruf gebeten.«

Sie streckte ihm die Hand entgegen, und er ergriff sie. Dicte spürte die trockene, pergamentartige Haut seiner Handfläche, typisch für jemanden, der zu viel mit Chemikalien arbeitete.

»Ich versichere Ihnen, dass ich Ihre Anrufe an meinen Vater weitergeleitet habe, der sich immer um den Kontakt mit der Presse bemüht, aber er hatte wahrscheinlich zu viel zu tun.«

Er sagte das nicht mit Grabesstimme, aber es sah tatsächlich so aus, als würde ihm das sehr leidtun.

Wenn diese Firma etwas zu verbergen hätte, so war dieser Mann vermutlich nicht darin involviert, dachte Dicte. Oder aber er war ein hervorragender Schauspieler. Sie beschloss, seine Freundlichkeit auf die Probe zu stellen.

»Wir haben eine Serie über den Tod in unserer Zeitung. Sie heißt ›Leib und Leben‹. Ich zeige Ihnen das mal eben …«

Sie zog ein paar Exemplare aus ihrer Tasche und reichte sie ihm. Er blätterte äußerst interessiert durch die Seiten.

»Ich würde mich freuen, wenn wir einen Termin vereinbaren könnten, an dem Sie mir Wissenswertes über den Beruf des Leichenbestatters erzählen«, dachte sie sich auf die Schnelle aus und schenkte ihm ihr süßestes Lächeln. »Es würde wahrscheinlich auch dem Geschäft nicht schaden, in einem Artikel Erwähnung zu finden.«

Er erwiderte ihr Lächeln.

»Da ist was Wahres dran. Der Sommer ist eine ruhige Saison.

Im Winter haben wir mehr zu tun. Was möchten Sie denn wissen?«

In Dictes Kopf tauchten der Pflasterstein in ihrem Wohnzimmer und die Glasaugen aus der Urne auf. Sie hatte mittlerweile alles zusammengesetzt und war zu dem Ergebnis gekommen, dass dieses Bestattungsinstitut, das für das Begräbnis verantwortlich gewesen war, etwas mit dieser Sache zu tun haben musste. Aber jetzt war sie sich da nicht mehr so sicher. Sie war auf so viel Entgegenkommen nicht gefasst gewesen. Interessiert sah sie sich im Geschäft um. Es wirkte gar nicht mehr so bedrückend.

»Könnten Sie mir eventuell eine kleine Führung geben?«, schlug sie vor. »Ich glaube, die Leser würden wahnsinnig gerne wissen, was so hinter den Kulissen vor sich geht. Der Tod beschäftigt die Menschen im Moment sehr.«

Er nickte und öffnete eine angrenzende Tür.

»Solange ich keine Kunden habe, wird es nichts schaden, sich ein wenig umzuschauen. In diesem Raum führen wir das erste Gespräch mit unseren Kunden.«

Es war eine Art Büro, hell und freundlich, und trotzdem war da etwas Beklemmendes. Dictes Kopfschmerzen meldeten sich wieder. Vielleicht lag es daran, dass die Wände so kahl waren und dadurch der Raum so nüchtern und sachlich wirkte.

»In diesem Raum haben wir die Särge aufgestellt«, sagte er und schritt einmal quer durch das Geschäft und öffnete eine andere Tür. »Selbstverständlich ist das nur eine kleine Auswahl, einer von jeder Sorte. Wir haben ein Depot, in dem wir unsere Bestände lagern.«

»Na ja, Sie haben ja auch drei Filialen«, sagte Dicte und betrat den Raum. »Da kommen bestimmt einige zusammen.«

»Hier können Sie sich die Auswahl ansehen. Da ist für jeden Geldbeutel was dabei.«

Dann bekam sie einen Vortrag über Sargpreise und über die sonstigen Verantwortlichkeiten eines Leichenbestatters, so zum Beispiel die Absprachen mit der Friedhofsverwaltung, dem Erbschaftsgericht, dem Krankenhaus und dem Pfarrer.

»Aber wir bieten nicht nur christliche Bestattungen an. Uns sind alle Glaubensrichtungen willkommen«, sagte er.

»Und davon gibt es immer mehr, vermute ich?«

Er nickte.

»Die Zahl derjenigen, die einen offenen Sarg wollen, wächst stetig an. Dadurch steigen auch die Anforderungen an uns, damit die Toten ansprechend aussehen.«

»Und wie bewerkstelligen Sie das?«

Sie wurden von der Melodie *Schlaf, Kindchen, schlaf* unterbrochen. Er zuckte bedauernd mit den Schultern.

»Verzeihen Sie bitte. Die Pflicht ruft. Wir müssen zurückgehen.«

Sie folgte ihm zurück in den Hauptraum. Dort standen zwei Frauen und wirkten nervös. Mutter und Tochter, riet Dicte. Der Leichenbestatter begrüßte sie herzlich, und bevor jemand »Sargdepot« hätte aussprechen können, waren die drei bereits in ein angeregtes Gespräch über das Begräbnis des Vaters verwickelt, und die beiden Frauen wirkten zunehmend entspannter. Dicte beobachtete eine Weile, was für eine Wirkung die Liebenswürdigkeit des Mannes auf die Kundinnen hatte. Dann drehte sie sich um und ging zurück in den Raum mit den Särgen und Urnen, die in den Regalen standen wie einsatzbereite Soldaten. An der einen Wand entdeckte sie eine weitere Tür. Die war verschlossen. Das Schloss war von der Sorte, die man ganz einfach mit einem Stück Stahldraht öffnen konnte. Sie wühlte in ihrer Handtasche und fischte nach dem Autoschlüssel, dessen Schlüsselring schon lange kaputt war und nur noch aus der dicken Stahlspirale bestand, die sie immer wieder zusammendrücken musste, damit sie überhaupt hielt. Jetzt bog sie die Spirale ganz auf und nahm die Schlüssel ab. Dann beugte sie sich über das Schloss und schob den Draht langsam hinein. Kurz darauf hörte sie das Klicken und öffnete die Tür.

Der Raum war dunkel, sie tastete an der Wand nach dem Lichtschalter.

Vorsichtig sah sie sich um. Es war, als wäre sie in den Obduktionssaal eines Pathologen geraten. In der Raummitte stand ein

Stahltisch, unter dem sich im Fußboden ein Abfluss befand. Dahinter war ein Waschbecken angebracht, an dem ein Schlauch mit Handbrause hing, der bis zum Stahltisch reichte. Soweit sie das erkennen konnte, verfügte der Leichenbestatter auch über die Geräte und Instrumente eines Pathologen, die an den Wänden hingen und in den Regalen standen. Alles sah sauber, ordentlich und makellos aus, und doch hing der Geruch von Tod in der Luft, kletterte in ihre Nasenlöcher und verursachte ihr Übelkeit. War so etwas hier üblich? Das konnte durchaus sein. Vielleicht hatten alle Bestattungsinstitute so einen Raum, was wusste sie schon darüber?

Sie unterdrückte die Übelkeit, ignorierte den pochenden Kopfschmerz und trat ganz nah an den Stahltisch heran. Unter das Waschbecken war ein Rollschrank geschoben, den zog sie hervor. Darauf waren mehrere Flaschen mit übelriechenden Flüssigkeiten aufgereiht sowie Gläser mit Gazerollen und Wattekugeln. Daneben stand ein Kasten, der mit einem weißen Tuch abgedeckt war. Sie hob es hoch. Sie lagen wie Weihnachtskugeln in ihren Schälchen, jedes ruhte auf einem Stück Stoff. Sie musste sich am Stahltisch festhalten. An die fünfzig Glasaugen starrten sie an.

Es dauerte einen Moment, bis sie sich wieder unter Kontrolle hatte. Dann nahm sie eines der Augen in die Hand. Es war ganz eindeutig ein Halbfabrikat. Alle Farben waren identisch, entweder blau oder braun, und es gab keine Nuancen. Diese Augen waren für Tote vorgesehen, bei denen solche Details keine Rolle mehr spielten.

Sie fuhr zusammen, als die Melodie der Türglocke ertönte. Entweder war noch weitere Kundschaft gekommen oder aber, und das war wahrscheinlicher, die Frauen hatten sich auf den Weg gemacht. Hastig steckte sie das Glasauge in die Jackentasche, deckte den Kasten wieder zu und huschte so schnell es ging zurück in den Verkaufsraum. Für einen kurzen Moment schien das Gesicht des Leichenbestatters zu einer wütenden Maske verzerrt, aber innerhalb des Bruchteils einer Sekunde war die wieder verschwunden. Vielleicht hatte sie sich das auch nur eingebildet. Er lächelte sie an.

»Vielleicht können wir das Interview ein andermal machen? Gleich kommt ein Kunde, mit dem ich einen Termin vereinbart habe.«

»Aber natürlich«, erwiderte sie und lächelte, zog ihren Notizblock hervor und stellte ihre letzte Frage. »Ich habe mir Ihren Namen vorhin gar nicht notiert.«

Kaum hatte sie Bo von ihrem Besuch bei Marius Jørgensen & Sønner erzählt, bereute sie es auch schon wieder.

»Du übergehst mich.«

Wütend stapfte er zurück zum Wagen, nachdem sie gemeinsam der Pressekonferenz zu der vermissten Kirstine Laursen und zu den Obduktionsergebnissen von Arne Bay beigewohnt hatten. Verstohlen sah sie in sein Gesicht, wo die Frustration deutlich abzulesen war. Er riss die Autotür ein bisschen zu heftig auf und warf seine Kameras auf den Rücksitz.

»Du hättest mir ruhig erzählen können, dass du zu diesem Bestattungsinstitut fährst. Verdammt noch mal, Dicte, dir hätte doch was passieren können.«

Sie versuchte die Beifahrertür zu öffnen, was sich als schwierig gestaltete, weil der Griff kaputt war.

»Hilf mir doch bitte mal.«

Einen Augenblick starrte er sie angriffslustig über das Autodach an. Dann setzte er sich hinters Steuer und öffnete ihr die Tür von innen. Sie stieg ein.

»Du hast mir auch nicht erzählt, dass du Winkler ein zweites Mal aufgesucht hast.«

»Der ist doch wohl nicht gefährlich!«, sagte sie und starrte aus der Frontscheibe.

»Das weiß man doch nie so genau.«

Bo startete den Motor und fuhr rückwärts aus der Parklücke. Sie hätten auch zu Fuß gehen können, aber Bo hatte immer so viel Ausrüstung, die er mit sich rumschleppen musste.

»Und wann ist dieses Informationsgespräch mit der Krankenschwester noch gleich?«

Sie schluckte den Kloß im Hals herunter.

»Da bin ich schon gewesen.«

Er knetete das Lenkrad, sie konnte das an den weißen Knöcheln sehen.

»Du warst doch weg, in Polen, wenn du es vergessen haben solltest.«

Sein Gesichtsausdruck verdunkelte sich zusehends. Lange saß er stumm neben ihr, bevor die Fragen aus ihm rausplatzten.

»Und wie war das Ergebnis eures Gesprächs? Wann entfernen sie dir deine Niere?«

Sie wagte es, eine Hand auf seinen Oberschenkel zu legen.

»Die entfernen mir noch keine Niere. Aber ich muss für vier Tage zu einem Generalcheck, ab morgen.«

Er sprang förmlich im Sitz auf und drehte sich zu ihr.

»Vier Tage?«

»Ambulant!«, beruhigte sie ihn. Ihre Hand lag noch an Ort und Stelle, war aber jederzeit bereit, sich zurückzuziehen.

Er schüttelte den Kopf. »Du bekommst echt den ersten Preis für Verschwiegenheit. Mann, du hättest doch mailen oder anrufen können.«

Sie sank immer tiefer in den Sitz und zog ihre Hand zurück. Am liebsten hätte sie gesagt, dass er schließlich auch hätte anrufen können. Allerdings hatte er das auch getan. Sie hatte nur nicht jedes Mal zurückgerufen, und als sie sich dann endlich gesprochen hatten, hatte sie nicht die richtigen Worte für das alles gefunden.

»Ich wollte nicht, dass du dir Sorgen machst.«

»Keine Sorgen machen! Es ist doch viel schlimmer, wenn du nichts sagst, wann begreifst du das endlich? Verstehst du nicht, dass es auf unsere Kosten geht?«

Verstand sie das? Sie sah aus dem Fenster. Liebte sie nur das Spiel mit dem Feuer? War sie in Wirklichkeit nur beklagenswert süchtig nach Spannung? Hoffentlich nicht.

»Du kannst ja morgen mit ins Krankenhaus kommen«, bot sie ihm an.

»Ich habe einen Job.«

»Okay.«

»Um wie viel Uhr?«

»Um zehn.«

Er fuhr am Fluss entlang, bog in die Østergade und parkte kurz darauf in der Straße hinter der Redaktion. Sie gingen zusammen hoch. Im Treppenhaus streifte seine Hand ihren Po, und sie wusste, dass es nicht zufällig geschehen war. Er wollte signalisieren, dass er bereit war, ihre Opfergabe anzunehmen, obwohl sie alles andere als ausreichend war.

»Ich kann das bestimmt jemand anderen machen lassen«, sagte er.

Sie blieb vor der Redaktionstür stehen, er stieß sie auf.

»Aber nur, wenn du mir alles von diesem Leichenbestatter erzählst.«

Sie machten sich einen Kaffee und setzen sich in die Küche. Holger und Cecilie waren da, ansonsten waren die Räume noch verwaist. Dicte machte es sich gemütlich, legte die Füße auf einen Stuhl und zeigte ihm das Glasauge, während sie ihren Bericht ablieferte.

»Da ist was faul«, fasste sie am Ende zusammen.

Er betrachtete sie eine Weile eingehend. Dann blieb sein Blick an ihren einst so weißen Adidas-Turnschuhen hängen.

»Bo?«

»Mhm?«

Er beugte sich vor.

»Still sitzen.«

Sie zuckte unwillkürlich zusammen.

»Jetzt sitz doch mal still, verdammt.«

Sie erstarrte. Er kratzte etwas aus der Sohle ihres Turnschuhs und legte es sich auf die flache Hand.

»Was ist das?«

»You tell me?«

Sie hatte das schon einmal irgendwo gesehen. Es sah aus wie zwei kleine, herzförmige Silberpailletten.

Und sie wusste auch, wie und wo sie an ihre Schuhsohle gekommen waren.

Kapitel 55

Kiki wachte mit einem Ruck auf. In dem Zustand zwischen Träumen und Wachen war ihre Klaustrophobie wieder erwacht. Sie kannte diese Angst, sie begleitete sie seit ihrer Kindheit. Nur bei Sexspielen konnte sie Fesseln ertragen und dann auch nur in dosierten Mengen. Aber das hier war kein Spiel, und es gab kein magisches Wort, das alles sofort beenden würde.

Panik stieg in ihr auf, der Angstschweiß platzte aus ihren Poren, aber sie versuchte, dagegen anzukämpfen. Es würde nichts nützen, wenn sie sich jetzt übergab oder hyperventilierte. Es wäre nur ihr sicherer Tod.

Aber vielleicht war sie sogar schon tot? Zumindest war in ihr etwas gestorben, da war sie sich ganz sicher. Allerdings wusste sie nicht genau, wann das geschehen war. Vielleicht schon ganz früh in ihrem Leben.

Sie wand sich in ihrer unbequemen Stellung. Wo war sie nur? Es roch verbrannt, nach längst erkaltetem Feuer. Er hatte sie gefesselt. Um sie herum war es pechschwarz, ihre Hände und Füße waren gefesselt, und sie lag in einer engen Kiste. Mit den Füßen berührte sie die Wand hinter sich, dann schob sie sich weiter nach oben und stieß auch dort sofort an eine Wand. Sie versuchte, sich weiter nach unten zu schieben und erreichte nach wenigen Zentimetern das Fußende. Es war ein Sarg. Er hatte sie in einen fucking Sarg gesteckt. Hatte er sie auch begraben? Lag sie bereits in einem Loch unter der Erde? Kämen bald schon die ersten Würmer, um sie zu zerkleinern?

Sie versuchte, sich zu beruhigen. Über ihr war keine Erde. Im

Gegenteil, im Deckel befanden sich Löcher, sonst würde sie keine Luft bekommen. Und er würde sonst auch nicht wiederkommen und sie ein weiteres Mal misshandeln können, so wie er es bereits ein, zwei oder sogar schon drei Male getan hatte. Er konnte sie zu nichts gebrauchen, wenn sie unter der Erde lag. Und das hatte er vor. Sie zu gebrauchen. Das hatte sie auf eine sehr schmerzhafte Weise erkennen müssen, es war so anders für sie gewesen als mit dem anderen. Aber vielleicht war das ihre Chance, wenn es überhaupt eine Chance gab.

Sie hatte das Gefühl für Zeit verloren. Sie erinnerte sich nicht, wie oft sie schon aus diesem Dämmerzustand aufgetaucht war, wie oft er dagewesen war. Plötzlich wurde ihr klar, dass alles ineinanderfloss und sie jetzt wahrscheinlich zum ersten Mal so richtig bei Bewusstsein war.

Aber zu dem Bewusstsein gesellte sich der Schmerz.

Sie hatte überall Schmerzen. Ihr Unterleib brannte wie Feuer; ihr Hals fühlte sich an wie von Säure zerfressen, und der Kopf platzte fast auseinander. Sie stöhnte leise vor sich hin.

»O Mann, mein kleiner, dreckiger, schwarzer Arsch. Kiki, du hässliches Negerkindchen.«

Sie wollte diese Worte unterdrücken, aber schon waren sie gesagt, und zwar mit der deutlichen Stimme ihrer Mutter. Dahinter meldete sich sofort die Selbstverachtung zu Wort. Wie dämlich konnte man sein?, warf sie sich vor. Sich von seiner kleinen Negerfotze herumkommandieren und von einem Naziarsch verführen zu lassen. Sie hatte jeden einzelnen Schlag verdient und das Reißen der Fesseln an ihren Handgelenken. Sie hatte nichts Besseres verdient.

»Doch, das habe ich.«

Sie wollte keine Gedanken zulassen, die sie heruntermachten und sie durch den Dreck zogen, in den sie ihre Mutter von klein auf getaucht hatte. Sie wollte den Verdacht nicht zulassen, dass ihre Faszination für Arne Bay ausschließlich auf ihre Selbstverachtung zurückzuführen war. So tief wollte sie nicht sinken. Wenn sie denn überhaupt noch tiefer sinken konnte.

Sie versuchte, die aufsteigende Panik zu unterdrücken. Aber die ließ sich nicht bändigen. Sie hasste Gefühle, Gefühle hatte sich der Teufel persönlich ausgedacht, und sie hatten ihr noch nie Gutes gebracht. Und dieses Gefühl war das Schlimmste von allen: die Angst vor dem kalten, schmerzvollen und grausamen Tod, ganz einsam und allein.

»Hilfe!«

Sie sagte das Wort, wollte es sogar schreien, aber die Laute wurden von dem Knebel verschluckt, den er ihr in den Mund gesteckt hatte. Wieder wallte eine Woge der Erstickungsangst in ihr hoch. O lieber Gott, lass mich wieder bewusstlos sein, lass mich wieder ins Land der Träume eintauchen, auch wenn mich dort nur Alpträume erwarten.

Alles ist besser als die Gegenwart, alles ist besser als das hier.

Aber das stimmte nicht. Es konnte noch schlimmer werden. Das wurde ihr klar, als sie hörte, wie sich eine Tür oder ein Tor öffnete und sich seine Schritte näherten.

Klonk, klonk. Plötzlich tauchten die Bilder wieder auf, sie erinnerte sich, was er mit ihr gemacht hatte. Und mit der Erinnerung kamen auch die Schmerzen.

»Lieber Gott, hilf mir.«

Aber niemand half ihr, und es gab keinen Gott, als der Deckel hochgehoben wurde und eine Stimme die Worte wiederholte, die er schon einmal gesagt hatte:

»Gerüchte sagen, dass du es magst, wenn man dich bestraft. Ich werde dich bestrafen, wie du noch nie zuvor bestraft worden bist.«

Sie drückte sich an die eine Wand des Sarges, aber das half nichts. Er beugte sich zu ihr herunter und zerrte sie heraus. Sein Atem stank widerlich und moderig. Er warf sie sich über die Schulter, so dass ihr Kopf nach unten hing und ihr das Blut hineinschoss und in den Ohren pochte. Sie wurde auf eine Matratze geworfen, und dann wiederholte sich alles vom letzten Mal. Er zwang ihre Beine auseinander und steckte etwas Eiskaltes und Scharfes in ihren Unterleib.

Ein Strudel aus Schmerzen riss sie davon. Seine Worte drangen wie aus weiter Ferne zu ihr: »Das kannst du gut leiden, was? Kommst du gleich? Macht dich das so geil wie bei ihm?«

Er folterte sie weiter. Dann drehte er sie auf den Bauch und stieß auch von hinten in sie. Sie wusste, dass sie blutete. Sie wusste, dass die Matratze wie ein blutroter Schwamm aussehen musste. Sie hasste sich selbst, sie hasste die Schmerzen und sie hasste ihren Körper.

Da spürte sie einen warmen Strahl, als er über ihr kniete und sie anpinkelte. Da stieg endlich Wut in ihr auf.

»Du Drecksschwein.«

Sie sagte es trotz Knebel im Mund. Unter größter Kraftanstrengung und starken Schmerzen hob sie ein Bein und traf ihn im Schritt.

»Aua, zum Teufel, du Negerhure.«

Er stürzte sich auf sie und schlug auf sie ein. Aber ihr war das egal. Nein, nicht egal. Sie war wütend, und diese Wut war wie ein innerer Krampf, der ihr die Kraft verlieh, sich zusammenzurollen und immer wieder nach ihm zu treten.

»Ihr dachtet wohl, ihr seid besonders clever, was?«, stöhnte er. »Du und er.«

»Wo ist er?«

Sie wusste, dass er sie trotz Knebel verstehen konnte.

»Vielleicht lebt er noch, vielleicht ist er auch schon tot. Aber eins ist sicher, er war zu gierig. Aber nicht mit mir. Immerhin kannten wir beide uns ganz gut, wusstest du das? Ich habe geahnt, dass du kommen würdest. Als ich an dem Abend deinen Wagen vor dem Krankenhaus gesehen habe, wusste ich, dass er einen Weg gefunden hatte, etwas auszuplaudern. Ich wusste, dass du bald darauf die Tür zum Kühlraum öffnen würdest. Ganz klar. Wie die Fliege, die auf dem Scheißhaufen landet.«

»Warum lässt du mich am Leben?«

Sie hatte die Frage eher gedacht als ausgesprochen, aber er schien ihre Gedanken gelesen zu haben.

»Dich kann man für nichts gebrauchen. Es muss schließlich

eine Grenze geben. Soll ich etwa verantworten, dass deine Knochen, Sehnen und Hornhäute im Körper von Menschen landen, die teuer dafür bezahlt haben?«

Er spuckte auf den Boden.

»Negerhornhäute. Pfui!«

Sie musste beinahe lächeln. Zum ersten Mal in ihrem Leben war sie dankbar für ihre Hautfarbe. Es klang glaubwürdig, aber sie vermutete, dass es nur die halbe Wahrheit war. Den Rest musste sie sich selbst dazudenken, denn das würde er ihr bestimmt nicht erzählen. Er arbeitete für andere und war es ganz offensichtlich gewohnt, Befehle zu empfangen. Aber in diesem, in ihrem Fall nicht und wahrscheinlich auch nicht, was Arne anbetraf. Etwas war da schiefgelaufen, und das hatte wahrscheinlich weniger mit diesen Operationen zu tun als mit dem Kampf zwischen den beiden Männern, die einander offensichtlich gut kannten. Bay hatte den Kampf verloren, er war entweder tot oder lebendig begraben. Sie hatte auch verloren. Er würde sie vorerst nicht töten, weil er den Befehl noch nicht erhalten hatte oder aus einem anderen Grund, den sie nicht kannte. Vielleicht hatte er bei Arne über die Stränge geschlagen, hatte ihn getötet, und jetzt war sein Chef stinksauer auf ihn. So könnte es sein.

Sie seufzte, als er sie zurück in den Sarg legte und den Deckel wieder verschloss. Er würde sie vorerst am Leben lassen. Allerdings war sie sich nicht sicher, ob sie das überhaupt wollte.

Kapitel 56

John Wagner fuhr in derselben Sekunde auf seinen Stammparkplatz im Hof des Polizeipräsidiums, als Dicte Svendsen aus ihrem Wagen sprang. Sie sah gehetzt und zerstreut aus, ihr Haar war strähnig, und das Make-up sah nachlässig aus, als hätte sie keine Zeit gehabt, einen Blick in den Spiegel zu werfen. Wahrscheinlich hatte sie das auch nicht. Einen kurzen Moment wunderte er sich darüber, dass eine so attraktive Frau nicht viel eitler war.

»Wagner!«

Es war unmöglich, ihr zu entkommen, also drehte er sich um und ging auf sie zu. Allerdings mit einem Gefühl, als hätte sie ihn gerade haushoch in *Mensch-ärgere-dich-nicht* geschlagen.

»Ich hab da was für dich.«

»Hast du das nicht immer?«

»Etwas Wichtiges.«

Ist es das nicht immer, dachte er, aber sagte es nicht. Mit einem Nicken forderte er sie auf, ihm zu folgen, aber zum ersten Mal schien es, als würde er sie dazu zwingen müssen.

»Ich hab es ein bisschen eilig. Aber da gibt es so einiges, das du wissen solltest.«

»Ja, dann komm doch endlich mit, in Gottes Namen.«

Sie fuhren hoch in sein Büro.

»Warum hast du es denn so eilig?«

»Ich muss unter Umständen eine Niere spenden.«

Wenn Wagner noch nicht ganz wach gewesen sein sollte, dann wurde er das in dieser Sekunde.

»Bist du übergeschnappt? Eine Niere? An wen denn?«

Er war zu weit gegangen, das begriff er sofort.

»Entschuldige, das geht mich nichts an. Was wolltest du mir sagen?«

Sie zog etwas aus ihrer Jackentasche, einen weißen Umschlag. Dann streckte sie sich und holte ein Buch aus seinem Regal, *Dänische Kriminalgeschichte in den Zwischenkriegsjahren*. Sie schüttete den Inhalt des Umschlags auf den Buchdeckel. Da lagen zwei herzförmige Silberpailletten auf dem dunklen Untergrund und glitzerten wie zwei Sterne am Nachthimmel.

»Ich würde sagen, du solltest die KTU bitten, diese beiden mit den Pailletten auf Mette Mortensen T-Shirt zu vergleichen.«

Er starrte auf die Herzen, während sein Gehirn rotierte und er eigenhändig diesen Vergleich vornahm.

»Wo hast du die her?«

Sie erzählte ihm die Geschichte, und sein erster Impuls war es, alle Einsatzkräfte, das Heer und die Luftwaffe zu diesem Bestattungsinstitut zu schicken und alles auf den Kopf zu stellen. Aber sie wussten beide, dass er den Dienstweg einhalten musste. Theoretisch konnten die Pailletten von überall stammen. Er hob das Buch hoch und ließ die Herzen wieder zurück in den Umschlag gleiten.

»Ich gehe da sofort hoch. Sonst noch was?«

»Ja, eigentlich schon.«

Sie wühlte in ihrer Tasche. Das Glasauge lag in einer Plastiktüte und glotzte ihn ausdrucklos an.

»Vielleicht können die sich dann auch gleich das hier ansehen.« Ihr Blick war eindringlich. »Ich bin mir ganz sicher, dass es bei diesem Fall um menschliches Gewebe geht.«

Wagner war derselben Ansicht, sagte aber nichts und ließ sie fortfahren:

»Jemand schafft die Leichen an den Behörden vorbei. Alles durcheinander: Alte, Junge, Kranke. Hauptsache, es gibt keine Schwierigkeiten. Keine Gesundheitskontrollen. Keine Desinfektion des Gewebes oder gar Hepatitis- oder HIV-Kontrollen. Das ist zu teuer und dauert zu lange.«

Sie holte tief Luft und redete beim Ausatmen sofort weiter.

»Die Leichen enden auf dem Stahltisch des Leichenbestatters. Dort wird das Gewebe entnommen und verpackt, damit alles richtig professionell aussieht. Aber es fehlt ein Glied in der Kette.«

»Die Lagerung«, warf Wagner ein. »Einem Bestattungsinstitut fehlt diese Ausstattung. Es gibt also vier Glieder: die Beschaffung der Leichen; die Gewebeentnahme; die Lagerung und die Lieferanten.«

»Fünf«, korrigierte sie ihn.

Er sah sie fragend an.

»Die Abnehmer. Wir haben die Käufer vergessen.«

»Krankenhäuser und Kliniken im Ausland«, sagte er. »Am

liebsten außerhalb von Europa oder zumindest an den äußeren Grenzen Europas.«

»Und was ist mit Dänemark?«, fragte sie. »Ist es undenkbar, dass sich auch hier Abnehmer finden ließen? Wenn die Nachfrage größer ist als das Angebot, wächst doch die Versuchung.«

»Denkst du da an etwas Besonderes?«

Sie zuckte mit den Schultern.

»Hornhäute wären doch ganz naheliegend.«

»Warum ausgerechnet Hornhäute?«

»Weil wir es bisher gewohnt waren, dass es immer genug Hornhäute gab. Wir genießen einen hohen Standard dank der Hornhautbank, die übrigens hier bei uns in Århus ihren Sitz hat.«

»Und jetzt?«

Sie sah auf die Uhr und stand auf.

»Bis vor kurzem fiel Hornhaut unter den Sammelbegriff ›menschliches Gewebe‹, und die Pathologen durften sich bei Obduktionen frei bedienen. Aber das geht seit der Gesetzesänderung nicht mehr. Hornhaut gilt jetzt als ein Organ, und für die Entnahme benötigt man die Zustimmung des Verstorbenen via Organspendeausweis oder die der Angehörigen. Und merkwürdigerweise gibt es nicht viele, die ihre Hornhaut spenden wollen.«

Sie ging auf die Tür zu.

»Es herrscht ein katastrophaler Mangel. Vielleicht war die Versuchung zu groß?«

Er brachte sie zum Fahrstuhl und blieb beinahe andächtig wartend vor der Tür stehen, bis er ihn nicht mehr hörte. Dann drückte er den Knopf und fuhr in den vierten Stock. Auf der Fahrt überlegte er, ob er nicht vielleicht doch lieber die Hornhäute auf dem Organspendeausweis ausschließen sollte, den er bestellt hatte. Denn sie hatte tatsächlich recht. Sein Herz zu geben war edel, Nieren und Lungen, nun ja, was soll's, immerhin konnten die ein Leben retten. Aber wenn man seine Augen spendete, mussten die Pathologen Glasaugen einsetzen. Und die Hinterbliebenen würden einen ein letztes Mal mit unfertigen, unmenschlichen Augen sehen? Er wusste nicht, ob er damit wirklich einverstanden war.

Kapitel 57

»Stop!«

Bo gehorchte und trat auf die Bremse. Sie sahen beide, wie sich die zwei engumschlungenen Gestalten vor dem grünen Mercedes aus ihrer Umarmung lösten.

»Mann, Dicte, jetzt hör auf damit!«

Aber Bos Warnung kam zu spät, Dicte hatte bereits die Autotür aufgerissen und stürmte quer über den Krankenhausparkplatz auf das Pärchen zu.

Sie hatte keine Zeit, sich ihre Worte zurechtzulegen, geschweige denn, sich ernsthafte Gedanken zu machen. Vollkommen ungefiltert polterte sie los und zeigte mit dem Finger auf ihren Exmann.

»Serienmörder! Und ich sollte anbeißen, damit du Eindruck bei deiner Geliebten machen und deine Fahrt nach Århus rechtfertigen kannst? Und in den Medien mit einer Theorie brillieren kannst, die so löchrig ist wie ein Sieb?«

Torsten und Anne starrten sie an. In Annes Gesicht wechselten sich blitzartig die verschiedensten Gefühle ab, von Wut über Reue bis zur Ohnmacht. Torstens Miene war eisig.

»Jetzt reiß dich mal zusammen, Dicte«, sagte er mit dieser altbekannten, überheblichen Stimme, die ihr mitteilen wollte, dass sie auf dem völlig falschen Dampfer war und der Fehler bei ihr und nicht etwa bei ihm läge. Mit dieser Stimme hatte er seine Affären jedes Mal entschuldigt und als etwas Unbedeutendes in dem großen Ganzen beschrieben. »Wir sind doch alle erwachsen. Eifersucht ist ein ganz natürliches Gefühl, aber du musst endlich lernen, damit umzugehen.«

»Eifersucht!«, fauchte sie. »Das hier hat einen Scheiß mit Eifersucht zu tun. Wenn sich eine unbedingt einen Bärendienst erweisen will und sich auf dich einlässt, dann ist das ganz alleine ihre Entscheidung, bitte sehr.«

Sie sah zu Anne, die den Kopf abwandte. Waren das Tränen, die ihr die Wangen hinunterliefen? Oh, bitte nicht!

»Aber ihr hättet es mir zumindest erzählen können. *Einer von euch*«, sie versuchte, Anne in die Augen zu sehen, es gelang ihr aber nur für eine Sekunde, »*einer von euch* hätte sich die Mühe machen können, mir so viel Vertrauen entgegenzubringen.«

Sie trat näher an sie heran. Ihre ganze Frustration über Annes Schweigen und ihre Zurückweisung hatte sich als ein brennender Knoten in ihrem Bauch gesammelt.

»Ich dachte, wir sind Freundinnen? Ich dachte, wir sind wie eine Familie füreinander? Ich dachte, zwischen uns gäbe es keine Geheimnisse?«

Torsten legte einen Arm um Annes Schulter, die schluchzte und sich tatsächlich Tränen mit dem Handrücken wegwischte. Sie schüttelte seinen Arm ab.

»Ich konnte es dir nicht sagen, ich wusste nicht, wie ich das anstellen sollte.«

Dicte musste sich zusammenreißen, um hart zu bleiben. Sie war jetzt eine Märtyrerin, das wusste sie sehr genau. Bo stand auf der anderen Straßenseite und hoffte wahrscheinlich, dass sie sich selbst und die anderen mit ihrem Auftritt verschonen würde. Aber sie konnte es nicht unterdrücken, sonst wäre sie geplatzt.

»Willst du mich gar nicht fragen, was ich hier mache?«, fragte sie Anne, mit der sie bisher alles geteilt hatte, außer das Bett. »Bist du gar nicht neugierig, was ich hier zu suchen habe?«

Anne wiederholte gehorsam:

»Was machst du hier?«

Dicte trat ganz dicht vor sie hin.

»Ich bin hier, um meinem Sohn eine Niere zu spenden, der dort oben in der Dialyse sitzt. Er ist Strafgefangener und wurde wegen fahrlässigen Totschlags verurteilt.«

»Er ist was?«

Annes Gesicht war ein einziges Fragezeichen.

»Das hättest du längst alles erfahren, wenn ich mit dir hätte sprechen können. Aber das ging ja nicht. Du hättest auch durchaus mal anrufen und dich erkundigen können, wie es mir ging, nachdem sie mir einen Pflasterstein ins Fenster geworfen haben. Aber nein, immer muss ich mich bei dir melden. Ich bin es, die auf einen Kaffee vorbeikommt, und dann hast du trotzdem keine Zeit.«

Ihre Worte trafen wie gezielte Schüsse. Anne schwankte förmlich.

»Es tut mir furchtbar leid, aber alles ging drunter und drüber«, sagte sie. »Das hat viel früher angefangen, du hattest auch deine Geheimnisse.«

Anne hatte recht. Aber darüber wollte Dicte jetzt nicht reden, deshalb machte sie auf dem Absatz kehrt. Anne rannte ihr hinterher. Sie hielt sie am Arm fest, aber Dicte riss sich los, und sie hörte, wie Torsten rief.

»Lass sie in Ruhe. Wenn sie so drauf ist, kommt keiner an sie ran.«

Sie überhörte die Beleidigung. Sie wusste genau, dass er sie nur zu einer Reaktion provozieren wollte, aber sie ließ sich nicht darauf ein. Annes Schritte wurden langsamer, bis sie schließlich verstummten.

»Ich rufe dich an«, rief sie ihr hinterher. »Ich verspreche es dir.«

»Der DNA-Test lässt keinen Zweifel an einer Verwandtschaft zu.«

Sie hatten sich kaum begrüßt, als Inger Hørup ihr die Neuigkeiten überbrachte.

Dicte ließ diese Nachricht einen Augenblick auf sich wirken. Nicht dass sie ernsthaft daran gezweifelt hätte, und doch war das Gefühl der Gewissheit unbeschreiblich. Eine Erleichterung und eine Bürde zugleich, die ihre Gedanken im Kopf herumwirbeln ließen.

»Ich messe jetzt mal Ihren Blutdruck, für die Akte.«

Inger Hørup legte ihr die Manschette um und setzte die Pumpe in Gang. Als sich die Manschette fest um ihren Oberarm spannte, öffnete sie das Ventil und ließ die Luft wieder entweichen, während die roten Zahlen des Apparates über ihren Gesundheitszustand Auskunft gaben, zumindest über die Rahmendaten.

Die Krankenschwester runzelte die Stirn.

»Der ist viel zu hoch. Praktisch schwindelerregend. Wussten Sie das?«

Dicte schüttelte den Kopf. Die Auseinandersetzung mit Torsten und Anne gerade eben wird schuld daran sein, dachte sie.

»Hatten Sie in letzter Zeit öfter Kopfschmerzen?«

Sie konnte sich nicht erinnern, die Tage flossen alle ineinander. Aber doch, natürlich, als sie beim Leichenbestatter war.

»Doch, hatte ich. Vor ein paar Tagen hatte ich so eine Kopfschmerzattacke, aber die ist dann wieder weggegangen.«

Inger Hørup zog die Manschette mit so viel Schwung von ihrem Arm, dass der Klettverschluss nur so zischte.

»Wir nehmen Ihnen noch Blut ab, und dann bekommen Sie so einen Apparat mit nach Hause, mit dem Sie in den nächsten Tagen Ihren Blutdruck regelmäßig messen sollten.«

»Dann bleibe ich heute nicht bei Ihnen?«

Die Krankenschwester schüttelte den Kopf.

»So wie es jetzt aussieht, nicht. Wenn es so bleibt, und ich gehe davon aus, denn Ihr Blutdruck ist wirklich außerordentlich hoch, dann sind Sie vollkommen ungeeignet als Spenderin.«

Ungeeignet. Jetzt könnte sie noch nicht einmal die Niere spenden, selbst wenn sie es gewollt hätte. Die Konsequenzen türmten sich in ihrem Inneren übereinander auf. Sie hatte die ganze Zeit nach einem Ausweg gesucht, nun hatte sie einen auf dem Silbertablett serviert bekommen, aber sie empfand keine Erleichterung. Im Gegenteil, die Enttäuschung schmeckte bitter.

»Sind Sie sicher, dass ich nicht doch bleiben soll?«, fragte sie. »Können wir die Untersuchungen nicht trotzdem durchführen?«

Sie hatte Schwierigkeiten, die Diagnose an- und ernst zu nehmen, denn sie fühlte sich gesund. Sie war sich ziemlich sicher, dass der Apparat falsch gemessen hatte.

Inger Hørup schüttelte energisch den Kopf.

»Es ist besser, abzuwarten.«

»Aber wenn ich nicht spenden kann, was passiert dann?«

»Es gibt ja noch die Warteliste, und Peter Boutrup steht relativ weit oben. Vielleicht kommt ganz unerwartet eine Niere, die seinem Gewebetyp entspricht. Das kann man nicht vorhersagen.«

Sie verstummte.

»Vielleicht sollten Sie mit ihm sprechen und ihn darauf vorbereiten. Er ist heute zur Dialyse da. Wenn Sie wollen, begleite ich Sie und erkläre den Sachverhalt.«

Dicte musste schlucken. Sie hatte überhaupt keine Lust dazu. Ungeeignet. Sie hatte einen neuen Stempel bekommen, und den konnte sie nicht leiden. Der hohe Blutdruck beraubte sie auch jeder Verhandlungsgrundlage, außer sie entschied sich zu lügen. Und sie brannte darauf, einen Namen von ihm zu bekommen, irgendwas, nur einen winzigen Hinweis auf den Mann, der mit ihrem Sohn die Zelle geteilt hatte. Ihr fehlte ein Anhaltspunkt, und Peter Boutrup konnte ihr diesen liefern. Aber das war es nicht allein. Sie hatte den kranken Mann vor Augen, dem sie zum ersten Mal in der Krankenhauskantine begegnet war. Seine Augen, die ihren so ähnlich waren. Blut war doch dicker als Wasser, und es spülte eine Welle von Gefühlen an die Oberfläche. Wer würde ihm jetzt helfen können?

Sie riss sich zusammen, schlug höflich das Angebot ab, ließ Inger Hørup die notwendigen Blutproben abnehmen und machte sich dann auf den Weg in die Kantine, wo Bo bei einer Tasse Kaffee saß und Zeitung las. Sie sah schon von weitem, an der Art wie er die Zeitung umblätterte, dass er noch immer wütend war wegen der Szene, die sie auf dem Parkplatz gemacht hatte.

Anne, Peter Boutrup, Bo, Wagner. Wohin sie sich auch drehte, sie erwartete keine leichte Situation. Am schwersten wog für sie aber der Disput mit Bo. Sie hatte entdeckt, dass sie sogar auf Anne verzichten könnte. Sie würde es ertragen können, Anne zu verlieren, zumindest für eine Weile. Aber Bo war ihr Fundament. Zwar ein unsicheres, weil er zwischendurch einfach seine Koffer packte und fuhr. Aber sie konnte ihn immer erreichen, wenn es sie danach verlangte und sie es wollte. Sie nutzte dieses Angebot allerdings nur selten, und das verstanden weder sie selbst noch Bo. Es war eines dieser großen, ungeklärten Rätsel, dass sie ihn liebte und brauchte, aber ab und zu – in der Regel in den unpassendsten Momenten – gezwungen war, sich zu beweisen, dass sie es auch alleine schaffte. Bisher hatte er das zögernd und widerwillig akzeptiert. Aber wie lange würde das noch gutgehen?

Sie ging auf seinen Tisch zu und stellte den Apparat vor ihn.

»Was ist das?« Er sah das Ding an, als handelte es sich um eine Bombe.

»Ich wurde disqualifiziert. Mein Blutdruck ist zu hoch.«

Er senkte die Zeitung und sah sie alarmiert an.

»Du Arme. Das sind aber schlechte Neuigkeiten. Musst du Tabletten nehmen?«

Sie nickte.

»Davon gehe ich aus, allerdings habe ich ganz vergessen zu fragen.«

Er klopfte auf den Stuhl neben sich.

»Setz dich erst mal. Willst du was trinken? Kaffee? Ach nein, nicht mit hohem Blutdruck. Grünen Tee?«

Sie sah ihn streng an.

»Nimmst du mich auf den Arm?«

Er war noch nie so weit davon entfernt gewesen wie in diesem Augenblick.

»Ab jetzt ist aber Schluss mit dem Rotwein. Du musst besser auf dich achtgeben. Das werden sie dir auch noch sagen.«

»Seit wann bist du mein Leib- und Magenarzt?«, fragte sie mürrisch.

Er beugte sich vor, küsste sie und lächelte ihr aufmunternd zu.

»Seit jetzt. Es ist zwar besorgniserregend mit dem Blutdruck, aber ich kann dir gar nicht sagen, wie froh ich bin, dass du nicht spenden kannst. Du bist so verrückt, dass du es tatsächlich getan hättest.«

»Was ist daran verrückt, ein Leben retten zu wollen?«

Er schüttelte den Kopf.

»Gar nichts. Aber nicht so. Nicht als Erpressung, Dicte. Das ist demütigend und entwürdigend. Siehst du das nicht selbst ein?«

Sie schloss die Augen.

»Aber wie soll er es sonst überleben?«

Bo sprach es zwar nicht aus, aber seine Augen verrieten es. Dass er nämlich keinen Grund anführen konnte, dass Peter Boutrup überhaupt weiterleben sollte.

»Und was jetzt?«, fragte Bo.

Sie sah ihn an. Sie hatte ein großes Bedürfnis nach seiner Umarmung und seinen Küssen, aber es gab noch so viel zu erledigen. Und sie war gezwungen, ihre Taktik zu überdenken. Mit Boutrup würde sie später sprechen müssen.

»Vielleicht einen Happen essen?«, schlug sie vor.

Er sprang auf. »Ich hole was. Ein bisschen Salat und so was, ja? Und Wasser, in Ordnung?« Er beugte sich über sie und küsste ihren Nacken. »Vielleicht sollten wir beide mit dem Joggen anfangen?«

»Joggen? Sag mal, steht auf meiner Stirn Idiot, oder was? Oder im Nacken vielleicht?«

Sie schubste ihn von sich.

»Ich will Kaffee und eine dicke Zimtschnecke mit extra viel Guss, danke sehr. Und ein Glas Rotwein.«

Er kam mit Lauchtorte und grünem Tee zurück.

Sie hatte sich die Zeitung genommen und das Foto der vermissten Kiki Laursen angesehen. Sie konnte sich gut an den Tag erinnern, als sie die grünen High Heels getragen hatte. Sie hatte so verletzlich gewirkt, und die Kombination von Arne Bay und ihr war für sie unbegreiflich gewesen. Eine Mulattin und ein berüchtigter Neonazi. Und dennoch hatte sie sehen können, dass die beiden etwas Besonderes verband. Man konnte es in ihren Bewegungen sehen, in der Art, wie nah sie beieinandergestanden hatten. Hatte sich Kiki in das Verabscheuenswürdige, Unliebenswürdige verliebt? Hatte sie sich auf den Weg gemacht, um ihn zu finden und zu retten?

Sie starrte auf das Foto. Kiki Laursen hatte etwas Rätselhaftes im Blick, herausfordernd und geheimnisvoll. Was war sie für eine Frau? Und wo war sie jetzt?

»Was meinst du, lebt sie noch?«

Bo schaute ihr über die Schulter.

»Sie sieht aus wie jemand, der Hilfe braucht«, sagte er. »Ja, wenn es dir hilft: Ich glaube, sie lebt noch.«

»Und warum?«

Bo warf einen zweiten Blick auf das Foto. Dann sah er Dicte an.

»Sie sieht aus wie eine Frau, in die sich Männer verlieben«, erläuterte er. »Und man schlägt seine Geliebte nicht tot.«

Er schenkte ihr ein schiefes Lächeln.

»Nicht, wenn es sich vermeiden lässt.«

Kapitel 58

Das Leben war eigentlich so einfach. Es bestand hauptsächlich aus der Frage nach richtig und verkehrt.

Ein Problem trat nur dann auf, wenn man auf seinem Weg zu dem so eindeutig Richtigen gezwungen war, einen Umweg über das Verkehrte zu nehmen.

Janos Kempinski hatte am Fenster gestanden und auf den Vejle Fjord und seine Segler hinuntergesehen. Er warf einen Blick auf seine Uhr. Lena war schon ziemlich lange dort drinnen, fand er. Hoffentlich war alles gut gelaufen.

Er versuchte nicht daran zu denken, was alles schiefgehen konnte, aber das Gefühl, dass ihn durch Lenas Unglück die gerechte Strafe ereilen könnte, ließ sich nicht so einfach beiseiteschieben. Was wusste er denn schon über diesen Eingriff, dem sie nun ausgesetzt war, ohne dass er ihr eine Wahl gelassen hätte? Wie verantwortlich war sein Verhalten, sie zu dieser Operation geradewegs zu zwingen, bei der das Grundmaterial – wenn man ganz ehrlich war – nicht über die autorisierten Wege in ihre Hände gelangt war?

Er drückte seine Stirn gegen das kühle Glas und blendete die Geräusche aus dem Wartezimmer aus. Es zog Regen auf, und er erwischte sich bei dem Gedanken, dass er keine Lust hatte, seine Ferien auf einem Segelboot im dänischen Sommer zu verbringen. Oder vielleicht doch? Frische Luft. Grüne Wellen. Alles war besser, als nur herumzustehen und wie ein Goldfisch im Aquarium durchs Glas zu glotzen, hilflos gefangen in seinen Gefühlen.

Verzweifelt versuchte er, seine Gedanken auf weniger gefährliches Terrain zu lenken, wie das Wetter oder den Segelsport. Aber vom Segeln war es nicht weit bis zum Golfen. Er fühlte sich wie ein kompletter Idiot bei der Vorstellung, dass Torben Smidt den Eindruck bekommen hatte, dass Palle Vejleborg auch ihn, Janos, zum Golfen eingeladen hatte. Als würde er auf die Idee kommen, mit einem intellektuell Zurückgebliebenen etwas zu unternehmen, der des Eides des Hippokrates nicht würdig war.

Er hatte Vejleborg immer schon mit gemischten Gefühlen gegenübergestanden. Seit den gemeinsamen Semestern an der Uni. Er hatte ihm nie Respekt entgegenbringen können.

Der Schweiß lief ihm an Stirn und Hals herunter. Die Worte von Torben Smidt klangen in seinen Ohren. Wie hatte er das noch gleich gesagt, als sie über ihre Macht gesprochen hatten, die Position der Patienten auf der Warteliste zu manipulieren? »Eines Tages werden wir mit so einer Situation konfrontiert werden. Oder für uns als Privatperson eine ähnliche Entscheidung treffen müssen. Dann wird es interessant, ob Theorie und Praxis deckungsgleich sind.«

Er selbst hatte es für gefährlich gehalten, den guten, nützlichen Bürger vor den Verbrecher und den Steuerbetrüger auf die Liste zu setzen. Und dieser Ansicht war er noch immer. Aber war das, was er tat, dasselbe? Gehörte es in dieselbe Schublade, wenn man versuchte, seine Liebste vor dem Erblinden zu retten?

Er atmete tief aus und sah, wie die Scheibe beschlug. Die Liebe machte es zu etwas anderem. Liebe überwand alle Hindernisse, das war sein neues Motto, und es fühlte sich gut und so menschlich an. Man musste unterscheiden zwischen einer Tat, die aus niederen Beweggründen – aus verbrecherischen oder zumindest unethischen Motiven – begangen wurde und einer Tat, die aus Liebe geschah.

Ersteres scheiterte in der Regel. Letzteres versuchte erst gar nicht, die Welt zu retten, und fiel deshalb auch nicht unter die Diagnose des Größenwahns. Es war eine kleine Handlung, die er nur für Lena tat, nicht für sich selbst. Sie war selbstlos, oder etwa nicht? Und darum auch entschuldbar. War es nicht gerade das menschliche Moment, das uns von Robotern unterschied?

»Na, du?«

Eine Hand legte sich auf seine Schulter. »Stehst du hier herum und philosophierst?«

Er drehte sich um. Vejleborgs Lippen umspielte ein zufriedenes Lächeln, für seinen Geschmack ein bisschen zu sehr.

»Wie ist es gelaufen?«

»Prima. Es gab keine Komplikationen.«

Die Hand auf seiner Schulter erhöhte den Druck und führte ihn aus dem Wartezimmer. »Wir lassen sie sich jetzt ein bisschen ausruhen, du kannst sie dann später besuchen. In der Zwischenzeit sollten wir beide uns in Ruhe bei einem Happen unterhalten.«

Vejleborg sah auf die Uhr.

»Ich bin wahnsinnig hungrig. Kennst du das nicht auch nach OPs? Dieses beruhigende Gefühl, etwas Gutes getan zu haben?«

Janos überkam eine Übelkeit, gleichzeitig meldete sich aber auch sein fachlicher Stolz zu Wort. Er wollte am liebsten dagegen protestieren, dass seine Arbeit mit der eines Verbrechers verglichen wurde. Aber leider hatte Vejleborg jetzt etwas gegen ihn in der Hand, und er musste zumindest so tun, als sei er ganz aufgeräumt.

»Ja, klar. Ein Happen zu essen kann nicht schaden«, sagte er und wusste, dass er keinen Bissen herunterbekommen würde.

»Komm mit. Ich kenne da einen kleinen Laden, wir fahren hin.«

»Aber Lena …?«

Der Druck der Hand auf seiner Schulter nahm zu.

»Sie muss sich jetzt ein, zwei Stunden ausruhen. Und jetzt kein ›Aber‹ mehr. Ich lade dich ein.«

Bevor er sich's versah, saß er auch schon in Vejleborgs nagelneuem BMW. Wenige Minuten später parkte er den Wagen, und sie betraten ein kleines Restaurant, wo sie bereits erwartet wurden. Ein Kellner begleitete sie an einen Tisch mit Aussicht über den Fjord. Die Speisekarte war exklusiv und teuer. Er wagte es kaum, einen Blick in die Weinkarte zu werfen.

»Und jetzt ein schönes Glas Wein. Das wird uns guttun.«

»Ich muss noch fahren.«

»Quatsch mit Soße. Wir haben es nicht eilig. Der Alkohol ist längst verflogen, wenn du hier wieder wegfährst, das versprech ich dir.«

Der Wein und das Essen kamen, und beides war ausgesucht und köstlich. Allerdings nippte Janos nur am Wein und trank hauptsächlich Wasser. Er wusste, was kommen würde, und fühlte sich wie das Lamm, das zur Schlachtbank geführt wurde. Es war unausweichlich. Er wollte das so geschickt wie möglich lösen, aber wie sollte er es nur anstellen?

Er wartete ab. Sie waren bereits bei der Käseplatte, als sich Vejleborg mit der Serviette den Mund abwischte und ausholte.

»Wir sollten das mit der Bezahlung vielleicht jetzt klären. Um der lieben Ordnung willen.«

»Selbstverständlich«, erwiderte Janos schnell. »Du sollst dein Geld bekommen. Du sagst mir wie viel, und ich überweise es dir.«

»Bares, gerne. Wenn wir es so regeln.«

Er hatte seine Stimme gedämpft. Janos sah sich um. Sie waren praktisch die einzigen Gäste im Restaurant, und er fand es lächerlich, hier die Paten-Mafia-Nummer abzuziehen.

»Bares, kein Problem, wenn dir das lieber ist.«

»Es gibt etwas, was mir viel lieber wäre, das weißt du schon. Ich gehe davon aus, dass Torben Smidt mit dir darüber gesprochen hat.«

»Mhm?«

Er versuchte möglichst unbedarft auszusehen, aber das schien ihm nicht zu gelingen. Vejleborgs Stimme klang verärgert.

»Jetzt stell dich nicht dumm, Janos. Es geht um meine Tochter, Marie. Sie steht auf der Warteliste. Sie stirbt, wenn sie nicht bald eine neue Niere bekommt.«

Janos sah ihm in die Augen. Er bemühte sich, die Ruhe zu bewahren, aber in seinem Kopf begann sich alles mit einer beängstigenden Geschwindigkeit zu drehen.

»Das mit deiner Tochter tut mir furchtbar leid. Auch für dich und deine Frau. Aber du weißt so gut wie ich, dass …«

»Ach, erspar mir deinen heiligen Vortrag. Torben hat mich schon darauf vorbereitet, dass es Schwierigkeiten geben würde.«

»Du hast ihm doch nicht von Lena erzählt? Das wäre respektlos.«

Vejleborgs Lächeln war alles andere als herzlich.

»O ja, so respektlos«, sagte er. »Hey, aufwachen! Hier spricht wohl der alte Janos. Wo ist der neue Janos, der sich ins Leben hinauswagt, um die Liebe seines Lebens zu retten? Heißt es nicht so: ›Love makes the world go around‹?«

»Money«, korrigierte Janos und merkte zu spät, dass er in die Falle getappt war.

»Ganz genau. Richtig erkannt! Und dennoch …«

Er beugte sich über den Tisch, und kleine Speicheltropfen regneten auf Janos nieder, als Vejleborg fortfuhr:

»Du darfst nicht vergessen, dass auch ich aus Liebe handle. Ich liebe meine Tochter. Ich will, dass sie weiterlebt. Ist das ein Verbrechen?«

Janos schüttelte den Kopf.

»Überhaupt nicht. Das habe ich auch nicht gesagt.«

»Dann hilf mir. So wie ich dir geholfen habe.«

»Das ist unmöglich!«

»Torben ist da anderer Meinung.«

»Können wir das nicht mit Geld regeln?«

Er hörte seinen bettelnden Tonfall und hasste sich dafür. Er wollte fliehen, so schnell es ging. Aber wohin? Die Tatsache, dass Torben Smidt ein Mitwisser war, erschien ihm unerträglich. Das könnte das Ende seiner Karriere bedeuten.

»Sag mir einen Betrag, und ich bringe dir das Geld.«

»200 000 Kronen.« Vejleborg sagte das so lässig, als würde er um den Bon an der Supermarktkasse bitten.

»Das ist Erpressung«, stieß Janos hervor.

»Nenn es, wie du willst. Ich habe da keinen Dünkel, so wie gewisse andere Leute.«

Janos ließ die Neuigkeiten auf sich wirken und versuchte dann, seine Chancen zu ermessen. Ja, er hatte etwas zu verbergen. Aber Vejleborg hatte einiges mehr, was nicht ans Licht der Öffentlichkeit gelangen sollte. Wie wenig offenbar dazu gehörte, dass man begann, wie ein Verbrecher zu denken und zu handeln.

»Wo bekommst du eigentlich die Hornhäute her? Was für eine Garantie habe ich dafür, dass sie wieder gesund wird. Und wer versichert mir, dass die Qualität einwandfrei ist?«

Vejleborg hob die Arme und drehte die Handflächen nach oben.

»Du hast mein Wort.«

»Woher kommen sie?«, wiederholte Janos. »Aus dem Ausland? Von indischen Eltern, die ihre Kinder verkaufen, um über die Runden zu kommen?«

Er sprang auf und schleuderte die Serviette auf den Tisch.

»Ich gehe. Ich werde Lena holen und sie mit nach Hause nehmen. Und du versprichst mir, dass sie wieder gesund wird.«

Vejleborg setzte wieder sein überhebliches Lächeln auf.

»Im Leben gibt es keine Garantien, wann wirst du das begreifen, Janos?«

»Du wirst dein Geld bekommen. 200 000 Kronen! Und nächsten Monat kommt dann die nächste Rechnung, stimmt's? Ist Smidt mit von der Partie?«

Vejleborg schüttelte den Kopf. Er schien die Situation äußerst belustigend zu finden.

»Jetzt beruhig dich mal, Janos, und setz dich wieder hin. Wir fangen noch mal von vorne an, wie zwei alte Freunde. Wir finden schon eine Lösung zusammen, was meinst du?«

Janos verharrte in der Bewegung. Sein ganzes Innenleben wehrte sich, der Schweiß strömte aus allen Poren. Dann gelang es ihm, seinen Atem unter Kontrolle zu bekommen, danach sich selbst. Worauf hatte er sich da nur eingelassen?

Er setzte sich wieder hin.

Kapitel 59

»Ich habe dich mit deinem Liebsten gesehen«, kam es von Boutrup zur Begrüßung. »Süßer Typ, guter Hintern. Der wäre sehr beliebt, dort wo ich gerade wohne. Aber ist er nicht ein bisschen zu jung für dich, Mutter?«

Sein Lächeln war bittersüß. Das Wort Mutter war mit einem Berg an Bedeutungen beladen, aber keine von ihnen hatte mit Liebe zu tun.

Sie setzte sich neben den Stuhl, auf dem er während der Dialyse saß.

»Es kann sein, dass ich nicht spenden kann, mein Blutdruck ist zu hoch.«

Sie sagte es so behutsam wie möglich und hätte sich in diesem Moment so sehr bessere Neuigkeiten für ihn gewünscht.

Zuerst sah er sie verblüfft an, dann warf er den Kopf in den Nacken und lachte laut auf.

»Das ist ein guter Witz. Mit dieser Ausrede schicken sie euch immer los. Das weiß ich aus verlässlicher Quelle.«

Er verstummte und heftete seinen Blick auf sie.

»Du hast es dir anders überlegt. Du hast Angst.«

Sie zerrte das Blutdruckmessgerät aus der Tasche und zeigte es ihm.

»Ich muss die nächsten Tage meinen Blutdruck messen. Wir hoffen, dass es ein einmaliges Messergebnis war. Ich habe mich dazu entschieden, dir die Wahrheit zu sagen. Du bist doch ein Mann, der die Wahrheit verträgt, oder?«

Er gab keine Antwort. Sie starrten einander an, und sie wusste nur zu gut, dass in diesem Moment kein Durchdringen zu ihm möglich war.

»Bays Freundin ist verschwunden, hast du das mitbekommen?«

Er nickte.

»Diese Mulattin. Ich habe das Foto in der Zeitung gesehen. Ein echter Leckerbissen, wenn du mich fragst.«

»Ich möchte dich fragen, ob du mithelfen willst, ihr das Leben zu retten? Du hast vermutlich auch gelesen, dass Bay tot ist. Ich habe ihn gefunden.«

Er riss den freien Arm in die Luft und ballte die Faust.

»Dicte Svendsen. Immer zur Stelle!«

»Sie könnte noch am Leben sein. Aber wir wissen nicht, wo sie ist, und das ist deine Chance zu helfen. Wäre das nicht mal ein anderes und besseres Gefühl: jemandem etwas Gutes zu tun, anstatt ihm von hinten eine Kugel in den Rücken zu jagen?«

Sie war fast zu weit gegangen, das sah sie ganz deutlich an seinem Blick.

»Was weißt du schon davon, was gut und was schlecht ist?«,

sagte er leise. »Du hast mich fremden Menschen überlassen, ohne auch nur mit der Wimper zu zucken.«

Seine Ungerechtigkeit machte sie wütend. Sie wollte sich beherrschen, aber es gelang ihr nicht.

»Und was weißt du schon davon, wie es ist, sein Kind weggeben zu müssen?«, sagte sie heiser. »Was weißt du davon, wie es ist, sechzehn und schwanger zu sein und zu wissen, dass du alles verlieren wirst: dein Kind, deine Familie, dein Leben?« Sie ignorierte sein überhebliches Lächeln und fuhr fort. »Du sagst, dass dich Gefühle nicht interessieren. Bitte schön, von meinen bleibst du verschont. Aber es ist ganz offensichtlich, dass du deinen nicht entkommen kannst. Du bist verbittert. Du tust dir selbst maßlos leid und gibst mir die Schuld. Bitte sehr! Aber du lässt einen unschuldigen Menschen dafür leiden.« Sie zeigte mit dem ausgestreckten Finger auf ihn. Vielleicht war Provokation der einzige Weg, ihn aus der Reserve zu locken. »Du kannst unmöglich mein Sohn sein. So kindisch würde sich mein Sohn nicht verhalten. Mein Sohn wäre ein Mann, der Verantwortung übernähme. Mein Sohn ließe andere Menschen nicht unnötig leiden, wenn er den Schlüssel für ihre Rettung in der Hand hätte.«

»Aber der DNA-Test war eindeutig«, lachte er und grinste. »Ich *bin* dein Sohn! Ihr habt ein Monster erschaffen, du und dein Lover, wer auch immer das gewesen sein mag. Ist das nicht die reinste Ironie des Schicksals?«

Er griff nach ihrer Hand und legte sie in einer Parodie einer liebevollen Geste an seine Wange.

»Liebe Mutter«, schnurrte er und drückte ihre Hand noch fester gegen die Bartstoppeln, unter denen seine weiche Haut zu spüren war. Sie wollte das nicht, ihr Magen zog sich zusammen, ihr ganzes System geriet durcheinander. Mit einem Ruck riss sie ihre Hand weg.

»In einem Punkt hast du recht«, sagte sie. »Du bist ein Monster. Du hast noch nicht einmal verdient, eine neue Niere zu bekommen.« Eigentlich wollte sie das gar nicht sagen, aber er schien das Schlimmste und Hässlichste in ihr zum Vorschein zu bringen. »Und dir ist keine Sekunde lang eingefallen, dass ich noch eine andere Ware für dich habe, da wir ja nun von einem Tauschgeschäft sprechen. Ich habe noch eine Information auf Lager.«

Ein mildes Lächeln schmückte sein Gesicht. »Doch, doch, das hab ich auf dem Schirm.«

»Wir können einen Namenstausch vornehmen«, bot sie an. »Der Name deines Vaters gegen den deines Zellenkameraden. Hast du das verstanden? Wenn wir diese Kiki nicht bald finden, wird sie sterben und wahrscheinlich noch viele andere mit ihr?« Wieder zeigte sie mit dem ausgestreckten Finger auf ihn. »Dort draußen sind Menschen, die an Infektionen und anderen Krankheiten sterben werden, weil ihnen nicht getestetes, verunreinigtes Gewebe transplantiert wird. Wir wissen nicht, wie vielen Menschen es schon das Leben gekostet hat.«

Er hatte den Kopf in den Nacken gelegt und studierte eingehend die Platten der Deckenverschalung. Aber sie wusste, dass er zuhörte.

»Ich war bei dem Bestattungsinstitut Marius Jørgensen & Sønner in der Vestergade. Dort habe ich einen Raum entdeckt, der eingerichtet ist wie der Traum eines Pathologen. Stahltisch, Säge, Zange, Schlachtermesser, Augenprothesen, you name it. An diesem Ort wurde Mette Mortensen getötet. Dort wurden ihr die Knochen und die Augen aus dem Körper geschnitten.« Sie packte ihn an den Schultern und rüttelte ihn. »Gib mir einen Namen, und du kannst Kiki vor demselben Schicksal bewahren.«

Er sah sie stumm an, dann richtete er sich auf, so gut das ging mit den Schläuchen, die in seinen Arm führten, und drückte ihr einen feuchten Kuss auf die Wange.

»Du bist so niedlich, wenn du dich aufregst, Mutter.« Dann lehnte er sich in seinem Stuhl zurück. Es war deutlich zu sehen, wie müde er war. »Du kannst jetzt gehen.«

Fassungslos starrte sie ihn an. In ihr kämpften Verachtung und

Abneigung mit einem unbekannten Gefühl von Zärtlichkeit und einer leisen Wehmut, etwas loslassen zu müssen, was niemals gewesen war und niemals sein würde.

»Du hast recht«, sagte sie dann. »Du kannst einem wirklich leidtun. Und zwar in vielerlei Hinsicht.« Sie packte ihre Tasche und verließ das Zimmer, ohne ihn eines weiteren Blickes zu würdigen.

Bo stellte keine Fragen, sondern legte seinen Arm um sie und folgte ihr hinaus auf den Parkplatz. Sie wollte ihm so gerne alles erzählen, aber es steckte in ihr fest und wollte nicht heraus. Schweigend fuhren sie zurück in die Redaktion, wo sie ein enttäuschter Holger empfing, der sich um seinen Chefredakteursposten betrogen sah.

»Bei dieser verdammten Zeitung weiß man auch nie, ob man fürs Vermischte oder für die Sportseite schreiben soll.«

Dicte schenkte ihm ihr lieblichstes Lächeln, während Bo in der Küche verschwand, um Kaffee zu machen. Helle, Cecilie und Davidsen arbeiteten alle, hauten in die Tasten, lasen die Blätter der Konkurrenz und führten mit souveränen Mienen Telefoninterviews.

»Du kannst dich ja woanders bewerben. ›Neue Herausforderungen‹, sagt man doch dazu, oder?«

Die Hoffnung in ihrer Stimme musste sie verraten haben, denn Holger grinste.

»Das hättest du wohl gern, Svendsen. Nee, nee. So leicht wirst du mich nicht los.«

»Habe ich befürchtet«, murmelte sie und kümmerte sich um ihren E-Mail-Posteingang. Die Ereignisse des Morgens saßen ihr noch tief in den Knochen.

Bo kam zurück, einen Becher mit dampfendem Kaffee in der Hand.

»Koffeinfrei«, sagte er und stellte ihn vor ihr ab.

»Und was kommt als Nächstes?«, schmollte sie. »Zimtschnecken mit Süßstoff?«

Bo lächelte.

»Mhm. Man kann doch mal ein bisschen experimentierfreudiger mit den Zutaten sein.«

»Pass bloß auf, dass ich nicht mit deinen Zutaten experimentiere«, sagte sie und ließ ihren Blick an seinem Körper hinuntergleiten.

Er grinste sie fröhlich an.

»Ich hätte nichts dagegen!«

Ihr Festnetzanschluss gab ein Klingelzeichen von sich.

»Dicte Svendsen.«

»Kim Deleuran«, sagte Boutrups Stimme. »Sie haben ihn Sharon genannt, wie den Premierminister von Israel, aber ich glaube nicht, dass er Jude war. Bay hat ihn ein paarmal besucht. Die waren damals Brüder, wenn du verstehst, was ich meine.«

»Wie sieht er aus?«

»Sehr groß und sehr dünn.«

»Weswegen saß er?«

»Gefährliche Körperverletzung.«

»Und was hat er damals gesagt? Was lässt dich vermuten, dass er etwas mit dem Mord an Mette Mortensen zu tun hat?«

Ein kaltes, hartes Lachen war zu hören.

»Hinter Gefängnismauern reist man häufig in die Vergangenheit. Wir haben lange genug in einer Zelle gesessen, um irgendwann auch mit unseren alten Heldentaten zu prahlen. Auch mit denen, die wir besser für uns behalten hätten, und jenen, die wir uns nur ausgedacht haben.«

»Und was hat er dir erzählt?«, fragte sie.

»Vom Kosovo und von Polen. Er hat auch ein bisschen über das Geschäft geredet, das sie am Laufen haben. Ich dachte damals, es wäre bloß Angeberei, aber dann habe ich Monate später deinen Artikel gelesen.«

Sie hätte ihm gern noch weitere Fragen gestellt, aber er hatte bereits aufgelegt. Sie hatte sich noch nicht einmal bedanken können. Erst später ging ihr auf, dass er nicht um ihren Anteil des Tauschhandels gebeten hatte.

Kapitel 60

Ida Marie presste den vierjährigen Martin fest an sich. Er war gegen fünf Uhr morgens ins elterliche Bett geklettert, hatte es sich in der Mitte bequem gemacht und war sofort wieder eingeschlafen. Jetzt lag er zwar wach, aber war noch zu schläfrig, um schon etwas zu sagen.

»Ich gebe auf«, sagte sie über den Kopf des Jungen hinweg. »Das mit Mutter, ich schaffe das nicht.«

Wagner versuchte, seine Erleichterung zu verbergen. Er legte einen Arm um sie und den Jungen und zog sie beide näher an sich.

»Warum denn? Was hat der Anwalt gesagt?«

Sie seufzte und wühlte mit den Fingern durch Martins blondes Haar.

»Wenn wir Mutter nicht obduzieren lassen, steht der Fall auf zu dünnen Beinen, nicht wahr? Und das will ich nicht. Ich will keinen Prozess mitmachen, an dessen Ende sie wieder exhumiert werden muss. Kannst du das verstehen? Sie würde sich im Grab umdrehen und uns eine schrille Opernarie hinterherschicken.«

Er kicherte.

»Das würde zu ihr passen.«

Ida Marie streckte den Arm aus und streichelte ihm über die Wange.

»Und wie geht es dir eigentlich? Ich hatte überhaupt keine Zeit, an uns zu denken. Wie geht es mit deinem Fall voran, habt ihr diese vermisste Frau gefunden?«

Er lächelte angespannt.

»Noch nicht. Wir haben schon einige Spuren, aber uns fehlt noch das letzte Puzzlestück. Wir hoffen sehr, dass sie noch am Leben ist, aber die Sache zieht immer größere Kreise, viel größer, als wir angenommen haben.«

Sie streichelte seinen Nacken. Das war so schön, er drückte

den Kopf gegen ihre Hand, um die Berührung noch länger auszukosten.

»Pass bitte gut auf dich auf«, sagte sie. Er war froh, dass sie nicht erfahren hatte, wie viele Gedanken er sich bereits über jenen Tag in hoffentlich ferner Zukunft gemacht hatte, an dem sich herausstellen sollte, dass er nicht so gut auf sich aufgepasst hatte. Er war auch froh, dass er ihr nicht von dem Morgen erzählt hatte, an dem er glaubte, ins Gras beißen zu müssen. Er hatte schließlich auch seinen Stolz.

Vorsichtig befreite er sich aus ihrer Berührung und stand auf.

»Ich geh in die Küche und mach Kaffee und Tee, ja?«

»Das wollte ich dich schon die ganze Zeit fragen«, sagte sie schläfrig. »Warum trinkst du in letzter Zeit so viel grünen Tee?«

»Was ist denn an grünem Tee falsch?«, murmelte er und marschierte in die Küche.

Die Stammzellenbank, StemBank, hatte ihren Sitz in der Finsengade und war in sehr schönen neuen, lichtdurchfluteten Räumen untergebracht.

Die Firma war von dem Privatier Claes Bülow gegründet worden, der nach wie vor Hauptaktionär war. Durch die Fusion mit einer anderen Stammzellenbank, der HappyLife, hatte sich StemBank in Dänemark das Monopol in diesem Bereich sichern können. Gerüchte wollten wissen, dass die Gesellschaft direkt auf einen Börsengang zusteuerte, aber offiziell war noch nichts dergleichen bestätigt worden.

Das Unternehmen gab an, über einen Kundenstamm von etwa 3000 Familien zu verfügen. Andere Gerüchte wiederum wussten zu berichten, dass sich auch Prominente darunter befanden, sogar von Mitgliedern des Königshauses war die Rede, die in den hochmodernen Laboren das Nabelschnurblut ihrer Neugeborenen aufbewahren ließen.

Wagner war es gelungen, für sich und Hansen einen Termin bei Claes Bülow zu ergattern, der nahezu pausenlos in der Weltgeschichte herumzufliegen schien, um seine zahlreichen Projekte zu betreuen. Er war ein kleiner, korpulenter Mann mit einem länglichen Gesicht, das besser zu einem größeren Körper gepasst hätte. Aber so ungleich waren die Güter der Erde nun einmal verteilt, dachte Wagner, als sie sich die Hand gaben. Man sah Bülow häufig in den Medien an der Seite von langbeinigen Blondinen, also musste er etwas Anziehendes haben, Charme, vielleicht. Zumindest aber Geld.

Voller Stolz zeigte ihnen Bülow die Anlage und redete in einem fort, als wolle er ihnen eine Versicherung für ein langes und erfülltes Leben verkaufen.

»Unsere Labore sind ganz neu und mit der modernsten Technologie ausgerüstet. Wir verwenden Blutproben für die verschiedensten Analysen. Wir behandeln das Nabelschnurblut nachträglich, damit der Teil des Blutes, der die wichtigen Stammzellen beinhaltet, konserviert werden kann.«

Wagner fand, dass auch Hansen diese Ausführung nicht mit größerem Enthusiasmus hätte vortragen können. Hansen hing nicht umsonst an Bülows Lippen, der sich weiter über die Vortrefflichkeit seines Unternehmens ausließ, während sich Wagner in dem besagten Labor umsah.

»Wir zentrifugieren zwei Mal und trennen so die roten Blutkörperchen vom Blutplasma, bis sich daraus etwa 20 Milliliter Extrakt von kernhaltigen, weißen Blutkörperchen mit CD 34+ Stammzellen ergeben haben.«

Hansen lächelte wie die Katze vor einer Schale mit Sahne. Wagner nickte nur und ließ seinen Blick über die Apparate und Instrumente schweifen, die ein Vermögen gekostet haben mussten. Ganz zu schweigen von den Gehältern der drei Laboranten, die Wagner gezählt hatte. Wo stammte das Geld her? Er hatte keine Ahnung, wie diese stromlinienförmigen Geräte hießen, an denen rote Zahlen blinkten und Zeitschaltuhren piepten, und es war ihm eigentlich auch egal. Was ihn allerdings interessierte, war, ob 3000 Familien tatsächlich mit ihren Beiträgen diesen Aufwand tragen konnten. Er kam zu dem Schluss, dass dies unmöglich war. Entweder musste das vorfinanziert worden sein, oder es existierten andere Einnahmequellen.

»Wir bewahren das Nabelschnurblut in zweikammrigen Tiefkühlbehältern auf. In der einen Kammer befinden sich 15 Milliliter des Extrakts, die aufgetaut und für eventuelle Transplantationen verwendet werden können«, erläuterte Bülow. »Die verbleibenden 5 Milliliter können dann später verwertet werden, wenn die Genforschung es ermöglicht.«

»*Falls* die Genforschung es ermöglicht.« Wagner konnte sich nicht zurückhalten, aber Bülow entschied sich, diesen Wortbeitrag elegant zu überhören.

»Wir sind von der Ärztekammer anerkannt, verfügen über die notwendigen Zertifikate und bekommen jährlich einen Besuch zur Qualitätskontrolle abgestattet«, betonte Bülow, so als würde das die Sicherheit bieten, dass man bald, in naher Zukunft, mit menschlichen Zellen Magisches bewerkstelligen und damit ein ewiges Leben garantieren könnte. »Und wir folgen den Auflagen und Verfahrensvorschriften des aktuellen Gewebegesetzes.«

»Auflagen und Verfahrensvorschriften«, murmelte Wagner vor sich hin. Wenig verlockende Ausdrücke, fand er. Ihm gefielen Worte wie Allegro Vivace und Scherzo viel besser, aber es war undenkbar, das hier und jetzt anzubringen.

»Soweit wir informiert sind, haben Sie vor kurzem den Geschäftsführer Carsten Kamm von der Firma Hammershøj beauftragt, Ihre Buchführung zu prüfen?«

»Ja, das ist richtig.«

War da ein Anflug von Nervosität zu hören? Unter Umständen hatte Kamm seinen Klienten vorgewarnt. Bülow ließ den Blick durchs Labor und über seine drei Angestellten wandern, die in ihre Aufgaben vertieft waren. Der eine hantierte mit einem Mikroskop, der nächste stand vor einer Maschine, die sehr an einen Trockner erinnerte, und der dritte war mit Zellkulturen in flachen Petrischalen beschäftigt.

»Vielleicht sollten wir lieber hinunter in mein Büro gehen und dort unser Gespräch beenden«, schlug Bülow vor.

»Wo bewahren Sie denn das alles auf?«, fragte Wagner.

»Das alles?«, wiederholte Bülow zerstreut, während er den Gang hinunterhastete. »Hier. Lassen Sie uns hinsetzen. Kaffee?«

Er fragte mit dem Gesichtsausdruck eines Kellners in einem Fünf-Sterne-Restaurant.

Wagner lehnte dankend ab, Hansen tat es ihm nach.

»Wir bewahren die Stammzellen in unserem Tiefkühllager. Aber Sie erwähnten Kamm? Was ist mit ihm?«

»Und wo befindet sich das? Das Tiefkühllager?«, wollte Hansen wissen. »Wissen Sie, meine Frau und ich überlegen gerade … sie ist schwanger…«

Bülow lächelte mild und gerührt.

»Ja, aber herzlichen Glückwunsch. Das ist ja eine frohe Nachricht. Die Anlage befindet sich im Keller, aber selbstverständlich ist der Zugang nicht gestattet … Es wäre nicht sinnvoll, alle und jeden mit etwas so Kostbarem in Berührung kommen zu lassen.«

»Die Buchprüfung«, erinnerte Wagner und machte sich dabei ein paar Notizen.

Er zog das Foto von Mette Mortensen aus der Tasche und schob es quer über den Tisch zu Bülow, der nur einen kurzen Blick darauf warf.

»Armes Mädchen«, murmelte er. »Das war tragisch.«

»Sie war an der Prüfung Ihres Jahresabschlusses beteiligt«, sagte Wagner. »Hat sie hier vor Ort gearbeitet? Hat sie dafür auch Ihre Computer benutzt, wie das so üblich ist? Hat sie angefangen, Fragen zu stellen, die Sie ihr nicht beantworten wollten?« Letzteres war geraten, aber er hatte lange darüber nachgedacht. Arne Bay hatte gesagt, dass Mette mit ihren detektivischen Fähigkeiten geprahlt hatte. Sie war ein ehrgeiziges Mädchen gewesen und hatte sich profilieren wollen. Und unter Umständen hatte sie zuerst Fragen gestellt, bevor sie damit zu ihrem Chef gehen wollte. Entweder hatte sie das nicht mehr geschafft, oder sie war von ihm abgebügelt worden.

Bülows Gesichtsausdruck zu beobachten war spannend. Als würde man einer Roulettekugel zusehen, die nicht zur Ruhe kommt und kein passendes Nummernfach findet.

»Ja«, gab er schließlich zu, als er sich dazu entschieden hatte, so nah wie nötig bei der Wahrheit zu bleiben. Wagner wusste, warum er das tat. Mette hätte jemandem von diesem Gespräch erzählt haben können, und außerdem gab es vermutlich auch Zeugen dafür.

»Sie kam eines Tages zu mir und hatte ein paar Ungereimtheiten, die wir aber schnell aus dem Weg räumen konnten.«

»Um was genau ging es dabei?«, fragte Wagner.

»Daran erinnere ich mich nicht mehr so genau«, log Bülow unverhohlen. »Ich habe sie an die Buchhaltung weiterverwiesen. Die haben sich dann um alles gekümmert. War eine Kleinigkeit, glaube ich.«

»Aber Sie haben sie persönlich getroffen?«

»Ja, jedoch nur ganz kurz.«

Wagner überlegte, wie weit sie gehen konnten und sollten. Sie hatten keine konkreten Beweise. Wessen verdächtigten sie diesen Mann eigentlich? Vermutlich war er nicht ganz sauber und überdies unsympathisch und hässlich, aber wann war das jemals ein ausreichender Grund für einen Freiheitsentzug?

Er ließ seine Stimme so freundlich wie möglich klingen.

»Ich bin mir sicher, dass Sie nichts mit dieser Angelegenheit zu tun haben, aber der Ordnung halber würde ich Sie bitten, uns, bevor wir gehen, noch zu sagen, wo Sie sich in der Zeit vom Samstagabend, den 23. Juni, bis Sonntagmittag, den 24. Juni, aufgehalten haben, als Mette Mortensen tot auf dem Parkplatz des Fußballstadions gefunden wurde.«

Bülow erblasste. Wagner stand auf und legte eine Hand auf Hansens Schulter.

»Lassen Sie sich ruhig Zeit. Mein Kollege wird Ihre Angaben aufnehmen. Dann können Sie beide sich auch noch ein bisschen über den bevorstehenden Familienzuwachs im Hause Hansen unterhalten.«

Er sah auf die Uhr und zwinkerte Hansen diskret zu, der daraufhin rote Ohren bekam.

»Ich habe leider noch einen Termin.«

»Wir haben zu wenig über ihn. Ich bin mir sicher, es gibt da etwas, was wir übersehen haben.« Wagners Worte waren an die Kollegen gerichtet, die sich zur Mittagsbesprechung eingefunden hatten.

»Mette Mortensen war sowohl für die Buchprüfung von Marius Jørgensen & Sønner als auch für die von der StemBank zuständig.«

»Unter anderem«, warf Eriksen ein.

»Richtig, unter anderem«, nickte Wagner. »Aber im Moment konzentrieren sich unsere Nachforschungen auf diese beiden Klienten. In den Räumen des Bestattungsinstituts in der Vestergade wurden zwei Silberpailletten gefunden, die aller Wahrscheinlichkeit nach von Mette Mortensens T-Shirt stammen. Wir gehen jetzt davon aus, dass Mette Mortensen Verdacht geschöpft und damit ihren Mörder auf den Plan gerufen hat.« Er trommelte mit den Fingern auf den Tisch. »Wir gehen davon aus, dass es sich um illegalen Handel mit menschlichem Gewebe handelt. Die Gewebeentnahme erfolgt beim Leichenbestatter, die Lagerung in der StemBank. Möglicherweise. Aber uns fehlt noch ein Detail, das diese beiden Firmen miteinander in Verbindung bringt. Was?« Er sah sich im Kreis um. »Was haben wir übersehen?«

Kristian Hvidt räusperte sich.

»Vielleicht sollte jemand die Zahlenkolonnen und Buchstabenfolgen, die sich Mette Mortensen notiert hat, noch einmal durchsehen. Mit dem Wissen, das wir jetzt haben, können sich eventuell leichter Zusammenhänge erkennen lassen.«

Wagners Handy klingelte. Er nickte Hvidt zustimmend zu und meldete sich dann mit »Wagner, hier«.

»Ist da die Kriminalpolizei?«, fragte eine dünne Stimme.

»Ja, was kann ich für Sie tun?«

»Ich rufe vom Krankenhaus Århus an, dem ehemaligen Städtischen Krankenhaus. Einer unserer Serviceassistenten hat eine Jacke in der Kittelzentrale gefunden.«

Serviceassistenten, Kittelzentrale. Der Tag war voller unmusikalischer Worte.

»Ja, und?«

»Nach der Beschreibung passt die zu dieser Frau, die vermisst wird. Kirstine Laursen.«

Wagner schoss, ohne zu zögern, seine Wortpräferenzen auf den Mond.

»Bitte fassen Sie nichts an, nur wenn es unerlässlich ist. Wir schicken sofort einen Kollegen von der Spurensicherung zu Ihnen.«

Kapitel 61

»Hier, trink das.«

Kiki spürte etwas Kühles an ihrem Mund. Ihre Lippen wurden auseinandergedrückt, und Wasser lief ihr in den Rachen. Sie musste schlucken.

Es dauerte einen Moment, bis sie begriff, dass er ihren Kopf im Nacken stützte, damit sie bequemer trinken konnte. Und zwar mit der Hand, die sie noch vor wenigen Minuten misshandelt hatte.

»Hast du Hunger?«

Sie wollte den Kopf schütteln. Sie wollte nichts von ihm haben, nichts berühren, was er berührt hatte. Zu ihrer größten Verwunderung aber nickte sie. Er streckte sich und legte etwas unter ihren Kopf, ehe er ihn darauf sinken ließ. Wie ein Traum, dachte sie, als sie auf dem weichen Kissen lag. Wie schweben. Eine demütigende Dankbarkeit überflutete sie. Sie versuchte zu verstehen, aber das Blut pochte in ihrem Kopf, die Augen schmerzten, und der ganze Körper brannte.

»Warte hier.«

Sie hätte am liebsten gelacht über die Absurdität dieser Anweisung, wenn sie es gekonnt hätte. Aber ihre Lippen gehorchten ihr nicht. Den nächsten Schrecken bekam sie, als er eine Art Decke über sie ausbreitete und erneut verschwand. Wieder versank sie in einen Dämmerschlaf hinter der Augenbinde, die er ihr angelegt hatte. Noch nie zuvor war sie so gut gebettet gewesen.

Er kam zurück mit einer Dose und einem Löffel. Bohnen. Weiße Bohnen in Tomatensoße. Sollte sie das hier überleben, würde sie nie wieder in ihrem Leben eine Dose öffnen.

Falls sie überlebte.

Mit Verwunderung registrierte sie diesen Gedanken. Ihr Überlebenswille erlaubte sich einen schlechten Scherz mit ihr. Nie hätte sie für möglich gehalten, dass er doch so stark war.

»Wer bist du?«

Ihre Lippen gehorchten ihr überraschenderweise, vermutlich gestärkt durch Wasser und Nahrung. Sie wiederholte es.

»Wer bist du?«

Natürlich wusste sie es selbst, sie kannte seinen Namen ja. Aber sie verstand nicht, wie das alles zusammenhing.

»Die dachten wohl, die können mich einfach so als Instrument benutzen«, sagte er, während er sie mit den letzten Löffeln fütterte.

»Alle, auch Arne«, fuhr er fort. »Mir blieb gar nichts anderes übrig, als es allein zu machen.«

Sie versuchte zu folgen. Allein. War er aus dem Netzwerk ausgebrochen, für das er und Arne gearbeitet hatten? Aber wann? War der Mord an Mette Mortensen seine Entscheidung gewesen? Der Code in dem Buch hatte ihr keine Antworten gegeben, nur Anweisungen, wo sie ihn finden konnte. Johnny … Sie berichtigte den Namen: Arne Bay hatte hoch gepokert und versucht, einen sehr gefährlichen Mann zu erpressen.

»Wo …«

Er beugte sich vor und kam näher, sie konnte ihn riechen und strengte sich an.

»Wo bin ich?«

Er seufzte.

»Du bist bei mir. Du bist dort, wo du hingehörst.«

Sie hatte nur ihren Gehör- und Geruchssinn zur Verfügung, die sich allmählich zurückmeldeten. Die Luft war feucht und modrig, wie in einer Scheune oder einer Halle. Seine Stimme hallte stark, der Raum musste also sehr hoch und wahrscheinlich relativ leer sein. Ab und zu vernahm sie das Dröhnen eines Flugzeugs. Aber vor allem hörte sie Vögel, und damit kannte sie sich gut aus. Irgendwo stand offensichtlich ein Fenster offen, oder vielleicht gab es gar keine Fenster, es zog auch fürchterlich. Doch eine Halle, ein altes Lager?

Nachdem er sie zurück in den Sarg gelegt hatte, lag sie regungslos da und konzentrierte sich. Da hörte sie die Geräusche, und sie, die eigentlich nie weinte, fing an zu schluchzen. Sie hörte Schwäne. Einen ganzen Schwarm, der über das Gebäude flog, während sie sich alle lauthals miteinander unterhielten, zumindest klang es so. Ihre Flügel sausten durch die Luft und erzeugten ein Geräusch, als würde man Watte kneten. Es erinnerte sie an ihre Kindheit und an die wenigen Augenblicke, in denen sie glücklich gewesen war: zu Besuch bei der Großmutter, die in der Nähe von Silkeborg im Seenhochland gelebt hatte.

Die Tränen flossen jetzt in Strömen. Weshalb sie das so bewegte, konnte sie nicht einmal sagen. Die Schwäne gaben ihr nur einen winzig kleinen Hinweis über ihren Aufenthaltsort: Sie befand sich in der Nähe von Wasser.

Kapitel 62

John Wagner würde wohl niemals aufhören, sich über die Eitelkeit und Torheit der Menschen zu wundern. Er hatte sich auch angewöhnt, das bei seinen Ermittlungen zu berücksichtigen.

Man musste immer damit rechnen, dass die Leute logen. Die Zeugen logen. Sogar die Opfer logen, wenn es möglich war und sie ihre Tortur überlebt hatten. Und die Angehörigen logen, aus Motiven, die allen anderen unbedeutend erscheinen mochten außer ihnen selbst. Wohlgemerkt waren das Motive, die in ihren Augen von geringer Bedeutung für die Ermittlungsarbeit und somit vollkommen uninteressant für die Polizei waren. Niemand verlor gern sein Gesicht, niemand gestand gern Fehler ein. Niemand hatte großes Interesse daran, dass die eigene Untreue oder die des Ehepartners und der Mangel an Liebe ins Licht der Öffentlichkeit gezerrt wurden und so das vermeintlich perfekte Leben Schrammen bekam.

Daran musste er denken, als er Marianne Mortensen, der Mutter der Toten, in seinem Büro einen Platz anbot. Sie hatte um dieses Gespräch gebeten, und zwar nicht, um sich nach dem Stand der Ermittlungen zu erkundigen. Wagner hatte sofort erkannt, dass sie gekommen war, um eine Lüge zu gestehen oder, schöner ausgedrückt, um ein Missverständnis zu klären.

»Ulrik war nicht Mettes leiblicher Vater«, sagte sie, kaum dass sie sich hingesetzt hatte. »Mette war zwölf, als Ulrik und ich uns kennenlernten. Sie haben sich nie richtig verstanden, ich vermute, da war auch viel Eifersucht im Spiel.«

Wagner betrachtete die Frau vor sich. Hätte Mette Mortensen später so ausgesehen? Farblos und traurig, mit strähnigem Haar, grau am Ansatz und blond an den Spitzen. Oder hatte der Tod ihrer Tochter seinen Tribut eingefordert? Ganz sicher auch, das hatte er schon so oft gesehen. Hinter dem traurigen Äußeren konnte man nämlich eine ziemlich hübsche, schlanke Frau mit hohen Wangenknochen und regelmäßigen Zügen erahnen. Ihre Augen waren blau, aber ohne jeden Glanz.

»Warum erzählen Sie mir das erst jetzt?«

Er sagte es so freundlich wie möglich, wusste er doch von ihrem großen Verlust.

»Ich war der Ansicht, es hätte keine Bedeutung«, sagte sie kleinlaut und wählte damit die Mutter aller schlechten Ausreden. »Warum sollte das auch wichtig sein? Er konnte ja unmöglich mit der Sache zu tun haben, und er hätte Mette auch niemals angefasst, das weiß ich genau. So war ihr Verhältnis nicht, es war nur immer diese …«

»Ja?«

Sie suchte nach dem richtigen Wort.

»… Verachtung, würde ich sagen. Ulrik verachtete vieles an Mette. Ihren Klamottengeschmack – sie liebte alles, was rosa und mädchenhaft war. Er verachtete ihren Musikgeschmack und ihr mangelndes Interesse an Politik. Und ihren Männergeschmack natürlich auch. Er verachtete sie, weil sie lieber Krimis statt hochwertige Literatur las und weil sie sich für diese Ausbildung entschieden hatte.«

»Zur Rechnungsprüferin?«

Marianne Mortensen knetete die Handtasche in ihrem Schoß.

»Er hat sie einfach nicht verstanden, um es kurz zu sagen. Und er hat nicht erkannt, wie sehr sie sich nach einem Vater sehnte, der sie einfach so annimmt, wie sie ist. Ihr leiblicher Vater hat versagt.«

Wagner wartete darauf, dass sie diesen Gedanken noch weiter ausführte.

»Ihre Begabung für Zahlen hat sie von ihm geerbt. Er war Professor für Mathematik, aber ihm fehlte vollkommen das Verständnis für seine Mitmenschen. Er hatte nur sein Fach im Kopf. Wir haben uns scheiden lassen, als Mette sechs Jahre alt war. Sie liebte und verehrte ihn, aber er vergaß sie oft, an den Wochenenden, an ihren Geburtstagen und an Weihnachten. Er hatte einfach keinen Platz in seinem Herzen für sie.«

Erneut drückte Marianne Mortensen ihre Tasche ganz fest an sich.

»Ulrik hätte bestimmt ein verständnisvollerer Stiefvater sein können. Vielleicht war er auch auf Mettes Vater eifersüchtig, aber er hätte ihr niemals wehgetan, das weiß ich genau.«

»Und das Alibi? Steht das weiterhin?«

Sie nickte mit Nachdruck.

»Ja, ja, deswegen erzähle ich das auch nicht. Wir waren die ganze Nacht zusammen.«

»Warum erzählen Sie es dann?«

Vorsichtig hatte sich Wagner erhoben.

»Möchten Sie vielleicht einen Schluck Kaffee?«

»Lieber ein Glas Wasser.«

»Einen Augenblick, bitte.«

Wenig später kam er mit einer Flasche Selters zurück, stellte sie zusammen mit einem Glas auf den Tisch und setzte sich wieder hin.

»Das Telefonat mitten in der Nacht. Ich habe zugehört. Mette hatte ihn angerufen. Oh...« Tränen stiegen ihr in die Augen, feucht und flehend sahen sie ihn an. »Wenn Ulrik wüsste, dass ich hier bin, würde er mich ausschimpfen. Er meint, das hätte alles keinerlei Bedeutung, aber ich finde, das sollten wir Ihnen überlassen. Wir haben uns fürchterlich darüber gestritten.« Sie holte tief Luft. Wagner wartete, äußerlich die Ruhe selbst, innerlich ungeduldig und angespannt. »Mette hungerte nach Ulriks Anerkennung. Alles, was sie tat, war in seinen Augen verkehrt. Aber an diesem Abend war es anders. Ich konnte es an Ulriks Stimme hören. Sie hatte etwas entdeckt. Sie hatte jemanden kennengelernt und war an Informationen gekommen, die sie Ulrik mitteilen wollte, weil sie dachte, es würde ihn freuen. Aber es regte ihn nur auf.«

»Was hat er denn zu Mette gesagt?«

»Er hat gesagt, dass sie das vergessen sollte.«

»Wissen Sie, wen sie da getroffen hatte? Hat Ihnen Ulrik etwas darüber gesagt?«

Marianne Mortensen schüttelte den Kopf.

»Aber es hatte etwas mit seiner Arbeit zu tun, so weit habe ich das verstanden. Hinterher fand er das alles nicht wichtig genug, um Ihnen das zu erzählen. Das würde Mette nicht wieder zurückbringen, meinte er. Irgendein Wahnsinniger hätte sie totgeschlagen.«

»Und trotzdem sind Sie zu mir gekommen. Warum jetzt?«

Sie zuckte mit den Schultern. Ihre Körpersprache drückte große Verzweiflung aus.

»Das frisst uns auf. Wir streiten, statt zusammenzuhalten. Und ich habe diesen quälenden Verdacht, dass er über ihren Tod froh ist. Sie war ja in gewisser Weise seine Konkurrentin ...«

»Sie sind sich im Klaren, dass wir gezwungen sind, mit Ihrem Mann darüber zu sprechen?«

Sie nickte.

»Ich habe entschieden, dass ich vorerst ausziehe und bei meiner Mutter wohnen werde. Sie lebt in Randers.«

Wagner stand auf.

»Hinterlassen Sie uns bitte eine Adresse. Können wir Sie auch auf dem Handy erreichen?«

Sie nickte.

Nach der darauffolgenden Besprechung waren sich Ivar K und Wagner einig, dass sie Ulrik Storck einen erneuten Besuch abstatten mussten.

»Was ist mit der Jacke? Gibt es Neuigkeiten?«, fragte Wagner.

»Kirstine Laursens Mann war vor einer halben Stunde hier und hat sie als ihre identifiziert«, sagte Arne Petersen.

»Und die Pailletten? Habt ihr den oben im Vierten Dampf gemacht?«

Hansen nickte.

»Die stimmen überein. Es besteht also kein Zweifel daran, dass Mette Mortensen in den Räumen von Marius Jørgensen & Sønner gewesen ist. Wahrscheinlich Samstagnacht. An ihrem T-Shirt fehlen exakt zwei Pailletten.«

»Ja, aber ...«

Auf einmal nahm alles Form an. Ihnen fehlte nur ein letztes Puzzlestück. Der große, dünne Mann. Dicte Svendsen hatte den Leichenbestatter beschrieben, und dieser Hans Jørgensen, Sohn des Besitzers Marius Jørgensen, passte haargenau auf die Beschreibung. Allerdings taten das ziemlich viele.

»Okay«, sagte er dann zu Hansen. »Hol diesen Hans Jørgensen zum Verhör und vergiss nicht die Belehrungspflicht und besorg uns einen Durchsuchungsbeschluss für das Bestattungsinstitut. Das sollte nicht weiter schwierig sein, mit den Pailletten als Beweis. Und was ist mit dem Glasauge?«

Hansen nickte.

»Derselbe Hersteller wie bei dem Glasauge, das Mette im Mund hatte.«

Für einen kurzen Moment hielten alle den Atem an. Wagner wusste, warum. Sie alle sahen die letzten Augenblicke des Opfers wie in einen Film vor sich. Mette, das Mädchen in Rosa, die Krimis liebte und Detektiv spielen wollte. Die es geschafft hatte, nach einem der Glasaugen zu tasten und es sich in den Mund zu stecken. Sie wusste, dass es in eine bestimmte Richtung weisen würde. Sie wusste auch, dass sie sterben würde.

Wagner nickte Ivar K zu.

»Bist du so weit?«

Ivar K stieß seinen Stuhl ein bisschen zu übermotiviert zurück und warf sich ein Nikotinkaugummi in den Mund.

»Okay, Boss, nach dir.«

Kapitel 63

Kim Deleuran.

Der Name kreiste schon die ganze Nacht in ihrem Kopf herum. Er war der Schlüssel zu allem, das wusste sie. Er war der große, dünne Mann.

Er war früher nicht in Erscheinung getreten, zumindest sein Name nicht. Den Bestatter konnte sie jetzt ausschließen, obwohl sie sicher war, dass Marius Jørgensen & Söhne in den Fall verwickelt war und Mette sich in seinem Hinterzimmer befunden hatte. Doch nicht sie erledigten die Arbeit. Führten nicht das Messer. Das tat er, Kim Deleuran, auch Sharon genannt. Wer konnte das nur sein?

Dicte schlug die Bettdecke zur Seite und stand auf. Bo schlief noch. Sie ließ ihn weiterschlafen, setzte sich an den Computer und ging ihr gesamtes Material durch, ihre Artikel und Notizen, um zu sehen, ob sie etwas Neues entdeckte. Sie drehte die Zeit zurück bis zu jenem Tag im Frühsommer, an dem man die Leiche von Mette Mortensen gefunden hatte. Dem Tag von Dorothea Svenssons Beerdigung. Vor ihrem inneren Auge liefen die Bilder jener Tage ab. Bilder von ihrem ersten Treffen mit Peter Boutrup, vom hektischen Kaffeetrinken mit Anne; vom Mittagessen mit Torsten und dem Besuch in Wagners Büro, bei dem sie begriffen hatten, dass an anderen Orten der Welt ähnliche Verbrechen verübt worden waren. Sie rief sich ihre Begegnung mit Frederik Winkler in Erinnerung; das Schnurren der Katze und das Plakat mit der Aufschrift: »Dänische Schweine sind gesund – die strotzen vor Penicillin«. Sie konnte das Foto von dem Mann vor sich sehen, der mit seinem Sohn Fußball spielte; sie dachte an das Treffen mit Marie Gejl Andersen und ihrem Mann und deren Zorn angesichts dessen, was sie in der Asche des verstorbenen Vaters gefunden hatten; an die schwarzen Doc Martens Stiefel und den Anblick von Kiki Laursen vor Bays Tür in der Jægersgårdsgade. An die beiden zusammen: das dunkelhäutige Mädchen und den Nazi, ein unseliges Bündnis gegen den Rest der Welt. Und an Bays Kraft und seinen Hass, als er sie gegen die Mauer presste, um sie zu warnen. Sie erinnerte sich an …

»Guten Morgen!«

Sie schreckte von ihrem Stuhl hoch und drehte sich um. Bo stand nackt in der Tür. Sie musste daran denken, was Boutrup gesagt hatte, und grinste.

»Was?«

»Nichts.«

Sie unterdrückte ein Kichern.

»Nun sag schon, sonst wird es schlimm enden mit dir.«

Er war hinter sie getreten und wirbelte sie auf dem Bürostuhl im Kreis herum, eine Runde nach der anderen.

»Was ist denn bitte schön gerade so lustig? Bin ich etwa verwachsen? Zu klein? Zu groß?«

Jetzt kitzelte er sie durch. Sie flehte um Gnade und genoss diesen Moment, die wenigen, befreienden Sekunden, in denen der Tod in den Hintergrund trat. Vielleicht, dachte sie kurz, könnten sie eines Tages wieder mehr als nur einen kurzen Augenblick gemeinsam die schönen Seiten des Lebens genießen.

»Peter Boutrup hat gesagt, jemand wie du wäre ein besonderer Leckerbissen für die Gefängnisinsassen.«

»Nein, danke. Es würde mir eigentlich schon reichen, nur dein Leckerbissen zu sein.«

»Was heißt hier bitte ›nur‹?«

Er hörte damit auf, sie im Kreis zu drehen, und blickte auf den Bildschirm. Sie hatte gerade das Interview mit Winkler geöffnet.

»Es gibt da etwas, worüber ich nachgedacht habe«, sagte er. »Kannst du dich noch daran erinnern, wie ihr Bay im Park gefunden habt?«

Sie nickte, natürlich konnte sie das.

»Damals sagte er etwas, was ich nicht verstanden habe.«

Sie spulte die Ereignisse im Kopf zurück. Was hatte Winkler gesagt? Hauptsächlich hatte er darüber geredet, dass er kein guter Vater gewesen sei. Sie hatte versucht, ihn zu trösten, so gut sie konnte.

»Und? Was genau hat er denn gesagt?«

Bo setzte sich vor sie auf den Schreibtisch. Sie hatte freie Aussicht auf einen nackten Männerkörper, doch auch ihre Gedanken waren jetzt wieder im Park, und ihre Neckerei war vergessen.

»Er sagte, er habe ›sie gegeneinander ausgespielt‹. Aber nichts darüber, wen er mit ›sie‹ meinte. Ich gehe davon aus, dass einer davon Arne Bay gewesen sein muss.«

»Aber wer war der andere?«, führte sie seinen Gedanken weiter und erinnerte sich ebenfalls an Winklers Worte. »Was willst du andeuten? Dass Winkler weiß, wer Kim Deleuran ist?«

Bo zuckte mit den Schultern und stand auf.

»Vielleicht solltest du ihn das fragen«, sagte er und ging zurück ins Schlafzimmer.

Dicte starrte eine Zeitlang auf den Bildschirm. Noch einmal ging sie alles durch. Das erste Interview mit Winkler. Das Foto von Vater und Sohn beim Fußballspiel ... Der Torwart! Im Tor hatte ein Junge gestanden. Ein großer, schlaksiger Teenager.

Sie sprang auf, nahm ihre Tasche und packte Block und Kugelschreiber ein. Dann steckte sie ihren Kopf durch die Tür zum Schlafzimmer, wo Bo gerade seine Jeans zuknöpfte.

»Ich fahre zu Winkler.«

»Soll ich mitkommen?«

Sie hätte zu gern ja gesagt, schüttelte aber den Kopf.

»Diese Sache erfordert Vertrauen. Wenn du dabei bist, kriege ich vielleicht nicht so viel aus ihm heraus. Er ist doch aber auch nicht gefährlich.«

Bo sah enttäuscht aus, nickte jedoch.

Frederik Winkler öffnete die Tür, ohne weitere Fragen zu stellen. Er schien dankbar für ihren Besuch. Aber er sah aus wie ein alter Mann, gebeugt und mit eingefallenen Wangen; als habe er seit ihrer letzten Begegnung nichts mehr gegessen. Er trug dieselbe Weste und Hose, aber die Kleidung hing lose an ihm herab.

Das hatte sie bereits befürchtet und belegte Brötchen vom Bäcker mitgebracht. Sie schwenkte die Brötchentüte.

»Machen Sie uns einen Kaffee?«

»Ja, natürlich.«

Er schlurfte in die Küche. Sie setzte sich ins Wohnzimmer, und die Katze kam herbei, strich erst um ihre Beine und machte es sich dann auf ihrem Schoß bequem. Der Gedanke daran, was dieser Mann durchgemacht hatte, schnürte ihr die Kehle zu. Niemand hatte es verdient, seinen Sohn zu verlieren, und schon gar nicht auf solche Weise – erst an einen politischen Irrglauben und dann an den Tod.

Sie musste einen kurzen Moment an Peter Boutrup denken, verdrängte ihn jedoch wieder. Dieses Kapitel war abgeschlossen.

»Bitte schön.«

Er stellte eine Tasse mit dampfendem Kaffee und einen Teller mit einem Stück Küchenrolle vor ihr ab. Sie hatte die Brötchentüte aufgerissen.

Eine Weile aßen sie schweigend, bevor sie ihre Frage stellte.

»Im Zusammenhang mit der Stadion-Geschichte ist ein Name aufgetaucht. Kim Deleuran. Wissen Sie, wer das ist?«

Der alte Mann hörte auf zu kauen und saß regungslos da. Die Katze wechselte ihre Position und sprang von ihrem Schoß hinüber auf seinen. Er legte sein Brötchen zurück auf den Teller und strich ihr über das Fell.

»Irre ich mich, oder ist er der junge Torwart auf dem Foto?«

Er schüttelte langsam den Kopf. »Sie irren sich nicht.« Er blickte sie an. Sie konnte sehen, dass er überlegte, wo er seine Erzählung, die wahrscheinlich lang werden würde, beginnen sollte.

»Nachdem ich mich von Arnes Mutter hatte scheiden lassen, habe ich ein zweites Mal geheiratet«, begann er schließlich. »Sie hieß Kirsten und hatte einen Sohn, der zwei Jahre älter war als Arne. Es stimmt, sein Name ist Kim.«

»Sie sagten, Sie hätten die beiden gegeneinander ausgespielt? Was genau meinten Sie damit? Wussten Sie, dass Kim der Mörder Ihres Sohnes war?«

»Möglicherweise hatte ich eine Vermutung. Ich hatte das Gefühl, dass sie irgendwelche Geschäfte miteinander machten, die nicht so liefen, wie Kim es sich erhofft hatte.«

»Warum haben Sie nichts davon gesagt?«

Er sah sie mit schmerzerfülltem Blick an.

»Ich hatte gehofft, dass es nicht wahr wäre. In gewisser Weise war er ja auch mein Sohn.«

»Aber die beiden kamen nicht gut miteinander aus, oder?«

Erneut streichelte er seine Katze.

»Arne war schon bald eifersüchtig auf Kim. Kim war älter.

Intelligenter. Er war linkspolitisch engagiert. Arne reagierte genau entgegengesetzt, und so entwickelten sich beide schließlich in extreme Richtungen. Arne kam gut bei den Frauen an – das war das Einzige, worin er Kim überlegen war, der auf diesem Gebiet eher ein hoffnungsloser Fall war.«

Er sah Dicte an, die in seinem Blick den Zweifel eines alten Mannes ablesen konnte, ob sein Leben überhaupt etwas wert gewesen war.

»Als ich vor vielen Jahren mit meiner dokumentarischen Arbeit begann – vielleicht auch, um damit die rechtsradikalen Aktivitäten meines Sohnes zu kompensieren –, wurde Kim zu einer meiner besten Quellen in der autonomen Szene dieser Stadt. Er versorgte mich mit Fotos und Informationen über die Nazis, denn beide Gruppen beobachteten sich mit einer ähnlichen Ausdauer wie die USA und die Sowjetunion während des Kalten Krieges. Eine Zeitlang studierte Kim Medizin. Er wollte in die Welt hinaus und Kindern in den Entwicklungsländern helfen, doch dann veränderte er sich ziemlich plötzlich.«

»Was war passiert?«

Das Gesicht des Mannes verdunkelte sich.

»Seine Mutter starb. Er hatte eine sehr enge Beziehung zu ihr. Sie stand auf der Warteliste für ein Spenderherz, doch es kam nicht rechtzeitig. Er wurde immer verbitterter – über alles, am meisten jedoch über das Gesundheitssystem, in dem er auch noch selbst arbeitete. Und es bis heute tut, soweit ich gehört habe.«

»Genau wie Arne.«

Er nickte.

»Kim hatte ihm diesen Job vor einigen Jahren vermittelt, als sie sich einander wieder etwas annäherten. Früher waren sie einmal gute Freunde gewesen, obwohl so etwas bei Jungen ja immer etwas schwierig zu beurteilen ist. Sie verlieren wenig Worte darüber. Vielleicht könnte man ihre Beziehung als Hassliebe bezeichnen, die von einem starken Konkurrenzgefühl geprägt war.«

»Was genau arbeitet Kim denn?«

Winkler holte tief Luft. Er hob die Katze hoch und setzte sie behutsam auf den Boden. Dann seufzte er. Es war ein langer, zitternder Seufzer.

»Er war mehrere Jahre lang dafür zuständig, die Verstorbenen in die Leichenhalle zu überführen, vielleicht ist er das heute immer noch. Überhaupt hat er im Krankenhaus viel mit Toten zu tun.«

Dicte ließ das Ganze einen Moment lang sacken. Nach und nach ergab sich ein Zusammenhang. Der Krankenhausangestellte, der Zugang zu den Leichen hatte. Der Bestatter, in dessen Räumen das Gewebe entnommen wurde. Kim hatte einen Mithelfer gebraucht, der Wache hielt und der ihm vielleicht auch zur Hand ging. Bay hatte sich dafür ideal angeboten, und sie waren schließlich wie Brüder gewesen.

»Er hat einen Spitznamen, den ich nicht ganz verstehe«, fiel ihr plötzlich ein, »Sharon? Sagt Ihnen das etwas?«

»Charon mit Ch. Nach dem Fährmann in der griechischen Mythologie, der die Toten über den Styx, den Fluss des Grauens, hinüber in das Totenreich Hades bringt.«

Als er die alte Sage erwähnte, die sie noch aus der Schulzeit kannte, war seine Stimme schwer vor Trauer. Sie konnte ihn verstehen.

»Ging es in dieser Sage nicht auch um Augen?«, fragte sie.

Er nickte.

»Die Toten mussten für die Überfahrt zahlen. Wenn auf ihren Augen keine Goldmünzen lagen, waren sie gezwungen, ins Grab zurückzukehren, von dem aus sie dann die Lebenden heimsuchten.«

Was für eine Ironie, dass Kim Deleuran die Leichen ins Totenreich überführt hatte, jedoch nicht mit Münzen, sondern mit Glasaugen. Vielleicht war ihm das eine besondere Genugtuung gewesen. Möglicherweise spürte er, dass er auf diese Weise seinem Namen gerecht wurde. Charon.

Sie sah Winkler an, der den einen Sohn ausgenutzt hatte, um

den anderen auszuspionieren. Ließ man alles Politische außer Acht, blieb am Ende nur eins zurück: eine Familie, die in den Fluss des Grauens gestürzt war.

»Ich habe gehört, dass die Polizei Arnes Leichnam jetzt freigegeben hat. Wann findet die Beerdigung statt?«

»Morgen. In der Åbyhøj Kirche. Er wird anonym beigesetzt, es ist die einzige Möglichkeit, dass er von seinen Mitstreitern nicht zum Märtyrer stilisiert wird.«

Sie nickte und blieb noch kurz sitzen, bis sie den Kaffee ausgetrunken hatten. Der Appetit auf die Brötchen war ihr vergangen, sie musste an die frische Luft, weg von dieser bedrückenden Stimmung aus Schuld, Reue und vergeblicher Liebe. Einst hatte sie über die beiden gerätselt: Ob hier der Sohn seinen Vater umbringen wollte oder der Vater den Sohn opfern. Jetzt sah es so aus, als hätten sich beide Vermutungen bestätigt.

»Ich finde selbst hinaus«, sagte sie schließlich und stand auf.

Kapitel 64

Janos Kempinski schloss die Naht, nachdem er festgestellt hatte, dass die neue Niere funktionierte.

Danach steckte er seinen Kopf in Inger Hørups Büro.

»Wie geht es Boutrups Mutter?«

»Zu hoher Blutdruck«, lautete die Antwort.

»Das heißt, sie hat es sich nicht anders überlegt?«

Die Krankenschwester schüttelte den Kopf.

»Sie schien enttäuscht. Besorgt darüber, wie es nun mit ihm weitergeht.«

»Was ist mit dem Vater? Können wir ihn ausfindig machen?«

Sie schüttelte erneut den Kopf.

»Ich habe Boutrup danach gefragt. Aber er möchte es nicht. Er sagt, dass er jetzt auf eine postmortale Niere hofft.«

»Hoffentlich klappt es. Eine Spende aus der Familie wäre besser gewesen.«

»Aber was kann man schon gegen seine Sturheit ausrichten? Glauben Sie, dass er gern sterben möchte?«

Janos überlegte einen Augenblick. Möglicherweise stellte der Tod für manche Menschen einen Ausweg dar, aber Boutrup wirkte nicht wie einer von ihnen.

»Nein. Vielleicht ist es eher seine Art von Stolz. Lassen Sie mich wissen, wenn sich etwas Neues ergibt.«

Er ging in sein Büro und erreichte gerade noch rechtzeitig das klingelnde Telefon. Lena bemühte sich, tapfer zu klingen, aber es war deutlich zu hören, dass irgendetwas fürchterlich falsch lief.

»Es tut so weh. Kannst du kommen?«

Er wusste, dass sie es hasste, ihn zu fragen. Sie war ein eigenständiges Wesen, aber in diesem Moment war sie vollkommen allein, und er hatte sie zu dieser Operation überredet. Er musste zu ihr fahren.

»Ich versuche es, das verspreche ich.«

Er musste auf der ganzen Station herumfragen, um es einzurichten, aber am Ende gelang es ihm endlich mit der Behauptung, seine Mutter sei plötzlich schwer erkrankt, seinen Dienst zu tauschen.

Dann fuhr er zu ihr, voller Gewissheit, dass er sein altes Leben hinter sich ließ. Vermutlich würde er nie wieder dorthin zurückkehren.

»Es tut so weh.«

Sie lag auf dem Sofa, als er ankam. Er blickte auf die kleine Gestalt unter der Decke, zunächst konnte er sie kaum ausfindig machen. Ihn überkam das Bedürfnis, sie in die Arme zu schließen und einfach mit ihr zu flüchten, an irgendeinen sicheren Ort. Doch einen solchen Ort gab es nicht, das wusste er nur zu gut.

»Lass mich dich ansehen.«

Vorsichtig entfernte Janos die Binde, die ihre frisch operierten Augen schützte. Sie waren rot, geschwollen und eitrig. Er legte eine Hand auf ihre Stirn, die glühend heiß war.

»Hast du schon Fieber gemessen?«

Sie nickte. Es war ein vorsichtiges, leichtes Nicken, und während sie das Gesicht verzerrte, versuchte er sich den Schmerz auszumalen, den sie bei jeder kleinsten Bewegung ertragen musste.

»39,5.«

Er nahm ihre Hand, beugte sich vor und küsste sie. Er sagte es nicht laut, doch sie wussten es beide. Ihre neuen Hornhäute hatten sich entzündet.

»Wir müssen dich untersuchen lassen.«

»In Vejle?«

Er würde sie nie wieder nach Vejle fahren, das hatte er sich geschworen.

»Nein, wir fahren in die Notaufnahme. Von dort aus kommst du schnell in die Augenambulanz. Was soll ich für dich einpacken?«

Sie griff nach seinem Arm.

»Janos. Das war illegal, oder? Die Hornhäute. Nicht offiziell zugelassen. Werden die im Krankenhaus nicht wütend sein?«

Er seufzte. Jetzt würde alles herauskommen, aber so war es vielleicht auch am besten.

»Darüber musst du dir keine Gedanken machen. Hauptsache, du wirst wieder gesund.«

Ein wenig unbeholfen nahm er ihre Hand. Er strich über die glatte Haut; die blauen Äderchen, die sich deutlich darunter abzeichneten. Sie wirkte so zart. Er ließ sich die Ereignisse der letzten Zeit durch den Kopf gehen, suchte nach Anzeichen von Scham und Reue, doch er wusste, dass er es jederzeit wieder tun würde. Für sie würde er alles tun.

»Verzeih mir, Liebste. Es war nicht meine Absicht, dich alldem auszusetzen. Ich wollte einfach nur, dass du wieder gesund wirst.«

Sie versuchte zu lächeln.

»Ich werde schon überleben. Aber was ist mir dir? Wird es denn keine Konsequenzen haben, dass du die Grenzen der Legalität überschritten hast? Und wo stammen diese Hornhäute denn eigentlich überhaupt her?«

An die Antwort auf ihre Frage wagte er gar nicht erst zu denken, er konnte nur eins nach dem anderen angehen. Natürlich wäre es am klügsten, wenn Vejleborg die Infektion stoppte, doch allein der Gedanke daran, ihn wiederzusehen, verursachte ihm eine Gänsehaut. Würde er stattdessen eher seine Karriere opfern? Die Antwort lautete ja, wie schon zu dem Zeitpunkt, als er beschlossen hatte, seinen Arbeitsplatz zu verlassen, um zu ihr zu fahren. Er hatte keine Ahnung, wohin diese Entscheidung ihn – und auch sie– führen würde. Aber es gab keinen anderen Ausweg, er hoffte nur, dass sie überleben würde. Das war das Einzige, was zählte.

Er stand auf.

»Ich packe ein paar Sachen für dich ein«, sagte er und machte sich auf die Suche nach einem Kulturbeutel. Er musste daran denken, wie Peter Boutrup ihn genannt hatte. Doktor Tod.

Hatte Boutrup womöglich eine Vorahnung gehabt? War dieser Name am Ende auf verhängnisvolle Weise zutreffender, als er ursprünglich gedacht hatte? Er wollte es nicht hoffen.

Kapitel 65

»Meine Tochter ist tot, meine Frau ist ausgezogen. Was wollen Sie denn noch von mir?«

Mette Mortensens Stiefvater Ulrich Storck war offensichtlich in die Defensive gegangen. Das kleine Haus in der Sjællandsgade wirkte leer, es war niemand mehr da, der Brötchen backte. Und auch kein junges Mädchen in rosa Kleidung, das davon träumte, Detektivaufgaben zu lösen, Rechnungsprüferin zu werden und im Sonnenuntergang mit ihrem Chef davonzureiten. Es gab, so dachte Wagner, keine Konkurrenten mehr.

»Sie haben Samstagnacht mit Ihrer Tochter telefoniert ... mit Ihrer Stieftochter«, korrigierte sich Ivar K. »Worüber haben Sie gesprochen? Welche Informationen hatte Mette für Sie, die für uns und unsere Ermittlungen nach Ihrer Meinung unwichtig waren?«

Ulrich Storck beäugte sie mit jenem Misstrauen, das Wagner von Anfang an bei ihm gesehen hatte.

»Ich habe es doch schon mehrfach gesagt, es war nichts Wichtiges. Wollen Sie das denn nicht verstehen? Es hatte nichts mit der Sache zu tun.«

»Das zu beurteilen, sollten Sie lieber uns überlassen«, entgegnete Wagner.

Der Anwalt räusperte sich. Sie hatten auf dem Sofa Platz genommen, Storck saß in einem Sessel am Rand.

Ivar K hatte seine langen Beine ausgestreckt und fläzte sich neben Wagner auf dem Sofa, was Storck offensichtlich ziemlich irritierte. Er hatte ihnen nichts zu trinken angeboten.

»Mette besuchte mich eines Tages in meinem Büro in der Stadt. In der Tür begegnete sie einem meiner Mandanten, den ein Pflasterstein am Kopf getroffen hatte, als die Nazis ein Café in der Mejlgade überfielen und dabei einige Fensterscheiben zertrümmerten. Als sie mich Samstagabend anrief, glaubte sie, sie hätte eine riesige Entdeckung gemacht.«

»Inwiefern?«, fragte Wagner, als sein Gegenüber zögerte. »Was für eine Entdeckung?«

Ulrich Storck wandte seinen Blick ab.

»Sie hatte in der Disco diesen Typen kennengelernt, der damit prahlte, hinter dem Anschlag auf das Café zu stehen. Er behauptete, das Ganze sei ein abgekartetes Spiel gewesen. Eine Absprache zwischen den beiden verfeindeten Gruppen, um in die Medien zu kommen. Mette glaubte ihm nicht, doch später an diesem Abend zogen sie eine Kneipe weiter, wo plötzlich wieder mein Mandant auftauchte; und es stellte sich heraus, dass die beiden einander bestens kannten. Um das zu erzählen, rief sie mich an, aber ich sagte ihr, sie solle es einfach wieder vergessen.«

»Und warum?«, fragte Ivar K.

Storck rutschte unruhig auf seinem Platz hin und her und starrte eine Weile in die Luft.

»Verdammt noch mal. Um ganz ehrlich zu sein: Wir alle haben doch das Bedürfnis, uns zu profilieren, und meine Firma steht kurz vor der Fusion mit einer der bekanntesten Anwaltskanzleien dieser Stadt. Dieser Zusammenschluss wird eine große Öffentlichkeit erreichen. Es wird viel darüber berichtet werden, auch über ›Lind, Balle und Storck‹, und ich konnte es mir nicht leisten, das außer Betracht zu lassen.«

Er sah sie mit verteidigungsbereiter, beinahe angriffslustiger Miene an. »Mein Mandat durfte auf keinen Fall platzen, begreifen Sie das denn nicht?«

Wagner begriff nur zu gut. Ihm drehte sich fast der Magen um.

»Wir sprechen hier von Ihrer Stieftochter. Sie hätten uns bei der Aufklärung behilflich sein können, und wir hätten den Fall vielleicht viel schneller abgeschlossen«, erwiderte er.

Ulrich Storck blickte ihn zweifelnd an.

»Aber nicht doch. Soweit ich informiert bin, war der Mann mit den Stiefeln nicht der Täter. Und nun ist er tot. Also erzählen Sie mir nicht, dass es etwas geändert hätte. Ich sehe doch, wie Sie in dieser Sache im Dunkeln tappen. Sie sollten lieber zusehen, dass Sie den Wahnsinnigen finden, der es getan hat.«

»Und wie sähe die Sache aus, wenn sich herausstellte, dass dieser Wahnsinnige einer der beiden war, die Mette an diesem Abend getroffen hatte? Wie würden Sie dann darüber denken?«

Ivar K musste sich zusammenreißen, um seine Verachtung für diesen Mann nicht allzu deutlich zu zeigen.

»Was würden Sie denken, wenn sich herausstellte, dass Mettes Mörder Ihr eigener Klient ist?«, fuhr er fort. Mittlerweile hatte er sich auf dem Sofa aufgerichtet. »Denn Mette kannte ihn ja auch woandersher, nicht wahr? Sagte sie darüber denn gar nichts? Erzählte sie Ihnen nicht von ihrem Verdacht gegen zwei der Firmen, für die sie die Buchhaltung machte?«

Ulrich Storck schüttelte den Kopf zum Zeichen, dass er Ivar K für einen Idioten hielt. Wagner spürte, wie ein Ruck durch seinen Sitznachbarn ging, und legte beschwichtigend die Hand auf seinen Arm, um das drohende Handgemenge zwischen einem cholerischen Kripobeamten und einem der bekanntesten Strafverteidiger der Stadt zu verhindern.

»Sie bildete sich ein, sie hätte ein illegales Geschäft aufgedeckt, weil sie beobachtet hatte, wie mein Mandant eine der Firmen aufsuchte, bei der sie gerade arbeitete, und sie glaubte, sie hätte etwas Verdächtiges belauscht. Aber Mette hatte einfach eine lebhafte Phantasie. Ich sagte ihr, sie solle sich lieber um ihre Arbeit kümmern und das Ganze vergessen.«

»Es vergessen? Haben Sie Mette eigentlich jemals ernst genommen? Konnte sie nie etwas gut genug machen?«, fragte Ivar K mit säuerlichem Unterton.

Storck machte eine beschwichtigende Geste, zeigte aber nicht den leisesten Anflug von Zweifel oder Reue.

»Natürlich konnte sie das. Aber dass mein Mandant sie umgebracht haben soll ... So ist die Welt doch nicht. Diese Art von Zufällen gibt es nur im Film. Wir wissen alle zu gut, dass es sich nur um eine psychisch kranke Person handeln kann.«

Er fuhr sich mit der Hand durchs Haar. Wagner spürte, dass ihnen nun ein längerer Vortrag bevorstand. Und Ivar K wirkte noch immer angespannt wie eine defekte, unberechenbare Sprungfeder.

»Es ist nicht Ihre Schuld, aber so ist unsere heutige Gesellschaft nun mal«, setzte der Anwalt seinen Gedanken fort. »So etwas wie ein Gemeinschaftsgefühl existiert doch überhaupt nicht mehr. Es gibt keinen Zusammenhalt. Die psychisch Kranken werden ihrem eigenen Elend überlassen.«

Ulrik Storck beugte sich vor: »Die Person, die Mette das angetan hat, ist ein Produkt der Gleichgültigkeit unserer Gesellschaft gegenüber den marginalisierten Gruppen. Begreifen Sie das denn nicht? Verstehen Sie nicht, dass Sie selbst nur ein Werkzeug innerhalb einer Versuchsanordnung sind, die unsere Gemeinschaft in Gut und Böse aufspalten und dadurch gewährleisten soll, dass wir uns nicht zu einer gemeinsamen Front gegen die Machthaber vereinen?«

Wagner erhob sich. Sie hatten alles erfahren, weswegen sie gekommen waren, und konnten keine politischen Brandreden gebrauchen. Er seufzte. Das Gespräch mit Ulrich Storck bestätigte seine heimliche Vermutung, dass Politik und Ideologie etwas waren, von dem man sich so weit wie möglich fernhalten sollte. Seine Religion waren die Tatsachen. Fakten. Etwas, das man messen und abwägen und – nicht zuletzt – beweisen konnte.

Als sie gingen, spürte er lediglich Erleichterung.

»Zusammenhalt, leck mich am Arsch!«, rief Ivar K im Hof und streckte dem Haus zum Abschied den Mittelfinger entgegen.

Wagner tat so, als würden sie einander nicht kennen.

»Ich hab's!«

Kristian Hvidt fegte in die Sitzung wie ein Tornado über einen Sandstrand. In seiner Hand flatterten zwei Blätter Papier, die Wagner bekannt vorkamen. Es waren die ausgedruckten Seiten aus Mette Mortensens Schreibtisch.

»Ich habe das Rätsel gelöst! Seht einmal her!«

Er breitete die Seiten vor Wagner aus. Vor dessen Blick verschwammen die Zahlen und Buchstaben, während seine Gedanken sich nur schwer von der Begegnung mit Ulrik Storck lösen konnten. Er war noch nie gut im Rechnen gewesen.

»Schaut euch das an. Ich habe die Summen eingekreist, die wichtig sind.«

Wagner sah ihn ein wenig beleidigt an, er hatte die Anspielung verstanden.

»Damit auch die Minderbemittelten folgen können«, rief Jan Hansen fröhlich und sprach Wagners Gedanken aus.

Kristian Hvidt ignorierte die Bemerkung.

»Ich bin mir sicher, dass es sich hierbei um Scheinrechnungen handelt, die von den jeweiligen Computern bei Marius Jørgensen & Söhne und der StemBank ausgedruckt wurden. Wir hatten zwar jede für sich geprüft, die Zahlen aber zunächst nicht miteinander verglichen. Und einige von ihnen sind vollkommen identisch, was kein Zufall sein kann. Seht nur mal hier.«

Er deutete mit dem Finger auf die betreffende Stelle.

»Hier hat Marius Jørgensen eine Einnahme von 7124,75 Kronen verzeichnet und hier …« Er zeigte auf eine entsprechende Zahl auf der inoffiziellen Rechnung von StemBank. »Hier weist StemBank dieselbe Ausgabe aus, bis auf die Dezimalzahl identisch.«

Wagner schaute auf das Papier. Mehrere Summen waren eingekreist. Meistens beliefen sie sich auf fünf- bis zehntausend Kronen.

»Ich vermute, es ist folgendermaßen abgelaufen«, erklärte Hvidt. »Mette hat die offiziellen Rechnungen beider Firmen geprüft und an beiden Rechnern gesessen, weil das so üblich und wohl auch am einfachsten ist. Doch mit ihrem guten Gespür für Zahlen hat sie die alternativen Rechnungen in beiden Computern entdeckt und eine Verbindung zwischen ihnen hergestellt. Stellen wir uns noch dazu vor, dass sie den dünnen Mann vielleicht bei StemBank hat aufkreuzen sehen und er dabei eventuell ein wenig zu laut über den Organhandel gesprochen hat.«

Wagner starrte auf die Ausdrucke. Die Zahlen sprachen für sich.

»In jedem Fall haben sie miteinander Geschäfte gemacht, was an sich schon verdächtig ist«, stellte er fest.

»Welche Leistungen erwirbt eine Stammzellenbank von einem Bestattungsunternehmen?«

Ivar K hatte schnell eine Antwort parat: »Menschliches Gewebe. Das Marius Jørgensen in Kooperation mit unserem großen, dünnen Mann erwirbt, und mit Arne Bay und Konsorten natürlich.«

Wagner stand auf.

»In Ordnung, das muss reichen, um Claes Bülow wieder ins Spiel zu bringen und einen Durchsuchungsbefehl für die neue Tiefkühlanlage von der StemBank zu erhalten. Ich bin gespannt, was wir dort finden werden.«

Ivar K lächelte Jan Hansen verdächtig wohlwollend an.

»Sei froh, dass ihr gar nicht erst so weit gekommen seid, du und deine Frau. Wer weiß, vielleicht wäre eure Nabelschnur dann einem polnischen Schweinebauern als Herzklappe eingesetzt worden.«

Wagners Handy klingelte. Es war ein Wachhabender, der ihm mitteilte, dass Dicte Svendsen unten auf ihn wartete.

»Ich hab jetzt keine Zeit. Sie soll später einfach anrufen«, antwortete er.

Aus dem Telefon drang aufgeregtes Stimmengewirr, und plötzlich war Dicte Svendsen deutlich zu vernehmen.

»Lass mich zu dir. Es ist wichtig!«

Er sah die anderen an und seufzte.

»Okay. Ich hol dich am Aufzug ab.«

Für einen Moment schoss ihm der Gedanke durch den Kopf, dass sie gerannt sein musste. Ihr Haar war durcheinander, und sie atmete schwer. Erst später wurde ihm klar, dass sie lediglich erregt war – wie ein Jagdhund, der gerade eine Fährte aufgenommen hatte.

»Ich habe ihn! Ich weiß, wie er heißt.«

Das wiederholte sie, als sie im Besprechungsraum angekommen waren.

»Wer?«, fragte Ivar K.

»Euer großer, dünner Mann. Ich kenne seinen Namen«, wiederholte sie.

Alle hielten voller Erwartung den Atem an. Nur Wagner wusste bereits, was jetzt folgte.

»Die Krimiredaktion bekommt die Geschichte, okay? Wenn eure Einsatztruppe ausrückt, sind wir mit einem Fotografen und einem Reporter dabei, einverstanden? Ist das abgemacht?«

Den anderen fielen die Kinnladen herunter. Wagner wollte schon zu einer Erklärung darüber ansetzen, dass sie Dicte auch verhaften könnten wegen der Zurückhaltung von ermittlungsrelevanten Informationen. Aber das wäre zu zeitraubend und führte zu nichts.

Er seufzte.

»Nun rück schon raus damit.«

»Also haben wir einen Deal?«

Sie sah Jeanne d'Arc verdammt ähnlich, wie sie dort stand: kampfbereit bis in die Zehenspitzen, bewaffnet mit Argumenten über die Pressefreiheit, die Medien als vierte Staatsmacht und ihrem »Dich-kriege-ich-noch«-Ausdruck. Er kannte diese Mischung und musste sich ein Lächeln verkneifen, das nur sie bemerkte, doch sie ignorierte es gnädig, damit ihr Triumph nicht zu offensichtlich wurde.

»Deal«, antwortete er. »Du lässt uns ja keine andere Wahl. Ich hoffe, du schüttelst diesmal etwas Gutes aus dem Ärmel, nicht nur die üblichen ollen Kamellen.«

Sie überhörte seine Beleidigung und zog einen Stuhl heran. »Er heißt Kim Deleuran. Und ist im Krankenhaus dafür zuständig, die Leichen zu überführen. Er ist der Stiefbruder von Arne Bay. Außerdem ist er in der linksextremen Szene aktiv, hat zwei Jahre lang Medizin studiert und kennt sich daher auf dem Gebiet der Anatomie aus.«

Sie fuhr fort. Die Puzzleteile fügten sich nach und nach zu einem Ganzen zusammen. Alle Teile schienen nun an ihrem Platz: der Leichenträger, der Bestatter, die StemBank und Bay mit seinen politischen Mitstreitern, die die Ware außer Landes brachten.

»Aber ein Detail fehlt noch«, sagte sie und sah ihn an. »Die Lagerung. Wisst ihr was darüber?«

Er stand in ihrer Schuld, das wusste er nur zu gut. Wagner holte tief Luft. Vielleicht würden die anderen es ihm als Schwäche auslegen, wenn er zu viele Gegenleistungen erbrachte, aber die Entscheidung lag bei ihm, und so traf er sie schließlich auch.

»Hast du schon mal von einer Firma namens StemBank gehört?«, fragte er.

Sie nickte langsam, während er von Claes Bülow und Mette Mortensens Scheinrechnungen berichtete.

Nachdem sie gegangen war, dachte er über Ulrik Storck und dessen Bemerkung nach, dass die Welt »so nicht war«. Nein, sie war es tatsächlich nicht. In Wirklichkeit war alles noch viel schlimmer.

Kapitel 66

Die Kirche war fast leer.

Nur Winkler und seine Nichte Alice, die er kurz vorstellte, waren anwesend, daneben der Küster, sein Gehilfe und die Kriminalbeamten Jan Hansen und Arne Petersen, die sich diskret in eine der hinteren Reihen setzten. Außerdem waren einige wenige, muskelbepackte Glatzköpfe in kurzen, schwarzen Bomberjacken und mit Tätowierungen erschienen, die sich abseits hielten. Und zu guter Letzt hatten noch zwei Männer auf unterschiedlichen Bänken Platz genommen, die allem Anschein nach aber zusammengehörten. Der Geheimdienst war gekommen; das vermutete Dicte zumindest angesichts ihrer auffällig unauffälligen Trenchcoats und Gesundheitsschuhe.

Sie nickte den beiden Kriminalbeamten zu und schlich sich in eine der mittleren Bankreihen. Es war die Pflicht der Beamten, hier zu sein. Mitunter geschah es, dass ein Mörder bei der Beerdigung seines Opfers erschien, aber gleichzeitig waren sie auch aus Gründen des Respekts und des Protokolls hier. Der Geheimdienst dagegen sollte lediglich die rechtsextreme Szene überwachen. Sie hatten kein Interesse an einem eventuell auftauchenden Mörder.

Während der Pfarrer irgendetwas Neutrales herunterleierte, dachte Dicte an die andere Beerdigung, die von Dorothea Svensson, die früher im Sommer stattgefunden hatte, als der Stadion-

Fall seinen Anfang nahm. Wie unterschiedlich der Abschied vom Leben doch sein konnte. Damals war die Stimmung bedrückt, aber gleichzeitig auch warmherzig und schön gewesen. Es hatte Tränen gegeben.

Diesmal war es anders. Die Gesichter verrieten nichts als Härte und Gleichgültigkeit, mit Ausnahme Winklers, dem sie zu Beginn die Hand geschüttelt hatte. Mit feuchten Augen und einem wehmütigen Lächeln hatte er ihr dafür gedankt, dass sie gekommen war.

Die Zeremonie verlief ruhig und geordnet, Dicte hielt sich im Hintergrund. Anschließend wurden die Blumen auf den anonymen Grabplatz gelegt, wo die Urne nach der Verbrennung beigesetzt werden würde.

Als der Trauerzug dem Sarg zum Leichenwagen folgte, sondierte sie das Terrain, konnte aber nichts Ungewöhnliches entdecken und hatte auch nicht damit gerechnet. So dumm würde er wohl kaum sein.

»Kommen Sie mit uns? Wir trinken noch einen Kaffee bei Alice zu Hause«, sagte Winkler, nachdem der Leichenwagen weggefahren war.

Sie brachte es kaum übers Herz, schlug seine Einladung aber dennoch mit der Begründung aus, dass sie noch einen Artikel fertigstellen müsse. Dann beobachtete sie, wie alle nach und nach in ihren Autos verschwanden. Auch der Geheimdienst und die beiden Kriminalbeamten. Sie kamen auch gar nicht auf die Idee, noch länger zu warten. Außerdem hatte Wagner anderes mit ihnen vor. Er plante einen Einsatz, bei dem sie an mehreren Orten gleichzeitig zuschlagen sollten, und Dicte hatte dafür gesorgt, dass Bo und Helle von Anfang an dabei waren. Bo hatte sich beschwert und gefragt, was sie selbst in dieser Zeit zu tun hätte, hatte dann aber ihre Erklärung mit der Beerdigung und dem eiligen Artikel akzeptiert. Außerdem schien er für Helles Charme und ihre grenzenlose Bewunderung ihm gegenüber nicht ganz unempfänglich.

Sie sah den letzten Gästen nach und merkte sich das knirschende Geräusch von Kies unter Autoreifen, als der Wagen des Geheimdienstes vom Parkplatz fuhr. Sie sah auf ihre Uhr. Es war erst vier. Ihr würde noch eine lange Wartezeit bevorstehen.

Sie ging zu ihrem Auto zurück und packte ihre Utensilien aus: einen kleinen Klappstuhl, eine Decke sowie eine Tasche mit einer Thermoskanne Kaffee, einem Fläschchen Cognac und einigen Sandwiches. Im Auto zog sie sich um, wechselte Rock und hochhackige Schuhe gegen Jeans und Turnschuhe ein. Sie hatte auch ein Buch dabei sowie eine Taschenlampe und zwei Messer, die sie in einem Jagd- und Fischereibedarf gekauft hatte. Eines davon befestigte sie in einer Messerscheide an ihrer Jeans, das andere band sie sich stramm um die Wade, sodass es von der Hose bedeckt wurde. Sie zog einen Pullover und eine dunkle Windjacke über – der Himmel war grau, ein dänischer Sommer mit Aussicht auf vereinzelte Schauer – und trabte auf der Suche nach einem geeigneten Platz über den Friedhof.

Den fand sie recht schnell, mitten auf einer großen Grabstätte, die hoch und dicht bewachsen war und von der aus sie einen Ausschnitt des anonymen Grabfeldes mit den frischen Blumen und den wenigen Abschiedsgrüßen für Arne Bay sehen konnte. Sie platzierte ihren Stuhl hinter einem breiten Wacholderstrauch, stellte den Ton ihres Handys aus, machte es sich bequem und wartete.

Wenig später trank sie bereits den ersten Becher Kaffee, packte ein Sandwich aus und verspeiste es. Dann begann sie, *Enigma* von Robert Harris zu lesen, ein Buch über die britischen Codebrecher im Geheimdienstzentrum Bletchley Park während des Zweiten Weltkriegs.

Sie behielt die Uhrzeit im Auge und folgte dem Lauf der Sonne am Himmel; man konnte sie sehen, obwohl sie die meiste Zeit hinter der Wolkendecke verborgen war.

Drei Stunden waren vergangen, die Wolkendecke hatte sich verdichtet, und einzelne Regentropfen fielen herab, als der Zweifel in ihr zu nagen begann und sie sich fragte, ob sie nicht lieber an einem der Einsätze hätte teilnehmen sollen, die vielleicht schon begonnen hatten. Möglicherweise hatte ihr Instinkt sie getäuscht, und sie würde vergeblich hier sitzen.

Irgendwie wusste sie aber dennoch, dass sie die richtige Wahl getroffen hatte. Er würde kommen; früher oder später würde er auftauchen. Sie waren Brüder gewesen. Eine Hassliebe, hatte Winkler gesagt. Genau wie das Verhältnis zwischen ihr und ihrer eigenen Familie.

Sie hatte sich gefragt, wie sie reagiert hätte, wenn ihre eigene Schwester beerdigt worden wäre. Jene Schwester, die den Kontakt zu ihr abgebrochen und sich für ein Leben mit Jehova entschieden hatte. Und ihre Antwort war genau diese gewesen: Sie würde warten. Würde alle anderen zuerst Abschied nehmen lassen und ein wenig Zeit verstreichen lassen, bis sie sicher war, niemanden mehr zu treffen, den sie kannte. Und erst dann, vielleicht sogar im Schutz der Dämmerung, würde sie auftauchen, um sich zu verabschieden. Sie würde lange dastehen, die Blumen und das frische Grab betrachten und von Trauer darüber erfüllt sein, dass sie und ihre Schwester sich nie wieder so lieben konnten, wie es Geschwistern zustand, seit Jehova in ihre Kindheit getreten war. Sie würde ihren Tränen freien Lauf lassen, wenn sie überhaupt weinen könnte, und auf diese Weise Trost finden. Und am Ende eine Blume oder ein anderes Symbol auf das Grab legen, sich abwenden und gehen.

Inzwischen hatte ein Regen eingesetzt, den man nicht mehr nur als Nieseln bezeichnen konnte. Die Seiten ihres Buches wurden nass, schon bald konnte sie die Buchstaben nicht mehr erkennen, doch sie wollte ihre Taschenlampe nicht einschalten. Irgendwo in der Nähe hörte sie ein Donnern, und einige Sekunden später zerriss ein Blitz den Himmel.

Sie zog ihre Kapuze über und schnürte sie zu. Dann hörte sie endlich das Geräusch. Autoreifen auf Kies. Sie sah auf die Uhr. Es war fünf nach zehn.

Kapitel 67

Inzwischen war etwas Zeit vergangen, und sie konnte wieder frei atmen.

Kiki holte so tief Luft, wie sie konnte, und spürte, wie der Sauerstoff bis in die letzten Winkel ihrer Lunge gelangte. Als er sie erneut hatte knebeln wollen, hatte sie einen Anfall erlitten. All die Stunden, die sie durchgehalten hatte; all die Zeit, in der sie den Klauen der Klaustrophobie entkommen war und sich gezwungen hatte, durch die Nase zu atmen, zerrann ihr plötzlich zwischen den Fingern, und Panik befiel sie, verstärkt durch den Schleim, der sich nun bildete und wie ein Pfropfen ihren Hals verschloss. Sie hatte geröchelt und gejammert und schließlich mehrmals das Bewusstsein verloren, bis er endlich wieder den Knebel entfernt hatte.

»Ich habe Asthma«, flüsterte sie. »Ohne meine Medizin überlebe ich nicht lange.«

Dann hatte er sie wieder in den Sarg gelegt, diesmal nicht gefesselt und geknebelt. Das war auch nicht notwendig. Durch den Blutverlust und die Schmerzen war sie so geschwächt, dass sie kaum mehr bei Bewusstsein war. Ihre Gedanken glitten ins Reich der Träume hinüber und schließlich ins Nichts, zwischendrin erwachte sie plötzlich und dachte, sie sei tot. Schließlich wünschte sie den Tod sogar herbei.

Gleichzeitig existierte irgendwo in ihrem Kopf diese kleine Glocke. Sie wusste nicht, wo die Glocke herkam, aber sie wusste, was sie von ihr verlangte. Gib nicht auf, flüsterte sie ihr zu, gib nicht auf!

Sie formte die Worte mit ihren Lippen, ohne einen Laut hervorzubringen. Aber ihr Klang hallte in ihrem Inneren wider, und sie wunderte sich darüber. Denn wenn sie ganz ehrlich war – wofür lohnte es sich überhaupt noch zu leben? Was war ihr Leben eigentlich wert, mit ihrer Scham, Schuld und dieser Lust, die immerzu präsent war wie ein tiefes, nie enden wollendes schwarzes Loch, und ihrem Selbsthass, der ihr wie ein Schatten folgte?

Sie dachte an die Schwäne. Er hatte ihr auch die Augenbinde abgenommen, doch sie konnte trotzdem kaum etwas sehen. Sie erahnte die Löcher, die er in den Deckel gebohrt hatte, damit sie Luft bekam, und träumte von den Schwänen, ihrem Geschnatter und ihrem Flügelschlag. Ein Traum von Freiheit.

Kapitel 68

Die Gestalt bewegte sich durch die Dunkelheit.

Dicte saß mucksmäuschenstill und sah zu, wie der Schatten rastlos über den Friedhof eilte, groß, dünn und vornübergebeugt. Sie dachte an den Fährmann Charon. Und an den Tod in Gestalt eines Sensenmannes, der kam, um seine Ernte einzuholen. Die Menschen hatten dem Tod schon seit jeher eine Gestalt und ein Gesicht gegeben: Sie sah ihn auf einem weißen Pferd reiten; stellte ihn sich als Skelett vor und als Mensch, aus dessen Körper die Eingeweide hervorquollen, so, wie er auf mittelalterlichen Gemälden dargestellt wurde. Vielleicht betrachtete dieser Mann sich selbst so – als derjenige, der erntet, was ihm zusteht.

Schließlich fand er, was er suchte, frische Blumen und Bänder. Er kniete sich nieder, um die Abschiedsgrüße zu lesen. Der Regen peitschte nun immer heftiger. Das Gewitter war näher gerückt, Thor schmetterte seinen Hammer mit einem Donnerhall über das Himmelsgewölbe, und kurz darauf zerriss der Blitz die Wolkendecke.

Im Schutz eines lauten Donnergrollens stand sie vorsichtig auf und schlich hinter der Friedhofsbepflanzung entlang, während er mit dem Rücken zu ihr stand. Sie stieg über die bewachsenen Gräber hinweg, um dem Kies auszuweichen und jedes kleinste Geräusch zu vermeiden, bis sie den Parkplatz erreichte, wo sein schwarzer Lieferwagen parkte.

Ihr eigenes Auto stand in einer nahe gelegenen Seitenstraße. Sie hatte die Vor- und Nachteile genau abgewogen, aber das Risiko erschien ihr zu groß. Sie glaubte nicht, dass sie ihm schnell genug folgen konnte, wenn er erst einmal losgefahren war. Ihr blieb nur eine Möglichkeit, die sie so oft im Kopf durchgegangen war, dass sie es schon nicht mehr zählen konnte. Sie war nicht glücklich damit, war aber zu dem Schluss gekommen, dass es die einzige Möglichkeit war.

Sie tastete ihre Taschen ab. Sie hatte alles dabei: die Messer, das Handy, die Taschenlampe. Dennoch konnte es schiefgehen, auf fatale Weise scheitern, aber sie verdrängte den Gedanken daran.

Sie konnte Peter Boutrup nicht retten, sie war als Spenderin »ungeeignet«. Dieses Wort tauchte immer noch in ihrem Inneren auf und kratzte an ihrem Selbstbewusstsein. Sie konnte keine Niere spenden, selbst wenn sie es gewollt hätte. Aber dies hier, das konnte sie tun.

Sie griff nach der Schiebetür des Lieferwagens und schob sie zur Seite. Drinnen war es dunkel, zuerst konnte sie rein gar nichts erkennen. Schnell sprang sie in den Wagen und stieß dabei gegen etwas, das sich anfühlte und roch wie ein Sack mit Werkzeug. Dann wäre sie fast über etwas gestolpert, das sie beim Betasten als eine Art Schiene identifizierte. Sie fühlte genauer nach. Auf der Schiene stand ein Gestell, nein, etwas anderes. Ihre Hände fühlten etwas weiches, eine Decke? Etwas, das an eine Matratze erinnerte. Ein Bett. Er transportierte in seinem Wagen ein Bett, das auf einer Schiene stand. Es gab auch Gurte zum Festspannen.

Dann begriff sie. Das Auto war wie ein Krankenwagen eingerichtet. Die Bahre konnte problemlos mit der Kraft eines einzigen Mannes hineingeschoben werden. Sie vermutete, dass er die Toten auf diese Weise transportierte. Auf Schienen. Sie stellte sich vor, wie erst Mette Mortensen und dann Kiki Laursen hier gelegen hatten, halb bewusstlos, eventuell mit Flunitrazepam betäubt, und ihrem Schicksal entgegengefahren waren.

Sie setzte sich auf den Boden, lehnte ihren Kopf an die Kante der Bahre und wartete.

Kapitel 69

John Wagner sah auf die Uhr. Es war bereits halb elf, und ein unbehagliches Gefühl, dass irgendetwas nicht stimmte, breitete sich von seinem Magen her im ganzen Körper aus, während er im Auto wartete, als Koordinator eines Einsatzes, bei dem sie fünf Orte gleichzeitig stürmen würden. Eine schöne Sache. Er dachte kurz, dass es eigentlich nicht schlecht wäre, noch einmal einen solchen Anfall zu erleiden, wie er ihn im Bad gehabt hatte. Der Gedanke daran wurde kurz darauf von Adrenalinstößen vertrieben, als der Leiter der einen Einsatzgruppe durch den schnarrenden Sprechfunk mitteilte, dass sie sich nun im Gebäude befänden.

»Jetzt geh ich verdammt noch mal gleich raus«, rief Bo Skytte vom Rücksitz, wo man ihm und der Journalistin befohlen hatte, zu warten, bis ein anderslautendes Signal erteilt wurde.

»Du wirst nirgendwohin gehen«, antwortete Wagner. »So lautet die Abmachung. Ihr tut, was man euch sagt.«

Bo murmelte etwas Unverschämtes, das Wagner geflissentlich überhörte. In Erwartung des großen Ereignisses waren die Nerven aller bis zum Zerreißen gespannt.

Jetzt kam noch eine Meldung herein. Sie stammte von den Jungs, die zu Claes Bülows Privatadresse in Skåde Bakker geschickt worden waren.

»Wir waren drin, aber es war niemand zu Hause«, lautete die Nachricht des Leiters dieser Einsatzgruppe. »Alles ist wie leergefegt.«

Wagner seufzte und dankte ihm. Damit hatte er beinahe gerechnet. Sie waren zu spät gekommen, Claes Bülow befand sich sicherlich schon mit seiner Familie in ihrem Haus in Malaga. Dort würde er lange ausharren, und die spanischen Behörden würden sich weigern, ihn auszuliefern. So war das mit den Hintermännern, die meisten wurden nie geschnappt.

Er stieß einen Seufzer aus in die stickige Luft des Wageninneren.

Es hatte sie schlichtweg zu viel Zeit gekostet, das Ganze zu organisieren; insbesondere die Suche nach einem Richter, der sich bereit erklärte, den Einsatz zu genehmigen, hatte sich in die Länge gezogen. Wo waren die Beweise? Das alles seien doch lediglich Indizien, hieß es. Bis Wagner buchstäblich auf den Tisch gehauen und verdeutlicht hatte, dass Kiki Laursen noch am Leben sein und sich in diesem Fall nur zu gut an einem dieser Orte befinden könnte.

»Hast du etwas von deiner Freundin gehört?«, fragte er über seine Schulter hinweg Bo, der mit einem unzufriedenen Grunzen antwortete.

»Hab schon unzählige SMS geschickt, aber sie antwortet nicht. Was allerdings auch nicht besonders ungewöhnlich ist«, sagte er mürrisch.

»Aber zur Beerdigung ist sie erschienen?«

Jan Hansen auf dem Beifahrersitz nickte.

»Als wir wegfuhren, war sie noch da.«

»Weißt du, wo sie gerade steckt?«, fragte Wagner Bo.

»Nein. Aber inzwischen ist mir das auch ziemlich egal«, behauptete Bo, der allerdings alles andere als gleichgültig klang.

»Wer weiß, was die wieder vorhat«, sagte Hansen in die folgende Stille hinein und sprach damit die Gedanken der anderen aus.

Doch für große Überlegungen blieb keine Zeit, denn schon erreichte sie die nächste Nachricht. Bei Kim Deleurans Privatadresse im ersten Stock im Trøjborgvej war ebenfalls niemand zu Hause. Überhaupt machte die Wohnung nicht den Eindruck, als habe in den letzten Tagen dort jemand gewohnt. An seinem Arbeitsplatz im Krankenhaus war er ebenfalls schon seit längerem nicht mehr aufgetaucht.

»Tja, das war wohl ein Schuss in den Ofen«, stellte Wagner fest. »Wo zum Teufel kann er nur stecken?«

Das Funkgerät knackte erneut. Man konnte Bruchstücke von Stimmen erahnen, die nur schwer zu deuten waren. Dann hörten sie ein Geräusch, bei dem sie sich schlagartig in ihren Sitzen aufrichteten: Zwei Schüsse hallten kurz hintereinander, dann folgte die verdutzte Stimme des Einsatzleiters:

»Wir werden gerade beschossen.«

»Wo seid ihr? Und wie viele sind es?«

»Im Keller. Scheinen mehrere zu sein«, ließ er kurz verlauten. »Wir erwidern das Feuer.«

Wagner erteilte ihnen die Erlaubnis, und kurze Zeit später drangen weitere Schüsse und etwas, das wie ein Nahkampf klang, durch den Lautsprecher. Auf einer anderen Frequenz wurde gerade mitgeteilt, dass fünf Beamte in die Privatwohnung von Bestatter Marius Jørgensen in Viby eingedrungen waren und ihn und seinen Sohn festgenommen hatten. Die Wohnung wurde versiegelt, und auch das Geschäft in der Vestergade wurde bewacht, damit die Spurensicherung am nächsten Morgen ihre Arbeit aufnehmen konnte.

Wagner kniff die Augen zusammen und sah zum Gebäude von StemBank hinüber, das nun in gleißendes Licht getaucht war. Er sprach über Mikro mit dem Einsatzleiter.

»Braucht ihr Verstärkung?«

Es blieb einige Sekunden still, in denen sich seine Gedanken wild in alle Richtungen verzweigten und schließlich auch die tiefen schwarzen Löcher erreichten, die den Nährboden für alle düsteren Vorahnungen eines Polizisten bildeten. Was wäre, wenn es aufseiten der Polizei Verluste zu beklagen gäbe? Hatte er die richtige Entscheidung getroffen?

Unmittelbar darauf folgte der hartnäckige Verdacht, dass Kiki Laursen sich noch immer in dem Gebäude befinden könnte.

Darauf, so folgerte er, deutete vieles hin, insbesondere die bewaffneten Wächter.

Endlich kam die Antwort des Leiters:

»Zwei der gegnerischen Wächter und einer von unseren Männern wurden getroffen. Wir brauchen drei Krankenwagen. Das Gebäude ist gesichert.«

»Wie schlimm steht es?«

»Schwer zu sagen. Unser Beamter wurde ins Bein getroffen, eine massive Blutung, die wir zu stoppen versuchen. Die zwei anderen sind nur oberflächlich verletzt, in Schulter und Fuß, glaube ich. Wir haben sie entwaffnet und ihnen Handschellen angelegt. Es wurden zwei Schusswaffen, vier Messer und ein Schlagring beschlagnahmt.«

Jan Hansen hatte in der Zwischenzeit die Krankenwagen gerufen, und zwei Minuten später hörten sie, wie sich die Sirenen von der Ringgade her näherten.

»Sonst befindet sich niemand im Gebäude?«, fragte Wagner hoffnungsvoll.

»Nein.«

»Auch keine Geiseln?«

»Auch das nicht.«

»Dürfen wir kommen?«

»Yes. Kommt nur rein«, sagte der andere. »Wir werden euch schon nicht beschießen.«

»Dafür wären wir euch sehr dankbar.«

Das Gebäude von StemBank wirkte auf den ersten Blick geradezu gespenstisch leer. Die Büros und Labore, in denen die Türen aufgestoßen worden waren, lagen bis auf die Geräte und Möbel vollkommen verlassen da. Das gesamte Gebäude war in kaltes Neonlicht getaucht.

Dann hörte man vor der Tür die Sirenen, und die Sanitäter kamen mit drei Tragen angerannt.

»Dort unten«, rief Jan Hansen und wies mit einer Handbewegung auf die Treppe.

Sie verschwanden in die gezeigte Richtung, und Wagner und Hansen folgten ihnen mit den Journalisten im Schlepptau. Der Fotograf knipste unterwegs jedes noch so unwichtige Detail. Wagner wünschte, er würde es seinlassen.

Endlich gelangten sie in den großen Raum, wo die Tiefkühlanlage summte. Ein weißer Schrank neben dem anderen blies warme Luft durch die Lüftung hinaus. Einige der Schränke waren nicht mehr ganz weiß. Jemand musste sich blutend gegen die Türen und an die Kacheln gepresst haben. Auch der Fußboden war von Blutspuren besudelt. Schon bald kamen sie an dem Ort an, wo zwei Hooligans gefesselt auf dem Boden lagen und jammerten. Einen von ihnen erkannte Wagner, es war Martin Brøgger, einer der drei engsten Kumpane Arne Bays. Den anderen hatte er noch nie gesehen.

Der Einsatzleiter hatte seinen Helm abgenommen und nickte ihnen zu. Der verletzte Kollege wurde bereits auf einer Trage nach draußen befördert. Er war bei Bewusstsein, und Wagner trat zu ihm.

»Gute Arbeit geleistet. Geht es einigermaßen?«

Der Mann war blass und nickte verbissen. Seine Zähne klapperten.

»Ich glaube schon. Immerhin haben wir sie gefasst.«

Wagner nickte.

»Ja, das stimmt.«

Er sah sich im Raum um, dann zu Hansen. Sie begannen, die Gefrierfächer zu öffnen. Die meisten waren leer, womit sie auch gerechnet hatten. So viel also zu den dreitausend Kunden, dachte er.

»Seht mal her.«

Hansen war an einem der letzten Schränke angelangt. Er holte eine Tüte heraus.

»Knochenmark«, las er. »Und dann steht hier noch was auf Latein.«

Er hielt eine zweite Tüte hoch.

»Haut. Und noch mehr lateinische Begriffe.«

Der Inhalt einer dritten Tüte musste nicht erst durch die Aufschrift identifiziert werden.

»Schenkelknochen.«

Und noch eine.

»Hornhäute.«

In dem Raum herrschte nun völlige Stille. Die Sanitäter hatten die beiden verletzten Hooligans mit einer Eskorte von vier Polizisten hinausgebracht.

Wagner starrte auf die Tüten in Hansens Hand und wollte nicht daran denken, wo sie eigentlich herstammten.

»Versiegelt das ganze Gebäude. Unsere Aufgabe ist hiermit wohl erledigt«, sagte er und rief die Spurensicherung an.

Kapitel 70

Dictes Orientierungssinn hatte längst versagt, und ihr Körper tat weh von den vielen unvorhersehbaren Stößen und Kurven, als der schwarze Lieferwagen scharf rechts abbog in etwas, das wie ein Kiesweg klang, woraufhin er abrupt abbremste. Der Motor wurde ausgestellt, und sie hörte, wie die Fahrertür geöffnet wurde und sich kurz darauf Schritte auf einem vermutlich gepflasterten Weg entfernten. Dann wurde es still – wenn man angesichts des Gewitters überhaupt von Stille sprechen konnte.

Sie blieb minutenlang sitzen und lauschte dem Trommeln des Regens auf dem Autodach, bis sie auch andere Geräusche unterscheiden konnte: das ferne Brummen einer befahrenen Straße. Ein Hund, der irgendwo bellte. Etwas, dass sich wie Möwengeschrei und Geschnatter anhörte. Endlich, nach langem Zögern und Hunderten von Gedanken, die durch ihren Kopf geschossen waren, wagte sie es, die Tür so leise wie möglich zu öffnen.

Nach und nach erkannte sie eine Landschaft. Einen See, dessen Ufer nicht weit entfernt lag. Ein Blitz nach dem anderen traf draußen aufs Wasser, schreckte die Vögel auf und erleuchtete das andere Ufer, wo ein Hochsitz war. Sie kannte die Gegend. Wenn sie sich nicht völlig täuschte, befand sie sich am Årslev Engsee. Bo und sie waren hier einige Male spazieren gegangen. Kurzerhand beschloss sie, ihm eine Nachricht zu schicken. Ihr Telefon zeigte viele ungelesene SMS an, wahrscheinlich von ihm, und sie versuchte, sich seine Wut und Sorge vorzustellen, brachte in diesem Moment aber nicht die Kraft dafür auf.

Rechter Hand lagen zwei Gebäude. In dem einen, das wie ein Bootshaus aussah, brannte Licht. Das andere lag im Dunkeln, doch sie konnte schemenhaft zerborstene Fensterscheiben in einem verfallenen Gebäude erkennen, das einem alten Lagerhaus glich. Es hatte eine große Schiebetür aus einem plexiglasähnlichen Material, doch auch sie wies an einigen Stellen Sprünge auf, als hätten Kinder Steine dagegengeworfen. Über dem Eingang baumelte ein Schild. Sie musste ganz nah herantreten, um es zu entziffern: Marius Jørgensen & Söhne.

Schnell verschwand sie im Schatten eines Brennholzstapels, der mit einer Plane abgedeckt war, als sich die Tür zum Bootshaus öffnete und die gebückte Gestalt in Richtung der Schiebetür ging. Sie hielt den Atem an, als die Tür mit einem scheppernden Geräusch zur Seite glitt und der Mann im Gebäude verschwand, ohne sie wieder zuzuschieben. Er hielt etwas in der Hand, was sie nicht erkennen konnte. Schlimmstenfalls eine Pistole, vermutete sie. Sie musste darauf vorbereitet sein, dass er bewaffnet war.

Sie schlich näher heran, als sie seine Schritte verschwinden hörte. Was war das für ein Ort?

Jetzt schaltete er das Licht an. Sie stand im Schatten der Tür und sah, wie eine nackte Glühbirne einen Teil der Halle erleuchtete, während alles andere im Dunkeln verschwand. Sie ahnte die Konturen länglicher Kästen, viele davon lagen wild durcheinander, als hätte die Hand eines Riesens sie wahllos verstreut.

Es waren Särge. Ein Sargdepot. Allerdings ein ziemlich armseliges, denn es regnete an mehreren Stellen durchs Dach, und der Wind pfiff durch die Halle.

Möglicherweise waren es aussortierte Särge, die aus irgendeinem Grund alt und unbrauchbar waren. Zwischen all dem Regen und der Feuchtigkeit vernahm sie einen leichten Brandgeruch. Sie starrte nahezu blind in den Raum hinein und konnte alten Ruß erkennen, wo möglicherweise einmal Flammen an den Wänden geleckt hatten. Vielleicht hatte es in dem Lager gebrannt, und der Eigentümer hatte seither nicht aufgeräumt. Das konnte eine Erklärung sein.

Ein Blitz erleuchtete den Himmel, und sie sah auf. An mehreren Stellen fehlten Dachziegel. Einige Fenster waren mit rissigem, zugeschnittenem Plexiglas abgedichtet.

Der Mann betrat eine Ecke der Halle und ging etwas außerhalb des Lichtkegels in die Hocke. Sie konnte nicht erkennen, was er tat, aber sie hörte seine Stimme.

»Hast du Hunger?«

Seine Frage wurde nicht beantwortet. Dicte kniete sich hin und krabbelte schließlich auf allen vieren tiefer in die Halle. Nun konnte sie es sehen: Er sprach in einen Sarg hinein. Sie vernahm ein leises Jammern. Sie wagte es nicht, aufzustehen und genauer hinzusehen, doch ihr Gehör verriet ihr, dass er die Person nun heraushob und in die gegenüberliegende Ecke trug. Dicte duckte sich auf den Zementboden.

»Jetzt iss schon, zum Teufel. Du kannst es.«

Seine Stimme klang gereizt. Ein Gegenstand klackte gegen einen weiteren. Ein Löffel? Das war es sicher, was er in der Hand gehalten hatte. Einen Löffel und eine Schale mit Essen. Keine Pistole.

»Du musst gesund werden. Sonst können wir unser Spielchen gar nicht weiterspielen.«

Sie lauschte, wie er seine Gefangene zwangsfütterte. Dann hörte sie ihn das Essen und den Löffel auf dem Zementboden abstellen. Das Jammern der Frau wurde nun lauter.

»Doch. Du musst. Du gehörst mir. Ich kann mit dir machen, was ich will. Du gehörst nicht länger ihm.«

Ihr Schrei war das Herzzerreißendste, was sie je gehört hatte. Er kam aus einem Ort des Leidens, der ihr Vorstellungsvermögen überstieg. Er war nicht laut, denn die Frau hatte keine Kräfte mehr, um laut zu schreien. Dennoch traf die Frequenz mitten ins Herz. Ohne nachzudenken, richtete Dicte sich halb auf und trat dabei gegen etwas, das geräuschvoll über den Boden schlitterte.

»Was zum Teufel …?«

Er stoppte das, was er angefangen hatte, und fing an, den Raum abzusuchen. Sie hielt den Atem an. Vielleicht würde er ja glauben, das Geräusch sei von einer Katze oder Ratte verursacht worden? Er beugte sich hinab und hob den Gegenstand auf, gegen den sie gestoßen war. Sein Misstrauen schien von Neuem geweckt, denn jetzt suchte er intensiver.

»Wer ist da?«

Dicte fischte nach dem Messer in ihrem Gürtel und zog es vorsichtig heraus. Er näherte sich. Sie konnte seine Stiefel und seine Hose sehen. Jetzt stand er direkt vor ihr.

»Wer verdammt noch mal bist du? Los, steh auf!«

Sie stieß im selben Moment zu, als er nach ihr trat. Sie zielte auf seinen Oberkörper, aber seine Bewegung kam ihr zuvor, und das Messer bohrte sich stattdessen so tief in seinen Oberschenkel, dass es steckenblieb. Er wankte einige Schritte nach hinten und griff sich ans Bein. Blieb einen Moment lang stehen und starrte sie an. Dann fasste er das Messer und zog es heraus. Mit erhobener, blutiger Klinge kam er jetzt auf sie zu.

»Du bist die Journalistin«, hörte sie ihn sagen. »Arne hat von dir gesprochen. Bist du allein hier?«

Er sah sich verstohlen um. Sie versuchte Zeit zu gewinnen, um an das Messer unter ihrem Hosenbein zu gelangen, doch er war schneller und nahm Anlauf. Als sein Tritt ihren Kiefer traf, wurde ihr schwarz vor Augen, und sie fiel hintenüber. Er stellte sich über sie, jeweils ein Bein rechts und links von ihrem Körper.

»Hallo, Charon.« Sie hatte keine Ahnung, warum sie das sagte. Es war ihr einfach so herausgerutscht. »Hast du in der letzten Zeit viele Tote über den Fluss gebracht?«

Er fletschte die Zähne zu einer Art Grinsen.

»Ich soll dich von deinem Stiefvater grüßen«, log sie. »Es tut ihm sehr leid. Er hat von deiner Mutter erzählt.«

Das Gesicht des Mannes verdunkelte sich, aber sie konnte den Ausdruck nicht interpretieren.

»Was zum Teufel geht dich das an?«, fragte er heiser.

Er trat erneut zu. Dieses Mal in ihre Rippen. Sie wurde von der Wucht gegen die kalte Wand geschleudert. Der Schmerz betäubte sie, und sie bekam keine Luft mehr.

»Du verdammte Drecksau.«

»Winkler«, sagte sie angestrengt und schmeckte Blut in ihrem Mund. »Er sagte, du seist sehr begabt. War das deine Idee mit den Leichen? Ihnen die Augen herauszunehmen und ihnen Glasaugen einzusetzen – anstelle von Münzen? Und sie zur Ablenkung neben dem Stadion zu platzieren, damit der Verdacht auf Bay und seine Sippe fiel?«

Er starrte sie an. Der Anflug eines Lächelns huschte über seine Lippen. Er sprach völlig normal, ganz ruhig und sachlich.

»Die Idee stammte von Claes. Anfangs. Die Fälle im Kosovo und in Polen. Er wollte etwas Spektakuläres erreichen. Etwas, das anderen klarmachte, wie ernst es uns war.«

»Anderen? Die in den Ablauf involviert sind, meinst du? Die Abnehmer? Kuriere?«

Er nickte. »Sie sollten wissen, was passiert, wenn man aussteigen und zu den Behörden gehen will. Und dies war eine Sprache, die alle verstanden.«

»Und Mette?«

Er stieß zum Zeichen seiner Verachtung Luft durch die Zähne.

»Claes war sauer wegen der Geschichte mit Mette. ›Nicht in Dänemark‹«, sagte er mit einem Tonfall, der vermutlich Claes Bülows Stimme imitieren sollte. »›Du wirst doch wohl verstehen, dass so etwas nicht in Dänemark passieren darf.‹«

»Woher kennst du Claes Bülow?«

»Den kenn ich schon lange. Wir sind zusammen zur Schule gegangen. Dann war er wegen einer Lungenkrankheit im Krankenhaus, und wir haben uns dort wiedergetroffen. Er erzählte mir von seinem Projekt mit dem Nabelschnurblut. Wir hatten beide großes Interesse an den unendlichen Ressourcen, die der menschliche Körper bereitstellt.«

»Und die Angehörigen sind euch egal«, sagte sie.

Er ging in die Hocke, mittlerweile von Eifer gepackt. Sie konnte seinen fauligen Atem riechen.

»Du kapierst das nicht. Wie die meisten. Es geht um tote Menschen, verdammt noch mal. Tote! Die spüren rein gar nichts mehr. Sie liegen einfach nur da, und all ihr Nutzen geht verloren, weil einige wohlmeinende Angehörige zu sentimental sind. O Gott, bloß nicht! Bloß nicht die Augen, die Haut, die Knochen ... Nehmt ihnen bloß nichts davon weg! Als machte das noch einen Unterschied. Es gibt Menschen, die sterben müssen, weil die Angehörigen so sehr an ihren Toten hängen!«

Er holte Luft. Das Blut tropfte von seiner Hose, doch er bemerkte es nicht. Einen kurzen Moment glaubte sie, er mache einen geschwächten Eindruck. Er hatte viel Blut verloren.

»Also hat Claes dich damit beauftragt, Mette umzubringen, weil sie euren Geschäften auf der Spur war. Und du hast den Auftrag wie gewohnt erledigt. Du hast sie in Bays Wohnung betäubt, sie beim Bestatter ermordet und ihr die Augen und Knochen entnommen, wie du es bereits von deinen Leichen kanntest. Dann hast du sie zum NRGI-Park transportiert und auf dem Parkplatz platziert, während sich drinnen alle das Spiel ansahen. Und dann kam Bay?«

Er nickte. Mittlerweile wirkte er müde. Seine Augen wurden von einem milchigen Schimmer getrübt. Ob sie es wagen konnte, ihr zweites Messer hervorzuholen?

Das Messer glitt ihm aus der Hand, aber er schien es nicht zu bemerken. Es traf auf dem Boden auf und kam einige Meter schräg hinter ihm zum Liegen. Sie überlegte kurz, ob sie hinterherhechten sollte, doch es lag außerhalb ihrer Reichweite.

»Arne überraschte mich bei der Arbeit, als er an jenem Sonntag aus seinem Suff erwachte. Er war mir bis zum Stadion gefolgt und wurde Zeuge, wie ich sie dort ablegte.«

Charon rang nach Luft. Seine Stimme klang gereizt.

»Er drohte mir damit. Wollte mehr Geld. Erpressung«, murmelte er. »Mein eigener Bruder. Ich hatte ihm und seinen Jungs zu so vielen Jobs verholfen. Aber er hatte einen wunden Punkt ... Frauen ... immer wieder Frauen. Er mochte Mette. Er begriff das große Ganze nicht. Die übergeordnete Idee.«

»Bay hatte also ein Händchen für Frauen«, resümierte sie und dachte an Bos Theorie über das Verliebtsein. »Im Gegensatz zu dir. Du warst eifersüchtig. Als du Kiki gesehen hast, wolltest du sie haben. Ist sie deshalb noch immer am Leben?«

Er richtete sich auf, doch es bereitete ihm Mühe. Dann trat er sie erneut, aber seine Kraft war nicht mehr dieselbe.

»Widerliche Journalistenschlampe. Was weißt du denn schon darüber? Sie ist eine dumme Negerfotze, sonst nichts.«

Dicte stöhnte.

»Aha, ist das so?«

In seiner Stimme lag eine weinerliche Wut.

»Sie liebt mich«, sagte er. »Natürlich liebt sie mich. Denn ich erhalte sie am Leben.«

Ein weiterer Blitz erhellte die Halle. Völlig unvorbereitet traf Dicte der Anblick, der sich nun wenige Meter hinter dem Mann offenbarte. Eine taumelnde, kleine Gestalt, nackt und von oben bis unten mit Blut beschmiert. Ihr Gesicht war verzerrt, wie in den letzten Augenblicken eines schmerzvollen Todeskampfs.

Die Gestalt beugte sich herab. Einen Moment lang hockte sie auf dem Zementboden und schwankte. Dann richtete sie sich unter großer Anstrengung wieder auf, wobei sie einen Laut ausstieß, der Charon herumwirbeln ließ. Kiki stand vor ihm mit erhobenem Messer. Dictes Hand bekam das zweite Messer an ihrer Wade zu fassen. Alles geschah gleichzeitig, wie ein perfekt einstudierter Tanz: Er griff Kikis Arm und drückte sie mit einem bestialischen Gurgeln zu Boden, das klang, als habe sich die ganze Welt gegen ihn verschworen. Dicte wog das Messer in ihrer Hand; ihr ganzer Körper schmerzte. Mit erhobenem Arm warf sie sich nach vorne, sprang auf den Rücken des Mannes und bekam sein Haar zu fassen. Er versuchte sie abzuschütteln, doch es gelang ihm nicht. Dann spürte sie, wie ihr Messer etwas Weiches durchschnitt und eine warme Flüssigkeit über ihre Hand lief.

Mit dem Messer im Hals ging er zu Boden, das Blut und seine Lebensgeister verließen ihn.

Sie sackte auf dem harten Zement zusammen. Ihre Hand bekam die der anderen Frau zu fassen, und schließlich bettete sie Kiki Laursens blutigen Kopf auf ihrem Schoß. Ihre Lippen bewegten sich, und Dicte beugte sich hinab, um sie zu verstehen.

»Friere«, murmelte sie. »Kalt.«

Dicte tastete mit ihren Händen im Halbdunkel nach einer Decke oder einem Sack, konnte jedoch nichts anderes finden als einen alten Schuh, jenen Gegenstand, gegen den sie zu Beginn gestoßen war, vermutete sie. Dann zog sie mit einiger Anstrengung ihre Jacke und ihren Pullover aus und legte sie vorsichtig über den zitternden Körper.

Ein weiterer Blitz durchzuckte den Himmel. Er erleuchtete die Frau bei ihr und den toten Charon. Doch sein Schein fiel auch auf etwas anderes. In dem kurzen Moment, den der Blitz andauerte, starrte Dicte auf den Schuh: eine kleine Sandale, rosafarben und mit dünnen Riemchen, die mit Schmucksteinen besetzt waren.

Kapitel 71

»Sie sagen, dass sie froh sein könne, bereits Kinder bekommen zu haben. Sie mussten alles entfernen und ihr vorübergehend einen künstlichen Darmausgang legen.«

Bo verzerrte das Gesicht, als ob ihm das selbst Schmerzen verursachte, und steckte sich seinen mitgebrachten *Herald Tribune* unter den Arm.

»Und sonst?«, wollte er wissen, als sie das Krankenhaus verließen. »Drei Wochen auf der Intensivstation. Ob sie jemals wieder derselbe Mensch wird?«

Dicte nickte, während sie über seinen Ausdruck nachdachte. War man eigentlich überhaupt jemals »derselbe Mensch« wie am Tag zuvor? Würde sie wieder dieselbe werden? Und Kiki Laursen? Sie hielt das für unwahrscheinlich.

»Sie macht einen zähen Eindruck.«

Bo legte einen Arm um Dictes Schulter und trug die Zeitung in der anderen Hand.

»Sieh an, das erinnert mich an das eine oder andere ...«

Sie schüttelte den Kopf, während sie über den Parkplatz schlenderten.

»Meine drei Luxustage im Krankenhaus kannst du jedenfalls kaum mit der Hölle vergleichen, die sie durchgemacht haben muss. Das wäre kein fairer Vergleich.«

»Einverstanden. Aber hör mal, hattest du nicht noch ein weiteres Anliegen? Jetzt, wo wir schon mal hier sind?«

Sie hatte es hinausgezögert. Wenn Bo nicht gewesen wäre, hätte sie es sogar noch etwas länger vor sich hergeschoben, aber sie konnte dem Ganzen einfach nicht entgehen. Sie sah zum Gebäude 6 hinüber, das ein Stück entfernt lag. Dann blickte sie auf den Parkplatz, wo sie die Konfrontation mit Anne und Torsten erlebt hatte. Anne hatte sie schon längst angerufen und über die Affäre aufgeklärt, die schon vor vier Jahren begonnen hatte, als man ihr einen Tumor aus der Brust entfernt hatte und sie auf der

Suche nach Anerkennung gewesen war, die sie in Torstens Armen gefunden hatte. Dicte fühlte sich noch immer hintergangen und war enttäuscht, doch das Gefühl verflüchtigte sich mit der Zeit. Eines Tages würden Anne und sie wieder zueinander finden.

»Komm schon. Es ist an der Zeit, es hinter dich zu bringen.«

Bo lenkte sie in Richtung Dialysestation.

»Was für eine Geschichte mit diesem Chirurgen«, bemerkte er.

Dicte nickte. Es war vor kurzem herausgekommen, und das Krankenhaus stand nun schon seit einer Woche im Fokus der Medien. Ein renommierter Nierenchirurg hatte zugegeben, dass er seiner Freundin auf alles andere als legalem Wege zu neuen Hornhäuten verholfen hatte. Man hatte einen Zusammenhang mit dem Fall des illegalen Organhandels hergestellt, und zwei dänische Augenkliniken waren bereits geschlossen worden, während die Polizei weiter ermittelte. Der Chirurg war von seinem Posten zurückgetreten.

»Aber wenn er seinen Mund nicht aufgemacht hätte, dann hättet ihr vielleicht niemals eine Verbindung nach Dänemark nachweisen können?«

»Ihr?«, fragte sie. »Ich habe schon lange nichts mehr mit der Sache zu tun. Nicht, seit ich den Artikel über das Sargdepot am Engsee geschrieben habe.«

»Nein, aber du hast die Fäden in der Hand und entscheidest, welche Artikel die anderen schreiben, Fräulein Chefredakteurin.«

Sie knuffte ihn in die Seite. Er fasste sie am Arm und zog sie dann an sich.

»Ich warte in der Kantine. Und wag es ja nicht, wieder mit irgendeiner fixen Idee zurückzukommen, irgendeinen Teil von dir wegzugeben. Du gehörst mir, vergiss das nicht. Mit Haut und Haaren und mit deiner ganzen verteufelten Sturheit.«

Er küsste sie. Ganz behutsam, weil er wusste, dass sie noch immer Schmerzen hatte. »Du bist kaum zu ertragen, aber ich liebe dich, verdammt noch mal. Wäre das nicht ein guter Spruch für meinen Grabstein?«

»Du hast doch hoffentlich nicht vor, als Erster von uns beiden den Löffel abzugeben? Das wäre ja wohl ziemlich armselig. Immerhin bist du jünger als ich.«

»Um Gottes willen, nein«, sagte er. »Ich werde nicht riskieren, dass mir jemand die Haut abzieht und meine Knochen entfernt, damit irgendein Taugenichts mit meinem Arsch im Gesicht herumläuft oder gar ein reicher und berühmter Fotograf wird, weil er durch meine Hornhäute sieht.«

Sie war kurz davor, zu lachen, wurde dann jedoch ernst.

»Dazu wird niemand das Recht erhalten. Das schwöre ich. Es sei denn, du willst es anders. Um der Menschheit etwas Gutes zu tun. Mal ganz ernsthaft, ich überlege nämlich gerade selbst, nach meinem Tod auf diese Weise Verantwortung zu übernehmen.«

Er schubste sie sanft von sich weg.

»Ich werde darüber nachdenken.«

Während sie auf der Station nach dem richtigen Ansprechpartner suchte, kam alles wieder hoch. Sie wollte eigentlich nicht mehr darüber nachdenken, aber etwas in dieser Umgebung und während ihres Besuchs bei Kiki Laursen hatte es wieder zum Vorschein gebracht. Insbesondere der Abend mit dem Gewitter hatte sich in ihr Bewusstsein eingebrannt. Kurz nach ihrer Konfrontation mit Charon war Bo aufgetaucht, aber Dicte hatte in der Zwischenzeit auch einen Krankenwagen gerufen, so dass alle Autos fast gleichzeitig eintrafen und Bo in dem Glauben angestürzt kam, dass sie diesmal zu viel gewagt und einen zu hohen Preis dafür bezahlt hatte. Nun, das hatte sie ja auch tatsächlich, einen Preis bezahlt. In Form eines gebrochenen Kiefers, zweier gebrochener Rippen und zweier verlorener Zähne. Besonders Letzteres störte ihre Eitelkeit in nicht unerheblichem Maße.

Sie klopfte an Inger Hørups Büro. Die Tür stand halb offen, und als niemand antwortete, schob Dicte sie vorsichtig auf. Die

Krankenschwester telefonierte gerade, winkte sie jedoch herein und beendete das Gespräch gleich darauf.

»Sie müssen ziemlich viel mitgemacht haben. Man verfolgt ja doch irgendwie die Artikel in der Presse.«

Dicte gab ihr die Hand und lächelte.

»An Ihnen ist der Kelch aber auch nicht völlig vorübergegangen, wie ich hörte.«

Inger Hørup schüttelte den Kopf.

»Traurig. Sehr traurig. Aber es war eine gute Entscheidung von ihm, zu gehen. Es hätte auch ganz anders enden können.«

Sie sah Dicte an.

»Aber womit kann ich Ihnen behilflich sein?«

Dicte musste kurz schlucken.

»Ich wollte hören, ob Peter Boutrup … mein Sohn … Ich meine, ich hätte vielleicht die Möglichkeit, einen Namen herauszufinden, das hatte ich ihm so versprochen. Den Namen seines Vaters.«

»O je, dafür ist es jetzt zu spät. Vergessen Sie das einfach wieder.«

Die Welt drehte sich einige Sekunden lang vor ihrem inneren Auge im Kreis. Zu spät. Warum war sie nicht schon früher gekommen? Warum hatte er nicht angerufen und eine Antwort von ihr verlangt, sie gebeten, ihren Part der Absprache einzuhalten?

»Er hat vor kurzem eine postmortale Niere erhalten«, erklärte Inger Hørup. »Es ist alles sehr gut verlaufen. Viel besser, als wir erwartet haben.«

Große Erleichterung breitete sich in Dicte aus. »Ist er noch im Krankenhaus?«

Inger Hørup schüttelte den Kopf. »Er wird heute entlassen. Soweit ich weiß, soll er wieder nach Horsens zurückgebracht werden, vielleicht ist er auch schon auf dem Weg dorthin.«

Sie dankte Inger Hørup, verabschiedete sich und ging in die Kantine zurück. Auf dem Weg dorthin versuchte sie sich vorzustellen, wie er wohl gerade aussah. War er noch immer so bleich und dünn, oder hatte er inzwischen wieder an Gewicht gewonnen? War seine Bitterkeit noch immer so groß, oder hatte seine harte Oberfläche Risse bekommen, nachdem er sein Leben zurückerhalten hatte? War er ein anderer Mensch geworden? Wer auch immer das sein mochte.

Sie entdeckte Bo an einem Tisch in der Kantine.

»Sollen wir gehen?«

Er stand auf und warf die Zeitung in einen Papierkorb.

»Gibt es was Neues?«

Sie berichtete.

»Willst du nachschauen, ob er noch hier ist?«

Wollte sie das? Er brauchte sie jetzt nicht mehr. Einen Moment lang hielt sie inne und zögerte, aber eine weitere Ablehnung und noch mehr harte Worte ertrug sie einfach nicht.

»Ich finde, wir sollten fahren.«

Gemeinsam gingen sie zum Parkplatz. Dort entdeckte sie ihn, ein gutes Stück von Bos Auto entfernt. Flankiert von Beamten. Er war größer als die beiden Männer und breiter, und er ging tatsächlich wie ein Mann, dem das Glück eines neuen Lebens zuteilgeworden war. In diesem Moment drehte er sich um und blieb eine Millisekunde lang stehen. Dann nickte er ihr kurz zu und verschwand auf dem Rücksitz des Polizeiautos.

»Du hättest es getan«, stellte Bo fest und folgte ihrem Blick. »Du hättest ihm eine Niere gespendet, oder?«

Sie sah dem Wagen nach, der sich vom Parkplatz entfernte, und ließ die Wahrheit auf sich wirken, die in seinen Worten lag.

»Du bist so klug«, sagte sie und hakte sich bei ihm unter. »Lass uns zusehen, dass wir endlich nach Hause kommen.«

CAMILLA LÄCKBERG
Die Eisprinzessin schläft
Kriminalroman
Aus dem Schwedischen
von Gisela Kosubek
396 Seiten
ISBN 978-3-7466-2299-6

»Ein Krimi-Leckerbissen, Mrs. Läckberg!« BILD

In Fjällbacka wird im gefrorenen Wasser einer Badewanne eine Leiche entdeckt. Die Tote war schön, reich und von einem dunklen Geheimnis umgeben. Erica Falck lässt der Mord keine Ruhe. Gemeinsam mit Kriminalassistent Patrik Hedström macht sie sich auf die Suche nach dem Mörder. Mit Esprit und Leidenschaft löst das sympathische Ermittlerduo seinen ersten großen Fall.

»Genial!« FREUNDIN

Mehr von Camilla Läckberg:
Die Töchter der Kälte. atb 2476-1

Mehr Informationen erhalten Sie unter www.aufbau-verlag.de oder in Ihrer Buchhandlung

atb aufbau taschenbuch